金银坞

俞天白 著

南方出版传媒
花城出版社
中国·广州

图书在版编目（CIP）数据

金银坞 / 俞天白著. -- 广州：花城出版社，2020.9
ISBN 978-7-5360-9179-5

Ⅰ. ①金… Ⅱ. ①俞… Ⅲ. ①长篇小说－中国－当代 Ⅳ. ①I247.5

中国版本图书馆CIP数据核字(2020)第116810号

出 版 人：肖延兵
策划编辑：朱燕玲
责任编辑：许泽红 慈 琪
技术编辑：凌春梅
封面设计：DarkSlayer

书　　名	金银坞 JIN YIN WU
出版发行	花城出版社 （广州市环市东路水荫路11号）
经　　销	全国新华书店
印　　刷	深圳市福圣印刷有限公司 （深圳市龙华区龙华街道龙苑大道联华工业区）
开　　本	889毫米×1194毫米　16开
印　　张	23.25　　1插页
字　　数	358,000字
版　　次	2020年9月第1版　2020年9月第1次印刷
定　　价	50.00元

如发现印装质量问题，请直接与印刷厂联系调换。
购书热线：020-37604658　37602954
花城出版社网站：http://www.fcph.com.cn

目录

第一部　天时

　　第一章　变变变　/ 002

　　第二章　否定之否定　/ 034

　　第三章　一跌，再跌，继续跌……　/ 077

第二部　地利

　　第一章　摇着拨浪鼓出山去　/ 108

　　第二章　我是一滴山涧水，不是一滴怂　/ 145

　　第三章　原材料、订单和代加工等　/ 182

第三部　人和

　　第一章　人啊，人！　/ 234

　　第二章　还是人啊，人，而且更复杂！　/ 275

　　第三章　"义商"：从金银坞出发……　/ 321

后　记　/ 359

第一部

天时

第一章 变变变

1

金银坞的乡亲自称为山里人，或者土得掉渣的"山里虮"。"虮"，本意是古代传说中一种有角的小龙。以"山里虮"自命，既低调地表明生存处境之闭塞，不致被人视作无足轻重的虫豸，却倾注了自尊、自信与自爱，展露深含于土气之中的民族气质，实在精彩。

有此精彩的自命，很大因素在于金银坞的"山里虮"们，并非生活在群山环抱与世隔绝的深山野林里，只有北面是层峦耸翠的挺拔山梁，叫横岩岭，东西南三面是红壤丘陵，却都以山名之，东边是虎山，西边是鸡公山，南边是牛鼻头山，北边是猫儿山之类，不是一层层梯田，就是枣树和乌桕树下种植麦子、绿豆、棉花或山芋之类的坡地，冬日灰蒙蒙，春夏绿茵茵，秋天金灿灿，宛如起伏的波涛，一波波推过清流滚滚的义乌江，与隐隐的南山相接。这些丘陵，既无棱也无角，从容、柔和、沉静、优雅、持重、执着，金银坞像坐在一把靠背椅上，欣赏与享受其平缓中的安宁，或者说，在期待波诡云谲出现的那一刻，潜龙出水，大显身手。从这个角度说，自称"山里虮"可谓实至名归。散落在丘陵之间的青墙瓦舍，大宅第、小茅屋，新庭旧院，或高或低，都依溪而筑，以上溪沿某某、下溪沿某家、小桥头某宅之类，替代它们在村子里所处的部位。被视为"小桥头"坐标的那座小石桥，属上下溪沿的分界。溪细小，在岩缝间汇合，出山谷，随丘陵地势奔流、跌落，百折不挠，一往无前地去与义乌江汇合，村民们因它终年不绝的潺潺声，称之为响溪。

这一年，入冬第一场雨就夹带微雪，光光的、迎着朔风抽打的枣树枝，响个不停的响溪，都因冰雪而安静了。糖车半个多月前就开榨了，煎糖棚升腾起带着糖香的炊烟，为"山里虬"们的生活营造出一份甜丝丝、暖乎乎的温馨。

金银坞和乌伤大地的村落一样，种植的不是水稻，就是糖蔗，不同的是，一个是种在义乌江江滩地上，一个是种在梯田里；一个怕涝，一个怕旱，产出甜蜜，生活却穷困。到了糖蔗收获季节，便在牛鼻头山下的猪头岩搭起几间被称为"糖车"的草棚，把蔗糖的水榨出来煎成红糖，名之为绞糖。猪头岩，是下溪沿终端的小山坡，之所以选在这个离村不近也不远的地方，是因为它离糖蔗地近，运输省时省力；它临溪，取水、洗涤都方便；它还处于溪流下游，不会给村子用水造成污染；它在村舍之南，保持相当的距离，万一失火，也不至于殃及农舍，送餐呀，送回煎好的红糖呀，往返都方便。

这是季节性很强的活儿，其忙碌绝不亚于春种秋收，村子里各家各户，都按抓阄的方式排定了使用糖车的日子，一旦轮到，从下地收糖蔗，到糖车榨糖、煎糖，一家男女老少都忙碌得顾不上洗脸梳头，以免三个环节脱节。对于孩子而言，却无异于节日，在成片放倒的糖蔗田里，尽情地挑选，不选粗大的糖蔗，却挑那些细而嫩的糖梗，连皮咀嚼，甘甜里有一股特别的青草香，很有"野味"；一旦糖蔗开绞，糖车便是他们的天堂，当糖水中的水分蒸发殆尽，舀进糖槽正待凝结的时候，选一根不粗不细的糖梗，将它浸入黏稠的糖浆里一转一钩，晾干，吃粘在糖梗上的那一层糖，这种被称为"糖钩"的糖，其味不像糖不像蜜，黏而不腻，甜得清淡，独特得难以用语言形容，如果干了以后再钩几次，使它糖上结糖，又是一种风味。在这季节，城里有亲友，最好的礼物，就是送几根糖钩。

对于楼循波而言，直到今天，这一记忆依然美好，天底下没有哪种蜜糖比它更甜蜜，没有哪个地方更让他留恋，哪怕他的公司已经遍布境内外，他的身家已达数百个亿，哪怕金银坞的"山里虬"们和世界大都市接上了轨，世界各地各行各业的商人都往这个坞里涌，帮他尝遍了山珍海味，这一记忆，依然美好得让他神往。

那年，他不满六岁。家门男丁不旺，爷爷特别看重他，取名之前先请凯贵爷爷算命，说他五行缺水，便按家族"循"字的辈序，取名循波。小波波人小，还没有资格上糖车清理糖渣(榨干了糖水的蔗糖渣)，就别说其他活儿了，却算他最忙。他跟着牛倌，随水牛拉动榨糖车，一圈又一圈，那么壮大的水牛都听他的驱使，要快就快，要慢就慢。大人不让他走近煎糖灶，他却为糖水在煎锅里的变化着迷；糖水滚开了，泡沫泛上来，一小勺小苏打投下去，糖水立即沸腾起来，泛起泡沫，溢到了锅子边缘，随着糖师傅把灰黑的杂质捞去，一次、两次、三次，变魔术似的，烈火和小苏打使糖水变稠了，糖味儿浓郁了，看着这些，他一忽儿问，高粱秆子榨出的水，会煎出什么？一忽儿问，小苏打为什么这样神啊？面粉行吗？……他听到的，却都是不耐烦的去去去，别在这儿碍手碍脚！他只能等候第一锅红糖出锅以后打糖钩了。他选好了三根结实的、粗细适中的糖蔗，准备都打上，一根自己吃，另外两根，分别送给好伙伴狗团和樟团。

　　煎糖的大灶，不是往上砌，而是从地面往下挖的，离地半腿高处，安放了五只头号大铁锅。灶膛是一个坑，足有一人深，烧火的人，就在坑里往灶门内添柴看火。

　　夜幕悄悄拉开，糖水越来越黏稠，冒出的泡沫越来越稀少，喷吐出来的水汽也越来越甜蜜，说明快到出锅的时刻了。

　　应该吃晚饭了，却不见晚饭送来。让糖师傅们饿着肚子干活，这算什么话啊。在糖车边饲糖的楼锦财，叫人替代他的活儿，跨出糖车的牛路，站到通向村子的路口，透过薄暮的烟霭，朝上溪沿那一片村舍观察动静。

　　村头、溪边、田横头的乌桕树上，白花花的乌桕籽都被采下来送进榨油房了，稀疏得无遮无拦的，让他一眼便看见三婶挑着饭笼担，正往糖车走来。但这时候朝这儿送饭来的，只能是他家。他便急步迎上去，一问，才知自己内客刚挑着饭笼担走出家门，便在一阵呕吐后晕倒了。多亏三婶看到，招呼邻居，七手八脚地把她扶回家，再代替他内客把饭菜送来。楼锦财连声道罢谢，任随三婶把饭菜在糖灶边沿铺开，招呼糖师傅进餐，自己却顾不上动筷，赶回家去，看看内客到底怎么了。走出糖棚，又踅了回来，对儿子说，都什么时候了，别在这儿野了，跟我回去！不由分说，一把抓了小波波的胳膊就走。

　　小波波嚷嚷，我要打糖钩，爸爸，我要……

　　楼锦财说，六叔会帮你打的，走！

小波波说，我要多钩几次！

楼锦财说，知道知道！

金银坞人"山气""土气"都很重，山外头都穿洋布用煤油灯了，他们仍穿着一个铜板厚自纺自织的土布，沿用带乌桕籽到村头榨油坊里换灯油、蜡烛的习惯过日子。煤油是花钱买的，乌桕籽是自己树上产的，采下来不换灯油做啥哩？祖祖辈辈都在山地上种棉花，不多，不织布做衣服，又能做啥哩？很难说是贫穷还是守旧。居住的多数都是三合土堆垒的土墙瓦屋，只有祖上在敲糖帮里当"坐坊"的小波波家出众，一看那幢三间两插厢的粉墙瓦屋，山墙上奔腾也似的马头，或者高耸飘逸的观音兜的气派，就知是江南殷实之家，情不自禁地要发出乌伤大地惯用的一声感叹：哦峭，好有气派的房子呀。新起的，坐落在上溪沿，说的是溪沿，却离响溪"一担柱"地，"一担柱"是"山里虮"们计算距离的惯用方法之一，"担柱"是挑担时借助它分散肩膀的负荷，临时还可以依靠它立定歇歇脚的木棍。其实只有半里路地，仿佛远离老村的穷酸，而且它一改传统的小窗低檐，装了不少玻璃的大窗，透出贼亮的煤油灯光，至今被村里人称为"新厅"，不须看门楣上镌刻着的"诗礼传家"，也可以想象是历代亦农亦商，并与诗书为伴的以"耕读"为家风的门户。

父子俩不一会儿就到家了。新厅里的煤油灯早已点亮，爷爷楼凯龄春风满面，一头银丝在灯光下闪烁着银光，笑嘻嘻地迎上来说，好事，好事呀！他看了一眼小波波，把嘴贴在自己儿子的耳边说了几句话。楼锦财脸上的愁云便被一阵风吹散了，惊疑地追问，有身赉了？爷爷点点头说，大元婶不会看错的。

爷爷说罢，转身朝堂上一指说，快谢谢祖宗保佑哇！

楼锦财趋步上堂，点了三炷香，跪下去拜了两拜，再叩了几个头。

小波波却听不懂，问爷爷啥叫"有身赉"。爷爷和爸爸都笑了起来。爷爷说，有身赉就是妈妈怀上弟弟了。啊呀，他三天两头听爷爷奶奶感叹自家人丁不旺，难怪这么高兴啦，于是也跪了下去，像模像样地拜了两拜。然后跑进房去，看看"有身赉"的妈妈的肚子是不是和樟团妈妈那样鼓起来了。

母亲吴灵芝躺在床上。她像所有"山里虮"一样，有了病总是在田头地边抓一些草当药治病，都是祖传的。这时候她正和婆婆说着该吃什么保胎的东西，小波波正待插嘴，忽从门外传来糖师傅六叔呼叫父亲的声音。

他想，第一锅出糖了，六叔送糖钩来了，立即转身迎出去。

六叔送来的，确是第一锅红糖，但不见糖钩，他正待追问，父亲和爷爷却发出了惊叫，啊呀，怎么是"斧头破"呀？

"斧头破"就是熬成的糖浆舀进糖槽冷却，却凝成了一块紫红色的牛皮糖，只能用斧头劈开才能装篮，而不是金黄细嫩如沙粒状的等级红糖。这是红糖中最差的品级，蔗农最不愿意看到的局面。一年的辛苦就落得这样的结果吗？六叔楼锦六不甘心，他把楼锦财拉到一边，提出挽救的办法，说：掺石灰！多掺！反正，糖坊需要……

楼锦财想了想说，只能这样了。眼下日子不好过，将就一回吧。

石灰有吗？

有！今年耘田多下了半箩筐。我去拿给你！

楼锦财刚跨到大门口，便听见了爷爷一声吆喝，君子爱财，取之有道！就是"斧头破"又怎样？就是一回，也不合敲糖帮的规矩！

老人的话，显然有一种直击心灵的威严，使楼锦财顿时煞住了步子。他看看父亲，又看看糖师傅，无奈地说：好吧，爹说得对。就"斧头破"吧！

六叔点了点头，说，那就尽我努力，尽量熬得好些吧！转身便走。

小波波急步跟上，父亲却转身拦住了他：你还想到糖车野去啊？听话，睡觉去！

小波波只好收住步子，眼看父亲和六叔匆匆消失在夜色里，哪愿上床啊？只是问祖父，爷爷，你刚才说的君子爱财，取之有道，啥意思呀？

祖父颇觉意外，啊？你记住了？

他点点头，说，你还说，这不合敲糖帮的规矩。

祖父说，钱财人人爱，取到手却要合于道，我们敲糖帮最讲究这个！

啊？最讲究？小波波的眼珠转得越发快了，道？道是啥东西？

祖父一怔，只晓得这个孩子好问，从牙牙学语起，小肚子里就装满了为什么，却没有料到会这样过耳不忘，而且会抛过来这样深奥的问题。一时间，竟想不出如何做出既让这个稚子接受，又不失老秀才尊严的回答。

小波波另一个问题又抛过来了：我们总是唱，手摇一只拨浪鼓，走不尽天下辛酸路。就是没有找到这个道吗？

祖父越发意外了，而且多了一份感慨。说起这首祖祖辈辈传唱的山歌，真的不是一个"辛酸"说得清楚的了，他伸手抚摸着孙子的头顶，仰起脑袋，拈着胡子，透过天井，瞥了一眼正爬上马头墙的半个月亮，仿佛遥望祖辈所走过的路，然后低下头，正视着孙子说，这个道字太复杂啦！等你开了蒙，我再详细讲给你听！

奶奶从房里出来，拉住了小波波胳膊，说：好了好了，不要再缠着爷爷刨根究底了！……瞧瞧你身上一块块的黏疙瘩，邋里邋遢的，赶紧去洗洗睡觉去！……你可要拿出当哥哥的样子来啦！

祖父马上帮腔，说，对，当哥哥了！听奶奶的话，快洗洗上床！

爷爷奶奶说同样的话，但爷爷的语气里除了威严以外，多了几分爱怜与欣喜，就像所有有学问的长者发现了好苗那样。这是楼凯龄的一种本能，正如他靠敲糖帮发家的祖宗，几代人虽然同样经历着"手摇一只拨浪鼓，走不尽天下辛酸路"，却从最底层的"年伯""拢担"，一步步做到了"老路头"，而后成了"坐坊"。看遍了多少人情世态，权衡过多少人物品性，到了他，父亲希望他摆脱敲糖帮辛苦奔波的岁月，应试进入仕途，谋得一官半职，不惜工本地延师攻读，然后参加乡试，虽然时运不济，未登金榜便改朝换代了，"坐坊"也换了手，退居山村，与"山里虬"为伍，守住几亩良田过日子，但耳濡目染，经世度人那一套习性，恪守"耕读家风"的古训，使诗礼传家的处世原则，传之永久。孩子今晚这一究问，却使他有双喜临门的欣慰。

不错，小波波好问，是出了名的。刚三岁，才牙牙学语呢，第一次看见横岩岭的山头积了雪，就问爷爷，是不是大山也像爷爷一样，老了？从那以后，发出过无以数计的究问，长了很多知识，获得了无以数计的满足，唯有今晚这一问，却钉在了他稚嫩的心里，是因为祖父抬头望天的深沉凝重，更是因为和日积月累的敲糖帮话题有关，还有睁开眼就看到的形形色色的寻求钱财的乡俗和世态，都使他无法等待祖父拿起书本来给他开蒙，就有了种种与这个"道"字相关的自我解释。

2

小波波提的问题，确实深奥。在金银坞的"山里虮"中间，尤其像鸭听天雷。听听响溪潺潺水声里互相呼唤的名字，就可见其穷困、守旧与闭塞。就说他的两个好伙伴的名字，都带一个"囝"字。"囝""囡"发音相同，山民相信把男孩子当女孩子养，可以消灾避祸，和北方的"娃"、南方的"仔"祈愿相同，"狗囝"是父母把他当狗崽养，而"樟囝"，是因为五行缺木，要奉上香火拜樟树为母亲来对冲。当然，还有叫"大囝、小囝、三囝"的，那就是指老大、老二、老三了。和他们相比，不忘"循"字的辈序，又不让"福禄寿喜、荣华富贵"入名，小波波算是有文化的家庭了。

这个家庭，还让小波波知道了"乌伤三件宝，红糖、火腿、南蜜枣"之类的古谚，有此三件宝，金银坞闭塞的只是地理，却不是人文。不少小山村的家庭，都有由这三大经济作物生发出来的与外面世界交往的故事，带来了许多现代文明。他祖上就是一个，曾经是敲糖帮里的大佬，拥有一张通向全国的行业地图。这张地图，给了幼小的楼循波朦胧的直觉，那就是乌篷船、汩汩的水声、狭窄的一家接一家相连的街道，还有到父亲坐坊来取货的货郎。那是东洋鬼子投降的前一年，父亲带他和母亲一起到坐坊去料理生意，很有让他做继承人的意思。走的是水路，在船上过了好几天，才到达父亲经营的地方。过了两年，听说时局不稳，父亲便带他母子俩回来了。留在他记忆里的，便是一排街面屋，后面有个坐坊，还有那摩肩接踵来赶集的人。从此在金银坞"山里虮"眼里，他和他父亲都被看作"见过世面"的人，可惜，那些"世面"，如今已经给糖蔗、糖车、红糖、糖钩之类，以及来自于一年一度的蔗糖变红糖的那些甜到心里的情节，冲洗得干干净净了。

糖师傅六叔是村子里的能人，叫楼锦六，在糖车上，他是多面手。糖车是由两根比水桶还粗、齐胸高的橡树桩做成的，上端各凿出一圈阴阳齿，紧扣着，竖装在两块大木头当中，让大水牛拉它转动，在转动中，把糖蔗送进两根木柱的缝隙里，挤压出糖蔗水。如何朝转动的缝里输送，每一次输送多少，挤榨到何种程度才到位，都是技术活，输送得太少，糖水榨不干，收成减少；输送得太多，糖车转不动，不小心会研碎手指的，这技术，叫"饲糖"。六叔是饲糖的能手，糖车运转流畅，榨出水的糖渣能拈成粉末。糖水进锅，加火煎熬以去除水分成糖，清除杂质，掌握火候，更是一门技术活，六叔也是能手，被称为糖师傅。据说，寒冬腊月一到，蔗糖收尽了，糖车拆除了，他便和小波波父亲楼锦财一起，成了敲糖帮中的一员，敲糖换鸡毛去了。当然，所敲的糖，除了他们生产的红糖，还有麦芽糖，即饴糖。只是他的父亲、六叔和一般"山里虬"不同，不是挑起两只大箩筐，手摇拨浪鼓，吆喝着"调针啰，换糖啰！……抵指（顶针），鞋口布、鞋面布、头髻网……都有啊"，串门走户，经村过店，走在风里雨里。他们是以坐商的身份，经营专门给这些流动的"山里虬"们服务的坐坊。这一经营活动，流行的名称是"鸡毛换糖"，但那是用鸡鸭鹅毛换取以"糖"代指的糖担上包括糖在内的针线、香粉、头髻网等小杂货，从挑着糖担串门走户者的角度说，却叫"敲糖换鸡毛"。柴楼一角至今堆着很多篾篓、糖搭盘之类的敲糖用具，有新的，有旧的，都是从他曾经待过的那个小镇上搬回来的，上面写着"盛记"的字样，其中一只杂物筐里，搁着几只拨浪鼓。他知道，这是他家坐坊里出售或租赁的东西，凡是同乡，如果身无分文，流落异乡的，就无偿借给他们去谋生。眼下生意停下来了，收在这里，说不定哪年还能派上用场。敲糖换鸡毛的生意，和糖车却是不同的，只是流动线中的一环，漫长路线上的一站。路，不是也叫道路吗，爷爷说的"君子爱财，取之有道"，是不是指选好一条既平坦、宽敞又太太平平的道路呢？

不错的，没有选好走的路线，坐坊开不起来，鸡鸭鹅毛换不到，钱财赚不多。他家这条路线一直是一条财路，可惜天有不测风云，这两年总是打仗，打得不见人烟，父亲和六叔无奈地说，丢就丢了吧，把小命搭上了，就亏大了！

洪塘镇上同年爷的生意，强化了他的理解。

乌伤大地社交中流行"认同年"，原意是科举中同年考中而结为官场同盟的读书人，然后扩大到了同年出生、同年进蒙馆拜师念书，或者同年毕业的，直到意气相投而交友的，再扩大到了一般问询时所用的尊称，既非先生，也非师父，更非同志，而是同年爷、同年伯、同年哥、同年弟，女性则为同年娘、同年嫂、同年姐、同年妹。爷爷的这位同年，不知是什么原因认了的，不在同一个村，而是在两座小山背那边。春天，满山坡枣子花飘香的时候，洪塘镇的同年爷就忙了，忙着"判"枣子。"判"这个字用得实在好，就是凭经验看枣花预判产值，预付订金，把枣子预订到手，就是当今的"期货"。一到枣子收获的日子，就开起枣厂，把收到的枣子制成南枣，或者和砂糖、蜂蜜之类煎成蜜枣，装成箩，沿着义乌江水路运出去，近到金华、兰溪，远到杭州、宁波、上海……反正都是小波波没有去过的地方。樟囥的父亲楼锦彪，就是枣厂的师傅，也是跑水路运输的一把手，同样的枣子，能否卖出好价钱，就看能否找到一条最好的路，是不是这样呢？

是的，不错的，君子爱财，取之有道，肯定是这意思。

还有呢，六叔的伯伯在东山脚，是做火腿生意的。金华火腿，其实大都是乌伤大地产的。这火腿鲜味独特，个儿适中，缘于这儿的猪品种与众不同，叫两头乌，从不放养，头小，体形不大，腿的大小也正宜于腌制火腿和腊肉，但其闻名遐迩，风靡全国，靠的是制作的功夫，这功夫，也就是法道，秘密的方法……

是的，一定是这样的。

小波波如此这般给自己解释，越来越觉得有道理。只有前厅的娥囥奶奶无法解释。前厅是村中央的老厅，离小石桥不远。金银坞都姓楼，小波波至今说不明白，前厅是属于楼氏哪一房的产业，宽敞却显破落的三大间，像被遗弃的半个祠堂，娥囥奶奶挂着旧蚊帐的一张床铺，旁边摆一个小摊头，孤零零的流浪汉一般，守在角落里。摊头上出售的，是最廉价的旱烟、卷烟、火柴，孩子欢喜的五颜六色的棒棒糖、玻璃弹子，女人用的针线、顶针、头髻网、鞋口布，也有香粉，都是货郎担上才有的。满脸皱纹、满头白发的娥囥奶奶，气喘吁吁地迈不开步子了，冬天抱一只火熜，夏日摇一把麦秆扇，白天到黑夜，全天候营业。一日三餐、喝的水、换洗衣物和出售的货物，都由住在猫儿山山脚的儿子媳妇送来。与其说她在做生意，不如说，她的摊头，给金银坞的乡亲们提供一个早晚聚会互通消息的场所。出不了工的雨雪天、无事可干的冬闲，男人们在这样一个互相交流消息的地方碰碰头，聊聊天，比她简陋的商品更有吸引力。她走的，算什么道？

还有小桥头的小寡妇小春芳婶婶，据说也是做生意的。她住的房子在金银坞是独有的，跨着响溪建造，叫跨溪屋，男人们一说到她，便会像猪公见了猪娘般兴奋起来。不是因为这间跨溪屋有许多神出鬼没的故事，也不是她那怪怪的、外乡人学"山里虬"们说土话的腔调，而是她举止上的那些做派，据说那就是让男人神魂颠倒的风流。一说到她，人们既向往又鄙夷的神色，是任何话题都钓不出来的，让小波波想到一些男人总是在她家里进进出出的传说，说她是做皮肉生意的哄笑，还有女人骂她是婊子时所引发的纠纷，使小波波感觉到，这是藏着很多秘密却不是孩子应该听的生意……

至于沿响溪上溯，翻过横岩岭的通向山那边的千年古道，全是一块块碎石头铺的，长满了青苔，都快给草木掩住了，和爷爷说的这个"道"字，越发不相干了。

如此这般，该听的，不该听的；该问的，不该问的，堵得他越发想了解的时候，一个故事，却把他的理解全部推翻，帮他找到了答案的门路。

故事是下溪沿的凯贵爷爷说的。

凯贵爷爷年纪比爷爷大，念过蒙馆，神仙鬼怪、天文地理无所不知，会卜卦、占星象、看风水、选吉日、算命测字，还会开一些方子治病，写得一手好字，过年的时候，村子里一半以上的春联，都是他写的。有人夸奖说，金银坞要是没有他，"山里虬"们不知怎样过日子。不是吗，小波波一到这个世界，让爷爷遵从五行缺水的命相而取了循波之名的，就是这个人。凯贵爷爷学问、见识超过爷爷，爷爷和乡亲都十分敬重他，自然不用说了。他知道，风水讲究阴阳、四象、五行、八卦……他也知道乌伤大地也叫稠州，义乌江原来叫乌伤溪，还知道，溪边有处葛仙山，两千多年前，有位姓葛的道士在山上炼丹。葛道士写了一本有关种种神仙的传记，其中写到了黄初平黄大仙。黄大仙小时候帮人放羊，因为专心看书，直到哥哥来找，才发觉暮色四合，已经天晚了，羊群也不见了。哥哥急了，跳着脚嚷嚷，这该怎么办呀，我们哪能赔得起呀，闯的祸大啦！黄大仙却不慌不忙，卷起书本，伸手一指，说一声变，山上的石头都变成了活蹦乱跳的羊！据说，他放羊的地方，就在金银坞，还说，黄大仙"叱石成羊"不稀奇，稀奇的是这个金银坞，才是一块能够"叱石成羊"的宝地，只要来到这儿，人人都可以变成黄大仙。还真有人做过试验呢，溯溪而上，到了横岩岭下古道边，指着那些大大小小的石头，喊着，变，变，变……却没有看见任何一块石头变成羊。事情传开，凯贵爷爷急了，说，这事可不能乱来的！不是葛道士说错了，是因为天时没有到，天时到了，来到金银坞的人，修行也有了，肯定能够把石头变成肥羊，一大群一大群，咩咩咩地叫着，满山奔跑。还说，这规矩，写在什么刘国师的书里！要是不看天时，不讲人的修行，随心指叱，破了规矩，给糟蹋了，金银坞不仅仅不再成为金银坞，而且会变歪了，说不定变成狗屎坞了！怎么会这样，凯贵爷爷说不明白，反正多灾多难的，很教人敬畏。

什么是天时？什么是人的修行？他不懂，问爷爷。

爷爷说，天时就是天下大势，人的修行就是人的仁爱之心。

什么是天下大势？什么叫仁爱之心？他越问越糊涂。反正，他知道的这个"叱石成羊"的故事，足以告诉他"取之有道"的"道"，不是路，而是道法的道！

不错的，神呀，仙呀，道呀，都需要敬畏。凯贵爷爷虽然越解释越糊涂，但让小波波知道了"道"和"天下"和"人心"都是有关系的，是一件大事。他想，如果弄明白了，我，还有金银坞的"山里虮"们，不都能"叱石成羊"而过上好日子了吗？

他很兴奋。兴奋得他等不及开蒙了。他要想个法子，和爷爷、奶奶、父母亲一起来破这个疑，解这个惑，弄明白"天时"是什么意思，和"道"有什么关系。和爷爷一起到横岩岭下去寻访，记载葛道士和"叱石成羊"的那本书，到底在哪一座山上？猫儿山？鸡公山，还是牛鼻头山？当然，还要弄明白，小春芳的皮肉生意，到底是什么生意，走的是不是道路之道和道法之道以外，另外的一种道？……

可惜，他几次提出来，不管爸爸妈妈还是爷爷奶奶，都说，那是神仙的事，孩子知道那么多干什么？爷爷还用教训的口吻说了一句他半懂不懂的话：

敬神鬼而远之！

3

　　小波波不得要领，越觉这个"道"的学问很深，越想刨根究底。站在高高的田坎上，他跟樟团、狗团他们拉下裤兜，比小便谁射得远的时候，想到这个"道"；去撮"胡萝卜残"、挑田荠、抛田荠钩比赛的时候，也会想到这个"道"。"胡萝卜残"，就是残留在田垄里的胡萝卜；田荠，就是长在田垅地头间的荠菜，金银坞的"山里虮"们为了节省粮食，把它当成主要野菜采集，剁碎后掺进米饭里充饥。贫富的差距，就看所掺田荠的多少，贫者绿莹莹的，只见菜不见米，富者米多菜少。当然，胡萝卜也是一种口粮。新厅富足，也是这样过日子的，顿顿吃纯白米饭，仿佛是一种罪过。小波波跟狗团们一样，腰挂细篾裙笼，手拿田荠钩，一起往层层梯田疯跑。与其说他是为了野菜，不如说是为了抛田荠钩比赛，那是将一把装了木柄的细长铁钩子往空中抛落的游戏，落地时钩子倒插在地上者为胜。赌的就是一把荠菜。他也会想，这里也有"道"？

　　一件突发变故，教他对这个"道"的追问，变成了祈求。

　　清明未到的一个早晨，他起床时，发觉家里一片愁云惨雾。身强力壮的父亲楼锦财突然暴死了。爷爷奶奶都瘫痪在床上，妈妈在出事现场，守着父亲满身血污的尸体号啕着不肯回来，外公外婆舅舅们这些亲友往来不绝。

　　飞来横祸的起因，七嘴八舌。从亲人零零碎碎的对答里，只知道他家被蒙面土匪洗劫了。为家门不幸的叹息里，也有人怨父亲的不经心，不该拿卖了红糖的金圆券去换金条。新厅本来就是教那些绿林好汉流口水的大户，处处小心才是，金圆券一转手就变草纸，但与命相比，算什么呢？一露财，土匪不仅劫走了新换到的金条，还顺走了家里许多珍藏；怪只怪父亲忘记这个三不管地区的生存规则，土匪得手以后，不该紧追不舍地去索讨一件"传家宝"。据说，那是外头粗糙得像黄铜的一尊弥陀佛，企图假借"这尊菩萨不值钱"蒙回来。结果被土匪误以为是来辨认他们的眉眼，准备告官，那么不杀他、灭他的口，还算土匪吗！

　　号哭，叹息，后悔，绝望，诅咒……成堆的悲痛里，小波波记住的只是爷爷仰天的一声怨恨和呼告：这是什么世道啊？

又是"道"！天哪，如果说，第一次听到，爷爷是用"有道""无道"教训人，这一次，爷爷却在痛失爱子、痛失家财的无奈无助的悲愤中，和现"世"挂上了钩！

小波波想，我一定要弄明白，并且找到它。

在金银坞，逢年过节，"山里虬"们都要请神拜佛，请观音，迎龙灯，叠罗汉……爷爷奶奶，父母亲和左邻右舍所做的祈愿，就是风调雨顺、国泰民安。

是呀，天灾人祸连年不断的金银坞，不祈求老天爷行吗？

他忍不住问爷爷，风调雨顺，国泰民安，能求到吗？

爷爷说，只要心诚，不旱不涝、没有兵灾、没有匪祸的好世道，一定能求到！

瞧，又是世"道"，还要"心诚"。难怪三天两头揭不开锅的乡亲们，都乐意花钱买香烛供奉了。一向不愁吃、不愁穿的小波波，也就这样，把"世道"和自己直接挂上了钩。

他把目光投向六叔。迎菩萨诸事，是能人六叔主持的。一尊尊菩萨，都是挑选不同身段的男孩子扮成，坐进彩轿，被人抬着，从金银坞巡游到洪塘镇的街市上去。扮一般菩萨并不稀奇。最需要胆量的，是扮南海观音。观音菩萨不坐在彩轿里面，而是固定在轿子上端的装饰物上，形成凌空踏波踩浪而来的姿态。六叔他们选择角色，问狗团敢不敢，狗团直摇头；问樟团，樟团连忙往后退；问三团、四团都说不敢；小波波却冲上前去，说：我敢！于是，他给扮成了南海观音。当被固定在轿子最高端的那一刻，他心里发慌了，随时要跌下来似的，但他一想到可以把好世道请来，便坦然了，到那时，土匪没有了，伸手一指，一块块石头也都变成肥羊了。他虔诚地想象自己是观音菩萨，右手拿拂尘，左手提观音灯，默默地念着：好世道来吧，来吧，好世道。眼一睁，山矮了，房子也矮了，男男女女老老少少都朝他仰着头，笑着，叫着，夸着，赞着，指指点点！赢来了一片"山里虬"们特有的，也是他最期望得到的惊叹，"哦嗬"以及"哦嗬"后面那些具体的赞颂：哦嗬，真行呀！哦嗬，胆子大呀！哦嗬，活观音呀！……他相信了，人一变成观音、神仙，这世界真的会变的呀，山上的石头，一定也在变吧，变成了一群群羊！

巡游过村北头的萧王庙，再到洪塘镇巡游回来，他卸了妆，很想上横岩岭看看，但他从来没有独个儿上过那么高的山岭，他要先回家去，告诉爷爷奶奶和母亲，横岩岭下的石头有办法变成羊了，土匪也没有了，爷爷一定会高兴地带他上山的。

岂料，一进门，爷爷戳着他的鼻尖，气得说不出话来了：你……你站得那么高，你不怕摔下来吗？

他开心地说，我不怕！

爷爷说，你不怕我怕！你要是摔下来……

挺着个大肚子、戴着孝的妈妈，落着泪，把爷爷没有说出来的话，说了出来，你知道吗，你不光是长子，还是独苗！……

自从父亲遭了匪灾被杀以后，小波波最怕母亲唠叨这些。从这几位长辈的脸色上，从乡亲们对长子、独苗的期望上，他感受到这些词比横岩岭还沉重！跟着这些词句来的，往往还有家法，那就没有他任何辩白余地了。

他只能返身离家，去找狗団和樟団。狗団他们一听他是为了这原因扮观音的，眼一亮说，对呀，求得好世道，满山都是宝贝啦。

他们立即跑到猫儿山去当场试验，指着石头喊着变。结果，石头还是石头。到牛鼻头山，到鸡公山都是这样，没有一块石头理睬他们。

他们天天去，石头始终不理他们。他们不得不承认，好世道没有求到，准备再找机会祈求的时候，爷爷却送他到蒙馆读书了。

蒙馆，本来是"山里虬"们对私塾的称呼，来自中国传统的蒙童教育，朝代更替几次了，金银坞的人却依然把小学校称为蒙馆。它始终设在楼氏宗祠的后进厅，格局也始终没有变，就是在祖宗牌位前摆开了十几张课桌。爷爷在这儿接受过真正的蒙馆教育，爸爸在这儿念的是小学，那几张课桌黑不溜秋的，不知是多少年积的墨水还是汗水和尘垢糊成的，一条条年轮都磨损得暴露出来了。他读的还是《三字经》《百家姓》《千字文》，爷爷曾经教他读过的，他并不觉得新鲜，新鲜的是所实行的规矩，比如要在祠堂前升青天白日旗，背总理遗嘱，比如老师讲着讲着，会突然点某个学生的名，要他当众回答，这句是什么意思，那个字怎么解释，复述一遍老师说的，等等；再比如说，要当场背课本，当然是老师事先指定的。这些规矩中，这一条是他最不欢喜的。既新鲜又紧张的学校生活，刚把他满脑子的"道"赶出去的时候，一个意外发现，却重新把它拉到"世道"的"道"上来了。

他好动，那天在听课时，随手拿爷爷用过的铜笔套，刮课桌右侧那层黑黝黝的尘垢，刮呀刮的，竟刮出了刻在桌面上的一行字，歪歪倒倒的，不知是爷爷还是爸爸他们那一代人刻的，模模糊糊地还能辨别："天时不如地利，地利不如人和！"

他不懂。但突然想起了凯贵爷爷和爷爷说起过的"天时就是天下大势"的话，这个"天时"还和"世道"有关系。不是吗，到底是发生了"叱石成羊"的宝地，只要黄大仙的传说存在，这种话题，就像谜语一般历代相传！

他去问爷爷。

果然，爷爷一听，就像触动了心病，滔滔不绝地说了许多，他说，不错的，"天时"就是"世道"！还说，要是地脉好、人脉好，也能弥补"天时""世道"的不足……反正，这方面的学问深得很哪，等你长大了，会懂的。

他很兴奋。毕竟是长在黄大仙叱石成羊的地方，哪等得了啊，一有机会，便要试一试从无变有、点石成金的法道，说不定，坏世道也变成好世道了。要不，也太辜负黄大仙看中金银坞这个好地脉了。

楼循波坐在"上海·人和中心"董事长的座椅上，作为"义商"的代表人物接待记者时，说到他生平第一次做无中生有的"科学实验"。那天他胳肢窝下挟着书裹（即书包，因用一块淀青方巾包课本而得名）回家，到新厅门口，看到许多女人围住了小鸡笼担在买小鸡。不知怎的，家里的母鸡今年就是不肯坐窝孵小鸡，所以他奶奶也在其中。毛茸茸、黄灿灿的鸡雏挤在竹笼里，叽叽喳喳的叫声，教他想到了狗团的姐姐把粘满蚕种的纸片捂在怀里，捂出了小飞虫一般蚕宝宝的事，随之冒出了一个孵化小鸡的主意。他奔回家，到厨房里取了两个鸡蛋，捂到了胸口。他相信，过几天，鸡蛋也会像狗团姐姐捂蚕宝宝一样，变成小鸡的。他非常兴奋，悄悄地，严守秘密，准备到时候给奶奶一个惊喜，让奶奶从此不受老母鸡的摆布。当然，发现鸡蛋孵成小鸡那一刻，一定要先让所有同学目瞪口呆地"哦嚯"一番。也就是说，先到学校里，当着全班同学的面，宣布他有不用读书就有夺天之造化的本事了。然后从怀里掏出一块石头亮一亮，再塞回去，说声变，随之掏出小鸡，他就成为"叱石成鸡"的楼大仙了，要说有多风光就有多风光！

他在樟团、狗团这一伙中，成绩最出众，见他调皮，总是异想天开，老师三天两头点他的名提问。这一天，老师讲课时，头一个点到的，也就是他。这是他没有料到的，他忘记了怀里的两个鸡蛋，身子一挺站起来的那一瞬间，鸡蛋突然从怀里滑了下来，跌落到了课桌上。他急忙伸手去抓，却抓了两巴掌黏糊糊的蛋黄蛋清，亏得没有砸到书本上。教室里一片哗然！老师被惊呆了，急问，怎么啦？啊？他结结巴巴地说，我……我……我想看看，能不能孵出小鸡来……然后，然后……

同学们笑翻了天！

老师脸一板，说出来的话好刻薄，好好的人不做，怎么想当母鸡？

又是一片前仰后翻的哄笑：哎唷，哎唷，笑死人了！

太损人了。使他恼怒的，是狗团、樟团跟着笑！

好胜好强的倔劲，便像弹簧般地蹦了出来，脖子一梗，解释说，黄大仙能够叱石成羊，我，我为什么不能够拿鸡蛋孵出小鸡呢？……小鸡，不是和蚕宝宝一样孵的吗？……

又是一阵大笑。

老师无可奈何地摇摇头说，无中生有，莫名其妙！

一堂课眼看就要给搅了的这一刻，他却机灵地说，就是嘛，我就是要试试怎样无中生有的嘛。我可没有耽误功课，不信，你就问我好了！

或许是他天真，或许看他的功课一向名列前茅，今天确实事出有因，老师倒抽了一口气，挥挥手说，看你这样子，还嘴硬！出去洗洗再说！

他赶紧溜出教室，到祠堂门前上夸塘埠头洗手去。但他不信这场课堂风波就这样平息，老师一定要去找他爷爷告状，叫爷爷管教他的。结果，两天以后，倒是爷爷找到学校里来向老师道歉了，他孵小鸡的事，已经在村里当笑话传开了。

老师对爷爷居然说了这样几句话，楼循波不是调皮捣蛋。他能够由此及彼，敢于想象，我倒认为孺子可教呢！

这是小波波第一次感受到了自己的分量。

加强这份自我分量感觉的，还有一个原因。就在这一天，母亲分娩，给他生下了一个妹妹。他真的应该做一个像哥哥的"长子"了。

爷爷给妹妹起的名字叫玉莲。

4

这一年清明未到，金银坞有了异动，像湖面上掀起浪涛，先是微波，然后惊涛拍岸。微波细浪，都是六叔从山外头带进坞里来的。年关将到，六叔按老规矩，照看他和小波波父亲共用过的那张路线图，出山去敲糖换鸡毛。想不到，离村不到两天，他便挑着箩筐回来了，一羽鸡鸭鹅毛都没有换到，一分钱也没有赚到，说仗越打越近了，没有太平的地方了。

谣言跟着多起来，听说，山外头那些作威作福的角色，和"大佬""大亨"一起都进山了，和杀害他父亲的那些土匪走到一窝去了。

跟着谣言来的，是一个小波波不认识、爷爷和六叔他们都兄弟一般对待的人。是下溪沿七房锦字辈的，叫锦勋，剪了个山里很少见的西洋头，穿一条土黄色的军裤，左胳膊用绷带挂在胸前，在前厅娥囡奶奶的小摊边，用冒险家的口气，对聚在身边的乡亲，毫不隐讳地说他在炮火密集的阵地里怎么过日子，最后怎么从死人堆里站起来，然后被俘的经历，还悄悄地掏出塞在皮鞋底下带回家的一枚勋章。

"山里虬"们直觉战火烧到家门口了！真的，一天半夜里，金银坞出现了一群国军，乱糟糟的，把新厅都住满了，在天井里筑起了土灶，借了他家一口大锅，一副要长期驻扎的样子，可是不到两天，就撂下灶头和半锅子米饭，急慌慌地开拔了。都以为锦勋会跟着国军走的。当他依然出现在前厅娥囡奶奶小摊前高谈阔论的时候，人家拿这当成一个问题提出来，他笑着说，我不走！我当过俘虏，懂得政策，懂得光明在哪一边！他还说了一句笑话，要是我走了，在响溪上筑堰建造水力磨坊谁来带头啊？

是呀，这个楼锦勋见过世面，说要在村子北边响溪上筑一个水堰，利用水力造个磨坊，让"山里虬"们少在磨扇上转，乡亲们倒挺感兴趣的。

见过世面的楼锦勋都这样,"山里虬"们不再恐慌,并有了某种期待。遭受了匪害的爷爷就是其中一个,他对此还有了另外的解释,说天下大势,分久必合,乱而后治,分得太久了,乱得也够凶了,和合而治的世道应该到了。他把东厢房里书桌清理一净,拿出始终用来观赏、收藏的一套文房四宝,将黄铜镜框老花眼镜的两只腿夹在太阳穴上,开始挥毫书写一本大书。这一套文房四宝,据说是他的家族,从敲糖换鸡毛过程中被人家当成废物,逐年换到的,有砚台、笔筒、笔屏、笔船、笔洗、笔拣、水注、砚盒和称为"水中丞"的水盂之类,一应俱全。小波波从来没有看到谁动用过,可见此事的隆重、神圣。书名叫《换糖经》。爷爷虽然没有像祖上那样在敲糖帮里占一席位置,经历过敲糖换鸡毛路上的风风雨雨,但敲糖帮的规矩和甘苦,都在他心里,他说他们家庭中好不容易积累起来这许多经验,再培养出他这样一支笔,就是天注定要他来写这样一本书的。他雄心勃勃,撰写时端坐的姿态,是从未有过地庄严。相信锦六他们走不远只是暂时的,不久的将来楼锦六会重新带领乡亲,摇着拨浪鼓走出去,许许多多新手,都用得着他这本书。

啊呀,"天时就是天下大势",真给爷爷说中啦!好世道来啦!

小波波太兴奋了。他要为好世道的到来做准备,正像爷爷写《换糖经》。他悄悄地开始练习,怎样把横岩岭下那些奇形怪状的石头指成羊。毕竟长大了,上过学,知书识礼了,和孩子想法不同了,这一回,他考虑得很周到,他想,男左女右,应该用右手,还是左手?是伸出一个手指,还是像戏文里演戏时那样,把食指和中指同时伸出?"叱"是喊,还是叫?喊叫的是一声"变",还是"变成羊"?是连声喊,还是指着一块石头喊一声?天气、时辰,是不是有考究,要不要请凯贵爷爷挑选个黄道吉日……

应该去问问爷爷或凯贵爷爷,或者找到黄大仙写的那本书查一查。

正在这时候,金银坞出现了解放军。不是一支队伍,却是一个,淡定从容得很,身穿军装,却不带枪,说是来组织农会的。祠堂前面的青天白日旗也降下来了。闹翻身的日子开始了,天,真的变了呀。驻扎乌伤大地的国军是和平起义的,所以没有听到枪声。

但枪声还是响了。

接着发生的几件事，却让他把脆亮的枪声都编进了噩梦。

什么都跟着"闹翻身"三个字翻个了。学校里的金老师给抓进去坐班房了，据说通匪；在娥囡奶奶摊头前眉飞色舞说打仗的锦勋叔也给抓走了，说他是土匪的军官，潜伏到金银坞来的；靠打短工度日的四团，却成了乡亲们的头头，当上了农会主任；跨溪屋的小春芳，居然成了妇女会主任了；四团的哥哥三团楼循山，手拿竹叶枪，成了民兵队长；满山枣花飘香，也不见洪塘镇的同年爷来"判"枣子……闹翻身当上了主人的"山里虬"们，仿佛着了魔，中了邪，白天连着黑夜，点起了煤气灯，通宵夜战，挖地主，查富农，算计土地、房子、浮财、牲畜，怎么出一口窝了多年的恶气，只想挖地三尺，把祖宗十八代的老底都翻出来了。最可怕是盯上了他们新厅，都说，金银坞吗，这一家最抢眼，要是楼凯龄不是地主，就没有一个够得上地主的了！

爷爷《换糖经》写不下去了，只是长吁短叹，茶饭无心，背地里和奶奶，和他母亲叽叽喳喳地商量什么，好像是在分析，谁谁谁是靠敲糖换鸡毛发起来的，如果他家给评上地主，那么自己家也过不了这一关，反过来，他们评不上，自己家也就不够格，还猜测除了四团，还有谁在跟自己家过不去，商量是否要去找工作组解释之类。

地主到底是什么呀？小波波不明白，只从乡亲们的目光里、脸色上，还有满天飞的传说里感觉到，就像前些年乡亲们最怕戴上的那种红帽子，是要抓去坐班房甚至拉到溪滩上去枪毙的。但他怎么能够相信，爷爷会和被称为土匪的红帽子归到一伙去？

确认他们一家倒霉的时刻，转眼间便来了。

这一天，农会主任四团上门来通知，要他爷爷和妈妈两个，到洪塘镇去参加镇压地主反革命的群众大会。这个大会，癞痢老三已经敲着铜锣，在上水明堂通知了全村人，农会主任独独郑重其事地上门来再通知一次，说明凶多吉少，说不定被镇压的就是外公、外太公他们。小波波吓得浑身发抖，便怀着满肚子的惊惶不安跟爷爷去了。

洪塘镇是乡政府所在地，是沿溪建筑楼舍构成街市的集镇。溪叫青龙溪，他们村的响溪与它相比，就像一条小水沟。火腿行和一年一季开张的枣厂，沿溪排列成了一条小街，一到赶集的日子，宽广的溪滩也成了买卖的场所，牛羊牲口在此交易，米麦柴草也在此互通有无，在"山里虬"的眼里，无疑是当地的小上海。

会场就设在溪滩上。那年，就在这个地方，几个人给戴上了红帽子，当成土匪枪毙了。那天他正跟爷爷来赶集，看见枪毙之前的死囚游街，那人一声"十八年以后再来"的话，引来一片叫好声，给他印象很深刻。这一回，他对爷爷的担心，把是否也会听到这种豪言壮语的猜想，都抛到响溪里去了。他们到达时，气氛完全不一样，只见整个溪滩都是人，一面红旗就是一个村子，一伙一伙地斗着歌，都是"解放区的天是明朗的天"之类的新歌，比他所见的任何一个节日都新鲜、都热闹。所有的人都面对溪岸的那个草台，草台上堆满了大大小小镶金描银的箱笼，据说都装满了金银珠宝、衣饰财物。小波波他们金银坞的这一伙，被指定坐在小镇边缘的一块乱石滩上，离草台很远，看不清台上堆积的都是什么，也看不清台前那一排被五花大绑着的，都是什么人，都弓着腰，埋着头，并不像外太公和外公；台上的解放军拿着喇叭说了些什么，也听不甚分明，只知道，解放军和贫雇农代表在分地主的浮财，浮财就是金银珠宝啊，领到的人，都喜笑颜开的，然后是首长讲话和贫雇农的控诉。

最刻骨铭心的镜头，却离他很近很近。那是控诉完了以后，反绑了双手的地主们，被解放军押着，急步从台前直往他们这边的乱石滩推送过来，有几个是给拖着过来的，走道是预先留好的。人群纷纷站起身来观看，小波波他们随之站起来，他还踮起了脚，看清了，原来，匪军军官就是锦勋叔呀！他吓得一屁股跌坐到地上，就在这一刻，砰砰砰，枪响了。他惊吓地一抬头，透过周边人们的身子，只见几团白花花、红艳艳的东西，在空中散开，迅速落下，整个溪滩发出一片"嗬嗬嗬"的吆喝声。大人早就告诉他，给枪毙的人，出窍的魂灵满天飞，如果你不喊叫着驱赶他，魂灵就会附到你的身上来。他蹭地站起身来，跟着爷爷妈妈起劲地吆喊着，却不知道，飞向半空的那是什么，后来人们告诉他，那就是这几个地主和锦勋叔的脑浆！

他差一点呕吐了，别说是否听到了"十八年以后"什么什么了。

这一天爷爷没有被抓到台上去，但他担心，下一回，说不定就轮到自己的亲人了。

　　这一夜，他做了一个噩梦，梦见自己和父亲一样，被一群凶神恶煞的人抓了。抓他的，说不明白是不是土匪，一同被抓的，还有爷爷，和明明已经死去的爸爸，一起被推到溪滩上，便响起一阵枪声，砰砰砰，爸爸、爷爷都像一垛稻草那样倒下了，他变成了羊，外公、爷爷、爸爸都变成了羊，沾满了鲜血的羊……他惊吓出一身冷汗，大叫：爷爷，爷爷！……

　　小波波，小波波！爷爷边叫边摇晃着他的身体，你怎么啦？

　　他醒了。一把抱住爷爷：爷爷，爷爷！……土匪……

　　爷爷在发抖，说：没有土匪，没有土匪……

　　他的惊恐在继续，求告道：……不要，不要，我不要变成羊！……

　　爷爷一把抱住他，趁势把他的脸面贴在自己胸脯上，使他出不了声，说：梦话！全是梦话！……别胡说，快睡觉！

　　他清醒了，紧紧地抱住爷爷，颤抖着，久违了的那个问题，却从他唇齿间冲了出来：爷爷，你说，君子爱财，取之有道……道，到底是什么意思呀？

　　房里伸手不见五指。他只觉得爷爷的手冰冷，身子继续在簌簌簌地发抖，回答的还是那几声：梦话！全是梦话！……语调里，却注满了惊慌、恐惧和无助。

　　祖孙俩都没有睡着。

　　整个山村出奇的静，他们都听到了响溪的潺潺声和山风的呼啸，这千古不变的流水声和山风的呼啸声，汇成了那一首唱惯了的山歌，音调低沉、雄浑、悲壮，似泣似诉，隐隐约约，若有若无，周而复始，恍恍惚惚，像一种幻觉：

　　　　金银坞，金银坞，
　　　　山瘦水枯代代苦。
　　　　手摇一只拨浪鼓，
　　　　走不尽天下辛酸路！……

　　爷爷没有直接参与敲糖换鸡毛，他身上流的却是敲糖帮的血。

这首山歌在此时此刻重现，使他一夜间变老了，腰弯了，背驼了，步履蹒跚了，《换糖经》的草稿和视作珍宝的那套文房四宝上，都积起了灰尘，到梯田里锄麦，锄不到一垅，便挂起锄头喘气，然后坐到田埂上，一锅接一锅地抽闷烟。俗话说，人怕出名猪怕壮，名呀，壮呀，都是相对的。在金银坞，不说充当"坐坊"的无限风光，就说这幢新厅，就是鹤立鸡群的富家模样，宅子主人几代走南闯北运回的财宝，肯定堆满了房间。被淹没在生活烟尘里的传说，给重新挖了出来，在乡亲间流传。

敲糖换鸡毛，也就是老百姓口头的"鸡毛换糖"，是给瘠薄的水土逼出来的。乌伤大地属浙中丘陵地带，大部分是红壤。红壤缺钾，坡上的旱地可用草和泥混合发酵后，再烧成的草泥灰来对付；水田种水稻，世代沿袭使用两样东西，一是鸡鸭鹅毛、畜毛或者人发，二是石灰。所以，农家杀鸡宰鸭时都将羽毛留下当肥料，长而鲜艳的羽毛才选去做鸡毛掸子。鸡鸭鹅毛包括人畜的毛发，切碎后沤在人畜的粪便里经过发酵，和草木灰搅拌在一起，成为一种被"山里虮"们称为"和毛"的饱含氮、磷、钾等多种元素的基肥，在稻禾秧苗插下后，塞在秧苗的根部。于是，春种时日，金银坞和义乌江沿江一带一样，有了这样一道独特的风景：前面是插秧农民，随后是一个少年或成人，腰挂一只冬瓜大的被称为"裙笼"的细篾竹笼，笼里装的就是深灰色的"和毛"，孩子将"和毛"团成足球般大的一块，摘一撮，往稻秧根部塞一撮，名为"塞和毛"。在秧苗成活后，再塞一次，名之为"塞秧根"。"和毛"这两个字，颇能概括"拌和"了"鸡鸭鹅毛""人畜毛"的意思。耘二次田以后再撒一次石灰，石灰是到石灰矿买的一块块像白色岩石般的生石灰，使用前用水将其化开。和敲糖换鸡毛一样，都是乌伤大地丘陵地带的农民在与天争粮中，总结出来的生存经验，并由此引发出了与货郎担相仿的经商之道。

乡亲们放下田耙锄头，摇着拨浪鼓走南闯北，糖担上备的，不只是糖块，更多的是针线、顶针、鞋口布、头髻网、梳子、香粉之类，送上来交换的，除了鸡毛、鸭毛、鹅毛、猪鬃和人发，还有过日子中出现的破铜烂铁之类废弃物，旧烛台、破菜刀什么都有。相传，新厅的祖上，从"年伯""拢担""老路头"，发展成"坐坊"，就是眼里有水，识货，换到了许多稀世珍宝。楼锦财敢于冒着生命危险，追赶土匪索取那一尊外貌如烂铁的弥陀佛，据说就是纯金的。这么大的一坨黄金，在这个杀富济贫杀得眼红了的时日，目标有多大啊！据说，他们开的坐坊、糖坊的客栈规模，都超过了县衙的粮库，每天可供一两千副糖担的膳食、批糖和供货。当年，土匪即便抢上十次、廿次，也只是牛背上的一根毛！于是，众口一词，楼家是地主或者工商地主、恶霸地主，理由很充分：敲糖换鸡毛去的人多了，独有他家换到这么多财宝，不是骗，就是抢，就是霸，就是强占，不光骗穷乡僻壤的老头老妪，更诈敲糖帮里的同伙！众口铄金，成了待宰的一头羔羊，也就顺理成章了！分浮财，给揪到台上去接受贫雇农的控诉，然后，砰的一声脑袋开花，是早晚的事。一旦到这步田地，六亲都不认的，那天，上台去斗地主陈老虎的"苦主"当中，就有自己族里的兄弟叔伯，其中还有几个是吃公家饭的亲生儿子，特地从城里赶来，所揭发的事情，刀刀见血，连裤裆下面的事都躲不过的呀，比谁都可怕！真的呀，锦勋叔都和杀了他父亲的土匪是一档子人，谁知道爷爷做了哪些伤天害理的事呀！

爷爷撂下烟锅，不时翻箱倒箧地寻找什么，怪怪的，还把绒线衫、丝绵背心、皮袄之类值钱的衣衫，穿在身上，小波波说太热也要穿上，奶奶，妈妈，把当年没有给土匪劫走的手镯、项链戴了起来，让衣领、袖子遮得严严的。

幸而，惶惶不安的日子很快结束了，阶级成分公布的前夜获得了消息，他家没有被评为地主，也没有被评为富农。这使新厅的一家老少如释重负，小波波对这个世界却有了新的发现，同时也有了新的不可思议。

这么重要的消息，居然是小春芳透露给他母亲的！小春芳是一整天和工作组的干部、四团他们泡在一起的妇女主任，了解的内幕很多，那是一定的。她会在溪埠头一起洗衣的时候，主动给他们透底，却是意外。她说，他家做过敲糖帮的"坐坊"，赚了许许多多钱，也雇过长短工，剥削过人，都是板上钉钉的事，但都给一阵风吹了，就是因为他们遭到过土匪洗劫，底子掏空了，雇了长工，忙时还雇短工，就因为当家人被土匪杀了，老的老，少的少，不雇人帮工，怎么活命呢？所以，只能是富裕中农，或者称为上中农。小春芳还特别说到，许多情况，是她对土改工作组的组长老周同志反映的，老周同志这才静下心来，全面了解、准确地一条条对准土改的政策条文，还到开"坐坊"的那个镇上去调查呢，然后说服了四团他们做出了最后决定。还说，不光是因为土匪洗劫，对他家的成分议而不决，主要是对"老路头""坐坊"之类敲糖帮的活动难以定性，而且是祖上的事。在乌伤大地，这类情况不止这一家，所以比较慎重。

太激动人心了。母亲撂下洗了一半的衣服，赶回来传达喜讯。奶奶一时还不信，说小春芳这种女人凭什么帮我们说话啊？母亲说，开头我也不信啊，我说谢谢弟媳妇这么关心我们！你们猜，小春芳回答了什么，她说我不关心你这位大姆，还关心谁啊？奶奶一怔，说这是什么话，啊？母亲看了一眼小波波只是苦笑。

爷爷却激动起来了，说，人民政府嘛，会听民意的呀！他像给自己家庭获得正确的评价做辩护似的说，不错，我们祖上是敲糖帮里的"坐坊"，在敲糖帮里是有相当地位的，曾经风光过的"坐坊"的领头人物，下辖"拢担""年伯"和"担头""老路头"等三百多号手摇拨浪鼓敲糖换鸡毛的老乡。可惜，到了我这一代，一年不如一年了，传到了锦财，只经营一家"坐坊"了。你们知道，"坐坊"只是敲糖帮组织里的头一个环节，和"站头""行家""老土地"平列，专门给糖担制作"大作糖""和货糖"的店铺，兼营出售或租赁糖担所需的篾篓、糖搭盘、糖刀、拨浪鼓之类的敲糖用具，一面将作糖批发给糖担，一面收购或代购糖担换进的鸡鸭鹅毛等物资，只不过是个小业主罢了。

奶奶的思路也给打开了，说，对呀，对呀！不过，听人说，乌伤大地敲糖帮分别走好多条线路，听说我们走"中路"，"中路"是到哪儿的呀？

爷爷说，"中路"，就是经衢州北上进入安徽那个方向。到了那边打了仗，打得我们连坐坊也经营不下去了，到头来，锦财和锦六他们出不了门，这才遭匪灾的哇！……我本来要去找老周同志他们解释的，原来，他们都清楚，能够实事求是的哇！

小波波给感染了，觉得爷爷的解释有道理。经多方打听，小春芳的消息也是正确的。他想起参加镇压地主反革命大会那天晚上做的噩梦，把杀人劫财的事都和土匪搅在一起了，原来，镇压地主和杀他爸爸的是完全两回事。对小春芳，这个总带着鄙夷的神情、不屑的口气出现在乡亲眼中的女人，也有了好感，至于凭什么要对母亲说那些话，凭什么"我不关心你这位大姆，还关心谁啊"，对这些言语，他却怀有跟奶奶一样的疑问，同宗妯娌多着呢，小春芳和母亲这一对妯娌远着呢！凭什么要她格外关心？而母亲，面对奶奶的查问，为什么露出那样的表情？

这样一句话，倏然从他口里冒了出来，是不是小春芳婶婶是做皮肉生意的？

他没有料到，活像抛出了一个炸弹，一家子全被这一句话惊呆了！一向细声细语的妈妈，猛地跳了起来，揪住他的胳膊，厉声地问，你说什么？啊？你从哪儿听来的？

他本能地往奶奶身边躲。

母亲却没有放过他，揪住他的胳膊不放，紧紧追问，你说，这是谁告诉你的？

他惊慌，却不害怕，说，村里的人都这样说！

母亲越发激动了。这让小波波越发不可思议了。不错，父亲被土匪杀了以后，母亲一度摆脱不了痛苦的阴影，不多久又逢娘家评上地主、遭受家财被分的厄运，加上自家也可能遭受同样待遇的恐惧，神情恍惚得不时自言自语，今天应该是喘一口气的时候，为什么会这样控制不了自己？他真的觉得自己闯祸了！

爷爷和奶奶不解地望着她，仿佛都在问，怎么啦？

妈妈哭了，当着小波波的面，喃喃地说出了溪埠头小春芳对妈妈说的另外一些话。小春芳说，我们都是寡妇，同样都是给人乱嚼舌根的苦命人啊！还说，你不是地主了，你也应该参加妇女会了，我们可以一起闹翻身去了！……

奶奶吃惊地追问，她怎么和你比？她还嚼了哪些舌根呀？

妈妈哭得越发伤心了，说，你们都不知道她！她不是那样的人……她看了一眼儿子，便噎住了，转身走了出去。

小波波呆住了。只觉得妈妈和这个小春芳还有很多很多他不知道的故事，而她们的故事一定是"山里虮"们津津乐道却又躲躲闪闪、神神秘秘的故事。多年以后，他才知道，作为寡妇的母亲，也有一些和小春芳一样莫名其妙的绯闻，才教她这样伤心。

7

　　小波波对蕴藏在金银坞的秘密，日益着迷了。村里的，山上的，男人的，女人的……

　　金银坞的"暴风骤雨"过去，生活有了恢复常态的平静，这种感觉，居然也是以发生在小春芳身上的一场闹剧作标志的。

　　土改开始，楼氏宗祠的前进厅东西厢房，就分别成了农会、妇女会和民兵的办公室。那天黄昏，农会几个干部开罢会，四囤叫小春芳留下来研究工作。当房间里只留下他俩的时候，他居然将门一锁，狼似的扑到她身上，被小春芳抽了一个耳光，她大叫大骂着，夺路逃到天井里，惊动了祠堂内外。披头散发的小春芳，当众指责四囤要强奸她！发生在这个女人身上的事，总是格外引人注目的，乡亲们都给吸引了。没有得手的四囤不知道骂了她什么，小春芳发了疯，把压在心里多年的话，都倒出来了，她那带着皖南口音、掺杂着许多普通话的语句，顿时震慑了所有的人：

　　……我要是真做皮肉生意的，也不跟你这种流氓做！……打开天窗说亮话吧，我可是曾经沧海的，比你们大得多的共产党干部，都喊过我嫂子，喊过我同志！你，还有你那些狐朋狗党，天天往我家里跑，色眯眯的，谁不想解下我的裤带尝尝我的×是香是辣的呀！谁不咽口水，盼着我端糖醋里脊一样往外端呀！……做你们的白日梦去吧！你……你……你们在我老娘眼里算什么东西！……嘿，嘿，嘿嘿嘿，今天倒过来，倒骂我是做皮肉生意的……来吧，老娘今天就在祖宗牌位前头，把裤子脱了，躺在这儿，你敢不敢上啊，敢不敢让乡亲们看看，我这生意，就是你们这些贼逼出来的！……快来啊，快来尝尝啊，老娘这东西是不是用糖醋浸过、用焦油炒过、浇过麻油、撒上葱花，特别特别鲜嫩呀？……

　　整个金银坞给震动了。

　　震动的原因，不是她骂得放荡，骂得不顾廉耻，而是敢于拒绝并公开痛骂这个四囤，以下流对付下流。

四团一家子是闹儿荒出了名的泼皮户，他们这一代兄弟姐妹八个，他们的父辈也是兄弟姐妹八个，当年被镇压了的国民党军官楼锦勋戏称他们为"八的立方"，然后被"山里虬"们一传再传，从"八的立方这一房"传为了"八方房"或者"八立方"，再从"八方房""八立方"传为了"老八房"。到此，势必和其他同太公的新三房、老大房、北头房之类混同了，真的以为他们是楼氏宗族中的第八支。不过，相传者到此都会心一笑，都认同了。"山里虬"们把男人胯下那玩意儿叫作"老八"。据说有人考证，这称呼是有历史渊源的，并由此生发出一些嘲笑类词语，比如吹牛皮、不可能、讨人嫌、荒唐，都叫"老八叫"。而这一家，在金银坞闭着双眼走路，碰到十个人中就有五个是老八房的，不想豪强都难，门扇里，打打闹闹；门扇外，齐心合力，谁都不敢得罪他们，他们想干什么就干什么，称他们为"老八房"倒也挺解气的。今天，小春芳这一骂，虽然没有涉及"老八"的意思，乡亲们却分外痛快，既帮自己出了气，也印证了对这个婆娘的那些传说，传说之一，是她之所以胆子大，就因为她和当今的一些省长、县长打过交道，只是她不乐意去找他们；传说之二，是她和民兵队长三团是"姘头"，三团楼循山就是四团的三哥，甚至猜测她还可能和二哥二团也有那么一脚。背靠大树，腰挺横岩岭，有什么不敢骂的？

　　小波波听到这一新闻，却有另外一种理解，那就是她对母亲说的"我们都是寡妇"所包含的辛酸。当时，他只觉得这个妇女主任像个闹翻身的人，却没有料到，传到乡里，工作组撤了四团的农会主任，同时把小春芳的妇女主任也撤了。反正，村里要成立互助组了，农会妇女会只要有副主任就行了。

　　这一闹一撤，金银坞的"山里虬"们很兴奋，有人特意在上水明堂（公共晒谷场）朝着老八房聚居最集中的下溪沿，高唱"解放区的天是明朗的天"。爷爷奶奶们觉得生活回归了常态。年关将近，金银坞和乌伤大地历来有切麻糖过年的风俗，也恢复了，而且比以往丰富。麻糖，外面世界叫炒米花糖，以发过酵的大米小米，或者芝麻之类做原料，用红糖熬了，调和后切成的片状或块状的糕点，拜年时招待亲友，因其宜于储存，也用作春耕春种期间的点心，是富足的象征之一。还有呢，"山里虬"们除了糖蔗，梯田上世代种植水稻，只知道水稻歉收的原因中有一种叫粘心虫的虫害，那时，除了一种用于蔬菜除虫的叫作"菜虫药"

的植物的根须，还没有任何农药可用，乡政府便派人来，教大家明白这种害虫叫稻螟虫，最佳除害的时间是稻秧插下成活以后就把虫卵消灭掉，它像蚕子一样，粘在稻叶上的。乡干部们带领大伙，下水田去寻找粘有虫卵的稻叶，摘得多者获表扬。于是梯田上到处是采虫卵稻叶的人，那真是壮观，路上呢，也有织布机被人背着流通的风光。

这种给人有依靠、有奔头的感觉，进入了千家万户，随着春天的到来，像埋在地下一冬的春草，有了蠢蠢往上冒的冲动。爷爷拂去了文房四宝和稿纸上的灰尘，继续撰写他的《换糖经》；六叔煎了姜糖，出门去试探了虚实，说外面太平了，敲糖换鸡毛的路线，都畅通无阻了；大樟树下的溪仁哥，不知哪来的主意，到洪塘镇新成立的供销合作社买来石膏，放到滚烫的锅子里炒，看它膨胀后又变成糨糊状，做起了模子，说要用红黏泥制作小鸡小狗出售；小春芳却换了一个人，不再像过去给人嘲议的那样，守在家里招蜂引蝶了，不知打哪里弄来一架制卷烟的机器，木制的，手动的，拿烟丝和一小片卷烟纸搁在机器上，手一推，便卷成了烟卷。照理，她家来来往往的瘾君子不少，直接卖给他们就得了，不知什么原因，她却刻意送到娥囡奶奶的摊头代卖……至于守着土地的种田佬，却按照千百年来沿袭的惯例，在春耕春种之前，都要趁出汗还不多的日子，进进补，准备大干一年，吃不起人参燕窝，也要吃点桂圆、荔枝干之类，刚刚筹建的互助组是新玩意儿，但这些风俗习惯是不能废的。

糖师傅六叔，却给镇上的民兵抓走了。

开始，乡亲们都以为他入了反道。沿着千年古道，从金银坞翻过横岩岭，就是分属两个邻县的地界，属三不管地区，是"反共救国浙中纵队"经常出没的地方，脑子糊涂是会走上歧路的，这是事实。但是，一深究，却和这毫不相干。

事情说来并不复杂。一开春，长得五大三粗的循禄，想敲糖换鸡毛去。找到六叔，请求指点。六叔问道，懒不过叫花子，苦不过敲糖帮。你不怕苦啊！循禄胸一挺，说，不怕！"肩挑柜台走四方，不用算盘不记账；出门跑外一担货，回家挑来一担粮"，多惬意啊！六叔说，好，有出息！不过，不是你想加入就可以加入的，一定要按照敲糖帮老规矩办的。循禄说，我知道。一行有一行的规矩，想入行，当然应该遵守！六叔笑了笑说，光是行业规矩吗？循禄急忙说，不是，不是，族里的规矩比行业还大。莫看敲糖换鸡毛成群结队出发，实际上都是按村子、按同太公的宗族结成帮的，不愿接受族外人，封得铁桶似的，老货郎也只收自己子弟或最要好的亲戚朋友当徒弟的，对一般人，"宁可给你吃一肚，不可带你走一路"这些老古话，我都知道的哩！六叔说，对呀，当年小波波太爷爷能够当上"老路头"，开起"坐坊"，都是本乡各大族的族长们推举出来嘛。好吧！看你牛高马大的，却是个长心眼的乖巧角色！循禄开心地说，你收我啦？六叔也来了劲，说，哪有这么简单啊？既然你懂规矩，那就该在祠堂祖宗面前，举行三跪九叩的授受仪式，供品香火一样不能缺。要当"拢担""年伯""担头"，一级一级都是有授受仪式的呢，你知道吧？循禄说，知道！六叔说，好，那就按规矩办，先拜"年伯"！循禄说，你说怎么拜，我就怎么拜；你说拜谁，我就拜谁！六叔越发来劲了，说，好。你先找一到两个老糖担做介绍人，备了礼品，由他们陪同，向"年伯"叩头认"长辈"，"年伯"表示接受，并报请"拢担"批准，就算入帮了。不过，要正式做"担头"，还要做三年"附担"，跟自己认定的"年伯"走，听从年伯的吩咐，一路上服侍年伯和拢担，像勤杂工，什么都要做，做满了三年，才升为"正担"，成为资格独立的"担头"去敲糖换鸡毛，这以后，能不能一步步升上去成为"年伯"或"拢担"，甚至开起"坐坊"，就看你的造化啦！

山村地少人多，没有别的生财之道，一年年，一代代，都是这样过来的，规矩苛刻，但总比困守小山村有奔头，循禄一口答应。

六叔热心地帮他找来两个介绍人，指定同村的"担头"楼锦丰做"长辈"，在六叔家点起香火，正儿八经地叩认长辈，仪式十分隆重。这个头一开，早年敲糖换鸡毛的乡亲们便收不住了，都把敲糖家伙理了出来，要和循禄一起重操旧业。六叔一兴奋，便捡起了全部老规矩，把仪式从六叔家搬到了祠堂里，正儿八经地举行"辞族"仪式，祭拜祖宗啦，请族长宣示规矩啦，等等，这套出征仪式，都是祖上传下来的，门一开，就不能随意增减了。最不能忽略的，是把老族长抬到现场来当主持。九十多岁的族长脑子糊涂了，但一坐到祖宗牌位前面，香火台上荧荧的大蜡烛，香炉里缭绕的香烟，便帮他把一再重复的那几句问话，从记忆深处唤了回来，颤巍巍地用带着痰音的语句，庄严地履行职责。牙齿掉光了，吐字喃喃如呓语，但谁都知道，此时此刻，老族长问的是什么，标准的回答又应该如何。

问：这次出门，带了多少铜钿？

答：分文不带！

问：带了多少行头？

答：随身衣裤一套，空糖担一副！

问：家小如何安置？

答：长辈照应！

久违了的仪式，久违了的对答，使循禄他们热血沸腾，金银坞万人空巷！

第二天，循禄他们一如辞族仪式所表示的，挑起一副空糖担出门的时候，乡政府武装部的一位干部，调来两个民兵，把六叔、锦丰和循禄，还有辞了族人正准备出征的几位乡亲一起抓走了。罪名是他们搞反革命组织！

"山里虬"们无不莫名其妙，议论纷纷的。不错，政府正在号召互助合作，大张旗鼓地清除封建思想、"肃清反革命"呢，出门敲糖换鸡毛去，的确不应该，而且如此兴师动众，可是哪能和反革命组织挂上钩啊？于是有人指责，是哪个不肖子孙去向上头报告的？

一追究，才知是金银坞治保主任楼锦兴。楼锦兴年纪不算小了，他对敲糖帮一整套帮规相当了解，入帮者，提出申请，有介绍人，有入会仪式，有考察期，和政治党派相同，和正在深挖的一贯道之类的封建会道门对得上榫，却不知道这么严密的规矩是从哪儿来的，在这三不管的山沟沟，对土匪、反革命多一份警觉，总是不错的，要不，追究起来，总是治保主任的责任，便去报告了。当然，他解释说，敲糖帮确有这样的规矩的，可是……乡政府武装部的负责干部姓徐，是随军南下的山东汉子，出了这么大的动静，正警惕地看着呢，不等他把"可是"下面的话说完，就说，别说可是不可是的啦，这还不是反革命组织吗？哪有这样做生意的呀？抓！

爷爷一听来龙去脉，连声说，坏了坏了！怎么会是反革命组织呢，他们怎么不知道很多戚家军是从我们这儿招募去的呢？敲糖帮这些规矩就是从戚家军里带来的呀！

小波波不解：这跟戚家军有啥关系？

爷爷的一肚子感慨，都给挑逗出来了，拍拍正在写的《换糖经》稿纸说，为了插秧塞"和毛"的需要，我们的敲糖帮在南宋就有了，明代中后期，已经做得很活跃了，到了清乾隆年间，红火得照亮了半边天。这多亏戚继光，他招募兵员，不要城里的，只要乡下的种田佬，进入戚家军，军纪可严了，临阵擅自离队去小便也要杀头的，退伍回家园的这一批武艺精、战术强、守纪律、听指挥、能征善战的山民，没有给他们安置，别无所长，只有一身力气，只能肩挑糖担，串门走户去敲糖，那时候，糖蔗还没有传到我们这儿来，用的都是麦芽糖。他们走南闯北，胆子大，门路广，信息灵，生活习惯也不改，同乡加上共过生死的情谊，一抱成了团，军队里那套老章程也就不知不觉地用上了，对新加入的老乡，也按照军队的那一套，制定严格的规矩，打破了一村一族以自己同宗的宗亲为主的格局，使敲糖帮成了有精细的分工和合作规矩的商帮……

小波波兴奋地说，爷爷，你快去对徐同志解释解释，救救六叔……

爷爷的眼睛里却露出惶恐，说，这是谁都知道的呀，乡长的爹，不就是敲糖帮里的人吗？……你不用愁，过几天，六叔和锦丰都会回来的。

小波波放心地点点头。

一个多星期以后，被抓的人真的回来了。回来的方式，却匪夷所思。

村民为此开了个大会，很隆重，徐部长亲自来。宣布被他称为六叔的楼锦六和锦丰叔是反革命分子，管制三年！说他们看中的，就是敲糖帮里这种军事组织！循禄年轻不懂事，没有被管制，只是警告。其他包括老族长在内的参与者，属于不明真相的人，不予追究。意外的是，被爷爷十分敬重的凯贵爷爷做了陪斗。徐部长讲话的时候，顺便提到了凯贵爷爷，说他用叱石成羊之类的故事，用扶乩占卦、看风水、选吉日传播封建迷信思想，要大伙走不劳而获的道路，然后，一起给戴上了坏分子的帽子，接受管制，不准乱说乱动，出村赶集都得向治保主任报告。

管制算哪条罪呀？小波波问爷爷。爷爷也闹不明白。凭"坚决彻底干净地打击和镇压反革命组织"的口号的声势，小波波想到了镇上镇压大会的气氛，觉得，跟反革命只差砰的一声枪毙了。震慑得他直颤抖，好险呀，我中了凯贵爷爷的邪，真可怕呀，叱石成羊的故事就把我迷得那样神魂颠倒，难怪金老师对他那么不屑啦，锦六叔叔教循禄那一套规矩敲糖换鸡毛去，绝对不会像爷爷说的那样简单，谁能保证，六叔他们不是打起敲糖换鸡毛的招牌，暗地里跟土匪勾结，搞会道门之类的反革命活动呢？

"山里虬"们一定和他想到一起去了，原本都想按新规矩，到农会开了路条敲糖换鸡毛去的人，也都不去了，插秧虽然照样要塞和毛，但都把鸡鸭鹅毛省掉了。最教他不安的是，有人悄悄地提醒爷爷，要他小心点，好自为之。农会要追查他家的老底呢，说不定，仍旧给他戴上地主的帽子。

爷爷也像霜打的茄子，蔫掉了，《换糖经》再一次撂下了。

身强力壮的年轻人，却不像爷爷，说撂就撂下了。梯田里插秧不用或少用鸡鸭鹅毛，手脚勤快一点，多耘一次田，补得回来的；油盐酱醋的零花钱，却没门路找，哪有心思守着瘠薄的土地过日子啊。正悄悄地以单独行动的方式重操旧业的时候，农业合作化运动开始了，县里、乡里的干部，走马灯似的来宣传。这一派气势，加上集体出工、按工分获取报酬的新规矩，一整天宣传的新思想、新规矩，最终让人忘掉了鸡鸭鹅毛和种水稻的关系，觉得没有拌进鸡鸭鹅毛的"和毛"照样种水稻，冒着出轨的风险出门去敲糖换鸡毛，后果太严重。何况，农业合作化上头抓得那么紧，说的前景又是那样灿烂，是一条共同富裕的道路，改天换地、翻身当家做主的新农民，哪能恋着叫花子一般的苦日子呢？不知是小春芳看到了灿烂的远景，还是因为土改分到那点儿土地，卷烟机也收起来了。

只相信爷爷、相信六叔的小波波，就从恐惧被叱石成羊所蛊惑开始，用全新的目光来看发生在金银坞的一切，他开始相信，所有改变是避免不了的、合情合理的，他逢到了一个美好的大时代。爷爷老了，虽然不属于反动的帮派，思想观念却过时了，成为老古董了，《换糖经》写出来了也是没有人看的。

第二章　否定之否定

1

若干年以后，成了"人和中心"集团董事长的楼循波，准备到香港建造"香港·人和中心"，坐在豪华的汽车里驰出了深圳罗湖口的那一瞬间，闪现在他脑际的，是趴在浙赣铁路上，将耳朵贴在铁轨上聆听远方动静的那一幕。

那年，浙赣线刚从杭州、诸暨铺设过来，铺在了金银坞和县城之间，成了小波波必经之地。他曾经过多次，直到考进了县城的树人中学，成了寄宿生，有望走出金银坞了，才对它有了亲近感。金银坞"蒙馆"（小学）这届毕业生，都参加了入学考试，结果，六七个人当中，只有他和狗团、樟团三个被录取了。

入学前夕，爷爷给他举行了一场不成仪式的仪式，很特别。他把小波波叫到客堂，八仙桌上摆着一双皮鞋、一双草鞋。皮鞋是新的，散发着一股皮革鞣臭，草鞋本来是奶奶打给他爸爸穿的，大大的，这些年始终和锄头砍柴刀之类，一起挂在大门后面，积了不少灰。引起他注意的是亮锃锃的皮鞋，他以为是爷爷送他的礼物，欣喜地一把抓了起来，准备脱下布鞋换上，爷爷却按住了他的手，说，别急，你听我说！你用功读书，像山涧水一路跌得出山去，你这一辈子就穿这样的皮鞋。要是书读不好，跌不出去，你就回到金银坞来，做"山里虬"，穿一辈子草鞋！明白吗？

小波波这才发觉这一双皮鞋，的确不是马上可以穿的，大大的尺码，盛载着爷爷们殷切的期望和严酷的警示，立觉山一般沉重！

他就这样背着铺盖，手提装了生活用具的网袋，入学报到去。爷爷斩糖蔗下糖秧，很忙，但也要伴送他，说要去看看他们住的宿舍、蒸饭的伙房才放心。过小石桥，经牛鼻头山离了村。那是万物苏醒的初春，刚下过一场雨，梯田里的苜蓿花正开放，野地里的草芽，争先恐后地在迎接初阳，随着潮湿的泥土气息，散发出一股催人奋发的青草味，仿佛都为他的新生活鼓劲。响溪的溪水一路欢唱着，送他出山去。

出了山垭口，穿过丘陵上的六里亭，从两座丘陵之间蜿蜒而来的浙赣铁道，便翼然展现在前面了。流速减缓了的响溪通过的那一座涵洞，像高大的城门，出现在道基上，阳光投射在溪水上，涵洞顶上隐约地闪烁着的水光，有一种神秘感。

曾经到"坐坊"生活过的小波波，铁道、涵洞，是他进城以前看到的唯一现代化的设施，教他十分敬畏。爷爷第一次带他来赶集，还是把他装在槽篮里挑着来的，沿着溪边的青石板路通过涵洞时，正巧一辆货列经过。他双手抓着槽篮边沿，仰着小脑袋观看到的，是一条黑黝黝的难以名状的巨大怪物，排山倒海地扑过来，仿佛要从他头上碾过去，突然发出呜呜的长鸣，惊天动地，吓得他赶紧闭上了双眼，堵上了双耳，也不知道它是怎么走的。听说，车身下面不时闪烁着的那条云水状的东西，就是它的脚，是急遽滚动着的铁轮子，和水车上的轮子一样，想不到这样凌厉。从此，每当经过这儿，他很想靠得近一些细细地看看，但又怕被火车碾了。真的很危险、很可怕的呀，听说，那年就在那座红泥山下的小道口，撞死了一头黄牛。此刻，小波波却有了亲近它的举止，兴奋地抢在爷爷前面，从涵洞一侧的小路，奔上了堤坝般高的路基，往闪烁着亮光的铁轨这一头，展眼看望它如何从两座长满了枣树的丘陵间延伸过来，再转过身，远眺它蜿蜒消失在那一片田野的雾霭中，然后趴下身子，将右耳贴在铁轨上聆听起来。乌黑笨拙的铁轨，给车轮摩擦出了一条三寸宽的光滑闪亮的光带，给太阳晒得有点儿烫，他却感到暖洋洋的，不知来自何处的叮叮咚咚的声音，传到他耳里，向他描绘着无法想象的遥远的景象，或幽或重，时断时续，毫无节律，和鸡鸣、犬吠、牛哞、羊咩、风啸、雨淋声完全不一样，和他所有的经验都对不上口，让他想到的，是在贴在墙上的年画里面看到的高楼耸立、汽车满街的城市，还有烟囱柱子一般直耸云霄的工厂、矿山，和头戴柳条安全帽、身着背带裤、肩扛铁锤的工人……

　　他联想到了爷爷给他预备的皮鞋。他想象，这些城市里的人都是穿皮鞋的。一路散发着煤烟和机油味，来来往往，朝发夕至的铁路，就是为穿皮鞋的人建造的，爷爷就是希望我成为穿着皮鞋坐火车的人。

　　不穿涵洞而跨越铁道的这一举止，使他这个"山里虬"实实在在地发现，他即将进入的是怎样一个全新的天地。他这一滴山涧水，会跌成什么样子，也有了依据。"山里虬"们爱把美好的人和事，形容成图画：像画出来一样。他即将成为画出来一样的人了，这很使他兴奋。事实也真是这样，他接触到的人、接触到的事、所迈动的步子、所呼吸的空气、所聆听到的声音，都和金银坞不同，都使金银坞见绌，让他觉得自己无知。一个班级读同一本书，不再是不同年级的同学坐在同一个教室的复式教学了，也不再挟着"书裹"进出教室了，每个星期六，穿过铁路涵洞回家去，星期天的下午，再带一只搪瓷菜盒子的豆酱或干菜肉回学校。在这儿，大家看重的是成绩，老师提问，他对答如流，使同学忘记了他是"山里虬"。难堪的是住宿中出现的日常生活，他和樟团被分配在同一个班，而且住同一个寝室，上下铺。山里人除了隆冬，都是赤脚，上山穿草鞋，下田光脚板，晚上到溪埠头洗了脚才穿布鞋。穿布鞋的日子就不洗脚，一个季节穿布鞋，就一个季节不洗脚，同住一室的城里同学，一年到头穿鞋着袜，却天天晚上洗脚！为此，他和樟团都被人嘲笑了，他们就偷偷地学着洗。一日三餐也不同，蔬菜是自己带的，饭则是大锅饭，吃饱为止，为了防止多盛浪费，饭碗也是统一的、不易打碎的洋铁碗。除了冬闲，山里人早中饭吃干，晚餐吃稀，在这儿，正好颠倒。这没有可以嘲笑的，不下地干活，吃干的做什么？冬闲的时候，"山里虬"们早上也是吃稀的，一天三顿都吃稀。关键是，在能否吃得饱的问题上，却同样学到了一招，不是避免被嘲笑，而是避免饿肚子，但不是他自己主动学到的，是樟团无意间教的。小波波的胃口大，吃完第一碗，再去盛，饭桶却空了。他忍不住，向樟团诉苦，樟团问他，第一碗你盛多少呀？他说，不就是一碗吗？樟团笑了，我第一碗只盛大半碗，吃得快，饭桶里还有半饭桶呢，第一碗盛得满满的，还会有你盛第二碗的机会吗？

　　原来这样！他脱口而出，樟团，你比我聪明啊！

樟团苦笑着说，我饿怕了，到了哪儿，都把怎么吃饱当成一件大事来关心的嘛，哪像你！

他长长地吁了一口气，说，啊呀，真有你的！你也是头一回经这种场面呀，谁教你的？

樟团苦笑着说，填饱肚子的事，还要有人教啊？

他说，你真聪明！

樟团还是苦笑。

他却把这当成经验，悄悄地传递给分配在另一个班的狗团，不料，狗团大不以为然地反问道，哎呀，你这也不懂啊？傻呀！

他怔了。自小长在新厅里，在填饱肚子这种基本问题上，他还没有能力从这类细节里审视自己，他和真正的"山里虬"是不一样的。

2

树人中学在县城边沿的红壤丘陵上，面对沧桑古老的大安寺塔。古塔从鳞次栉比的县城建筑中耸立起来，颤巍巍的，像风烛残年的老人，离背后的铁道线半里地。这环境，分明是给小波波一种选择的暗示：前面是古老，后面是未来。他倾心的是火车，虽然很少，但只要开过来，就可以清晰地听到火车的呜呜叫，在气压较低的阴雨天，还能听到铁轮转动的哐啷哐啷声，很有节奏，也就是说，每天都能引发对铁路那一端生活的想象，提醒他远离古老而向往未来。回家去，几乎每一次，他都要趴在铁轨上聆听远方的声音，仿佛要确定那是一种什么声音，把遥远的未来拉近，变成可以捉摸的东西，印证老师所教的种种。

可惜，太难以捉摸了。春天过去，夏天来了，夏天以后，又是秋天，依然那样难以捉摸。他发现自己连"山里虬"都不如，居然相信叱石成羊！石头怎么能够变成羊呢？幼稚，荒唐，可笑！"山里虬"们做秧田种水稻、斩下糖节来下糖秧，还懂得看节气、遵时序呢。所有事物，都有一个变化过程的呀，就像到那些工厂、矿山去，必须经过铁轨一站一站地走，这就叫天时的世道，而且这个天时，已经开始了，忘记了爷爷说的这个天时和已经开始的事实，只记住手指一点，喊一声"变"，成群的羊怎么可能在眼前活蹦乱跳呢，把神话当成现实，太荒唐了。徐部长说得很对，这是封建迷信，是害人的！凯贵爷爷给管制，一点不冤枉！

他警告自己：世道变了。你不能成为这些老古董的殉葬品，不能啊，绝对不能！

于是，坐在教室里，聆听老师讲解的同时，火车咕隆咕隆的行驶声、鸣笛声，都成为要他努力清除压在身上的历史尘垢的警告、加速脱胎换骨的提醒，他时时刻刻、不分昼夜想到了如何变成远离"山里虮"的画中人。

他不再好问，仿佛给已经开始的这个天时所既定的远景压住了，仿佛给如何实现既定远景奋斗的激情冲走了，目标的宏伟，理想的灿烂，可说前无古人，开天辟地，只有摩拳擦掌加油的份儿。想一想，刚经历的互助合作化只是一个开头，他家就尝到了甜头，爷爷奶奶妈妈都老了，要是没有互助合作，他哪能闯出闭塞的小山坞来读中学呢！大概就是这份自信和豪情所给予的想象力吧，他无视大安寺塔的古老，总是独个儿跑到铁路上去，趴在铁轨上，不管给伏暑的太阳晒得滚烫，还是被严冬的冰雪冻得刺骨，他都会将耳轮贴在铁轨上，看它往水墨般的山峦深处延伸，聆听那隐隐约约、时断时续的传声，都变清晰了，尽管，还是属于云里雾里朦胧中的清晰；有时候，他还发觉这声音，和响溪的水声交织在一起，清晰不见了；有的是嘲笑自己当年迷恋于叱石成羊的荒唐，尽管，有时候，仍然会冒出几只羊来，咩咩咩地叫着活蹦乱跳。当然，那是远山深处石头所变的羊。

冷静下来，他会把这怪现象反刍一番，觉得老师说得不错，这就是自己家庭出身的缘故吧，娘胎里带来的，什么《换糖经》不《换糖经》的，反正通过这条脐带，灌输给他的全是剥削他人的生意经，要割断脐带，荡涤旧思想、旧观念，是要痛下决心的。

他各科成绩都名列前茅，最受人注目的，是他贪婪地吸收新时代的新观念、新知识。比如阶级立场，阶级斗争，群众是真正的英雄，等等，并且能够联系实际。他对循禄参加敲糖帮带出了六叔被管制的事件，有了新的认识，怀疑到了爷爷，他没有看爷爷在《换糖经》里写了什么，但宣扬封建帮派那一套，比六叔更反动，是肯定的。群众是真正的英雄，他相信土改中，群众揭发爷爷是敲糖帮里像黄世仁一样的霸头，绝对不是无缘无故的，柴楼一角堆着那许多箧篓、糖搭盘、拨浪鼓之类的敲糖用具，哪像出售或者出租给敲糖的老乡用的啊，分明是曾经雇用一大批劳工的铁证，而且留着希望继续雇用！他吓出了一身冷汗，不敢声张，更不敢回家，怕见爷爷的面；爷爷进城时，给他捎来霉干菜烧肉，也借口避而不见，为了表示他真忙，他让无处发泄的精力倾注在校内，也关心老师中发生的，像知识分子思想改造呀，听说他的语文老师是胡适的追随者，他便详细地了解胡适是怎么回事，居然写了篇批判胡适的文章，登在了班级的黑板报上，仿佛在挽回被爷爷利用的失误……

一年以后，按照学校所定的奖励办法，班级中，期末考试成绩获第一名的，学费全免，而且向学生所在的村子报喜。像中了状元，送喜报的锣鼓声里，满耳是宗亲们的赞叹：哦嗬，毕竟是见过世面的；哦嗬，要是贤田还在，新厅不就是种"贤田"的主吗？

"贤田"，是当地宗族鼓励子孙上进，特地辟出肥田，奖励给有出息的伢儿家耕种的措施，直到成年再收回，不多，仅数亩，其荣耀，却往往大于收入。可惜在土改时，被当成地主的封建资产分掉了。爷爷、奶奶和母亲，能够听到这句话，却心满意足了。

敲锣打鼓送喜报到金银坞以后，又一个学年开始。樟团却不能再和他一起上学了。一大群弟弟妹妹，还有多病的爷爷奶奶，都需要他充当父亲的"担柱"。锦上添花的事，却接二连三地落在小波波的身上，学校的新民主主义青年团支部书记，就是他的语文老师吴忠，启发他申请入团，还说，楼循清（就是狗团），开学初就打了申请报告，但支部研究以后认为，都是各个班级的尖子，他却比循清优秀，先发展他。他很兴奋，这是对他价值的再次肯定，真是求之不得，第二天，就把申请书送上去了。

很快，吴忠告诉他，团支部将在下个星期三举行他的入团审批会议。

就是说，经过这一程序，他就是新民主主义青年团的一分子了。

谁料，会议前一天的下午，吴忠告诉他，会议取消了。

他问，改到哪天？

吴忠说，我不清楚，我们得到贫下中农反映，说你的家庭出身有问题。

我的家庭怎么啦？

很复杂的，你……没有如实填写。好了，让我们详细了解以后再说吧！

他像挨了一闷棍，也像跌进了爷爷和爸爸设定的陷阱。想不到，被六叔事件拉进去继续发酵的，还有他啊！一场接一场政治运动，同样发生在金银坞！怎么没想到呢，到今天，六叔头上的那顶反革命帽子，既没有明确宣布摘除，也没有宣布继续戴，每次运动来了，就要他交代一次，难免不涉及一起经营坐坊的父辈！这个叫六叔的楼锦六既然是反革命，用《换糖经》立传的爷爷，加上一起出山走天下的父亲楼锦财，还会是好人吗？他当过"老路头"，开起坐坊，成了敲糖帮"帮派"里的"头"，不是反革命，也属于江湖霸头，要不，靠着那几亩梯田，哪来那么大的厅堂？土改时，有人怀疑祖上敲糖换鸡毛换到金弥陀一样的珍珠宝贝，完全有可能的！看看爷爷书案上那一套珍贵无比的文房四宝，还需要另做解释吗？

看来不可思议，其实都合乎"情理"的呀。

楼循波彻底瘫痪了。

他不甘心。好问的本性变成了寻根究底的冲动。回家去，背着家人，翻出爷爷搁笔封存了的《换糖经》草稿。散发出霉味儿的毛边纸上，开头第一句是："糖者，天象也。"然后写道："糖有蔗糖与麦芽糖之分，红糖、白砂糖、饴糖之别，其状不同，其性一也。红糖出自糖蔗，吸春风之温润，经夏日之酷热，承秋霜之萧索，受冬雪之凌厉，竹其节，剑其叶，然节而实，剑而柔，车轴碾其身，烈火烹其汁，乃不失其甘甜。盖日月之精华，天地之灵气，人间之奥堂，集于一身，一扫世俗之忧伤，君子之德，尽在其中，诚可贵也！"去你的，什么"天象"，什么"精华""灵气""君子"的，全是神神鬼鬼的话，这不是封建迷信是什么？老师说的，这都是精神鸦片呀！

接下来，涂涂抹抹地，还写了许多，更不堪卒读了："鸡毛者，禽羽也，外饰之物也，中空而色艳，质轻如尘埃，纤细若芦花，随风而飞，迷人之目，惑人之心，其贱也，世人皆鄙之薄之。""'敲糖换鸡毛'之'换'者，易义也，求义而不弃利之谓也。盖以糖之贵重，羽毛之轻贱，本非同类相比，其交易也，于己以重易轻，于人以轻易重，然各有所需，求义而不弃利，其深意皆蕴含于

'换'一词……"不是半懂不懂的生意经，便是给剥削阶级思想涂脂抹粉，贫贱者最高贵，可他居然这样糟蹋它，实在反动！

怎么办，揭发爷爷？

他正待去找老师，忽然想到，"贫下中农的反映"，这个"贫下中农"到底是谁呢？是狗囝捣的鬼吗？他是贫农。但不可能，老师说，都是各班的学习尖子，狗囝成绩不错，但算不上顶尖，把我拉下来了，他也上不去。那么，到底是谁，是一个，还是一群？先弄清了再行动也不晚，弄明白了，找他们求证以后，或许还有更多的问题。

追踪、了解的冲动，便这样主宰了他。

金银坞村子小，闭塞，任何一个陌生人出现，都会引起注意。他只要有心，要了解个把星期里面村子里的动静，一点都不难。真的，他心一横，便弄明白，这个"贫下中农"不是别人，竟是小伙伴楼樟囝，而且，就是樟囝一个！

他这才想起，在接到他要审批的消息那天，他到街上去买墨水，碰到了这个来卖柴的童年密友。正处在兴奋中的他，马上当作喜讯相告。万万没有料到，樟囝回去给学校写了一封匿名信，具名是"贫下中农"，揭发楼循波的家庭，吴忠去金银坞调查，人生地不熟的，便去找刚失学的樟囝当向导，说明来意以后，樟囝的一句回答，就取消了下面所有行动。樟囝说，这有什么可了解的，村子里的人谁不知道的啊，你去看看他家住的房子，不就是山外头地主的气派吗，再去问问治保主任楼锦兴，他的帽子为什么至今没有摘！

楼循波想不明白，暗地里拆台的会是他！这太不可思议了，也太可恨了，这同爷爷所说的"乡谊"，老师说的农村中的革命力量贫下中农都太远了。爷爷的《换糖经》里说的"易义"，不就是讲义气吗，祖祖辈辈都是这样做的呀。出门在外落了难，碰上了困难，只要知道是同乡，必竭诚相助。难道没有敲糖经历的人，就会如此卑鄙吗？他更想不明白，课堂里说贫下中农是革命的依靠，依靠的就是这样的人吗？……

他直接去找樟囝。得知樟囝在糖蔗田里坨糖蔗，就是将垅里的泥土往糖蔗根部坨，以防被大风大雨刮倒，这是苦活，糖蔗必须长到半人多高才做。天热，置身于糖蔗垅沟中，一如置身于蒸笼里，糖蔗锯齿似的叶子，在劳作者腿上、胳膊上，甚至脸部，划出一道道血口子，被汗水浸得一条条暴起，刀割似的疼。樟团从垅里被喊出来了，他赤着膊，下身只穿了条衬裤，双腿上、胳膊上、腹背上、脸上的血口子把他染成个血人似的，一条条的都在汗渍中暴凸出来，一见是楼循波，意外地问，你来干啥？

楼循波劈头就问，吴老师来调查，是你接待的吗？

樟团毫不意外，也不想做什么解释，愤愤地回答，你看看，凭什么你是这样，我是这样？所有的光，都让你占尽？你去问问老天爷，为什么这样不公平？

说罢，身子一转，重新钻进密密的糖蔗垅里去了。

上了当，受了骗，被侮辱般的恼怒，骤然间变成了一股报复的冲动。他想冲进蔗垅去打他，但马上刹住了步子。"山里虮"们历代相传的一个词，跳到他眼前来了：争气。争气的首选方式不是拳脚相见，而是远离这些虫豸般的"山里虮"，也不参加这个组织了！考上高中，然后升大学，离开了这个小地方再争取，拿政治、文化全面丰收来气死他！

从这一步开始，这个欢喜打破砂锅问到底的孩子，变成了一头偏头偏脑的犟牛，眼一睁开就拿起书本攻读以外，能够表现他觉悟的机会，他都不错过。这时候，正逢互助组转为初级农业生产合作社，据说，这是跨进社会主义的第一步，是一场带着土地、耕牛入社的政治运动，衡量有没有觉悟的一个标志。在触及土地、耕牛这种命根子的问题上，金银坞不少乡亲，都往后退缩了，他却怂恿爷爷带头，牵了黄牛去报了名。为了表示他热情支持，周末回家来，特地顶着三伏天火一般的太阳，不戴草帽，以此表明，他是如何支持农业合作社的，他也真要借这机会，劳其筋骨，苦其心志，为争一口气磨炼意志。

3

可惜，楼循波的升学梦也破碎了。

不是成绩不好，他依然是全班第一名。错在天时，这个"天时"，体现在奋发攻读的这个孩子身上，就是生活还来不及教会他充分理解家庭出身之类的附加条件，贴在身上会有怎样的后果，而且往往在升学、就业、婚娶等带有人生角逐性质的关节眼上，袭击一般地出现，以显示它巨大到残忍的能量。

发榜那天，他一早赶到学校。虽然是暑假，学校里师生却不少。被录取学生的姓名已经张榜公布。升高中的寥寥无几，斗大的字，捷报上还写不满半张大红纸。他扫了一眼，头颅嗡的一声差一点昏过去。太意外了。狗团楼循清在列，却没有他楼循波！是不是写错了？他从头再仔细看了一遍，不错，就是一个狗团楼循清！他转身直扑老师办公室。班级里凡是想升高中的，除了他，差不多都录取了。为什么？他要讨个说法。

办公室里，老师在向几个同学解答升学的问题，正说到他，这样一句话，雷霆似的向他袭过来：楼循波可惜了，百分之百的，是政审没有通过！

无须留在这儿多费唇舌了。趁人没有注意到，他便回头跑出了学校大门，朝着横岩岭隐隐约约的剪影奔去。直到常来常往的铁路涵洞，才停住步子。想起爷爷送他入学的情景，不禁在溪边一屁股坐下来抱头痛哭。他怨恨樟团，为什么会这样恶毒？他也恨六叔和父亲，为什么做出了这么多损害后代的勾当？

他抬起头，打算大声叫唤一阵，把胸中的不平倾吐出去。

他一眼看到了满身风尘的大安寺塔，他真想跑过去，把它摧毁！

直到夜幕拉开，也不知多少趟列车在头顶经过，只见萤火虫的荧光在溪水上飞窜，才蔫头蔫脑地回家去。

爷爷和他一样信心满满的，早早为他做好读高中的准备。灯光下，一见孙子这般模样回来，诧异了，怎么啦？啊？

发泄积压在心头满腔怨恨的出口，始终是爷爷。

他一头扑过去，连哭带喊地发出一声爷爷！

发生什么啦？没有录取吗？

他点了点头。

爷爷惊问，怎么会呢？

是这样的！他控制不住了，狗团都考上了，只有我……

爷爷一惊，只有你？狗团都考上了？

是的！只有我……他终于按捺不住，把申请入团受挫以来的遭遇，一股脑儿端了出来。我最最想不明白的是，樟团会在紧要关头，踹我一脚！

爷爷知道，世事多变，却没有料到变在这一道门槛上，感叹说：唉！一点也不奇怪，一个穷字，让人变成了猪狗虫豸！"仓廪实而知礼节，衣食足而知荣辱"嘛！

这是《管子·牧民》里的句子，"国多财则远者来，地辟举则民留处；仓廪实而知礼节，衣食足而知荣辱"，爷爷教他读过，而且不止一次引用它说事，却从来没有走进他的心灵。这一次不同了，穷，使樟团在吃饱肚子方面的种种精明，都重现在他的心头，却没有留心他还有妒忌。老师同学称赞小波波的时候，樟团总是满脸的不高兴。

这都因为"衣食"不足吗？

这是一条颠覆了他学校里所受教育的古训！在过去，他一定会用批判老师那种觉悟批判爷爷的。意外受挫的此时此刻，平时所见所闻，"山里虬"们贪图实利而不顾名声的种种，一齐涌现到他眼前来支持爷爷所信奉的这条古训。开门见山的金银坞，满眼是层层相叠的梯田，靠天吃饭，晴多雨少的日子，水就是粮食，就是温饱，水都是从横岩岭上引过来的山泉，又是沟，又是竹管，一层层，一丘丘地依序灌注。那年还都是单干户。春耕时，村民们订出规矩，只让一条小沟沿各家田亩走。老五和锦德偷偷地半路挖了小洞，分流了下行的水，耽误了下丘几家耕田的时间，太不地道了，邻家站在田头咒骂，从他们的祖宗，到他们的妻子儿女，什么难听的话都骂出来了，骂他们连虫豸都不配做，老五却若无其事，只是傻笑，他的儿子觉得父亲太怂了，太好欺侮了，悄悄问父亲：你怎么还笑呀？老五反问道，你看我是虫豸吗？不是吧？他们骂我咒我，不损我半根毫毛！水到自己田里才是最要紧的！收不到粮食，饿死了，虫豸都不是了！那才是真怂！在一边的锦德，居然连连点头，悄悄教育孩子说，瞧瞧，五叔才是懂得做人哇！……

此时此刻，楼老五和楼锦德他们的话，像对先哲的鲜活注解，凝铸在了循波的心里。原来，"山里虬"不是小龙，也不可能成为龙，今天是虫豸，永远是虫豸！而自己就陷在虫豸的汪洋大海之中，随时随地可以成为这些虫豸的"口福"！

一夜之间，他曾经引以为豪的"积极""进步"，一心背弃古老而追求的新潮，就这样被清洗得一干二净。他有心争气，有力争气，却不知道朝哪个方向去争了。在他眼里的芸芸众生，真的都变成了为温饱而同类相残的虫豸！从被窝里的跳蚤，到屋檐下结网的蜘蛛，田地里的螳螂、蚜虫、甲壳虫、屎壳郎，到山上的松毛虫、火辣虫、四脚蛇……都人模人样地在他身边出没！他悲哀，他憎恶，想到他自己早晚也会变成虫豸，因为，在虫豸世界之中，如果不变成同样的虫豸，就没有办法活下去！这一想，他什么都无所谓了，书丢了，字也不练了，收早稻时，家里老老少少都下田去挣工分，不会弯腰割谷子，就帮着扎稻草，把打了谷子的稻草扎成一把把，在遍布稻茬的田畈上晾开。他虽然下了田，但站在巨斗一般的稻桶边，光看不动手，割稻的割稻、打谷的打谷，环环相扣、机器一般运转着的收割现场，他却一副心不在焉、破罐子破摔的神态，所记工分，比他妹妹玉莲还低，他也无所谓，没事就躺在竹躺椅上，张着无神的双眼，看梁上的蜘蛛结网，天井檐口燕雀飞来飞去。人家同他说话，始终不开口，仿佛世上没有一个可以相信的人，最多，只是不置可否地笑笑。

两位老人和他母亲，看他这一副丢了魂的模样，痛在心里。他们所恪守的祖训中，耕读之间虽然没有鸿沟，但多年来，老师、乡亲父老给他们孩子的赞许和自信，都使他们无法接受孩子就此毁了，埋没在这个闭塞的小山坞里不见天日。他们劝慰他，说，想开一点，安心种田种地吧，新社会了，陆同志他们说的农村光明的前途，我相信不是嘴上说说的。

陆同志就是乡里来宣传互助合作运动的干部。

他只是笑笑，似信非信地。

爷爷毕竟有见识，劝归劝，家族几代人敲糖换鸡毛中取得的体验和人文关系，却不时在他眼前浮现，"糖者，天象也""君子之德，尽在其中"，在敲糖换鸡毛生涯中积聚的友情，让他信心满满，他要以此当成一帖药治疗孙子的心病，更像一把铁锹，鼓动他去撬开这一份可怕的闭塞，远离这个不知荣辱的生存环境。虽然不能出外敲糖换鸡毛了，但乌伤大地，"换"字所蕴含的那个"义"，不是一阵风雨就能吹打掉的。

他老了，颤巍巍的，不太愿意在山路上奔走。但他知道，他不应该服老，他对老伴和儿媳妇说，他趁着还能走动，出山去看看世界。天一转凉，就开始行动。他把目标定在县城，只有县城这样的地方，才能安下孙子这颗心。他找到了金记火腿行的王老板。他和王老板父亲属于"年谊",即一起赶考而认过同年。那年,王老板在经营中,头寸调度碰到困难,儿子锦财曾经帮他筹过资,堪称世交。老人想,让小波波在金记火腿行安排个职务,历练历练,见见世面,对于在杭州、上海都有分号的这家土产公司,想来不会有问题。

想不到,金记火腿行公私合营了,王老板成了私方的一名代表,说话不管用,只给了他一脸的无可奈何。

老人只能求其次,找到了洪塘镇的大兴蜜枣商铺老板骆宏毅。洪塘镇大兴枣庄的老板骆宏毅和他一起读过几年私塾,算是同学,小波波叫他同年爷爷的。蜜枣厂季节性很强,只做收获青枣的一个季节,那是大忙天,分成三大摊:一摊收购青枣,选枣;一摊将个儿大、成熟发红的,晒成南枣中的元红,青的过水加红成一般南枣;一摊制蜜枣,将枣子派送给家居的女人们拿剃刀切丝,然后用白砂糖或蜂蜜煎成蜜枣……唯有大兴这家厂不同,他们开有长年经营的商铺,名为大兴枣庄。那年他的父亲经营坐坊的地区,是华北有名的红枣产地,枣树扬花的时候,忽然连日大风大雨,预示着枣子颗粒无收,他及时将此信息急送给骆宏毅,枣庄立即采取两项措施:大量收购青枣制成南枣,同时封起库存,待价而沽,结果大赚了一笔。他想,有此交情,安排自己的一个孙子,不会为难的吧。

他同样想错了。骆宏毅也不是当年那个骆宏毅了,头发白了,背驼了,不是他不想帮忙,而是私人经营的蜜枣厂因国家经营而取消了,只留一家被改成了南货店的小商铺!

原来,这几年,他曾经拥有的那个开放的世界,以及在这个世界多年经营的以"义"为内核的"乡谊""年谊"之类的情谊,就这么眨眼间消失了。翻山越岭、过州跨府、穿街走巷,苦得不能再苦的敲糖帮绝迹,原来只是秋风吹到眼前来的一张黄叶!

楼凯龄回家来,和孙子一样像丢了魂,却不敢在孙子面前长吁短叹,他知道父辈的焦虑只能给孙子火上浇油。离开骆宏毅回到金银坞,太阳早已落山,天呈现出一派白亮,这是山坳里特有的黄昏景象,他经过溪埠头,正逢小波波洗好脚,走上了石阶。爷爷没话找话,说你洗好脚啦?孙子还是笑笑,说你也回来啦?他说是呀,回来了。生怕暴露内心的消沉,马上借机劝慰孙子,说又开了眼界啦,看到新社会真的天翻地覆,一片欣欣向荣哪,就安心种田吧,新社会了,金银坞也会建设得像画出来一样的。

孙子还是笑笑,跟着爷爷走。

快到家门口,他忽然说,爷爷,我要去做水库!

爷爷很意外,说,那是重活呀!听说,吃住都在山坑野地里的。

孙子说,我知道。……爷爷,我想,我不去,工分就没了。总不见得叫妈,叫你到那种地方赚工分去吧?

爷爷站住了,惊喜地凝视着孙子唇际变浓了的茸毛,半信半疑地差一点叫出声来,我的孙子变了?

4

不错,小波波变了。转变就开始于这个水声潺潺的溪埠头,开始于和一个叫楼汝芸的女孩子短暂的接触。

如果说,前厅一角娥囡奶奶的小杂货摊头,是金银坞男人们交流信息的平台,那么每一个溪埠头,还有祠堂前上夸塘的塘埠头,就是女人们信息的发布处。金银坞的女人特别规矩,除了门前门后的那块地盘,除了抱着圆筒唱新闻的或者锣鼓班来演唱的时候,她们拖儿带女地来赶热闹以外,很少在公众场合露面。即便到娥囡奶奶摊头上买针线、鞋口布、胭脂香粉,银货两讫,不多说一句话,不多看一眼人,回头就走。洗洗涤涤的溪埠头、塘埠头却是唯一例外。这是她们的天地,在挥动棒槌的打衣声,拨水漂洗的哗哗水声里,家长里短,凡是从男人那儿听到的各种新闻,便都在这儿通行无阻了,粗的、细的,文的、野的,远的、近的,古的、今的,说说笑笑的,打打骂骂没大没小的。小波波对此本来没有什么恶感,但是,有一次他经过上溪沿那个溪埠头的时候,女人们叽叽喳喳的,就是与他相关的事,说的是狗囝,就是考上高中的楼循清,没有直接说到小波波一个字,每一句,却都仿佛在嘲笑他怂,奚落他笨,刺激他是绣花枕头,给了他说不尽的耻辱和痛苦,对这些女人的印象坏透了,也把所有的塘埠头、溪埠头都视作伤心地、羞耻场。

那一次去牛鼻头山下的田里拔胡萝卜回来,他却参与到这个女人场里来了,鬼使神差地，还是离开自己家比较远的溪埠头。

乌伤大地农肥主要是靠养猪，养猪成了耕耘流程里的一个重要环节。为了积肥，猪都是圈养的，猪种也与外地不同，身躯不大，头小、体大，头尾皆黑，当中白，被称为"两头乌"。圈养的主要饲料除了豆类、米糠等精料，夏日就是水草，秋天是山芋藤，冬春便是被叫作草籽的苜蓿和带叶的胡萝卜。千百年来，金银坞都是这么过的。这年冬天，山里特别冷，冬至一过，就是一场连绵数日的大雪。猪是活口，饲料断了，等不得，必须冒着雨雪下田，扒开积雪拔胡萝卜去，爷爷哮喘病发了，迈不开腿，长得牛高马大的他，再不下田，就是逼奶奶和母亲去干这份苦活了。他肚子里的气再大，也不能用来惩罚奶奶和母亲。正好天放晴，他就穿起爷爷的防水防滑的钉鞋下田去，刨一阵冰雪，双手凑近嘴边哈一阵热气，再刨一阵，再哈一阵，终于刨开半尺厚的积雪，从结成铁板一块的田垄里，拔出胡萝卜，扎成了十多把，每把十几棵，连叶带泥，装到两只长柄畚箕里挑回村里来，经过下溪沿溪埠头，见空荡荡的不见女人在洗涤。心想，就这儿洗了吧！

他就卸下担子，下了溪埠头。

这种日子清洗胡萝卜，对人的意志，比拔它更是考验。当然可以像食用的蔬菜一样，浸在水里一棵棵地洗，但这是猪饲料，用不着那么考究，都是把畚箕里的胡萝卜全部浸在溪水里，双脚踩住胡萝卜的绿色叶子，手抓住另一把的叶子，一左一右地摆动，在互相摩擦中，让溪水把胡萝卜的泥屑杂质带走。千百年来都是这样做的。穷困闭塞的山里人，哪怕再冷，这种清洗，都是赤着脚下水操作的。生长在新厅的小波波，穿的是被称为雨靴的钉鞋，这是一种用牛皮鞋面，鞋底装了密密铁钉，刷上桐油的靴子，算是奢侈的防水防雨的工具了，下田、走路，防水防滑，当然无可挑剔，就是鞋帮太低，不能下水，更不能如此大幅度地在流水中操作。

溪埠头背阴处，冰凌上积着厚厚的雪，溪水欢快地在冰雪当中汩汩流淌着。他卸下畚箕担，挑选溪水略浅的一角，把胡萝卜一把把地抛下去，胡萝卜入水，叶子靠岸，让沾着带冰的沙泥融化开来。刚抛光，几个女人下埠头来了，一路叽叽喳喳地说着什么，然后蹲在他旁边的石板上，洗涤起来。他很不爽，但也无可奈何，自顾自地坐到一边干净的石阶上，脱去泥泞不堪的钉鞋，按计划下水去。实在太冷了，一下水，刺骨的冷意，教他本能反应般地缩了回来，重新坐下，使劲地摩擦脚板，打算擦热了再下去。

就在这一刻，一双尺把高的黑黝黝的带圆筒的鞋子，出现在他的面前，灰暗无光，有几个地方还分别贴上了铜板大小的橡胶。在县城里生活了三年的他，一看就知道这是半高筒胶鞋，修补过多次的旧物，不禁诧异地抬起了头。

他看到了一张涨得绯红的笑脸，青布作裙上一身红袄，汇合成一派逼人的红光。

是她呀。

对他而言，这是一个蒙在云里雾里的小娘（女孩子），包括她的一家。只知道，这是从山外头迁回山坳里来，和他们风马牛不相及的户头，住在下溪沿叫作"麻车"的榨油坊旁边，和新厅隔着半个村子，从来没有打过交道。只知道，这家人是书呆子，迂，榨油季节，榨油人的嗨一声吆喝，和粗木猛撞榨油机的乒一声爆响相交织，很烦，而且整年散发出的那股柏油味，简直是浸在柏油里过日子。选址时，谁都抵制，就是因为他们迂，才落到这里的。居然从这扇门里送来了这个，意外得使他不知怎么应对了。

她说，穿上！……读书人，经不得冻的！

说不清为了什么，他的第一反应是，不，不要！

她说，这是我爸的，穿上这个洗胡萝卜最好。

她把它搁在脚边，解下腰上的青布作裙，塞到他手上，示意把脚上的水渍擦干了，然后提起他脱下的钉鞋，到溪水里清洗鞋上的污泥。

如此细心周到，使他不能不接受。青布作裙留着她的体温，在他冻得发麻的脚上擦拭时特别特别温暖，成了他此生最深刻的感情记忆。他弯着腰，洗着胡萝卜，不时用眼角看她重新围上作裙，帮自己洗钉鞋，鞋底上，匀称的钉子之间，嵌满了带着冰雪的烂泥，硬硬的，洗起来很不容易，他愈觉双脚的温暖。直到他洗净了胡萝卜，她才把钉鞋洗净，提着它，站在一边，等他重新换上了钉鞋，才提了胶鞋回去。

她留在他双脚上的体温，她说的"读书人"的声音，还有那一派逼人的红光，便把他整个儿俘虏了，却一时想不起她的名字。挑着胡萝卜回家，才想起村里人都叫她汝芸或者小芸，还想起这是一个特别的"芸"字。没有看见她进过什么学校，可是在乡亲的嘴里，和他一样都用"读书人"称之，只是，她除了"读书人"还是"城里人"哩，是"读书人、城里人"的混合物，不说她那一手一看就知下功夫练过的字，光是名字，就是城里人或者读书人才有的。此刻，这一声"读书人"在他的心里特别深刻，使他奇上加奇，很想问问她，但两人分别在上溪沿和下溪沿，偶然碰到了，也没有勇气开口，如此一两次以后，再碰到时，哪怕她朝他笑，他就习惯性地避开她的目光。

奇怪的是，她作裙上的体温始终留在他的脚板上，那一派红光也一直在眼前闪现，而且有一种吸引他的魔力，他希望见到她，和她说说话。本来，在这一阵落榜消沉中，学校寄宿生活养成的每晚洗脚的习惯，全部丢弃了，对她的这种莫名的期待，却教他把丢失的习惯捡了回来。需要拔胡萝卜的日子，当然不用说了，每天黄昏收工以后，不管是哪个方位，不管赤不赤脚，他都要到牛鼻头山下的胡萝卜田里去转转，然后到溪埠头来，"顺便"地洗了脚回去。赤脚的日子当然来，不赤脚的日子也要来，对家里的人说，学校养成的习惯，散步、洗脚，改不了啦，然后将脚浸在溪水里慢慢地磨时间，等汝芸出现，哪怕溪水冷得刺骨。她却不是经常来的，一天接一天扑空。有一次她提着一竹篮衣物来了，不顾蹲在石板上的其他女人，朝他大方地笑了笑，他却紧张地赶紧把目光转了开去，然后急匆匆地穿上布鞋离开，独自去埋怨自己、诅咒自己是个胆小鬼。

这一天，就在爷爷回村之前，他又碰到她了。她和另外两个小娘说说笑笑的，刚收工回来，他便在她们后面丈把远处跟着走。

她们说着一个热门话题：去不去紫云山筑水库？

他这才知道村里已经开过会，为了端走十年九旱靠天吃饭的短板，政府决定，利用冬闲时间，在紫云山山坳，筑一个大水库，周围四乡八村都能受益，包括金银坞，乡里派干部到村里来开动员会时，爷爷参加了，却没有告诉他，这是挣工分的机会，要不去，日后合作社的工分就给摊薄了。此刻，他关心的不是这个，而是汝芸会不会参加。

他很快捕捉到了有关对话。仿佛楼汝芸刻意说给他听的。

她问：小娥，你咋不去呀？要是你去，我就多个伴儿啦！

难以言表的美丽想象，随着一阵冲动，在他眼前展开。

5

日后，他说起这一意外发现时的心情，总是情不自禁地借用他奶奶的一句话来形容：他把丢了的魂儿找回来了。

水库筑在紫云山山坳，在横岩岭东端，离金银坞十多里。那是一个峡谷隘口，"山里虮"们要趁雨水少的冬天，挖取附近泥土，筑起一道堤坝，截住来自崇山峻岭中的山涧水或小溪的水流。挖土，运土，打夯，都是力气活。受益的各个乡、各个农业合作社派来民工，由指挥部统一分工。离家远，民工们各自选定山坡向阳的地方，搭建起临时工棚，集中住宿，完工了才撤离。自古以来，"山里虮"们从来没有见识过这样大规模的集体施工场面，年轻人无异于赶庙会，虽然目标和行动单一，却比庙会激动人心，因为这是被大幅红布标语、齐声欢唱的歌曲鼓动着的场面，歌词和宣传口号，把参与者的豪情都激发出来了。标语的头一个词都是"人定胜天"，所编的歌，就是"人定胜天，人定胜天，我们能把天地改变！"。当时，山区没有电，没有高音喇叭之类现代广播设施，但指挥部组织了啦啦队，用上了土喇叭，其高亢昂扬的旋律，却也足够煽情的。

楼循波见过"世面"，随父母住过"坐坊"，在县城里的学校寄宿过，参加过校际运动会，每次政治运动，老师都带他们上街做政治宣传，刷标语，用土喇叭喊过口号，唱过歌，对于眼前这种漫山遍野的劳动场面，松松散散的，像蚂蚁搬窝，未必看得起。如果没有汝芸，也就像田间地头的劳动那样消极应付过去了，她却使他对这个场面产生了莫名的激情和向往，积极地投入，化解了积压在心里的郁闷。

金银坞初级农业合作社一百多号成员，给分到运土的和打夯的两拨民工当中去。挑起畚箕、推着板车运土方的是男社员，平整泥土和打夯的是女社员。运土方最理想的是板车，但属于丘陵地带的乌伤大地，多在沿义乌江地带的平地上使用，开门见山、出门就是上坡下坡的金银坞，一般农家负重，习惯肩挑手提，连独轮车都少见，这一辆，是樟团的父亲到洪塘镇拉沙赚辛苦钱而置备的，这回算是合作社的生产工具带来了，只能轮流使用。没有轮到的，便用畚箕挑土，不管推还是挑，女人们的活儿都相对轻一点，七八个女人，拉起绳子把上百斤重的石夯抛到半空也不轻松，却给了她们一个施展才艺的机会。她们随口把发生在村子里，猫儿狗儿、鸡呀鸭呀、猪呀牛呀的故事，编进号子，笑声不断。一个编，众人随，第一声，差不多都出自汝芸之口。山风很大，她们仿佛有备而来，一出汗，就脱了外面的粗布棉袄，露出各种色彩的绒线衫。在金银坞，绒线织物最近几年才流行起来，这是她们追赶时尚的标志，一旦卖了红糖或者山货，手里有了现钱，年轻人最向往的，就是买绒线编织套衫，低圆领的高圆领的，鸡心领的，这花式那花式的，都是向山外学的，这是一个公众场合，她们不想错过既展示时髦又能炫耀编织技艺的机会。

楼循波被吸引了。但很矛盾。他很想听到她们的号子，也很想看到她们的绒线手艺，而且，期待汝芸把他的事儿，编进号子，融进她们的笑声里去。可惜，这是他的奢望。他挑的土，只有旁人的一半，几个装土的老社员，都说他是读书人，怎么也不愿装满畚箕。他怎么好意思在她面前现丑？

她们的夯声、歌声和身影，实在诱人，而且越来越诱人！他发现年轻人都千方百计地和她们去亲近。樟团和循禄、循仁几个最出格，循禄挑着满满的两畚箕泥土，绕道挑到离她们最近的地方去卸，故意教她们看看他的力气如何出众。她们也真的被慑服了，特地为他编出了赞美的歌。随之而来的是樟团，他推了满满的一板车，也在循禄卸土处卸下，哗，简直像一座小山，她们的夯声里，便有了"哦嗨，楼樟团，大力士！哦嗨，为我们，争荣光！"。方方的石夯，在她们声声吆喝中，越抛越高，越抛越被赋予欢快的节奏。

带头的还是汝芸，而且似乎倾注了某种期待。

楼循波憋不住了。被强行淹没的那一股优越感，顿时化为了满腔的屈辱，并从屈辱中冒出一股报复性的冲动，猛烈得无法控制。

他恨恨地丢下畚箕和扁担，跑去找队长，说，我要拉板车！

队长诧异地说，你说什么？拉板车？

他说，是的。每次轮到我拉板车，你们都不同意。你们太看不起我了！

队长笑了起来，说道，明明是照顾你这个读书人，倒说看不起你了？笑倒哇！好好好，你去试试！到底是照顾你还是看不起你！

正好空板车来到眼前，队长拦了下来，在众人不解的目光里，推到了他面前。

这板车，和北方由骡马拉动的那种基本相同，原始，粗犷，笨拙，轮子是木制的，一般而言，装满一板车沙泥有四五百斤，只有牛马才能拉动。从指定的地点挖土装车推到堤坝工地上，约半里路的距离。这是他第一次与板车亲密接触，没有料到空板车也不轻松，推着它迈步难免摇摇晃晃。但他竭力稳住脚步，推到了装土方的现场。

装土的是年近花甲的锦喜叔，不知原委，以为今天板车轮到楼循波使用，他不能不用，就体谅地只装了半车。他却不走，说，装满！樟团他们拉多少，我也拉多少！

锦喜叔说，你怎么同他们比？你是读书人！

他截住锦喜叔的话说，在这里，都是民工，都是"山里虬"！

锦喜叔苦笑了，反应居然和队长一模一样，说，好好好，不到黄河心不甘。我就给你装得和樟团他们一样！

他迎着冷冽如刀的山风，脱去棉袄，只剩一件布衫，反手拉住板车的把手，肩膀上套住车辕般的皮带，身子形成150度的前倾。满载的一车泥土，犹如一座山！他屏足力气猛吆一声"嗨"，板车却纹丝不动！再将吃奶的力气用出，"嗨"的一声吼，仍然未能迈出步子，多亏锦喜叔在板车后边猛推了一把，才使车轮滚动。

无奈，这一把，只帮他推离了装车场，却翻不过最难的一道"坎"——从山坳小路推上堤坝。还只是堤坝的基座部位呢，却必须经过一片45度的斜坡，有力气则上，没有力气，必定被一车子山泥倒拉下坡，那岂止是"不进则退"，而是玩命！

他怕。然而，迎菩萨时扮过观音的他，不只表现了好胜心，更透露出他不服输的剽悍个性，这一刻哪甘心退缩！被倔强鼓动起的侥幸心理，驱使他相信自己只要横下了心，没有冲不上去的冈、翻不过的坡！

猛然间，哗啦，一车子山泥，就是这样无情，真的把他往下倒拉。

人倒了，车翻了！

循禄和樟团们从四面八方涌上来，拉的拉，扶的扶，总算他机灵地将身子翻开，没有被压住伤及筋骨。阵阵朔风，依然一如既往地把汝芸她们打夯的吆喝声，从堤坝上送过来。他一骨碌爬起，不顾浑身伤痛，重新套上车辕，反手抓住车把，准备继续往陡坡上冲。

给伙伴恢复了的，却是一辆空车。

他瞥了一眼撒了满坡的山泥，返身准备再去装车。

队长和循禄都劝他，到底是读书人，还是挑吧，板车可不是你使的！

他笑了笑，不吭一声，把板车拉回到锦喜叔跟前，不顾劝告，抓过铁锹，重新把板车装满，然后，再次出发。就这样，翻了车再装，跌倒了再爬起来，继续往上拉，奋力爬，不顾一切地拉，不顾一切地爬，说不清他是在征服那高陡的斜坡，还是在驯服手下冰凉的板车！这一天，不知摔了多少次跤，翻了多少回车，已经无法计算，陡峭的斜坡，还有那一辆无处不是棱棱角角的板车，却倔强地和他赌气似的，始终那么沉重、那么冰凉。他坚持把这天归他使用的权利用足。不顾浑身酸痛，第二天继续拉，一连数日，终于被他推到了离汝芸她们最近的地方卸下了！再次赢来了一片"山里虮"们特有的，也是他最想得到的惊叹："哦嗨"以及"哦嗨"后面那些具体的赞颂——

哦嗨，循波，你不怂嘛！

哦嗨，循波，看不出你是个读书人呀！

哦嗨！原来你是大力士呀！

哦嗨！……

征服了它，也就征服了汝芸她们，她们终于把他的事迹编进了打夯的号子：哦嗨，楼循波，板车王！哦嗨，楼循波，戴皇冠，皇冠戴到金银坞，家家户户笑开颜！……

最教他振奋的是，第一声，也是汝芸先吆喝出来的！

与其说，山泥，板车，斜陡度很大的堤坡，组成了一份特殊证书，给了他自信，不如说是这个汝芸给他的，证明他还是当年扮南海观音的那个小波波。但始料不及的是，他更发现了自己活在这些"山里虮"中应该采取的态度。不和他们一样变为虫豸，而是在变成一条龙前，需要自己先变成一头骡马！

隆冬，峡谷隘口里的山风特别大，特别寒冷。沙土早早地结成了冰块，他们刨冰取土，迎风运送，再用石夯把沙土夯成结实的堤坝，所有的社员，男的女的，每日都汗湿衣衫。在楼循波的感觉里，却越来越感觉到生活的温暖。那天收工以后，他照例蹲在工棚后面那棵老松树下吃晚饭，说真的，他的身体长得快，临时食堂那份饭菜，实在填不饱肚子。菜是规定的，每人一份，饭可以添加，所以他必须尽快地吃完第一碗，再去加第二碗，他不愿让狼吞虎咽的样子去惹姑娘们笑话，总是不声不响地端着碗，到这儿来独自吃。

他吃完了浅浅的第一碗，再去盛时，饭桶却见了底，只刮到了留在边上的小半碗，他惘然地回到老地方蹲下来，慢慢地扒着。

汝芸悄然出现在他面前了。她不说一句话，弯下身子，把自己碗里的菜，全部倒在了他的碗里，那是比较耐饥的慈菇和不多的一些肉片！

他愕然，什么意思？

她笑了笑说，太多，我吃不了。你的胃口大，帮我消灭它！

他一时不知怎么开口，说，你……你……

她还是笑，我看来看去，只有你能帮我这个忙！

他还是你你你……

她说，别你你你了，快吃吧，今天，你没有盛到第二碗，吃大亏啦！

原来，他的一举一动，细微到了生怕人见的内心，都逃不过她的眼睛，并大胆地向他展露了，说的话，居然这样知根知底，他不禁问，吃大亏？

她说，樟团教你的！

他仿佛中了伏击，樟团跟你说这个？你跟樟团……

她笑了起来，别胡思乱想！我从来不跟樟团说话！

那你怎么知道？

我跟许小丽是小学同学！你是挂在许小丽嘴上的高才生嘛，你不知道？

啊，许小丽就是树人中学那个不声不响的女同学呀！

虽然被她揭开了鄙俗得简直丢人的秘密，但世间再无知心人的感动，使他禁不住一把握住了她的手，乐于将心贴到了她的心上，说，你说说，许小丽还对你说什么？

她涨红了脸，顺势在他身边坐了下来，说，她说你坏。我不告诉你！

他很受用，尤其是她身子传递给他的那份温馨。和她作裙传递的相比，却是一份让他热血沸腾的感觉。这一刻，他才发现，他长的不只是牛高马大的身子。真的应该与稚气无知的少年告别了。

很奇怪，这一天晚上，他做了一个梦，梦见他从成堆的虫豸当中爬了出来，重新成了小波波，再次看到了那位久违的、甚至被他鄙视过的神仙，在横岩岭下，指着那些石头，吆喝几声变变变，都变成了一群肥羊，然后，向他招着手，要他也来变变变。

第二天，在吃早饭的时候，他悄悄对汝芸说，我昨晚做了一个梦，虫豸变成了人。

她茫然，你说什么？虫豸？怎么会梦到虫豸？

他觉得自己太鲁莽了，赶紧掩饰说，没什么，没什么……以后……我再告诉你……

她咯咯咯地笑了起来，说，五大三粗的，扭扭捏捏的像小娘！快吃吧！

堤坝筑成，他的双手和双肩结满了老茧，手背和脚跟都裂出一条条血口子，紫黑色的脸膛，也被凛冽的霜风吹裂，结成一条条血痂，外貌和农民无异了，除了对这种大场面的向往，一种获得亲密的满足感，回荡在他的全身。这种转变，从水库工地，带回到春耕的水田里，栽种糖蔗的田垄上，那种大集体生产的场合，尽管个个披着蓑，戴着笠，谁也辨别不出是谁，他却知道，竹笠下、蓑衣里面，那一股温馨继续在向他辐射；他很想找个机会，把虫豸的话题如实向她吐露，也希望，她能继续追问他梦到虫豸是什么意思。可是，或许，她根本没有听清楚，他那天说到的虫豸的意图是什么，而丢到响溪里去了。一旦收工回家，或者闲散时刻，他便觉得远离了那股温馨的辐射，空落落的总想重新拾起这个话题，去找她。但是，生活虽然不断地为他提供这种亲近的机会和环境气氛，一到真正可以说的时刻，却感到说出口来的严重性。山外那一股造起高炉，砍掉山上的林木替代煤炭炼钢铁的风潮，通宵达旦，展示人民群众的伟大创造精神，同时诞生了人民公社，办起了大食堂，几天工夫就进入共产主义了，他觉得把这样伟大的人民群众说成虫豸，太不合时宜了，应该和她一起投入破除迷信、大干快上的运动，尽快迈进共产主义门槛。于是，在中学里感受过的那种风华正茂、意气方遒的青春岁月，好像又回来了，所有的不足、所有的问题，无非都是十个指头中的一个小指头，主流中的小支流，是将虫豸改造成人的大业，在人心上动手术，哪能不流血？不能因为流点血、出点脓，就否定了。

那一次糖蔗田里的"突破"，使他对这一理解越发坚定了。

那是给糖蔗清坨的时候。清坨，就是当糖蔗开始发育的阶段，需要把它们在分蘖过程中那些不可能长大的、俗称"小糖蔗"的糖蔗拔掉，相当于"间苗"，以免侵占肥料。这是青纱帐一般的糖蔗垅里的活儿。他俩在密密的糖蔗垅纵深处相遇了。细细的"小糖蔗"长得很嫩、很甜，拔下来无非喂牛。这是允许社员们边拔边吃的活儿。剑一般糖蔗叶子编织的青纱帐里十分闷热。他发现她从糖蔗垅的那一头过来了，她用一块白底红花的毛巾将头发和脸面罩住了，这是她的特殊打扮。他的心跳突然加速，并出现一种从未体验的冲动。她已经拔了一大把，抱了个满怀，见了他，就说，你帮我送到田边去。不等他表示同意，便将怀里的"小糖蔗"朝他送过来，他赶快丢下手里的去接。十个手指背，便这样触及了她的胸脯，隔着一层汗水浸透的衣衫里，软而富于弹性的触觉，摧毁了他最后的自制，一把搂住了她，双唇随之贴到了她的脸蛋上。沙啦啦的一声，她怀里的"小糖蔗"全部散落到了地上，随即用双唇，去迎接他的双唇。然而，仅仅是一瞬间，突然被人发现似的，推开了他，把滑下脸面的毛巾重新拉上，飞一般地扑出了糖蔗垅！

他以为有人过来了，呆立在原地，不知该如何应对。但拨开糖蔗叶，奔出糖蔗垅那一阵声响消失以后，寂静，寂静，还是一片寂静。

热汗，从他身上每一个毛孔里冒出来。他回过神来，抚摸着被她猛吻了一下的双唇，带着咬嚼"小糖蔗"特有的青草味，直往他的心灵深处钻……

整个世界，在他眼里顷刻间变了模样！居然那么神奇，是从未体验过的美好。那些寄宿生活中，盛饭第一碗要少一点之类的生活"诀窍"，不仅美化了，丰富了，而且乐此不疲，不断有了新的创造。据说，出现在大食堂里的留"碗底福"现象，就是从他开始的。所谓"碗底福"，就是碗盏内外结的一层厚厚污垢。大食堂开始是放开肚子吃的，不多久就受制于粮食供应的减少，实行分餐，就是每人将自己的碗盏留在食堂里，做好记号，由食堂工作人员平均盛好，社员们收工回来端起就可以吃。于是，"山里虮"们都挑家里最大的、容量最大的碗盏来使用。为了不被人端了走或者偷偷匀走一部分，每次饭后，都不洗碗，故意让碗盏结上一层厚厚的污垢，让人看了作呕、倒胃。"山里虮"们节约成性，家人吃不了的剩饭剩菜，给另一个吃，总是拿"这是你留给我的碗底福"自嘲，如今，大干快上的年代，"碗底福"就这样被活学活用了。严格地说，与其说这一招开始于他和汝芸，不如说，是他俩为这一圈污垢取了一个带着某种赞赏意味的、健康、美妙的，合乎乡俗的名字。

他母亲、爷爷、奶奶和妹妹王莲对办大食堂并不情愿，他们听到大队长要家家户户把粮食、鸡鸭、腊肉、霉干菜、萝卜丝、油盐酱醋全部上交大食堂的那天，都像左邻右舍一样，加班加点地往自己肚子里装，晚上都不睡觉，连续吃，连续地拉，家里茅房不够用，便到野地里去方便，有利于遮羞的"南方青纱帐"——糖蔗地里，都是一堆堆一摊摊的屎，臭气熏人。如今，他们天天在享受这种"碗底福"，满心无奈，看到循波的魂能够借此找回来，生龙活虎地参加，并练出了一身力气，却觉得十分欣慰，想随大流的做法，只是背着他偷偷地做，或者编一些借口，拉他一起做。当那一场百年不遇的旱灾降临，周旋在公社社员们组成的抗旱大场面中，他觉得这也是老天爷提供的"人定胜天"的一次展示，爷爷奶奶和母亲都表示，他是对的。

6

这场大旱太嚣张了，骄阳酷日，居然延续了将近四个月。

响溪失去了声响，梯田龟裂，禾苗和糖蔗枯焦；山地的棉花、绿豆都在冒烟，蚕豆大的枣子干瘪在树枝上，乡亲们的饮用水，只能靠猫儿山山坳那一眼泉水，排队汲取者夜以继日。社员们不得不把早就当作迷信破除了的萧王请出来。萧王是村东北小庙里一尊神，相传那年乌伤大地大旱，本是来金银坞收购枣子的萧姓商人留下来救助灾民，散尽财资，并把命也贴上了，遂被尊为一方保护神。如今代替龙王职责，请到晒场上接受山民的香火。

三个多月过去，依旧不见半丝云彩。

　　生活严峻。楼循波却只要和汝芸在一起验证人定胜天，就什么都是甜的，直到那一次超越了情爱的失控，才发现这个世界就是这样现实！

　　那是都感觉到对老天已经无能为力的夜晚，他俩到虎头山去寻找水源，一起冒着险，进入据说里面有股暗流的"牛鼻孔"洞的时候，为防止一脚踏空，滚进无底洞，她紧紧地牵着他的手，结果岩洞没有传说那么深，只好回头走。她的脚被小石子一滑，突然倒在了他的身上，他趁势抱住了她，往身边一堆枯草上倒下去，他再一次将双唇往她的双唇上贴去，她照样用双唇迎接了他，只穿件汗背心的这一对儿，难舍难分间，终于失控了！

　　在失控之前，他有的是愿意和她融成一体的爱，爱就是她，爱就是一切，爱就是那种忘记了所有失落、消沉、怨恨和不满的无比神秘的幸福……万万没有体验到，情爱，就是波涛万丈、天翻地覆的激情和放纵，顷刻之间，便会变成一种自我谴责、并由自我谴责转为一份责任，伴随着朦胧无边的惊惶与恐惧，犯了禁条一般的罪恶感，这罪恶感，现实得如山一般压下来，碾压着潜在的种种观念，压碎了他多年来形成的生活节奏……

　　她比他更为惊惶，衣裤也来不及穿，光着下身，逃出了山洞。他追上去，想再牵往她的手，她却消失在茫茫星空底下，再也没有见到她！

　　这一刻开始，在他俩的眼里，世界都成了另一个样子了。

　　是的，大旱，本来就让金银坞遍布惶恐与不安。大食堂无米下炊，已经不告而散。最令人恐慌不安的，是大旱这一年的冬天到来年春夏这一段青黄不接的日子。"山里虮"们只能不顾一切禁令和劝告，重拾旧炉灶，刮洗掉厚厚的"碗底福"，端起干干净净的它，各自寻找活命的路子。他却为摆脱独有的这一份谴责、惶恐、不安与莫名的犯罪感，殚精竭虑。事情是他主动的，她曾经有过拒绝，但在某种程度上，可以说对她是完全不符合教养的类似于趁火打劫的强制，他希望再见到她，起码看她一眼，看她是否怨恨他，最好说一声对不起……

　　他没有找到这个机会，却发现，整个金银坞的"山里虮"们都在到处觅食了。"山里虮"们本来吃得很杂，老鼠一般人是不吃的，却历来被他们看成了美味，剥皮，去内脏，在腹腔内擦上盐，拿竹叶子包着，用炭火烧烤，其味之鲜美无可比拟，可惜，"除四害"时被除得不见了影。此外能吃的，都成了填充肚腹的东西，祖上传下来防雨的钉鞋，据说是牛皮制作的，拆下来煮了；草根，从梯田垄沟里的田茅，田塍背阴处的马兰头、马齿苋、益母草之类，找到了山沟沟里的叫作葛箕的蕨类草。本来，春天的蕨芽是一道菜，经了霜后却成了柴火，一种逢火即成灰，没有多少火力的柴火。如今，却挖出它的根，棕黄色、毛茸茸的老根，研磨过滤出的粉，居然可以与藕粉、山芋粉媲美，变成一道琼浆般的美味；橡子，还没有熟，就给采光了；树叶给烈日烤焦了，能尝的树皮都尝了，包括八角梧桐，八角梧桐叶上的刺一向令人生畏，但刮下它的树皮，捣成糨糊状，可以淘洗出一坨坨颜色灰白、柔软如胶，堪与面筋乱真的东西。一向用来诱捕苍蝇的，只要苍蝇一落脚，就死死地被粘住了，如今也有人试吃了，怎么也咽不下！饥民的嘴巴是没底的裙笼，而且成千上万，这些食物都太不足道了。土地，山林，都向他们关上了求生的大门。人心乱了，早被禁止了的赌博，却在暗地里出现，说是今朝有酒今朝醉。不过，那只是一些游手好闲的小光棍。凡拖儿带女的，目光都投向了山外。政府伸手救援也留不住，因为，政府发的只是粮票，而不是粮食，或者能够变成粮食解饥的人民币，人民币只能到山外头去找。大旱之年，也不是过年，没有人杀鸡，也就没有鸡鸭鹅毛和猪毛，即便有，也没有糖去交换，历来相传，得以糊口的普通技艺，像当年循仁用石膏制作小鸡小鸭等小玩意儿，就这样从生活老谱里，被重新翻了出来。使楼循波们这些年轻人，发现"山里虬"们敲糖换鸡毛、做蜜枣、制火腿以外，还有那许多生财之道。事后，掐指一算，最早跨出这一步的是樟团的大伯，这也是一个闹儿荒之家，六个子女，逼着他闯出山去找活路，但绝不是逃荒，乌伤大地的词典里，从来不存在逃荒之类的词。他怀里揣着政府发的那一沓粮票，没钱乘火车，背负一串自己编织的多耳草鞋，一只国军留下的搪瓷破碗，不知翻越了几重山，走了多少路，硬是走出旱灾肆虐的地区，换来了两口袋黄豆，开起了豆腐坊，顾客没钱，没黄豆，就用粮票折价换豆腐、千张，甚至豆腐渣，村里顾客少，就挑起千张担串门走户，到邻村去兜卖！闹儿荒的一家，就这样度过了荒年。牛团的叔叔，把早已尘封的一门生意，从祖父的口里挖了出来，挑起祖父留下的一副托盘一般被称为瓷碗担的箩筐，依仗亲身获得的经验，既不带一分钱，也不带多少粮票，只带了一只装水的毛竹筒，一蒲篓葛箕粉和树叶做的干粮，逢山翻山，遇水过桥，走了整整三天，到了龙泉青瓷碗窑，在废品堆里捡了两箩筐残次碗。所谓"残次"，不破，不漏，只是有的釉色不匀或形状不正，有的碗内外有些小黑点，有的碗底欠圆整，窑主不仅不干预，临走，还送他几只正品碗，表示帮他们处置垃圾的感谢。牛团的叔叔把它们挑到一二百里之外的小城镇，以正品一半价卖出，赚的硬是辛苦钱。樟禄则解禁了尘封的手艺担，走家串户，帮人修补烛台酒壶。当众一场痛骂后没有人再敢提"皮肉生意"的小春芳，重新搬出那架木头制作的小机器，用烟丝和白色的纸片做卷烟……

谋生手段五花八门，但始终没有离开土地，最没有办法的山里人，依靠的还是土地，哪怕是巴掌大的一块。当然，这时日，他们依靠的，只能是低洼的土地：池塘底！

据说，最早发现的，是金银坞最大的上夸塘。上夸塘在金银坞东南角鸡公山下面，有三四个晒场大。它的存在，不只供女人洗涤，还有存于心而不明说的消防价值。据说，塘底有一眼泉水，从来没有干涸，这一次却干了，没有看到喷涌的泉水，只见几块大石头周围的泥土保持潮湿，并长出了野草，而且越旱长得越旺。某一个早晨，天天盼望老天发慈悲的"山里虬"们突然出现在这儿。他们拿起锄把，动手开垦这一块绿地种庄稼。开始，犹犹豫豫，畏畏缩缩，生怕被当作叛逆受训斥或者被批斗，谁知，刚动锄，便见众多乡邻从地上冒出来似的，拿着各种锄把，争先恐后地奔过来，扑向塘底的湿地。顿时出现圈地霸占的场景，大到一张地簟，小到一张台面，你争我抢，牛团因为来不及拿锄把，索性躺在了一块湿地上，叉开四肢，说这块地是我的，你们要么把我当泥巴锄过去，要么去叫我内客送锄把来！如此这般，差一点闹出人命。最后强者为王，插起几枝竹竿当篱笆，撒上了家里能够搜索到的种子。消逝了几年的上丘唱、下丘应的田园牧歌，仿佛在这方寸之地重现了。

楼循波独自在吞饮自我谴责和为后果惶恐不安的苦酒，恍恍惚惚地。没有赶上，即便赶上了，也不会去抢夺，就像出外谋生一样，他和别人不同，樟团匿名信里告他的理由，对他印象太深刻了。他不想因为这事给人抓了辫子。不过，到底是填饱肚腹的事，赶不上却获得了启发。东方不亮西方亮。他到别处去寻找这一方生命的希望。像他这样的乡亲，不止他一个。要找，当然也不容易，因为不是每一口池塘底都是潮湿的。他去找过紫云水库，可惜，水库没有泉，全靠山沟里的一条小溪的水积起来的，水一排光，溪水一断流，水库便现了原形，全部是砂石岩块，比响溪的火气还要大。

他继续找，终于找到了。

他找到的，是横岩岭下祖坟不远一潭溪不像溪、塘不是塘的积水沟。它隐蔽在林木山岩深处。仿佛祖宗保佑，特地给孙辈留条活路似的，潮湿的沟底，被大炼钢铁砍伐树木时丢下的许多树枝遮住了。虽然只有几张席子大小，却让他兴奋不已。他趁着黄昏收工以后，悄悄到了那儿，把枯枝搬到一边，翻松了那一方潮湿的泥土，把公社化之前爷爷挂在梁上小纸包里的菜籽撒了下去。生怕被人发觉，用那些能够透进阳光，却能把人双眼遮住的枯树枝重新盖上。不时起早摸黑去照看，一旦长到两指高，立即拔了起来，不多，用稻草扎，也不过是一大把。绿茵茵、水灵灵的，太诱人了！

他第一个想到的，仍旧是楼汝芸。他要拿这一小把活命的青菜，直接找上门去，向她忏悔，并表示他和她是如何甘苦同当、休戚与共的。即便宋文兰碰到他，谅她也拉不下脸来的。

他毫不犹豫地把它分了开来，平均扎成了两小把。

他先回家，解一家老少的饥。

家里的灶头，是供奉灶君菩萨的地方，其神圣，即便大办了食堂也都不拆的，灶膛口也照旧堆着柴火。他把青菜搁在长柄畚箕里带回家以后，一把交给母亲，一把洒了水的包在布衫里，悄悄藏在了灶膛口的柴火里，等机会给她送去。

在这饥馑荒年，吃过草根树皮的人，自己种的青菜，没水洗涤，拌点酱油，生吃也是美味。也是合该有事，开展"除四害"活动以后，麻雀就很少见了，偏在这一天，爷爷在牛鼻头山抓到了两只。于是一起生火煮炒。灶头虽在，铁锅、铁制的勺子、锅铲却都被拿去炼钢了。所幸在楼上堆积着坐坊余下的那些箩筐中，还有一只熬糖的小铁锅，忘了上交，一家子趁着夜深人静，便在灶膛口积灰的叫作"灰膛"的地方，架锅升火，所用的是冬天生火熜用的火力猛烈又耐烧的灌木柴。没有油，但还有一点盐和酱油，清煮了，也是难得的享受。见爷爷奶奶母亲和玉莲咽下了青菜和麻雀汤，早早地上床了，他便从柴堆里取出布衫包着的那一把青菜，去下溪沿麻车旁找汝芸。

这是星月交辉的夜晚。他到了她家不远的大樟树下，希望和她不期而遇。他知道，饥饿使得家家户户都早早地躺上了床，但他不相信老天爷会如此不帮忙。大伏天，麻车早就停工，静悄悄的。他闻着那股浓郁的油味，徘徊着，不知什么原因，就是不见她的人影，正想回家另外再找机会的时候，忽见自己家那边上空，出现了一派红光，随之响起了一阵铜盆铁锅的敲打声，当当当，急促中带着惊慌，教他立即想到了火警！

他的心咯噔一下，心弦绷断了似的，感觉到自己家出事了，而且灾祸是因他而起的！刚才，他悄悄地拉开柴火取出青菜那一刻，那把柴火倒了下来，遮住了灶膛口的灰膛，他急忙去扶，却带动了那一只小铁锅，发出了轻轻的一声咣啷！他一吓，生怕惊醒了家人，便急急忙忙地离开了。此刻，他才想到一定是散落的柴火，触及灶膛里的余烬了！

他放开双腿往回奔。果然是新厅。只见火光冲天，乡亲们正从四面八方奔来。可怕的是，没有一滴灭火的水！救援者唯一能做的，就是防止火灾扩大，把火势尚未殃及邻居那一侧的厢房全部捣毁，然后搬起那些碎砖残瓦，和溪里捞的沙子一起，当水压制那些最旺的火焰，以免被山风扬起的"火鸟"飞开。火鸟，就是那些正在燃烧的木屑、布片之类，随着烤得滚烫的气流，像鸟一般飞窜，成为火灾蔓延的杀手。

所幸，爷爷、奶奶和母亲一家子，已经被乡亲救出，在火场一边捶胸顿足地号啕。

灾难正是他引发的！

干柴烈火哪，当他扶起那把柴火时，为什么心存侥幸，不回头检查一下是否安全？

他全身瘫软，一屁股跌坐在地上，又奋力跳起来，一头扑进火海，朝奶奶、母亲房间的方位，寻找突破之路。他想，只要把奶奶和母亲丰厚的嫁妆抢出来，就有东山再起的本钱。无奈，他来得太晚了，房梁已经坍下，她们所住的楼上那两间，都陷在了火海中！救火的乡亲们使劲地拉住了他。

不到两小时，新厅，连同几代所积的家底，就这样变成了一堆瓦砾！祖上传下来的红木八仙桌、宁式床、梳妆台等家具、开坐坊所余的那些箩筐之类的物资，不是成了灰烬，就是给捣得粉碎，曾经展示母亲和奶奶身家的金银首饰等嫁妆，连同诱使匪徒来抢劫的财物，都在混乱中，不知去向。

天亮了。满身烟灰的奶奶、母亲，坐在处处余烬的瓦砾场上，继续哭泣；爷爷则睁着无神的双眼，在被当成隔离带捣毁的厢房废墟上徘徊。爷爷的书房就在这个部位。最痛心的是那套文具，被称为"砚山"的磨墨的砚台，是用端州砚石制成的一块观赏石，价值千金；山字形的搁笔的笔格，是翡翠的；专门搁放毛笔的那一块笔床，是乌木制作的。还有爷爷的印章，都是被视作性命的东西，并非传说那样是祖上敲糖换鸡毛时被当成垃圾换到的，最贵重的几件，都是购买到的。不是被救火者顺了，就是给砸碎了，只有给半只瓷器笔筒罩住的几支毛笔完好。

他佝偻着背，撸了一把皱纹脸上的老泪，失望地回过身，正待离去，骤起一阵猛烈的山风，吹走了瓦砾上的灰尘和杂物，露出了一迭破碎了的纸屑，他一眼便看出，那是自己装订的毛边纸页，是《换糖经》的手稿。还有一只拨浪鼓，本来是和那些塘坊里用的箩筐堆在一起的，他为了描写它，拿到书房里来，却都给砸烂了。他不愿捡起，那是祖上经营的记录，如今全毁在他的手里了，他不想让它们勾起他的痛苦，正待快步离开，一阵更大的山风，再次掀开了纸页，一页页、一行行，行里带草的小楷，在他眼前请求检阅似的，依次展露开来，拨浪鼓的鼓面，也露出了所画的花草，仿佛都像被遗弃的宠物，在呼唤他眷顾。父爱般的感情，顿时攫取了他！他弯下腰，拨去旁边的碎砖乱瓦，捡了起来，拍去尘垢，和那几支毛笔一起丢进装着锄头、镰刀和一些瓶瓶罐罐的箩筐里。

循波看着这一切，真想向爷爷、奶奶和母亲跪下来，承认自己是祸首。

但这要涉及汝芸，还可能涉及情爱与责任难分彼此的事。他开不了口，也不敢开口。

生产队的干部来调查火灾起因，向爷爷他们似问似责，怎么这样不小心啊？

爷爷他们几位长辈都茫然地摇头，连声自责，天灾人祸，命啊！

楼循波又想说出真相，但仍然不知道应该怎么说，才避免引出严重的后果。

摆在这一家面前的，真是一条绝路！

都清楚，合作化了，算得上家财的，只是房屋了。如今烧毁了，和汝芸相关的所有希望也烧毁了，这才使他真正绝望，谁愿意嫁给我这样的穷光蛋啊？

他不想再提到她，提到她，心就刀绞一般地疼痛。

但还是听到了传闻，她和小春芳搅在一起了。

他的心突然揪紧了！她和曾经对他母亲知冷知暖，给了他家一份好感的这个女人走到一起，是不是和牛鼻孔洞里的事有关系？事后，她的惊恐不安，肯定超过了自己，是不是去向这个女人求助了？

他越发坐不住了。他想到了小春芳"做皮肉生意"的"名气"，想到了她当众那么不知羞耻那么赤裸裸地咒骂四团……可以说，金银坞年轻的"山里虬"们，对于男女间的那些事，都是这个小春芳启的蒙。事情已经发生了，汝芸不向这样的人求助，解除这种事将会造成的后果，还向谁求助啊？这将会引出什么啊？

他说不清是憎恨、焦急，还是迷惘与无助。反正，和汝芸的交往，已经到头了！

他的魂，又丢了。

7

楼汝芸日见消瘦。她在遭受大旱的无情炙烤，更在接受偷尝禁果、然后初恋被毁灭的煎熬，这不只是要不要违抗父母亲意愿，而且是拿性命做赌的煎熬！

她生活的，是始终陷于懊恼无助之家。人祸、天灾，对她们一家的折磨，不亚于在有可能被评上地主的焦虑之后，又遭受了回禄之灾的楼循波，而这一次的人祸，源于自己一次违背了家教、违背了文化操守的感情失控！

她这一家是不应该来到金银坞的。不错，她们祖宗的牌位，和楼循波的祖宗的牌位，都在楼氏宗祠里供着。不过，那是祖宗的事，她父亲本来在上海教书，日寇入侵时逃回乡来避难，先在她母亲所在的县城安了家，后来又因为父亲受聘到南乡小学教书，而迁到了沿义乌江的东桥镇。日子过得好好的，一儿一女，从小就诵读唐诗、宋词和《古文观止》，学业比同龄人高出一头。谁知父亲鬼迷心窍，被金银坞祖上十多亩水田和一片山林，牵回到这个山沟沟里来了。在瘠薄的金银坞，祖上留给他们的土地，都属于旱涝保收的肥田，一向出租。土改时，眼看要分出去了，精明的母亲打听到了土改政策，属于自耕地，可以高于平均面积一半留下来，如果回乡去参加土改，她家的土地、山林，不进不出，却比一般分到田地的农民多出了四分之一，不怕时局反水，而且无愧于筚路蓝缕的祖泽。便辞职回乡来了，打算住上一阵，把祖上的土地留住，土改以后再把土地租出，重新回城镇教书去。反正，祖上在金银坞留着两间平房，虽破旧，却可以遮风挡雨。楼汝芸和弟弟楼循统，就这样中止学业，随父母回到了金银坞。谁料到呢，土改一完，国家实行户口登记制度，他们就这样在金银坞扎了根。手不能提篮肩不能挑担的父母亲，带着他们姐弟俩不得不当上了农民。本来几家佃户，退出了肥田，分进了瘦田，恨得咬牙切齿，诬告她父亲是特务，是带着日寇的军事任务从大城市回乡来的，她父亲辩解不清楚，却同凯贵爷爷一样被管制了。

走错了这样一步棋，全家陷在悔恨之中。她父亲努力为自己的错误自找解脱，默默地承受，埋头写信，向县里、省里，申诉他戴上这顶帽子如何冤枉，认为只要这顶帽子摘了，凭他这一肚子墨水，还是回得了城，恢复老师身份的。谁知都像石沉大海。最想不通的是母亲宋文兰，本来就是十分怀旧的女人，抬手动脚都是"老底子"如何，"当年"怎么怎么，像九斤老太，到了这里，一开口就是"我们在城里的时候""城里人可不是这样的"，掩饰不住生活的不习惯与对"山里虬"的不屑。他们一家，也就这样被金银坞乡亲喊作"城里人"了。怎么也料不到，所有矛盾的爆发点，会发生在自己身上。自从糖蔗地垄里和楼循波那慌慌的一吻之后，她有了她就是他女人的归属感，在这种无助的生存环境中，一有机会就忍不住用亲热来消解生活上的绝望。没有想到，会在牛鼻孔洞里失控！她光着下身逃出洞来，是本能驱动，企图找到一点溪水，将会留下严重后果的东西洗去。哪儿有供她洗涤的水啊？为此，她惊恐、后悔、自责、怨恨，不守贞操的犯罪感和羞耻感，加上可能出现的后果的焦急，交织着，使她白天黑夜都恍恍惚惚的，想的事，当然只有一件：怎么挽救？而此事，她除了背着家人，悄悄把当年《生理卫生》课本找出来研究以外，只能找楼循波，约定哪处秘密碰一次头，问他该怎么办，可又怕再次跟他幽会……

神情的变化太明显了,哪能逃过她母亲的眼睛?宋文兰早已风闻女儿和楼循波亲近,此刻也猜想到了这一步,"城里人"的情结就压抑不住了。关起门来,追问女儿发生了什么,女儿转过身,企图夺门而走。她一把抓住女儿,毫不含糊地问她和楼循波是什么关系。

　　她站住了,强作理直气壮,说,是远房兄妹!我们同一个太公!

　　母亲比她厉害,说,别拿这个糊弄我!这几年,村子里五服以外成婚的,抓一把都是。

　　这是事实。解放了,自由恋爱了,老规矩早被新法规替代了。一个测试母亲态度的念头突然闯进了汝芸的脑袋,说,嫁到新厅有什么不好?你还想让我挤在这两间破房子里,听着榨油机乒乓响,吸着乌桕油气过一辈子吗?

　　宋文兰火了,严肃地正告道,你想一辈子在这儿做"山里虬"啊?你爸没希望了。我们一家子还盼着你改变命运呢!像你这样有姿色、有文化的,找个城里人嫁出去,帮一家子跳出苦海,有什么难的?啊?别一时糊涂,一叶障目!

　　很少开口的父亲,推门进来,插了一句话,说得很沉重,小芸,妈说得对,你还年轻。在这方面,千万千万要慎重,你不想想自己,也该给循统的前程想想!

　　她没有料到,父母不是对她欢喜的某个人做评价,而是一个家庭的战略布局,非常现实,不仅是自己的终身大事,还涉及父母和她一家的命运。原来,她对于这一家子的责任,是这样沉重!看来,他们已经发现她越矩了!这无异在她忐忑不安、连日为自己的失控焦虑的心里浇了一勺油!她急得差一点昏倒,不禁哇一声哭出了声。

　　父母亲都意识到问题的严重性。一再盘问无果,便开始盯住她,甚至叫她弟弟跟踪她,无奈,金银坞虽小,一个活蹦乱跳的女孩子,怎么盯得住啊?那天碰到了小春芳,宋文兰忽然给打开一扇心门。他们两家距离不算近,却在同一个溪埠头洗涤,见面的机会不少。洗涤时,"山里虬"们沿袭旧习,用皂荚或者草木灰水,很少用肥皂,从城里来的宋文兰家庭经济不宽裕,破例地从了俗。怎么用皂荚,怎么淘草木灰的水,都是小春芳热心主动教的,开头所用的皂荚,也是小春芳送的。本来对小春芳有好感的宋文兰,说了一句让她们心灵碰撞的话:我看来看去，你最像城里人！小春芳开心得咯咯咯地笑了一阵，说，我本来就是城里人嘛！宋文兰惊喜地说，真的啊？上海、杭州、还是县城？小春芳只是笑，换了个话题，说，你有福气啊，一儿一女，而且先开花，后结果！这是说，先有女儿后有儿子的意思，姐姐能够照顾弟弟，为父母分忧，都认为这是做父母的福气。宋文兰经常听到这样夸奖她，十分开心，从此两人走得很近，重复得最多的话题，就是一起悄悄地嘲笑"山里虬"们如何土、如何笨。小春芳的跨溪屋里人来人往，对只怕冷清的宋文兰，也很有吸引力，她看得很清楚，这些男人，都是迷恋小春芳的姿色、开放，再加上一个寡妇的身份上门来的，聪明的小春芳，应对自如，能够利用家庭、家族这些人际关系，利用自己优势，过好日子，就像敢于当众咒骂四囝一样，分寸把握得十分得体，处处像善于交际的城里女人，宋文兰越看越亲切。那天，她挑着两只小水桶，到猫儿山泉水边排队汲水。碰到了也在排队的小春芳，正好说说话，消磨时间，听到了小春芳在做"土"卷烟的生意，立即发现，这不仅是生财之道，也是捆绑女儿最佳的一条绳子，还能通过小春芳，拉上大队长的关系，助她跳出山沟沟，真正"一石三鸟"。就说，我叫汝芸拜你当师父行不？小春芳一口答应，说我正忙不过来呢！但一转口，便质疑，你女儿乐意来啊？宋文兰说，乐意的，乐意的！虽这么说，却担心女儿嫌小春芳名声不好，不愿意去，回家后，一本正经地用征求意见的口气说起这次偶遇，并准备了理由说服女儿。谁料，一出口，女儿好像有了新发现，眼一亮，爽然反问道，好呀，她肯收吗？

就这样，第二天，汝芸欣欣然地到跨溪屋去了。按辈序，婶婶、婶婶地喊得很亲热。

宋文兰不知道新厅楼循波一家和小春芳的那些交集。卿卿我我中，楼循波能不说到这个出现在他家命运关节眼上的小春芳吗？

不过，使汝芸如此干脆的，是她恍惚中，借此远避楼循波，也是出于一种本能，希望那件事的危险后果出现时，有一个"曾经沧海"的女人，帮她拿主意。当然，也很想知道她是怎么"曾经沧海"的。

据说，她男人楼锦熹家境不错，是金银坞仅次于新厅的殷实之家，是最早被送进新学校念书的几个后生仔之一，不知交了什么黑道，变得很"不入调"，那年秋天，闹匪以后就不见了，听说无颜见自己父老，一去杳无信息，差不多都忘了他的时候，他忽然从外乡带了这么个标致的女人回来了。猜疑如云，有的说当师爷去的，这女人是东家的使女，私通被发觉逃回乡来的；有的说是当土匪去的，这个女人就是抢来的；有的说是给财主当账房先生去的，财主破了产，把财主的小老婆勾引回来了；但大多数都认可这一种说法，他是掘了藏，做生意亏了本，到妓院赎了个妓女带回来的。不是吗，戏文里，青楼女子取的名字都带"小"，什么"小凤仙""小楼春"之类……其父母兄弟，因受他之累破落了，不准他进门，断根了，有好心的族人向族长求情，请族长出面和他家人打打圆场。圆场没有打成功，对他的来历实在弄不明白，族长真不希望这个角色留在金银坞添乱，但又不敢得罪他，想了想，想出了一个不算驱赶的驱赶办法，说，你真要待下来，溪沿那间踏臼屋就给你落落脚吧！踏臼，就是一头安装着马头形的石桩的杠杆，人站在木架子上，用脚踩着舂米的小屋，公用的。还没有半间房子大，太老了，石臼残破了，木架子和杠杆都朽烂了，大半个屋顶没有椽子和瓦片，临溪，暴雨时，屋顶漏下的，溪里漫进来的，胜如泽国，破石臼里的水也就始终不干，成了蚊蝇滋生之处。族长以为楼锦熹不会要的，谁料，这一对宝货不仅不嫌弃，居然把它拆了，搬掉破石臼，抬高地基，也不知哪儿来的钱，雇人到横岩岭下石坑里，采来几块横跨响溪的蛮石板，造起了这间跨溪小屋，比原来扩大了一倍，楼上楼下，很有气派，潺潺的溪水就在屋底下流过，别有风味，乡亲们佩服之余，都模仿着往这边造屋，成了小弄的弄口。后来，楼锦熹出门去以后便再没有回来，据说暴死异乡了。

　　对汝芸而言，这个女人供她参考的东西太多了。不直接接触，是得不到的。

　　宋文兰没料到事情会这样顺利，心里却七上八下起来。在天旱赌博之类邪气盛行的时候，把女儿送到这样的环境中去，等于送羔羊入虎口，更加不放心了，想了想，谨慎地选了个突破口摸摸底，悄悄问女儿：大队长经常去吗？

　　汝芸不解，经常去哪儿？

　　跨溪屋呀！

　　从来没有看见大队长，倒经常听到婶婶嘲笑大队长，说老八房坏话，比祠堂里骂的还野。

宋文兰似信非信地怔了怔，又问，婶婶家里抽头聚赌吗？

汝芸还是茫然，你说什么？

母亲说，村里人说，抽头聚赌的，一定少不了这个小春芳。

汝芸生气了，你不相信她，就别让我去！

母亲连忙说，不是这意思，不是这意思！……说不定，都是避开你晚上做的事……

汝芸说，话乱念！你看扁她了。有了赌博，到跨溪屋来的人少了许多，卷烟生意倒好了，都是买了香烟就走的，有的赌得顾不上买烟，就要我送到小台门去。

小台门是聚赌最明目张胆的地方。

母亲急问，你去送了？

汝芸说，婶婶没答应，说，要买你们自己来！她还对我说，做香烟生意，总是同这些人打交道，不好。你应该另外学门手艺。

母亲急问，啊？她不要你啦？

汝芸说，瞎说！昨天，她要我学理发。她有一套城里理发店才有的推子和剪刀。

母亲问，她过去是理发师？

汝芸说，不知道。我只听说，很多男人欢喜往她家里跑，就是要她理发，她不愿意，说要理你们自己理。后来就把推子和剪子收起来了。她还特地拿出来给我看哩。

宋文兰说，这好呀，你赶紧学呀！

汝芸不作声。金银坞的"山里虬"们一向剃光头，大都是自己动手剃的，串门走户的剃头挑子来得极少，新中国成立以后才用上推子，那是为了西洋头（小分头）的需要。做卷烟，轻巧得就像绣花、编织绒线、纳鞋底，业余的，加上小波波给小春芳定了调，留下好印象，而且她身上有那么多谜，便答应了。剃头却是一门手艺，像敲糖换鸡毛，不只串家走户，而且还是与人身体接触、服侍人的活儿，绝不是她想做的行当。不过，母亲这一问，让她想到拿这当由头去找他一次（她非常害怕再次约会），将自己惶恐无助的心情告诉他，摸摸他到底会采取什么态度……

正寻找机会，这一把火，把她由后怕带来的恍惚全部烧光了！

那晚，因为神情恍惚无助加上饥饿，她早早地躺上了床。火烧得最旺那一刻，她和众多乡亲一样，闻声赶来了。在乱糟糟的救火场合，她没有看到他。她也没有想明白，此时此刻，如何面对他，安慰他，还是继续远避他？火灭了，她回到家，躺在床上，满脑子还是弥漫的烟雾，直到天快亮，思路才清晰起来。不管他俩结局如何，今天必须去一次！因为村子里的人都知道他俩相好了，却不知道已经发生了这些微妙变化，火烧以后，如果不表示什么，一定会得出嫌贫爱富的结论，对于从小接受父亲传统教育的她，没有什么比这种表现更损害自己的人格了！何况，他俩关系已经到了这步田地！这时候应该做的，不是表示点什么给人家看，而是违抗父母的意志，去探望他，给他安慰，把感情续上，至于是否嫁给他，先看事态发展，能否解除近来压得她茶饭不思的恐惧与困惑。

第二天早晨，她就找到那一片火烧场上去了。

这时候，队里正好说定，让循波一家先到祠堂前进厅的东厢房落脚，楼循波和母亲、妹妹，还有狗团他们几个正忙着，有的在瓦砾堆里寻找幸存的资财，有的将抢救出来的一些残破的家具，搬到板车上，准备运过去。

她毫不犹豫地直奔楼循波，说，怎么会这样呢？啊？

他猛然回过满脸是灰的脑袋，一怔，便发出一声吼：不都是因为你吗？！

石破天惊！她被震蒙了！这么大的一场灾祸，怎么是因为她？在她的心里，他俩隔阂已经好久了，她重新找上门来，说出的第一句话，是要表示他俩之间所有的波折都没有发生的样子，选择这样语句，所用这种声气，对于已经决心重归于好的她，完全属于正常。没有料到，她听到的，却是她最不想听到的一句话！

她以为听错了，一把抓住他的胳膊，说，你说什么？啊？你说什么？

他吐出了一口灰黑的口水，吸了一口气，正待张口，却咽下了话，一挥胳膊，甩开了她，继续到一堆瓦砾边寻找什么东西去了。

她追上去。她要问个究竟。

楼循波回头朝她瞥了一眼，不屑接触般地转身走了。留给她的是非常复杂的一眼，是苦，是涩，但更多的是怨，是绝情之恨！

她的心，像给狠狠地捅了一刀！

据说，他去照顾瘫倒了的爷爷和奶奶了。

爷爷奶奶瘫倒在什么地方？她可以问，可是，他留给她的那一声爆发式的吼叫，他最后留给她的眼光，都化成了这样一声责问，你给我这许多麻烦，我没有责怪你，你倒责怪起我来了？

我闯了什么祸啦，会引出这样的结果？……不，我不能就这样不明不白地放过。只是在这样的场合紧紧追问，确是不适宜的，一着不慎，倒造成了找上门来找借口分手的印象。

她伫立在火烧场一边，看着狗团他们推着板车离去，只觉得他的伙伴也在冷淡她！

她哭着奔回了家。

8

这场大火，使楼循波想明白了，她近期来的种种表现，都是在逃避他。她确有理由逃避他的：我感情确实失控了，这是一种以霸占她的肉体为目的的粗野，和新厅的后代怎么相称啊？而她又是什么人啊？生长于拥有相当文化教养之家，你却用对待村妇的手段对待她，她是完全有理由鄙视我，谴责我，远离我的。就是没有料到，她还会主动上门找他。看到她突然出现在火烧场的那一刻，心里可谓五味瓶打破，她如果不这样问他，他也会让这句话冲出口的！她像遭受雷击的神态，却教他意识到，用这种对待仇人的态度对待她，太残酷了！反正，他俩已经走到头了，回不去了，何必在此当着众人的面，多费唇舌？

不错，走到头了，回不去了。谁乐意嫁给他这样一个穷光蛋，莫把人家同情当真情，去追寻已经破裂的那份旧情了！应该做的是远离她，永远、永远地远离她！把一切怪罪的语言锁在心底独自承受吧；把所有过激的责怪都收起来吧！眼下，尽我一个长子的牛马之力，把家庭的残局收拾起来才是最要紧的！

重振家风，谈何容易！雪上加霜的是，堪称家庭主心骨，也是他精神支柱的爷爷，就此卧病不起。开始，以为中了暑，下了雨，天转凉了就会好的，可秋雨连绵数日，旱象彻底解除了，爷爷病情却愈见沉重，腊月未到，便撒手西去了。

爷爷临终前，硬是给他和汝芸画了一个句号。

爷爷拉住他的手，上气不接下气地喘息着说，前些年，我一直怨自己没有把《换糖经》写出来，对不起祖宗……可是，看样子，写出来了，也没有用处的……小山坞，没指望！你还年轻，穿皮鞋还是穿草鞋，还能够再搏一记……你一定要学山坑水，跌出去！……

他点着头。这是他的梦，只是不知道怎样去圆这个梦而已。

爷爷继续说下去，只是，只是……我一直都在想……要是靠你拿工分养家，你这一辈子就是这样了……只有马上成亲……找一个能够下田下地，顶得上正劳动力的内客，挑起一家担子……帮你一心一意读书……

结婚是逃不过的一关，也是爷爷重振家风的计划中关键性的一环，他早就听爷爷、奶奶和母亲吹过风了。此刻，脑子里一片空白，仿佛平时面对爷爷的唠叨。

爷爷吃力地转动眼珠，向床边的奶奶和他的母亲寻求支持，说，这是一件大事……我早就托了人……给我说过几个……我最中意的，是西山坞的牛妹……

他的心一紧。西山坞的梁牛妹！他在水库工地上见过她，粗壮，结实，皮肤黝黑，只念过几天小学，近于目不识丁，却因为有一张甜甜的圆脸、一双溶有秋水的大眼、一副清润脆亮的嗓音、一条粗黑的独角辫，加上开朗的性格，赚得了后生仔们的眼球，更出众的是，别的姑娘只能打夯，她不仅能推板车，甚至能够满载而获得众人喝彩。爷爷怎么看中了她？

爷爷说的，就是这样毫不含糊，我都打听好了。这小娘，我想，你也会中意的……有这样一把手撑着这个家……你才读得起书……

楼循波突然从嘴里蹦出了一声，不！爷爷！

爷爷眼一瞪，你……你……不要？

他差一点哭出来，我不要，爷爷，我不要！

爷爷说，为什么不要？你见了，会欢喜的……趁我还有一口气，赶紧托人去提亲，让我……看着孙媳妇进门……放放心心地走……

他还是直喊，我不要，我不要！

爷爷脸上的每条皱纹都痉挛起来，说，我知道……你要的是哪个！……我把实话都说给你听吧，下溪沿麻车边那个小娘，一定不能要……哪怕，她肚子里有了你的……也要让她去打掉！……不说和我们同一个太公，'男女同姓，其生不蕃'，关系到我们这一家人丁兴旺的大事……也不说她是'自媒之女，丑而不信'了……就说她是城里来的，也是读书人，你绝对不能要……上不了山、下不了田……文不文、武不武的，绣花枕头一个……再说……她一家子，都是城里来的，我们有事，叫应不了……她们家，都是手不能提、肩不能挑的，倒要拉你的差，借你的力……你肩膀上，压的是两家的担子，怎么过活？还读什么书？……

原来爷爷都知道，而且说得这般绝情，引经据典，权衡得如此周到！

虽然他和汝芸已经回不去了，虽然爷爷说得合理至极，但此时此刻，怎么也接受不了这个牛妹！

奶奶，妈妈在一边一起劝他，快答应爷爷呀，爷爷说得不错的哇，爷爷看中的人一定不会错的哇！

他还是一个劲地说，我不要，我不要！……

爷爷气喘吁吁地，已经发不出声音了，仍然固执地伸出枯瘦的右手，竖起食指，向上指着结满了网尘的橡檩，说，她姓梁，楹梁的梁……梁，梁，挑大梁的梁……

直到他发不出声了，那一个指头，却始终指着，铁铸一般，从早到晚。闻讯前来的亲友和宗亲，都往楼氏宗祠前进厅这间厢房聚集，床铺前是舅公、舅舅一家，门外，天井里，则是楼姓族人。天色正在转暗，七嘴八舌，叽叽喳喳，越来越集中，都把目光投向了唯一的孙子。甚至，从窗外传进来了纷纭的议论：有的说，这样耗着，谁都吃不消的呀，孙子要是此刻答应下来，让他看得到孙媳妇进门，说不定还能抱上玄孙呢！有的说，是呀是呀，叔公的身子骨好着呢！有的马上责怪他，唉，这样的孙子，白疼了……

一声声，都如利箭直射他的心窝。

他痛苦不堪。他的感情，却实在难以扭转。他俩相拥亲热的感受，她委屈地哭着离去的身影，始终在他脑子里打转着，自我谴责、惶恐不安都消解了，留下的只是自己应负的责任，觉得自己那样对待她太粗暴了，火灾是自己不慎引发的，哪能责怪她，而且说得那样冷酷！再说，接触中，她也不是嫌贫爱富、水性杨花的人，很想找一个机会，向她表示歉意。没料到爷爷会来这一招！刚听到爷爷选的是牛妹那一刻，两相比较，立即倾向了她，决定赶紧找她一次，不惜把他和她走到何种程度的真相摊开！爷爷却用这种方式，动员所有亲友和族人，对他施加压力，让他丧失招架之力。须知，这个"孝"字，在乌伤大地意义非同凡响。感动了一代又一代人的大孝子颜乌的许多尽孝故事，从以身驱蚊，到感动乌鸦衔土助葬，都诞生在这方土地上。颜孝子故里、建于宋代的孝子墓和孝子祠，就是大宋理宗皇帝亲自为其赐名的"永慕庙"，离金银坞不远，据说乌伤的名称，就这么来的。耳濡目染而溶进血液的尊亲、养亲为基本内涵的家庭责任，骤然主宰了他身上每一个神经细胞，爷爷自幼抚养教育的细节，也一起涌上了心头！如此不孝不义，如果再不答应，今后怎么在这儿立足？如果将时间花在汝芸身上，以致招来祖宗家法的惩罚……

他打了个寒战！立即拨开亲友，走到爷爷床前，蹬地跪下，说，爷爷，我答应你！

爷爷枯瘦的右手，连同那个食指，咚的一声，像一根木柴，倒了下去。

也就在这一刻，他一刀剪断了再见汝芸的期盼，暗自担心的对她可能承担的责任，也随之卸下了。

一家子马上忙碌起来。母亲叫舅舅托了媒人，写了生辰八字，去西山坞提亲；略懂医道的外公，拿出一支老山参，煎服以外，还切片塞进爷爷的嘴里，以延续生命。这时候，楼循波才知道，他们所做的这一切，都在爷爷伸着指头等他表态的时候准备好了。尤其是本名叫作梁小翠的牛妹，爷爷早就到西山坞，和那位未来的亲家有了接触，甚至请凯贵爷爷合过了八字。他一点头，"山里虬"们婚嫁的那套习俗，"望侬"（男方到女方家互相见面）、"合生肖八字"、"嬉侬家"（女方到男方家看家庭住房等生活条件）、"定亲"、"下礼"等，便都依序而行，让他像一个木偶似的被人牵着演出了。因逢大旱之年，爷爷又重病在床，婚礼一切从简。只是所住的只有祠堂前进厅西厢房一间，一家祖孙五口三代人，勉强挤几天还可以，结婚的洞房，却腾不出来，于是亲友再次伸出援助之手，这家三元，那家五元，有钱出钱，有力出力，在火烧场的一角清理出一块宅基，搜集残砖、残瓦和半焦的以及为防火带拆了的那几间厢房的梁、檩、椽、柱，盖起了两间平房。不到一个星期，便把新娘子娶进了门。在喜爱从风俗的角度评断的"山里虬"们眼里，这一切都合乎乡规，无可挑剔。

不知道是老山参的药效，还是看到孙子牵着孙媳妇的手来到床前这一缕期待的精神力量，让他支撑到新娘子进门的第三天，才带着一丝满意的笑容，咽下了气。

这个残破之家的重担，就以此为标志，全部压在了他这个独子的肩膀上！

就在新娘子梁牛妹披着红头巾被迎进金银坞的第二天，下溪沿麻车旁"城里人"宋文兰家里，响起了恸哭声，有时号啕，有时凄凄惨惨，突破了那两间破平房，从左邻右舍，一拨拨传开，转移了新厅火烧废墟上发生的这许多新闻。

爷爷眼中的"自媒之女"楼汝芸离家出走了！

第三章 一跌，再跌，继续跌……

1

不当家不知柴米贵。这句俗语，用在楼循波身上，太贴切了！

开始，他默默地劝诫自己，爷爷要我学山涧水，一路跌出山去，拗断汝芸的感情，接受了梁牛妹，从追求理想的角度说，就算是人生的第一跌吧！生活实在太残酷、太复杂了。有爷爷顶着，生活之苦，无非在劳作与饮食上，一到自己当家，才发现生活的担子，会这般具体、这般沉重！不说柴米油盐酱醋茶，不说他和爷爷的婚丧所需，不说奶奶伤心过度，眼疾加重，近于失明，到处求医问药，就说搭建这两间平房的钱，都是亲友资助的，都没有说要归还的，母亲却记下了一份账单，就是二百多元！那是城里工薪阶层收入仅仅二三十元一个月的时日，在山村，皇粮早已由公社去交了，但一年零用，就是分红的那几块钱，要归还简直是神话。母亲和奶奶，都是有身份人家的女儿，平时花销，说不上阔绰，但有一条，和阔绰相比，其承重程度有过之而无不及。这就是怕人家"说闲话"，最怕听到人家指斥为"拮界型"，嘲笑为"倒须裙笼"，意思都是吝惜鬼，一毛不拔，只进不出。都是世代沿袭下来的，为了一张脸面，她们会贴上性命，何止是有借有还，而且是借人家一碗水，必须还人家一碗茶；借人家一碗茶，必须还人家一碗酒。宁可在自己身上不断节衣缩食，也不能损了脸面，哪怕给人说成"死要面子活受罪"。

玉莲小学毕业，老师上门来，表扬她学习成绩全班第一，希望家长给她创造条件，争取明年考上一所好中学。母亲听了当然高兴，等老师一走，趁哥哥嫂嫂不在场，马上和玉莲商量，说，囡哪，妈……恐怕帮不了你了。你看看这是什么日子！……我想，你还是下地挣工分去，不要再给你哥肩膀上压担子了，多挣一分是一分。像我们这样的人家，成绩好，又能怎样呢？你看看哥……眼泪便止不住了。

玉莲背过身去，哭了，但马上擦干了泪水，向母亲点着头。

就在新厅不远，收工回来的楼循波，碰到了刚从他家出来的老师。老师向这位当家人重复了一遍来意。他欣慰地说，我知道玉莲比我聪明！我支持！一跨进门，就欣欣然地说起这件事。母亲只能实话相告。他一听便跳了起来，这不是打哥哥和新嫂嫂的脸吗？说，我不信，到那时候，玉莲会和我一样给压在石头底下！

玉莲忍住眼泪，强装笑脸说，我不想念书，小娘念了书没用的！

在一边的梁牛妹，立即表态，说得很得体：怎么没用？我就吃亏在没文化。这一回，妈说了不算，你要听哥的！我不信我们一家培养不起你！

他很感动，再次感觉爷爷帮他拿了一个好主意，也没有看走眼。

牛妹确是个好媳妇，她本名小翠，因为像牛一般壮，给村里人唤成了牛妹。娶她进门的时候，就是这个"牛"字占据了他的脑袋吧，抬手动脚，每一个细节，无处不"牛"，而且总拿汝芸做比较，一个，走路款款，步履轻盈，婀娜有姿，仿佛一路传递着城里人，不，是文化人的优雅、礼让，像吃饭，她习惯坐到桌旁，细嚼慢咽，虽不挑肥拣瘦，却让他想到当寄宿生时，老师餐桌上的那种谦让；言语时，两人对话，轻言细语的，与人交谈，总是静静地聆听罢人家的话，才开口，从不轻易否定人家，要是忍不住咳嗽，赶紧转过身去，用手掩口，轻轻地咳完，再转过身来说声对不起，哪怕身边没有外人，也是如此……牛妹却不是这样，走路，虎虎生风，好像慢了会耽误了什么；饭总是盛了一海碗，不是把菜夹到同一只碗里，满得触及鼻尖，就是加上盛菜的一只小碗，用小指和无名指托在大海碗的后面，然后到门外去，不是蹲在门前小沟边，便是走到邻居们当中，边吃边说笑；说话，不管听众多少，总是敞开嗓子眼说，而且习惯打断别人的表述，摆出她的主意，不时用筷子指指点点，大声地咳嗽，大声地擤鼻涕……这一切，把她身上的长处，都冲进了响溪。可是，这是爷爷选择的，而且生米已经煮成了熟饭，和这样的女人生活，认命吧，别拿汝芸做比较，自找痛苦了……还是多看看牛妹的好处吧！不仅力气大，重活细活都拿得起放得下，而且性格豪爽，不平的事，敢于抗争，凭着出身雇农，想说什么就说什么，社员们不能不让她三分，让她三分也就是给自己多出了三分生存的空间啊！

是的，他总是尽量地忘记汝芸，同时努力去想牛妹给他带来的好处，借此把楼汝芸从心里排除出去，打扫干净，给这个已经成为内客的梁小翠留出空间，并长驻在心中。

这痛苦是深重的，不只是强行割断了恋情，而且，是让牛妹带着他"登堂入室"，然后以粗暴得近乎"驱赶"的方式"割断"的，找她无路，解释无门，苦酒独饮。但他一想到跌得飞珠溅玉也不回头的山涧水，便横下心来接受了，不到一个月，便发现，对于他，牛妹确确实实是一个不可缺少的女人。

她的精力，真像牛，一早起来出工，下田下地，胜过同龄的后生仔，工分所获，比他和母亲加在一起还高；一收工回家，他四肢无力甚至酸痛，一屁股坐下，就起不来了，她却依然那样生龙活虎，哪怕还赤着脚，或者穿着草鞋，就开始下厨炒菜做饭，不是请他们上桌，而是把饭菜先端给床上的奶奶，然后端给和他一样瘫坐在板凳上的母亲和他，当然，都像她那样把饭呀菜呀盛在同一只碗里。等候他们都吃完了，再去盛好第二碗以后，才轮到自己吃，剩多少，吃多少，然后，服侍奶奶吃药，打扫房子，或者把一家子衣物装了一箩筐，到溪埠头洗涤去了，哪怕星光已经满天，或者山雾迷蒙。等一家上了床，她却开始纺纱了……

这一年春节，牛妹给他创造的印象特别深刻。大年初一第一顿，金银坞家家户户都吃米羹和粽子。借其谐音，有耕（羹）有种（粽），能耕（羹）能种（粽），是"山里虬"们对一年最大的期盼，人生于天地间的依靠，也确实是丰衣足食的基本因素。米羹是大米粉和豆腐、肉丝、鸡汤之类调制而成的，粽子是肉粽、豆沙粽、白粽、赤豆粽，米却必须是糯米。大旱大灾之年，哪来这许多精料？

她却做出来了，端到每人手上的是一碗鲜美的、散发着肉香的米羹，一只赤豆粽子！

婆婆惊问，哦嘀，哪儿来这许多精料？

她不好意思地说，妈，奶奶，你们只管开开心心地吃吧！

婆婆说，你不说明白，我不吃！

她轻声地说，我平时一点点积的。365天……还积不到这一顿吗？……

奶奶称赞她聪明，说，这孩子，有心眼啊！

她说，奶奶，妈，都是你们调教的，成家就像针挑土，我记下了。

婆婆说，哎呀，没想到你的心这么细。

她红了脸，朝低头不语的丈夫看了一眼。

这一眼，仿佛传递着这样的心声，我不细心服侍，他能安心读书吗？

他终于过意不去了。那天，收工回家，当她把饭菜端到自己手上的时候，他想到了这一碗饭的沉重，忍不住说，你也累了，坐下来一起吃吧！

她嫣然一笑说，我不累，也不饿。你是读书人，吃了还要做功课。

他的心一热，鼻子一酸之间，发现她嫣然一笑，竟是那样迷人！

是啊，尽管是跌，惨跌中，也有风景！

他从心里接受了她，想到了爷爷要他娶她的意图，想到了向山外"跌"去的有效手段：读书。温习功课的时间和精力，是绰绰有余的。看起来每天出工，但不像单干户，"三个早起抵一工"，天不亮就下田下地了，中饭不是带了蒲篓饭，就是送到田头来，从"鸡叫做到鬼叫"。公社化了，集体劳动，定时上下班了，太阳晒屁股了，才敲响集合的钟声，干不了两个小时，就回到食堂吃饭，洗净手脚，排队领饭，磨磨蹭蹭的一两个小时，再干一两个小时，太阳便下山，收工了。山里人说的"太阳下山"，和平原上的人说的太阳下山，时间差的何止一个小时！待在田里地里干活那几个小时又如何呢？不是挂着锄把，交流东家媳妇怎样"趁人"（偷汉子），就是说西家婆娘怎样"拮界型"，或者说说笑笑，打打情，骂骂俏，或是借了口渴喝水名义，坐到田头地角去，一坐就是半小时、一小时，一个开了头，一群跟着坐，谓之"卖日头"。这么好的条件，不充分利用，不仅无法向地下的爷爷交代，也对不起牛妹啊！

他订了一个详细的复习计划，定下目标：明年，直接去报考大学！

谁料到，生活又给了他迎头一击。

信息是狗团,就是楼循清带进金银坞来的。

狗团考上了高中,又考上了师范专科学校,终于穿上了皮鞋。但是,学校解散了,他回金银坞来,重新穿草鞋了!

他没有犯错误。还是学校团支部书记呢,是因为经济困难,给"调整"了。"调整"是个特殊年代出现的名词,其意是指"自然灾害"最困难的三年以后,神州大地需要恢复一下元气,就像沉疴以后的病人,处处捉襟见肘。饿、病、流、荒情况依然,不见减轻,并从农村移向城市。在"大跃进"中创办起来的学校,当然属于调整范围。国家没那么多的粮食供应了,把学生、老师都下放到农村自食其力找饭吃,连城里拿工资的干部和职工,连同他们的家属都陆续精简了许多。尚在求学的大学生,下放到农村去,成了顺理成章的事。

像患上了传染病似的,紧接着,洪塘镇农业中学也解散了,被聘为老师的循禄回家来了,并带回了到这所中学念书的三个学生,分别是上溪沿锦裕的儿子循高、楼锦彪的孙子循瑞和六叔的侄子循春。还有呢,公社大队长三团的儿子,被安置到洪塘镇的一家农产品加工厂里去当工人的,照样被遣散回来了。

他们都曾经有过一个丢掉草鞋穿皮鞋的梦,还来不及穿上的,已经穿上了甚至穿破了好多双的,通通都换回草鞋了。

楼循波高度注意,这一阵风从何刮起,刮到什么时候才是头。原因是三年自然灾害,"调整"是"暂时"的。但按他的切身感受,却冒出了这样的究问:这"暂时"何时是个头?不说我的青春,就说我一家的温饱和病痛,可等待不起啊!

在这样遥遥无期的等待中,冒着险温习功课还有什么意义?即便要读书,妹妹玉莲正是入学读书的年龄。她比我更需要学习条件啊!

必须换一种活法!

2

其实,"山里虮"们早已换一种活法了。

地少人多,而且土地瘠薄,"山里虮"们历来都不把宝押在土地上的,这也是爷爷写《换糖经》的初衷。可是,眼下,大集体的公社,是数人头过日子的,有效地把手脚都管住了，堵断了换一种活法的路子。但涉及温饱，怎么管，都管不住嘴巴，越管，人们寻找温饱的欲望越强烈，因为这是钻空子、找缝隙、偷偷摸摸的勾当，非费点精神、耍点儿花招不可的，哪能不调度智慧和精力来对待？哪怕是最为现成的敲糖换鸡毛。家庭成分好的，走的就是这一条路，他们不怕铤而走险。不同的是，敲糖换鸡毛的初衷不再，不是为了肥田而是为了赚钱，祖上传下来的那些规矩，什么"拢担""年伯""老路头""坐坊"之类，什么"中路""南路"的，统统都给抛到响溪里去了，拨浪鼓也不摇了，静悄悄的，哪儿有缝就往哪儿钻，哪儿管得松，就往哪儿走，单打独斗，各走各的路。

　　楼循波满脑子装的，也是如何找到工分以外的收入，钱、粮票之类的票证，或者直接就是吃的穿的。应该说，在金银坞，最有资格敲糖换鸡毛去的，就是新厅的后代。但楼循波不能，和他母亲一样，他的脑袋里始终盘旋着这样一声提示："像我们这样的人家"，是和他们不一样的。这种"不一样"的危险性，在于别人可以从众，他们不能，要来一个杀鸡儆猴，抓出来当鸡宰杀的，总是他们，这是他们这些年来总结出的经验。镇上那几声枪声，始终在他耳畔回响。六叔被当成反革命管制的倒灶相，也是楼循波心头抹不去的警示，而且越来越强烈，因为，盯住他们的眼睛，越来越紧了，都是过去用来盯地主富农的目光，当众宣传的政策，就是这样毫不含糊的呀，敌人不是少了，而是多了，形势当然比划地主富农的时候紧。尽管牛妹站在他们身后，敢于做她想做的一切，但这种严峻的社会气氛，使他们母子都不愿把牛妹推出去冒险。

　　牛妹呢，对于敲糖换鸡毛，一丝一毫的兴趣也没有，她始终不忘自己的使命：帮丈夫跳出农门。她绝不允许丈夫抛下书本去吃那一份苦！她不仅欢喜唱"手摇一只拨浪鼓，走不尽天下辛酸路"，肚子里还装着无数个敲糖换鸡毛如何辛苦、如何玩命的例子，而且都是亲眼所见、血肉相连的宗亲，他们始终像警钟，在吓唬她、阻止她。不说那些为了寻找几年没有人去换过鸡毛的深山人家，独自一人翻山越岭走了半天不见人的经历了，经常提起的是两个同宗叔伯兄弟。一个是她堂兄弟俩舍命挑鸡毛的故事，这兄弟俩敲糖换鸡毛，一敲敲到了江西，换来三百多斤，体积庞大得像一座山，据说是易燃物品，还有细菌，火车站不许托运，两个人只能分成几担，沿着铁道走，挑了这一担，回头再来挑第二担，一里路变成了三里走，干粮吃光了，没有店家卖吃的，硬是吃所带的生米，边挑边吃，如此过了半个多月，才挑回家，从此元气大伤！另一个，是她的叔叔，换到鸡毛不少，赶着回家过年，到了摆渡口，天晚了，收渡了，他居然选了个浅滩，顶着鸡毛涉水过江，又是箩筐，又是大包，一次又一次地送过江以后，竟冻死在江边！……不说这种辛酸事，就说挑着这么大的箩筐出门，哪能掩人耳目？而且一去十天半月，在每天点着名出工收工的环境里，玩失踪，简直是异想天开；还有，敲糖换鸡毛的那一套流程，制糖、存储鸡毛，虽然火烧场上有空地，但也不是能够瞒得住人的啊！还有一条，潜意识里，楼循波要涉及这一行，就应该去开一家坐坊，和肩挑箩筐、走村串户的小货郎为伍，总觉得辱没了门庭。眼下哪有这种可能啊？

这就是爷爷说的天时啊。

这是要他只能安分守己的天时。

谁知道呢，他不得不与天时抗争了。

孩子出生了，男丁。按照楼氏凯、锦、循、和的辈序，起名为和安，将平平安安生活的期待，倾注在这个"安"字中。

孩子的降生，在他家，意味着人丁的增加，也意味着生活内涵和程式的巨变。不只是牛妹不能像过去那样挣工分，而且多了一张比成人更难伺候的嘴，加上婴儿才有的那许多琐琐碎碎，拉屎拉尿是小事，麻烦的是生病。怀孕时一张嘴巴承担着两只肚子的牛妹，胃口更大了，吃不饱，孩子生下来也营养不良，皮包骨头的，今天拉肚子了，明天又发烧了，刚治好咳嗽，头上又长出了疥疮……奶奶、母亲为了孙子，省下吃的用的，也日渐消瘦，奶奶居然拒绝掏钱治疗眼疾，任自己失明……

焦虑，愧疚，无助，满脑子想的是钱，是粮食，展眼望，满山满坡郁郁葱葱，除了蕨箕芽、蕨萁根、蘑菇，春天有栀子花，在"山里虬"眼里，不是清香，也不是它的果实可以染指甲，而是一种味道鲜美的菜，是填饱肚肠的食物，秋天，有橡子、松子……都可以变成钱，但需要它们的人太多了，轮不上楼循波，他只能排摸火灾后家里还有什么值钱的东西可以变卖，想来想去，想到只有爷爷留下的一块砚台，打算拿到城里去估一估价，却舍不得，这是爷爷的唯一纪念。可是不卖这个，还有什么可以变成现钱的呢？

他把它装在旧书包里，拿到洪塘镇，找不到哪一家收购这玩意儿的店家，再到城里，有旧货店，他进门以后，看见有人在卖一件呢大衣，店员却向出售者索取户口本。他立即退了出来。城里人的户口本，就是乡下人的公社证明啊。他不想找这样的麻烦！

他就这样，简直像一头困兽，寻找突围的缺口。牛妹不顾孩子哇哇哇地哭闹，照样不忘爷爷交给她的使命，给他准备了一只炭火旺旺的火熜，要他坐在破旧的四仙桌边，安心读书，劝慰说，都会过去的，有哪个朝代不要读书人的？那些回乡来的，肯定没有读好书。喇叭里说，调整，调的就是这些人。你比他们好，要是你穿上了皮鞋，就不会再脱下来的！要是政策变好了，你没有准备，凭啥"跌"去啊？孩子嘛，不是你操心的事。我在他这年纪，也是三灾六难的，不都过来了吗？

是的，跌，就是抗争！他希望他的儿子，真像牛妹那样，经受人生必经的三灾六难，这也是跌，他不能就此辜负爷爷的期望，希望国家调整、充实、提高以后，能够走上轨道，我应该为此做准备，静下心来，继续温习功课。要不，你有什么路可以走啊？

无奈，生活就是那么实在，它又一次拒绝了他的抗争。孩子瘦弱得头大颈细，双眼大而无光，面色苍黄，头发稀疏，不想吃东西，却一个劲地咬衣角，最让他们惊慌的是，到门外抓泥土吃！他焦虑得不顾一切抱到了镇上卫生所。医生检查以后说营养不良，成了疳积！就因为牛妹奶水不足！

疳积，就是奶痨啊！虽不是绝症，但不重视，会误了孩子一辈子的！

破釜沉舟的医治还未见效，女儿又来到了这个世界。照理，名字不必按辈序取，但他担心的是又会多灾多病，准备再一次将生活的期待寄托进去，牛妹摸到了他的心思，抢在他前面说，要不让人欺侮，就该像老鹰，就叫她小鹰吧！他赞成像老鹰，像她妈。就说好，就叫小鹰，但到了报丁的时候，觉得鹰字太张扬了，招祸，改成了小茵。到她上小学，牛妹才发现给偷了梁换了柱。

添了丁，生活越发拮据了。不只是多了一张不是一般东西就可以对付的嘴巴，还因为牛妹孕期产期和哺乳期间所得的工分大大地打了折扣，虽然有他母亲照顾，但他母亲照顾奶奶已经够累了，牛妹哪能再为婆婆增加负担啊？

奶奶双眼几乎完全失明了！

残酷的生活，分明在向他步步进逼，白天黑夜，他的心底都在向自己发出连声呼叫：不能再这样束手待毙了，不能再这样束手待毙了！……腊月将尽，都忙着过年，生产队决定在上夸塘捕鱼分给大家，塘水结了厚厚的一层冰，谁都不敢破冰下水去，队长开出高工分，谁要下水去抓到了鱼，记十分，并多分两斤鱼。后生仔们无不面面相觑，他下去了！他脱得只剩一条衬裤，灌了半斤最低档的烧酒，半醉半醒地下水玩命了；挖塘藕，同样是玩命，待在冰水里的时间比抓鱼更长。当他成了亿万富翁，邀请朋友，坐在豪华酒店举杯，谈及酒趣，说到酒德与酒量，他总是提到这件事，说他的酒量就是这样练出来的。口吻仍然带着三分遗憾，因为，当年这种卖命的生活，不是天天有的，也改善不了生活的艰难。他一直在翻检同学的通信录，给他们分头写信，邮票太贵，就买明信片，到这一步，他不能不放下他这位名列前茅的高才生的身段，除了互通消息的问候与表达思念之情以外，就是表达自己的处境，寻找有无可供他一碗饭吃的那一条路。有的回信了，表示爱莫能助；有的却杳如黄鹤。青黄不接的日子来了，哪怕挨批斗，也要出去找一条活路！不说别的，就说妹妹玉莲。读初中了，寄宿在县城的学校里，如果不解决经济问题，她又会闹着回家的，到这一步还让她辍学的话，就是他最对不起爷爷的一件事了！

久违了的铁轨上传递过来的声音，就这样重新出现在他的耳畔，而且越来越响，响得惊天动地。铁轨那头的天地那么大，除了敲糖换鸡毛，生意多的是。要紧的不是出不出得去、做不做生意，而是做什么、怎么做，他不信自己这个高才生做不过这些"山里虬"。

就这样，他决定背水一战。

人，一旦到了不怕冒险——不只是受辱之险，而是生命之险的这一步，已经顾不上如何按照管子的名言去思考，去行动，才是合乎规矩，符合他的文化教养，展现他眼界的了；也顾不上他所拥有的尊严和他生命的价值。他现有的才能，是否换得到钱，换得到医治孩子、让孩子吃饱的那一份钱才是最重要的！

这一天下午，收工得早，他又看见儿子在门外抓泥土吃了，女儿同样瘦弱不堪，有可能也患上了疳积，快两周岁了，牛妹还不敢给她断奶！远水救不得近火了！他从排在头脑中一系列救急的方案中，跳出最无奈的一个方案：捡枯枝去！

他想到的这种枯枝，具有特殊的概念。那都是大炼钢铁那阵子砍山烧炭时的"边角料"。他记得很清楚，为了保证"钢铁元帅升帐"，附近的山林都像剃头似的剃光了，为了保住家门口枣树之类的果林，只能往深山里下手，椎树、栎树、荷木、核桃……都留不住了，因为炼钢所需的是被叫作钢炭、硬炭、乌炭、火炭、无纹炭之类的白炭，都是木质密度较高的树木，整段整段地劈开，用它们烧成的炭才耐火。在送入烧炭窑之前，稍微细小的枝丫都被削下丢弃在山上，风吹日晒，都干透了，有的都腐烂了。地处深山幽谷，要翻山越岭，来去一整天，才能挑出一担，只值二三元钱，哪怕最为穷困的"山里虬"，也对它不屑一顾的。他算是穷途末路了，顾不上翻山越岭是否上算了，也顾不上天色已晚，抓起上山砍柴用的"两头尖"和绳索，把几只冷山芋装进了蒲篓，对家人只说捡一点柴到镇上卖，要晚回来，怕她们担心，谎说好几个伙伴一起去的，便独自进了横岩岭，选了枯枝最多的一个山谷，捡了两大捆，凭他的所有力气，趁着月色挑出山，已经是半夜了，他就直接挑到洪塘镇，躺在柴担上迷迷糊糊地到天亮了出售。

这一担干柴，付出不菲，却真可谓皇天不负苦心人，确实给他打开了一扇求生之门，尽管是一扇露了一条门缝，却立即给关上了的门。

3

洪塘镇柴市，在青龙溪的溪滩上，就是当年他们来参加公审大会的地方。

来这依山临水的小镇上赶集的"山里虬"很多。天蒙蒙亮，集市就热闹起来了。山柴摆得密密麻麻。问价的多，真买的人少。他是第一次经历，他不想为了多得几分钱在这儿逗留过久，被村里人发现，但也不是马上能脱手的。又有一个老汉手提一只装满了生姜的竹篮，前来问价了。他还没有回答，旁边冒出一个老妇，截住老汉问道，这生姜好呀，哪儿买的？老汉说，东街小菜场。老妇问，你买这么多啊？老汉说，我到杭州看女儿。女儿说杭州生姜贵，要一块多一斤，叫我多带一些去，送给左邻右舍做个人情。真的，这小半篮生姜呀，我来回车费都赚回来了！……哈哈，说笑话，说笑话！

楼循波的心咯噔一下，脑子随之一亮，双眼不禁盯住生姜看，暗想，他这一篮生姜，赚的比我这一担柴多得多啦！我何不卖了柴，买进生姜，到杭州去跑一趟啊？生姜装在口袋里，不显山不露水的，比敲糖换鸡毛安全得多啦！……

老汉见他出了神，提高了声音追问，哎，同年弟，我问你呢，这柴怎么卖呀？

柴火一般都是到"行郎"（市场管理人员）称了分量出售的。已经发现了新途径的楼循波，决定就卖给这个老汉！于是直来直去，化繁为简，说，三元钱！

老汉双眼一亮，三元，这一担？

他说，不错，三元，全部给你！上算啊！……他说着，一双眼珠还是不断往装生姜的竹篮上转，你再带一点生姜去杭州，不就赚回来了吗？

老汉笑了，你这个同年弟真会说话！便上前一步，扳开柴捆看看里面，退后一步，看了看柴捆的大小，说，柴是好柴，要称斤两嘛……二块八吧！

楼循波说，好吧，就两块八！

老汉手一招，转过身子说，你跟我走！

他挑着柴，跟在老汉后面，送到了溪对面老汉家，但心思始终围着生姜转，不时和老汉问这问那。他卸下柴担，帮老汉搬进柴楼，二元八角柴资到手的时候，他已经了解到这儿的生姜才二角四一斤，杭州与乌伤大地之间这个巨大的差价，也在他心里转化成了一股不可抵挡的诱惑力，教他热血沸腾得不怕铤而走险，直奔东街菜场。

东街菜场里有好几个出售生姜的摊子。都是代表社队，整糟篮装来，到这儿来论斤卖的，价格是统一的。他这才想起来，乌伤大地是生姜的产地。当他转完一圈以后，完全被贩卖图利的冲动主宰了，只觉得口袋里这一点柴资太少太少了，贩卖一斤也是贩卖，一百斤也是贩卖，要做，目标不能招摇，胆子也不能太大，但也不能少得把赚头都花在路费上吧，起码，装满一只飞机袋（即旅行袋，因口袋上印有一架飞机的图案而成了"山里虮"们的代称）。本钱么，再去捡几担柴不就成了吗？

他果断地在菜场边的小店里买了半瓶油、几斤盐，立即回家，牛妹正为他晚上没有回家焦急呢,他将这一天的遭遇和新发现悄悄告诉她。她兴奋得双眼发光,也要跟他进山去捡柴,然后闯荡杭州。她考虑的是他的安全,一起去有事她顶着!他却只是摇头,吞吞吐吐地说,我也想到过的,我想,你这块挡箭牌,不如"老八房"的硬,我想到他们那一房里拉一个人一起做。可是太像刀口舔血了,他们也不一定看得上这几个钱。还是独个儿去试试再说。

她想了想,说,要做就该独个儿做。……先试试吧,有事你推到我头上!

他说好吧。

他照抄老谱,又捡了一担,直接挑到洪塘镇,卖了三元钱,加上次余下的,他以二角三分一斤的价格,买了十五斤生姜,直接乘火车到了杭州。

他只有乘乌篷船走水路的经验,坐火车是第一次。走进车厢,有座位呢,但他一直认为这是穿皮鞋的人坐的,他不敢随便靠近,提着飞机袋,站到车厢交接处,双腿酸了,便拣个角落坐了下来,一直坐到下车时,太阳已经西斜。当他成为坐拥亿万资财的董事长,回忆起这次冒险,说过这样几句话:这是我第一次来到按照年画想象的城市,正巧,碰到了中国当代历史上一场历时十年大动荡的开始,几乎看不到报纸、满脑子都是温饱问题的我,却木头木脑的,加上连着几天奔波,带着一颗晕乎乎的头脑,丝毫感觉不到这是一个重大历史性时刻,只见街道上到处是支持、拥护什么大革命的红布横幅,和金银坞一样,到处有高音喇叭,用最高分贝广播的,也是这些内容。马路上还有一群群的游行队伍,热情激昂地高举着领袖的巨幅画像,喊着口号,所喊的词句,都是我闻所未闻的,新鲜得像到了另一个世界,还以为省城就是这样的,新潮得让我这个"山里虬"自惭形秽,矮了一大头。

他心里装的只是生姜。他知道要到菜场里去出售的,但不知道菜场在哪儿。在火车站边转了一圈,问了小店的老板,才找到了一个卖鱼的小菜场。他提着飞机袋,先去了解行情,他这才发现,杭州这个城市里居住的都是小家庭,作为调料,小菜场的生姜,都在老太太的小摊头上,切了片和葱蒜一起卖的,每片二分或三分钱。他的头蒙了,心慌了,惊呼,难怪差价这么大啦,还得住旅馆啊!要把这一袋生姜卖完,旅馆费也不够啊!上当啦!……

但他不相信买柴老伯的信息会把他引上歧途。

他想到了父亲,想到了爷爷,想到了爷爷的爷爷,他们走南闯北,肯定碰到过类似的难题,不知道他们是怎么解决的。可惜,他们没有把办法告诉他。只能提着这只沉甸甸的飞机袋去寻找。他知道,这个熙熙攘攘的小菜场,也像这个纷纷扰扰的大千世界,到处是机会,也到处埋伏着未知,埋伏着陷阱。当他转完了一圈的时候,天色已经暗下来,菜场里面的电灯都打开了。他急了,真要找旅店啊?不行不行,花不起这份冤枉钱!

一急之间,倒让他想到,这是个买卖的世界,只有把你想卖的东西亮出来,才会有你的一席之地啊。要不,人家怎么知道你想做什么,怎么提供你交易的机会啊!

于是他选了一个离开葱姜摊不远的空当,放下旅行袋,打开拉链,把生姜露了出来。随口喊出第一声,生姜,卖生姜!

下班来菜场的人不少,但只朝他看了一眼,没有留步。

他想到了"山里虮"们经常挂在嘴边的一句话,"傻子过年看隔壁",学老太太零卖!能卖多少就卖多少。没有小刀,他就掰了大拇指那么一小块,估计,有老太太摊上三片的分量,摊在手心,生姜,一毛钱一块,一毛钱一块!……

喊得正起劲,忽听得卖葱姜的老太太叫喊:喂,喂,后生仔,过来!

他提起旅行袋走过去,还没张口,老太太却斥责起来:我一个五保户,里弄照顾我这点小生意,你好意思抢啊?你有没有证明啊?

他一惊,连忙道歉,说辞是早已经准备好的,说,对不起对不起,我不懂,只晓得生产队里叫我把它卖掉!

老太太说,自己生产的啊?小菜场收购的呀,你卖给他们不就得了?

他茫然,只知道,社员自己出售农产品是走资本主义道路,这一信息,对他不知是祸是福,急问,小菜场收购的?在哪儿?

老太太看了看前后左右,然后边打量他边问道,你是哪儿来的?

他老老实实地把自己从何而来告诉了她,却把来意编成了这样:我想趁这机会到杭州来玩玩。乡下人啊,没见过世面。

老太太笑了,说,那就批给我吧,趁早去玩。

好呀,你说多少钱一斤?

老太太打开旅行袋看了看，说，一块。

他说，不是说一块二吗？

老太太说，那你就得跟我一样，找个摊位，交笔管理费，付上一笔税金，慢慢地卖吧！

原来这样！他心一横说，那再加一角！

老太太说，加你五分吧！

他一想，一元零五分，赚得够多的了，趁早脱手吧，上有天堂，下有苏杭，到了这里，也真该去转一转，雷峰塔呀，断桥呀，六和塔呀，哪怕走马观花呢。

他立即说，就一元零五分吧！

老太太提了提旅行袋，断然走到旁边肉摊上借了杆秤，称了称，说，一共要十五块多呢！我一天生意也没这么多呢！……我马上收摊，你跟我到鱼鲜摊那儿，借一点钱。

就这样，他完成了此生此世第一次以牟取差价为目标的交易。

他赚了十二元三角。连着几天掰着手指头计算的巨额赚头，终于落袋的兴奋，胜似发横财，让他把几天的疲惫丢了个精光。

他到小菜场外买了两块米糕、一大碗藕粉，怀揣这一笔"巨款"，一路打听着，找到了在年画上看了多年的西湖。这时候已经深夜，为了省下住旅馆的费用，反正大伏天，他胡乱地选了一条公园椅，打算睡一晚，没想到，刚躺下，就有人来驱赶，他只能赶夜班火车回家去，到了车上再打盹。

他离开西湖风景区到了城区，游行队伍比白天更多了，口号内容，也让他感觉到一种山雨欲来的政治气氛，而且，人们都以过节日般的狂热汇成了一股飓风在猛刮。到了火车站，与白天居然像两个世界，熙来攘往的全是青年学生，都戴着红袖章，都往车厢里挤，检票员不见了，谁都可以进站上火车，哪怕是他这个"山里虬"！

他不明白到底发生了什么。他不敢贸然行动，站在站台上，看着一班又一班列车进了站又出站，有的是远程，直下福州、广州，有的是短程，都挤得满满的，他到黎明才挤上了一列到南昌的慢车。在这几个小时里，从候车大厅到车上拥挤不堪的旅客的交谈中，知道这股风来自北京，是一场史无前例的大运动，口号居然是"造反有理"。以往,爷爷被斗,他习惯的反应就是恐惧,然而,这次似乎和他不相干,虽然"造反有理",但文化革命是城里人的事,"山里虬"们没文化,革啥命?

他却想错了。

他回到金银坞,马上发现"山里虬"们照样能革命。其"铁拳"虽然没有直接落到他的头上,给他迎头一击的意外,却胜似击在了他的心里!

4

列车开得很慢,太阳快下山了,才在六里亭车站停车。他饥肠辘辘,直奔金银坞。一进村就感觉气氛有异。一阵阵口号声直扑耳鼓。社员都集中在祠堂中厅开大会,批斗人!他心一紧,会不会他贩卖生姜的事给人发觉了,母亲或者奶奶给抓来批斗了?

他从偏门跑进祠堂,只见前进厅黑压压的满是人,除了社员,还有小学里的学生。首先扑入他眼帘的,竟是他母亲和奶奶!婆媳俩挨得紧紧地,就坐在天井边,面对会场中心。被押在会场中心的,居然是小春芳、汝芸的弟弟楼循统,还有小学里的吴老师!每个人的胸前都挂了一块大牌子,上面写着姓名和一排小字,小字看不清楚,姓名上都用红墨水打上了大叉叉。主持人是当年被小春芳一巴掌打下去的四团。他的脑袋嗡的一声,完了,这种大会,母亲和奶奶平常都是不参加的,今天把她俩拉来了,一定和他有关系。他张大了耳目,几分钟以后,才弄明白,慷慨激昂地发表演讲的四团,说的不是他,而是小春芳的罪行,说她五毒俱全,叛徒、特务、搞腐化、传播"四旧",走资本主义道路都占全了,是金银坞最大的毒瘤!这位被撤了职的农会主任,盯住了当年天井里公开咒骂他时的那句话,"我可是曾经沧海的,比你们大得多的共产党干部,都喊过我嫂子,喊过我同志",追问喊她嫂子的那位大干部,是不是刚从北京揪出来的那几个大干部……楼循波弄不明白怎么会牵涉到北京的什么大干部,只是想听下去,是否牵连到他家。但又不敢走近去细看,怕被人发觉,当场被叫上台去。踌躇间,忽然想到了牛妹。怎么不见她,也不见孩子?他们去哪儿了?是不是逞一时之强给抓了?……

他急了,还得先找到他们,把情况了解清楚再说!

他转身就往家里奔。

牛妹发烧了,躺在床上,和安兄妹俩坐在床前画图画。他的心一松,觉得事情不像他猜想的那样严重。牛妹也正为他担心呢,一见他,便翻身从床上跳了下来,一把抱住他说,总算回来了,总算平安回来了!真急死人啦!

他急问,急什么啊?祠堂里开会,是不是跟我们有关系啊?

她说,你不晓得啊?造反都造到金银坞来了呀,大队长三团到县城里去了一趟,回来就造反了,把小春芳抓起来批斗,追查她的来历,说她是叛徒、特务!我们这才知道,她的男人是台湾国民党里的,还说她是婊子,不知咋的,妈想到自己出身不好,怕呀,听说每个社员都要去的,不敢违抗,只好带着奶奶去了;前厅的娥囡奶奶的摊头给砸了,不准她走资本主义道路;学校的吴校长抓出来了,说啥宣传啥疯子什么的……

他的心完全松弛下来了,马上想起杭州红布标语上的那些文字,说,啊,"造反有理",是造"封、资、修"的吧?

对对对,是"疯子羞",我们也不懂,她说,最叫人揪心的是麻车旁边的循统,说他走资本主义道路,倒卖农副产品,到杭州贩卖过生姜!

轰的一声,原来,走这条道的不只是他一个!多亏他是单打独干的。好险啊!

他的暗自庆幸一瞬间便被不安覆盖了。谁能保证,不给人家发现呢?又一个天翻地覆来啦,眼下还只是开头呢!他想到了妹妹,急忙问,玉莲呢?

牛妹说,玉莲在学校里呀!

他不知该庆幸,还是该为她操心。玉莲的学业,停了读,读了停,在村里交往最多的就是这个楼循统。自从汝芸出走,宋文兰对楼循波恨之入骨,认为没有他,她女儿不会出走,简直把他和始乱终弃的流氓画了等号。循统却不以为然,劝母亲不要这样偏激,把责任全推到人家头上,楼循波是有文化的人,如果你不阻挠姐姐,他就不会听任爷爷包办,姐姐也不会出走。这些消息都是玉莲传过来的,说循统的爸爸是第二个爷爷,就是说,下狠心要循统自学,说,他家的未来,就靠他能否把这一条路走通了。他爸爸是老师,循统真的比在读的学生还优秀，玉莲在学校里有什么问题，做作业时有什么疑难，只要找他，都能解决。这使楼循波这个当哥哥的，隐隐约约有了对当年他与汝芸那种关系的担忧。这一刻想到玉莲，就是担心这种关系是否会给他一家带来祸祟。他暗自希望玉莲也跟那些学生一样，挤到火车上去闹腾了。他盼她回来，又怕她这时候换成了另一副脸面回来。

他特别想见循统一面。

他和循统分属两个生产小队。第二天，他俩正巧被一起安排到虎山下修水堰。休息的时候，蔫头蔫脑的循统被遗弃似的，独个儿坐在一边。楼循波不顾忌讳地坐到一起去，见没有旁人注意，便问道，最近，你和玉莲有联系吗？循统摇摇头说，没有。楼循波想了想，索性把他最关心的问题端了出来，问道，你姐姐有消息吗？循统说，也没有！一直没有……你知道吗？他摇摇头说，不知道。循统叹了一口气，像埋怨姐姐，也像特意提醒他：我这次给揪斗了，都是姐姐跟小春芳做香烟带出来的，这一次，斗了小春芳，连带提到了我姐姐，再把我拉了出来。好，现在姐姐她远走高飞，百事不管，我却倒霉了！……他朝前后左右看了看，放低声音提醒说，你呀，也要小心一点。你在洪塘镇收购生姜了……我看见了，买了那么多！……我喊你，你没有听见……这件事，算是烂在我的肚子里了，你可要有思想准备……

果然，没有不透风的墙！他的头脑嗡的一声，不知道应该承认，还是应该否认。更不知道循统这一声提醒，到底为了什么，是因为我和汝芸要好过而有好印象，特地表明他会烂在肚子里的，还是怀疑他听到了那天的呼叫而不应答，如今特地提醒，就是为了万一有人揭发别错怪到他的头上？……如此这般的猜疑把他镇住了。唉，若要人不知，除非己莫为。不是吗，他完全像循统被小春芳株连一样，只要一追查就会查到他的呀！

他神经紧张得背上直冒冷汗。思来想去，到了晚上，集中到了一点：这场革命声势大哇，对循统这些人的批斗刚开始哩，人心叵测，到斗得吃不消的时候，谁能保证不会把他贩卖生姜的事也供出来呀？怎么办？一定要稳住循统！

怎么稳？除了对汝芸这份感情，没有别的办法！

第二天继续修水堰。反正也是"卖日头"的活儿。趁休息的时候，他又和循统坐到一起去，悄悄地从他和汝芸如何相爱说起，说到了他家火灾的原因，说到了自己如何粗暴对待上门来关心他的汝芸，也说到了他如何想表示歉意而不可得的懊恼。这是压抑了多少日日夜夜的真诚倾吐，除了偷尝禁果，都说了，泪珠儿怎么也控制不住。循统只是边听边摇头，说不清是无奈，还是触及了某份隐藏的秘密的感叹。

批斗小春芳和吴老师他们之类的会议，没有继续。开会时，也没有强制所有社员都参加。可能四团成为公社造反队的头头，顾不上金银坞这种小山村了，也可能生产大队的队长是他三哥，要说斗走资派，就要斗自己人了，不得不回避而冷却了。反正，像一阵风过去了。楼循波对玉莲的担心随之淡化，因为她出去串连走了半个中国以后，给当成什么"保皇派"斗得蔫头蔫脑的，一气之下，回家来挣了几天工分，发了几天对造反派大不以为然的牢骚，就满心不情愿地回去复课闹革命了。整个金银坞宽松得多了。他却再也不敢轻易去贩卖生姜了。万一秘密给别人发现，而不是循统，你还会有这份运气啊？

开春了，离春耕还有一些日子。敢于敲糖换鸡毛的贫下中农，不顾禁令，出去赚点油盐钱了，春节前出去的，至今没有回来；规规矩矩的"山里虬"们，或者拎着火熜，蹲在朝阳的墙根晒太阳，或者聚在重整旗鼓的娥囡奶奶摊头聊天，金银坞少不了这样一处碰头聊天的地方呀；赌惯了的，躲在隐蔽处"快活"……只有他，像一头被困的猛兽，在等待春耕，他真想跑出去大喊大叫一阵。但他不敢。

淅淅沥沥的，连绵的春雨来了。又一个青黄不接的时节即将降临。

趁着雨停，他撂下火熜走出家门，一只手捂着空瘪瘪的肚子，迈着一双软绵绵的腿，向火烧场的东南角上走。他想到去年秋天秋雨淅沥的日子，在火烧场东南角那一堆火烧垃圾中，寻找一些木料，打算搭一个鸡舍，养几只鸡。说是垃圾，其实，都是砖瓦和房梁、屋柱、楼板和椽子，有的经过火烧而成了半焦炭，有的是强拆了的东厢房里的，搭建这两间平房以后余下的，好多都腐朽了。他发现其中有几根，居然长出了白生生的菌类，茎细如牛皮筋草，小小的圆盘如纽扣。他并不感觉奇怪。背靠横岩岭的金银坞，每年春夏连绵阴雨中，山林里那些枯死的林木，或者被砍了大树的残根甚至牛粪旁边，都会长出各色各样的菌类植物,有白色如伞的,有鲜艳粉色如小荷的,也有白色细小如草芥的……但只有一种长在枯树根上酒红色的、被称为牛菇的蘑菇,是可以食用的,而且味道鲜美。"山里虮"们当然不会错过,上山自由采摘。除了充饥,有的还送到洪塘镇去换钱。于是雨后上山采蘑菇的"山里虮",成了金银坞的一道风景线。对于这种烂木头上长出来的,从来没有人采回家当食物。此时此刻,饥饿与儿子的疾病,却逼使他想试一试了。

气温还很低,场地上到处是一潭潭积水。那堆木料,被稻草帘子盖着,旁边还堆垒着火灾余烬里捡出还能利用的旧瓦碎砖,像一堵墙。他扒着"墙",伸手掀起草帘看了看,淋湿的那几根梁柱上,果然又长出菌类来了,和去年的一模一样。

饥饿引起的一阵晕眩,使他差一点栽下去。他赶紧背靠砖头蹲了下来。

晕眩过去后,他想,何不采下来煮了吃吃试试呢。神农尝百草,也没有中毒啊,说明有毒的毕竟少之又少,如果能吃,不也是一条关起门来的自救之道吗?

趁着牛妹和母亲串门去,说做就做。

他三下五除二地拔了一把,洗净了,放到锅子里煮。

牛妹回来了。一闻味道,就问,煮什么?不由分说,打开锅盖,立即惊叫,哪来的蘑菇?这不是长在烂木头上的野草菇吗?有毒!

她不由分说,拿起勺子舀了出来,泼到了门外阴沟里。

他不死心。生怕牛妹发现它从哪儿采到似的,趁她给奶奶点眼药水的时候,悄悄回到了火烧场的"墙头"边,重新盖上稻草帘子,转过身来,将寻找什么能够填肚子的眼光,在火烧场的角角落落里不停地转。

只见溪沿那边出现了一个汉子,直奔他而来。头戴铜盆帽,手提一件军用油布雨衣,一眼便知是个外路客。

楼循波抬起头,用疑惑的目光迎接他。

5

新搭的平房太局促,没有供客人坐的地方,正好太阳出来,他就拿门边那几块留着火烧痕迹的石础当座椅,请客人面对面地坐下来。

来人掏出卷烟敬他，一边自我介绍。

他是养蜂人，西乡人，叫高小宝，因为可耕地少，是世代养蜂的蜂农，从当年买进卖出地养土蜂割蜜取蜡赚钱，到了今天养洋蜂。所谓买进卖出，是因为每年蜜源不一，一到花季，从邻县山区买进土蜂群，运到苜蓿花、枣花、乌桕花、蚕豆花盛开的丘陵、平原采花酿蜜，及至芒种到小暑期间，割巢取蜜以后的"蜂脚"，卖还山区的蜂农过冬，来年再去购买回来开始又一个周而复始。成立人民公社以后，允许他们继承祖业，养的虽然不再是土蜂，而是被称为洋蜂的改良了的意大利蜂，流动性比养土蜂大得多，超过敲糖换鸡毛，终年运载着上百蜂群，即上百只蜂箱，忙于赶花期，春来了，从南往北，夏过了，再从北往南，像候鸟，收入归集体，换取工分。横岩岭下的枣花、苜蓿花、油菜花，是每年必赶的花源。他早就注意到金银坞，初春季节除了草籽花（苜蓿花），每年映山红、紫荆花、栀子花也不少，一直开到枣树扬花。今年兄弟分家，他把原有的地盘交给没有经验的弟弟，另辟天地，才有缘到此。他到处寻觅落脚的地方。要求独特，因为这不是为他一个人寻找住宿，而是要让近百箱蜜蜂有个安置的场所。一见这块宅基地，很大，虽火烧后的断梁残壁还没有清理干净，但安排他的蜂箱，并在一角搭个起居的帐篷，却十分理想。

客人说，枣花花期一过，我就向北走。两个月吧，我给你租金。

楼循波双眼一亮，租金？

客人说，对，我不能白用你的场地。按箱计算吧，每箱给你二角钱吧！

他一喜，上百箱，有十多块钱，不多，却能救命，立刻说，可以呀！反正闲着。什么时候运过来？

客人说，就这两天。我要先看看摆不摆得下。

好呀。他站起身，带了客人到火烧场上转起来，随手清理那些已经成半焦炭的横梁椽柱之类和断砖残瓦，理出安置蜂箱和帐篷的场地，客人不时称赞，好，很好。

场边忽然出现了一个人，叫着循波的名字，说，来客人啦？造房子啊？

楼循波抬头一看，是生产大队长三团楼循山。

楼三团就是解放初期的民兵队长，他的弟弟四团给小春芳一巴掌抽下去了，但到底是"八的立方",虎死威还在,由他当了农会主任。由互助组升初级农业合作社的时候,金银坞的互助组中,"老八房"最大,人多势众,不到一支烟的工夫,便选定了这个老三当了社长。如今,外面世界热热闹闹、轰轰烈烈地在批斗当权派,他却毫发无伤。说实话,这位社长不像四囤,或许深知自己身后的力量,或许吸取了弟弟的教训,从不张扬,说话和和气气、细声细语的,胳膊也不光是朝里拐,博得了"龙生九种,种种各别"的好名声。他说话没有人敢不服从的,把一个初级社办得很团结,被选为乡里的先进社长,到了人民公社,他自然转为洪塘人民公社金银坞生产大队的队长。从此,也得了一个外号,叫他"老刀牌"。"老刀牌"是新中国成立前一种卷烟牌子,香烟包装上印了一个头戴卷边牛仔帽,手拿一把长剑,像手杖一般拄着的洋人。为什么会有这个外号,想象力很丰富的"山里虬"们笑而不答。

此刻,循波的心咯噔一下,马上想到汝芸弟弟循统的被批斗以及提醒,想到了前不久循彪的媳妇也挨斗的事,这个胆小的女人到横岩岭采蘑菇,采了拿到洪塘镇集市去卖,悄悄地,却给这位生产队长撞上了,抓回村子里批斗了一个晚上,说是"割资本主义尾巴",类似被"割"的人不是一个两个了。真要说这是"尾巴",他这条尾巴比循彪媳妇要大得多啦,说不定,贩卖生姜的事,也会给牵扯出来的。真的穷急了,居然忘记了!他吓得马上给客人送去一个信号,说,大队长哪!我哪……哪造得起房子啊……这客人……是我的朋友,路过这儿的,我想问问他……那些烂木头上长的是啥蘑菇……好不好吃……

经得多、见得多的高小宝很机灵,立即喊道,大队长呀?一看就知道是能人!然后傻傻地笑,嗨嗨,嗨嗨……我也不懂得哩!……

三囤笑了,说,这东西哪能吃哩,有毒!

楼循波心弦一松,说,好好,我是书呆子,不懂哩,谢谢大队长啦。

三囤走了。

他目送三囤走远,转身对客人说,我不能赚你这份钱。

客人并不惊奇,但故意问,怎么啦?

他说,我会有麻烦的。

客人还没有回答,从门里冲出了牛妹,她手抓眼药水小瓶子,刚才发生的这一幕，却都看在眼里听在耳里，说，怕啥呀，有麻烦，我来对付！

他截住她的话，说，小翠小翠！你急啥哩，慢慢商量。一边拉着她朝房里走，刚走到门口，才想到身后的客人，想到这个机会之珍贵，赶紧回过身来说，你要用就用吧，反正是老乡，租金不租金的，我们商量好了再告诉你。

走南闯北的高小宝，一眼看出主人深藏内心的顾虑，反正到手以后，解决的办法有的是，马上说，那就说定啦？明天我就把蜂运过来。啊？我不会让你吃亏的。

楼循波把内客挡在身后，说，好好，好商量！你先运过来再说。

见客人盈步离去，他便拉牛妹进屋，摊开了这一刻涌现在心头的种种思谋。毕竟是楼循波，是敲糖换鸡毛世家出身的，说，这是一条送上门来的生财之路嘛，要在这里放两三个月哩，哪会想不到最好的办法？

牛妹问，你有什么好办法？

他说，起码要了解了解，人家碰到这号事是怎么办的，也该探听探听，怎么才算资本主义尾巴，"傻子过年看隔壁"。反正，这块火烧场，闲着也就闲着，白让他摆几天，我们也不吃亏。他说得性起，思路也打开了，提起茶壶，灌了一肚子水，说，蜂蜜给孩子吃，也是营养，趁机会学学养蜂，也是一条活路嘛！

牛妹嫣然一笑，说，就你的主意多！

第二天，高小宝就开始用板车把蜜蜂运进来，帮忙的是高小宝的大儿子，循波喊他小高。父子俩一趟又一趟，边清理，边安放，一连几天，场地中的每一个空间，都给一箱箱蜜蜂占满了。同时，紧靠他们平房，搭起了一顶帆布帐篷，摆罢修理蜂箱的木工工具，治疗蜂群染病的药物、采蜜机（其实是一只木桶）之外，主要是两张行军床和锅碗之类的生活用具，拿两只破蜂箱当台子。仿佛多了一家邻居。

从第一板车蜜蜂运到那一刻开始，当年新厅留下的这一块始终飘着焦炭味的火烧场上空，蜜蜂扑面，进进出出地忙碌个不停，都是比土蜂个儿大的洋蜂。

乡亲们的目光都给吸引过来了。来参观、询问的络绎不绝，最让人提心吊胆的是大队和生产队里的各级领导。瞧，三团就随"蜂"而来了。

这位"老刀牌"生产大队长一见面，就用一副开玩笑的口吻批评循波，说，哈呀，哪儿是吃蘑菇的事啊，你打的是什么算盘呀？

楼循波解释说，那天我说的都是实话。后来，我朋友发现，我这块场地倒能解决他的放蜂问题，我就答应了他，朋友嘛，反正闲着，不让我犯错误就行……

就在这当口，高小宝提着一只沾满了尘土的飞机袋出现在他们身边。一看就知是个见面熟，"大队长""大队长"的喊得很甜，仿佛早就有了交往，而且倾注了一种出自内心的敬畏。他笑嘻嘻地先拿出生产队的介绍信给大队长审查，然后从飞机袋里掏出一瓶蜂蜜，虽然只有拳头大，但黄澄澄的，漂浮着一些没有过滤的蜂蜡，十分诱人。显然早有准备，说是一点土产，请大队长尝个鲜。

三囝接过，马上旋开了盖子，伸手蘸了一指头，送进嘴里，咂着嘴，点点头，说声好甜好香啊，便一边往裤子上擦着手指上的蜂蜜，边把脸面朝向楼循波，问道，你们是朋友关系，暂时借给他摆几个月没有关系，可不能出租收费，让我犯错误啊！

高小宝急忙解释，说，他没有收钱，真的，朋友间帮忙！然后，连声感谢队长，说，他是您教育出的好社员，有革命协作精神，给金银坞争光。

三囝把瓶盖旋上，装在口袋里，高高兴兴地走了。

楼循波直瞪瞪地愣着，等大队长走远，才回过神来。他对高小宝说，谢谢你啦！

高小宝说，见得多啦，没事！

村干部上门索取一点好处，楼循波不是第一次看到，三囝的弟弟四囝当农会主任划成分那一阵子，总是把爷爷叫到祠堂里盘问、警告、教育一番，当天晚上，四囝的母亲必上门来，笑嘻嘻地连声叔公、叔公地喊着，要"借"一点钱"救救急"，都给爷爷婉言拒绝了。她走了以后，爷爷总是不屑地吐口口水，咒出这样一声：简直是土匪！强索胁取！还说，我们敲糖帮最看不起的就是这种勾当，做生意，就得讲商道！

啊，商道！又是"道"！小波波马上想到了爷爷费神书写的《换糖经》，不禁问，《换糖经》里写的就这些吗？

爷爷说，我本来打算写的，可是……唉！

不小心触碰到爷爷的伤心处了，他赶紧转换话题，敲糖帮也是商帮，算什么帮啊？

爷爷有点意外，怔了一怔，什么？

他说，我听你说过，做生意有陕商、晋商、徽商，敲糖帮难道没有个旗号吗？

爷爷明白了，说不出他们属于什么商帮，不屑为伍地笑笑，鄙夷地说，你以为旗号想打就打的吗？不光会做生意，还要有巴结有权有势的那一套，我们不屑逢迎拍马！我们重的是"义"，明白吗？要打旗号，就要打这个"义"字的旗号！

小波波懵了，睁大了眼，以游移不定的口吻，说，那么应该叫"义商"啰？

爷爷说，为什么不可以呢？只是眼下没成气候，没有人叫。

小波波想到了樟团，苦涩地笑了笑。

爷爷仿佛读懂了孙子一笑间包含的那一份苦涩，抓起茶壶，吸了一口水，用严肃的口吻，鼓励他说，我相信我们会成气候的。说个故事给你听听。乾隆皇帝南巡，游扬州瘦西湖，船过五亭桥畔，随口说了一句，这里多像京城北海的琼岛春阴啊，可惜差一座白塔。第二天清晨，乾隆皇帝开轩一看，五亭桥旁果然耸立起一座白塔！原来，是当时正在扬州做盐业生意的徽州商人江春，贿赂皇帝身边太监，及时探到了皇帝的动静，摸到了乾隆的心意，便在一夜之间，拿盐包垒成了基座，再用纸扎成这座白塔。乾隆皇帝当然高兴，诰授江春为光禄大夫，正一品，并赏戴孔雀花翎。有了头衔，有了势，商帮也就形成了。我想，求义的我们，不会走这一条道！

如今，按照爷爷嘲笑、否定的原则，按照爷爷对"义"字的追求，对高小宝这一行动是应该否定的、抑制的，可惜，恰恰相反，他与高小宝感情的距离反而消失了，油然而生的却是一种信任感。至少，他发现碰到的，不是母亲最忌讳的"拮界型"的人，方便了自己，也保护了他，这是不是义啊？他想不明白。

这种安全感不断在增加。生产队的队长来了，会计也来了。差不多都是"老八房"的，外面世界热热闹闹批斗当权派的日子，他们却毫发无伤。楼循波难免提心吊胆的，自卫的本能让他产生了一种默契，一见面就高喊对方的职务，队长呀，会计呀，你们今天过来走走呀，难得的哇。高小宝父子俩便像接到了暗号，不必等到吩咐，儿子马上会把早就准备好的装着蜂蜜的玻璃瓶，从帐篷里取来交给父亲，然后送给这些头头脑脑，只是大小不同。楼循波心弦完全放松了，暗想，这样聪明又仗义的放蜂人真是打着灯笼没处找啊，比贩卖生姜方便和安全多啦。为了儿子，就跟着他们学养蜂吧，有了这门手艺，就到横岩岭里面，找个三团他们找不到的地方放蜂去，还收他什么租金呢？

他的想法得到了牛妹的支持，因为她也收到了高小宝的蜂蜜，而且是一大瓶！

就这样，他在蜂蜜进进出出的环境里开始学养蜂，如何观察蜂群的稳定性，不至于被侵占或者突然逃离；如何观察蜂群的健康状态，用福尔马林、过氧化氢、二硫化碳、阿莫尼亚、硫黄等药物防治；如何割巢取蜜，安置到采蜜桶里，急剧转动，最大限度地将蜂巢里蜜汁取出；如何将蜂蜜和蜂蜡分开……

6

蜂蜜鲜甜味美，蜜蜂却不是好对付的主。虽然高小宝给他戴上了头罩，戴上了手套，但到底一时摸不透它们的脾气，他好多次给蜜蜂蛰得鼻青脸肿的，甚至发起烧来了。

他想到了"天将降大任于斯人也"的名言，也想到了爷爷的《换糖经》。《换糖经》里描写糖蔗时，好像有"吸春风之温润，经夏日之酷热，承秋霜之萧索，受冬雪之凌厉""君子之德，尽在其中"之类的句子，以糖蔗成糖的过程，比喻人生，它不只是货物互易中的经验总结，更是在鼓励他如何面对严峻的生活。

他很想细读爷爷的手稿。自从那次从学校里回来，他偷偷翻阅过《换糖经》前面一部分以后，就没有再触摸它，在贩卖生姜的时候，曾经想到过的，只是明确地意识到要学会做生意，在学做生意中，从磨炼人生出发而想到它，却是第一次。

可惜，《换糖经》毁于火灾了！再也看不到了！除了糖蔗之德，还有这样一句教育后代如何做人的话，给他印象也很深刻："'敲糖换鸡毛'之'换'者，易义也，求义而不弃利之谓也。"之所以记得这样牢，是因为他一看到这个

"义",就苦涩,就心酸,就会产生一阵莫名的感慨与气愤。他们三个发小,本来重视桃园三结义的那个"义",樟囵却出卖了他!难道就是管子说的因为衣食不足、仓廪不实而不知荣辱与礼节吗?那么,为什么一些人仓廪实而他们不实?为什么一些人衣食足而他们不足?……想到这里,总是伴着樟囵带着一身血口子的那几声愤愤的反诘:凭什么所有的光都让你占尽?你去问问老天爷,为什么这样不公平?是的,面对这样的现实,到底什么是"义"?"义"对于他,自然成为一个非常敏感的词。循彪媳妇被批斗时,"山里虮"们愤怒声讨一般的语句也随之重现。都是同样的声音、同样的义愤填膺,"公平"和这个"公"字,这几年来,在不同的场合,听得实在太多了。听得这几个词,都渗透在生活中了,不说别的,人民公社、公共食堂之类的出现,不就是为了"公正""公平"的实现吗?难道,这个"义",指的就是公平?

是的。是眼下大家正在努力的!高小宝当着我的面,给生产队干部们送蜂蜜,看起来也是一种"换",一种交易,但他展示的,正是"仓廪实而知礼节"的那种礼节,是文明社会人与人交往的一种气度、一种涵养、一种规范啊,敲糖帮与此相通,只是敲糖帮把这归纳为一个字"义",并把这种关系,归纳为"易义"。是这样的吗?

是的,一定是这样的!虽然苦涩,但不信这一套,就没办法活下去。他很兴奋,无须再去证实。大家日子都不好过,这样理解这个"义",就是大家都能够活下去,能够让大家都活下去,并活得好好的,就是义,而且是大义。高小宝父子养蜂就是为了活下去,三囵、四囵这些土地爷爷也应该活下去,要不是这样想,旁边围着一群活不下去的人,你能够独个儿活下去吗?这一想,在樟囵的揭发和一身血汗的那一声责问,还有从批斗循彪媳妇的会场气氛中,他都感受到了这种强烈要求,并很快化成了人生体验,融进了他的生活。

不敢再贩卖生姜的郁闷,一扫而光,他变得很轻松,也很坚定。

小暑过去,高小宝父子把蜂蜜和蜂蜡送到收购站,要带着蜜蜂北上了,他始终没有提出租金的话,牛妹也不提,向一个割蜜的时候就送她蜂蜜甚至蜂王浆的客人,开得了口吗?虽然填不饱一家肚子,可是增加了儿女的营养,和安不再抓泥土吃了,女儿小茵长得壮硕了,感谢还来不及呢,连声道谢着,同时真诚地挽留，说，明年你再来啊！

高小宝连声说，一定，一定！

话音未断，母亲抱着一件厚实的皮袄、一只棉帽急匆匆地出门来，塞到了高小宝的手上，说，我看你们要朝北走了，穿得还是这么单薄，顶不住的呀。……这是小波波他爹的，本来以为"坐坊"那边冷，做下了，谁知天气差不多，没有穿。要是你们不嫌弃，就带去，北方山里比我们这里冷，用得着的！

高小宝连忙推辞，说，啊呀，太贵重了，不敢当的呀，老楼同志可以用的呀！

母亲却坚决地说，循波不用，要用，他爷爷他爸爸留下的还有呢！

高小宝说，太贵重了！……就这顶帽子吧，帽子我收下了！……

母亲坚决地说，快收下！帽子给小高，皮袄给你！

楼循波知道，母亲是遵守乡风的一个典型，竭力践行"亲戚世家篮对篮，隔壁邻居碗对碗""你敬我一碗茶，我还你一杯酒"，绝不能欠下人情债，给人看成一毛不拔的铁公鸡，被指着背脊嘲笑为"拮界型"的"只进不出的倒须裙笼"。所以，平时她炒什么时新菜，纵然来之不易，多少都盛一点送到帐篷里，请他们尝尝鲜，作为赠送蜂蜜的回报，牛妹还帮他们洗洗汰汰。这一刻，他理解母亲，一定是觉得自己得到的多，回报的少而在做补偿，赶紧在一边敲边鼓，说，不要客气，要是年成好，是应该请你们父子俩吃一顿饭的呀。现在只有这个，你们都带走吧，挺暖和的！

高小宝父子激动得连声道罢谢，留下了两箱只割了一小半的蜜蜂，说，老楼同志呀，养蜂呀，就是这几招，这两箱，我就留在这儿了。山里一年到头有花，够这两箱蜜蜂过冬的，就算天太冻，没有花，留在箱里的蜜也够它们过一冬的。

楼循波没料到回报会如此丰厚，感动地说，这太破费了，不敢当，不敢当！

高小宝笑着说，什么敢当不敢当的，老乡嘛，我明年还要来啊，到那时，你说这两箱是你的，也可以说是我的！哈！……

高小宝父子赶下一站的花期去了。目送他们推着独轮车，运走最后一车子蜜蜂。面对这两箱很难说清楚产权的蜜蜂，他有了一个主意。他采下其中一箱的蜂蜜，一小盅、一小盅地送给左邻右舍，差不多每一家都送到了，同时送去的还有一句话：尝尝，枣花蜜，苜蓿蜜，我们金银坞的蜂蜜！老高要我保管两箱，他说，多谢金银坞的乡亲帮他有了好收成，这一点点，只表表心意，明年他还要请大伙帮忙哩！

名副其实的一"小"盅，迎接这份甜蜜的，不只是一张接一张笑脸，还有让楼循波感受到了"篮对篮""碗对碗"乡风的温暖：哦喵，太客气啦。于是向他们回送的社员，相继而来，今天送来新摘的一碗蚕豆，明天送来一把小山竹的笋干，后天送来一碗藕粉……

是的，东西不在多寡，在于得利时刻能够想到别人，对人的尊重，就是体现在这种细微中。他终于开始从"易义"的那个"义"的印证上来理解了。

这时候，青黄不接的时日也结束了，郁郁葱葱的山林，把干旱的痕迹，彻底扫除了，可吃的东西多了，田间地头劳动的人群，都在督促着他们，必须随之行动，要不，少了工分，就意味着收入的减少。田里地里提供的仍然不多，但不再饥饿了。

7

生活的艰难，不是两箱蜜蜂能够改变的，也不是理解了一个"义"字所能驱除的。大旱带来的荒年的饥饿毕竟是短暂的，那种物质上的穷困，却像一把无形的刀子宰割着他们，当成正餐吃的是山芋、芋艿、胡萝卜，野菜掺杂得不见白的一顿干饭，算是奢侈品，没有零花钱。经常为了基本的油、盐、酱、醋所需的那几毛钱，殚思竭虑。左邻右舍，还敢于上山采橡子、栀子花到集市换钱，他不能，牛妹敢，但她带着两个孩子太不方便。雪上加霜的是，过度采割，导致蜜巢里蜂蜜不够供它们吃的，初冬的一个黄昏，整箱蜜蜂不告而别，两天以后，另一箱蜂群也跟着不知去向。楼循波满脑袋装的，是如何吃饱肚子，弄到钱，以抚养嗷嗷待哺的孩子，还有帮奶奶保持双眼仅存的那一缕微光。

爷爷所期望的读书，早已成为一个遥远的梦；高小宝用行动帮他解释了《换糖经》中的"义"，也逐渐地变成一个与他不太相关的童话。

卖生姜的经历及其诱人的利益，重新攫取了他。从这里买进，花点时间到城里卖出，一下子就赚到了在田里地里日头晒、风雨淋了几个月的钱，我为什么不能做？村里的人，不都在悄悄地做吗？有的贩卖山货，有的贩卖豆腐皮，有的索性重操旧业，挑起箩筐，敲糖换鸡毛走四方去了……听说，汝芸弟弟循统又悄悄地去做什么生意了，拼死吃河豚啊，能填饱肚子，挨批斗算什么？是不是我太老实、太胆小了，太怕被当典型，被揪到台上去挨整了？眼看儿女长辈受折磨，居然如此无动于衷？

他实在抑制不住再次冒险的冲动！

这种处境，恐怕只有经历过那种苦日子的人才能体会，这就是，一个十分珍视身份、教养、眼界的人，到了不惜用自己的生命去试吃某种食物，或者拿自己的尊严去换钱的时候，才是真正的贫穷。此时此刻的楼循波，就处于这样的边缘。

连绵秋雨开始了。金银坞显得很平静，但化不掉他内心的焦躁。趁着雨中间歇，他到火烧场上徘徊，仿佛寻找帮他做出是否去冒险的启示。他再次走过那堆火灾后的废旧木料的时候，朽烂了的那些木料上又长出了白色的菌类！

他再次想瞒着家人试吃。正动手搬木料，转念又想，你干吗把注意力集中在拿生命去测试上面呢，为什么不想一想，牛菇能否人工栽培？能否移栽？如果能够移植，能够栽培，一定比贩卖生姜稳妥而且有赚头。起码，它可以消除异地"贩卖"的罪名，不说自产自销，说是在自己家火烧场上的意外收获总可以吧？

他很兴奋。他马上上山去寻找蘑菇。他要观察观察，野蘑菇在什么环境下生长出来，连同生长的那些泥土一起铲回来，移植到火烧场这块空地上来，如果成功了，由此再研究栽培，不等于找到一大群下金蛋的母鸡了吗？

他披上塑料雨衣出门，和安追了出来。说到山，和安就想到了叫作棋菇的野山楂。他要跟父亲上山去。牛妹说，你带他走吧，别看他小，寻找蘑菇，眼比我们都尖！

他想，这次去，只在横岩岭南坡的小山上的灌木丛里寻找，不像捡枯枝，要翻山越岭过谷跨涧的。如果发现蘑菇，连泥土一起铲动，和安去了就多一双手，最好。于是，他拿一块塑料布披在儿子身上当雨衣，带了铁锹以外，另带了一只畚箕，把裙笼交给和安，上了横岩岭，往落光了叶子的灌木和枯草丛里寻找目标。

他来到了当年特地赶来验证是否真能叱石成羊的地方。松树在大炼钢铁后稀少了，却长出许多灌木和杂草，一块块形状各异的岩石，依旧在其间出没似的。当年的情景早已经忘记，他一心寻找的是蘑菇。

和安忽然叫道，爸爸，爸爸，看啊，那像不像一只羊？

他举目透过树枝，看了一眼前方，说，傻孩子，那是一块岩石！

说罢，正待转身，忽见那块岩石临崖，旁边一丛紫荆的根部，有一截朽烂的树根，一些茶褐色的小蘑菇正在生长哩。他一喜，赶紧走过去，细细一看，果然是牛菇，它紧绕着岩石底座生长，圆圆的、厚实的、茶褐色的一棵棵，刚刚长出来，小的像黄豆、纽扣，大的像算盘珠子，大大小小的一朵朵，像初生的小猪崽，簇拥在一起。太令人激动了，他竭力让自己镇静下来，心想，如果要研究移植和栽培，观察它们生长、繁殖，除了不伤害它们根部，还必须保持它们原来的生长环境，起码要把它们下面这一摊朽烂的木头和泥土一起铲走。可是，这一块岩石挡着，一动铲，必定变成零零碎碎的了。

他试着搬移这块岩石，先用右脚蹬了蹬，它摇动了。

他把树枝一丢，叫儿子让开。袖子一卷，双手扳动它的底座，嗨的一声吆喝，这一推，它就向崖坡上倾斜了，脚一蹬，随着它基座上泥石的一阵松动，便被它们牵着似的，骨碌碌地滚到陡峭的崖坡下面去了，这一片蘑菇立即全部呈现在他面前了。他兴奋无比，拿起铁锹，小心翼翼地把长着蘑菇的这一块朽烂树根，连同山土，尽可能原封不动地铲起来，平摊着装进了畚箕里，平端着走。

儿子却惋惜地说，羊，没了！

他说，你懂个啥？那是石头，不能当饭吃！

他当即带着和安下山，在火烧场那一堆烂木头靠墙的一边，辟出米筛大的一块地盘，摊上山土，把畚箕里蘑菇平移了上去，再到山上挖来一些杜鹃和牛皮筋草，营造出山坡上的天然环境，然后把那些烂木头搁在上面，以防被人发现。

三天后，移栽的蘑菇都枯萎了。

穷困和饥饿，继续在他头顶盘旋。贩卖生姜的高额利润，无时不在向他抛出媚眼，再一次冒险的冲动，越来越难以控制了。

第二部

地利

第一章　摇着拨浪鼓出山去

1

这一年冬天很暖和，没有下雪，春意来得早。在楼循波的感觉里，山村的气氛始终显得暖洋洋的，主要原因，是大队长楼循山要他这位"读书人"，制作三块大红宣传横幅，即用白纸剪出这样几个大宋体，贴在大红布幅上："抓革命，促生产。"这是最新最高指示，要着力宣传的，分别悬挂在上溪沿、娥囡奶奶摆小摊的前厅和小桥头这些村民聚集比较多的地段。这意味着动荡的日子过去了，追查小春芳"曾经沧海"的到底是什么"海"，也不了了之。生活开始恢复常态。麻糖年年切，这是有小孩子家庭的一件大事，孩子盼过年，盼的无非是吃和玩，放鞭炮、吃麻糖是必须满足孩子们的，哪怕用大米炒的，正像杨白劳给喜儿买的二尺红头绳，多寡不计。今年好像品种特别丰富，不仅用糯米炒了米花，切了脆、甜、香、糯俱全的糯米花糖，还有多年没有尝到的芝麻糖、花生糖。春回大地时，他又接到领导给的这项任务，哪能不格外欢喜？村里读书人不少，"老刀牌"三囝把这份任务交给他，不说政治上的信任，就说给他记十个工分，使他的知识换到了钱，除了教他获得了时来运转的欢喜以外，还有某种朦胧的期待。

这期待，就是贩卖生姜也许不会被当成资本主义的尾巴割了。

他对这位"老刀牌"三囝和外面世界的动静，格外关心起来。

三块横幅制作好，他卷起它们，迎着暖洋洋的春风，送到祠堂大队部办公室，趁机探听探听，是否有出山去冒一次险、赚一点钱的空子可钻。

三囝和大队干部正在开会，每人脚前一摊烟蒂。一见他，就说，说曹操曹操就到哪!

他在桌上搁下横幅,随口问,什么事啊?

三团把香烟叼在嘴唇上,抓起桌子上的文件,反过手掌拍了拍说,六里亭公社总结了"和毛"里面掺鸡鸭鹅毛的作用啦,鸡毛鸭毛又要当成宝贝啦!我们正在研究派什么人去敲糖换鸡毛呢,都提到你,说金银坞最有资格做这行当的,就是你!你拿去看看!

他接过文件细细看,曾经挂在祖辈口中,早已在他生活中淡出的"和毛",鸡鸭鹅毛的作用以及"敲糖换鸡毛"的关系,居然重新出现在公文上了。

他惊喜!自从楼循禄拜"担头"被抓事件以后,敲糖换鸡毛之类和货郎担一样,被一场场政治运动推到一边去,以致成了禁区,与此同步的是,在耕作方面,政府推广双轮双铧犁、捉螟虫除害、使用化肥等等一系列革新,把鸡鸭鹅毛人畜发彻底清除了。如今,政府重新发现了老一辈耕作之道,并作为"先进经验"来推广,从六里亭公社添了鸡鸭鹅毛大幅度提高了产量的"实践"中,证明"和毛"是有科学根据的,各个公社、大队,必须将它作为"政治任务"来对待,使"抓革命促生产"落实得更出色。

三团说,我们正在研究组织社员敲糖换鸡毛去哩,掰着指头排来排去,在金银坞,能够摆平的,只有几个人,你是头一个,都说你见过世面,要说老法师,你也要算上一个。又是老老实实的从不犯规的人……

他有一点懵,不相信大队的领导会这样夸奖他,并把这任务交给他,张大了双眼,看看这个,看看那个,不知道该如何表态。

副大队长要他赶紧领情,说,出门有补贴的哩,一天除了记十分,还给三毛钱的补贴,村里想去的人多着哩。可是研究下来,能够摆平的人不多。

这一优惠,对于有过贩卖生姜经历的他,引不起多大冲动,而且有点悬,经常挂在乡亲们口里的"见过世面",居然成了他击败对手的优势,这是会惹祸的呀。这种有利可图的事情,谁不像乌眼鸡般地扯破面皮争斗呀,好朋友樟团不"义"的教训,给他的印象太深刻了。要是有人为了拉下我,去查究我"见"的到底是啥"世面",查出了贩卖生姜的事,除了走资本主义道路以外,还给戴上一顶骗子的帽子,不是不可能的呀!

这种警觉与恐惧，不亚于走单帮贩卖那种冒险。楼循波胆怯地说，好是好，可是……

三囝截住他说，当然好。出外辛苦，谁都晓得的。

他问，定了？

三囝往桌子边的同僚瞥了一眼，说，定了。

楼循波讷讷地说，都说我见过世面，可是，那不过是小时候……

电话铃响了，三囝起身接电话去了。楼循波把话咽住。

副队长说，"水浸萝卜变浮苔"，你家几代人一天一句给你的见识，也要比人家出门做十回生意强哪！顶要紧的是觉悟。你做人公正，私心少，能够想到大家。

旁边立即有人附和，说，是呀是呀，都说你像娘。

他立即想起，这位副队长也是他送过蜂蜜的一家。原来母亲传给他的"篮对篮、碗对碗"的家风，处处注意防人骂为"拮界型"，甚至不惜让自己吃亏的家教，居然成为击倒众人、放他出山去敲糖换鸡毛的筹码！他苦笑着，越发不知所措了。

三囝接完电话，回到桌子边说，就这样定了。你就去安排一下吧，早点走。趁着新年刚过，敲糖换鸡毛正是时候，别错过了这一季。

他无奈地说，好的。我这就去准备。

慢着！三囝生怕他立即转身离去似的，口吻凝重地说，还有呢，为了有个照应，也为了培养年轻人，八弟跟你一起走。你就拿他当徒弟看待吧！

循波的心一提。八弟，是"老八房"的"搭底"——最小的、属于垫底的兄弟，没有照前面兄弟的排行叫"八囝""八弟"或者像"老六""老七"那样喊他"老八"，而是按照辈叙叫他循满，因为具有特指意义的"老八"，始终是一种忌讳。记得小学里读书时，同一个复式班，不少同学拿这开玩笑，丑化他，侮辱他，闹过不少矛盾，甚至打过架。也许，因为自小被人嘲弄，形成了拘谨、内向、胆小、少言寡语甚至懦弱的性格，成了"龙生九种，种种各别"的又一个标本，他的四哥总是用这样一句话教训他，"不怕穷，只怕怂"。反正按照规矩，敲糖换鸡毛都是结伙而行的，起码两人一伙，看来不管怎样，楼循波都得接受；

想到高小宝送蜂蜜的那一个个情景,他也乐于接受。

他忽然想到了当年循禄"辞族"的仪式,想到了那声豪气如虹却又慷慨悲壮的"分文不带"。这一次是代表集体去的,不禁问道,本钱呢?

三囝说,你自己想办法。生产队里要是拿得出这一笔钱,就借给你,拿不出钱,你就自己解决吧,反正敲糖换鸡毛就是"分文不带""空糖担一副",我们这一代,肯定胜过老祖宗的啦!粮票吗,倒是一个新问题,我们开了证明,你拿米去换。

他哭笑不得,同样敲糖换鸡毛,不仅要继承老祖宗的规矩,还要有超过老祖宗的豪气!他没有话可说了,就说,好吧,我去想想办法吧!

走出了生产大队办公室,刚跨到天井里,突然想到一件事,便趸了回去,说,说的是敲糖换鸡毛,要是乡亲们拿旧货、废品来换,收不收?收了,怎么办?是带回来呢,还是找当地废品收购站卖了?卖了,算不算资本主义贩卖?

三囝们很觉意外。不错,这是敲糖换鸡毛中常有的事,为此总是给人看成是收破烂的,没想到会成为一个问题,一个不是像"分文不带"那样可以回答的新问题。但三囝毕竟做了多年干部,并获得了一个"老刀牌"的外号,看了看在座的几个,都用一副不知所措的神态等着他表态。他想了想,反问道,你说咋办?

他说,要么只换鸡鸭鹅毛、人发、猪毛,不换别的。要么,允许我换,然后在当地卖了。

三囝重新望着大家,问,你们看呢?

都是一副老革命碰到新问题的样子,有的抓头皮,有的只是低头抽卷烟。

楼循波倒乐了,补充说,我说,应该收,收了送到废品收购站,拿这些钱再添一些纽扣、香粉、蛤蜊油这类时新货。这样一周转,鸡毛肯定会换得更多。

三囝再次问大家,你们看呢?

副队长的心给激活了,说,对呀,纽扣三天两头出新的!这倒是好主意。

大家跟着点头。

三囝马上拍板说,行,换得多还不好吗?就这样!

楼循波退了出来。春风拂面,阳光灿烂呀!虽然老行业新做,老规矩、新禁令交替,难以把握,但抑制不住万千思绪。和贩卖生姜相比,一天几毛钱的补贴虽然缺乏诱惑力，但浑身有了手脚被松绑了的轻松，一股莫名的冒险的冲动，使他体验到一种从未有过的愉悦，甚至有一种对邂逅汝芸的期待，很朦胧，因为他总觉得她就在那个宽阔的天地里流浪。

回到家，牛妹还没有收工。他把刚才发生的事，简单地告诉奶奶和母亲，只说，大队里要我去敲糖换鸡毛了。两位老人立即被他激动、愉悦的神态感染了，不是吗，新厅及其后代，经过了这么多风雨，终于获得了认可与信任，哪能不欢喜得像中了状元？本钱嘛，"分文不带""空糖担一副"，只属于穷苦的乡亲，他们是开过坐坊的人家，敲糖世家应有的箩筐和敲糖的工具，虽然葬身火海了，外公、外太公家却多少都保存着一些，旧物利用，凑一凑，都不是难事，需要的只是制糖的费用，那算啥呀！

见奶奶和母亲兴奋，潜伏在他心底那股冒险的、放纵的冲动，便越来越强烈，强烈得仿佛鼓动着他去犯罪。不禁走出屋外，通过火烧场走向田野，他需要冷静地想一想。

牛妹收工回家，一听，第一反应却是急。既不是丈夫太辛苦，也不是丈夫离开家，两个孩子由她一个人照料，而是爷爷的嘱托就此背弃了，这副担子一挑上了肩，拨浪鼓一摇，还像个读书人吗？从此还会有机会通过读书将草鞋换成皮鞋吗？

她一把把他拉到火烧场那堆废木料边，急不可待地说出了她的意见。

楼循波笑了，把心里那股犯罪冲动压下，解释说，这是出去闯一闯的机会，读万卷书，行万里路嘛，争都争不到哩。和安的病好了，奶奶和小茵有你和妈照顾，用不着担心的。

牛妹问道，读书和走路有关系啊？

他说，当然，走路，是读活的书本。

她半信半疑，啊？还有这道理？

他说，是的。

她想了想，说，敲糖换鸡毛的走路也太辛苦了。我一想到我们村里哥俩，心就发紧，真像山歌里唱的，"手摇一只拨浪鼓，走不尽天下辛酸路"。

他说，我跟他们不一样。

她问，有啥不一样？都是顶风冒雨吃货郎担饭的。比货郎还要辛苦！

他说，你放心吧，我不会拿命去拼的……他还想说，我绝不会像他们那样在一根绳子上吊死的。但一想到火烧场外的行人，便咽了下去。

这一咽，这一憋，倒提醒了自己：你把"你是见过世面"的话当真了啊？

牛妹见他这一憋，倒突然想通了，把他拉进门，说：对对，你跟他们不一样。你是出了笼的鸟，翅膀长在自己身上，任自己飞去！

他问，啥意思？

她放低了声音说，你趁机贩卖生姜去！他们管不着！

刚刚勃发便强压住了的犯罪冲动，被内客一点明，他却只是笑，随口说出了他的顾虑：我要带八弟循满走的哩，捎不了私货。

她说，我晓得，敲糖换鸡毛都是有搭档的，可是一住下来，生意都是分开做的，两人同一条路，哪有这么多鸡毛换啊？到了一处，日子都是自己安排的。

他紧张地回头看了一眼门外，生怕被人听到了，急慌慌地截住她说，我知道，我知道！哗哩哗啦的，我又不是聋彭！我担心的是，万一……

牛妹开心了，说，怕啥万一不万一的，只要换到了鸡毛，谁来管你拉屎撒尿！

牛妹这几句话，帮他最后拿定了主意。

生姜对他的诱惑太大了，但也太危险了。被抓住"割尾巴"批斗，就像循统和锦彪媳妇那样，他不怕，"山里虬"们彼此心照不宣，这是为了一家老小吃饱肚子，没办法，没有人因此把你看成真的长了尾巴的野人；最塌台的事是假公济私，占公家便宜，如果被循满一揭发，形象便毁了，这是把自己的信用押上去的事，给集体办事，"言而无信"，成了"小人"，却是一辈子的大事。不过，他相信，只要让他出门，鸡毛肯定比人家换得多，把公家的事做好，谁都没理由说三道四，再说，废品可以由我自己处理，就更加没理由抓我的辫子了。如果拉了老八一起做，那真是打着灯笼找不到的挡风墙！

反正，不经一事，不长一智。先出去跑一趟试试。再说，人心隔肚皮，不跟老八到生意场里翻几个筋斗，永远看不透他肚皮里装的是什么。这个机会实在太珍贵了。

就这样，卖生姜的经历，在他脑海里越放越大，并帮他做出了选择：朝杭州那个方向走。当然，目标不是杭州城市菜场，而是透过车窗，在他眼前闪过的散落在那许多山、许多水、许多田野中的一个个村庄。虽然道路千条万条，通向东西南北，河汉纵横，大地茫茫，这一条铁路线，却成了他心理上的安全保障。

2

准备工作很顺利、很充分。他外公家，不仅有敲糖换鸡毛的担头，而且帮循满也借到了一套。都是两只半身高的能贮藏鸡鸭鹅毛的箩筐，上面配备一只充当盖子的"糖搭盘"，盘上搁置饴糖、糖果或针线、抵指（顶针）、鞋口布等小杂货，加上一只专门摆放饴糖糖饼用的方形木盒、一把敲糖饼的糖刀和小木槌。外公家还保留着一只拨浪鼓呢，陈旧，但噗咚噗咚声依旧清亮。他没有要。自从循禄举行"辞族"仪式被抓被管制以后，"山里虮"们敲糖换鸡毛都是偷偷摸摸的，绝对不敢张扬，摇拨浪鼓自然成了禁忌，在前一阵"破四旧"中，村里当年用过的人，都把它当"四旧"拿出来，和祠堂里的牌位、烛台之类堆成一堆烧了，还要去捡起它，太不合时宜了。不说别的，瞧瞧循满吧，总是问他，要不要带这个，要不要带那个，就是没有问要不要带拨浪鼓！

正如循波事先要大队长表态的，名为敲糖换鸡毛，实际上，村民拿出来交换的，不只是鸡毛鸭毛、鹅毛、猪鬃，还有家庭日常使用废旧物品，如破铜烂铁、旧玻璃瓶子、旧书刊都有。交换时，鸡鸭鹅毛都不用秤称分量。乌伤大地杀鸡宰鸭，都是浸在热水里煺毛的，这种总是随风飘飞的羽毛，无法像衣物、谷物那样摊开晾晒，一煺下就得趁湿扎成一把，搁在墙头、窗台晾干，所以，拿出来的鸡鸭鹅毛都是以扎为单位，其中，也有鸡胗鸭胗里那层胗衣，晾干后不是卖给中药店，就是连同鸡鸭鹅毛一起来交换。交换的不只是饴糖、姜糖和水果糖，还有传统的女人用的针线、顶针、鞋口布、雪花膏、头花和孩子用的铅笔、橡皮、玻璃弹子，此外，还有草纸。草纸分成两种，一种方形的，很粗糙，是如厕用的；一种长方形，金黄色，比较细腻，叫黄表纸，和锡箔、香烛之类一样，是供奉菩萨、祭祖和殡葬的必需品，乡谚云"阴阳隔层纸"，人一去世，乡亲们在死者脸面上覆盖的那一张纸，就是这一种，出殡路上，一路撒落代作买路冥币的，扫墓时焚烧于墓前或压在坟上替代冥币的，也是这一种纸。所以，"破四旧"以后，这种纸的销路，依然不衰。如今，旧业重操，加上物资紧缺，进不了其他货，主要的交换物，也就是这种草纸，加上少量糖果。

奶奶、母亲调动三亲六眷，竭家中所有，备足了黄表纸、糖果和一些针线类的日用小商品，带了麦秆草帽、换洗衣裤、塑料雨衣，还有家里春节尚未吃完的一包芝麻糖、十多斤全国粮票，出发了。"辞族"仪式，早已经成了禁忌，三代、三个女人一起，只是横挑竖拣地给他挑了个"宜出行"的好日子，再按照当年祖上出门的规矩，备了香烛和黄表纸，到路口向路神、财神叩拜了一番。他们怕被人斥为迷信，特意吩咐老八循满，不必到他家会合，到离他家门远远的上夸塘的塘埂等他即可。那是通向六里亭的路口。楼循波知道，对于这种足够招来批判的迷信行为，循满，以及他上面几个哥哥，比他还要虔诚，还要讲究，如今又真诚地把他当成了开蒙的"年伯"，甚至喊他为师父、老法师，但经验告诉他，这种活动，只要参加者有两个以上，他就得防一手，他不认为这样做是过分地小心。

他俩出发了。

在金银坞，被授予大队证明，允许出去敲糖换鸡毛的，还有两对，一共三对，六个。各对所选的方向都不相同。他俩到六里亭，然后沿着铁道向东北走。走了一天，供销社和一些乡镇机关所挂的牌子告诉他们，已经离开了乌伤大地。历来，做这一行当，经济条件不允许他们住旅馆，只能租借农家多余房子栖身，没有床铺就打地铺，同伙越多，各人分摊费用就越低，甚至在破庙、残垣断壁下过夜。但鸡毛太臭，而且容易滋生小虫，农家并不易寻找，才选价格低廉的小旅馆。太阳偏西，他们开始寻找住处，无奈没有农家乐于帮助，天色将晚，才到了东渚镇，选了一家叫作工农兵旅馆的小旅店去问价，大通铺的价格倒不贵，而且门外有一片开阔地可以晾晒鸡毛，便住了下来，拿这儿当据点，试试运气，不行再朝前走。循满比他年轻，他亲切地随三团喊他"八弟"。老八牢记着徒弟应该做的那些事，一路上把自己当成"附担"，遵从循波的决定和吩咐，像勤杂工那样服侍师父。循波却以大做小，一早起来，借了店家炉灶，烧好早饭招呼循满吃。循满倒十分懂道理，感动得什么似的，说以后不能再这样"宠"他了，还说这是他三哥一再关照的,早上烧早饭,晚上打洗脚水,都是他分内的事。循波坚持说,那都是封建老规矩,不能当真的。应该分头出发了,也像师父那样,先让循满选定方向,目送他的背影消失,才挑起箩筐,朝相反的方向走。

天气很帮忙,阳光灿烂,春风拂面。农闲时节,村子里人来人往,都按自己的方式,在打发农闲时间。每经一个村庄他就进去,按照上辈所传的腔调,沿门叫唤,调针啰,换糖啰!雪花膏、抵指、鞋口布、鞋面布、铅笔、橡皮……都有啊!……

没有噗咚噗咚拨浪鼓声。这时候,他才感觉到手摇拨浪鼓是有道理的,边走边连续吆喝不仅累,最要紧的是在一声声吆喝的间歇,没有那种"噗咚噗咚噗咚"的声响相助,静幽幽、冷清清,毫无节奏感,营造不出"我来了""快来换啊"的气氛!

不知是否因为这种缺憾,还是别的原因,生意并没有想象中那样好。查问他的来历,检查他的证明书,倒碰到了好几次;了解行情,问一扎鸡鸭鹅毛能换到什么的也不少,成交却不多。出发前和循满统一了每一扎鸡毛大致可换到什么,但临场,他总是扣得紧紧的,应该给两颗糖的,却改成了一颗;应该给三张黄表纸的,却改成了两张。他认为,过年时,农家几乎家家户户都杀鸡、宰鸭,甚至杀猪,鸡鸭鹅毛多的是,为什么不趁机压压价呢?更主要的是,交易临头,他总会想到担头上这些糖果、针线、黄表纸和小商品之类,都是奶奶、母亲、牛妹节衣缩食筹到的,一想到筹钱之不易,奶奶和儿子的病痛无钱医治的窘迫,他哪能不斤斤计较?省一分就是赚一分,赚到一毛一分都是自己的。反正,过了这村还有下一村!在徒弟面前,只有低成本、高回报的结果,才能显示他的高明。最让他感兴趣的是旧货,虽然告诫循满要谨慎,这是需要经验与眼光的交易,看走了眼是要吃亏的,但到了现场,他关注的就是这些破烂,不只是进出的差价,而是它提供的那片自由的空间!……一想到这一片空间,他的心便会莫名地兴奋,这种兴奋,恐怕只有不得不以犯罪来实现愿望的人才能体验到!可惜,鸡鸭鹅毛多,猪毛人发也有,旧货基本没有看到。

时间过得飞快,日头偏西,过了三个村,只成交了五笔,都是最差的鸡毛和几本旧课本!他急了,再跑了几个村,都不顺利。

一度被压抑的秘密冒险的冲动，便冲了上来，压住了失落感：如果拿这一点本钱，这许多时间，去贩卖生姜，肯定赚个盆盈钵满！

不错，在一路寻找落脚点的时候，埋伏在他心灵深处的冒险贩卖生姜的计划，不时出来指挥他：这儿，是不是居中点？在这儿住下来，回到自己县城去批发，再送到杭州去卖，是否方便？此刻，这一冒险的冲动，教他逢人便打听，这儿离杭州有多远？很快了解到了他期盼的信息！于是，他便往有小菜场的小镇走。也就是说，他离开了鸡鸭鹅毛最多的村庄，来到了吃商品粮的市井。有小菜场，就有生姜，价格也不贵，拿到杭州去一定能赚钱，可惜这不是生姜产地，量太少了，看来，还得回自己县城去买。尽管如此，他还是很兴奋，真想马上行动。但毕竟初出茅庐，换鸡毛的窍门都没有掌握，哪能走这一步？他太看重大队所授这份证明了，弄不好，被收回了这张"护身符"，哪能到唱这出戏的天地里行走啊？再说，循满这个搭档，到底是怎样一块料还没有摸清呢，瞒他，还是拉他做挡风墙？

太阳西沉，他挑着半箩筐鸡毛，回到了工农兵旅馆。

刚到门口，就见循满早就回来了，在门外趴在箩筐边，从乱七八糟的旧货中，把一扎扎鸡鸭鹅毛分拣出来，按干、湿分开。一见他，笑逐颜开，说，老法师啊，我们来得正是时候哇，肯定是开年第一批，我的箩筐都装满啦！

他震惊得咣啷一声抛下担子，啊啊啊……你是怎么换的啊？

循满说，不是说好的吗，一扎鸡毛，毛长，毛色鲜艳……

不等循满说完，这样几句谎话，便从他唇齿间跳了出来：哎唷！……今天，我，不知吃了啥东西，拉肚子了，一直待在镇上卫生站里……

循满急了，赶紧扶他，说，啊？……好一些了吗？

好一些了，不拉了。

快去躺下，快去躺下！

他被扶进大通铺，躺到了床上，满脑子的别扭，不错，"我们来得正是时候"，家家户户都有可换的鸡鸭鹅毛！我却因为……想到这儿，"你是见过世面"的资格，不知怎的，便主宰了他，拿出一副"见过世面的"腔调说，货多，就该压价，你压了吗？

循满说，没呀！没压呀！……不是说好的嘛，好的鸡鸭鹅毛，长的，颜色又鲜艳的，两颗糖，或者三张黄表纸，差一点的……

他摇摇手说，好了，我知道了，你没经验，不怪你……

这种场合，习惯性的"不怪你"三个字，倒给了他一个启发。这个老八房的"搭底"，真不该"怪"他。他从来没有深切地体验过钱的分量，没有经历一分钱能够压死人的磨难。看到有鸡鸭鹅毛送到面前来，统统收下，能不满载而归吗？

这说明什么呢？

他被这个问题缠住了，就像当年被"道"字所纠缠。到了天快亮的时候，他的面前出现了爷爷，出现了爷爷呕心沥血写的《换糖经》，而且越放越大。也想到了那副火光烛天一片混乱的情景，爷爷的书房不是被烧的，分明是给左邻右舍当成防火带拆了的！

也就是说，爷爷的《换糖经》没有被烧毁，一定被塞在哪个角落里了。

他想，不能再朝前面走了，应该顺水推舟，谎话说到底！

他一早起来，故意装成有气无力的样子说，八弟呀，我不行，双腿像棉花……我不能拖累你……还是回去休息两天，再回来……我想……

循满回答得很干脆、很体贴，对呀，千万不要硬撑，把小病拖成大病啊！……我陪你回去！先送你上火车，我再趸回来，把你的担头和我这一担子鸡毛挑回去！

他不安地说，这怎么行啊？你……

循满说，怎么不行？就这样办！

他说，恭敬不如从命。你挑着鸡毛走；我的担头，就让我自己带着上车吧。

3

当身拥亿万资产的楼循波，向媒体介绍他的发家经历时，总要提到老八当初对他的促进作用。老八的单纯、对他的真诚与信任，使初出茅庐就折载的他，保全了尊严，及时沉静下来，痛定思痛，从而掌握了爷爷传给他的商业秘籍，帮他发现了商场中处理人与人之间关系的密码，获得了人生的新启悟，这些启悟像刀斧一样劈开了一道世界上最难通过的闸门,让他跨进了一个全新的天地。

当时,他急如星火。一下火车,假病假痛全部撤除,三步并成两步,抢在循满回村之前,赶回金银坞。

牛妹和玉莲都出工去了。母亲一见,吃惊地问,怎么啦?不许你做啊?

他只怕母亲和奶奶追问,这种丢人的开局,半个字都不想提,何况,关于爷爷《换糖经》手稿,他曾经问过她们,都说,这么大一场火,还能留下这种纸头纸脑啊?所以,他只是说,大队证明在身,哪能不许做啊?我是赶回来找一点东西的。

妈问,找什么啊?我帮你找!

他说,你们不知道的。

他开始翻箱倒箧。两间平房的空间不大,但偌大一个新厅火灾后所有残留的东西都在这儿,堆得胜似一个仓库,什么都有,每一个角落都被塞满了,有的完好无恙;有的被火灼损了某部位。眼下派不了用处,今后也不可能派上用处,但一件件都承载着生活旧情,奶奶、母亲舍不得扔,作为孙子、儿子的他,也不愿意扔,牛妹和玉莲也如此。

这一回,他下了重新清理的狠心,耙梳式地寻找,玉莲和牛妹收工回来,问他,他回答的还是那句话,一句话说不清,等会我再告诉你们。

天可怜见,《换糖经》的手稿,终于出现了!是塞在奶奶床铺底下一只旧麻袋里的,和父亲经手的一些旧账册、他的旧课本、妈妈的老皇历,还有一堆马褂一般式样古老、布料却相当考究的旧服饰,据说是奶奶的嫁时衣,杂在一起,有的带着焦黑的火烧痕迹,有的被砖石、梁柱砸残破了。最让他心疼的是《换糖经》手稿,被砸得可以用一个"烂"字来形容,为了方便不断修改润色,爷爷一直把它搁在写字台面上。房子被捣毁的那一刻,玉石俱焚,楼板呀、梁柱呀、砖块呀,有的是直接砸下,有的是从左右飞落过来,首当其冲的便是它。先是和锄头、镰刀、瓶瓶罐罐之类塞在箩筐里,后来,从火烧场搬到祠堂,又从祠堂匆匆地搬到这儿,几经辗转,可能又遭受了雨淋、水浸,残破的纸页,都粘在一起了,粘得像云片糕,散发着一股霉味,加上一股来自其他破烂的烟火味。他却莫名地兴奋。虽然不知道到底会给他什么启发,但终于解开了一个谜团。

天黑了，收工回来又马上想出去玩的玉莲一见，笑话他，你找的是这个垃圾啊？不可思议，就像循统爸爸，老古董偏爱老古董！

又说到汝芸的爸爸了，而且用了这种嘲笑的口气。他想到妹妹和循统感情不一般，也不究问，只说，你不懂！

他把残稿平摊在桌子上，点上煤油灯，小心翼翼地，一页又一页，剥百叶似的，从有的清晰、有的模糊的字迹中，寻找他所期待的东西，比以往任何一次都细心。

还是那些句子："糖者，天象也。糖有蔗糖与麦芽糖之分，红糖、白砂糖、饴糖之别，其状不同，其性一也。红糖出自糖蔗，吸春风之温润，经夏日之酷热，承秋霜之萧索，受冬雪之凌厉……君子之德，尽在其中……""……鸡毛者，禽羽也，外饰之物也，中空而色艳，质轻如尘埃，纤细若芦花，随风而飞，迷人之目，惑人之心，其贱也，世人皆鄙之薄之""……'敲糖换鸡毛'之'换'者，易义也，求义而不弃利之谓也"……

仍旧是糖和鸡毛的对比，无非说明是不对等的交换，重在求"义"。

没有新意。他失望，却不甘心，继续翻阅。下面的文字给砸烂了，只能跳过去。

实用的东西终于出来了，他看到了一些完整的语句："敲糖帮之义，首见于行规。"

什么，还有"行规"？行规，往往浓缩了行业的经验、行业之大成的呀！

他赶紧看下去。很快明白，祖上敲糖换鸡毛结成团伙，不仅十分封闭，家族宗亲之外一般亲友都不接受，而且行动安排严密，比如走"中路"，绝非爷爷口头解释的那么简单，它像循禄拜"担头"，也是整个严密组织体系里的一部分。分路线之外，还分帮，分成"东帮"和"北帮"，前者的班底，是义乌江以东的群体；后者，是义乌江以北的群体，他们行走的路线划分极其清晰严格，不多，就是"南路""中路""北路"三条。"南路"，以六里亭为第一站，经金华、孝顺、汤溪、龙游到衢州；楼循波祖上所走"中路"，却是从衢州北上，进入安徽，辗转皖南、安庆、合肥、蚌埠，然后折回浙江和安徽交界的宁国；"北路"，以洪塘镇为第一站，向北诸暨而入萧山。当然，上列地点，不是城市，而是指那个地区广袤的乡村。这种精致的划分，就是避免重复，将行动效果最大化。南、北两路，都是短程，谓之"敲短路"，他们祖辈走的中路最远，称为"敲长路"。

他很兴奋，芝麻落在针眼里，他首次出门，选择的原则与方向，与祖上不谋而合，也是短路，也是从六里亭出发，向东北方向走。

他信心大增。

下面的纸页破碎不堪，他却在一块碎纸片上看清了这样一句话：

"……易义之所示者，商德也……乡谚谓之出六归四……其实也……成败皆……"

啊，"出六归四"，好熟悉！小时候，就从爷爷、父亲口里听到过的，是"商德"吗？这么重要啊？不不不，真货色一定在"其实也"后面，瞧，"成败皆……"，"皆"什么？

如果是"皆定于此"的话，那就含糊不得了！可惜后面的语句，都砸碎了！

第二天，他到上溪沿登门问六叔。

六叔老了，脑子糊涂了。但一提起这四个字，双眼突然放光，随口说出了一句"赚一角饿死人，赚一分挣死人"，你咋不懂哩！这叫"人赚九，我赚一"嘛，"好做侬难做家，好做家难做侬"，做人最怕的是欠人情债嘛，啥人喜欢落个"拮界型"的名声啊？你晓得六里亭那一带的"交梨租""交桃租"的规矩吗？梨子、桃子熟了，采摘时候，一定要先给亲戚朋友家送去，请亲戚朋友都尝个鲜，这才有面子嘛！杀猪宰羊，不也是这样的嘛，这叫"碗对碗"！"出六归四"的六、四、出、归，不就是给人好处多一点，不要欠人情债嘛！有了篮对篮、碗对碗的规矩，才有敲糖换鸡毛的规矩嘛。

原来，这些礼尚往来的规矩，他母亲和众多乡亲早就演示给他看了。所谓"出六归四"无非是人际交往原则的乡土表述。爷爷写的"其实"，是不是这样呢？

他吃不准，敲糖换鸡毛是做生意啊，谁不想多赚啊？

他继续追问。六叔也说不出所以然来了。只得告辞。出了门，冷风一吹，脑子一轻松，想想也觉得有道理，挑着敲糖换鸡毛的箩筐上门去，不是他们求我，而是我去求他们支持我们用鸡鸭鹅毛当肥料，获得好收成，这是对支持者的尊重，不能光是盯着如何赚铜钿！正像爷爷怀着一腔神圣信念在写这本书，真的，我，挑着糖担，满脑子想的，却是如何占人便宜，如何能换到一本万利的旧货，寻找意外之财，能成功吗？

这一想，一阵羞愧随之从遥远的云里雾里，向他冲过来，"皆"字后面，成败"皆定于此"这样一句话，随之出现了！是的，一定是这几个字，不然，爷爷、父亲，还有六叔他们这些敲糖换鸡毛的乡亲，不离口的为什么是"宁可做蚀，不可做绝"的乡谚？

他无法控制了。正如"最高指示"说的，到战争中学习战争去，决定再出发，朝同一个方向，去"敲"一次"短路"！不急于贩卖生姜了，学会如何做生意，是眼下的主要问题，把主要问题解决了再说！当然，《换糖经》必须认真看完，能剥出几页，就是几页。

他细心地剥，耐心寻找"其实"后面的文字。好，又显现出两行，断断续续地，却教他想起爷爷说的《淮南子》中的话："决千金之货者，不争铢两之价。"啊，这不是确认了我在路上所思吗？赚大钱不计较微利！这一声把爷爷口里的"红顶商人"胡雪岩也唤出来做证了，"你做初一，我做十五，你吃肉来我喝汤"。爷爷的"其实"后面，就是这意思！

一阵兴奋，鼓动他继续剥，却再也剥不开了。他索性把它翻了过来。背面碎片当中，出现"亏即盈也"四字，其后就是全文的结语："……以轻易重，以贱易贵，以小博大，化短为长，扭亏为盈，点石成金，'换'字之神，尽在'义'中。熟读《换糖经》，庶乎近焉。"

爷爷模仿《朱子家训》的结尾，在告诫我们呢！他的"庶乎近焉"，"近"什么呢？接近圣人，也是接近财神；接近了圣人，才能接近财神；只接近财神，绝对成不了圣人！也就是所谓"利"是"义"之所"聚"。

是的，爷爷在不安定的年月里，百折不挠、辛辛苦苦写下来传给我们的《换糖经》，就是以"轻"易"重"的化腐朽为神奇之道。人给我以"轻"，我报之以"重"；人给我以"贱"，我还之以"贵"，所交换的这个"义"，不就是母亲她们"篮对篮、碗对碗"的升华吗？这种点"轻"成"重"之道，包含的是对人的信任与尊重、对天地的敬畏，展示的是作为人应有的尊严。这不是高尚、神圣，还有什么是高尚与神圣呢？

真正是无价之宝呀！肯定还有许多饱含经验的文字没有恢复。如果性子一急，剥坏了，损失太大了。这事应该交给心细手巧的母亲、牛妹和玉莲三个女人来处理。

他小心翼翼端起残稿，送到母亲和奶奶跟前，如实告诉两位老人，他是为什么返回的。

奶奶说，我们祖上敲糖换鸡毛的经验，都在你爷爷的笔头底下，你的路子走对啦！

母亲郑重其事地接过残稿，说，你有心，我跟你奶奶一起想办法。爷爷的心血，能找回多少是多少，你就放心去吧。

4

这一天，天快黑的时候，循满回村了。鸡毛换得多，是压缩成包的，像挑着两座山。他的两只箩筐却是轻飘飘的。这是百里挑一选出来的敲糖换鸡毛的能人啊，自然是"山里虬"们高度关注的。好哇，可说是一败涂地回来了，自然议论纷纷，很快传到楼循波的耳朵里。为了消除负面影响，他赶紧趁着朦胧的夜色，找到老八房去，确定明天重新出发，说，肚子不再拉稀了，可以马上再出发。问他是否吃得消。

循满说，这一点力气算啥？春耕春种耽搁不得哩。

他说，好，你好好休息一晚。明天一早就走！

回家，母亲欣喜地告诉他，她翻出了一页，真的值得看。

她把残稿摊在桌子上，小心地翻出一只角，展露出的一行字，对于他，真如触到了某根神经，使他的心忽地一亮。

爷爷写的是："……拨浪鼓者，宣示诚信之具也。腹空而声清，坦荡之胸襟，恰如童稚之纯真，闻者如见其无尘无浊无欺无诈之心。其始于秦汉，盛于宋元，诚信之义，得之于县境内东乡王姓财主与何姓之小货郎……"

啊呀，正考虑带不带拨浪鼓呢，原来历史悠久，以至于被赋予了"无尘无浊无欺无诈之心"的属于商德的内涵，成为诚信的一种标志呀！

躺在床上的奶奶说，这典故，我们都知道的呀。拨浪鼓是在乌伤立县的时候就有了，是秦始皇那年头吧，本来是官廷里的一种打击乐器，后来传到民间，成为孩子们的玩具，再后来，就是爷爷写的宋朝和元朝吧，给货郎拿去招财进宝了。

母亲说，我也听爷爷说过的。挑着糖担子，摇着拨浪鼓，是为了吸引孩子和女眷的。小孩子本来欢喜拨浪鼓，一听噗咚噗咚响，就想到有糖吃了，搁在窗台、墙脚的鸡毛鸭毛就都拿出来了。孩子一来，女人也跟着来了。这是一种聪明的生意经呀！

楼循波说，我想起爷爷说的这个故事了。有个姓何的小货郎，到东乡敲糖换鸡毛的时候，王姓财主家的用人拿出一箩筐破烂换小百货。何姓小货郎只觉得这些垃圾特别沉重，到家一看，有一只遍身墨黑的旧香炉，体积和分量不相称，拿钩刀刮去黑漆，才知是纯金的。他又惊又喜，觉得发横财了，重病的母亲有钱延医赎药了，悄悄告诉内客。吃斋拜佛的内客十分贤惠，说，意外之财是惹祸之源，要让母亲安康，就得赶紧去归还，这才是积德祈福之道。小货郎觉得说得对，马上专程送回。王财主十分赞赏他的诚实和孝顺，不失乌伤儿女的本色，特地制作了一个镶金描银的拨浪鼓，雇了一班吹鼓手，披红挂彩地以盛典方式送到他家，这个小货郎出了名，母亲的大病也愈痊了。于是，拨浪鼓成为一种标志走天下了，宣示的是"无尘无浊无欺无诈之心"的诚信，这商德，是以孝祈福的孝道做底子的，像二十四孝里的老莱子手摇拨浪鼓娱亲一样。是这样的吗？

奶奶说，是呀是呀，我们祖上，能够把这生意做大，靠的就是诚信，以孝祈福的一片心意。你记得这首山歌吧，我唱给你听听。

不等他的回答，奶奶马上张口唱了起来，八十多岁的人，音色恰如十八岁的少女，歌声里，没有悲壮与气馁，却注满了憧憬与期待，倾注着坚毅不屈、一往无前的勇敢和闯劲：

    金银坞，金银坞，
    山瘦地薄百般苦；

手摇一只拨浪鼓，
　　走通天下多条路！

　　楼循波被感染了，被鼓舞了，真正感受到了"山里虬"特有的性格，同时也发现了一个崭新的奶奶，说，奶奶，我听过好多次，却没有你唱的这样好听呀！

　　奶奶笑了，说，我唱的，跟你听到的不一样嘛！

　　他一怔，问，不一样？……真的呀，调子不一样。

　　奶奶说，光是调子不一样吗？

　　他问，还有不一样啊，奶奶？

　　母亲说，你真粗心。没听出来吗，词句也不一样。最后一句，你们小时候唱的是"走遍天下辛酸路"。是"走遍"，不是"走通"；是"辛酸路"，不是"多条路"。

　　啊？……是这样的吗？……

　　奶奶说，我唱得太快了。我再唱一遍，小波波便会明白的。

　　她捋了一把额前的白发，闭着眼，扬起脸，又唱了一遍。

　　他兴奋地说，听明白了，听明白了！真正不一样！这是我们祖上敲糖换鸡毛发了家的经验总结，或者说是誓言，一支不怕苦和累的赞歌，当然不一样啦！奶奶，是吗？

　　奶奶感动得深陷的双眼里冒出了泪花，说，是呀，不过，走天下的人多啦，辛辛苦苦的都不怕苦，不一定都走得通啊，我们靠着一只拨浪鼓走天下，却走通了，还不止一条。要不，怎么开起了坐坊，把行商变成坐商啊！

　　楼循波完全明白了，这只拨浪鼓就是一块金字招牌，不用它真是太傻了。怕给当成"四旧"么？那阵"破四旧"的风早就刮过去了，到有人来扣"四旧"帽子的时候再说吧！一地一乡风，哪能把金银坞那一次烧"四旧"当成标准呢？他想当晚就到外婆家取来。

　　母亲说，不用了，拨浪鼓在这儿呢！她起身从奶奶床头柜里取了出来。

　　楼循波奇怪了，怎么回事？

　　母亲说，你去拿箩筐那天舅舅不在家，后来听说你没有拿这个，正好得到一种治奶奶眼病的药，就一起送来了。可惜你已经走了。

　　他赶紧接过，的确是敲糖换鸡毛特有的，体积比孩子玩的大得多，鼓面虽然磨损，沾着岁月的尘垢，但摇了两摇，噗咚噗咚的清空之声依旧。和安和小茵都给招引过来了。他们长大到如今，都没有见过这个呢，争着要拿去玩玩，他却珍贵地用一块旧毛巾包了起来，装在了箩筐底下，不准备告诉循满，以免节外生枝。

　　第二天一早，他俩按时出发。走的是原路，所到的还是邻县东渚镇，住宿的还是工农兵旅馆的大通铺。安顿好了以后，循满说，他到的那几个村子还有许多鸡鸭鹅毛可以换，所以还是按原来那两个方向分头走。

　　楼循波雄心勃勃，却又谨慎小心，步步有准备。走的是同一条路，在他眼前依次展开的那些村庄，却不相同，哪个大，哪个小，哪个生意多，哪个生意少，在他心里一一排起了队。他决定先到那几个最普通的村庄，检验一下他的思考，哪怕绕过一些大村镇，好在并没有需要绕道的。他认为，上次循满之所以做得好，证明了事先议定的价格，是合理的，这次检验的就是这一合理性，他所到的前几个村子，都是小村庄，只有几户人家，这是最好的检测场。他手摇拨浪鼓，边走边摇边吆喝，噗咚噗咚噗咚……调针啰，换糖啰！……雪花膏、抵指、鞋口布、鞋面布、铅笔、橡皮、黄表纸……都有啊！……噗咚噗咚噗咚……

　　同样的天气，同样的情景，这一回却有全新的体验，莫看拨浪鼓声单调，既"惊"不了心，也"动"不了魄，但他感觉到了它特有的分量，他的感受和周围的反应也就不一样了。他所吆喝的声音，仿佛凝聚成了一种有形的、相当庄严的东西，并且在空气里强化了，放大了，功用延长了，影响扩散了，向着家家户户、向着乡亲的心坎里飞去……

　　孩子和女人都给吸引过来了。很快有了成交，一笔又一笔，不少，而且都是上好的鸡毛。可惜村子都太小了，形不成气氛，也缺乏周旋的空间。高音喇叭上播送的《社员都是向阳花》之类歌曲特别响，把他的吆喝和拨浪鼓声压住了。他决定，第二天到胜利公社红星大队去。这是他第一次出行中最大的村子，可以转上大半天。

　　他按计划而行。

这村子比金银坞大得多，金银坞是叠起来的，一眼看得到边，这村子是在肥沃的黑土地上铺开的，青墙瓦舍，河汊、池塘，向辽阔的田畴伸延，高低不一的马头墙，像一群奔马，气势恢宏，民风淳厚，在初春的灿烂阳光下，更显家底富足。一条弯弯曲曲的小路，通向被参差不一的江南民居包围着的小晒场。朝阳的墙根下，三三五五的乡亲聚集在一起晒太阳，男人聊天，女人纳鞋底或者搓草绳，一些孩子在一旁做跳房子的游戏。

噗咚噗咚噗咚！……调针罗，换糖罗！……雪花膏、抵指、鞋口布、鞋面布，铅笔、橡皮、黄表纸……都有啊！……噗咚噗咚噗咚……

他吆喝着，右手不停地摇着，两种声音交织成了特有的节奏，教他想到了爷爷的《换糖经》，想到爷爷对此持有的那份庄严与神圣。

晒太阳的人们终止了闲聊，纷纷转过头，好奇地朝他看。孩子停止了跳房子，朝他奔过来，簇拥着他走到了晒太阳的乡亲跟前。

显然，对于拨浪鼓，乡亲们都不陌生，却久违了。此刻，它以比原来印象中大得多的身影，被一个成人摇着出现在眼前，怎么不新鲜？不过，楼循波的担头一撂下，孩子们的注意力就转到糖果上去了，问清了怎么换，马上转身跑开了，有的回家去找鸡鸭鹅毛，有的跑到晒太阳的人堆里，要父母拿鸡鸭鹅毛来换，于是大人们给拉过来了。人气，就这样在顷刻之间聚集。晒场周围的村民们，陆陆续续地从各个屋角落里，搜寻出鸡毛鸭毛鹅毛或废旧物品，来换他们所需要的日用品。讨价，还价；收取鸡毛鸭毛鹅毛，付出糖粒、草纸、黄表纸……

他把拨浪鼓搁在了箩筐边沿，忙着交易。

忽然，有个孩子插了上来，说，你不公平，应该再给我一颗糖！……我比过了，我拿来的那扎鸡毛比谁都大，你只给我两颗糖，你要再给我一颗！

良好的验证效果，给了楼循波满心愉悦，反正记不清鸡毛的大小扎了，这个孩子的认真却把他惹笑了，坦然抓起一颗糖说，好好，我补给你一颗！

旁边一个一看，立即壮起胆子，挤了上来，说你补给了他，也该补给我一颗啊，我那扎和他一样大，你只给了我一颗糖！

好，好，也补给你一颗！

另一个也向他伸过了小手，你也该补我一颗！

他来者不拒，同样补上了一颗。

他的平易近人，把彼此间的所有隔膜都消除了。一个小胖子居然像拿自己父兄的东西一样，抓起了拨浪鼓，高高举起，使劲地摇着，学他的腔调吆喝着，穿过晒场向村子的纵深奔去。噗咚噗咚噗咚！……调针啰，换糖啰！……雪花膏、抵指、鞋口布、鞋面布、铅笔、橡皮、黄表纸……都有啊！……噗咚噗咚噗咚……声音渐走渐远，很快便消失了。

他急了，正不知该如何追寻，半晌后却又听到了拨浪鼓声，从远到近，从另一幢屋旁出现了，后面还跟着一群孩子和大人，有的手拿鸡鸭鹅毛，有的拿着破铜烂铁……

他高兴得赶紧给了小胖子一颗糖，表示奖励。拨浪鼓立即成了抢手货，所有孩子都拥上来争抢，闹哄哄地差一点把他的箩筐都掀翻了。

他急得头上冒了汗，搁下生意，正待劝解，却听到了身后一声低沉而威严的吆喝：

去去去，别在这儿胡闹！

孩子们应声散去了。

他猛然回头，他的敲糖换鸡毛生意，就此迈上了一个新台阶。

5

站在他身后吆喝的人，五十多岁，黑黝黝的脸上长满了络腮胡子，身穿中山装棉袄，头戴当时流行的旧军帽，手指缝里夹着一支卷烟。农民的气质，却有着干部特有的干练。他记得，上一次来，查他是否携带大队证明的就是此人，刚刚还坐在墙根下晒太阳，是那一伙中说话最多的一个，怎么盯上了他？

他断定此人不一般，打起精神，准备接受盘问。

胡子却笑嘻嘻地提醒他，同志呀，有你这样换鸡毛的吗？小孩要糖是没有底的，要了一颗要两颗，要了两颗要三颗，这个走了那个来。挑水填井，你不怕亏本啊？

楼循波心一松，宽宏地说，不会亏的，不会亏的。孩子们帮我哩。你瞧，他们代我吆喝来这么多鸡鸭鹅毛，还都是好毛，色彩光亮，毛也长。

胡子说，是的，这儿鸡种好。他边答边从头到脚打量着他，说，看你这副模样，是刚刚出门敲糖换鸡毛的吧？老家在哪儿呀？听口音……

他告诉他从何而来，说，我不会做生意，第一次出门。

胡子说，对对对，你们那儿的土质跟我们不一样，需要鸡鸭鹅毛当肥料。他抬头眯起了双眼，看看天，说，马上吃中饭了哩，你咋办？

他也抬头看了看太阳。中午了，肚子饿了。就说，手摇拨浪鼓走天下的，哪家能给我吃一口，我就吃一口，钱和粮票照付。

胡子说，这样吧，你就到我家吃顿便饭吧。我看了你半天，你这个人老实。……你放心，我姓陆，是这儿的生产队长！

啊呀，陆队长呀，不好意思呀！

好说好说！出门在外不容易。你收拾好了，就到那儿！

陆队长向那排一字屋当中的一个门洞一指。转身走了。

楼循波收拾好担子，来到了陆队长家。堂屋的墙壁上贴满了大大小小的奖状，有奖给这位队长的，也有奖给孩子的。队长叫陆金根。内客把饭菜端上桌，名副其实的便饭，青菜，虾米烧豆腐，霉干菜烧肉，加一盆蛋花咸菜汤。饭倒是米饭。女主人刚把盛好的一碗饭端上桌，从门外奔进来一个孩子，端起来就吃。他定神一看，竟是头一个抢他拨浪鼓的小胖子，原来是陆队长的儿子。父母责怪儿子没有礼貌，楼循波却称赞这孩子脑子活，反应快，并说起他自己的儿子，边吃边谈，不觉汤足饭饱，他拿出了钱和粮票。将三张一角的钞票和一市斤的本省粮票，摊成了扇面，送到了主人面前，问，够吧？

陆金根一看，却表示为难，说，太多了！我不止一次请客人吃过饭。按照我到公社开会的规矩，一顿是半斤粮票、二角钱。别的客人来吃饭，也是这标准。

楼循波说，我的胃口大，你们看看，这一锅饭都给我吃了。我看你们一家，为了我，一定没有吃饱，你不收，我不好意思啊！

陆金根笑着接过了粮票和钞票，指着他的脑门说，你这个人哪，粗中有细，顾着自己又想着别人。既然你说了老实话，我实话直说，看到你的胃口这么大，我们真的不敢放开肚子吃。……那我就不客气，收下啦？你要是真没有吃饱，我给你烧饭添菜！

他确实没有吃饱，却不好意思再麻烦人家，就说饱了饱了，下次再来府上打扰吧！

主人笑了起来，说，听你说话，好像挺有文化的！

他说，我念过中学。

陆队长说，啊呀，中学生呀，难怪啦。干这个太委屈啦！

他说，家里穷，敲糖换鸡毛来赚点辛苦钱。

陆金根立即对小胖子说，你去叫你们红小兵，分头到村里伯伯、叔叔、姑姑、姐姐家捎个信，叫他们都拿鸡毛鸭毛到这里来，要换什么就换什么。

小胖子兴奋地一擦嘴巴，说，成！他跑出门口，仿佛终于能够名正言顺地再摇拨浪鼓了似的，在楼循波的担头上，抓起拨浪鼓，噗咚噗咚噗咚地摇着，一边吆喝着一边跑远了：大家拿鸡毛来换糖换针线啊，我爸叫我通知你们的啊！快拿鸡毛鸭毛鹅毛来换啊！

不一会儿，手持鸡鸭鹅毛或杂七杂八废品的社员，就把队长家门挤满了。楼循波的两只箩筐也装满了，第一次启用了备用的两只麻袋。

太阳偏西，他挑起沉甸甸的担子告辞。前后两只装得满满的箩筐上面，再各压着一只装得滚圆的麻袋，肩上沉重，心里却很轻松。

三十多年以后，他成了"义商"的代表人物，向来自故乡的商界大佬回忆离开陆金根家时候的心绪时，感慨地说，当时，我并不懂得最起码的商业理论，不懂得如何将辛辛苦苦地走街串巷的流动性收购，变成相对固定的定点收购；不懂得如何把一家一户零敲碎打换鸡毛的方式，提升成为委托性的集中经营，只是为陆金根父子帮我做了这么一件好事高兴。我本来就是一个习惯动手做，也习惯思索的人。碰到了好人，事情办得顺利，有了好心情的时候，无非像齿轮加了润滑油，思绪轮子转动得更快罢了。这一次，转呀转的，那种隐隐约约的似曾相识的感觉，把我思绪引向我的祖辈。这半天经历，既印证了爷爷《换糖经》的道理不虚，也想到了祖上的"坐坊"，以及幼时父母带我在"坐坊"生活的那些朦胧的印象。我的思绪就这样在"坐坊"上停住了。"坐坊"，是给糖担制作"大作糖""和货糖"的店铺，除了出售或租赁糖担所需的篾篓、糖搭盘、拨浪鼓之类的敲糖用具，批发作糖给糖担以外，就是收购或代购糖担换进的鸡鸭鹅毛等物资。我想，陆金根父子做的不就是"坐坊"那一套吗？真的，有点像代收购的样子！

不过，当时，他一想到这个词，神经却紧张了，暗问，"坐坊"，到底是好是坏啊？

他挑着沉重的担子，从陆金根家回到东渚镇旅馆的路上，不停地推敲，咀嚼，权衡，以致忘记了肩膀上所承受的重量。循满见到他收获如此丰硕，十分吃惊。他怕被打断了咀嚼似的，只是淡淡地说了这么一句，鸡毛多呀！咀嚼到后半夜，才咀嚼出一个结论："坐坊"有什么错啊，借用一下，完善了以后做！祖辈形成这种形式，几百年的经验总结，只要代收购鸡鸭鹅毛对"抓革命促生产"有利，为什么不能借用！有人会和"老路头"那套封建会道门挂钩吗？不会。就是有人非要挂钩，也等人家挂上了，再采取对策！

一如做移栽蘑菇时一样，他又控制不了探索的激情了，越想，越觉得这一招吸引人。

第二天一早，草草吃了循满给他准备的早饭，便直奔红星大队陆金根家。

陆队长还是蹲在墙根下晒太阳，一见他，奇怪地问，怎么又来啦？

楼循波见没有旁人，就直接说明来意，陆队长，我看你在社员中威信很高，说话有人听，很有号召力。我打算借你的力，请你帮我一个忙，合作换鸡毛。

陆队长笑了，我们队里今年的鸡鸭鹅毛都给你换走了，合啥作啊？

楼循波说，杀鸡宰鸭一年到头都有的呀，只是春节里特别集中罢了。估计，今年春节里的，别的生产队一定还没有完全处理掉。你帮我把它们换到手，到时候，我只要到你这里来运走就得了。

陆队长眼睛一亮，说，这倒是个主意。怎么换啊？

他说，化繁为简吧。就换黄表纸和糖。母鸡毛两张黄表纸一扎，公鸡毛五张黄表纸一扎，草纸可以多一点。我负责把纸运到你这里，糖也一样，就像今天小胖们跟我换的。你先收购好，再论斤卖给我，公鸡毛一角一斤，母鸡毛五分一斤。……他把双唇贴近陆队长的耳郭，说出了当时属于犯禁的话，这样，我方便了，你呢，也有一点收入。

陆金根哈哈哈笑了一阵说，不说那个，不说那个，人民币挂帅的事不能做。

然后摸出烟卷，点燃，深深地抽了两口，再用手掌擦了一阵脑门，断然说，就说给我们队的社员和你们的生产队提供方便吧，符合全国一盘棋的思想。可以试一试！

第一步跨出，楼循波信心倍增，说，谢谢陆队长，我们那儿需要大量的鸡鸭鹅毛做和毛哩，我看陆队长威信很高，如果你和你们公社其他大队的队长联系一下，联合起来一起干，我们今年春耕春种的问题，就都解决了。不知道陆队长方便不方便？

陆金根说，这有什么不方便的啊？抓革命促生产嘛，过两天，公社就要开三级干部会议了，我找一些队长说说就是了！

楼循波继续往思路的纵深走，说，运输嘛，从运送黄表纸到拉鸡鸭鹅毛，我都想好了。到时候，我都用拖拉机运送。

他没有再详细往下说，因为，他只想到了洪塘公社有一辆中型拖拉机，拖拉机手是他初中同学，有些交情，能不能帮忙，也要接触了才能决定；黄表纸和草纸嘛，他知道富阳的造纸厂生产这种产品，以生产队的名义去批发，到时候，富阳到这个东渚镇的红星大队，都是顺道的。能否批到，眼下也不好说。但他相信，只要下了决心，都可以办到。至于废品的收购，他一字未提，什么算"废品"，怎么估价，都不是委托人能够办好的事，弄不好，会舍本逐末，耽误大事的。

他所想的"大事"，是贩卖生姜。

6

楼循波告别陆金根回东渚镇的路上，反复思考：要不要把这一招告诉老八楼循满？

这几天零距离地接触，让他发现这位搭档单纯老实，和"老八房"其他几个不一样，但毕竟是"老八房"的，让他一家吃足了苦头的四团，还有至今手握大权、代替政府按规矩办事的三团都是他的亲兄弟，我这个委托收购，尽管从敲糖帮里找得到渊源，但是否符合当今的政策，还吃不准；再说，陆金根虽然答应了，能不能办到，也是个未知数，拖拉机、造纸厂都没有落实，不确定因素太多了。俗话说，有话不能说过头，现在，我是碰到有话能不能说的问题。还是到了一切都板上钉钉了再说吧。

主意拿定，接下来的日子，他和循满照样分头走。只多了一声关照：生意好，走得远当天赶不回来就不回了。循满当然理解，出去敲糖，当天甚至连着几天回不来的，是司空见惯的事，在这方面留下许多辛酸的故事，如在农家屋檐下，甚至在猪圈过夜之类。于是，楼循波到其他村子去，按这谱子照抄，每天的收购量都不错，富阳造纸厂也不远，悄悄去了一趟，然后一鼓作气，回了一趟洪塘镇，找到了老同学，落实了拖拉机运输。

元宵节一过，他批发了40捆手工黄表纸、草纸和一箱子糖果送到陆金根家，然后把装得满满的一拖拉机鸡鸭鹅毛拉了回来。

这是一车子纯粹的鸡鸭鹅毛，大的小的，五颜六色，都是原扎的，没有经过陆金根加工处理，但都晒干了的。当拖拉机突突突的行驶声响到了金银坞，在新筑的机耕路上，颠颠簸簸地经过下溪沿的麻车，迂回到祠堂前面停下来的那一刻，整个金银坞的"山里虮"们都被吸引了，惊呆了。一片"哦嗬，哦嗬"的赞叹声，夸奖说，到底是见过世面的，出门去就是不一样，比人家几套人马换回来的还要多哪！哦嗬！也想出门去敲糖换鸡毛的人，却盯着他打探：哦嗬，你到底使了什么高招啊？哦嗬！

到这一步，应该说实话了吧？

不！他的答案越发清楚、越发坚定了。一个又一个过门跨越得太大、太顺利了，利用敲糖换鸡毛的机会去获取更多利益的冲动，越来越难以抑制了，为高额赚头冒险带来的严重后果，在他心里的分量也越来越轻了。他想，这是个重大突破，何不到别的村庄再找几个李金根、王金根、赵金根做代理，早日让我抽出时间来去贩卖生姜呢？赚钱的天地宽阔得很哪！另辟蹊径所赚的钱，向陆金根们收购鸡鸭鹅毛运回生产队交差，这差价太吸引人了！不说这样做合不合政策了，光是这条财路，哪能公开啊？连老八楼循满都不能说，而且要给他一些甜头尝尝，是不知不觉做我的挡风墙，还是自觉自愿地合伙，到时候再说！

于是，他无师自通，刻意突出了老八楼循满的作用。他说，碰巧的！碰上一个鸡毛多的村子啦，队长正巧收集了鸡毛送到厂里去做掸子，被我撞到了。这不都是八弟配合得好吗？要不是八弟早早地起来准备好早饭，让我早出门，这些鸡鸭鹅毛哪能轮到我啊？八弟灵活、谦虚，还是一员福将哩！

老八楼循满难为情得满脸通红，连声否定，说，跟我没关系的，跟我一点关系都没有的，真的，都是循波大哥运气好，经验丰富！

楼循波说，什么运气不运气的，这不是唯物主义精神！头一功，一定要归你的！

老八楼循满身子飘飘然了。真的，他说不清楚，楼循波说的那个"巧日子"到底是什么情景了。他的七个兄长，也觉得自己的小弟弟真的是一员福将，一把好手。

他等不及找到第二个陆金根，再出发以后，就拿出口袋里所有的钱收购了生姜，悄悄地连夜乘火车到了杭州出售。这一次所赚的，除了付给陆金根收购鸡毛的费用，给开拖拉机的同学一条大前门香烟，还赚了二十多元，每天的补贴还不算在内。这验证了他下一步的设想，完全可行！当一拖拉机鸡鸭鹅毛运回金银坞来的时候，没有人再问他用的是什么绝招，都觉得他见过"世面"以外，还有一个好搭档。

那天，公社召集三囝他们去开会，布置春耕春种的任务，公社书记说到了公社敲糖换鸡毛塞和毛的进展情况，大加肯定，说要树立几个典型，进一步推广。三囝立即说起他八弟的成绩。公社领导觉得这是一棵好苗，就要楼循满去做经验介绍。楼循满不知内情，只听三哥说，谈谈敲糖换鸡毛的体验。他说，应该叫循波去的呀。三囝说，恢复敲糖换鸡毛以后，出门去的新手太多了，很多人怕苦怕累，还看不起这份工作。眼下，公社领导要听的，就是新手如何克服这些思想顾虑，继承、发扬艰苦奋斗、敢闯敢拼的革命精神，为抓革命促生产多做贡献的意思，不管从哪个角度说，循波都不合适。你紧张啥哩，有什么说什么。强调你是怎样用毛泽东思想武装自己去克服困难，不怕牺牲，胸怀天下，搞好生产，支援世界革命的就行了。这是政治任务，必须完成的。……好了，你先写份发言稿，我给你把把关。

楼循满一听是政治任务，不敢不答应。反正，这股革命豪情，他的确是有的。写出来也不难。便花了半天时间写出来了，三哥改了又改。到了会场，才知是敲糖换鸡毛的"树标兵，学先进"的经验交流会，非常隆重。上去发言的一共三个人。公社领导认为他的发言最好，特别感动，给他们三个颁发敲糖换鸡毛标兵奖状的时候，来到他面前，还特意说"你说得真好"。于是，照片和公社领导对他的表扬，一起上了《乌伤报》。

这是一种不是满师的满师仪式，老八楼循满不再当循波的搭档了。正在物色个年轻人给他当徒弟去独立敲糖换鸡毛时，公社办公室却要抽一个人写春耕春种的简报，看看楼循满写的那份发言稿观点正确，文笔不错，就把他借调去，当成笔杆子使用了。

楼循波见这一份荣誉归了循满，而且受到了重用，超出了心理预期，酸溜溜的很不是滋味。但只是一阵子，他便被"你再好，这种好差使哪能轮到你这种人啊"的心思压平了，只留下了甩掉了尾巴的轻松，独自出门行动的欢愉，还是几分赌气性质的，不趁机争口气，不利用好这机会大赚多赚，就太没有出息了。本来嘛，这是季节性较强的活儿，农村的鸡是农民的取款机，养的主要是母鸡，盼它下蛋换油盐酱醋的，极少的几只公鸡，只是为了"打雄"（交配），不是为了招待贵客稀客或女人产期补身子，一般不杀，只有春节才是旺季。从肥料角度来说，虽然鸡鸭鹅毛也可以用作糖蔗的基肥，就是在糖蔗长到一腿多高，把坲上泥土扒到它的根部"坨"糖蔗时当作基肥，但也是可有可无的，只有种水稻插秧才是必须，而且需要的量大。插秧季节一过，敲糖换鸡毛就少了。只是因为推广了双季稻，插秧由一季变成了两季，敲糖换鸡毛的季节也因此延长，楼循波自然把它当成专业来做了。

他确是一个不安分的人。"姜辛而不荤，去邪辟膻，蔬茹中之拂士也，日用不可缺"，民间也有"若要一家安，屋里常备三两姜"之说，成为一年四季都可以贩卖的农产品，这是无疑的。这时候，他却不满足了，心想，这么好的机会，应该去看看是否还有更好的，这个"更好"，就是指钱赚得更多、更安全的生意，如果一时找不到，那也要到上海去看看，上海比杭州城市大，生姜也一定比杭州贵。

他便用飞机袋装了20多斤生姜，到上海探索新航程去了。

这一次不安分，又给他辟出了一片新天地。

不是上海城市大，也不是生姜比杭州贵，而是突破了老框框以后的新发现。到杭州，熟门熟路，为节省住宿费赶火车班次，到了小菜场，卖了就走。到上海却是新航程，两眼一抹黑，下了火车，打听到了一个叫作什么副食品商场的菜场，规模很大。他在菜场里随处转悠着，打听价格，按照以往经验，躲避着胳膊上套着红袖标的市场管理人员，寻找能够批发的对象。他转呀转，生姜没有脱手，一个摊位货架里的蘑菇，却留住了他的脚步，这位"老相识"，却是圆圆的、酒红色的盖子，粗粗的茎，又肥又厚的，而且个儿一样大，色泽一样新鲜。这是他从来不曾看到的，他想，只有人工培养，才会有机器生产出来一样的产品，自然而然地想起自己移植蘑菇失败的经历，忍不住上前去打听，果然是郊县某公社蔬菜棚里成批培育出来的。他忍不住刨根究底，追问是怎么培养的。年轻的营业员正忙于接待顾客，不耐烦了，语带讥讽，说道，哎呀，同志，我只管卖，不管种。要买你就买！……然后回过头，对另一个营业员吐出了一声，阿乡，真烦！

他听不懂"阿乡"是什么意思，但那一副神态，加上一个"烦"字，知道自己受到侮辱了。他转身就走，不烦人家了！

但是价目卡上标明的零售价，实在诱人，都超过猪肉价了。他把生姜卖了，就继续寻找另一个卖蘑菇的摊位。可惜，那时，并不像今天各自可以设摊，这个副食品商场虽然很大，但所有产品，一个品种就只有一个摊位。他就离开这个副食品市场，去找另一家。转呀转地，不知转了多少条马路，终于找到了。营业员是个中年汉子，像个慈祥的老伯伯，戴着副近视眼镜，虽然同样不清楚如何培养，只知道叫羊肚菇，但很热心，说，同志，你想培育啊？你到农业科学技术研究所去问，离这儿不远！

他问，您知道地址吗？

老人说，地址说不清，你从那个门出去，朝右手走，走过一个汽车站头，再穿过一条横马路，一直沿着高篱笆走，篱笆里面就是研究所，门口挂着很大的牌子。

他听得头都晕了。不好意思再问，反正，"路长口里"，出了那一扇大门，朝右手走就是了。大方向正确，不怕找不到。

他立即迈开了步子。凭大队所开的那一张敲糖换鸡毛的证明书,跨进了这所农业科学研究所的大门,无异于他人生的一次飞跃,告别了贩卖生姜的原始交易,从倒卖的"小商贩"一跃成为一个用科学方法自产自销产品的新型农民。尽管,仍然属于偷偷摸摸的赌徒般的拼搏。

7

在一间像办公室,也像实验室的房子里,接待楼循波的,是一位中年研究人员,耳轮特别大,一副福相,他被这位少见的寻根究底的乡下人感动,回答的话虽然简单、粗略,却热情扑面。楼循波情不自禁地暗称此人为"福星"。"福星"说,蘑菇嘛,你们当肥料用的猪圈里的猪榭、牛栏里的牛榭都可以培育的呀,我们下乡去帮公社推广过这门技术的。

啊,原来这么简单!他想到的,仍然是火烧场上那一堆木料,问道,废旧的烂木头上,长的啥蘑菇啊?白生生的,细得像草。

"福星"说,那东西不能吃。木头倒可以培育白木耳,我们正在做试验。

他双耳一亮,白木耳比蘑菇金贵啊!而且,在心理上越发亲近了。亲近,还是因为那一堆半焦半烂的木头,而不是猪榭和牛榭。金银坞和乌伤大地养的两头乌,都是圈养的,圈养牲畜处被称为"栏",猪栏、羊栏、牛栏等,猪栏内不像别的地区用秸秆铺栏,用以吸收它们的排泄物,而是铺出一个名之为"猪榭"的饲养圈,训练它们排泄在圈内指定的、可以直接排入粪坑的低洼处,为此每家每户都有了一个人畜共用的粪坑,每每被城里人诟病为不卫生的生活设施。也有与牛羊一样处理的,即栏内铺秸秆,让猪屙排泄物于其上,这些层层铺垫的被上海市郊称为"榭"的垫栏物,学名叫作厩肥的东西,"山里虬"们叫它为"栏拌"。合作化以后,水牛、黄牛早已作为生产资料归公,成了与他不相关的东西,只有火后的烂木头,才是他生财的寄托。他连忙说,好呀,能给一点,让我也去试试吗?"福星"笑了,给你?朝楼循波上下打量了一番,说,你等一等,我去问问领导!便起身走出了房间,不多久便回来了,说,可以的,不过,这是我们培育的菌种,你要付一点成本费的。他高兴地说,这是应该的呀,多少?"福星"说,两元吧。他想,有点贵,但只要能买到,算啥哩,就说好。"福星"郑重声明，两元啊，什么结果可不能保证的啊。他说，就两元。你们支持了我，培育不成我还能怪你们啊？"福星"笑了，说，我看你心诚，建议你再去新华书店买一本书，就是介绍白木耳怎么培育的书。

他付了两元，将书名记下，双脚如抹了油，立即赶到新华书店买到了，到了北站踏上南下列车，赶回了金银坞。

他从看到那些白生生的草一般的菌类开始，脑子里呈现出来的周旋空间，就是那片火烧场。春去秋来，高小宝总是来此赶花期，蜂箱摆了又收走，收走了又摆开，但出于还要盖一点房子的谋划，那一堆木料，始终被几张稻草帘子盖着，用旧瓦碎砖所堆垒起来的墙一隔，仿佛一间小茅屋。如今，正好做他培育白木耳的试验场。

他把计划告诉全家，母亲、奶奶不信，却为他花了两元心疼，牛妹却深信丈夫各种试验，说上海人教的，还有书，一定不会错。和安、小茵都大了，顶得上一个劳动力了，早有自己的主见，是不可能隐瞒的，只能提醒他们说，这事犯规的哩，到了外面，你们可不能胡说哩，当心你爸给人抓去批斗。

和安立即反问母亲，什么时候，我们的舌头那么长啦？

正在梳头打辫子的小茵说，爸爸一整天往杭州上海跑，鸡毛照样一拖拉机、一拖拉机拉回来，你们当我看不出爸爸耍的是什么花招啊？

牛妹一惊，你看出了什么？

小茵嘴一撇，说，我不告诉你！

循波也感到奇怪，但他知道，这么小的居住空间，要瞒住这对头脑比他还要灵活的儿女是不可能的。胳膊不朝外弯就是了。

他想到了玉莲。这个妹妹，太像他了，就是不安分。他和母亲、奶奶都认为，男人不安分可能会有出息，女人不安分会招惹是非，就像小春芳。前一阵，都说玉莲和循统好上了，不知是不是受了汝芸的影响，母亲和奶奶都不喜欢，暗示她断了，她答得坦然，说，你们别瞎操心，我不会重走哥哥那条路的！母亲和奶奶不懂是什么意思，却不敢问。玉莲今天一整天不在家，如果她也像和安、小茵这般的感觉并透露给循统，事情就复杂了。不过，只是一转念之间，便撇开了这份担忧：循统和别人不一样，有机会探探口气就行了。

他便这样提心吊胆地承载着一家子的秘密，着手试种。

他知道，火灾后的残余木料都是杉木，不宜培育白木耳，无非是拿它做挡风墙。按书本介绍，最理想的是香椿树，他便到山上找来几段已经枯朽的香椿树，拿出菌种，照书本所介绍的种了下去。正是深秋，一阵金风吹来，掀起了草帘子。令他想起这儿气温可能太低，应该搬几段香椿树到家里去，看看哪个生长得好。

他捧起两段树干，搬进门，把它们放在了床铺底下。

一个星期以后，火烧场上的和床铺底下的树干上，白木耳都长出来了，可能因为温度、湿度更适合吧，床铺底下长得更旺，估计到采摘的时候会长到一市斤。按上海的行情，可以卖到二百多元啦，一家子都不相信是真的。算算，一只肥猪只有五十元，相当于四只肥猪的收益呀，横财哪能发到他家啦？但循波说的不会假。奶奶，母亲激动得不禁唱起了多年没有唱的那首山歌来了：金银坞，金银坞，山瘦地薄百般苦；手摇一只拨浪鼓，走通天下多条路！

牛妹笑话奶奶：奶奶，这跟拨浪鼓有啥关系？

奶奶说，没有用拨浪鼓摇通那个陆金根，你抽得了身到上海那种大地方去吗？大地方，大生意，大运气，你爷爷、你爸爸都这样说！鸡毛换来换去只能在乡下换！

牛妹对真正见过世面的奶奶，不能不服。

眼下，摆在眼前的问题是采下以后，怎么去卖？卖给谁？还是到上海去卖吗？

牛妹说，我去卖！不用花车费到上海。就拿到我娘家去卖。

循波说，我也这样想，先在自己门口试试，不行再到上海，就说是我家火烧场上烂木头上长出来的，自生自长的，不犯法。

牛妹说，好，人家不问，我不说，有人问我就这么说。

这一笔收益实在太大了。牛妹拿到娘家去卖，那是离开金银坞半个县境的西山坞公社，隔了多少山水呀，对她们来说，这种距离相当于两个世界，又是至亲骨肉间的说话，嘴巴哪会设防啊？没料到，这种传奇一般的发财消息，却像一阵风刮开了，哦嗨哦嗨连声，说梁家女婿得到点石成金的本领，发了横财啦！

意外的是，人家没有向政府报告，而是把梁家女婿当成点石成金的能人，直接找上门来，要他帮他们发展副业。

第一个找上门来的，自然是西山坞生产队的梁队长，风尘仆仆，一本正经，又神秘兮兮地，一路打听到了新厅火烧场。一见面，就说求师学艺来的。楼循波丈二和尚摸不着头脑，一经点穿，也不惊奇，女儿小茵说的我们真的"看不出爸爸耍的是什么花招啊"，一直留在他的脑子里，尤其是这种赚大钱牟大利的事，女儿看出来，邻家就看不出来吗？这些年来，到处打击投机倒把，到处割资本主义尾巴，这条尾巴还是那么香，割了就长，而且越长越大。都是心照不宣的，哪管大队长小队长的，只是敢不敢做、怎么做、做的到底是什么罢了。"山里虬"们太现实了。既然现实如此，他也就得跟着现实走。

楼循波和梁队长的对话照录如次：

他说，是呀是呀，就是火烧场的烂木头上长出来的！大概经了火……

梁队长笑了笑说，从来没见到火烧场上经了火的烂木头，会长出这么好的白木耳，真能这样，我马上回去把我那两间破房子烧了，不救别的，光抢救木头！

他大笑，说，梁队长真会说笑话。那你要我帮什么忙啊？帮你去烧房子吗？

梁队长也大笑，说，我不是叫你来犯法的，是上门求贤，请你帮我们生产队培育白木耳。

他严肃地说，这同样是犯法的呀！农业学大寨，才是正道啊！

梁队长说，我上门请你去，就不犯法；要是犯法，我顶着！

他说，真的？

梁队长说，你是我们梁家女婿，坑了你，我不给村子里叔伯兄弟的口水淹死啊？

他笑了笑，表示认可这句话。但只是挠头皮。

梁队长赶紧亮底牌，说，我们队干部都商量好了，请你去做技术指导，沾你这位女婿的光，也不是白沾的。听说，你不敢公开做，说明你们的生产队不支持，我们表示支持，就得给你实惠，技术提成，起码给你二成！

他的心一跳，百分之二十！这太诱人了，等于说，从偷偷摸摸地做，到堂而皇之地做，只是换了一个地方，规模大了，收获不仅不会减少，反而放大了，而且安全!

他正待点头,"碗对碗、篮对篮"的风俗,和高小宝交往的经验,忽然融合成了一句谨慎小心遵守国法的流行语,说,支持革命嘛,哪能人民币挂帅啊?

梁队长又爆出一阵大笑,说,高,思想觉悟高!不过,听牛妹说,光是买菌种,你就花了两元,还有买书本的钱,还有差旅费……别的就不算了,这些本钱总该收一点的吧?

他老老实实地说,那一些,我都赚回来啦。

梁队长说,我知道,我知道,可我们是邀请你去的,工夫钱总该算的吧?

他又挠了一阵头皮,说,老丈人家的事,我计较什么呀?……这样吧,我先帮你们种上,其他的话,到白木耳长出来了再说,好吗?

梁队长很感动,说,好吧好吧,反正,我们不会做那种"拮界型"的事的。

他马上跟着梁队长到西山坞去了。

8

俗话说,没有不透风的墙,何况是发生在一个集体里,而且从培育到出售是一个不短的过程。西山坞第一茬白木耳还没有培育出来,相邻的环溪生产队的当家人就找上门来了,紧接着,杨坑生产队和王村生产队的队长先后也都来了,原来,他这个"技术能人"的"能",无偿的技术传送,迅速哦嗬哦嗬地以西山坞为圆心向周边扩散。这是手头数不完"大团结"(因当时人民币最大面额十元上印有《全国人民大团结》画幅而得名)、吃上白花花白米饭的信息,没有比它传得更快了。

那天,王家畈的生产队长上门的时候,楼循波慌了。

王家畈生产队属于他们洪塘镇公社的,说明,消息传到家门口了!一嬷就是四头大肥猪的收获呀,都认为,菌种是他买的,技术是他花钱学的,支援当然不可能是无偿的,这些生产队的高收获,也就变成了他楼循波的高收入了!

他害怕了。他深信,流言是可以杀人的。当年,小春芳在溪埠头向他母亲透露他家评不上地主的消息时,小春芳的一句"我们都是寡妇",把母亲说得流泪的情景,始终像刀一般刻在他的心里。一经留意,才知道,就因为村里的人看到不时上门来帮忙的六叔,就背后嚼舌根,诬说是母亲勾引的,使母亲莫名其妙地背负了不贞的恶名!爷爷的教导在先,母亲的被戕害在后,加上他所生存的现实,无时无刻,不在提醒他需要自我保护,以致成了一种本能。远的,如跟高小宝养蜂,然后贩卖生姜,近的,如培育白木耳。一旦看中它们可以填饱肚子、可以生财,首先想到的,都是如何瞒住人家耳目,如何逃过被批斗的命运。应对的办法因事而异,像收割了蜂蜜以后的反应,采取的是往各家各户送蜂蜜。这一次,一决定培育白木耳的那一刻,他就想到了建议生产队不要再简单地把猪榭当肥料往田里一送了事了,应当用来培养蘑菇。就是因为把精力用在白木耳上,没有及时去找三囝,到这时候,才想起来这一疏忽,并随着女儿的那一声"你们当我看不出爸爸耍的是什么花招啊"的"揭发",还有楼循统看到他收购生姜的秘密,使他想到了这一疏忽的严重性。

他越想越害怕。当天晚上,他就找到三囝家里去了。

为了挽回不及时的"疏忽",除了仿效高小宝,送去一小包白木耳,他还做出了一个决定:除了培育蘑菇,还要帮助队里培养白木耳。

三囝刚吃罢晚饭蹲在门槛上抽烟,见他来了,客气地引进门。

还没有坐下,循波先把手里的小纸包送上去,说,看看,我培养的,请你尝尝鲜。

三囝笑嘻嘻接过,打开旧报纸,凑近灯光一看,说,哦嗬,好贵重的东西!好,真的很好!谢谢啦,坐坐坐!

他坐下。三囝把白木耳递给内客收下,说,我们早就听说了哩,都说是你火烧场上的烂木头上长出来的,我正想抽时间去看看是真是假的哩!

楼循波说,没有调查就没有发言权嘛。我是从书本上看来的,不经过试验我不敢乱出主意。眼下,已经知道,真的能够利用我们的地利条件,培养白木耳的。我建议我们大队办个培育场,技术上的事,我来解决。

三囝很高兴,说,那当然好啦!

他说,还有呢,我知道牛栏、猪栏的"栏拌"是可以培育蘑菇的,听说,县农科站在一些公社试验推广。我想,我们大队也可以试一试的。

三囝说,那好呀,一起试吧。都归你负责……说到这里,忽然咽住了。他想起传说中的高收入，故意低头摸烟卷，观察了一阵，才说，就记工分吧！

楼循波说，好吧，反正下地是劳动，种白木耳、种蘑菇也都是劳动。

三囝嘿嘿嘿地笑了，说，是嘛！

事情进展恰如预期，他很满意。他释然，坦然。他相信，有了这一步，就不怕各种流言，便把心思全部用到筹建培育场里去了。

无奈，风暴，仍然刮到了他的头上，他被当作投机倒把分子"打击"了。

他忽略了这位大队长说的一句话，"我们早就听说了"的"我们"中，还有谁，近的还是远的，好话，还是坏话；他也忘记了"老刀牌"的外号，忽略了那几声嘿嘿嘿的笑声，是在等待他的反应。

"我们"中的这个人，就是他的徒弟楼循满。

老八房的"搭底"楼循满，到了公社负责春耕春种部门工作了一段时间，就调到"打办"办公室去了。"打办"就是打击投机倒把办公室，相当于后来的"城管"，不仅派员到集市巡逻执法，还在一些路口设卡。虽然是一名没有正式编制的普通工作人员，但信息特别多，很快就在集市里抓住了几个非法销售白木耳的社员，一追问，才知根子就在金银坞。从这一发现开始，这个能人的事越传越多，越传越神，越传越诱人，说他真的会点石成金，别人敲糖换鸡毛，换不到几根鸡鸭鹅毛，他却不用串门，就能把各个村子里鸡鸭鹅毛收个精光；他把烂木头变成了白木耳，小小一段烂木头，就顶得上四头大肥猪，家里的"大团结"多得不得了，冬至上坟，都是用钞票代替黄表纸的哇，他们生产队有个社员，到鸡公山割柴，就看见从他家祖坟上飘过来了几张，让他发了一笔横财。他们大队的某某生产队队长和某某队长都这样说的，而且见过这个人，姓名、事迹，都说得活灵活现的。

他一打听，原来这个能人，就是他从前作为师父尊敬的老搭档。

既是因为楼循波赚的钱太多，不公平，更是故意瞒着他去独个儿赚的，堆在家里宁可擦屁股也不带我一起赚！这位老八的气就不打一处来了，原来他把我像活猢一般耍了，不仅耍了他，还耍了他的三哥！

"宁可穷，不可怂"啊！

他怀着满腔义愤，回去告诉三哥。楼循山毕竟比他成熟，说，让我了解了解。瞧,还没有了解呢,循波上门了。他似信非信,但到底是找上门来了,完全像汇报,而且说得也确实有道理,如果接受了循波的建议,帮生产队增加收入,也是大队长的功劳嘛。

不过,事情还是沿着他八弟的思路发展了。

不是这位"八弟"褊狭,他当时汹涌在心头的那一腔酸涩味,的的确确代表了社会上一大群人的心理,就是这份心理,把楼循波逼到了墙角落里。

 第二章　我是一滴山涧水，不是一滴怂

1

楼循波一次次体验过金钱的诱惑力，并从养蜂人那儿，从《换糖经》里，看到这份诱惑力的反作用，以及如何努力约束、消解，只是没有实际体验到，隐藏在灵魂深处的这份诱惑力，会这样巨大，这样无处不在。他怨自己只看到当时的社会风向，却没有看到人的内心。人人都盼望有钱，一旦到了触手可及的那一刻，却会变态到这个地步，不仅传得那么神，而且把他这个拥有了一点铜钿的人，推进了十恶不赦的行列。无论他做得怎么圆满，漏洞堵得如何及时，都逃不了被惩罚的命运。

他向队长贡献"成果"堵漏洞的那一天，他的姓名，已被列进了"打办"重点"打击"的对象了。"打击"的形式，就是参加"学习班"。

是三团派人来通知他的。那天，他正好请拖拉机拉了一车鸡鸭鹅毛回来，大队遣人送通知来了，毫无火药味，客客气气地要他带上行李和粮票，到公社里"开"几天"会"。他奇怪地问，你们搞错了吧，我不是干部，有啥资格到公社开会啊？来人说，我哪知道啊，我只负责通知。不过，你是能人啊，介绍经验吧？

这一阵，他听到的赞扬真的不少，想了一想，就去了。

学习班办在公社小学里。学生正放寒假，一间教室供他们住宿，一间教室做会场。同时被请的人坐满了一屋子。没有交往，却都见闻过，有的贩卖过日用小商品，有的贩卖过农副产品，有的敲糖换鸡毛去过，有的地下开起了米粉作坊，

大模大样出售……都是贩卖出了名的。相比之下，汝芸弟弟循统，替代了娥囡奶奶一直摆小摊的小春芳，都成了小虾米，够不上被"邀请"的资格。这是什么会，还用问啊？他想，完了，我肯定被划进最不规矩的一类人当中去了！全身神经顿时绷紧了。扑进脑门的第一个判断是，白木耳是自己栽培的，我没有贩卖，帮人家栽培也没有收钱，那么，只能是贩卖生姜的事情败露了！这就麻烦了，量虽然不大，但次数多，假公济私，手法狡猾，时间跨度长，称得上惯犯的呀！他坐不住了，直咽口水，强作镇静，观察事态发展，思考如何兵来将挡，水来土掩。

会议开始，先由"打办"赵主任讲话。

赵主任照例谈了国内外大好形势，便转入正题，说，形势越好，阶级斗争就越激烈。资本主义思想是屋檐下的洋葱头，叶焦根烂心不死，投机倒把的手段花样翻新，层出不穷。粗粗地排摸了一下，手法就有十多种！你们多少都沾到了一些。今天，特地请你们到这里来，就是挽救你们，希望你们及时悬崖勒马，不要进了死胡同不回头。

会场立刻骚动起来。有人叫道，我们怎么啦？啊？不是好好的吗？……

赵主任提高了调门说，嚷嚷什么！啊？我把话说在这里，没有问题不会叫你们来。还是放下侥幸心理，老老实实竹筒倒豆子，全倒出来，不要隐瞒，不要幻想蒙混过关，越早说清楚越好。对你们个人好，对你们家庭也好！听明白了吗？

热血轰的一声往他头顶冲，完了，贩卖生姜的事肯定败露了！怎么办？

他还没有想到如何应对，赵主任点到他了：……我们公社的大好形势，很可能就坏在你们这些人的手上。别以为我们不知道，假借科学种田的名义，培养白木耳获取暴利，钞票多得当黄表纸使用，名声响遍了整个县境，后脚跟前脚，找到我们公社来的，就像苍蝇追赶屎屙，成了村里歪风邪气的总根子，将我们公社，变成了传播剥削思想的大本营，出了这样一个反面教员，引导人们往铜钿窟窿里钻，是可忍，孰不可忍！啊？……我们公社的形象绝对不容玷污！现在，我给你们创造条件，到这儿来，就是要你们认真想一想，用什么行动来证明你们的革命觉悟。告诉你们，广大革命群众，不会给你们蝇头小利迷糊双眼的，我们就是宁要社会主义的草，不要资本主义的宝！

原来就是为白木耳的事！生姜的事如果暴露，就不是这种说法了。

楼循波的心弦一松之间，便噔地跳了起来，从嗓眼底下往上冲出的一声，几近于吼叫：种白木耳的是我！就这点屁事，把我当成歪风邪气的总根子，把公社变成引导人们往铜钿窟窿里钻的大本营啦？我不服！

会场哑了，静得只听见室外麻雀在叽叽喳喳地叫。

赵主任不防他反应会这么快，这么强烈，一时呆住了。差不多半分钟，才强笑着说，好，好，好，你认了就好！你不是歪风邪气的总根子，也没有引导人们往铜钿窟窿里钻，很好很好啊！……我只想问你，你到西山坞、到环溪，到杨坑是干什么去的？

他坦然说，帮他们种白木耳！

赵主任说，这不证明我没说错嘛！跳什么跳？

他说，我家火烧场上的烂木头长出了白木耳，我受到了启发，培育起来卖了，有错吗？我承认，我帮西山坞、杨坑他们种过白木耳，可都是他们自己找上门来，要我去帮忙的。我去提供技术，没有收一分钱，难道我错了？帮自己队不仅种白木耳，还种蘑菇呢！

赵主任说，什么？世界上有这样的好人啊？外面的传说是冤枉你的？

他说，是的。全是胡说！

赵主任说，我胡说？你自己没有送上门去吗？你没有收报酬吗？

他说，没有！

赵主任说，你撒谎！我马上拿出证明来给你看！不说别的，你们大队长就是一个！

嗡的一声，他的脑袋炸了。他绝对没有想到，三团会来这一招！这个"老刀牌"会坑我吗？他不信。是我弄巧成拙了吗？他也不信。他要把事情统统摊开来，他不怕！

他说，我没有！你叫楼循山来对质好了！

赵主任说，到时候，他会来对质的。我们从来不冤枉人！今天是给你自己洗澡的机会！

学习班开宗明义的讲话，就在这场顶撞里收场。他不得不压住火气，住下来等待事情的发展，起码，他要等三团大队长出场，"老刀牌"不会容许做了一半的白木耳培育房挂在那儿的。他这一想，在其他人交代、检查、互相揭发的大小会议上，便一声不发了。不时暗自庆幸，当时幸亏没有答应收取百分之二十的酬劳。当然，免不了提心吊胆，生姜的事会不会暴露？除了循统，其他人是否发现了？即便没有发现，循统会不会揭发？循统偷偷摸摸贩卖的事，始终没有中断，会不会也被送到这里来，和他来个面对面，用高压手段，像过去历次运动中出现的，逼他出卖亲友？……

他表面倔强地沉默着，却在接受内心如此这般的煎熬。

想不到，最让他煎熬得难以成眠的事情，是在后面。

2

楼循波被送进学习班的消息，当天就传遍了金银坞，原因都清楚，他赚钱，他赚的钱太多，心太黑，铜钿窟窿钻得太深，太不合理了，脑子里歪点子，眼一眨就一个，走的自然是邪路。对于渴望着财富、钱多、人贵、家裕而殚精竭虑，并始终为穷困所累，不断地在怨，在恨，在诅咒的"山里虬"们，却被他的钱多得当黄表纸使用而气得愤愤不平了，怨者更怨，恨者更恨了，诅咒的更加肆无忌惮地诅咒，愤愤不平的越发愤愤不平。一听到他倒霉了，不能说全部，但绝大部分都有了一种莫名的快感，觉得很解气，早就应该这样，无异于老天爷帮他们维护了公平与正义，让"这种角色"被抓进了班房，和犯了滔天大罪的罪犯一样，吃点苦头，上点刑罚，戴上手铐，关他几年，不仅不奇怪，而且是理所应当。

有人采取行动了。

小茵晾在外面的一条花裙子，给人收走了，那人还振振有词地说，你们拿"大团结"当黄表纸，为什么不应该帮助我们一点？一条裙子算什么？

就在这一天，和安背着畚箕去割草，经过小石桥，迎面来了挑着一担水草的五婶婶。五婶婶故意用箩筐把他撞到溪水里去了。多亏溪水不深，只给溪水呛得咳嗽连连，有人急得大叫，你这女人怎么这样恶啊？快拉一把呀。五婶却哈哈大笑，回答说，拉啥哩，我就希望他洗洗肠子，省得给油水、财气胀死！

紧接着，他家的一只大公鸡，在家门口觅食时，被"老八房"老五的内客抓走了,说是她家的,前天走丢的。他母亲上前阻止,居然听到了这样的回答,你叫它会应吗?叫不应,就是我的。你喜欢,拿钱来,我卖给你,反正你们钱多!要不,就是无理取闹,我去公社揭发,叫你儿子罪加一等!他母亲给气得不知说什么好,只是一个劲地顿足。牛妹一肚子气正无处发泄呢,顺手从门后抽出一把砍柴刀,冲出门去,直扑这个趁火打劫的女人,大吼,我们有钱,我们用钞票擦屁股也不给你!……大白天竟敢抢劫,我梁小翠家世世代代当长工,杀了你这个抢劫犯,也是革命群众杀抢劫犯,杀土匪!……老五的女人怎么都料不到,这个力大如牛的女人这么厉害,与其说,怕柴刀无情,不如说被意外惊吓的,赶紧丢了大公鸡落荒而逃,在金银坞演出了一场吃大户的大闹剧。

  当然,这都是牛妹告诉他的。

  那天来了寒流,牛妹假借送衣裤,黄昏直闯学习班。在学校门口,看门的不让进,她大叫只有杀头的罪,没有冻死的罪,为什么不能见我男人?要不要把我娘家几十口兄弟叔伯拉来,把学习班砸了?……管理人员顶不住,不得不让他们见了面。在短暂的接触中,急匆匆地诉说了这两天一家的遭遇。牛妹诉说着,哭了。

  说的是"有些人",对于一度期待大队长帮他说话的楼循波而言,却觉得整个金银坞都在算计他,不是趁机惩罚他,出一口不公平的气,就是拿他当肥肉,顺势啃一口。

  这一晚,他彻夜难眠。既没有怨恨,也没有忏悔,仿佛麻木了,心底回荡的,只有《管子·牧民篇》中那几句名言,带着爷爷的声调反复出现:"国多财则远者来,地辟举则民留处;仓廪实而知礼节,衣食足而知荣辱"……其间,像配乐一般,始终伴随着那支山歌的旋律,依然那样深沉、雄浑、悲壮,像带着无以数计的泪滴:金银坞,金银坞,山瘦地薄代代苦;手摇一只拨浪鼓,走不尽天下辛酸路!

  走不尽天下辛酸路啊,走不尽,走不尽……

  他流下了泪。

  到黎明,才迷糊过去。醒来,发现一个疏忽:怎么没有叫牛妹到西山坞找梁队长来帮他说几句公道话呢?不过,瞬间就平静下来了,相信牛妹会想到这一点的。一起生活了这许多年，他深信爷爷帮他择偶的深谋远虑。她确是个好帮手，是粗中有细、敢说敢做的女人。开始，牛妹弄不明白，他到底为了哪件事进了学习班的，当她得知是白木耳引发的，马上就想到大祸是从她口里出来的，能够解救的，只能是自己族里的宗亲梁队长。

料不到的是，这次打击投机倒把，割资本主义尾巴，不只是他们一个公社的事，梁队长没有进学习班，却受到了批评，而且罪名比楼循波多了一条，处理也比楼循波严重：正在工业学大庆、农业学大寨，贯彻以粮为纲的时候，走这种邪门歪道，你这个生产队队长是怎么当的啊？于是，给撤了职，换上了另一派的人。环溪生产队、杨坑生产队等，都差不多，只是倒霉的程度不相同，有的挨了批评，有的拆了培育房，梁队长是最惨的一个。

与世隔绝的楼循波，见两天没有人上门来帮他说句公道话，不得不破釜沉舟，以引起人们的注意：拒绝吃饭。也就是说，他用绝食表示抗议。咬住一句话不放：我没有投机，也没有倒把，我是为集体做贡献的。

不知道是学习班的组织者真的去调查了，还是三囝不愿来对质，抑或他的极端反应起了作用，绝食到三天，学习班主持人要他立即收拾行李回家。

他饿得头昏眼花，但不忘问了一句，我到底犯了哪一条？

回答得很巧妙：你问这个干什么？爹娘打你屁股，都是爱。你应该感谢才是！

他忽然明白，和流氓计较，自己不比流氓更下贱了吗？

他轻飘飘的身子一转，手压空瘪瘪的肚子就走。

3

回到金银坞，楼循波先去了白木耳、蘑菇培育房，一是看看有否进展，二是希望碰到三囝或者其他人，不露痕迹地了解一下这位"老刀牌"耍的到底是哪一路刀法。

培育房已经拆了，鬼都不见一个！他只好回家，牛妹一见他，意外地欢喜，然后大骂三囝不是东西，说他进学习班那天，上头有人来检查，批评这位大队长没有贯彻农业学大寨，贯彻以粮为纲的方针，走上了邪门旁道，"他竟把责任推到你的头上"！

"老刀牌"毕竟是"老刀牌"啊！

对这位大队长的美好印象，在他心里破碎了！

又是一个多灾之年。春夏之交天降暴雨，连日不断，山洪造成泥石流，阻塞了响溪，冲垮了山地和梯田，费时费力清理罢，补种了糖蔗和水稻以后，从盛暑到秋末，始终骄阳如火，连续干旱一百多天。溪水断流，山丘冒烟，农田颗粒无收，连来年的种子都没留下来。这种灾年，凡是能干的，都以自己特有的本事，参照以往的经验，寻找活路去了。最无助的是那些年长而又没有门路、没有本钱的，还有像凯贵爷爷那种被管制的人，展望来年青黄不接的日子，无不双眼发黑。

年关将近的腊月里，奶奶去世了。她得知孙子蒙受不白之冤被"抓"进了学习班，心急如焚，继之种种吃大户的行为，使她气无可泄，整天以泪洗面。咽气那天，恨得咬牙切齿的牛妹和玉莲，当着左邻右舍，故意以教训和安、小茵的口吻发泄愤怒，"公布"奶奶（和安小茵这一代，则称为太婆）的遗言：

牛妹说，你们怎么不争气啊？太婆咽气时说的话，难道都忘了？

玉莲说，嫂，你放心，不会的！和安，小茵，你们说，是吗？你们太婆说，子子孙孙都要记住，我是给自己宗亲气死的，这样的遗嘱哪能忘得了啊？

楼循波心里明白，姑嫂俩一唱一和，是在编造遗言解恨。反正，卖生姜、栽培白木耳所赚的钱已经花得精光，山洪连着大旱带来难以想象的艰难，黑云一般压在他的头顶。他清楚，他的名声，使他成为一个不被监督的被监督者，连展望以后的日子怎么过下去的勇气都没有了，将力气花在嘴皮子上，毫无意义。

意外的是，他设灵给奶奶超度那两天，来向奶奶叩拜的宗亲特别多，自己一房的宗亲以外，还有远房的堂兄弟叔伯。出殡的时候，沿路叩拜的也不少。草草地把逝者送上山，他竭其所有，做了一锅子豆腐羹饭，吃罢，天黑了，亲友都告别了，一家正待收拾丧葬事后杂乱的家什，电灯还没有亮，暮色里，看见门外出现几个人，高高矮矮，缩头缩脑的，有人发出了犹犹豫豫的问询，吃、吃过了吗？一听就知道是猪团，金银坞最穷最怂的户头之一。丧事以后吃豆腐羹饭谁都清楚，可见他怂到连这种最起码的应酬都不会。楼循波却不见怪，忙说，吃了吃了，进来进来。于是，一个又一个，迟迟疑疑地跨进门来，不用眼睛看，凭鼻子闻到的那股浓烈的"日头臭"（就是衣裤被汗液浸透以后又被太阳晒干了所发出的气味），就知道，都是村子里最老实、最安分、生活也过得最差的怂包。他连声说，坐，坐，坐……

他们却不坐，显然憋着话，却又不知如何张嘴。

有人催促道，还是猪团说罢！……

好，……我说，循波呀，我们没有欺侮和安、小茵，绝对没有惹凯龄嬷嬷生气……

原来这样。循波连忙说，我知道，我们心里清楚哩！

旁边的循源胆壮了，补充说，我们都知道的，老八房那"一滴怂"最不是东西，还有"新五房"的，还有上溪沿那几个。你们气量大一点哦！……

"一滴怂"是"山里虬"们对人最轻蔑的指称，就跟自称为"山里虬"一样精彩得入木三分。"怂"就是精液，人的最原始状态，有手有脚、有头有脸的，还是一滴怂，可见多么没出息。刚刚从学习班出来的循波，却不希望在这儿公开攻击曾经参与墙倒众人推的所有人物，给自己树敌太多，赶紧截住说，我们都很好的，谢谢你们的关心！……今晚，你们到我家里来，有什么事吗？

电灯突然亮了。

给强光一打，猪团越发不安了，看了一眼同伙，讷讷地说，我……我……们不知道后面的日子怎么过了。商量来商量去，还是来找你，就你能帮我们赚点救命钱！

循波很意外，诧异地说，找错人啦！你们应该去找生产队长呀！

上溪沿的和生说，我们忒怂呀，光靠生产队发给我们的粮票，活不下去的呀！

循波说，种白木耳、蘑菇，不成吗？

猪团说，培育白木耳都成了一股风啦，集体的、个人的，到处都跟在你屁股后面走呀，卖不出价钱了，我们亏不起呀。

这是实情。他无奈地说，政府都帮不了，我更没办法呀！

猪团说，谁不知道你是能人啊，你的主意，比谁都管用啊，能教人栽种白木耳和蘑菇，别的填饱肚子的办法，你一定还有的啊！

循波慌了，说，啊呀，我是刚刚从学习班出来的人啊，你这样说，是想把我再送进学习班去啊！……千万不能这样，我也绝对不会再去做那种蠢事了，请回吧！

猪团急了，突然站起来，跨到他跟前，扑通一声跪下了。跟随猪团来的其他几个，跟着齐刷刷地向循波跪了下来。

太不可思议了！楼循波急忙伸手去扶猪团，说，快起来，快起来！

谁也不肯起来。这个说，你不答应，我不起来。腊月就到了，我真不知道这个年怎么过！那个说，你不答应，我不起来！我的内客有身孕了，不知道这个孩子生不生得下来。还有的说，我爷爷的病急得我爸都想吃菜虫药啦，你不帮忙，真的救不了我爷爷啦！……

诉说震惊了他们全家。牛妹呆住了。母亲吴灵芝感动得忍不住落泪，连声说，乡里乡亲，不能这样的，不能这样呀，大家起来好好商量吧！

楼循波马上随母亲的话音说，你们的困难我知道的，我们一家，跟你们也好不到哪儿去的啊。你们先起来，好好商量，不信找不到好办法。

这一句把他自己摆到同一平台上去说的话，启发了大家。他们互相看了一眼，便一个个站起来了，说，有你这句话，我们放心了。

他不禁发出了感叹，放什么心啊，我是进过学习班的人，挂上了号啦，不能动啦！

猪团说，管他呢，只要心齐，总有对付的办法！

他听到话外之音，问道，你说什么办法？

猪团说，你帮我们出点子，我们去做！

他的心里一亮，却又摇头，说，我变成幕后操纵，罪加一等啦！

和生说，只要我们嘴巴紧，谁知道主意是谁出的！

他听着，一时说不出该点头还是该摇头，只能说，让我想一想吧，说真的，我自己这一家子，怎么过，我也在发愁啊！

大家怀着一腔憧憬，走了。

白天黑夜为奶奶的丧事忙碌的他，这一晚应该是倒头就入眠的。但他睁大了双眼，任凭他们这几个穷得无路可走的怂包，在他脑子里不停地转悠，又是解释，又是下跪，异口同声把他当成了神，教他说不清是同情还是焦急。他们找上门来，不讨不借，不抢不夺，只是要求指一条路，确确实实是到了难以活命的时刻了。按说，手摇拨浪鼓走天下的他，伸手拉他们一把并不难，难的就是这样起码的生存拼搏，却要跨过横在心里那道犯罪一般的门槛，这一道门槛，他已经切切实实地领教了，具体而又真切！

一想到这里，他双手就像被绳索捆绑了一样无助！

怎么办呢？眼下，真的需要有"点石成金"的本事啊！

就在这一念间，他再一次想到了爷爷的《换糖经》。不错，《换糖经》最后几句，就是"以轻易重，以贱易贵，以小博大，化短为长，点石成金"！

他翻身下床，打开电灯，到奶奶空落落的床横头，找出爷爷的这部遗著的残片，看看奶奶、母亲是否在粘连的残稿中揭出新的甚至解释如何点石成金的话。

他小心地翻阅。很遗憾，只揭出了一小片，显示的是这样一些不连贯的字句："……孟子曰，天时不如地利，地利不如人……瘠薄……苦……也属地利也……"

什么意思？他一忽儿掩卷沉思，一忽儿又翻翻前前后后零零碎碎的文字。终于，在结尾的"化短为长"上停住了，"天时不如地利，地利不如人和"与"化短为长"有什么关系？不，还有"瘠薄"与"苦"字呢！真奇怪，这些零零碎碎的文字，此时此刻，却召来了带着奶奶声调的那首山歌："金银坞，金银坞，山瘦地薄百般苦；手摇一只拨浪鼓，走通了天下多条路！""百般苦"的人终于"走通了天下多条路"，这不是点石成金吗？这不就是化短为长的另一种意义上的"地利"吗？常说人定胜天，就是使"天时""不如""地利"，并改变了"天时"啊！关键是你愿不愿、敢不敢接受这个"逼"字！

苦到这地步了，我为什么不愿接受？学习班都去过了，有什么不敢的？敲糖换鸡毛的每天几毛钱补贴，进了学习班以后，他就不去报销了，算自动取消了。大队当家人却没有收走所发的敲糖换鸡毛证明，猪团他们今晚找上门来，难道不就是因为我拥有这一份路路通的资格吗？有了这样条件还不敢、不愿，不也成了一滴怂了吗？

不。我是一滴山涧水,不是一滴怂!

一片光明,就这样在楼循波眼前展开。

若干年以后,生来一股倔劲,不服输、也不甘被人欺侮的他,将这件事当成了笑谈,他说,那一会儿,我越想越兴奋,终于汇合成了一股带着鲜明报复性的冲动,这就是:这么许多人站在我的背后,我为什么不借此分个好歹,向那些趁火打劫的人表明,我爱憎分明,知恩图报,绝不糊涂。我要用帮猪团他们拿到白花花的银子来气死你们,也要以此告诫世人,人一定要走正道!

再去冒一次险的决定,就这样在他心里扎了根!

4

真有意思,楼循波这一滴山涧水,这一次是为了不变成一滴怂、一条糊涂虫而往前跌的。

猪团说,"填饱肚子的办法,你一定还有的啊"。不错,楼循波多次说,我是一个走一路看一路、走一路想一路的人,在敲糖换鸡毛途中看到可以赚钱的机会不少,他在心里做了记录,记下了可能赚钱的机会,然后细细比较产地与销售的差价,分析它们的可行性。

他最终看中了豆腐皮,收购后贩卖到杭州。

豆腐皮是乌伤大地的特产,原是未经点"花"(即上盐卤使之凝固成豆腐)的豆浆表层结成的一种豆制品,传说,以画龙祈雨闻名的龙祈山下有个"麻痢婆"(即麻脸婆娘)做豆腐即将点花的那一刻,有急事离开,回来后却见豆浆表层结成了一张"皮",尝之觉其味鲜美独特,于是把它专制成了豆制品,进入市场交易,从普通食品变成了商品,为江南食谱增色的同时,出现了"捞豆腐皮"的副业。楼循波们遭遇旱灾那年头,肉类、豆制品类和油粮一样都是定量的,凭票供应。这种价廉物美的豆腐皮,简直是雪中送炭的美味营养品。他做过调查了解,每市斤收购价0.72元,到杭州菜市场卖出1.15元,买者不怕多,贩者不怕险,利润十分诱人,拉去多少卖掉多少。之所以如此,流通上的管制是一个重要原因,既不允许上火车,也没汽车载,更不允许托运。贩卖者不能利用这些现代交通工具,差价自然大。从金银坞到杭州,有一百六十多公里哪!

和买卖生姜一样，一旦主意定了，他心里便有一张蓝图：大单位食堂大，需要量大，先向他们推销，按照陆金根代收购模式，从产地批发后直接送到大食堂。如果这方案行不通，再到市场零售。前者安全系数大，又省时省力，只是盈利空间小；后者风险大、耗时多，但盈利相对高。两个方案，有一个共同的难题，就是运送。途中，一路上都有当地政府设立的市管会或者"打办"，就是市场管理委员会打击投机倒把办公室的关卡。一旦被扣住了，就要被充公没收，甚至把人抓起来，送回当地处理，其遭遇不亚于盗窃犯。

他决定冒险一试。好在正是年关杀鸡宰鸭的高峰，他在委托陆金根他们代收购以后，到龙祈山下悄悄地买了一飞机袋豆腐皮，装在敲糖换鸡毛的箩筐里，去探了一次路。

从金银坞到杭州，路径不复杂，难过的就是沿路这些关卡，而且很多。但他了解到，关卡检查员到了晚上八点钟以后，就下班回去睡觉了。到了杭州附近就没有关卡了。要去，晚上出发最为安全。他做得很细、很具体，到几个菜场、一家钢铁厂、一家棉纺厂，还有一家陶瓷厂去询问，要不要豆腐皮。回答很令他兴奋，都说要，不嫌多。当然也有将信将疑的，怀疑他的来路不正，也有要他拿出出售证明的。最后帮他忙的，居然还是那只拨浪鼓。

那是他在杭州一家纺织厂的一次邂逅。他照例把敲糖换鸡毛的担子放到厂门口，提着飞机袋进了后勤管理办公室，找到了管理科长，拿出豆腐皮样品，问要不要。

科长一看说，要的呀，这豆腐皮职工挺爱吃的。啥价？

他说，买多一点的话，就一元一斤吧！

科长说，好呀！你先送三十斤吧！……话音未落，突然警惕起来，瞪住他问，你是哪里的？有没有证明啊？

他还没有回答，忽然有人叫，哈呀，老楼呀！你怎么到这儿来了？

他回头一看。原来是一身白大褂的李师傅，是陆金根所在的公社食堂的厨师！他请陆金根代收购鸡鸭鹅毛以外，还和一些食堂的厨师有了交往，食堂嘛，杀鸡宰鸭的大户，鸡毛鸭毛本来都当成垃圾的，他便向厨师收购，然后扩大为代收购，即从他们认识的厨师那儿收购。他请这位李师傅代收了几次，进了学习班的那段日子，没有按约定的时间去取，李师傅以为他不会来了。结果，他一出学习班就赶去了，并且付了百分之二十的误期费！

他惊愕地问，你怎么在这儿啊？

李师傅说，这是我的娘家啊，我是这儿借调过去的，前天才回来！……怎么回事啊？

他说，我捎带一点豆腐皮。

李师傅立即向科长说，老楼可靠哪！他摇的拨浪鼓就是诚信！

对对对，楼循波立即从飞机袋里取出拨浪鼓摇了起来，笑道，拨浪鼓就是信用！

整个后勤室都给吸引了，就在噗咚噗咚的拨浪鼓声里，确定了供求关系。

情况摸清，下家也有了，他本可以退出，交给猪团他们去做就可以了，以免给戴上屡教屡犯的罪名。可惜，猪团他们怂怂了，沿途关卡太多，危险太大，如果事发，一追查是他出的主意，仍然逃不过幕后操纵的责任，与其如此，不如自己亲自带他们走一趟。

他把决定告诉猪团。属于金银坞最怂的这一伙怂包，兴奋得像去掘宝藏。千载难逢的机会啊，都丢掉了扁担，东村西村地去借来板车运送，每车可载四百斤。不是吗，这么远的路，这么高的收益，既然是冒险，一斤是冒险，十斤、百斤也是冒险，同样都是冒险，为什么不赌一把？虽然是秘密行动，但除了那天晚上上门来的五个怂包以外，还增加了七个人，都是像猪团这样年过半百的父辈以及他们的至亲骨肉。

出发的日子定下了。每一步，每一个环节，神经都绷得紧紧的。为避开社里和市管会的拦截、监管，他们无师自通地采取了"地下工作"那一套招数，白天像普通社员一样，在田间地头"卖日头"，派代表悄悄地抽出时间，到龙祈山下豆制品加工厂订下豆腐皮，定一个黄昏，付钱取货，直接往杭州进发。楼循波也推了一辆板车断后。这一次，正式上路时已经星斗满天。一百六十多公里的长途跋涉呀，拉着沉重的板车，走的又不全是平地，要经过不知多少起起伏伏的丘陵，上坡要使劲推，下坡差不多像板车顶着腰往下走，必须撒腿快跑，没有足够的体力，车毁人伤，是相当危险的。中途不能休息，通宵加早晚二十多个小时，一口气赶到。平均速度每小时八公里，又上坡，又下坡，肚子饿了，就抓出挂在腰上的干粮，一边走一边啃咽，都是没有油水的杂粮饼，无水不能下咽。就这样一口饼、一口水，还要稳住车，真正是卖命的活儿。

路途太长了。楼循波告诉大伙，从豆制品作坊到临浦这一段查得最严，尤其是程家河这一段，关卡最多，必须趁着夜色，咬紧牙关，一鼓作气闯过去，走不动的也得闯。否则就会前功尽弃！大家都说，好，知道了就能拼过去！谁知，心情紧张，又走得急，也不知走了多少时间，到了什么地方，看看星斗，好像是后半夜了。都累了，有人说，差不多闯过了，歇一口气吧，话音未落，便有人撂下板车，一屁股坐了下来。一人带头，浩浩荡荡的板车队便一齐歇下来。楼循波睁大双眼看看星光下的远山近树，发现前面就是临浦！他一急，连忙提醒说，不行呀，这是查得最严的地段呀，快，赶快，咬着牙也得赶过去呀！

无奈，屁股一沾地便站不起来了，七嘴八舌地，像求告，也像说理，说，再喘一口气吧，都后半夜了，市管会的也要睡觉的吧？

楼循波警告说：危险啊！市管会检查人员说是下了班，但经常会安排人趁着夜深人静出来抽查的！一查到，东西充了公，本钱赔不起啊！

回答是一片沉默，或者说，以无声的沉默等待哪一个先站起来。

但没有人站得起来。楼循波自己推着车准备带个头，还是没有人跟。实在太累了，一坐下就瘫了似的不想挪窝了。

就在这一刻，一道强烈的手电光晃了过来，在一辆辆板车上来回扫射。

正是臂佩红袖标的市场管理委员会巡逻队，三个，在他们面前散兵似的排开！

最怕碰到的还是碰到了！楼循波一撂板车，走不了啦；所有的人却反射般地跳起来，准备逃窜，也仿佛迎接处罚，反正，都是本能反应，过了几十秒，才屏声静气地守住自己的板车，睁大双眼，看着光柱后面那一片无边无际的夜幕，然后讨主意似的，看看为板车队殿后的楼循波。后来，据猪团回忆说，最怂的怂包是和生，他当时小便都失控了。

楼循波义不容辞地迎了上去，按照早就编好的说辞，向巡逻人员解释说，老家大旱，颗粒无收啊！田地里没有收成，我们做了一点豆腐皮，趁着夜里风凉，送到杭州去卖，自产自销，渡过难关，请你高抬贵手啊！

有人喝道，这么许多！不是长途贩运，投机倒把是什么？

豆腐皮实在太多了，真的无法解释。

马上有人吆喝，拉到市管会去！

无可通融了。大家你看我，我看你的。有人无可奈何地准备动手拉了，楼循波却不想放弃努力，走到巡逻队面前，商量道，同志，天黑了，全部拉过去，连人带车，要好几间房子安置呢，你们行吗？还是先拉一车去押着吧，其他的，我们明天早上拉过去！

巡逻人员再用手电照了一遍装得满满的一车车豆腐皮，想了想说，好吧！随手指着身边的一车说：就这一车拉走，别的明早八点半，到市管会处理。市管会，知道吗？就在政府行政大楼旁边！这里走过去笔笔直的一条路。听清楚了吗？

楼循波连声说，听清楚了，听清楚了！

看着巡逻队员们推着猪团那车豆腐皮走远，楼循波强压着的不满才弹簧般地跳上来，蹬着脚责怪大家说：你们看，你们看，麻烦了吧！

大伙都哭丧了脸，不出声。

楼循波急得团团转，他后悔，的确，这是村子里一批最怂的怂包，最怂的怂包就是扶不起的，我必定毁在他们手上了！亏的不只是钱，而是我的名声，我必将被他们的口水淹死，被"山里虬"们笑死！你想当什么英雄啊？……怎么办呢？让他们留下来一起闹去，让我借口刚从学习班出来之嫌抽身而退？不，这不只使事态扩大、复杂化，我的名声也坏了！

一路强忍着老哮喘的猪团，再也忍不住了，爆发般地喘咳起来。

楼循波忽然想到一个主意，何不请猪团一个人留下来呢，就说他和大伙不是一路的。"打办"最怕和这些老人、病人打交道，不会太为难他的……

不。猪团太怂了，绝对不是应付这种场面的人！弄不好，把老底子全部兜出来。更可怕的是老年病一犯发生人身意外。到那一步，临场把老实人推到前面去而保全自身，对我来说，没有比这种结局更坏更惨的了！

看来，只能叫这些怂包先走，让我留下独自应对了！最坏最坏的结局，也能给自己留下一个敢于担当的好名声！都是自找的。就这样让我乌龟爬门槛，不翻也得翻一次吧！

他站定，果断地说，你们走吧，我一个人留下来处理。你们把这几车卖了，还能把被拉走的这一车赚回来。要是全部没收充公的话，真完了！

有人听不懂，问，啥意思？

有人代楼循波回答，他叫我们赶紧拉着车跑呗！

这是在饥饿中求生存的赌博，亏了本，是会饿死人的。当巡逻队的手电光一亮之际，跳到脑子来的，都是一个"逃"字，此刻，这个"逃"字，既然成了名正言顺的决定，不管楼循波使的是什么招数，后果将会如何，反正楼循波是能人，他说的不会错，逃了再说嘛，所以，一阵亢奋中，力气也来了，纷纷站起来拉车、套车。包括刚才喘咳成一团的猪团，也强忍了咳，一跃而起，接受潜意识的指使，手忙脚乱地帮旁人去套车。

楼循波看着板车队消失在茫茫的夜幕中，慢慢地坐到了路边的草窝上。冷静地估计明天会出现怎样的局面，思索着和市管会打交道的种种可能，估计猪团他们何时可到何地。临浦离萧山不远，北走，可以直达杭州；东转，就往绍兴的瓜沥……

他主意一定，第二天一早便到临浦，买了早饭吃下，却故意磨磨蹭蹭地磨到了九点半，给那群逃跑者留下足够充分的时间，估计已经转向东路了，才走进了市管会办公室。

接待他的，还是昨晚为首的那个巡逻队员，一见面就没有好声气，说，你看看，几点了？啊？我叫你八点半过来，你怎么这时候才来？

楼循波说，对不起，对不起啊，你们这地方不好找。

值班的朝他身后张望了一下，问，那些人呢？

他说，他们都走了！

啊？都走了？！……你怎么来了？

他说，你们拉过来的这一车是我的，我能不来吗？

值班员上了当似的，厉声问，他们把车拉到哪儿去了？

他故意避开瓜沥，说，拉到杭州去了。

值班员急忙给通往杭州的沿途关卡打电话，大呼小叫地，有十几个人，拉了八辆板车逃卡，逃到你们那儿去了，赶紧给我卡下来！……

一通电话打完，值班员走到院子里，面对这一板车豆腐皮，紧锁双眉，横看竖看，终于打定主意，说，我相信你们那儿碰上了大旱，为了度灾荒自产自销。所以，不当投机倒把分子处理。也就是说，这一车豆腐皮我们不没收，收购！便拿出一副经得多见得多的神气，三下五除二，把豆腐皮按质量分开。豆腐皮有白有红，称之为二皮、三皮，还有角皮，角皮一般不卖，一般卖二皮、三皮，按等级最好的白色部分是0.43元一斤，其他差一点的部分，是0.26元一斤，说，就这样处理。听到了吗？

亏大了！不过，楼循波的心弦也放松了。不是吗，只要不节外生枝，戳穿他的把戏，根据昨晚他那些像煞当家人的表现，把他作为这一群的头头扣押起来，和当地政府联系，并追究那一群的行踪，就是上上大吉！于是他老老实实地接受处理，顺从地把豆腐皮卸下板车，跟回办公室，接过薄薄的几张人民币，急不可待地跑出来，拉了板车，找一处地方寄下，就往汽车站奔，正好来了一辆朝着瓜沥方向去的长途汽车，他跳了上去，急匆匆地追过去，还不知道板车队已经走到哪里了。

万幸，他坐的毕竟是汽车，速度快，到了距离还有六七公里的地方，看见猪团他们正弓着头拉着车呢，他赶紧央求司机停车，让他去和他们会合。说说笑笑地，又是推车，又是拉车。到了目的地，很快就被几家食堂悉数收购了。

这一趟，被扣的这一板车虽然亏了，但其他几车，在瓜沥都卖了一个好价钱，折算下来，每个人还分到了22元钱，虽然只有原计划赢利的一半，但无不欢天喜地，大荒年，却可以过上一个最丰盛的新年了。

猪团他们贩卖豆腐皮，很快成了公开的秘密。

秘密是猪团暴露的。他的内客买了一只猪头、一条猪尾巴过年。城里人认为猪头肉胆固醇太高，不吃的，但在金银坞的"山里虬"中，用猪头"谢年"——即祭祖祈天，是最理想的"牺牲"供品，再加一条猪尾巴，就成了"全猪"，十全十美了。他家多少年来没有"全猪"过年了啊，她提着，故意绕过人群聚集最多的前厅，然后绕过小石桥回家来，一路上应付着这样的惊叹：

哦嗬！猪团家今年怎么啦？买的是全猪呀！

哦嗬，这才像过年啊！怂包不怂嘛！

哦嗬！像大户人家啦？……

她一路笑，一路骄傲地回答，不怎么样，不怎么样！

实在太引人注意了，问得太多了，她还是忍不住，对最要好的上溪沿的福大姆悄悄地说出了秘密，还说，都说我家猪团是金银坞最怂的怂包，你们看，我家男人怂不怂啊？敢说敢当的能人站在身边都认不出，那才是最怂的怂包！

开头是她悄悄地说，继而是猪团自己说，很快传遍了金银坞。

5

楼循波回顾这一次经历，非常后怕，遭遇巡逻人员那一刻，他分明是用板车队的当家人身份去打交道的，后来居然谎称两不相干，胆子也太壮了！他告诫自己，只做这一次，给这几个怂包引上了路就退出，专心敲糖换鸡毛去，听到猪团这几句话，他急了，却无法挽回补救了。但冷静想一想，也难怪呀，这是这一家子压抑多年没有机会说的话啊！我帮他们赚的何止是钱财，而是人应有的一份尊严啊！这不是我决定帮他们的初衷吗？我不仅不该退出，还应该帮他们找一条减少风险、体面一些的赚钱路子才对！最起码的，减少他们在贩卖豆腐皮途中的风险，尤其是从豆制品厂到临浦最危险这一段，如何稳妥地过关。

他建议他们传递接力，在这八十公里内，交给身强力壮的后生仔一口气闯过去，再交给下一拨送达杭州。一试，果然安全得多了，一口气贩卖了六次，没有再出事。

楼循波仍然不满足。经过学习班折腾的他，心里始终被"贩卖"这一个词压着。这是一个注满了罪恶的词，贩卖一次，便增加一分，沉重得都喘不过气来了。"贩卖"，历来是一种很不雅的交易行为，总是和唯利是图联系在一起，被贬为"引车卖浆者流"，和爷爷《换糖经》里所写的"易义"，相差十万八千里。被当成投机倒把，被看作走资本主义道路，政府调动种种手段，限制、批判、打击，是有道理的。虽然敲糖换鸡毛也曾经被禁止，但那都是像会道门一般的组织形式惹的祸，是误解。……总之，不管从他这样一个家庭的身份，从爷爷对他的期待，从做一个守法的社员来说，没有一条是合适的！不错，他需要钱，需要吃饱穿暖，需要体面的生活；猪团他们也需要钱，需要吃饱穿暖，需要体面的生活，可是，不说贩卖这个名词了，就说不断地逃避被追捕、被打击、被当众侮辱，被当成盗贼、小偷、反革命一样对待，也太不值得了！……如此这般，猪团他们欢天喜地的时日，他却满心堵满了不安和耻辱感，只想摆脱"贩卖"这一顶帽子，仿佛患上了摆脱"被打击者"的狂躁症，连做梦都在渴望着他应有的被尊重被信任的尊严！

那天，他手摇拨浪鼓来到了南浔。

按说，敲糖换鸡毛应该到农村去，而不是这种超过了集镇规模的三四等城市，但他生活在以耕读为家风的穿绫着罗的环境中，对享誉世界的中国湖丝和湖笔的发祥地之一情有独钟，仰慕已久，加上怀着一个与汝芸不期而遇的憧憬，忍不住要进城去转转。这个商业文化古镇，被誉为中国现代第一镇果然名不虚传。他浏览了制笔店庄，在丝绸厂的大门外，领略了它的规模和气派，在名人故宅周边转了转，便沿着通向小村落的街道，准备继续敲糖换鸡毛去。忽见小街对面一家工厂的门卫室前面，好几个女人围着地上的几只纸板箱，在做什么交易，神色慌里慌张的，生怕被人发现。他驻足定神看了看厂名，是纽扣厂。便问旁边的一位老人，她们在买卖什么呀？

老人说，纽扣厂里还会有什么呀？纽扣呗！

他问，纽扣哪用到厂里来买啊？

老人说，残次品，便宜。

他想再问，完成了交易的一个女人，端着一只纸箱，正跨过小街向他奔来。他立即撇下老人上前拦住打听，才知都是二、三等品的纽扣。

他问，好不好？

女人揭开纸箱盖，给他看了一眼，说，就这样！

确是有机玻璃纽扣，五颜六色，光闪闪、亮晶晶，新颖而又漂亮，和他在杭州、上海的姑娘小伙子们时新衣物上所见的同属一种类型。对此，他不陌生，与年轻貌美的妹妹，和正当豆蔻年华的女儿生活在一起，他多少知道服装上面这一装饰性的配件，对她们的吸引力是巨大的。尽管，社会上给这种生活小配件画了线，贴上了政治标签，但压抑不住她们借助这一细节追求美的努力，从传统的中式服装上的琵琶纽扣之类，到时新的有机玻璃纽扣，都一一在他眼前出现过。此刻，他无非出于哥哥对妹妹、父亲对女儿的关心，加上他天生的那份好奇心，想多了解一些情况，捡一点便宜货，博取她们的欢心而已。

他拦住了又一个抱着纸箱过来的姑娘，问道，什么价？

回答是绝对标准的数字，0.025分，处理的！

什么？0.025分人民币？每颗？

是的。每颗！

0.025"分"！就是二毫多一点人民币一颗，两分半钱就有一百颗，等于白送呀！

他的思路马上跳过了妹妹和女儿，向着一个全新的大空间展开，并和那年大旱，下溪沿的凯龙爷爷到龙泉青瓷碗窑捡残次碗的事挂上了钩。窑主不仅不干预，临走还送凯龙爷爷几只正品碗，表示对帮他们处置了垃圾的感谢。凯龙爷爷把这些碗挑到一二百里之外的小城镇，卖出了正品的一半价。赚的，硬是辛苦钱，此时此刻，却帮他把那个正教人狂躁的"贩卖"一词，驱赶得无影无踪！"处理的"，就是帮工厂消化工业垃圾！绝对不是"投机倒把"，那就算不上是"走资本主义道路"的"贩卖"呀！

仿佛一股强气流，把他卷过了街，他想去问一问，还有没有的卖。

门卫冷冷地挥挥手，说，买纽扣，到百货商店去！

他说，刚才你们不是卖了吗？

门卫笑了，反问，你是什么人啊？

凭门卫的声气和那种嘲讽的神态，他立即明白是怎么回事了。

知道这一些就够了，他不想在这儿多费唇舌。应该了解的是，市面上什么价，值不值得花费精力深入了解相关的一切，然后在这些残次品上做文章。

他很快打听到，这里有两家纽扣厂，本来，不过是为完成国家计划而生产，并不为人注意，近来却火爆起来了，没有别的原因，就是服装有了时尚与流行的元素，他们生产的，正是玉莲、小茵以及杭州、上海姑娘小伙子们喜爱的服装纽扣。也就是说，它体现了时尚与流行。他还打听到，南浔生产的纽扣，一等品都给国家收购去了，在杭州、上海、北京的大百货商场都属于热销商品，广受欢迎。二等品、三等品，则可以任凭生产厂家处理，这几个女人，正如他感觉到的，都是该厂干部的亲友，照顾性地帮她们裁制衣物时省一点钱，或者拿去转让，贴补一点家用。

他想，如果我把它买到手，是否像捡残次碗盏一样赚钱呢？

照理，他可以回家问妹妹，问女儿，但玉莲一整天在外，也不知道她忙些什么，全家都认为她和汝芸弟弟循统好上了，结果给否定了，都为她的婚姻着急，可她就是不急，说她的事不用你们操心。女儿小茵念中学，和爷爷当年对自己的期望一样，她要出山去穿皮鞋，哪能把她拉进来？何况，事情需要计算到一厘一毫的精确度吗？他知道，近来，在城里湖清门、六里亭和铁路涵洞底下，经常聚集一些买卖小商品的小贩，去看一看不就得了？

他立即去了解。男子衬衫纽扣两分钱一颗；女装的电光纽扣，专门钉在外衣上的很漂亮的那一种，可以卖到二三角一颗。一件衬衫八九颗，算算，需要量是多少？

哦喵，盈利比瓷碗空间大得多呀，而且，这是时尚与流行！

他又无法抵制诱惑了。可惜，他没有门路和这家厂的干部攀上亲、交上友。

但他不急，把心思投进去，不怕没门路，最要紧的是充分做好市场调查。

他到了杭州，走进百货店了解纽扣的价格。不管是南浔这家厂的还是别处生产的，都比六里亭便宜，即便南浔的出厂次货批不到手，到杭州来批发，也是一种选择呀！

他当即掏出这一阵攒下的钱，在柜台上买了南浔产的纽扣，到六里亭去卖。纽扣不像生姜，也不像豆腐皮，体积小，弄一块方巾似的毯子，往街边一摊就行了。

色彩鲜艳、花色繁多的有机玻璃扣子，其吸引人的程度，让他意外。不到半个小时便卖完了，比贩卖生姜和豆腐皮省心省力得多了，而且利润更高。如果到南浔，找到相关的人员，从照顾给他们亲戚的二毫多人民币，提高二到三厘，到六里亭用处理残次品的名义，以一分钱一颗出手，盈利空间，是八到七厘，看起来微乎其微，但达到了百分之四百到百分之三百的利润幅度，比杭州进货所获之利又高出了一半，这还不是暴利吗？

暴利？这也是暴利？

他看看手里那几元钱，笑了起来。暗自追问，这是暴利吗？

他蹲了下来，穷究这个"暴利"的实际意义。为微利而激动，对微利做深入思索，这是这位日后成了亿万富翁的创业者破天荒第一遭。他在回忆自己经商道路的时候，对于一般人所不屑一顾的这个"微"字包含着惊人的"暴"字，说过这样的话：能够这样去思索，仍然要归功于爷爷的《换糖经》。这一次，不像以往那样直接，却是敲糖换鸡毛的经历形成的潜质的自然流露。敲糖换鸡毛本身，不就是在开掘小商品经营所潜藏的意义吗？不就是以"轻"易"重"、以"小"博"大"吗？这种大买卖、大商机、大利润，大到无边的商业世界所必需的大智大勇，往往是包含在不被人注意的这个"微"字与"小"字之中的。

他想到了纽扣之"小"与数量之"大"，想到了物之"轻"与人之"重"，结论就是，要看看能否把纽扣厂里所有残次品拿下来！达到了这一步，暴利，就成为我的现实！

南浔纽扣厂立刻成了他的重要目标。

他直奔南浔，凭敲糖换鸡毛那份大队开具的证明，以增加货郎担上交换鸡鸭鹅毛的品种的名义，要求到销售部门批发纽扣。楼循波的理由冠冕堂皇，你们的纽扣很受农村妇女欢迎，能够多换鸡鸭鹅毛支持粮食生产，也就是支持以粮为纲，也就是支持革命。算他运气好，见到了销售科的负责人，他当即撇开正品，直接要求把处理残次品任务全部交给他，价格一开口，就是二厘，绝对压过了照顾他们亲友的价。

政治意义鲜明、正确，处理价又超心理预期，需要量大，而且定期上门取货，厂里不花多少精力就地处理，而且避免了以此照顾亲友中厚此薄彼的矛盾，何乐不为？

第一关通过了。

这许多纽扣怎么卖？真的摆上敲糖换鸡毛的货担去换鸡毛吗？那要换到猴年马月啊？代替糖粒、黄表纸交给陆金根他们，也未必合适。请猪团他们一伙去卖吗？微利摊薄了，他们愿不愿意，倒是其次，最不放心的是这些人太怂了，莽莽撞撞地把这东西交给他们，很可能把他拖入意想不到的泥潭。

他思来想去，觉得最恰当的办法，是自己先去六里亭试一试，摸清情况再做定夺。

6

六里亭，是他生命史上的一座里程碑。爷爷送他进中学，他第一次将耳轮贴在铁轨上，以聆听的方式感受现代都市的律动，就是在这儿。第一次敲糖换鸡毛也是从这儿出发的。仿佛真有地理优势似的，吸引了像他这样一批"山里虬"，使这儿成为自发买卖的小商品市场之一，说它"之一"，是因为最近县城的湖清门、三里塘都出现了买卖小商品的地摊，六里亭的地摊规模是最大的，挤满了狭窄的小街，溢出了街头，占据了能够占据的场地。卖服装的，卖气球的，卖小玩具的，卖袜子的，卖女人头饰和针头线脑的，还有最新流行的电子手表的……品种很多，琳琅满目，当然也有纽扣，各式品种和花色，都能在这里见到。

最大，总是最引人注目的，"打办"盯得也最紧。

在那痛割"资本主义尾巴"、严打"投机倒把"的岁月，敢来买卖者完全是火中取栗。不过，正如流行语所说的"上有政策，下有对策"，这是生存拼搏，是这种背离生存本能的环境练出的应对招数，一套套的，真可谓推陈出新。第一招，是商品的摆置。用一块一两平方米的布毯，铺在街道边，摆一些样品，大宗的，都放在熟悉的农民家中。顾客选中以后，再去取。当"打办"人员出现的时候，一把抓住布毯的四只角，就成了一个布兜兜，瞬间便囊括所有商品，逃离现场。第二招，是相互传递消息。每个摊主，一边做生意，一边"监视""打办"巡查人员的行止，"苗头"一出现，不管是谁，包括前来采购的老百姓，都会不高不低叫一声："市管会来了！"然后卷毯逃遁。

楼循波却不怕，他有理由：我不是贩卖，是帮纽扣厂处理残次品。他自信打得满满的，开始吆喝：纽扣，南浔的有机纽扣，代厂处理的残次品，便宜啊，质优物美，顶得上正品！……来啊，代纽扣厂处理的残次品！便宜啊！……

旁边卖袜子的中年女人不解，问道，纽扣蛮正宗的，怎么当残次品卖？

他得意地说，厂里质检严格嘛！我可不是低价进、高价出的异地贩卖哦，

"打办"管不着!

女人笑了起来,说,同年弟,我看你是头一次来,不知道到了这儿没有残次不残次的,打办的人一律都拿你当投机倒把的办!

不是第一次来的他,不信地问,真的啊?

她说,我骗你做啥?回头看了一眼他脚前装得满满的飞机袋,说,你把货都带在身边啊,碰到"打办"的,你倒大霉了,全部没收!……我看你老实,听我的话吧,找个地方,把飞机袋寄了,给抓的时候,损失少一点!

他将信将疑,寄?人生地不熟的,寄到什么地方去呢?

正迟疑,忽听得一声"打办"人来了!左邻右舍,包括这位正好心提醒他的同年姐,在一眨眼之间,便都卷毯而逃,小街上只留下他一个呆立着,牛高马大的,孤零零的,完全像根电线杆。左臂上戴着红袖章的这名巡查人员,大概真的因为他出格的镇静,有了与对一般小摊主完全不同的判断,像一名顾客,在他摊位前站定,问问价钱,看看样品,居然满口称赞他的纽扣漂亮。楼循波越发镇静了,从容申明,这是厂里叫我来处理的残次品,和正品差不多的。然后报起价格来了。

巡查员却已做出了判断,笑了笑,指着他脚前的飞机袋,打断了他,说:飞机袋里都是你的啊?这么多啊?……拎着,跟我走。

他一喜,走?你要?

巡查员还是那一声,你跟我走!

他问,上哪儿去?

"市'打办'啊!"巡查员指指手臂上的袖章,毫不含糊地说。

他急了,说,我不是说了吗?我是帮厂里处理残次品的。

巡查员说,这理由,那理由,我听得多啦!你到"打办"去说吧!

看来,那位同年姐提醒是对的,在这里没有他们解释的余地。反正,卖豆腐皮检查站上那种场面都经历了,怕啥哩,跟着他到"打办"说吧!

他默默地卷起摊头,一手抓着,一手提着飞机袋,亦步亦趋地跟着走。

巡查员却带他到了一家合作商店。把他推进了门,对着柜台里一个老职工,指指他,吆喝:老牛,按牌价收购!然后拉了拉臂膀上的袖标,转身就走。

一位慈眉善目的老年职工，走出柜台，迎了上来，朝他看了一眼，对着巡查员的背影，苦笑着，喃喃自语，又抓了一个！大水又大旱之年，田地歉收，当个农民不容易啊！国家发了救灾粮票，还得赚点钱买米糊口啊！

楼循波一阵感动，说，您说得对啊，没有办法啊！

老牛打量着他的飞机袋，再看看他手里提的，问，这么多？

他说，是啊，老牛同志，我亏大了啊！不知收购价是啥价？

老牛想都没有想，说，这里的市场牌价，贱啊，衬衫纽扣一分钱一颗。

他以为听错了，忙问，一分钱一颗？

是呀，规定的。没办法啊！

他的心里却一喜，哦嗬，照此牌价收购，不光不会给戴上投机倒把的帽子，我还能赚钱啊！连忙说，啊，……那就按规定办吧！马上跟着老牛走向账台办理被收购的手续，一举一动，难免不带着意外的兴奋。本来就是微利经营，如今是微利中的微利，尽管这一收购价和预期相比，低了一点，但无疑又碰上了一条生财之道！

这是什么生财之道？

这不是老牛能否成为另一个陆金根的机会吗！

如果说，陆金根帮他收集鸡鸭鹅毛，从零敲碎打、串门走户的分散收集方式，提升为"坐坊"式的代理收集，那么，眼前这位老牛，是否乐意把这合作商店变成了我的代销点？就是说，我不用冒着风险，站到街头去吆喝了，从厂里直接送到这儿不就得了？我期望不高，有今天这个收购价就行了。微利经营，批量出售，不怕不赚钱！可遇难求啊！

他没有学过经济学，但从实践中，他深知"坐坊"的功用，懂得小与大、多与少、量变到质变的关系，也懂得价格中的运输成本。他商业经营史上的又一个飞跃，就从这一非常朴素的、由直觉而来的判断开始。

纽扣的赚头这么快地入袋，在回金银坞的路上，他的脚步轻松无比。满脑子考虑的，就是怎么抓住这个机会，充分发掘这个机会。

他被巡查员推进了合作商店的大门以后所发生的一个个细节，便不由自主地在他脑子里放电影般重现。他发现，老牛是这家合作商店的负责人，店员都喊他

"牛主任"。

他想起了这些对话:

他说,牛主任知道我们农民辛苦,替我说话,谢谢你了!

牛主任说,别客气,我也是农村出来的,看得多啦。

他问,牛主任哪里人啊?

就这里,你呢?

洪塘公社金银坞的。

啊,我去过!你们那边山多,烧火的柴爿也多,我们这里的柴爿贵,到了冬天要生火熜,我都是到你们那边去买的!……

反复咀嚼着这些对话,咀嚼出了下一步应该采取的行动。一回家,吃了几只山芋和芋艿就上山了,像那年为了活命,进入横岩岭捡烧炭时削下的枯枝一样。板车进不了山,他只带了一副扁担麻索,徒步进去捡了两次,挑出山,装了满满一板车,尽他全身力气,给牛主任专程送了过去。他做得很细心,把柴拉到通向柴市的小弄口,先到合作商店找老牛,悄悄说,我拉来一车子柴爿,去看看中意不?

老牛不知是卖是送,跟着去了。一看,正如他希望的,用这种柴烧灶不仅火力猛,而且其余烬冬季里最适宜于生火熜。就说,好呀,我进山买的就是这种。

他说,你家在哪儿?我给你送上门!

牛主任说,行行,我带你走,在那边!

板车通过小弄口,拉到小街后面一口池塘边的一字屋前。

牛主任从口袋里掏出皮夹,问道,啥价啊?这一车要多少钱啊!

楼循波说,不用算啦!是我到山上捡来送你的。谢谢你那天帮我说话。

牛主任一惊,什么?送我的?我帮你说什么话啊?

他把牛主任说的大水大旱之年,田地歉收,当个农民也不容易的话重复了一遍。

牛主任开心得哈哈大笑,直觉此人品质好,不只把人家随口而出的好话记在心头,而且知恩图报,竟特地上山捡柴!感动地说:你就是为了这一句话送柴给我的啊!

他没有正面回答，只说，这些柴不去运出来，全烂在山里，浪费了。他看看屋前有间小柴屋，里面堆着一些麦秆和稻草，便动手卸柴。牛主任却坚持说，少算一点，不能白收你的。还是被拒绝了，这才把皮夹子塞回口袋，袖子一卷，着手搬动。他伸手一拦，说，这一点东西算啥哩！我手粗，你手细。柴爿伤手！牛主任面对这些粗货，也真有顾忌，看他一捆一捆，又是扛又是背地往柴屋里搬。卸完，擦着一头汗。牛主任再次伸手掏皮夹，又被他拉住了，说，真的，不值钱！你这么认真，就不把我当成朋友看待啦！

牛主任见他情真，收回手，要请他进门喝水，他却连连拍着衣裤上的柴屑说，谢谢了，不进去了。我还得赶着出工去！下次再来！

他拉起板车就走。

牛主任感动地站在台阶上，看他一身汗水、一头柴屑，不知怎样表示感谢。看他走到场地中心，忍不住喊了一声，老楼，你等一等！

他站住，转身望着主任。

牛主任赶了过来，说，……你的纽扣呀，看样子，你是有门路的。这样吧，以后再进了货，就送到我这里来吧，每颗给你加一厘！

哦嗬，这正是他希望的！却没料到来得这么快。1.1分收购一颗纽扣，虽然赚得少了一点，但比起在市场站街叫卖，不只省事、稳妥、保险，而且真的把"贩卖"抛掉了。这不是又碰到一位陆金根了吗？对于这种热销品，合作商店省了采购费用，也能赚到钱，属于真正双赢之举。比陆金根那条路的含金量高许多啦！

他很兴奋，连声谢谢！

告别了牛主任，这样一声叩问，随之跳到面前来了：叫猪团他们一起做好吗？

他的第一反应，还是一个字：不。

他太珍惜这份生意了。拉他们进来，纽扣厂就是那么一点残次品，比陆金根代收购鸡鸭鹅毛的天地小得多了，僧多粥少，他们未必感激我，即便找到另一家纽扣厂，但能够再碰到一个牛主任吗？要帮他们，就要另找门路，有陆金根第二，就应该有陆金根第三！

他继续摇起拨浪鼓，放开手脚，以频繁地往来鸡毛收购点之间的间隙，在南浔与六里亭之间"批发""送货",做他认为不是贩卖的生意。很辛苦,心却宁静了许多,也有了一份稳定的收入,达到两千块钱的经济积累。

他寻找另外一条堪与纽扣厂相比的渠道的努力,也始终没有放弃。

7

赚到两千多块钱,在大学本科生月薪只是五六十元的岁月,是一笔巨款。正如俗语所说的,乡下人有了谷,不是买田就起屋。楼循波的目标就是把现有的两间平房,升为楼房。本来,玉莲、小茵和他母亲三人住奶奶那间房子,两年前,玉莲嫁出去了,她和循统没缘分,只是好朋友,她嫁给了她的同学,在城里当老师的,父母亲是干部,都是有文化的,登个记,发发糖,便住到婆家去了。她公公婆婆争取让她当老师,把农村户口变成城镇户口,吃商品粮。儿子和安读农校,女儿小茵读高中,都寄宿在学校里,星期天,那间房子小茵和他母亲一起住,和安回来,在他房里打发一两晚。如果升成楼房,娶儿媳妇成家的事便解决了。当然,近年来的拼搏,提升了他对生活的期待,甚至,有了要么不起,要起房子就要超过新厅的一份雄心,绝不满足于能够帮儿子找到媳妇。

他担心的,倒是起屋的目标太大,露富,培育白木耳的收益,给他的教训刻骨铭心。"四人帮"被打倒了,社会宽松了许多,曾经一度使他这个"读书迷"感到"安慰"的"读书无用论"过时了,成群结队到农村来插队的知识青年,又都成群结队地回了城,然后又成群结队地去报考大学了;娥囡奶奶去世后,前厅摆小摊头的地方,看不到"山里虬"们聚在那儿交流信息已经好多年,前几年重新出现了,替代娥囡奶奶的是小春芳。小春芳老了,但她的心没有老,派头和娥囡奶奶大不同,摊头换成了一个玻璃小柜台,早上来上班,晚上下班,上了锁回家去搓麻将。玻璃柜里的商品,除了小学生用的铅笔、橡皮、气球和喝的汽水,还有他批发的那种纽扣,真的,衣饰方面的流行与时尚,从城里流到山沟沟里来了,纽扣品种增加了许多,不仅有有机玻璃的,还有电光的,花色品种也多了,成衣的纺织品,天天在变嘛,都跟着衣裤的式样变,跟着人们的打扮变,一点也不奇怪,比如,城里男人留长发,女人则烫头发了,戴着蛤蟆眼镜的人,过去都是被人当国民党狗特务的,可现在居然在马路上摆时髦,他在杭州、南浔的街上经常看见，有人戴着电子手表，提着收录机，走一路，唱一路，都是港台歌曲。经济生活活跃了，小商贩摆地摊的地方虽然还是六里亭、湖清门、三里塘，但为了照顾买卖双方交易的需要，规定一旬中，一四七是六里亭、二五八是湖清门、三六九是三里塘。起屋的事，难道还停留在解决居住的水平吗？只是要悠一点。

冬去春来，他记不清有几个春节没有回家了。这对于他这位敲糖换鸡毛的后代，并不稀奇。这一年春节换鸡毛的旺季一过，他决定趁回家过年的机会，摸摸行情，应该造怎样的房子最合适。起屋是大事，必须精打细算，虽不必像一般"山里虬"们那样如针挑土，化整为零，准备时间长达十多年，材料都买齐了，然后请来亲友以换工方式动工，但也要做到心里有底，如何才能造出超过新厅的房子。

大年初二，玉莲夫妻俩来拜年，都戴着蛤蟆眼镜，穿着裤管扫地的喇叭裤。大家见了都笑他们怪。她摘下眼镜宣布的一个决定，却振奋了大家。

玉莲说，妈，哥，小茵，我明天到温州去了，看来要到明年拜年时才见到你们了。

楼循波一怔，到温州去干啥啊？你公公婆婆不是在帮你找门路，吃商品粮吗？

玉莲说，不等这只铁饭碗了。到温州打工去，就到这家眼镜公司！

她举起眼镜扬了扬。

他问，做这种眼镜？

玉莲说，对呀，台湾来的牌子，我们只是加加工，做贴牌……

他看了一眼眼镜，问，眼镜还有什么铜牌铁牌的，没听说过！

玉莲咯咯咯地笑弯了腰，说，哥，别逗了好不！不是金银铜铁的铁，是贴花样、贴鞋底的贴！贴牌就是把印着牌子的小纸头贴到眼镜上去，小纸头是台湾来的……我也不太懂，反正有钱赚就行。看看城里街道上走的年轻人都戴，生意好着哩，据说总部在美国！趁眼下还没有孩子，去见见世面。

说起"世面"，楼循波总要想到汝芸弟弟楼循统。自从筑水堰那阵说了那么多悄悄话以后，两人成了无话不谈的密友。他餐风饮露的，多是在农村，虽然也听到过改革开放这个词，但大量新闻都是循统告诉他的，每次回家，只要循统在家，必定碰头。既是潜伏在心灵深处"汝芸的情结"，毕竟是曾经让他将情爱与责任直接融在了一起的记录，又是对社会变化的某种期待，除了汝芸依然毫无信息，其他的消息循统总是那么多，农村的，城市的，国内的，国外的。那天循统就提到过温州。楼循波也知道妹妹心活，消息也很多，但没有料到，会在突然之间这么具体得可以捉摸了。马上问妹夫林毅杰，你也去啊？

林毅杰显得很无奈，说，我不去！我有编制，打什么工？我劝她再等一等，说不定很快会有名额，让她去当老师的。她不听。那就让她先去闯一闯吧，不满意就回来！反正是社会潮流，男人留长发，男不男、女不女的，应该换换脑子了。

满脑子幻想的玉莲，忽然冒出了这样一句话，哥，我详细了解过了。温州那儿允许私营办企业。我看你也积了一点钱，建议你用它投资开厂，当老板！

他笑了，别胡思乱想了，老板是我当的吗？我打算起屋。

玉莲说，起屋？好的呀，不过，我倒建议，先拿这笔钱投资，赚得多一点，造一幢洋房，像外国人，造花园洋房！造到城里去！

母亲不欢喜这种海阔天空，说，好了好了，别胡思乱想了，快来滚元宝吧！

滚元宝，是吃茶叶蛋，是金银坞拜年时必须吃的点心，图个吉利的意思。

楼循波跟着发出邀请，快滚元宝，快滚元宝！

他的想法和妹妹不同，开工厂当老板，这对他来说是奢望，到城里去造洋房，做城里人，更是一种梦话，只要不被扣上"贩卖"帽子，不被当成"投机倒把"打击挨批，能够平平安安多赚一点钱，就是上上大吉了。至于在新厅火烧场上造一幢洋房，以此超越新厅，倒是个好主意，毕竟时代不同了。这需要做些观察与权衡，然后做出选择。

春节过了，玉莲走了。不论是村里发生的，还是口头传来的消息，又都在证明，眼下造房子根本不适当！村里来抓生产的工作队走了，基本路线教育工作队后脚跟进。干部在开会时说，金银坞这山村，资本主义势力不多，歪风邪气却相当严重，所以工作队还是要进村来，狠抓一番，教育一番，据说，这一说法，就是冲他楼循波来的。造房子，不论是洋的土的，不都是送到枪口上去的吗？不能造，真的不能造！

不过，随着春天的脚步，社会上总有一种暖洋洋的感觉，使他想到借拜年辞行的玉莲以及"贴牌"，像在提醒他，诱惑他，外面有一个越来越新鲜的世界在向他招手。

这一天黄昏，他在溪埠头洗畚箕，碰到了总是悄悄提示"倒春寒很可怕"的循统，循统的感觉好像也在变，说什么应该出去看看了。

回到家，牛妹一反常态，说起她们几个妇女，在山地上锄麦子时说的新鲜事，都像玉莲小夫妻上门那样，穿的，戴的，说的，发噱得都成了"山里虬"田头地角的谈资。

他突然打断了她的话，说，我明天继续敲糖换鸡毛去！

年过了，开春了，丈夫继续出门去，每年都如此，只是提前了。她意外，但并不感觉奇怪，特地给他炒了几个菜，热了一瓶黄酒饯行。

刚上桌，他正待邀牛妹一起小酌，继续听听她带来的新闻。有人一路问询着找他来了。

他抬头看门外，走路的身影，听听说话的声气，有点熟，却想不起那人的姓名。直到客人跨进门来自我介绍，才知是吴小庚，吴家村大队支部书记。楼循波曾经帮他们培育过白木耳。

吴家村大队是由七八个小山村组成的，散散落落的，和金银坞隔了几重山，和牛妹所在的西山坞同属一个人民公社。白木耳滞销以后，就没有再联系，怎么突然找上门来了？是不是"倒春寒""倒"上门了？

他礼貌地起身请客人进门，问，翻山越岭的，没吃饭吧！

吴小庚说，吃过了，吃过了！

他指指摊在桌上的酒和花生米，说，好吧，那就陪我喝一盅！

吴小庚也不客气，爽然坐下来，还没有开始对酌，先说，你知道吗，我们听到你为了白木耳的事进了学习班，都急呀，我特地跑到你们公社去了一次，说明你是我们特地上门请去的，而且你没有收一分钱！

学习班突然让他出来，这是压了许多年的谜，原来谜底是这样的！他差一点从板凳上跳起来，激动地说，是你呀？你怎么不早说？

客人笑了，又不是三天两头碰头的，这么一点小事，还上门来摆功啊？我也是敲糖帮的后代，不说义气，不说诚信，也知道实事求是，是做人做事最起码的道理嘛！……我不光自己去帮你说话哩，那天正巧公社开会，碰到环溪、杨坑和王村几个大队的队长，我都说了。也不知道他们去没去！

够了够了！有他这句话，心灵便全部融和了。楼循波把客人的酒盅和自己的都倒满，说，为你这个"义"字，我先敬你三杯！

等客人也干了，他笑问，你今天来，不会就为了告诉我这件事的吧？

吴小庚说，不是的，不是的！哪有工夫为这种陈谷子烂芝麻到这儿来！……我一直在想，农民穷，农村苦，不能再苦再穷下去了。改革开放了，听说温州那边好多生产队都办社队企业了，我们县里有个大队也办了一家服装厂。听到这消息，我马上想到了你。不瞒你说，像你这样的能人，就该做这种事！

楼循波哈哈大笑，什么能不能的，在别人的眼里，我不也是个怂包吗！

吴小庚说，我就欢喜你这个怂包！打开天窗说亮话罢，我们大队也想办一家厂！

楼循波说，好啊，有魄力！

吴小庚说，我哪来的魄力，是仗着有人壮胆！

谁？

你！

他大笑，说，八竿子打不着的事，怎么拿我壮你的胆！

吴小庚说，我请你去帮我们办！今天，我就特地上门来请你的！

他一怔，没有想到他是为这个来的。就问，真的？

吴小庚说，我什么时候骗过人？就像帮我种白木耳，你没拿我们一分报酬，我就必须还你一份情义！要不，我不配当敲糖帮的子孙！不过，这次比种白木耳还要认真，就是说，请你一心一意帮我们办厂！

楼循波见他说得诚恳、认真，不禁仰起满面酡红的脸，把酒盅里的酒全部倒进嘴里，想了想。再把酒盅倒满，严肃地端起，朝对面碰了碰杯，说，这个主意，我可以考虑！

吴小庚兴奋地说，谢谢你的信任和支持！便又要碰杯。

楼循波碰了一下杯，却没有喝，他想了"倒春寒"，说，不过，这事我得摸一摸我们队里的态度，看他们答应不答应。我怕当出头鸟。我的家在这儿，我也不想得罪他们，让我一家穿小鞋的事，防不胜防。

吴小庚说，这是应该的，……不过，要是不答应呢？

他说，那时候，我们再商量！

8

吴小庚兴高采烈地走了，却给楼循波留下了又一场啼笑皆非的闹剧。

应该说，怕戴"贩卖""投机倒把"之类的帽子，不甘心也不屑做政府不允许的"小贩"，到某个适合自己的单位干一番事业，确是楼循波的夙愿，一个美丽的梦想。这些年为了一家填饱肚子，养大儿女，逼他担惊受怕，像做地下工作似的去赚钱，讨了一些巧，但与办创业性的企业相比，只能算做小打小闹。从学习班回家，看到自己大队培育白木耳的房子被拆了的那一刻，脑际就闪出这样一声牢骚："'老刀牌'就是这种货！我这一滴山涧水，要跌也该选择一处值得我跌的地方去跌。"这一声牢骚，从此一直萦绕在脑际，慢慢地变成了要寻找一种新的活法的向往。外面的世界正在引诱他的这一刻，天降意外，当真要他到另一个地方去办企业了，他满怀憧憬和兴奋的同时，不能不认真权衡。

他认为，过去所做的，无非利用商业信息，这里低价买进，那里高价卖出，人际关系广泛一点，反应灵敏一点，行情把握准一点，胆子大一点，不怕冒险，加上一份不怕辛苦就成了。办企业就复杂了，起码要有技术，要学会用人、管人的那一套。对于他，都是一张白纸，万一办不好，怎么向人家交代？而且，吴家村，是落在山沟沟的小山村，接手了，能有多大施展拳脚的空间啊？再说，放他出去办企业，自己大队会同意吗？帮人家种植白木耳，还给送进了学习班，受尽了折磨呢，要跳出农门去打工，不翻了天？……

不过，毕竟是一个大机会，不管"倒春寒"会不会"倒"到头上来，这样现成的机会送上门来了，都得去摸摸行情，试一试有无出去看一看闯一闯的可能。

他按照吴小庚所约，去找三囡。

在这个小山村，陌生人出现总是受人注意的。何况所找的是备受关注的能人楼循波。当吴小庚离开火烧场，牛妹趁着星光到溪埠头去洗衣时，就有人向她探听消息。在居住拥挤的两室内，是没有秘密可言的。她觉得这是一次让她婆媳都引以为荣的接待，便骄傲地告诉邻居，她丈夫是如此之能！第二天一早，消息传到老八房三囝的耳朵里。他本可以不在意，楼循波的名气大、脑子活，找他的人五花八门，三囝管不着。只是请去办厂的，便触到三囝最敏感的一根神经了。外面都在传说办企业，公社开会时，干部碰干部，也总是说到这个话题。如果楼循波真的给他们请了去，在他眼皮底下办出了名堂，算哪一章？

他正准备深入了解，楼循波却找上门了，态度十分谦和，说是有事要向大队长汇报，"老刀牌"却只笑，不动声色。多年的干部经历，练出他一身涵养。到楼循波说罢吴小庚找上门来，并已经答应了邀请的话，他按捺不住了，突然冒出一句，你怎么马上答应了呢？

楼循波没估计到会这样反应，便问，怎么啦？

我们也要办！三囝说不清为什么会这样回答，反正，当年"鼓足干劲，力争上游"之类的口号，早已经化成了他的本能，而且加了一句，你是个人才，不能走！

楼循波急问，决定了？

三囝说，正在研究。

楼循波心里有数了。正在研究最后没有研究出结果的事，碰到的太多了，他说，那就让我先去，你们研究决定了，要我办，我就回来。

三囝断然否定，说，到了那里，人家还会放你走啊？为了自己队里先富起来，你等几天不成吗？

显然在卡。楼循波闷在心里多年的郁闷忍不住了，说，等几天，也无所谓。不过，我先要弄明白一件事，我是参加过学习班，接受过批斗的人，还是你们把我送进去的，听说，我是村里歪风邪气的总根子，引导人们往铜钿窟窿里钻，还听说，你这位大队长都愿意到学习班上当面揭发我的。这样的人，你还能用啊？

三囝跳了起来，谁说我证明你是村里歪风邪气的根子啦？上面为了农业学大寨的事来查问，问我培育白木耳、蘑菇是谁出的主意，我实事求是，说是你，是你主动找我来的，哪儿说过那些混账话？啊？一定要查一查，这样胡说八道的人到底安的什么心！你告诉我，我们当面对质去！

楼循波见他诚恳，就不得不显示自己的坦然，说，"打办"的赵主任当着大伙的面这么说的，不信，你去问好了！

对待领导，敢于这样顶撞，是楼循波生平第一次。为什么有这份胆？若干年后，他分析，是当时那股暖洋洋的社会风气影响了他，让他有了一种潜意识：你管不了我，最终我不当你这个队的社员就是了。当然，也是学习班上那一股气憋得实在太久了！也正因为他这样理直气壮，三囝才冷静下来，想到了事出有因：显然是自己的老八捅的娄子！这个老八到了"打办"以后，不知为什么，对楼循波这个他当成师父敬过的人，特别过不去，回家来，兄弟见面时，总是说楼循波满脑子是钱，不愧为新厅的孝子贤孙。开始，他弄不明白，一直表扬他聪明能干的楼循波，一定在什么地方得罪他了。有一次，碰到上溪沿的小龙出门跟六叔去敲糖换鸡毛，他竟一本正经教训小龙，出门敲糖换鸡毛该如何如何，当年他这就这样做的，说来说去是那几句话。自己的弟弟有几斤几两，当哥哥的难道不清楚吗？他知道，楼循波当时一再表扬老八，是在给他这位三哥脸上贴金，这个老八居然真的当成自己的能耐了。后来，楼循波一次次赚钱，八弟都眼红，开始恨人家了；今年过年聚在一起喝酒，吐出了几句话，证明了他的分析，帮他看清底蕴，八弟说，楼循波这个人很阴险，拿一套好话哄我走，好让自己闷声发大财去！

他觉得自己这个当三哥的，不能被八弟这种心理牵着鼻子走，生生地赶走站在眼前这个能人。拉住创造成绩，不就是给我这个当家人长脸吗？反正，都是白手起家，挂块牌子就算办成了企业去上报邀功的事，没有见过，却听说过，而且不少。我为什么那么傻，不当成政治任务来对待呢？明年公社领导班子要增选，我不抓住眼前这个热点做出新成绩，是上不去的呀！这一想，他当即摇摇手说，不必问了，不必问了。我还不相信自己的兄弟叔伯吗？反正，你是个人才，我希望你留在自己大队发挥作用。你等几天，让我和大队班子讨论出一个计划来，再做出最后决定好吗？

吃软不吃硬的楼循波口气缓了，想了想说，好吧，我等几天！

楼循波把自己大队长挽留他的情况，如实告诉吴小庚。

吴小庚急了，脱口而出，这是找借口卡人呀！

楼循波说，不好这样说，"打倒'四人帮'，思想大解放"，大家都想办厂，做一点实事。我呢，只看实际表现，谁落实得好，我就答应谁。我对我们大队长就是这么说的。

吴小庚觉得他说得有理。越发相信自己社会风向看得准，迈出这一步很有价值。他召集队里两套班子开会，全票通过聘请楼循波的决定，然后加紧攻势，调度各种社会关系，去找洪塘镇公社党委书记帮忙。这位书记早就知道楼循波是一个人才，只听说他家成分高，不敢用，见朋友上门来说情，便答应了。

吴小庚万事俱备，就从洪塘镇直奔金银坞。

就在这个关节眼上，金银坞发生了一件轰动全村的大事。小春芳的男人没有死，以全新的面貌回来找她了！当年她当众咒骂治保主任四团，"我是曾经沧海的，比你们大得多的共产党干部，都喊过我嫂子，喊过我同志"，原来确有其事！当年被乡亲们看作浪荡子的楼锦熹，被逼离家辗转到杭州，参加了地下党组织，并与卷烟厂的女工小春芳成为夫妻。新中国成立前夕，组织要他回乡来等待机会，打入国民党军队到台湾做谍报工作。村里就把那间破破烂烂舂米的踏臼屋给了他，潦潦倒倒的他，把踏臼屋改造成了跨溪屋，便"失踪"了，原来是安排他的爱妻老有所养！一去几十年，终于回来寻找她了，西装革履，震惊了所有的"山里虬"！在前厅老夫妻抱头痛哭的情景，感动了乡里乡亲，发现小春芳果然不是凡俗的女人，并不是像青楼妓院卖春女人，都起个带"小"的艺名，而是堂堂正正的一个姓：萧。大队领导设酒席热情款待这位"老干部"的时候，三团想到了办企业的事，希望拉楼锦熹作为台商来金银坞投资。金银坞却不是楼锦熹所选的目标，为了报答乡亲对小春芳的"照顾"，他愿意拿出一万元人民币来资助乡亲改善生活，随便选点生意做做。

三团立刻说，好呀，我们正打算办社队企业，就拿这笔钱办个厂吧！

楼锦熹说，好呀，办厂，做实业，这路子选对了！

三团说，就请小春芳当厂长吧！

楼锦熹笑了，说，老了。我要带她出去走走。这笔钱，就交给大队管理吧！

三团忙说，那好，那好！您是雪中送炭！我一定请个能人管好这笔钱，用好这笔钱，让整个大队的社员都受益！您尽管放心！

说这话时，不少人在场，都说大队长说得好。并且很快传开了，从洪塘公社传到了周边的各个公社。说金银坞风水好，有人有财，社队企业说办就办成了。

消息传到了吴小庚的耳朵里。吴小庚急了，立刻找到金银坞来了。

这一天，母亲发烧，楼循波去赤脚医生那儿配药，碰到了也来看病的三团，三团告诉他进展情况，特别兴奋地说，钱马上到位了，一万元人民币，这是我们大队的一件大事啦！这两天正在研究办什么企业最好，听取各方面意见，到时候，一定会找你来拍板的，反正请你做好走马上任的准备。楼循波很高兴，完全能够理解，手上拿着这样一大笔钱，步步都要小心啊！能够充分研究，减少我的责任，不好吗？

这一刻见吴小庚又上门了，是第几次上门，他都说不清了，胜过三顾茅庐是肯定的了。不说堂堂一个村支部书记、大队长，厚着脸皮，不辞辛苦，一次次翻山越岭上门来，对这种属于职务性的工作如此尽心尽力，就凭吴小庚把他从学习班里"捞"出来的那一份"义"，就应该跟着人家，到他们队的干部和乡亲前露个面，帮他直接解释一番，减轻这位大好人的压力。自己大队的企业，明后天就会有结果，到那时，他就陷入一大堆具体事务当中去了，要去就趁早。

楼循波当即不顾母亲的病，说，我们队里筹备工作进展也很快啊，我这就跟你去看看你们大队的情况，和干部们见面谈谈再说吧！

吴小庚求之不得，当即带他到吴家村大队去了。

这一去，楼循波才知道吴家村的情况，和金银坞相比，简直是天壤之别！这大半天的经历，也成了他的生存选择中一次人生智慧、人生经验的大检阅、大突破，吴家村，成了他人生的又一座辉煌的纪念碑。

第三章　原材料、订单和代加工等

1

吴家村大队实在太穷、太穷了；"山里虬"们也实在太怂、太怂了！

按直线距离计算，这个小山村离开金银坞不到二十里，就是给山隔远了。他当然不是第一次去，以往，走马观花式所给他的感觉，就是另一个金银坞，山瘦地薄，人穷志短，这一次涉及自己前程和命运的接触，才知吴家村是穷到骨子里的穷！

多少年之后，楼循波对他和吴家村干部第一次见面的情形，还历历在目。

他跟吴小庚到达时，已经星斗满天，草草地啃了几只山芋，便被引到大队狭仄的会议室里，只见坐得满满的一屋子人，有干部，也有关心此事的普通社员，劣质烟草雾弥漫得化不开，都想来听听吴书记请来的这位高大魁伟的能人有什么高招。

楼循波早已从吴小庚的言行中，感受到大家对他的期望很高，此刻，这一期待触手可及。他打定了主意，到了这一步，就得用这里的角度摊开自己的想法，以自己的真心实意，赢得大家的开诚布公。吴小庚介绍罢，他就说，吴支书诚心诚意请我来，我很感动，答应之前，应该让我先了解了解你们的情况。办企业嘛，就像烧饭，要按米下锅。米多，我给你烧饭；米少，我给你烧粥；再不济，我就给你烧菜泡饭。你们得老老实实地给我透家底，到底有多少钱？到什么山唱什么歌啊！摸清楚了，我才会决定该不该来挑这副担子。

众人面面相觑。

到了这步田地，吴支书不得不道出实情：村里没钱。

楼循波颇觉意外，脱口而出，没有大钱，小钱总该有的吧？

一阵七嘴八舌，答案出奇地一致：没钱。真的没钱，小钱也没有。

太意外了，难怪，吴书记辛辛苦苦一再上门，从来不提资金的事，有时候，分明是刻意回避，原来，是要我空手套白狼来的啊！眼下，每个村，每个队，哪怕远在深山老林的，都一窝蜂地想办集体企业，无非都是为了赶浪头，空凭一腔愿望、一时冲动，心里没底，两手空空，没有资金，没有厂房，没有设备，没有技术，没有明确的产品目标，更说不上什么销售渠道，名副其实的一穷二白，却万万没料到，会一穷二白到这地步，一个大队的集体经济，居然连一点小钱也没有！

他很有上当受骗的感觉，真想起身一走了之！

忽然，从屋角落里，传来一声近于诉说的感叹，我们太怂呀，我们太怂太怂了呀，真正的又穷又怂哪！

这个"怂"字，刀刮一般刮到了他的心上，猪团以及和生他们一群，齐刷刷向他下跪的情景，随之重新在他面前出现了。"在这样的怂兄弟面前出逃，才是真正的怂包"，这样一声谴责，仿佛从天外闯进了他的心灵，一下子镇住了他！

紧接着的阵阵诉说，差不多淹没了他。"我们知道你能干，心好，帮我们种白木耳，没收一分钱，才叫吴书记盯住你的。""真的呀，我们就靠种白木耳那点收成，过了一个好年，我们想，你能帮我们过好年，也能帮我们过好日子的。""你一定要帮帮我们哇！""别看我们穷哇，我们就是山太多、地太少、水太缺了。只要你出个主意，我们什么都会干！说句实在话，我们穷，可我们人不怂啊！"

一句滚瓜烂熟的名言，陡地闯到他面前来了："一张白纸，好画最新最美的图画。"是的，他面对的是一张白纸，这张白纸，此时此刻，似乎有一股特别能激发他去描绘的冲动！

他看了一眼挂在墙上的电子钟，已经十点二十分。

他说，谢谢你们对我的信任。让我回去想一想，再决定好吗？

又是一阵七嘴八舌：对的，这是一件大事，上马容易下马难，应该想得周到一点！

　　有人喊，老五，把老楼带到你家去宿一晚！你家条件最好了！

　　他说，不，我要赶回去，我妈妈在发寒热，我不放心！

　　吴小庚说，那好吧。天黑，又都是山路。我们送你回去，走肠挂壁，那儿近。

　　肠挂壁，路如其名，就是在悬崖当中劈出来的一条栈道，像肠子挂在壁上，狭窄处不到三尺。上望如壁，下临深崖，一不小心，堕入崖下尸骨难找。不是急事抄近路，一般人是不走这条路的。他也是只闻其名，从来没有见识过。如今，他们一听他母亲在病中的焦急，竟要冒这份险，连忙说，不用不用，我从原来的路回去吧，多花一点时间罢了！

　　不行不行。多两个小时哪，我们一定送你走过那段肠挂壁，让你早点平平安安回家！

　　他们不由分说地打起了松明火把，浩浩荡荡的一大群。

　　此生此世，每当一想到护送他的情景，他总是热泪盈眶。开始不明白，他们派了这许多人干什么，后来才知道，就是一个接一个卧在悬崖边上，一手抓住岩石或树木，一手打着松明火把，头顶着脚，脚接着头，硬是用他们的身体筑成了一道安全护栏，在一股浓烈的松油燃烧的火焰里，让他平安而又快捷地通过这条栈道！他不希望他们这样做。可是，就是说他们太怂太怂了的那个老人，说了这样一句话：我们请你来，就得平平安安地送你走！不伤一根毫毛，是最起码的呀！

　　这一句话，让楼循波相信，地穷，山穷，水穷，人穷，人穷却不怂！

　　可是三囝呢？

　　他不能不想到自己队，想到"老刀牌"。他睡不着了，一夜浮想联翩。

　　他想，三囝在叙述他帮大队种白木耳时，如果真如当面解释的那样，没有把责任推到他楼循波的头上就算了，然而在"实事求是"的后面，却分明隐藏着三囝保护自身不受牵连的用心，把责任推给了在学习班里接受审查的他！这样没有"肩胛"的领导，在他短短的生命史上，没有碰到，看得却不少，听得也不少！此时此刻，当事人的这种敢于担当的"肩胛"，对于他实在太重要、太重要了。

办企业哪有那么容易啊，一路风尘，步步惊险，何况是这些"山里虬"，都是大姑娘上轿——头一遭，谁知道结果会怎样哩。手头拥有这样一笔上万元的投资款，盯我的眼睛漫山遍野，成功了，当然好，如果办企业失败了，亏了，在这样没有"肩胛"的领导下，我楼循波长着几双翅膀也逃不了！那就不是进学习班的事了，不光自己，一家老少，不给口水淹死才怪呢！这一比，吴家村大队的一穷二白，给我的却是一个无拘无束地施展本事的平台，而且是施展空间无限的平台，蚀掉的，最多是我这个能人的名声。留在队里，战战兢兢，戴着镣铐，是跳不成舞的呀！

他再也躺不住了，起身来，打算到自留地看看。早就起身的牛妹，正在灶膛下烧火，火光映红了她的脸，一见他就说，昨晚三囝找你呢！说大队研究决定了哩，连厂名都起好了，叫共富厂，要我告诉你，早上到大队去一次，办个手续。

他不再犹豫。但他知道，自己对此事的思考与取舍，暂不能告诉这个直心肠的妻子，以免节外生枝。他默默地吃了早饭就去找三囝。三囝正好在办公室门口掏钥匙开门。楼循波就在门外，直接地说，大队长哪，我想了再想，我的舌头已经割给吴家村大队了，翻悔不了啦，自己大队的企业，你还是另外找人吧！

"我把舌头割给你"，是"山里虬"们对"承诺"某事的形象表述，比"答应""接受"之类，郑重得多，庄严得多，体现出这是写了血书一般不可更改的承诺。

三囝怎么也没有料到，拿到了偌大一笔投资款的金银坞，会留不住这个角色。当然，这时候他并不知道真正原因，他只想到这"一滴怂"傻，只知道，有了这样一笔资金，你楼循波不干，有人会干的呀，而且会抢着干哩，最重要的是他心里马上有了人选，不仅没有丝毫遗憾，反而觉得这个傻帽帮了他一个大忙。这样一句话也就自然而然地出口了：

你这角色，错过了这么好的机会，傻呀！

楼循波无奈地笑了笑，老老实实地认了傻，便赶到了吴家村大队，创造了一场不久以后即被人誉为"隆中对"的见面会。

2

吴小庚见他接受，喜出望外。消息顿时传遍了小小山村。老的少的，男的女的，有的是怀着一腔憧憬，有的是怀着某种好奇，都赶到大队部来，挤了一屋子。

话题，无异于头一天晚上的内容。

楼循波苦笑着，直奔要害，说，没钱，说的都是空话。我最不欢喜纸上谈兵，纸上谈兵还得有一张纸啊，我们连纸也没有一张呀！

满屋子人都尴尬地笑了起来。

他提高了嗓门，说，不过，我既然来了，把舌头割在这儿了，就得弄一张白纸，在白纸上写个名字，企业要开张，要刻公章、办执照，没有名字是寸步难行的哇。

房间里活跃起来了，说：对呀，对呀，你就起个名吧！你有文化啊！

楼循波环视大家，想了想，说，这样吧，我们是白手起家，盼的是天光明亮，就像天刚破晓的那种光明，就把这个厂叫作"黎明"吧，黎明，曙光在前，前途无限，但也可能会出现黎明前的黑暗。天天叫着黎明、黎明的，就是在思想上，有了这样的准备：有奔头，却也有可能像山涧水，跌跌撞撞冲过九溪十八涧才会到海！

话音没有落，就被一片叫好声打断了：

哦嗬，好名词啊！到底是能人！

哦嗬，一听就知道是有学问的！

一片哦嗬哦嗬声，似惊，似喜，是赞，是叹。

楼循波被这片哦嗬声鼓动起来了，趁势引导大伙，往深处思考，说，那么，这个厂生产什么呢？我们现在什么都做不了，那就说明什么都能做，就是什么都能做的厂。就叫综合厂吧，你要做服装，我就做服装，你说做鞋子，我就做鞋子，先把订单拿到手再说，没有订单，说啥都是多余的。我们的厂，就叫黎明综合厂！

又是一片"哦嚹"的似赞似叹的声音，还有人鼓掌哩。

他知道见面定规矩十分要紧，所以不愿失去挥动这三斧头的机会，说，不过，丑话要讲在前面。你们也是穷怕了，但谁都不想当个怂包，我呢，答应了你们，也是穷怕了，也是不想当怂包，所以我们走到一起来了。可是想到一起，走到一起，不等于一定会如愿，就是说，厂牌挂起来了，能不能接到订单，能不能赚到钱，我不知道，大伙也不知道，所以我们今天的合作，只能是临时性的半合作，什么契约也不用订。出门揽生意，开头几趟的差旅费我自己掏，如果订单拿回来了，我向厂里报销，如果没拿回来，我们拉倒，一切费用我自己承担，只请你们嘴下留情，别说我楼循波没有用。我可能真的没用，没搞过企业，但我也没有花你们一分钱，揩过你们一分油，请不要在外面说我事情没办成，便宜倒占了。

又是一片赞同声。有的说，当然啦，当然啦，这是开天辟地呀，谁都不能打包票的；有的说，你贴了本钱帮我们，没做成，还怪你，还是人吗？……

黎明综合厂就这样在小山沟里诞生了。

在场的人多，事情又新鲜，闻所未闻，更佩服楼循波的坦率真诚，感动、兴奋得众口相传，一时间成了新闻，传到一些好事的又有文化的人那里，添油加醋，被戏称为初出茅庐时一场指点江山的"隆中对"。

不过，做毕竟不像说那般轻松，他面对的局面，还没有"隆中对"那种条件。"隆中对"时的刘备，还有"桃园三结义"的左臂右膀，有一定的军事实力，加上汉室皇族的那一份家底。楼循波除了一块还没出娘胎的综合厂的牌子、一枚新刻的图章，一分启动资金都没有！吴小庚感到实在说不过去，东家凑，西家助，并把几家欠款收了来，凑出了八十元钱。

八十元，连一次差旅费都不够啊，他丝毫不奇怪，反而越发相信自己，当众做出不拿回订单不报销差旅费的承诺是对的，对人，对己，都是一笔无法用数量来衡量的启动资金，因为这是一笔以他的人格、能力、信心和声誉作为抵押的承诺！

头一个问题，这个什么都可以做的企业，到底要做什么？

这一口"开口奶"一定要吃好。

这问题，爷爷的《换糖经》不管用，自己这些年的经商经历也不管用。卖生姜，贩豆腐皮，这种在他心理上带着贩卖罪恶的生意，早就敬而远之了，批发纽扣也太小打小闹了。企业，不是批发人家的，而是要自己生产产品的呀！

纽扣，却拉着服装生产站到他眼前来了。

不错，生产服装，挺好的。不过，当时他考虑的服装生产，就是服装加工，带着很大的计划经济的痕迹，即是说，按照销售渠道制作。

他带着这个框架，先到新华书店去找有关办服装企业的书籍。书很多，但最显眼的架上所陈列的，并不像当今所见的，不是经商下海所必备的工业、商务、企业经营之类的经济实用书籍，就是穷瘪三如何变百万富翁的励志书，满眼都是政治、文艺书籍，而且始终是那么几种，尽管因为恢复高考而增加了不少数理化之类有助于补习的参考书，对于他，都没什么用处。服装的书籍是有的，但不是如何创建服装企业去发财致富，而是小家庭里如何自制服装，勤俭持家，过好小日子，实用性很强。像是如何裁制中山装，如何做男女衬衫，如何制作裙子和童装之类，不仅有文字说明，还有图画。

不太对口，但引导了他的思路：好，就办服装厂，男女老少都需要的，和老百姓的生活贴得紧、说得清、卖得出，他从纽扣批发中直接感受到它的宽广市场需求，而且，最便利的是，他做纽扣生意时，和几个做服装生意的人打过交道，还都是有名有姓的。给他印象最深的是王基忠，在六里亭小街上开了家基忠服装店。记得，第一次拿到纽扣到了六里亭，被摆脱"贩卖"帽子所驱动，他找上门去，想试一试能否成为批量推销对象的，便是此人，听说还是乌伤大地最早做服装生意的角色。当时此人的门面很小，用不了这许多纽扣，没有再交往，但潇洒的气质和精明过人的谈吐，教他过目难忘。据说，王基忠的门店扩充了，生产童装，生意不错；还听说，六里亭小百货市场结束了露天摆摊、沿街为市的格局，搭建起了钢架玻璃瓦棚，两边用水泥板筑起了成排摊位，成了可以挡风遮雨的一条新马路；还听说，这都是县政府出资建筑的。为了验证这些传闻，楼循波也要去走一趟，这是对县政府真的支持他们办企业的一个见证！

果然，名不虚传，一派新气象！他很激动，以一种从未有的踏实、轻松的心情，边欣赏，边寻找。一个个摊位，一家家店面……多数是经销者摊位，少数是前摊后坊的产销一体户。终于找到了王基忠，王基忠就属于这种"产销一体户"。

王老板很忙，正在柜台前接受一批订货，心情不错。楼循波感叹罢巨变就长话短说，说起自己眼下的打算，恳切地向王老板请教：我是不是跟您一样也办个服装厂啊？

王基忠说，好呀，眼下服装销路挺好的。

楼循波问，什么服装好？

王老板说，什么都可以做，看来料渠道，还看你对市场的了解。

楼循波知道，做服装生意，来料是个大问题。经济短缺的阴影仍然在中国上空徘徊。农业学大寨，以粮为纲，山地上种棉花早已绝迹，一铜板厚的土布和木制织布机，都只能在博物馆里看到。浙江省每人每年的布票是1.8市尺，只够做一条短裤，兄弟姐妹几个人的布票合起来，勉强做一条裤子，轮着做，轮着穿，相当普遍。楼循波就有直接体会，有一次敲糖换鸡毛途中，碰到一群乡亲在一家百货店门前排队抢购花手帕。手帕是因为色差而处理，不需要票证。他当即抢购了四条，给玉莲做了一件没有袖子的运动衫，很漂亮，见者莫不啧啧称羡，直夸她哥哥的运气好。还有呢，拿石化厂生产的涤纶丝做的纺织品缝制成裤子，很牢靠、耐磨，还有涤丝纺，印花很鲜丽的，成了女孩子梦寐以求的服饰。王老板说得不错，"看来料渠道"，有什么做什么，这一关很要紧。

他忙问，你的布料哪儿来的啊？

王基忠笑了起来，说，虾有虾路，蟹有蟹路……他突然刹住嘴，站起身，说，对不起，我有几句话，要去告诉成衣间……便跑到里面去了。

他被独自抛在柜台前了，开头觉得蹊跷，几秒钟以后，便恍然了，不就像纽扣厂当家人处理残次品嘛，大权抓在关键人的手上，卖给谁，不卖给谁，就看关系，看交情。没关系，不卖；有关系，卖；关系好，多卖；关系特别好，或者能得到好处的，残次品以外，只要不影响完成计划的，也可以卖。这是潜规则，一家有一家的账本，"虾有虾路，蟹有蟹路"，一点不错。对于王基忠来说，涉及生存与发展，哪能轻易透露啊？闯荡了这些年，你还不懂啊，问得真蠢！

他心里有了底，打算就此告别。只是王老板说的，需要对市场的了解。要了解服装市场还得问问王老板！

王老板处理好事情，回到摊位上来了。

楼循波体贴地说，你很忙，我不多打扰你了。你说得对，除了来料，还要对市场了解。了解市场，最好是销售员。我有个要求，请你介绍几个销售人员，你们厂的，别的厂的，都好。我想拜他们做师父，跟着跑几趟，了解一些情况，学习学习那些门道。

王老板又笑了，说，好呀！不过……我们厂小，没有专门销售人员。别的厂嘛……他犹豫了一会儿，坦然说，老楼呀，你也别找他们了，他们不会带你的，也不会说真话的。

他一怔，为什么？

王老板说，我看你们白手起家，不容易。我不希望你走弯路。

他一惊，为什么？

王老板说，销售这扇门里，有不少他们自己定的规则，都不相同，是不能让外面的人知道的。有你作为第三者在场，便成不了交易。明白吗？他们是不会带你的。

我不明白！

王老板还是笑，答非所问，说，其实不复杂呀，你多跑几家厂或者店家，了解了解，不就清楚了吗？……对不起，我里面还有点事，我不陪你了。有空常来走走！

下逐客令了。

他怏怏地离开了基忠服装摊位，在钢架玻璃瓦棚下的小街上踯躅，不断咀嚼着王老板的这些话，"虾有虾路，蟹有蟹路"以外，还"有他们自己的规则"，到底是什么规则啊？他不明白，却想到了养蜂人高小宝初次送蜜蜂来的场景，他相信，这规则是存在的，只是行业不同，规则不同，环境不同，这个销售员和那个销售员也不一样，反正每一扇门里都有一个外人不知晓的规则！

他心里有底了。布料问题，按他的经验，在遍布国有企业的当下，黎明综合厂这样的小小乡村企业的生存需求，何足挂齿啊？拿乌伤大地的一句俗语来形容，就是"手指缝里漏出一点点，就够你吃饱了"，找一家愿意"漏"给你的单位并不难。最难的是服装是否销得出去，也就是王老板说的对市场的了解！

　　他决定，亲自出去摸一摸。我这一滴山涧水都跌到这一步了，还怕再跌吗？过去，我没有担心什么损失，这一回，也不怕有什么损失。

　　怎么跑？像个调查员上门吗？当然不行。

　　何不就把自己当成一个销售员上门去呢？

　　对呀！他后悔，没有在王基忠那儿弄几套童装，拿它去找生意。

　　不不不！童装太小儿科了，局限性太大，我要走进的是一个大世界！

　　他突然撞到一个人的身上了，随即听到一声吆喝，你不长眼呀！

　　他定神一看，是个中年汉子，身着一身浅蓝色的防护服，胸前印着"抓革命促生产"六个红字。楼循波像发现了正在寻找的宝物似的，心里一亮：对，工作服，就是厂家发给职工的工作服！大众化，需要量大，弄得好，销售对象相对固定，而且还不会触及他多年来心灵深处的贩卖恐惧症：不需要摆摊头！

　　他立即从钢架玻璃瓦棚里跑了出来，找到附近一家工厂打听防护服从什么地方买的。不远，就在县城东门外。他赶过去，以某厂委托他买样品为名，打听好了批发价。但他没有当场买下，回金银坞安排好家里的事，然后翻山越岭，到吴家村大队去找吴小庚。

　　吴小庚正在大队部和会计们商量什么事。楼循波还是一副长话短说的样子，口吻却近于宣告：我马上要出去找业务了，可能找到，也可能白跑一趟。所以，我要把那天晚上说的话，当着大伙的面再强调一下。如果我接到了业务，这次出差费就到厂里报销，你们也算正式聘用我了，黎明综合厂也就正式开张了；要是找不到业务，聘用我的契约，也就不要订了，口头说的都算解除了，这次出差的花费，也由我自己承担。

　　见他这么认真，大家又是一阵"哦嗬，这样的人没见到过哪"！尤其是吴小庚，他做了这许多年干部，识人无数，多数都是公家的钱只怕到不了手，到手了就不怕报不了。说话这样实在、办事这样地道的人，真是少见，当即骄傲地表示，哦嗬，你们看，你们看，我没有找错人嘛，凭今天你特地上门来说的这几句话，不管你这一次出门结果怎样，我们都要请你当这个家的！

　　一片附和声，是呀，是呀！好树不怕凤凰来！

吴小庚马上对会计说,快去把那八十元钱取出来,今天就给他带去!然后回头对他说,几个小钱,也算我们对你信任的一点点表示,当成聘请你的定金吧!

不错,区区八十元是小钱,他有钱准备起屋,当然不在乎出差周转的钱,吴小庚这几句知心知意的话,却感动了他。本来是为了预防失败伸一条腿来的,倒成为必须成功的一份"军令状"了!一见钱不是现金,还要花时间跑到公社信用社去取,就说,算了,还是让我垫着吧,回来一起算。

吴小庚惭愧地说,真不好意思啊,那就麻烦你一起垫垫了!

第二天一早,他就直奔东门外服装厂,买了两套工作服,男女各一套,男的16元一套,女的12元;和六里亭钢架玻璃瓦棚下撞到的那人所穿一样,蓝黑色的斜纹布面料,做工还算精细,左胸也有"抓革命促生产"的字样。当时,他对服装业完全是门外汉,只凭习惯注意价格,留心有多少差价,能赚多少钱,到了家,才想到应该详细了解这个布怎么买、怎么做。契约呢,对了,应该叫合同的,怎么签、销到哪里去?这些问题尤其要紧。我不再是小贩了,是在办企业了,是一定要签订这个的。其他都可以缓缓,只有这个叫合同的契约,从来没有签订过,连见都没有见过,但一定要做到心里有数。而且,合同要随身带着走,有了生意不当场签下,都算白忙。

他再次去找王基忠。王基忠说,我们厂的业务不多,都是进了料自己加工自己卖的,用不到合同。但手头倒有一份样本,送给了他,说,这是前两年一位国营厂长要我帮他们加工时给我的,后来没有谈成,就给你吧。不一定能用,带去做参考吧!

楼循波接过来一看,国家工商局统一制定的格式合同,铅印的,密密麻麻两大张,让他明白,一切产品都要写明规格的,规格就是尺寸。什么是服装的尺寸,确是需要一点专业知识的,至于销售,却属于他们的下游,完全是隔靴抓痒。但总算有了个底,便收下了。

他就这样出发了,提着一只当时流行的黑色人造革皮包,上了火车。

他的目的地,与敲糖换鸡毛的路线截然相反:江西南昌。

3

不选别处却选江西南昌，楼循波有过一番权衡。

他可以去上海，也可以去杭州，那是体现当代工商业理念的国际都市，市场大，周转的天地大，而且几次到那儿领教过它们的一些市场规则。但这两个选择都被他否定了。他想，这不是贩卖生姜，一个还不知做什么生意的山村小企业，一家不仅没有服装设计师，连熟练的缝纫工都不知在哪儿的空架子企业，到那种洋地方去，不是小青蛙和大象争地盘吗？

他可以到南浔这样的中等城市去。但在他的印象里，南浔就是丝绸，就是毛笔，就是纽扣，挺高雅的，而服装，没有给他留下丝毫印象，同样存在不会接受自己企业产品的顾虑。这种顾虑，说是自卑，也是可以的。

他的思路，就这样来了个反转，从北转到了南。是的，应该向南，南方，就是服装的天地，就像玉莲身上的时尚，都是从南方来的。同时，一个多数农民都怀有的、带着一点图吉利的因素，也在他的潜意识里帮他最终做出了决定：到江西去，到南昌去，那儿是共和国的发祥地，一定是创业者起步的风水宝地。

这次和前几次乘火车不一样，以往，戴着顶"贩卖"的帽子卖生姜，他只怕飞机袋里的秘密泄露，小心翼翼地，甚至不敢和一般旅客交谈，怕人家追问，怕自己露马脚。这一回不同，尽管是个空架子，没有厂长的自豪，却有销售员的沉着。楼循波心里堵着合同上那许多"规格"，一看到像做生意的旅伴，便忍不住凑上去攀谈攀谈，希望碰到一个行家解除他心里的疑难，学点本事。他坐的是慢车，有的是时间。可惜在车上十几个小时，上上下下，都是和他差不多的散发着一股"日头臭"的乡下人，不说服装规格，就是普通生活用品的买卖也无话可谈。到了南昌，第一感觉，和杭州、上海一样，也是楼屋接楼屋、马路连马路，不管是建筑还是人的气质，都与他那寒碜企业不匹配。但他仍然被碰到行家的期待所驱使，在南昌住了下来，打算利用一两个晚上，了解了解行情。

他住的是一家小旅馆，当然不再住通铺了。三个人一间。同屋见面互通姓氏，询问出门何干，果然有一个是采购员，是一名公社干部，额前秃得像电灯泡，来找某化肥厂的门路采购氨水，一副无所不知的神气。楼循波一说起他不是采购而是推销服装的，前秃顶就显出很有经验的样子说，放心放心，时下物资都紧缺，只要手头有货，好女不愁嫁！

楼循波问，合同怎么写，你知道吗？

前秃顶很奇怪，你跑业务，不知道合同怎么写啊？

他老老实实地说，我出门揽生意，是大姑娘上轿——头一遭。

啊，难怪。前秃顶拿出轻而易举的口吻说，这还不容易啊，你去找一家签一次不就会了吗，从战争中学习战争，我们都这样。

把合同看得很神圣的楼循波，却不同意，说，这是契约文书，不能乱来的呀！

前秃顶笑了，是契约文书又怎样？别看得这么严重！戏法人人会做，巧妙各自不同。

他一怔，啥？

前秃顶只是笑，说，不难，不难，不难的！你去找一家服装店试试就明白的。

楼循波觉得此人言过其实，而且所知就是这些了，再问也问不出什么，有点失望。不过说得也有一些道理，生活中有许多事情，关起门来绕来绕去绕不灵清，只要去做一次，有些窍门和道理，一点便通。能够放下身架当孙子，有啥跨不过的坎哩？战争中学习战争的奥妙，就在这里。要紧的是，赶紧去找到这样一个签订合同的机会。

这一想，他就不想在南昌待下去了。与他们黎明综合厂身份相称的"课堂"，应该到南昌辐射出去的县城和乡镇去寻找。

翌日清早，他退了房，乘长途汽车往赣江彼岸走。车辆越过了八一大桥，在一个鳞次栉比的城镇下了车。这是一个三等小县城。街道狭窄，无处不是历史的尘垢，一股浓郁的乡村气息，熟悉得教他立即产生了在同一平台上周旋的认同感。

他放开脚步往前，寻找目标。

临街一块大众劳动防护用品批发部的店牌，招引他走了进去。他的目光掠过货架上五花八门的手套、头盔，定格在工作服上，看了一眼价目卡，便从人造革皮包里取出那两套，向柜台里的一个营业员送过去：老表，这是我们厂生产的产品，不知道你们需要不？

营业员接过工作服，粗粗地看了一眼面料和缝制的线脚，随口问，啥价？

他想，今天我一定要看到合同是怎么签的，价格就是关键。他无师自通，报出的价格低了柜台里所列价格几个点，说，男的12元，女的9元！

营业员眼睛一亮，以为听错了，什么？男12元，女9元？

他说，是的。

营业员刷刷地分别把男女两套工作服展开，训练有素地看了看几个部位，说声请你等一等。便转身进了收银台后面的小门，喊出一位微胖的中年汉子，向他介绍：他是我们经理！

胖经理抓起服装，看了看，说：做工不错！面料也好！你说，这套12元，这套9元？

楼循波注视着经理的眉眼，说，是的。批发价！

胖经理的眉毛高高扬了起来，说，可以呀。我们正需要这样的货源。先给我们各500套，下个月交货，行吗？

要货并不意外，意外的是超乎想象的大笔订单，他迟疑了。对他而言，真要签这份契约文书，订单越大，承担的风险就越大，不禁讷讷了，各500套？这么多？

经理说，对呀，各500套。怎么啦？

他想，箭在弦上，不得不发了，心一横，暗想，是学习签订契约文书来的，只要经历一下签订的整个过程，搞清这种合同签订中的每一个细节，哪怕签写了再找理由作废！就坦然地确认，说没什么，没什么，就500套！

他的迟疑不决，价格又这么低，引起了胖经理的警觉。

胖经理问道，你是哪儿来的？听口音好像……

浙江省黎明综合厂！

浙江省黎明综合厂？没听说过，在浙江哪儿呀？

越问越具体了。他说出了地址，说是新办的。他是第一次出门拉生意。说着说着，动了感情，觉得这次能够学习到签订合同的窍门，哪怕付一点学费也是需要的，只是尽可能地少付一点。就老老实实地说，我们什么都准备好了，就等销售渠道开通，你们是头一家，所以特别优惠！只是……500套，太多了。怕生产能力跟不上，一时交不了货。

经理明白了，有感于他的诚实，就说，那就各100套吧！

好吧，就100套。你们认为好，再签订。

胖经理说，行。你合同带了吗？今天就签了，行吗？

期待着的一刻终于来了。这是关键的一步，容不得半点马虎的。他说，合同带来了！边说边拉开了人造革皮包，伸手往里面掏合同。当手指头触及那枚新刻的图章时，风险提示又出现了：一百套，亏了，也不是小数目呀！契约文书不是随便可以签的，关键是图章！

一闪念间，他把图章往背包角落里一推，只取出那份格式化的合同，说，经理，不瞒您说，我没文化，写出来的字会让你们笑话的，所以合同还得你们帮我写。

胖经理说，好好！便当仁不让，热情地把他请进了店堂后面的办公室，像对待一位值得长期合作的商业伙伴，特地泡上一杯庐山云雾茶。

他口渴，却没心思喝，睁大了眼，看胖经理那支不断移动的笔。有的是往空格子里填充，有的是在空白处写明规格，可谓驾轻就熟，很快写好，之后胖经理打开抽屉，取出图章来在"乙方"那个部位盖上了，然后把钢笔递给了他，示意他看一看，同意的话，就签上厂名、盖章。他赶紧接过。说真的，他的眼并没有这么尖，的确需要细看，虽是工商部门统一印制的，适用于所有服装，但对于劳动防护用品中的工作服，经过胖经理一填写，楼循波才明白具体约定都是毫不马虎的：面料的名称，大、中、小、特大号等不同规格的尺寸，而且在数量上，还有一定的比例，中号最多，大号小号少一点，特大号也有一部分；此外，质量的标准、交货的期限、付款的方式、甲乙双方应当承担的责任和违约所承担的后果等，都很详细。无奈，此刻满脑子转的是不敲图章到底会带来什么后果，话该怎么说。几秒钟之间，这样一个主意，便主宰了他：反正，合同在手，把这事解决了再细看也不迟！于是，紧随胖经理的话茬，突然想起来似的，说，啊，还得敲图章！……怎么办啊？我们新开张，图章还没有刻好。能不能让我把合同带回去，盖了章以后，挂号寄给你们？

胖经理丝毫不以为怪，收回钢笔，说，行呀，行呀！

原来，这也是允许的，叫草签！

楼循波喜出望外！潜在心灵深处的某种负罪感，顿时烟消云散，早知道这样，签500套算什么呀，一万套也是没有关系的呀！既然这样，他怕多露马脚似的，立即收起合同告辞，回去仔细研究了再说。出了门，扑面而来一阵风，教他忽地发现，有一个最不能马虎的地方，尽管是草签，必须马上弄明白！

这就是胖经理在"付款方式"一栏里，写的"托收"两个字，还有银行的名称。

餐风宿露，千里奔忙，不都是为了赚钱吗？钱怎么到手是最不能马虎的一关。托收，托谁收？就托这家银行吗？这是什么银行呀？挺眼生的……

他盯着这个词，心里直打鼓，我太急了，真该问一问再走的！

对，此刻还不晚，应该马上回去。

他一转身，忽又站住了。他想起他们那儿好像也是这家银行。回去问一问不就得了？好的。他把草签合同收进人造革背包，沿着拥挤狭窄的街市，东张西望地，寻找汽车站。转了两个街口，中国人民银行江西省分行新建县支行的大牌子，突然立在他的面前了。啊呀，这不是合同约定的银行吗？

不错，这是当年中国唯一的一家银行，营业点遍及所有城乡。他立即走了进去，东张西望地到了办理业务的窗口前，摊开合同，虚心讨教。

他这才明白，"托收"是金融业内的一个专用名词，也是当时大宗商品交易中流行的付款结账方式。意思是凭这份商品交易合同，凭工厂的出厂清单、发票和铁路运输单，委托银行向收货的客户收款，一般企业都这么办的。他恍然！企业资金融通中，免于巨额现金搬家，原来还有这么方便又保险的付款方式！回去以后，黎明综合厂，需要选择一家银行开个户头。亏得没有回去问，连这种最起码的要素都没有，你这家企业算什么啊？笑倒哇！

楼循波兴奋得仿佛取得了一份结业文凭。这关键一步的突破，把原有的不敢去市区谈生意的自卑心理，扫个精光。马上定下了下一个目标：到南昌市区去！

在商店密集的市区，他同样受到热烈的欢迎，半天时间，就签了三份合同，有一份是六百套，最少的也有二百套，他所带的那两件样品，男工作服报价22元，女工作服报价19元！当然，不再是"草签"，每一份都盖上了鲜红的黎明综合厂的印章。

初到南昌听到的那位化肥采购员的话，随之在他心里放大了！生长在物资供应短缺的年代，供求失衡，早已经成了生活常态。以往，他只知道凭票供应才是紧俏的，却从来没有像今天这样从工作服这个"点"上，直接感受到物资供应的"短缺"面会这么广，居然到了"奇缺"的程度，对于凤毛麟角般的上门推销，哪能不倍加欢迎？

诚信，早已经融进了他这个敲糖换鸡毛后代的血液。在黎明破晓的兴奋中，仍然没有被巨额的订单消解。头一件，他对自己第一份合同签订时说了谎，十分后悔，根本不需要耍花招的，我却耍了，应该补救。只是，眼下最急的不是这个，而是不负已经盖上大红印章的这几份合同。黎明综合厂，名字响亮，实际上是一只空壳，承接了这许多订货，拿什么生产？设备在哪儿？面料在哪儿？拿什么去购买面料？劳动力在哪儿？技术上谁来把关？怎么到银行开户？……出门前想得不多，没料到这一刻全堵到眼前来了，而且成了大问题！

但他相信，只要精密安排，也是有办法解决的。

他跑到邮电所，给吴小庚打长途电话，通报成绩，并表示他要趁热打铁，在这儿多待几天，把南昌市区和郊区的订单，全部收到囊中，要他们赶紧做好开工的准备，落实资金、设备、布料、人工之类生产要素，并特地强调，完工期限都是订在合同上的，不能耽误的啊，必须同步安排，才能两不误！当然，还叮嘱了到银行去开户的事。

吴小庚兴奋极了，连声说，好好好，我马上去落实，先把厂房和人工定下来，缝纫机、原料都准备好，争取你一回来就开工！

他再次强调，一定的啊！这要花点心思的！

吴小庚显然给鼓舞了，一定一定！我去办，我马上去办！

他挂了电话，继续到梅岭、楞上万家、凤凰洲等近郊的服装销售商店去兜揽，三天工夫又订了五份合同，一算，差不多有一万套男女工作服了。

对吴小庚的期待越来越急迫了,他再次打电话了解准备工作进展如何。

吴小庚的回答,却不像上一次那么干脆,有点结结巴巴,说,资金正在申请……生产的场地……是有的……把祠堂清理清理……可是人嘛……我,我们,正在找……

拿祠堂当工场,这是早就计划好的,说了等于没有说。肯定碰到钉子了,他大叫,一定尽快想办法准备好啊!你可以到别的大队去找呀!快一万套了哪!

好好好,我尽快,一定……

楼循波没有心思再拉订单了。眼下形势紧迫,像刚刚来南昌那样,从从容容地住下来逢人便请教,已经成为远水救不了近渴的主意。而且感觉到,给吴小庚打电话本身就很蠢,要是吴小庚能够解决,就不是怂包,也不会八顾茅庐来求我了!可是,我交给他的都是组织工作呀,一个大队干部,要求不高呀!……算了,不把希望寄托在他身上了。眼下,最好的一招,只有赶紧回去亲自解决!

他赶回旅馆,收拾行李结账退房。即将离开南昌的惜别心境,教他忽然想到了一个老同学的姓名,这是将目的地定在南昌时就想到过的老同学。

他立即对行程做了大幅度修改。

5

这位老同学叫袁永兴,初中跟他同班,后来考上了中等师范专科学校,毕业后,来到江西共产主义劳动大学教书,就在南昌总校。当年闹旱灾走投无路的日子,打听到了他的父亲是诸暨东风服装厂的当家人,曾经写信去求助,希望到他父亲厂里谋一碗饭吃。他回信来,表示爱莫能助,语句却恳切,还提出了这样一个建议,像你这样的资质,到我们共大来读书,我或许能助你一臂之力。楼循波被一家子温饱拖累着,升学早已成为奢望,婉拒了。事隔多年,恍如一梦。但一说到南昌,便会想到他。如今,事情已经办到这一步,何必在乎这一点时间,去拜访一次,叙叙同学的情谊,能否搭起这座桥,去向他父亲讨教呢?老马识途嘛!

楼循波立即乘公共汽车到梅岭共大总校。

还算顺利,袁永兴教的是农机专业,没有带学生到农村去实地教学,在办公室里接待了他。多年不见，袁永兴也苍老了许多，热情地紧握着他的手，说不尽久别重逢的感慨。袁永兴以为他承接上一次求助的事，便一边拿杯子沏茶，一边问，你这次来南昌，是专门找我的吗？

他摇摇头，连说三个不，老老实实地说明他眼下正在做的，以及来南昌的目的，说，顺便来看看你这位老同学的！然后，也顺便问起袁永兴父亲是否还在服装厂当家。

袁永兴把泡好的绿茶搁到他面前，说，在呀！

他端起茶杯，吹着浮着的茶叶，问，经营得好吧？

袁永兴说，有什么好不好的，国营的，操心的事就那些，反正，等着平平安安地退休罢了。袁永兴说得坦率，老同学，也是做服装的，虽然还不知道眼前这位从来没有听说过的"社办企业"的当家人，白手起家，和一个国营厂厂长的父亲会发生什么关系，但是，从老子那儿听来的关于这一行的不少感慨，倒很想顺便倒给这位老同学听听，也算一种帮助。他笑着揶揄，没料到，你也吃这碗饭啦，新起之秀嘛！有什么事要帮忙的话，你尽管说！

他的态度与楼循波上次求职时显然不同。楼循波有些感动，坦然地相告，我手头有一大沓订货合同，缺的就是生产设备、原料和进原料的资金。想请你和令尊帮我拿个主意，指一条路。

袁永兴哈哈大笑，说，我一个臭老九能"指"什么"路"啊？找我老爸，倒能够给你一些参考意见的。

他说，那最好啦，请你引见引见！

袁永兴说，一句话的事，服装加工，并不复杂！

怎么不复杂？

鲁迅说，木匠的儿子从小会玩弄斧凿，兵家儿早识刀枪。袁永兴对此同样滔滔不绝，不仅给他上了服装生产的一堂课，而且给了他进入这扇大门的一把钥匙。他说，这一行业的窍门还真不少，你就请我爸爸的工厂加工吧，保证质量一级！

楼循波无论如何没有想到，会这样不费吹灰之力，欣喜万分，说，真的？

袁永兴笑了，什么真的假的。我给你写封信，你直接去找他吧！

楼循波眉开眼笑，说，那最好了。可是，合同是我们黎明综合厂的，找人加工，想要不绕开黎明厂，还有啥窍门呢？在这前后，我们还要注意一点啥呢？

袁永兴说，这叫代加工，付一点加工费就行了。过去，一些厂接到特殊任务或者大单，来不及交货的时候，都是这样解决的。

代加工？他的脑子又给打开了一扇门，忙问，就是说，生产出来的产品，还是我们黎明综合厂的啊？

当然，要不怎么叫代加工？

加工费多少？

袁永兴说，便宜。我记得上次回家去碰到的那位朋友，要求我父亲帮忙，每套好像只要一元多钱……反正不贵。我爸上个月来南昌，要我陪他参观八一起义纪念馆，说他们眼下缺业务，生意清淡。你要是嫌贵，可以同他们商量商量。我老爸很好说话的。

没想到，踏破铁鞋无觅处，得来全不费工夫！

楼循波差一点端起茶杯，像酒杯那样碰一碰，痛饮一番，可惜，茶太烫，而且另一桩心事又冒上来了，说，我手头有上万套服装需要加工呢，不说布料的来源以及所需的费用了，就是加工费，也要几万块钱呢！你爸有办法吗？

袁永兴笑了起来，毫不思索地说，叫我爸的厂垫垫资金不就解决了吗？收到货款以后结账。这在服装加工行业当中，有一定规矩的。无非多算一点加工费罢了。加工上万套服装，这么大一笔生意，谁愿意放手啊！

啊，是这样的呀！他兴奋得噔地站起身说，我马上去找他！

袁永兴说，久别重逢，这么急就走啊？

他不好意思地坐了下来，说，布料还没有落实呀！

袁永兴问，你怎么去落实布料啊？

他说，去找嘛！

袁永兴说，其实，你还是要先找我老爸。布料是计划供应的，但纺织厂、印染厂，都是国营的嘛，财大气粗，总有那么一些自己处理的布料。有的是质量上过不了关的，有的是盈余备用的，一向是国营对国营的嘛。我老爸手头就有这样一些厂家。

这一回，他兴奋得真的坐不住了，再一次跳离座位，端起已温的茶水，一饮而尽，说，我要马上去找令尊了！

袁永兴说，你看你看，对老同学，这么实用主义啊？在这里吃了饭再走嘛，我请你尝尝江西的竹叶青，聊聊别后的一切，尤其是做服装这行的甘苦！

该聊该聊！要聊的太多了。不过这次不行，下次我来请你，让我们一醉方休！

回到南昌，他到邮电局，给吴小庚发了一份电报：我三天后返程！

一回旅馆，他就办理退房结账手续。按说，人造革皮包里装着一沓订货单和袁永兴的介绍信，完全可以拍拍屁股走路了，但他放不下"草签"的那份合同。虽然带个"草"字，虽然只有男女各一百套，如何善后，却是对《换糖经》子孙品质的一次检测！

他按照合同上所留的电话号码，给胖经理打电话。

他不好意思端出真正原因，只倾注了歉意说，我是个糊涂虫，初次出门没经验，把服装价格搞错了，男装应该是22元，女装是19元的，差得太多了，回到厂里肯定盖不出图章的。如果你们原谅我，帮我纠正过来，我愿意降低价格，重新签订合同。

胖经理一听，唉了一声，说，果然！我们也在怀疑哪，便宜没好货。……算了吧，你不怕麻烦再过来，我们倒怕你在别的地方再糊涂呢！……好好接受教训吧，生意道里马虎不得啊，别再糊里糊涂地让人把你骗走啰！

他的心一松，却又一热，刚说出一个"谢"字，电话便被挂断了。

电话挂断的那一声"咔嚓"，把他的一松一热，敲得无影无踪，像一记榔头敲在他的头颅上，又像"山里虬"们羞辱人惯用的，用指头刮在他的鼻梁上，并让这一感觉，刀刻似的留在了心坎深处，直到他成了"义商"的标杆式人物，不管谈商论道还是商业要务临头的那一刻，还会清晰地重现，"咔嚓"，像一声非常质朴的警钟，提醒他，信誉是把双刃剑，这一次你骗了别人，那么，下一次，被骗的就是你自己。

这是后话。

他立刻返程，乘浙赣线北上，车过六里亭车站也不下车，直奔诸暨东风服装厂。

　　这家服装厂就在浙赣铁路旁边，离火车站不远，下了车步行半小时便到。规模不大，相当陈旧。但袁永兴所说不虚——楼循波找到服装厂，接待他的正是袁厂长。袁厂长一眼便认出了他。儿子介绍了这么大的一笔生意，对于缺乏加工生活已经多日的袁厂长，真像天上落下一只大馅饼，热情滚烫，一路绿灯。当然，照样需要签订加工合同，议定：每一套加工费是1.5元，原材料的资金先由加工单位垫着，货款回笼后结算。

　　至于原材料，正如袁永兴所说，建立稳定业务关系的几家纺织印染厂，真的有一些残次品甚至计划外用于周转的布料。所谓残次品，无非纺织中有点跳纱，在染色中颜色未能达标，但用来制作劳动防护服，完全不成问题。这些都通过袁厂长的关系，用来生产第一批合同的订货，完全足够，不够的部分，先由东风厂垫上。

6

　　正是绞糖的日子，吴家村大队散散落落的山间小屋之间，弥散着一股甜甜的糖香。这一天不论男的女的、老的少的，衣裤上或沾着糖蔗地里的泥沙，或带着煎糖棚里的糖味儿，无不用"哦嗬，真能呀""哦嗬，神了神了"，或者就是"哦嗬，哦嗬"的似惊、似喜、似赞、似叹声，像对待凯旋的将军，迎接楼循波归来。

　　本来，一见面，他就可以把找到袁永兴的结果告诉吴小庚。但是，见识了服装厂的规模，告别了袁厂长之后，化解了上万套订单难题的兴奋，却被这样一个意愿替代了：办厂、办厂，总得有自己的工厂，有自己的场地，要不，像个皮包公司，没有一个凝聚点，算什么话？想想吴小庚他们的能力，他却不知道应该怎么说。吴小庚呢，也真想表示他们在这些日子里所做的努力，一见面，就往他们精心筹备的"厂"里引。他发现，吴小庚他们的确太怂了。他在电话里要求准备的几件事，除了打扫出祠堂的前进厅和东西两厢房，并在大门旁挂起了一块"黎明综合厂"的牌子，在银行开了户，其他几件，连影子都不见。牌子很大，白底，红色老宋体，大得像门扇，非常醒目，报名参加缝纫的女人也不少，只是都把进厂当成肥肉啃,从来没有见过缝纫机的,也敢说她能使用。"山里虬"们的衣物,都是用手工缝制的,反正雨天、冬闲,有的是时间。就是说会裁剪的女人,裁的也不过是老土布,爷爷奶奶穿到如今的老式衣裤。搁在"工厂"里仅有的一架缝纫机,还是家境最好的小龙内客当嫁妆带来的,很少用的,摆在空荡荡的二进厅,十分惹眼。

他脱口而出,怎么是这样啊!亏得……

陪在他身边的吴小庚忙问,"亏得"啥呀!

他苦笑,没有回答。

欢迎他的干部和社员面面相觑了一阵,便尴尬地说着你忙你忙,散了。

他独自一个,站在二进厅,这家"工厂"越发显得一无所有,教他不由得在心底连连感叹:这样怂的领导,这样怂的乡亲,没见过!曾经让我做出人穷却不怂的判断,是不是因一时感动的误判?如果是误判,那么,手握一大把订单,并且落实了生产环节的我,赶紧收回承诺,按照玉莲提供的信息,像王基忠和那些温州老板,自己去开一家服装厂?

他沿着这条思路想开了。

楼厂长,请让一让……

这一声轻轻的招呼,把他拉回到现实中来了。身旁一个中年女社员,正拿着拖把,弯着腰,一左一右,一左一右地擦着地板。这是三合土铺筑的地板,印满了乡亲们来欢迎他的足迹,她一一擦去,重新显示出镜面一般的光洁。她在他站立处,发现了一点像糖钩般的东西粘着,一等他闪开,便使劲地擦,擦不掉,便不惜蹲下来用指甲刮,再用拖把擦拭,认真得仿佛在擦拭自己的脸蛋。汗水把她的刘海都粘在了前额上,却精力无限。这分明是一份来自前程有盼头的认真与奋发,这份认真与奋发,倾注在对他无比尊敬的这一声"楼厂长"中,他从这轻轻的、带着几分卑怯的声音里,闻到了一股糖香!

爷爷《换糖经》里的句子,随即在耳畔回响了:"糖者,天象也。……吸春风之温润,经夏日之酷热,承秋霜之萧索,受冬雪之凌厉……车轱碾其身,烈火烹其汁,乃不失其甘甜。盖日月之精华,天地之灵气,人间之奥堂,集于一身,一扫世俗之忧伤,君子之德,尽在其中,诚可贵也!"自己对三囝说的"我把舌头割给吴家大队了"的话，还有胖经理挂断电话的那一声"咔嚓"，都随着这些句子而出现。

他想，如果嫌弃他们，我在金银坞、吴家村的"山里虬"眼里，将会成为怎样一个人？

是的，这是宿命！我已经和他们绑在了一起，没有转圜的余地了。

他断然做出了决定。问道，吴书记他们哩，怎么不见了？

她挺起腰，撸了粘在额上的一绺头发，说，在。他们都到办公室里去了。

他追踪而去。吴小庚果然坐在简陋的办公桌边，和几个干部说着什么，有一句没一句地，空气有些沉闷。见他进门，目光一齐投向他。

他从口袋里掏出了一沓票据，有火车票、汽车票、旅馆住宿发票，还有长途电话单据，摊到了吴小庚面前，说，报销吧！

在场的人，双眉不禁都一展，互相看了一眼，一笑间，空气活跃了。

原来，他们都在琢磨，这位能人那一声"亏得"后面是什么，"亏得"没有确定来吴家村办厂吗？带走订单另起炉灶，不是不可能的呀！原来……

吴小庚将信将疑地问道，啊？……你定了？

他故意问，定什么？

吴小庚看了一眼发票，装糊涂，啊，……我说……你的出差费算定了？……多少？

他说，二百二十多元吧！

大家又松了一口气，在外奔波一个多月，吃喝住行加通关开销，总共二百多元。应该说是非常节约了。

岂料，这口气只松了几秒钟，心又紧了，目光一起朝向吴小庚。

吴小庚唉了一声说，真对不起哪，我们还是只有80元钱！你就先报了这80元吧。别的，我们给你写张条子，到赚了钱，再给你，好吗？

本来，楼循波估计这一个多月，大队账目上应该准备好一笔钱了。想不到，真的还是只这80元！割了舌头的人，有什么办法呢，到了这一步，刚刚咽住的那些话，不能不冲出了嗓门，说，你们这些人呀！……白条就白条吧，亏得我找到了代加工这条路子！……这副担子，我揽上了！签一份契约文书吧，把我们各自承担的责任，该给我们管理人员的姓名、报酬，都写个明明白白，大家按规定办事。

一片赞同声，好好好，应该，应该。你就把文书写了，盖上大队图章签上字就行了。

他当即从吴小庚手上接过一沓信纸起草，自信地用上了"合同"的字样，一式数份，简单的几条，吴小庚连看都没有细看，不仅分别在签署人处签字画押、盖上了大队图章外还盖上了骑缝章。在场的所有人，都觉得手续完备，大功告成。

吴小庚郑重地收起合同，想起这位能人刚才说了许多和"亏得"差不多的半懂不懂的话，不禁问起"代加工"是啥意思。楼循波把找到诸暨东风厂的过程，如实相告，强调一点，这是过渡性的，最终应该有自己的工厂，希望大伙朝这个方向努力。然后跟会计到公社所在的南溪信用社去。到了社里才知道，此前，吴家村大队申请贷款买了一台手扶拖拉机，还欠信用社1000多块钱，这80元不能取现！

吴小庚很尴尬，只好一再道歉，最后给他报销了30元钱，加一张白条！

直到今天，楼循波说到这件事，拿出了一直珍藏着的这一张白条，说，看看，就是这样穷！当时，他却坦然地表示理解。因为情况不一样了，产品变成了"托收货款"之后，不就兑现了吗？更重要的是对形势的把握，说真的，毕竟是进过学习班的，毕竟见识过"倒春寒"的种种，每到一处，每走一步，每做一件事，他都睁大了双眼，拉长了耳朵，观察"风向"，捕捉每一个改革开放的消息与动静，就像找王基忠的时候，不忘验证六里亭的变化一样，成了一种生存本能。拿着大把订单、对吴小庚他们又这么失望的时刻，他没有以自己的名义销售，不排除这份潜在的担忧。可喜的是，听到的，看到的，都是让他放心向前走的景象，全县的工商户，已经有了几千户，他最忌讳的"贩卖"似乎也没人反对了，县政府专门给小商小贩提供钢架玻璃瓦棚、水泥摊位，除了六里亭，湖清门、山里塘这些地段，也都在清理场地，准备扩大建造，说明支持的政策是一贯的。这一张白条，虽然冒着贴老本之险，但他相信新的拼搏已经启程，全身每一个神经细胞，都从沉睡中醒过来了，他想，商品从生产到销售的流程都已经落实，如果再在原材料供应上突破，黎明便告别晨曦，尽露旭日的辉煌了。

这旭日的辉煌，就是拥有自己的工厂。这个工厂，就是属于自己的企业的核心。没有自己的厂房，就没有自己的工人，也没有自己的原材料供应基地，算啥企业啊？头一关，就是在原材料供应上"突破"。这也是他必须拥有自己工厂、自己企业的想法触发点，来自那天在东风厂落实代加工一事的感触。那天，他不只落实了代加工事务，还参观了这家工厂，他发觉布料或者叫作面料，就是巧妇手上的米，借一次两次米是可以的，如果一直依靠加工的东风厂来提供，无异咽喉被人掐着。应该有陆金根"模式"。当时，他没有用"模式"这个词，但是已经形成了这样的意识，而且随着原材料供应出现了很多松动迹象，即允许"计划外"的产品进入市场了，这自然地成了他寻求的第一目标。如果在加工环节取消这个"代"字，建立一个提供原材料的基地，大量安排处于地少人多状态中的乡亲，在吴家村或者金银坞出现成片的厂房，凿山开道，造一条与浙赣铁路连接的公路，那将是何等壮丽的风景！为此，他打电话摸袁厂长的底，问他，如果原材料都由我们自己提供，愿不愿意合作？加工费如何收取？接触中，袁厂长已经发现他是一只潜力股，当即表示可以接受他的方案，并报出了加工费。尽管每一套只便宜几毛钱，但在一颗纽扣赚取几毫的生意中尝到了甜头的他，同样将微利化成他心中描绘的那份宏大的蓝图。

他开始寻找。依照他在诸暨东风服装厂所取得的标准，去寻找劳动服装的原料，寻找可以长期供应的原料基地。

他把祠堂二进厅的东厢房辟为厂长办公室，小天井的对面，就是大队办公室兼会计室。为节省在山路上来回奔波的时间和精力，他就拿办公室当自己卧室，拿出推销员的那一股狠劲，把采购员、技术员、管理员的种种职务，一起揽到身上。被吴家村大队所有男女社员喊为"楼厂长"的他，说不清自己到底是什么"长"。

考虑到管理、物资运输、生产成本等因素，这个基地，离黎明综合厂当然越近越好。要求不低！造化不是处处都为他准备着的，但老天爷仿佛对他特别眷顾，一如既往，用了一种给他碰了个大钉子以后，再给了他一个惊喜的方式解决了。

看起来偶然，其实，完全属于必然。

他在西乡的一家国营绸厂发现了一批面料，为求稳妥，他到绸厂去实地看了货。这是一批纱布，白坯，价格相当低廉。他问，为什么价格会这样低？回答说，只是原料粗一点，制作工作服是绝对没问题的。他再问了染色的成本。掐指一算，加工费可以降下三分之一！他想，绸厂的设备生产出来的纱布，差不到哪儿去的，就去寻找加工的印染厂询价。省内数一数二的大印染企业，是东海丝绸服装印染厂，在杭州近郊，是国营老厂，价格合理，质量绝对可靠。确定这几个环节以后，他就向银行贷了一万元，果断地买下了这批面料，叫绸厂直接把布料送到了东海丝绸印染厂。染色以后，则由印染厂直接送到东风服装厂，服装厂完工以后，直接发往订货单位……

他依靠电话，在两天之内，就落实了从布料到成品、到买家的各个环节，而且，都表示了建立长期供应关系的意愿。

这三个"直接"不就是经营流程吗？找到了一批廉价布料，同时发现了包含陆金根式代收购在内的经营流程，使他十分兴奋，把这个流程，画成了一张表格，贴在墙上，天天关注它"流"到哪儿了。

当"流"到东风服装厂应该裁制的那天，他接到了袁厂长的长途电话，既是通报，也是核对和询问，口气有点游移。袁厂长说，印染厂把布料送到了。不对呀，按订单应该是蓝色的，怎么颜色深浅不一，蓝色夹着白色，有些就像画地图，你知不知道啊？

染坏了？他的心一提，说，我不知道呀，东海丝绸印染厂不该出这种货的呀！

袁厂长说，是呀，挺奇怪的！……你是不是过来看看？

他说，不用了，你不会乱说的。我这就去问问他们，再和你联系！

事关重大，打电话无济于事，他直奔火车站，找到东海印染厂去了。

他从这一步跨出以后的一段经历，发现了爷爷《换糖经》的结尾中"亏即盈也"和"化亏为盈"中盈亏转换的辩证关系的巨大价值。

7

到了东海印染厂，接待他的，是厂计划科科长。办公室极普通，但空气里有一股坐北朝南、人人有求于他们的自矜和霸气，这位一口绍兴口音普通话的桂科长就是这样。

经常怯于这种财大气粗气氛的楼循波，这一回却不怕，证据在握，不会多费口舌的。

他一跨进门，自我介绍罢，就问，我们那批货的质量，你知道吗？

知道。车间主任早就告诉我了。

染坏了，你说，应该怎么办？

你说怎么办？

赔！

赔？桂科长笑了。悠闲地揭开茶杯盖子，喝了一口，反问，你送来的是啥布，知道吗？

他问，不就是粗一点吗？

桂科长又笑了，说，一听就知道你外行。告诉你，全部是再生布！经纱、纬纱，用的是两种原料。它们吸收颜料的性能不一样，你说，能染好吗？

楼循波一怔，"再生布"？他第一次听到这种布的名称，但凭这几个月的奔波，不用解释，就知道是什么布了。他知道，服装厂做衣服剩下的边角料，本来都是当作垃圾处理掉的，这年头却都被利用起来纺成纱，织成了布，原来，这种布就叫"再生布"。收集到的原材料不同，这批边角料含棉多一点，那一批边角料含涤多一点，混合在一起，上色的效果就不一样了。我却给丝绸厂生产"精致"的名声蒙住了。

事情复杂了！他后悔进货时没有了解清楚。随之而来的一阵委屈，却提醒他，这事可不能由我单方面负责，印染厂既然事先知道，却不先叫我们认可了再投产，连提示性的话都没有一句，不是欺侮乡下人，也应该算失职！

这一想，理直了，气也壮了，"山里虮"固有的自卑完全消失了，他顺手拖了一把椅子，在科长对面一屁股坐了下来，责问道，你们知道是再生布，收货时为什么不说明？收进了，为什么不先试一试小样？你们如果把握了这两个环节中的任何一个，我们都有机会找进货方交涉的，大家也就没有责任了。好，眼下都染了，而且直接送进服装厂了，这算谁的责任？

桂科长吃惊地问，提醒？先试小样？

对呀，他口吻越发强硬了，你们是有名的大厂、老厂，是应该按照这种规矩做的嘛。现在既不提醒一下，叫我们确认，也不先试小样，征得我们同意以后再染，责任全部在你们厂方。难道不应该赔偿吗？

桂科长又笑了，一副嘲笑人家无知的样子，说，你说对了，我们是有名的大厂、老厂，就是因为厂大，你们这么一点点布料，还不够我们塞牙缝，一缸子就染完了的事，还要多费手脚去搞什么确认，试什么小样啊？

说罢，依然悠闲地端起茶杯，继续喝茶。

楼循波被这副无关痛痒的态度惹恼了。说，不错，在你们大厂眼里，这是一笔不够塞牙缝的小生意，对我们来说，却关系到身家性命的大事情。我呢，刚出道给村里办企业，碰到这种倒灶的事，承受得起吗？上万元的布呀，叫我拿什么赔呢？我们厂完了，我也名声扫地了。对你们这样大厂，不过是小菜一碟，你们不赔，站在一边拢着双手看，忍心吗？像大厂、老厂的风度吗？

桂科长茶杯一撂，拉下了脸，冷冷地说，不错，我们是国有企业，有名的老厂、大厂，设备先进，技术过硬，生产关一向把得严，新中国成立以后，从来不需要为产品质量赔偿人家，坏了你们这一点点小生意，也损害不了我们半根毫毛！你要是不服，去找我们领导吧！实话告诉你，我们领导，肯定不会帮你们这种社队企业来砸自己牌子的！你想找我们上头领导申诉吗？好吧，那就不是一万元的事了，一万元都不够你疏通关系的。很可能再花一万、二万都拿不回赔偿的。你明白吗？

他气得浑身发抖，说，你们就这样不讲理吗？

桂科长得意地笑着说，这就是理！你要是不相信，要和我来硬的，把责任推到我头上，那就奉陪到底，让你领教领教胳膊扭不过大腿是什么味道！我们是国有企业，你和我较量根本不是同一个级别嘛，就像我买鸡，你买酱油，我鸡吃不光，你酱油倒吃不起啊！

出道到如今，一路风风雨雨的，却从来没有碰到过这样仗大欺小、恃强凌弱的人，楼循波不禁睁圆双眼，盯着这位桂科长看。

这目光是复杂的，有愤怒，有鄙视，更多的却是怜悯。

桂科长感到自己过分了，放缓了口气，说，当然啰，你的话也不是没有道理的，我们收进时没有按流程确认布料的质地，染色前又没有先试小样，出了质量事故，负有一定过失，但理赔是不可能的。退一步说吧，你这批布要赔也赔不到一万的。还是实际一点吧，换个思路，你赚一万元回去太容易了，赚十万廿万也不是难事。整个省的布料都在我这里，一等品国家收购，供外贸出口；二等、三等品，一出仓库价格就涨一倍、两倍的，都由我说了算。眼下原料奇缺，一拿到，你就可以赚钱的嘛！——我的意思你听明白了吗？

楼循波又是一怔，想到了"亏即盈也"四个字，并和"化亏为盈"挂上了钩。爷爷在《换糖经》里写的！他冷静下来了。他所见过、所经历过的那许多与手握资源大权的人物打交道的场面，随之重现。眼下价格是双轨制，如果息事宁人，不损害这位科长在厂里的形象，他就欠了我一个人情，"篮对篮，碗对碗"，道理是相通的，作为补偿，他会把计划外的原料，优先供应给我的，赚到的真不是一万、两万了。如果不接受他的建议硬顶，我自己赔不起，名声臭了，黎明综合厂也没了，人家会怎么说啊？人言可畏呀！

楼循波叹了一口气说，好吧，既然这样，我们只能朝前看了！

桂科长高兴地说，这就对啦！随手抓起茶杯，问，喝茶吗？

他气馁地站起身，说，谢谢，不渴！

他离开了桂科长，在厂门口找了一个冷僻处，一屁股蹲下来：天哪，盈与亏，的确是可以转化的。但是，我手头这一批布料，怎么去"转化"啊？

曾经使他兴奋的三个"直接"，将染色、制作、送达单位构成的环环相扣的流程，一下子成了枷锁！在送去染色时，就告诉订货单位交货的时间了，要解决，只能到这些环节中去寻找解决之道。绝不能让当时人家夸奖的"交货快速"，变成"拆烂污"！

事态紧迫，必须赶紧思考起死回生之道。

他想，通知东风服装厂暂停生产，然后把这些布赔本贱卖了呢，还是继续按合同所订制成服装，按期送到订货单位，对质量问题，来一个死活不认账？

第一个方案，贱卖了，钱赔不起，这一笔资金是银行贷款，如果不及时还掉，信誉受损以外，时间也耽搁不起。看来，只能选择第二个方案了。

第二个方案，肯定涉及质量问题。来一个死活不认账？

不，这绝不是我楼循波的处世之道！必须以心换心，"换者，易义也"，怎么易到"义"，就是事在人为的事了！爷爷早就说过，"地利""地利"，绝处逢生的"绝处"，在化腐朽为神奇的人手里，也是一种"地利"，再一次验证的时刻到了！

他冥思苦索起来。

这一批服装，订购单位是江西南昌洪都机械厂。厂长姓汪，说话总像写文章，颇多书面语言，见楼循波谈吐不凡，是个读书人，一接触就十分投缘，说，我接待了很多人，像你这样有文化、谈得拢的人不多，既然有缘在此相逢，你人生地不熟的，有事尽管开口，我很愿意交你这个朋友，以尽地主之谊。话虽如此说，碰到这样狗皮倒灶的事，不是一个"缘"字能代替真金白银的。眼下要努力的，就是如何把损失减到最低。

他赶到东风服装厂，亲自看了看这批布色差的程度。确实，太明显了，有些地方真的像画地图！他不得不要求他们暂停生产，做好两手准备，然后取了一片布样，再到镇上南货店花高价买了一只上等金华火腿，直奔南昌。

洪都机械厂是为食品机械厂加工零部件的小厂家。汪厂长坐在厂长办公室编写什么生产报表，一见楼循波，欣然起身相迎。不过，别看他说话文绉绉的，毕竟多读了一点书，所坐的又是朝南位置，脑子里不能不多了几条沟沟坎坎。不请自来，而且拎着包装考究的大包小包，超出了交朋友的热情度，就知是有所求的。等客人一坐下，便直接地问，碰到什么事了？楼循波说，等会儿告诉你！上次你请我吃饭，今天我请你，到厂对面那家饭店吧，我们详细谈！汪厂长说，不必了，不必了，我正有事，你就直说吧！楼循波想了想，返身关上门扇，将火腿搁到他办公桌内侧椅子旁边。

汪厂长瞥一眼火腿，故作不解，这是什么意思？

他说，一点土产。

汪厂长越发警惕了，再问，到底什么事？

楼循波见他认真，便拿出那片布样，把色差问题如实相告，说，都怪自己缺少经验，失误了，恳请汪厂长指一条路，帮帮他，也是帮助黎明综合厂解除这个倒悬之危。

汪厂长接过布样，反复地看了一看，再想了一想，把布样送还他，伸出右脚，把火腿推进办公桌底下不惹眼处，说，就这事吗？……我们到酒店说吧！……我请你！……

看着汪厂长的这一连串动作，楼循波心弦松下来了，赶紧说，我请，我请！"来而不往非礼也"！汪厂长这一点面子总应该给我的吧？

汪厂长大笑。

上次那一顿饭只是借工厂食堂，炒了几个菜，既没有名酒，也没有山珍海味，更说不上觥筹交错，简简单单、朴朴实实的，这次不同，见汪厂长笑纳礼品，便请他去了厂对面一家饭店。那年月，饭店酒庄的档次差别都不大。他点了店家最好的菜，一瓶当地的名酒竹叶青，便对饮起来，开始称兄道弟的时候，汪厂长摊了牌，说：没事的，这种色差算什么事哩，这些衣服我不是拿去卖的，卖的话，当然要变成库存的，我是拿去发的，是发给厂里临时工。正式工国家有专门的劳保服装，临时工却没有。临时工也是我们的员工嘛，作为厂长，我打算给他们也发一套工作服。拿这发给他们，应该不会有什么问题的。

这么简单？楼循波赶紧提醒说，质量确实差呀，不光色差，原料也不好，粗糙，缺乏弹性。拿我给你的那块小布样一对比，验收员会放过关吗？

我说没啥大问题就没啥大问题，汪厂长说，合同上不是附了布样吗，我把封样的小布样换上这一块不就行了？——你把带来的那块布样给我吧！

楼循波遵命，赶紧把布样重新送到厂长手上。

汪厂长接过，看也不看，往中山装口袋一塞，说，差是差一点。不过眼下能买到原材料，就算福星高照了，质量不质量的没那么多讲究。他抓起半盅竹叶青，一仰脖子倒进口里说，没问题，没问题的。你就发过来吧！

堵在楼循波心里的块垒，就这样轻而易举地端掉了。一阵欣喜，驱使他霍地站起身，双手捧起酒杯，恭恭敬敬地送到汪厂长面前说，谢谢啦，汪厂长，我敬您一杯！下一回，我一定将功补过，拿最好的产品给你们！

这天晚上，他总算睡了个囫囵觉。第二天一早，收拾好行装，打算返程。

汪厂长却来了，抓着一头乱蓬蓬的头发，难掩一脸劳神苦思的疲惫。

情况有变！

果然，没坐下，汪厂长就说：老楼呀，我想来想去，昨晚我答应你的那个应付办法不稳妥，使不得。明明好几个人都见过那块封存的小布样的，都认可了的，谁都看得出来是我做了手脚，这样偷梁换柱，不盯着我盘根究底，也会在我背后指指点点的，怀疑我们私下有什么不正当交易，叫我辩白的机会都没有，我这个厂长还怎么当下去啊？你说是不是？

楼循波心弦绷得弓弦般紧，急着问，那怎么办？

汪厂长边摸卷烟，边在楼循波对面的床铺上坐了下来，凝视着他的眉眼，缓慢的声调里注满了同情和无奈，说，老楼呀，我看你为人诚恳、老实，所订的服装质量有问题，既不隐瞒，也不掩盖，特地跑来实事求是地告诉我，找我来想办法，这很难得。我欣赏的就是这种人。你眼下碰到的困难，我完全能够理解，我也不忍心让你一个人扛着，真的，我要想个办法帮你一把。为了这，昨天晚上我没有睡安稳。

楼循波不由得大为感动，赶紧抓起桌上的火柴，帮他把香烟点燃，说，给您添这么大的麻烦，真对不起啊，汪厂长！

别说对不起啦！你听我说下去。汪厂长深深抽了一口烟，从中山装口袋里掏出那一小片布样，还给楼循波，说，昨天我说过，我们订的这批工作服是发给临时工的。这是今年我当了厂长以后才做出的决定。估计，这些临时工不会嫌弃色差的。当然啰，我也要想一想，是不是给他们别的补偿。你就照计划发过来吧，反正，我扛下了！

攥着布样的楼循波鼻子发酸了，双眼也润湿了：原来这位厂长真把他当成了朋友！碰到这样的客户，也算是我的造化了。他颤动着双唇，连声道谢。

不过，你一定要注意两条，汪厂长摆摆手，阻止客人的道谢，说下去，第一条，颜色以外，一定要保证服装的质量，不能有别的问题；第二条，服装完工以后,你要赶紧去办理托运手续,不过,货要压在火车站,到托收的货款到了你们账户以后,再发出来。到了那个时候,货到了,钱也付了,我不追究,估计我们厂里也不会有人来追究,把消极影响尽可能地缩小吧。好不好?

想得再周到也没有了,楼循波连声说,好好好,您给我想得真是滴水不漏!谢谢啦,真是谢谢您这位大哥啦!

汪厂长又是摆了摆手,说下去,不用谢,不用谢!……老楼呀,恕我这个大哥不留情面,我们厂工作服的订单,也不可能再给你了!

汪厂长说得很绝情,也很无奈。

楼循波差点落下泪来。这条路断了,是小事,更沉重的他对汪厂长真诚解困的感激,对厂里这些临时工的愧疚,对强行中断了如此品性的商业伙伴的遗憾。居然就这样不再给他报答、补偿、道歉的机会,对于他而言,才是真正的惩罚!

返程列车上,很拥挤,汪厂长的话音,始终在他的耳畔回响,任凭乘客推来推去,他心里就只有这样的痛惜:最后一笔生意,天哪,居然是最后一笔生意!

忽然间,爷爷又站到他的眼前来了,"换者,易义也",这一份"义"不是我给人的,而是人家给我的,"篮对篮,碗对碗",那就应该不分交易的长短、性质,都能坚持,才能显示这个"义",哪怕是最后一笔!

应该下车了,他却补了票,继续向前。到了诸暨,直奔东风服装厂,详细情况他不想通报,只郑重地告诉袁厂长,按计划生产!但是质量,必须件件优质!到时候,我一定要亲自坐镇,抽查了再发货!

袁厂长见他如此严肃,连连点头。

离开了东风厂,他有些悲壮,一如风萧萧兮易水寒的荆轲。他想,你怎样对待生活,生活必定怎样回报你。他相信,生活就是这样重情重义!

8

这批订货,他真的亲自坐镇车间监督生产,然后按汪厂长的提示,如期发出。

楼循波明白,创办企业不容易,头一步,都是要谋求站稳脚跟。他吸取了教训,在采购时多了许多心眼,日子平衡了,但选择的范围少了大半,三天两头找米下锅，日子过得很不轻松。即便袁厂长为他提供了许多拆东墙补西墙的救助，这些订单还是像一张张催命符，急得实在没有办法的时候，竟需要转卖订单应对困局。冒着黎明综合厂成为皮包公司的危险，他也不得不做。

这一天，又要冒险去寻找一家买订单的企业了。他往人造革皮包里装了一些干粮，刚走到天井里，听到大队办公室里电话铃响了。大队的电话，也就是他们厂的电话。日子难过，每一通电话，都会牵动他的神经，他习惯性地收住脚步，静听电话机边大队会计的对答，一听说，喂喂……你是江西打来的长途？……便想拔脚离开，刚迈步，一声"找楼厂长的"，便赶紧转身奔进门去。会计见他进来，手举电话筒说，你的，江西姓汪的！

他的心一提，暗想，是不是汪厂长？难道那批服装还是通不过？但立即被否定了，要有问题，早就找上门了。那么是什么呢？……

他一把接过话筒，哪位？我是楼循波……

对方问，你听得出我是谁吗？

是浓浓的赣南口音！他本能反应一般，既是欣喜，又是怀疑与提防，一语双关：汪厂长呀，老朋友！很想念你呀！……你不是说，你们再也不会要我们厂的服装了吗？今天打来这个电话，不可能是为了服装的事吧？

汪厂长一阵大笑，说，嗨，你记错了，我是说不要你们厂的防护服了！不过，今天我要收回我那句话，还是为了服装给你打电话的，其中包括防护服！

啊？

汪厂长说，我现在不是洪都机械厂的厂长了。二轻系统属于商业局的，我已经从那个厂调到商业局当局长了！

楼循波想象力再丰富，都不可能猜到这种变化，立即激动起来，说，好啊，我知道你与众不同，当厂长是大材小用，却没有想到，这么快就给我送来这样大的惊喜，祝贺你，祝贺你，衷心祝贺你！汪局长！

汪局长笑着说，谢谢啦！你知道我为什么重新找你吗？我看你为人诚实，讲究信用，那批服装，除了颜色不行以外，制作的质量很好，所以，"新官上任三把火，这第一把火"，我想请你来帮我烧！

楼循波说，谢谢汪局长的信任！尽管吩咐吧，我乐意帮朋友两肋插刀！

汪局长说，不用两肋插刀，我是帮你赚钱来的！我们下个月要开一个全省商场、批发部经理会议，我诚请你参加！你们厂生产的产品，都可以带样品来参加！现在物资奇缺，没有东西卖，你有商品，我们有需求，你也不用一家家跑销售了。我把邀请信寄给你，时间、地点和具体要求，都写在上面，你赶紧做准备就是了！

他早知道有一个广交会，对他而言，却高不可攀，想都不敢想，这一刻，能不如天降福音？有了这样大众化的展销活动，不是给黎明综合厂打开了一扇崭新的大门吗？这一重磅消息，和他从陆金根开始的那一套商业理念碰撞到一起了。他幻想的陆金根模式，就是这种路子！

他欣喜得一蹦三尺高，真想大声宣告，大展宏图的机会来了！

不过，眼前环境提醒他，他没有条件这样喊。听一听，汪局长说的是"你们厂生产的产品"！看一看，大半年过去了，仍旧依靠东风厂代加工过日子，自己生产场地还是半个前进厅，空空荡荡的，一排用门板搭成的裁剪台边，摆着那架新娘子当嫁妆的缝纫机，时不时地在给自己公社合作商店加工枕套和窗帘。没有技术人员，靠的是这几个女孩子的聪明，四周堆着各种杂物，哪里存在"你们厂生产的产品"？去请东风厂代加工吗？当然可以，但就不是"你们厂生产的产品"了。而且，代加工的，主要是劳动防护服，还不知其他服装的生产情况。汪局长邀请他去参加商场、批发部经理会议，明明是去展示自身实力的，没有自己的好产品，白白地错过机会事小，让汪局长失望，丢了他的面子，才是致命的！退一步说，和各路豪杰竞争中，即使崭露头角，最终挣的却是东风厂的名声，真正是为人作嫁衣裳呀！

和第一次出门寻找订单一样，他坐立不安！发展机会唾手可得，他怎么甘心错过？局面很清楚，必须有自己的技术人员和熟练的工人，必须有自己的设备，必须有自己的原料供给基地，一句话，必须比陆金根、牛主任模式更完善，接近现代商业的那种完善！不然，永远是中介性质的皮包公司，而不是"你们厂生产的产品"！

汪局长的要求，让他心里那股实现"拥有属于自己的企业"的冲动，越发迫不及待了。

他渴望找一个人商量商量，帮他参谋参谋。

找吴小庚他们么？他们太怂了，吴小庚识人，但穷困限制了他的想象。

在脑际出没的，只有一个人：楼循统。这些年来，楼循波始终没有从循统口中获得他姐姐的半点音信，他俩的感情，却越走越近，密切得被人形容为同穿一条裤子。循统善于在缝隙里走钢丝，走南闯北，从乡村到城镇，那一次挨批斗以后，从来没有再失手，这样的角色，在金银坞，在他的经历中不是没有碰到过，像循统这样的人品，却是凤毛麟角。楼循波认为，交友就是交人品。对人品的评价，头一条标准，就是"义"，而"义"的头一条，就是严守朋友秘密。循统始终守着他收购生姜的秘密；并敢于和他抨击、诅咒"山里虬"们的种种丑陋，比如没有是非标准，哪儿有缝隙就往哪儿钻之类。与之交往无异于继续和汝芸一起在倾吐块垒，得到的不只是人生经验、生存智慧，还能发泄心中的郁结，为心理疗伤。来到吴家村办厂的这些日子，他一直想到循统，可惜循统被三团拉去办共富厂了，日子过得并不舒畅。此时此刻，楼循波有了冒着得罪三团的风险，拉循统过来的冲动。汪厂长给的机会，是不能随便告诉人的，抢机会的人未必会有，但一旦传开，如果没有抓住机会，搞砸了，被人看怂，被当成笑料，却是肯定无疑的。找循统帮他出谋划策，不存在这些风险。

他特地回金银坞找楼循统去了。

他始终不敢踏进循统家的门槛，怕宋文兰诅咒，这次更不敢冒险。他选了黄昏吃晚饭那一刻去找循统。按照习惯，只要不下雨，又不下田下地出工，"山里虬"都是将饭菜一起装在海碗里，或者像牛妹那样，一只手端着大小两只碗，到门外和左邻右舍聚在一起，边吃边传递各种信息。循统选定的"餐室"，就是下溪沿麻车前的樟树底下。

他故意绕道从下溪沿走。希望不期而遇。很巧，循统独个儿蹲在门侧石阶边，端着海碗吃饭。他正待隔溪喊他，却见宋文兰出门来，收拾晾在晾衣竿上的衣物。一只淡蓝色的书包吸引了他，和他女儿小茵所用的一模一样，印着"好好学习 天天向上"八个流行的毛体字，他知道，循统的儿子同和安一样，用的是军用挎包，这不寻常的书包教他立即将它和汝芸出走以后的生活联系了起来，正待凝神细看，却被宋文兰和其他衣物一起抱进门去了。不是榨油的季节，身上给柏油沾得光光的榨油工，不再在麻车里进进出出了，溪沿空荡荡的。循统却看见他了，边站起身相迎，边隔溪问他怎么回来了。他奔过桥，将声音放低，说，我特地回来找你的，有重要事情商量！循统边咀嚼，边默契地往比较隐蔽的樟树树荫下走去，两人面对面地蹲了下来，在潺潺的溪水声里，他用秘密的口气，把来意摊了开来。

楼循统说，这是你大展宏图的机会，不能错过！

他说，我知道这是机会。问题是怎样才能抓住。

循统说，凭你这份能力，只要有机会，就抓得住！

他说，空话没用！

循统说，先摸摸底，排排队！

他俩就这样开始，摸家底，排可行性的队。楼循波把黎明综合厂的家底兜了个底朝天，自己思路便整理出来了。到暮色四合，楼循波才和端着只空饭碗的循统分手。他发现完成订货的条件具备，就看自己怎样去调度、去发掘、去利用了。

他利用、开掘的头一个条件，是借这次被邀请的机会，请公社出面疏通，要求信用社增加贷款，购置生产设备，如果不行，请袁厂长帮忙，由东风服装厂做担保，交易的条件就是把东风厂的产品，作为协作厂产品，捎带到这次订货会上去销售；第二个条件，还是到东风服装厂去请几个技术员来培训工人；第三个条件，是到杭州东海丝绸印染厂，找桂科长，希望兑现当时的承诺，将他们印染厂的二等、三等品和计划外的产品都供应给黎明综合厂，并像东风服装厂那样垫资。

9

楼循波向这三个目标，马不停蹄地忙开了。

他先找吴小庚，说，订单抓到这许多，如果我们有生产设备，培训出自己的工人，我们综合厂的牌子才算打出来，吴家村才算脱贫翻身，我的任务也算完成了。这需要大笔资金，请大队通过公社去要求增加贷款额度。吴小庚想，凭楼循波跑到的这许多订单，应该没问题的，立即当成一个重要任务去争取了。

他到了东风服装厂，不说他将要参加这个会议，只要求袁厂长交个底，你们厂到底有哪些产品，有什么产品，他就增加代加工的品种。这才知道，当时市面上有什么服装，他们就生产什么服装，从中山装、男女衬衫、童装、男女大衣、风衣到劳动防护服，都做。他再试探性地问能否抽一两名技工，帮他们培训。国有企业，对此也无所谓，袁厂长考虑的，只是符不符合政策，尽可能地不要给自己埋定时炸弹，因此回答得有些含糊其词，说，到这里代加工不是很好吗？楼循波说，好，当然好！我随便问问的。他心里有了几分把握，生产量大了，销售渠道打开了，袁厂长自然会松口的。为了万无一失，他北上到杭州东海丝绸印染厂找桂科长，告诉他们，他将被邀参加某省订货会，黎明综合厂将扩大规模，希望桂科长信守承诺，成为他的合作伙伴。桂科长满口答应。他当即要求透一个底，到底能够提供多大支持。他这才真正领教了这家厂的潜力，领教了桂科长为什么那样"牛"。原来，整个省的布料，说不上全部，但是，大半，真的都掌控在他们手上，做涤纶，他们最早，一等品国家收购掉，其他次一点的，每天居然能拉几卡车！楼循波立即提出了垫资的要求。桂科长和有关部门商量了一番，认为既然受邀参加某个省的订货会，销售并非不可预测，需要量又这么大，便答应了，只是限于这一次订货会销售数量的需要，等黎明厂收到了邀请函，凭函签一份协议，把次一点的，即计划外的布料全部卖给他们。

下一步，就是回到东风服装厂，落实派技工培训问题。

这一天，他从杭州行色匆匆地回家，准备休整一下处理一些家务以后再出发，正好接到玉莲从温州寄来的一封信。没有要事，就是问候母亲，问候全家，报告她在温州的生活情况，说她很忙，眼下都欢喜进口货，产品销路好，总是供不应求，经常加班……

他太忙，对这种家信，都是一目十行浏览一下就放下的，这几句话，却抓住了他的注意力。想起了妹妹引发的"铜牌铁牌"的笑话，想到了"贴牌"这一商业名称和行销手段。"温州生产的太阳眼镜，贴上境外名牌的商标，就成了进口货了，能不招人喜欢吗！"玉莲就是这样说的！当时，妹夫林毅杰还说这是当今的潮流。说得太对了，纽扣赚钱，不就是潮流所赐吗？啊呀，这么大一个机会送到眼前来，差一点错过了四两拨千斤的这一招！

赶潮流去！这潮流，就是"贴牌"的那个"牌"："品牌"！

他高兴得真想马上再出发！不是吗，我给东风服装厂增加了代加工数量，这么大的一笔生意哪，就应该有交换条件，要他们"贴"上"东风"的品牌，让产品有名有姓有出处，这一来，派技工帮我们培训工人，也就顺理成章了！

当然，这一刻，他只想到为了有人多多订他们的服装，应该让每件服装有名有姓，说明它们的来路正宗，而不是他后来全力去争取的品牌意识。这一闪念，却把他的商业经营理念提升了几个阶梯，尽管朦胧、朴素、原始，却是踏进了创建自己品牌的领域，这在当时的中国，是属于开创性的。须知，从这方面提升，是过了十多年以后，才被中国企业界所注意所重视的以知识产权为内核的品牌意识！

楼循波兴奋得晚上睡不着，他想，先做"贴牌"，借东风牌的名，走出这一步，开辟了市场，积累了经验，再打自己的品牌，分两路走。他很想赶到温州去实地了解一番，可惜，时间不允许，暂时也没有这个必要，先到诸暨东风厂服装厂去，看他们怎么说、怎么做吧！

他一早起来，胡乱吃了早饭，就奔往火车站，上了火车。

车窗外，山峦、河流、田野、村镇、标语一一闪过，广播喇叭里的歌曲、新闻，连续不断地在播送。这教他想到"东风牌"名称虽好，却不著名，而且重复的太多，记得这家厂本来生产的是"越溪牌"，"艳色天下重，西施宁久微；朝为越溪女，暮作吴宫妃"，是唐代诗人王维赞颂诸暨美女西施的诗句，越溪就是浣纱溪，想象力很丰富，据说女装销路特好，姑娘们穿了它，都有可能"朝为越溪女，暮作吴宫妃"的嘛，名气自然有了。"文化大革命"中批它是"封、资、修"，改成了"东风"。要给黎明厂借个品牌贴一贴的话，就该捡"越溪"！记得袁永兴说过，越溪牌一废，本来钉在衣领里侧的商标，成箱成箱地堆在仓库里，这许多年了，不可能废了"东风"恢复它了，当垃圾讨来，说不定还要给我处理费呢。

他为自己冒出这个主意兴奋不已。

绿皮火车继续滚滚向前，他的思绪，也滚滚不断。六里亭到诸暨，只停两站，也是老天爷帮忙，到站了，他一下车，拥堵在车门前等候上车的新乘客，说的全是"阿拉""阿拉"的上海话，衣着、举止，都是上海腔调，教他马上想到了上海有关服装的见闻：在小菜场转悠时，他看到一个中年男子邂逅一位老朋友，连说好久不见、好久不见之后，就摸摸对方白衬衫的领头和袖子，称赞说，这件衬衫一穿，我都不认得你啦，到底是老牌子！不说别的，衬衫最考究的就是领头和袖子，拿"领袖"称呼带头人，就是这样来的嘛，你看看，派头就是不一样！这一刻，"到底是老牌子"和"衬衫最考究的就是领头和袖子"这两个短句，在他心里给放大了。服装的优劣，就决定于几个关键部位，名牌就是靠这几个关键部位撑起来的。记得小时候，妈妈穿的洋布，叫阴丹士林；敲糖换鸡毛担子上最考究的雪花膏，叫双妹牌，同样一瓶，能换到一倍多的鸡毛……山村里的女人都知道这种布和这种雪花膏的。至于服装，记得他当年就穿过上海的绿叶牌、新光牌衬衫，宝大祥、恒源祥的绒线衫！"到底是老牌子"，这六个字，就这样，不止一次听到，在上海，在杭州，在自己县城甚至偏僻的山村都听到过。"老刀牌"，就是香烟里的老牌子，也叫强盗牌，上海产的，这牌子早淹没在历史烟尘里了，但在金银坞这样的小山村里，居然还有人把它拾起来代指某个人，可见其魅力！至于"领袖"的关键性和制作难度，真是经验之谈，黎明厂曾经请东风给一家服装店代加工过一批衬衫，店家表示不满意的都是领头、袖子上的问题。看来，不光是潮流，还有技术上、经济上的学问，而且很深！要贴牌，就贴掌握了关键技术的上海有名气的牌子！只是这老牌子在"文化大革命"中给扫进了历史垃圾堆，都被换成红旗、东风、卫东了，我去重新捡来使用，不犯规么？我不怕犯规，人家也不怕么？

他站在月台上琢磨开了。茫然无神的双眼，感觉到列车员举起信号旗，即将关车门了，这才做出决定：上去！要选，就选上海的老牌子！都是闯，就一步到位，闯上海！宁可请技工的费用比东风厂高，也要请上海的！闯得过闯不过，闯了再说。我就是一滴不怕跌的山涧水，一路跌过来的，怕啥哩？做生意不冒险行吗？虽然冒险，但名气大。不抓住这机会博一记，太怂了！说不定，还可能像垃圾那样，给我白捡的！

他转身跳上了车，把补票的钱抓在手里，穿过拥挤的旅客群，挤向那批上海客。他要利用这个机会，向他们打听哪些服装厂最有名气。这些上海人年纪都很轻，站成一团，从叽叽喳喳的说话中，得知是刚刚游览罢西施故里。他一个个审视过来，专找那些年纪大的与之攀谈，可惜，最大的不过四十多岁，而且是机械厂的，对服装行业隔着一重山。倒有一个搪瓷厂的姑娘，上下班总要经过一家服装厂，厂门口挂的是南湖服装厂，服装质量倒是很可靠的，小姐妹都爱穿，记不清原来生产什么品牌了。幸亏一个年长的补上了这个空白，说南湖就是斯培克呀，老牌子呀，你们年轻人不知道，我知道！他指指自己的内衣领子，拉拉袖子，看看，我身上这件衬衫就是！

没有料到，得来全不费工夫。原来是"斯培克"！洋味重，一听就知道是十里洋场来的上海货，名气大，牌子老，他当年就穿过这牌子，爷爷也穿过！为它冒一次险，值！

他立即补票，随他们一路北上，到了上海北站终点站。乘什么公交车到南湖厂，都由他们指点得一清二楚。他下了火车，就一帆风顺地到了目的地。

正如他所料，上海毕竟是上海，斯培克服装牌子虽然改了，但近百年来的老品牌影响不是十几年工夫能够消除的，上了年纪的上海人一看，哦，南湖，就是斯培克！生意始终不错。要不是他以黎明综合厂厂长来谈业务的身份和理由前来拜会，真难马上见到厂长。

他被请进了接待室。

厂长姓赵，上了年纪，一眼就看得出，所有上海人的精明都集中在他的眉眼上，很傲慢，坐下来自顾自摸出大前门卷烟点火抽起来，连向客人表示一下起码的客套都没有。要不是经过这几年走南闯北的历练，楼循波真会胆怯得不知如何打交道。

他介绍了自己，只是把厂名上的"综合"一词改成了服装厂。说，我知道贵厂原来叫斯培克服装厂，老牌子啦，有好几个服装品牌。不瞒您说，我倒挺喜欢斯培克的，眼下，我们手头有一批订货，很想借贵厂这个牌子用一用，反正，你们品牌名字多了去了。

赵厂长笑了，很有点笑乡下人的无知，说，多了去了就可以送给你的啊？我们的每个品牌都是办过商标注册手续的啊！

他说，已经封存好多年了啊，人家都忘了！

封存了，忘记了，也不能白给你的呀！出了事，我们是要负责的呀！

他怔了怔，想了想，"出了事"指的是什么。但只要厂长不提政治上的顾虑，他就不说。便笑着说，不是白给，不是白给！是上海工人老大哥对我们乡村企业的热情支持。"南湖"嘛，红色摇篮，是对上海工人阶级革命精神的继承和发扬，我们不会忘记的！

赵厂长笑了起来，送一面锦旗吗？

当然当然！

赵厂长不耐烦了，指指满墙的锦旗，说，楼厂长，锦旗多得都挂不下了啊！我们缺的是发给工人的奖金！哈哈，说句笑话，说句笑话！

楼循波知道，在这种场合真话总是用笑话的方式说出来的。看样子，他拟订的第一个方案行不通，政治上的顾虑并不存在，便采用第二个方案，说，我补贴你们一点钱，怎么样？

赵厂长认真起来了，想了想，说，这是你说的啊？

是的，我们愿意补贴一点钱。请你报个价。

真的啊？

真的。

让我们商量商量好吗？请稍等。赵厂长起身到隔壁厂长室去了。过了一会出来，说，行呀，就把斯培克借给你们吧，按件或者套计算，每件或者每套，收三毛钱。

一般人听到，或许会觉得不贵，当时一件衬衫六七元人民币，三毛一个零头都没有。但是楼循波是深知这个数字的分量的，但离他的心理价位差了一大截。他说，太高了！

不高。你认为高，我们却不想借呢！

你们闲着，和垃圾一样。

闲着就闲着，反正我们国营厂不差这几个钱。

几个钱？你知道我们生产量吗？

几百件吧，不会超过一千。一个新办的乡村企业，筋斗翻不到哪儿去！

楼循波什么都想到了，就是没有想到南昌这个会议能够销售多少数量的衬衫，只知道不会少，一个省的订货会嘛，从来没有参加过，他想象中一定人山人海。眼下却被人家这种藐视的目光和口吻激出了火花，他脑袋一热，一下子变成了赌徒，笑着说，错了，赵厂长，你小看我了！我要的，绝对不是一千两千，也不是一万两万！

多少？

百万件以上！

赵厂长夹卷烟的手指一抖，不多的烟灰都抖下来了，什么，百万件以上？

是的，一百万以上！……就告诉你实数吧，三百万件！三百万啊！他伸开右手中指、无名指和小指，高高地扬了起来。

赵厂长噔地跳起来了，真的？

这一回，开心得笑出了声的，是他这个"山里虬"楼循波。他说，哈，你说是真是假？如果你能够压到二毛一件或一套，再请你派两名技术人员上门免费培训指导，合作生产，我再加二百万件，一共五百万件！男装、女装、衬衫、外套……大号、中号、小号，反正，如果商标贴条有区别的，那就按你们厂生产的比例给我配足！

赵厂长还是这一声，真的？

我不开玩笑。可以马上签订合同，而且是第一批合同。他伸手从人造革皮包里，取出了合同，往桌子上一拍。如果你不相信，不同意，我就去找另一家，上海百年老品牌不止你们一家，都像垃圾一样撂在一边！

精明的赵厂长不需要眨眼，就知道这笔生意的价值，五百万，二毛一件，只印了几个美术字，加点简单的图案，手指般大小的一块贴头，像垃圾般堆在一边多少年了，一下子就能变成一百万元人民币！在普通职工月薪只有几十元的日子，这是什么概念啊？开放了，洋不洋的都不是问题。而且由自己厂的技术员去做指导，产品质量有保证，这是打着灯笼都找不到的好生意啊！……会是骗子吗？他骗我什么呢？三个中国字加一串花体英文，一个给"文化大革命"的铁扫帚扫进了历史垃圾堆的品牌名称，洋里洋气的拿去骗什么呢，而我，要说上当，亏掉的最多就是两个技术员的差旅费！如果不赶紧接住，他找到另一家去，白白流走一百万，不给工人骂死才怪呢！

他马上说，让我们研究研究，好吧！便起身给客人倒了一杯水，转身准备回隔壁去。

楼循波见他动了心，而且在眉眼间流露出生怕错过的样子，立刻提出又一个要求，说，我的数量大，金额高，资金一时调度不过来。一定要求售后结账。

厂长回过头，笑了笑，还是一句话，请稍等。让我们研究研究！

楼循波理解，他这是寻求其他领导一起来承担责任。到底是戴过崇洋媚外的帽子，给废掉了的东西，流出去也是要追究责任的呀。

果然，不到三分钟，从隔壁出来的不止厂长一个，而是四个，他一一介绍，党委书记，副厂长，还有一位是会计师。赵厂长热情地向他敬了卷烟。

厂里的领导一致答应他提的条件，当时就签订了五百万套的出借斯培克品牌的合同。回到吴家村以后，连着几天，贷款的事落实了，南昌商业局的邀请函也寄到，和东海印染厂订了垫资协议，开始把布料源源不断地送来了。

可以说，创办属于自己的企业，实质性的几步，就这样迈出。当缝纫机买到，所选的十名姑娘学会了操作，南湖服装厂立即践约，派了两名技术员来吴家村，都是经验丰富的老技师，在衣领、袖子制作等关键部位把关。当时，乡镇民办企业还没有开始流行"星期六工程师"——就是高价聘请上海著名企业的技术人员利用周末业余时间，下乡指导技术，黎明厂居然不花分文，开了先河。这些技工也真有一套，不说领头和袖子等关键部位，进来的布料是次品，他们就有本事把瑕疵避开或者掩盖掉。当然，当务之急，是指导赶做参加南昌商场、批发部经理会议的样品，到时候来一次亮丽的亮相。

在一片出自内心的"哦唷、哦唷"的似惊、似叹、似赞、似慕声中，他却深感两肩的沉重，渴望有人商量，更渴望有人帮他分担管理上的许多琐碎事务，不能再这样把采购员、销售员、行政管理全部压在自己肩上了。

他再次回金银坞去找楼循统。还是在麻车旁的大樟树底下，时间很匆忙，却是上次交谈的继续，是一次直来直去的抢人的"密谋"。

楼循波问循统，共富厂办得怎样啊？

循统叹口气，摇摇头说，一塌糊涂！

怎么啦？

上次不是说了吗,"婆婆"太多,一边是能量大、资格老,一边是盯着这钱怎么花,一万元啊,小春芳倒无所谓,反正跟着她男人要远走高飞了,盯得最紧的是村里的乡亲。你说,众目睽睽之下,我能做什么?

他这才想起来,问道,最后由谁当厂长啦?

楼循统吃惊地说,你不知道?老八呀!大队长把他从"打办"召回来了,说老八到公社工作了这许多日子,见过世面,经过磨炼,有资格,有经验。

原来这样!他早应该想到的,却给黎明厂忙得家门口发生什么都顾不上了。

楼循统却笑了起来。

他问,你笑什么啊?

楼循统说,村里人都说,老八叫,老八叫,老八真的会叫啊?

前面介绍过,"山里虬"们嘴里的"老八",总是带着轻蔑嘲笑的味道,由此引申,"老八叫"成了"不可能""吹牛""异想天开""荒唐"甚至"下流"之类的代名词。对曾经捅过他刀子的人如此形象的嘲讽,他却笑不起来,他对循统的处境和自己大队的企业的未来,一目了然。三囝、老八他们自恃手里的权力,又怕亏本,抓得很紧,抬手动脚都要通过他兄弟俩,持有了这样一大笔善款,只怕亏了;赚了,又怕分得少了,天天盯着循统这个具体操作者。选做这项目不合适,选那项目也怕不赚钱,最后请了几个社员到一些服装厂收集零头碎布做拖畚,送到供销社去卖,三天打鱼,两天晒网,就这么耗着。

他说,你到我们厂来吧?

循统问,你不怕得罪"老刀牌"啊?

他说,让我去想一个不得罪的办法。

他真的认真思谋起来了。可惜,事情一着手,楼循波不想得罪的人,还是得罪了,而且不止得罪一个,他把吴家村大队的上上下下都得罪了,激烈到简直可用群起而攻之来形容的地步,却都与循统毫不相干。

10

南昌市的商场、批发部经理会议准时举行。楼循波把黎明综合厂,正式改名为黎明服装厂,将各种男女服装,挂在会场旁边,柜台前拉出了巨幅红布,上面贴上了用白纸剪出的"上海斯培克服装销售订货点"十二个大宋体，异军突起，顿时吸引了会场内外所有人的目光，这样一句句惊叹，立即在会场内外传开了：

"斯培克？上海的名牌服装呀！多年不见了呀！"

"到底是上海货，还是百年老牌子呀！"

"价格也挺合理的！"

"快去看看哪，晚了就买不到了！"……

生活中，始终有恋新的，也有怀旧的，但在这年月，不管恋新还是怀旧，也不管是"斯培克"还是什么，都会唤起以往生活中那些强压下去的情调，给予他们一种心理上或者感情上的满足，是沉潜久了的那种满足，何况是上海名牌，对于年轻人，光是贴条上那一串花体英文字，就有一种别开生面的新鲜感。那一阵的中国就是这样，楼循波无意间抓住了一个心理热点，难怪男的、女的、单位采购的、南昌本地的、外省市来的，只要一到这个场所，都不愿错过这一个景点。好在楼循波他们早把价格之类都定好，并一一在价目卡上标出，销售人员只需坐在那里接待顾客咨询，签签合同，填填数量、单位、规格分配就行了。

不到两天，除了当场零售成绩喜人，还签订了一大堆合同。五百万件套销售一空！

这次活动的名称没有打"展销会"。但在中国商业史上，楼循波，这一个乡村企业家，却最早地传递出了展销会这一全新模式的先声。

他满载而归。下一步，就是将手头的订单，全部按时按质按量交货。如愿实现的关键，是举办技术培训班，尽快提高工人的技术水平与熟练度。

选拔对象，当然从吴家村大队开始，然后扩展到周边的大队，方圆十几里内，心灵手巧的姑娘基本上都招来了——这是跳出农门的第一步，报名者如潮。

第一批工人培训十分成功，当年的订单，都按时按质地送出，准备招收第二批，他心里一直记着金银坞乡亲，那些姐妹，正像他记着循统，毕竟是宗亲。

这时候，黎明服装厂这一年的年终业绩也出来了，净利润12万元！可谓暴利暴发！

吴家村所有的人都相信他们脱贫翻身了，都扳着手指头，盘算如何使用这笔钱，该还账的还账，该修理房子的修理房子，该改善生活的，如何添衣加袜……

只是从来没有想到会有这么多！这个数字让这个小山村都疯狂了。12万元啊，那是在京、津、沪一个"万元户"就惹人眼红的年月！"山里虮"们掰起手指，计算每个人可以分到多少，他们蠢他们怂，在这一点上，却绝对不蠢也不怂。

这时候，一条消息，却像一盆冷水，泼到了每个角落，激怒了许多"山里虮"：楼循波要拿走二万四千元！这样一声声愤愤然的责问，随之像瘟疫传遍了家家户户："啊？一共十二万，他要二万四，差不多三元钱里他要拿走一元啦，也就是从我账上割去三分之一呀，这是什么规矩？啊？""规矩有的呀，听说是他自己定的！""这不是抢劫吗？我早就知道，无利不起早，可没有料到这样贪、这样狠！"……

交头接耳，叽叽喳喳，骂的咒的，各种各样的议论都有！什么培训班招工人，什么明年的订货单，都不去关心了，关心的是自己的口袋。而且，有人向上级报告了，名词都是十几年用惯了的，很现成，无非是"剥削阶级思想""走资本主义道路"。

有人去找吴小庚，责问，这些事情，你清楚吗？啊？你求爷爷告奶奶的，去求来一个强盗坏啦！你分到多少好处啦？啊？

支部书记、大队长吴小庚开头也有点懵，怎么会这样啊？

他思前想后，寻找原因。很快想起来了，楼循波决定留下来办厂那一天，不仅掏出一沓出差发票报销，还和吴家村大队订了一份接受聘请的叫"合同"的契约文书，当时，所有在场的干部，都处于楼循波不嫌他们这些怂包而表示留下来的兴奋中，只为没有钱给他报销那二百元而说不尽的歉疚，他在这份契约上写了些什么，他们看都没有细看。看了又怎样呢，提取盈利的百分之几，"百分之几"是多少钱啊？他们没有这种数学概念，也不知道能否兑现赚钱的承诺。反正，几个参加管理的人认为，只要楼循波留下来，就什么都会有的，便这样签了字，盖了章，然后当成现金收起来了。这时候，不能不找出来仔细看看了。

果然！合同上，签订的规矩是这样的：每月工资六十元；出差车马费实报实销外，补贴一天一元；产品的盈利，楼循波提成百分之二十。其他参加黎明管理工作的干部，同样订了合同，只是奖金比例没有这样高。每一份都签了字，盖了章，还有骑缝章！

吴小庚像中了圈套，实在料不到百分之二十会是这样一笔巨款，二万四千元！村里一个劳动力每天十分工，只能分到三毛九分人民币，进了黎明厂，也是记工分的，每十分也只能分到一元，你楼循波风里雨里，走南闯北，辛苦确是辛苦了，这么多也太离谱了呀！各种各样的指责、埋怨、嘲笑，都把他两耳塞满了。

有的说，付出了辛苦劳动，多拿一点我们没意见，可不能拿这么多啊！

有的忧心忡忡，说，小庚哪，拿了这个钱有风险，到头来政策一变，你不会有好果子吃的。姓楼的是你去请来，合同是你和他签的，到时候，他倒灶，你也吃不了兜着走！

旁人赶紧敲边鼓，不错的呀，秋后算账的事，我们这些人看到的还少吗？

他焦急，好在他毕竟是有经验的干部，他的第一反应，是直接到县城，找领导请示。他找到了县委王书记，如实汇报以后，王书记回答得很干脆，合同订好的，怎么不能拿？我认为应该兑现！吴小庚心里有底了，但是，离开了县委办公室，他又不踏实了，二万四千元啊，工资以外的，一个人拿，数目太大了，县委书记的回答这么快、这么轻巧，就是因为不了解群众的反应会这么强烈。他很想再找一位领导问一问，犹豫犹豫地，站在走廊里，考虑应该走进哪扇门，却听到了楼梯口有几个干部聚在一起抽卷烟，说的正是这件事！

一个说，黎明厂这件事，复杂！我认为这钱不能拿！一步跨得太大了！

一个说，我要是这个厂长，我不敢拿，谁知道明天政策变成怎样哩！

这几声，像巨大的冲击波，冲进了吴小庚的心灵，冲走了王书记的回答，冲得他和楼循波已经拴在一根绳子上的蚂蚱的现实感，从来不曾如此强烈。他立即拿定主意，要把情况如实摊给楼循波，劝他退一步海阔天空。

他赶回吴家村，把楼循波请进大队办公室，关紧门扇，打算开诚布公，把这些议论，直接摊给他。一坐下来，面对面的，却怎么也坦率不起来，我说……咳，咳……

其实，不用吴小庚说，成了众矢之的楼循波的感受比谁都难熬。焦点不是他能干，而是能干的报酬该不该获得。而且，众口相传，成了全县的热点。走在洪塘镇甚至县城的街道上，商店里的营业员都会跑出来，指着他的背影叫道，楼循波来啦！你们不是问，发了横财的人是长什么样的吗？快来看啊！

舆论就是这样，众口铄金，而且会扭曲原意原貌，把红变成黑，地变成天，人也变成猴子，有关这个楼循波的谣言，就这样不胫而走。嗨：我说这钱不好拿吧，楼循波被抓起来了！真的吗？听说县里领导说可以拿的呀！哎呀，有人亲眼见的，他出差回来，在火车站被手铐铐去的！可惜了，可惜了，这么一个能人……

太多了！每时，每地，在这种惊诧、羡慕、热情、赞赏、妒忌……各种各样的目光注视下，觉得他也变成了被耍的猴子，那天回家去，听儿子和安、女儿小茵说，他们都受到了伙伴的责难，你爸怎么拿这么多啊！这些反应，牛妹和他母亲都听到了，只是没有机会表示态度而已，此刻婆媳俩态度惊人地一致，说：你现在工资每月已经拿到60元了，比种田、打工好多了，我们的日子也好了，这种横财还是让人家去发吧，求个平安！

是的，做人难，做成功的人活得更难，不发横财，只求平安，是我们的家风！他正想找吴小庚表示自己的决定呢，吴书记却找他来了。见吴小庚结结巴巴、咳、咳、咳地难于启齿，便说：老吴，你不要为难了。我都听到了。我决定做出牺牲，放弃奖金！

吴小庚一把抓住他的手说，老楼，我真的不好意思说呀，人心就是这样，我们步子也真的跨得太快了一点……

楼循波说，你也不要内疚，老吴，是你对我的信任，也是吴家村大队给了这个平台，我才赚到这些钱的。这样吧，你们给我2000块。出差补贴每天只有一元，在外接单子总要请客吃饭、送礼的，这些钱按规定，我都没有报，三年多了，就给我2000块，算作奖金给我补偿吧，这样处理，大家都心安。黎明厂站定脚跟不容易，大家一起来维护它的稳定与发展是最要紧的！

吴小庚没有料到他会这样干脆，听得差一点落泪，喃喃地说，好好好，你说得对，黎明厂走到这一步不容易！

楼循波继续说下去，我仔细想过了，取得这许多成绩，大家都有功劳。按照合同上的比例，大家都拿奖金，我拿2000元，是合同二万四千元的十二分之一，按这个比例，黎明的管理人员，连你在内，也按这个比例取酬，每人大概分到

500元吧！你说呢？

吴小庚越发激动了，说，好好好，我没有看错你，真的，我们村里干部都没有看错你！

这一皆大欢喜的分配方案，应该使这场风波平静了吧？

可惜，他估计错了，吴小庚也估计错了。

楼循波仍然是弓箭前的靶子。

第三部 人和

第一章 人啊，人！

1

奖金分配罢，吴家村大队一片欢天喜地。挂在村口的大喇叭，也不断播送着改革开放的大好形势，全县社办企业大步发展，合作工厂从零发展到多少个啦，职工增加了多少，产值又是多少啦，服装产业的出口正在追赶传统的几大产业，发展势头很猛啦……无时无刻不在鼓动着人们去改变现状，去寻找发财致富之道。

这一天，楼循波、吴小庚和副厂长他们这些管理人员，正在厂办公室开会，研究明年的生产计划。七八条汉子突然闯上门来，黑压压地堵了一屋子。

楼循波一看，都是吴家生产大队属下的生产队队长，散落在小山沟里的头面人物，他第一次来这儿那天晚上，挤满了一屋子的怂包里，就有他们，几年来都混熟了。此刻他们却横眉立目的，带着一股杀气。父亲死于匪患的楼循波，对此有一种本能的反应，立即站起身，客气地招呼他们坐下来，听听他们正在商量些什么，然后一起吃饭。

吴小福跨步向前，说，我们不是来吃饭的，是来参与办厂的！说罢，转身摆出一副主人翁的架势，向吴小庚他们宣布，你们办了几年，享了几年福，该换一换，轮到我们了。你们是种田佬，干得了，我们是种田佬，也干得了。

吴小庚有点措手不及，反问道，你们怎么干？

小福气势汹汹，却胸有成竹，说，这还用说吗？生意楼循波去做，管理由我们来。今天我来，明天他副队长来，大家轮流嘛，有什么难的！

原来是夺权来的!

山村里这种鸡鸡狗狗的事,楼循波见得多了,趁着改革开放的好势头,改变现状,有甜头大家尝,这种争权夺利的事,最近听到的尤其多,没有想到争到眼前来了。看样子,是属于吴家村内部的事儿,虽然涉及他,但此刻他只能听,不能也不应该插嘴。于是端坐一旁,看事态发展。或许他们真的抓住了吴小庚他们的把柄,说清了也好。遗憾的是,小福说了半天,却说不出什么需要权力更替的道理来。局面有点儿僵。他倒看清楚了,这几个人是无理取闹来的。根据这些年的交往,他觉得吴小庚为人厚道,责任心强,不贪不占,就是能力差一点,有着老实人循规蹈矩的那种通病,此刻小福们的指责,证明了这一判断。楼循波想,我应该表个态了。我是局外人,应该以我退场换得一个息事宁人;如果我不表态,也不退场,使这些角色夺权得逞,不说这些人会像老板那样对待我,就说你可以来抢权,他也可以来抢权,这个厂还会有太平日子吗?我留下来还能做什么呢?

他清了清嗓子,说,让我说几句好不好?

所有脸面一齐朝向他。

他说得坦诚,但也多少含一点刺儿,提醒他们说,你们要来办厂,可以理解,农村苦,赚不到钱。既然你们有这份积极性,有这份能力,那么,眼下情况好转了,我算是第一个应该把位置让出来的人。道理你们都明白,我是你们从外村请来的,别让我夹在当中造成你们的矛盾……我离开了,我的工作,接单呀,推销呀,由你们八个人轮流做。我相信你们一定会干得好的……

小福急忙截住他说:你怎么能走啊,我们没有叫你走!

楼循波笑了,说,哦,你们就是叫老吴让位,要我留下来帮你们挣钱的啊?这就叫我为难了。我是相信吴书记的威信和能力才答应他来的呀,到了这里我才认识你们的,除了你小福,另外几位连尊姓大名我都叫不出来,怎么合作啊?

来人哑了。

他趁机再抛一点硬货,让这些不知天高地厚的人知难而退。他吐词不疾不徐,说,你们知道吗?黎明服装厂的贷款,是我们公社信用社发放的,图章只认吴书记的,要是听到这个厂的领导可以随便轮换,信用就不能保证了,信用不保证，能贷款给你们吗？

说到信用，说到贷款，小福他们更像鸭听天雷，不禁面面相觑。

小福却不甘心就此败北，留下一句话说，这有什么难的，反正小庚你们该换一换了，这事没完！然后转身走了。

消息传开，所传的不只是这场冲突，而是好端端的黎明服装厂办不下去了。

真的，面子一撕破，便收不住了。他们怂，但正如俗话说的，可怜之人必有可恨之处。这一场矛盾真的"没有完"。但小福这些怂包却拿他当成主攻对象了，用的手法都是老一套，即向他做笨拙的"感情投资"，今天请他吃饭啦，明天给他送什么土产啦，不是送到他手上，而是送到金银坞的家里去。楼循波想不到自己的那几句表态，会招来这样的麻烦，虽然明白，不管怎么乱，自己的心不乱就不会乱，但总像在他脚下埋定时炸弹。他工作照常做，照常按制订的计划招工培训工人，以迎接新一年里更多的订单，暗自期待出现缓和矛盾的转机。

那天中午，他在厂食堂吃完中饭回到厂长办公室兼自己卧室，忽听到一声"小波波"的叫唤。这是专属于宗亲中长辈喊他的小名，多年没有听到了，不免讶异，抬头一看，竟是属于父辈的楼锦兴，是解放初期金银坞的治保主任，当年循禄他们举行拜"年伯"和"辞族"仪式时的举报人，如今满头白发、老态龙钟了，挂着一根藤拐杖，戴着一顶麦秸草帽。要不是这一声特别的喊声，楼循波真的认不出是谁了。

他欣喜地喊，锦兴叔！您怎么来了？

楼锦兴打量着室内，问，这是你的办公室？

是呀，是呀！他扶老人坐下，倒了一碗水，问道，路过，还是专程来的呀？

老人年纪虽大，脑子却十分清晰，语言流畅，反应灵活，说，特地找你来的！真难找哇！

是呀，比我们金银坞偏僻多啦！您找我有什么事呀？

老人喝了一口水，讷讷地说，是这样的……

原来，老人是为他孙女通路子来的。楼循波没有料到培训工人会引起这么大的反响。正如所有处于风暴眼中的人，感觉不到"山里虬"们是如何把他当成了神的，正像当年把钞票当成黄表纸用之类的谣言，神神怪怪的，说得他被送进了学习班。这一回，老人说他们到南昌发掘出了金元宝，生意做到全世界了，说黎明厂马上要开到杭州、上海去了，要招收大批乡亲带了走。今天，他特地抢先报个名来的，念在当年他如何照顾他爷爷的情分上，一定不要漏下他的孙女，说他孙女如何聪明能干，如何希望成为黎明服装厂的工人……

  他不禁笑了起来。不错，外面对他这次南昌商场、批发部经理会议的成功，有许多近于传奇的传说，但都是在乡镇企业小圈子里说的，称他们这种展销雏形为"南昌模式"啦，说他们趁这股东风走向全国啦，他们的小波波发现了当今中国的商业地图啦，等等。当然有依据，比如"南昌模式"确是一种创新，使名不见经传的黎明服装厂迅速打开了销售渠道，整个江西省都给搞定了，他们正在将这一模式，拿去东北、北京、山西、西安推广，也是事实，楼循波从中发现，江西往南没有多少生意，广东还很穷，西北也没生意，生意都在东北这个圈子……不过，他也没有这样神呀！至于招工参加培训，他没有忘了金银坞的宗亲，只是像请循统来帮他忙一样，顾忌到挖人拆台之嫌，他不敢主动表示什么，因为那样一个小山村，合格的就那么几个人，三团开始办共富厂时，早就招进去了，一不小心会得罪"老刀牌"的。没想到会有人找上门来。

  他无法把黎明服装厂面临的内外困境告诉这位老人，哪怕在外面已经传得沸沸扬扬，哪怕是自己的宗亲，只说，叔，外面说的，都是胡吹乱念，我没有那么神。想招收一些乡亲培训倒是真的。可是，你家翠珠早就到共富厂去做了呀！

  老人听他没有忘记自己孙女的名字，高兴得满面发光，说，对对对，我家翠珠是给八弟招去了，可是她们那个厂做些啥呀，扎拖把，能赚钱吗？没奔头。都想到你这里来呢！

  他急问，都想来？

  老人说，都想来！

  这不等于打了老八房的脸，拆了"老刀牌"三团的台吗？他急了，连忙说，我们金银坞大队的条件比这儿好得多啦，本钱充足，人才也多……

  老人苦笑着截住他说，什么条件好，老八叫！

  他马上想到了循统的那一脸苦笑和同样的一声感叹，很想从另一个侧面了解一些情况，忙问，啊？怎么老八叫啦？

老人摇着手说，不说了，不说了！算我嘴多，反正，老八叫就是老八叫呗，都想走！

他想，情况复杂！吴家村的矛盾正露头，还不知带来什么后果，不能把自己回家的路也堵断了！必须赶紧采取措施，不能任凭这趋势扩大，使自己陷入进退不得的困境。眼下能够抓的，是借助这位老人，带去一点信息，稳住老八楼循满，也就稳住自己老家那一摊，他们会总结经验，避免走弯路的。他说，循满是挺能干的，我知道！别相信谣言，锦兴叔！我们确是闯出了一点成绩，可是只迈开一小步，你看看我们的工场，还是这么小，我住的厂长办公室，就是这样寒碜！

显然，在等待循波的时候，老人已经看到这儿的规模了，当厂长的住的地方还是这样寒碜；所谓厂食堂，也不过在东厢房泥了个土灶，摆了几张板桌。他不能不连连地点头。

循波说，锦兴叔，你回去对翠珠说，我们的确要招收一些乡亲来培训，可先要招吴家村这儿的，就是到金银坞招人，也要招没进共富厂的，叫翠珠千万不要离开金银坞的企业，弄不好，会两头落空的。明白吗？

老人点点头说，我明白，我明白。便起身告辞。

楼循波把楼锦兴送出门，刚刚踅身回到办公室，躺下来打算休息一会儿，老人却前脚接后脚地踅回来了。

他问，还有事吗？

老人说，我说……老人说不清楚，只凭直觉，小波波这个厂就是不一样，那股旺气在提示他不能白跑这一趟。他说，我相信……你们一定会大发的，我不会看走眼的……到时候，你一定不能丢下我的翠珠啊，翠珠不行，我还有二孙女翠玉呢！记住了？

循波为老人的信任与期待感动，连声说，我记住了，只要到金银坞招人，我一定不会漏掉您家翠珠和翠玉的！

确实是多事之秋，他做得如此谨慎、周密，但麻烦还是找上门了。

锦兴刚离开，吴小庚来了，高卷裤管，解放鞋上全是红壤灰土，一副长途跋涉的样子，神色焦急而又沮丧。楼循波很意外，问道，你不是到县里开三级干部会议去了吗？吴小庚说，是呀，我是特地赶回来的。县里一位领导说，他们接到了群众来信，揭发我们崇洋媚外、阴魂不散，还要求严惩！点到了斯培克！我一想，坏了，我们给人盯上了，说不定会上还要挨批评，要我们下马。这可不是小事啊，明天有许多布料要下厂。这些事都不是电话里说得清楚的，我只好赶回来通个消息，暂时停一停，要不，损失越发大了。

他的脑袋嗡的一声响，潜伏在心灵深处的那一头怪兽，终于蹦出来，向他张开了血盆大口。不只是正在经历的"人怕出名猪怕壮"古谚之可怖，更因为，他在筹办黎明服装厂的日子里，继续像摸着石头过河，边走边观察开放的信息与动静。应该说，形势确实是不一样了，政府不断出现支持鼓励的措施，人心越来越活，都想趁势发家致富了，但也有人看不顺眼，拿"资本主义复辟"的帽子乱扣！参加学习班的一幕幕，始终在他眼前展现，最提心吊胆的，是在奖金风波以后，发生在县城里的许多事，都在提醒他要小心，不是吗，这种"乍暖还寒时候，最难将息"的早春天气，真的很难应付的呀，忽冷忽热，阴晴难测。就拿他借用的斯培克品牌来说吧，你感觉它是新的，其实它是旧的；你说它是旧的，他说它是创新；你说重新用它是犯罪，他说重新用它是开放，是"拨乱反正"；你说他是狗熊，他说他是英雄……瞧，对民办的乡镇企业，一边是在批评取缔，一边是小福他们仍旧要挤进来，哪怕扯破脸皮上门来夺权！啊呀，怎么说得清啊，正因为亲眼见到了小福他们夺权，而且百折不挠，他才直觉这一次肯定更加复杂、更加可怖，上一次学习班，只把他请到公社一级，这一次上了县的三级干部大会了。吴小庚挨了批，他不一起倒霉？

他急问，大会上说的？

吴小庚说，不是不是，大会明天开，今天报到，大伙聚在一起说话的时候，这位领导瞧着我，亲口说的！还说，明天县委书记报告里要提到的！

他一屁股跌坐到靠背椅上。形势复杂！他知道，自己是一滴山涧水，不是一滴怂，不怕跌，相信能够一路跌到海，此时此刻，却仍旧双腿发软。"山里虬"们对他期望太高了，他的付出太大太大了，那么，这一跌，就无法拿以往的跌来做参照。都说，黎明前有黑暗，要么挺过去，冲出这片惯有的黑暗，前面就是海；要么趴下，永远消失在黑暗中！

怎么挺？大队支部书记都急成这样了，叫我怎么挺？

2

的确有人给县里写了信，而且不止一个人，有揭发黎明服装厂如何企图吃掉社会主义的企业，肆无忌惮地搞资本主义复辟、为崇洋媚外势力招魂的；有说黎明服装厂管理一塌糊涂，领导贪污腐化，多吃多占，群众都闹上门了，必须严厉整顿的。揭发者之中，有金银坞生产大队集体，盖了鲜红公章的；也有署名"吴家村生产队部分干部和社员"的，每个人都郑重其事地摁了红手印。

一股内外夹击的气势。

楼循波没有看到这些来信，却能够想象来自哪儿。吴家村生产大队一定会写，肯定是小福那几个角色。至于公函，即便刚才锦兴叔不向他流露那种欲言又止的神态，他也能猜想得到是谁。局面摆在那儿，他这个"能人"，只要选择了吴家村大队来创业，就是在打"老刀牌"的脸，打得很重很重，不管你对三团如何谨慎小心。不用这个能人，用了自己八弟，不是老八房逼的，也是给老八房逼的，怎么解释都解释不清楚。楼锦熹白给自己宗亲这么大一笔资金了，一万元哪！太诱人了！不是楼循波不想留下，而是因为你老八房要耍"肥水不流外人田"的惯技，把钱往自己口袋里捞，要不，怎么叫"老刀牌"？放掉了循波，手里拿着这么大一笔钱，能够做得比吴家村大队漂亮也就罢了，可是偏偏做坏了，生意都揽不到，还亏了本，亏得大伙都想拆台走人，要是小春芳跟她男人还在金银坞，不比当年当众咒骂老四还要骂得难听才怪呢！楼循波却偏偏在这时候招兵买马，一招招到金银坞去了，不是存心打他的脸又是什么呢？老八房的老三，窝不下这一口气，整个老八房的人，都窝不下这口气，必定要用事实证明，他们老八房没有一个怂包孬种，走的都是正路，眼前的困难是暂时的，走歪路的，必定是你这个新厅的孝子贤孙，剥削惯了，这就是他们老三之所以不相信、不留下你来办共富厂的根本原因。

说不定，"老刀牌"为了达到这个目的，和吴家村的吴小福们串联，联起手来，没事找事，一起对付我楼循波呢！

若干年以后，楼循波回忆起这一阶段的处境，说过这样的话：不说农村家族势力的阻力有多大了，人的成长最艰难处，是在刚刚冒尖的时刻，这是人生的瓶颈，也是企业的瓶颈，"木秀于林，风必摧之；堆高于岸，流必湍之；人处于众，谗必随之"，古人总结得够多了。尽管我处处小心谨慎地摸着石头在过急流险滩，左摸右摸，尽量不伤害自己大队的企业，但总被他们看成是为了打他们的脸，拆他们的台，搞垮他们的企业。

这个"老刀牌"，一旦出了手，绝对不会手软的啊，手软就不叫"老刀牌"了。

他害怕起来了。

吴小庚急匆匆赶回县城去继续参加三级干部会议了。楼循波向大伙宣布明天暂时停工，等待通知。然后在简陋的办公室里转起了圈子，摊子铺得这样大，进展这么快，突然间要收场，他真不知道从哪儿着手，也不知道怎样向手下的职工们解释，个人面临的是什么灾难，他都不敢往下想了！见招拆招吗？胜算很少，人家是一个大队，一个组织，家族里的一个蛮横的分支，而且县领导都认同了的，要反驳，也是以卵击石，而且时间这样紧迫！

这些年，风风雨雨，湍急浪险，一路摸过来，却从来没有让他这样恐惧、这样沮丧的时刻。他早早躺上床，希望睡上一觉，有个清醒的脑袋来寻思对策。但前景如此暗淡，心情如此沉重，哪能睡安稳？迷迷糊糊中，爷爷辈唱惯了的那首山歌，始终在耳畔回荡：金银坞，金银坞，山瘦水枯代代苦；手摇一只拨浪鼓，走不尽天下辛酸路。比当年"山里虬"们传唱的，更悲凉，更酸楚，简直是绝望！

是的，这条辛酸路，何时是尽头？

鸡叫了。

他忽然想到，反正停工，何不利用这一天，直接赶到县城打听消息去，县领导在大会报告里，会不会真的提到他们呢？培养白木耳时，他和好几个大队领导人打过交道。到那儿转转，肯定比独个儿待在山沟沟里发急好。

心一定，倒眯糊过去了，鸡叫两遍就警觉而起，腰上挂了只装水的竹筒，穿上草鞋，戴个尖顶竹笠，在此起彼伏的鸡鸣声中出发了，急如星火地赶到县城，还不到八点钟，听说，昨天是报到，今天上午县委书记做报告。

三级干部会议一般都是在县城人民大礼堂举行的，县招待所就在礼堂旁边，像个祠堂趴在一幢幢低矮的楼屋当中，不同的是门楼上装饰着一颗大大的五角星，前面的小广场周边栽着白杨树，知了叫得正欢，与会者正陆续进场。

　　他大汗淋漓，敞开前襟透着风，摘下竹笠当扇子扇着，站在小广场前的树荫下，张大双眼，希望从人群里捕捉他熟悉的人。

　　进场的干部忽然停住了脚步，纷纷朝小广场右侧张望。那儿，一辆老式的伏尔加慢慢地停下了，司机下来打开车门，迎出一个中年人，此人所穿藏青涤纶中山装洗得都发白了，戴着顶蓝色鸭舌帽，右手指夹着一支卷烟。有人轻声喊，县委书记来了！有人说，哦，这位书记是新来的，头一次见，姓啥呀？有人马上回答，姓谢！有人说，年纪不小了嘛！这么瘦呀！精神倒挺好的！……有人围上去，近距离观察观察这位新领导。

　　赌徒般的一腔冲动，突然主宰了楼循波。他想，县委书记就在眼前，为什么不上前去直接问一问呢？都到这时候了，关系到我的命运，关系到黎明服装厂的命运，关系到整个大队的"山里虬"们吃饭穿衣的大事呀，哪怕莽莽撞撞间被抓了，然后被批评处罚以至关押，也得拼一记啊！机不可失，时不再来哪！

　　他将尖顶竹笠往头上一扣，敞开前襟，裸露着胸脯冲了过去。

　　离开书记还有几丈远，他就被抓住了，左右胳膊被揪得紧紧的。只听得一迭声的吆喝：你想干什么？啊？你想干什么？

　　他不顾一切地大叫，谢书记，谢书记！我有话要问您！

　　抓他的人越发凶了，左右胳膊像钳子似的，越钳越紧，继续厉声吆喝着，你想干什么？啊？你想干什么？啊？……

　　他喊得太响，太突然了。钳他的人吆喝得也太响，太突然了。他很快听到了这样几声阻止声：不要拦他，不要拦他嘛！请他过来！

　　这几声标准的北京话，来自谢书记。

　　这一辈子，楼循波都无法忘记这几声既严厉果断，却又充满了热情的阻止与招呼。因为他的命运就在这几声后拐了一个弯。他的胳膊立即被松开了。他跑到书记跟前，说，谢书记，我要问你，我们大队办企业错了吗？听说你们收到了许多群众来信，揭发我们办企业走的是邪路！请你给我一个说法！

谢书记笑了，哦了一声，说，你是办乡镇企业的干部吗？

他理直气壮地回答，我不是干部，是帮吴家村大队办黎明服装厂的！

谢书记朝他上下打量了打量，丢下半截烟蒂，伸出穿着布鞋的右脚踩灭，一手抓住了他的右胳膊，另一只手反过来，拍拍他被汗水沾得油光光的胸脯，笑着说，好，好！你不是干部，也不是社员，你是当代农民企业家！新社会的新事物呀！我到这里来开第一个大会时就见到你，是我的福气！

周围都震惊了，完全是那种发现了一种新身份、评价如此新鲜的震惊！

四周一片寂静！

楼循波却毫无所觉，只是追问，你没有看人家揭发我的信件吗？

谢书记一怔，说，揭发你的信？你叫什么名字？

他说，我叫楼循波。

谢书记眉梢微微一跳，说，楼循波？你的事迹，我好像听到过一点。信倒没有看到。他再朝楼循波上下打量了一番，分明遇到了满腹感慨的触发点，抬起头，不只是要答复眼前这一个普通农民，还要借此告诫在场的人，告诫他的下属。他说，我想起来了，有人向我汇报说，关于乡村企业，县政府接到了几千封群众来信，大都是批评的，也有批评你们黎明服装厂的。可惜，我还来不及看。但我一定要看的，对群众来信，我还要细看，只是我要分成前后次序、轻重缓急来看，不能眉毛胡子一把抓。抓主要矛盾嘛！我最想看到的，是像你这样直接找上门来的，是活的群众来信嘛，最珍贵，我们干部求都求不到的，不立即接待怎么算有群众观念？因为这是最鲜活的现实，往往是可遇难求的第一手资料，这是我们干部的常识嘛！第二等级，是署了真名实姓的，不怕打击报复，不躲躲闪闪，说的肯定是要紧的话、要紧的事！第三等，是匿名的，有真情，只是有顾虑，当然也不排除有不负责任的说辞，也应该看看；对那些盖了单位公章的，我基本上不看！你们想，单位可以向组织汇报，走明路嘛，不是借群众名义贩私货，拐什么弯，抹什么角啊，再说，盖了鲜红公章的，还算群众来信吗？你说是吗？

周围发出了一阵热烈的笑声和掌声，还有咔嚓咔嚓的按照相机快门的声音。

谢书记说，按你说的这种情况，我认为路子对头，要不怎么叫改革开放？刚起步，问题肯定有，有的地方还不少，但总不能有什么问题就关门啊，有问题就关门，叫啥革命？有位哲学家早就告诉我们，我们总不能把小孩子和洗澡水一起倒掉嘛！

又是一阵热烈的掌声。

楼循波差一点落下泪来。

对初出茅庐的他和势单力薄的黎明服装厂来说，这是命运的转折点。谢书记的这一番对答，成了他走马上任的宣言。这一幕，也作为社队民营企业家的闯荡精神，载入了乌伤大地的史册，"社员拦路申诉书记现场断案"。

在围观的人群里，有几个记者，有县报的，有省报的，本是采访三级干部会议来的，立即将这场面写成了新闻发了出去，风头压过了县三级干部会议的报道，省报头条的通栏标题做得特别醒目，引题就是《农民拦路申诉，书记现场断案》，正题是《第一个碰到你是我的福气》！还配备了谢书记紧紧抓着他胳膊的大幅照片，那是被"山里虬"们嘲笑为土得掉渣的敞着前胸、头戴尖顶竹笠、腰挂一只装水竹筒的楼循波！

一下子名扬全省的，不仅有这位谢书记，不仅有因为"新事物"而被书记视作"福星"的他，还有这家山沟沟里的社办企业黎明服装厂！

3

楼循波可以不必提心吊胆，左盼右顾，摸什么石头了，完全可以扩大规模放手做了，比如，本来请诸暨东风厂的代加工改了名，叫作外加工，而且成了一种模式；比如，可以着手进行生产基地的配套建设了，考虑到运输量的大幅度增加，货既要接，又要送，在六里亭火车站附近，租了一个办公点，也可以安排人去做了……上门夺权的吴小福他们几个，也应该收敛了，不会来打横炮了……要做的事情太多了。他思绪汹涌。

不过，冷静下来，他还是顾虑重重。应该收敛的，倒是自己。"人怕出名猪怕壮"，谢书记的表态，无疑是打了写匿名信者的脸。楼循波很想打他们的脸，狠狠地打。但不管怎么说，他都不想打自己大队长的脸，而且是用这种方式。能不公开得罪老八房，不得罪"老刀牌"，尽可能不得罪。如果锦兴叔上门来所介绍的不假，这不只是打脸，等于是要了三囝的命，把人逼到死角。明枪易躲，暗箭难防啊！

他希望寻找一个消弭之道，获取一个平衡点。

他的顾虑，不是没有道理的。

此时此刻，最难受的是金银坞大队长"老刀牌"三囝楼循山。

拦车责问（人们口头传说中，都用了"责问"这个词）县委书记事件发生的那一刻，楼循山就在现场。这明明是冲着他来的嘛，他坐立不安了。在三级干部会议上，谢书记报告的精神，就是下车时说的那些意思。副县长兼乡镇企业局的王局长，马上当众做了检查，说他跟不上形势，没有正确对待新事物、新问题，对待群众来信，自己思想还停留在计划经济时代。三囝坐在会场里，听得浑身冒汗，却无法和王局长一样去冷静地反思。他想的，是如何对待楼循波的反击。乌伤大地的"山里虬"们，总是把恣意而为、任性之类形容为"雉鸡毛展直"。这是借用戏文里的表演手段，英雄豪杰表演到志得意满时，总是把帽子上的雉鸡毛展竖得笔笔直，以传递任性得想做什么就做什么的心态。他估计，这一回，楼循波头上的雉鸡毛一定展得笔笔直，像两把刀了，展直了雉鸡毛，他就没有不敢做的事，没有不敢得罪的人，头一个，当然就是他楼循山！教他神经紧张的，还有翠珠她们都想走这件事，她们目标很明确：跟楼循波到黎明服装厂去。说不定，翠珠就是滑坡前滑动的第一块石头，这一块石头后面，会有一大片泥石跟着往下滑的呀！这不是内外夹击，上下响应吗？他想得汗毛都竖起来了，觉得自己已经给逼到墙角了！

回到金银坞，三囝很简单地传达了会议精神，把楼循波出现的事含糊过去。只是张大了双眼，观察动静，提着一颗心，等着公社领导的反应。

楼循波真的没有闲着呀！

不过，三囝看不懂，新厅里这个角色，明明可以到共富厂来挖人的，起码把翠珠她们几个招了走，他却没有发现这种苗头，只是把翠珠的妹妹翠玉招走了。当年这个楼锦兴没有把新厅里的人当人看，大会小会上，硬要把新厅一家划为地主，金银坞的人都知道，楼循波却来了这一招，说不清对三囝是嘲笑，还是打脸。紧接着，樟囝的儿子早就被老八招进了自己厂做销售了，樟囝却不顾自己当年拆台的事，赤膊上阵，找楼循波去了。开始，他还以为，樟团会像楼锦兴那样，帮自己儿孙另择高枝去的，料不到，循波把当年的鸡鸡狗狗全丢进了响溪，请这位老同学进了黎明厂做统计。这是怎样一个人啊？心胸如海，还是阴谋布局，是故意映衬他三囝和八弟小肚鸡肠，还是真正展示一份自信？

他还在琢磨，教他难堪的事却接踵而至。

小春芳回村来了，她的跨溪屋成了金银坞关注和羡慕的热点。"山里虬"们川流不息地去看她，有关她跟她男人到全国去旅游的见闻，成了家家户户最热门的话题，乘火车、坐飞机、住宾馆成了家常便饭，到北京、上海就像到灶膛口！她还到过香港哩，从深圳过去的，香港开有楼锦熹的外贸公司。楼锦熹后来结婚所生的儿女，都成家了，有的在台湾开公司，有的在香港办厂，还有一个在美国大学教书，那女人在几年前去世了。小春芳见到了在香港办厂的老二，老二对她很亲热，像对亲生母亲一般尊敬她，"阿姨""阿姨"的喊得很甜，而且给她买金耳环金项链，她戴在耳朵上的就是。因为她属虎，耳环上有老虎花纹，让所有金银坞的女人都开了眼界，哦嗬哦嗬地羡慕得直流口水，也欢喜得像碰到了活观音。因为，小春芳对上门的女人，只要属于长辈或同辈的，都送上一份小礼品，钥匙圈呀，指甲钳呀，润肤霜呀，还有电子手表、电子计算器哩，这些时新的、稀罕的礼物，有的来自上海，有的来自北京，有的来自深圳，有的来自香港……这个将近六十岁的女人，一化妆，居然像二十多岁的新媳妇。最让这位"老刀牌"队长难堪的是，去跨溪屋的人，不管男女，都说到了他们出钱办起来的共富厂，向老板告状似的，说他楼循山一把抓，成了老八房的钱柜子。说这些也就罢了，最剜他心的是，小春芳说了这么一句话，"老刀牌"也是的，为什么不请小波波去办呢？

小波波，是她随他母亲的口吻喊的，因为，就是在土改的时候，为了新厅阶级成分她向他母亲透底那一次喊了楼循波的，开口第一声，就成了她固定了一辈子的称呼。"山里虬"们就是这样的风俗习惯。

这位"老刀牌"自然想到过这一步的。只是牵涉问题太多，不说面子了，也不说老八当年在背后对这位师父如何不敬了，单说楼循波名气太大，大得都超过想象了，面子的事、背后的攻击就都给冲淡了。求贤嘛，谁去追究当年，何况当年的确是楼循波先把舌头割给吴家村大队的，不能翻悔的，过去，曾经有人问过他，也问过楼循波，他和循波的回答惊人地一致，都是这句话。再去请楼循波，或者把共富厂并给黎明厂，当然也可以，赚钱的事，"不管白猫黑猫，抓到老鼠就是好猫"，赚到钱了，大家也都不会追究了，只是要走这一步，必须清算家底。这怎么说呢？说不清的呀！

他日思夜想如何跨出这一步。对付楼循波的心思，超过了如何面对公社领导追问楼循波的来龙去脉。他暗自希望公社领导不知道楼循波和金银坞的关系。

出乎他的意料，楼循波自己找上门来了。

这是开罢三级干部会议以后的第五天，他的想象中，是楼循波头上的雄鸡毛正在越展越直的一个阳光灿烂的早晨。他刚起床，习惯性地蹲在溪边无花果树下抽卷烟，几只鸡鸭在他身边叽叽喳喳地觅食、打雄。忽然鸡鸭声静下去了，感觉有人在旁边蹲下了。他不以为意，大队长嘛，找的人就是多，懒得回头瞥一眼。但一听声音，不免吃了一惊，赶紧回头，像地下冒出来似的，竟是新厅里的这个角色！

循波说，我猜你这会儿一定在家。

他愕然，你找我？

循波说，特地回来找你。想了解一下，我们拿黎明服装厂的一部分衬衫，交给共富厂生产，不知道共富厂愿不愿意接单？

啊？接单？你是说叫我们生产衬衫？

循波说，是啊，黎明服装厂饱和了。有好几个大队要求我让给他们一些生意做做。但我的胳膊哪能朝外弯啊？哪个大队还能比自己大队信得过啊？我只怕你们忙不过来。

三囡简直不敢相信这是真的，噔地站了起来，说，可以呀，可以呀！然后正色地问，什么条件？你说！

楼循波随着站起身，笑了，乐意接单就好！……要说条件嘛，也要贴斯培克的牌子。来往的收支账目，做专项计算，暂时不要和你们的账混在一起。

那当然好！

你同意了，我们订个协议。我先请上海技师，到金银坞来现场开培训班。工人人选由我们一起研究决定。经过培训以后，我们就把面料送来。设备嘛，也相应地添置一些。

他想，完全不提老账目，可能吗？忍不住试探着问，还有吗？

我说完了。你有什么要求可以提。

三囝释然了，立即表态，行！我没有要求！我们马上订协议！

楼循波说，好，我把协议写好，请你看看，就在这两天把它签了。

楼循波走了。这位"老刀牌"队长的心里，五味瓶打破了，是恼怒，是兴奋，也是苦涩。他真的说不清楚。说恼怒，是楼循波趁着雉鸡毛展竖得笔直的时候，拿什么"接单"不"接单"的，拿出一套新腔调，以居高临下施舍的方式向他示威；说兴奋，是循波没有趁势采取打击报复的手段，让他下不来台，而是用这么意外的一大招，向他示好；是苦涩，是他明明知道自己矮了一头，但不能不接受！

到底是哪一味药啊？

他猛抽着烟，在溪沿走了两圈，又蹲了下来，到底是哪一招？

他继续抽卷烟，一支又一支，内客喊他吃早饭都没听见。想来想去，倾向于楼循波趁机表示和好这一判断，现官不如现管，自己的亲人毕竟都在这儿嘛，买个民心嘛！还有，这角色和楼循统好得穿一条裤子，有人看见，他几次找到麻车旁樟树底下和循统聊私房话，说不定，循统感觉到自己没有做好，没办法向我交代，找小兄弟提要求……

反正，不管他，能够利用这个机会，把该堵的漏洞堵上再说。循统也不是坏蛋，是真应该让他多发挥一点作用的时候了。至于公社领导那一边，有了给黎明厂加工衬衫这一招，就好说话得多了。

4

"老刀牌"怎么也没料到，他这些想法，在公社领导面前纯属一厢情愿。

讨论落实县三级干部会议精神，发展社办企业的会议，是两天以前就通知他的。这是惯例。以往，三囝很欢喜到公社开会，就这一次，他很怕这个会。不为别的，楼循波拦车告状，公社党委书记就在场嘛，一个进过学习班、在学习班上绝食抗议过的人，书记不可能不知道这个角色的来历。分组讨论时，不知书记有什么事，没有来参加，别的干部都知道这个人物和他有特别的关系，触及这个话题都含糊其词。虽然循波上门栽花来了，让他心弦松了许多，但没有听到书记的想法，总有些悬。

他就怀着这样复杂的心情，走进了会场。

人很多，除了生产队的干部，公社各部门的负责人都来了，要加大开放力度嘛，涉及方方面面。正如他担心的，公社党委书记的讲话，仿佛就是批评他似的，介绍罢当前改革开放的大好形势，马上就说到了差不多成了社办企业典型的吴家村大队和楼循波，严厉地批评了他这位大队长，说，我们却把这样的人物，送到公社学习班上来，当成资本主义尾巴割！话说得很尖锐，说，谢书记都认为，这是新事物，碰到楼循波是他的福气，我们公社的福星啊，却把他当成了灾星，逼他到外面去造"福"，名气响在外面，赚的钱也在外面，这算哪一章呀？啊？然后，提出了一个有理有据的、在三囝听来就是命令的要求：马上去请他回来，给我们公社自己造福！经济账，还是小事，政治账，才是大事，你想一想，这么能干的一个人才，却给别人打工，会造成怎样的政治影响啊？……书记说这些话的时候，双眼一直盯着三囝！说罢，还像抛蛮石一般，向他抛过来了这么一声询问，你说呢？

三囝脑袋炸了，他这个"老刀牌"什么都不怕，就怕公社党委书记老账新账一起算，伸出手来打他的脸，而且提到了政治高度，没有比这件事更塌他的台了！他立即申辩说，我……我正要向书记汇报呢，我们已经注意到这个问题了，而且着手在做了，黎明厂的衬衫，由我们共富来做了。

书记问道，楼循波回来了？

三囝说，还没有回来，他把一部分生产衬衫的任务交给我们。

书记笑了，说，你们金银坞的共富给黎明打工啦？

轰地一下，十万八千个毛孔，个个都喷汗液了，老天爷，给人称为"老刀牌"的人，一急之间，居然犯这种低级错误，居然拿这种主从关系当成金箔往脸上贴，没出息啊！一时间，他口不择言了，讷讷地辩解说，不是不是……

书记打断了他的话，说，好了，别解释了，把人才争取回来，留住他们才是真的!

三囝当即表态,说,好的,我马上叫他回来!

承诺出口,心里天翻地覆了。暗想,这事难办!楼循波虽然找上了门,但要他放弃黎明服装厂回来,超出了其底线!虽然吴家村大队矛盾不少,可据我所知,都不是对着他的,哪能叫他回来就回来啊?要是真弄回来了,他打起公社的旗号,一本正经地要我清理账目办移交怎么办?这可是政治任务呀!

他实在想不出不违抗公社书记指示的理由。想到循波主动找上门来这一幕,又觉得事情不至于十分严重,既然循波和循统好得合穿一条裤子,何不请这角色代表他去把公社的意见转达一下,吹吹风,投一块石头问问路,然后决定对策呢?

一回到金银坞,他就把这任务交给了楼循统。当然,他把公社党委书记如何批评他的话都略去了,只说,社办企业是当今的大趋势,无论如何要请循波回来,不帮自己宗亲发家致富的话,最不好交代的,不是我楼三囝,是他楼循波。

楼循统觉得这事不好办。他理解循波。不把翠珠她们挖走,却让出一部分衬衫生产任务给共富,就是照顾了自己宗亲嘛,就是希望金银坞和吴家村的黎明共富嘛,离开了吴家村的黎明厂,不挖了他的根啊?只是受当家人派遣,不能不去。说实在的,这一次,不派遣,他也想去。俗话说,天底下没有不透风的墙,何况是公社里这样规模的会议,党委书记对金银坞大队又做了这样严厉的批评,会议还没有结束,就传到他耳朵里了。且不说这是涉及循波进退的大事,应该去通个气,就是当成解气的下酒菜,不去对饮畅叙一次,算什么知心朋友啊?既然当成任务去了,虽然有难度,但只要讨到循波的一句话,就没有他的事,哪怕这一句话是他想出来,假借循波的名义说给"老刀牌"听的。

聪明透顶的楼循统,就这样到黎明厂去了。

岂料,他也想错了。想错,是因为他大大低估了事态发展的复杂性。

这事还得从吴小福上门夺权说起。

莫看小山沟闭塞,农舍分散,一村十户八条沟,还有两户在溪头,但只要受人关注,就没有什么秘密可言,黎明服装厂也是如此。内部争权不团结的消息,就和它发了大财的消息一样传开了,而且比发财的消息传得还快,还要有声有色，并在传播过程中发酵。被发酵进去的都是打算创办社办企业的生产大队当家人，他们都想趁着吴家村互掐的机会，做鹬蚌相争的渔翁，抢到楼循波这只会下金蛋的老母鸡。

最让楼循波难忘的，是环溪生产大队支部书记骆敬龙。

骆敬龙一听到吴小福们出手抢权，马上就来找楼循波。这时候的楼循波，最怕由此引发大家拆台的局面，别说他真的走人，就说他有了一点走人的动静，就有可能引发地震式的反应，那才叫内外呼应，黎明厂真的完了。他哪里舍得把自己耗费了这许多心血的黎明厂毁了啊？所以对上门挖他的人一律避不见面。骆敬龙却百折不挠，像当年盯上了他的吴小庚。来了几次，几次被拒。他不怕讨人嫌，他们是旧相识，又相互敬重，不必顾忌脸皮的厚薄。骆敬龙早就沾过楼循波的光，尝到过楼循波的甜头，而且不止一次。找楼循波帮助培养白木耳是第一次。楼循波来黎明厂以后，他们环溪大队依样画葫芦，也办了个服装厂，但就是拿不到订单，停停办办的，赚不到钱。听说黎明厂搞得红红火火，骆敬龙就上门来求他拉一把。楼循波当即给了他们几张小订单，帮他赚了两万多块钱，长了骆敬龙的脸。骆敬龙兴奋得拿出一千元钱，用奖金的名义，送给楼循波表示酬谢，却给楼循波谢绝了。循波说，我有工资、奖金，再拿你的钱，我就犯错误了。这事就到此为止，你千万别把我这点小忙挂在心上。骆敬龙实在过意不去，改变酬谢方式，邀请楼循波到他们村里，和干部们见个面，吃个饭，联谊一下，请他介绍介绍办企业的经验。

楼循波接受了。

这一顿饭，却让他永生难忘。

环溪村离火车站不远，却和吴家村一样穷。所办大食堂早就拆了。骆敬龙郑重其事，请了一个厨师，借村校的教室作为酬酢之处。

那是个星期天，学校是空闲的，学生们却闻讯而至，把充当宴厅的这间教室的窗口都给挤满了，男小团，女小囡，一张张小脸，趴在窗台上，眼巴巴地看着一道道丰盛的菜肴，从厨房间端进教室里来，一路飘着鸡鸭鱼肉的香味，把他们诱得直咽口水，有的忍不住拍手惊呼，哦嗬，哦嗬，你看那么肥的鸡，那么大的蹄膀！啧啧啧！我们过年也没有吃哪！……陪吃的骆敬龙坐不住了，赶紧夹了一筷子鸡肉，往窗外的小团们手上递送过去，说，拿着吃，赶快拿回去吃，拿了这块就别再来了啊。一如楼循波当年在东渚镇红星大队对待那些讨糖来的孩子，此门一开，就堵不住了。这个去了，那个又来；没有拿到的赶着来，吃到了的舔吮着手指头再来。宴席上的这一个夹上一筷子，那个也送去一筷子，堵在窗台下的孩子却越堵越多，菜肴送过来一盘又一盘，仍然不够吃。

楼循波哪里坐得住啊，也往外夹。

最后主客都没有吃饱。楼循波却十分感慨与感动，比当年第一次来吴家村和干部群众见面时发现的穷和悫，还要感慨与感动。通过这一双筷子，他看到了骆敬龙和环溪村干部们的人品，正如骆敬龙通过谢绝酬金，发现了楼循波的人品。从此结下了深厚的友谊，来往了多次，也成了今天破格接待的重要原因。

如今，楼循波被谢书记捧得这般高，骆敬龙依仗这一份千金难买的感情资源，横下心来要利用黎明的内部矛盾，把这位能人挖走。他采取了突然登门的方式来撞机会，不怕一次、再次地撞。天天来撞，来了多次，都没有撞到，这一天，他又来撞了，坐在楼循波办公室已经两个多小时了，一见楼循波回来，反手关紧门扇，开门见山，说，我来撞你不知道多少次啦，肯定比吴小庚到金银坞求你还多。我只想告诉你，吴家村这些人不好弄，个个都像乌眼鸡。你就趁这机会，来帮帮我们环溪村吧！

楼循波知道，自己虽然风光了，夺权风波不会就此偃旗息鼓，许多迹象都在提醒他，吴小福说的"没完"并不假。他们不是在等风吹草动的机会赤膊上阵，便是选另一种招数把他拉过去。他应该做个样子，敲敲这些不知天高地厚的角色，教他们明白，他对这里失望了，随时会走人的。只是他所做的一切，都必须让吴小庚知道，以免造成误解。

他说，我先听听吴书记的意见，好吗？

骆敬龙见他松口，高兴地说，这是应当的呀。三天以后，我再来听消息，好吧？

楼循波说，好的。

楼循统就是骆敬龙刚告辞的时候上门的。

楼循统上门来，一副拿"老刀牌"挨了批评当下酒菜来的架势，买了一斤卤牛肉、半只烤鸭、一包花生米，加一瓶五加皮，高高兴兴地提着进了厂长办公室。天还没有黑尽，工人都下班了。整个祠堂很寂静，仿佛以此鼓动他俩，不必顾忌隔墙有耳。两人开怀对饮，楼循统把洪塘镇公社党委书记当众批评三囝的情景，按照他的想象，加上他的嘲笑，再现了一个淋漓尽致，这才转达三囝派他来的意思。

自然，这也是楼循波难得的开怀畅饮并诉说的机会，无须为口舌把门。由公社书记出面代他打"老刀牌"和老八房的脸，没有比这份下酒菜更可口、更鲜美的了。不过，他也觉得事情的严重性与紧迫性，确实是到了面对回不回去的关节眼了！说真的，要说回去，楼循波实在不愿意到这位"老刀牌"管辖的企业去奔波，共富那一摊也真不好收拾，但又不想简单地拒绝，到底是自己的根，到底是自己公社领导的意见，而且从政治的高度来评价他了。这需要认真权衡的。他希望得到循统支持，虽然一时拿不出具体办法，但一旦横下了心，不会找不到对策。

他说，循统，让我再想一想，你先对"老刀牌"说，我理解你的心情，让我先听听吴家村的意见再决定，好吧？

循统说，好的，他懂的。到了这一步，你不是想回去就可以回去的。需要做各方面的权衡，处理好各方面的关系，而且都是涉及实际利益的关系。

循统当晚和他同榻而眠，第二天一早才走。

楼循波想来想去，想到去留问题，不能再含糊了，不说三囝那一头，就说自己，是应该尽快离开吴家村大队了。小福他们对他的"感情投资"，越来越明目张胆，越来越教他神经紧张，近日，工厂里最标致的一个小娘，除了不时给他送来炒得十分可口的时鲜菜蔬以外，一下班就到他的房间里，拿了他的脏衣裤去洗涤，还要帮他拆洗被套哩，笑靥迷人，说厂长忙着帮我们赚钱，她们这一点关心都不给，不合"篮对篮、碗对碗"的规矩！教他接受不妥，拒绝也不是。几年过来了，都没有发生过这种关爱，他自然看到了小福他们的心机，直觉这一泓泥潭里的水很深、很险。关键是如何处置，体体面面、皆大欢喜地把各方面摆平。起码，一方面，要给骆敬龙和来请过他的几个大队满意的答复，一方面，还是要照顾三囝的面子，而更重要的是，公社书记说得对，我是金银坞的人，不回去谋福利，确实对不起爷爷，对不起自己的祖宗，对不起响溪两岸千百位盼着脱贫致富的宗亲！

他想了两天，思路理清了，就打了个电话，请循统过来喝酒。他请喝的是状元红，满脸酡红地说出了他的筹划。他说，环溪村和王村、杨坑都要我去，对环溪村，我差不多都答应了。既然都想办厂，都希望我去，那就三家联合吧，办个合作厂。你看呢！

循统脑洞大开，竖起大拇指，说，好，高，真的高！我也在想，你名气大了，肯定挺为难的，都是乡里乡亲的，这么办，都不得罪，而且富有创新意义！

楼循波说，那就这样办。不过，眼下办事讲究合同，就是事先要订好规矩。没有规矩不成方圆，不说别的，就说我们村的老八房、"老刀牌"那些人，我真的对付不了。

循统，这当然！我也想到了。来个股份制！眼下刚刚兴起的！

对呀！股份制！挺时髦的。吴家村大队现在的加工基础最好，占百分之四十股份。争取环溪大队提供厂房，因为他们靠近火车站，又能避开矛盾比较多的吴家村大队。如果他们同意，就让他们占百分之三十股份。我们金银坞呢，也占百分之三十股份。不过，我对你说句透底的话，这股份，是属于我的，不属于共富厂。

为什么？

循波笑了，你这么聪明，又在那里浸泡着，怎么不懂啊？

啊，明白了！这样可以避免入股的时候清理账目，减少阻力！

你聪明！要不，怎么算？根据楼锦熹资助的那笔款子算吗？这许多年，哪有这样来入股的啊？拿眼下的算，不清理账目，行吗？

高，还是你高！

循波说，当然，我采取这方法，也只能说，我是金银坞人，算是代表金银坞大队的，赚到的钱，回去归整个金银坞大队的收入分红。

循统说，想不到你全部考虑好了啊！我完全支持，"老刀牌"呢，就不是支持的事了，完全是求之不得的了！……就为了这一高招，我们应该干一杯！

循统第二天就把这方案，带到了金银坞，果然如他所料，楼循山一口答应。

就在这一天,骆敬龙准时来吴家村听回音。楼循波敞开心扉,摊开了这个合作方案,骆敬龙一听,却急了,说,入股,我们没钱啊!楼循波说,你别急,我给你们想好了。接一份订单不容易,我们不能老把客户带到东风厂里去,弄不好客户会被人家抢走的。合作以后,规模大了,也该有自己的厂房。想来想去,要造就造到你们环溪村去,靠近火车站,运输方便。我把赚来的钱盖厂房,你们呢,就拿土地入股。

骆敬龙高兴得跳了起来,说好啊!这还不方便啊!……对了,我们把先前赚到的两万多块钱,也投进去算了。

在乌伤大地堪称创纪录的一家合作厂,就这样诞生。不久以后,一幢三层楼的厂房就耸立起来了。站在三楼窗口,看得见火车喷着淡灰色的煤烟进站出站,看得见货运列车装卸和旅客来来往往,为了运货方便,还添置了一辆小货车,属于全县第一辆私家小汽车,国产的,经常抛锚,但很受人注目。黎明服装厂的名字不变,打得这么响亮,不容易啊!厂长仍旧由楼循波担任。规模大了,接待面广了,事务多了,不得不像模像样地配备了一名秘书,是来自环溪村的一名高中毕业的姓顾的女孩子。环溪离六里亭不远,六里亭小商品一条街也因为黎明服装厂突飞猛进,而通过铁路涵洞和县城里的街道衔接了。那是他敲糖换鸡毛的出发点,具有标志性价值,他特地在那里造了一排房子,当作直销门市部。金银坞原来的共富厂,成了生产衬衫的一个车间,由循统负责,创立自己的品牌,准备起个以生他养他的山和水为品牌的名字,作为新的启程标志。

楼循统十分支持,设计了一个商标图案,是横岩岭下一条穿越粉墙瓦屋奔腾而来的小溪,是对响溪的描绘,给人想到的,是无以数计的一滴滴不怕跌的山涧水的汇流,正在向着大海奔腾。他装在信封里,派人送到环溪村黎明服装厂新的厂长办公室来,请楼循波最终审定,附了一纸简单说明,说明此举是为创自己品牌做试点。

到这一步,在"山里虬"眼里,楼循波完全成了一尊神。跟定他,就是跟定了财神!

可以说,他的人生,短短的几年,就走到了一般人难以企及的高峰。

无奈,在中国农村,在那一群衣食尚未足、仓廪尚未实的农民群体里,他却无异于给推到了意料不到的风口浪尖,其遭遇,不是"高处不胜寒"这几个字可以解释的,尤其是在社会发生动荡的时候。

5

这一天,楼循波骑着自行车来到环溪村。刚进新的厂长办公室,秘书小顾说她刚接到销售部经理电话,说有位批发商派车子上门提货,仓库里却没有货,急得只能向厂长讨主意。他问,是什么原因?销售部经理说,他正差人去详细了解。他说,好,我去仓库看看。搁下电话,正待下楼去,忽从厂门外传来一片喧哗,他凝神一听,叫嚷声分明是,"三夹皮",你出来,"三夹皮",你有本事就出来!

"三夹皮",是"山里虬"们对什么都会、什么都不会的牛皮大王的乡土表述。却不知怎的成了仓库保管员傅全才的外号。楼循波只知这是一个矮胖的年轻人,吴家村大队的,初中毕业后几次考高中,都落榜,听说黎明厂效益好,要求吴小庚安排他进厂工作。见他是吴小庚推荐的,又是初中毕业,虽然没啥技术,但还是破格录用,打算安排他去学习维修缝纫机之类的机械,他却不肯去,理由是,这种机器,女人一学就会,我用不着学习的。楼循波觉得此人不踏实,言过其实,就叫他去当了个仓库保管员。按理说,这个文化程度做仓库保管员,完全游刃有余,可惜他不求上进,仓库管得一塌糊涂,进出的账目混乱。只得把他调到半成品仓库去,管理衬衫领子、纽扣之类的半成品,比较简单的进进出出。当时,钉纽扣一环,还没有用上机器,都是分发给村里的社员们去做的,按劳付酬,钉一件衣服的纽扣两毛钱,每人每次限发五十件,得十元。都是趁空闲做的活儿,用不到完整的时间,老的少的男的女的都能做,五十件,三四天就好了。对于一般农家,这是一条轻松的生财之道,都想尽办法拉关系走后门,争取多领多得。"三夹皮"一下子成了"小财神爷",对他有好处的,他就多发,没有好处的,就少发或者不发。楼循波听到了不少职工反映,但他看在吴小庚面上,偏袒地想,人有亲疏,倾向性总是难免的。今天怎么闹上门了?

他站在窗口,观察事件的发展。

他看到傅全才冲出来了,动了粗,打了一个中年女人,一眼就看得出,这女人不是本厂职工，老实巴交的，顿时引起群愤。眼看很有可能要引发群体事件了，他不得不下楼，叫人把傅全才拉回半品成仓库，然后把那个被打的女人请进会客室，道歉、了解情况。

他这才知道，有一个叫骆春兰的女孩子看见傅全才手里的权，就投怀送抱，和他谈恋爱了，从此拿到了所有钉纽扣的活儿，充当了中介角色，不是由她转发给几个跟她要好的人，就是从中谋利，把生产计划抛在了一边，让大量的半成品，就这样无序地往个别人家集中，难怪今天没有货供应了！

楼循波要求证实，问道，骆春兰她们来不及钉了是吗？

女人说，是呀，一压压到眼下农忙季节了，不该囤积的货，就给囤积下来了。好几千件哪，骆春兰家里就积压了六百多件哪！

楼循波一拍桌子，说道，有这种事啊！对不起啊，同年娘！我不了解情况会这么严重！我马上处理，还给你一个公道！

他立即派人到骆春兰家，把积压的服装全部取回，请全体职工一起动手钉纽扣，以解除无货可交的危机，同时把傅全才请到厂长办公室，无可奈何地说：你给厂里造成的影响，看到了吧？你太让我失望了！我没有地方再安排你了，只能请你回家了。

他以为此举会杀一儆百的，却忘了在农村，人际间就像一张网眼很小很密的网。他一触动其中一个网结，整张网都动了。

一星期以后，突然来了两个自称乡镇企业局干部的人，一男一女，都是中年人，一本正经地走进了他的办公室，宣布说有人检举黎明服装厂账目不清，要封账清查！

他很意外，问，根据什么？

男的说，当然有根有据，查了，你就知道了。数目还很大，十万以上！

一听十万元，楼循波完全明白风从何来了。做他这一行，如果有人跟他过不去，一心要抓辫子并不难。楼循波在辞退傅全才的时候就想到过的，他辞退的是一个管着仓库、看过进出账目的角色。楼循波出去推销时，总要领样品衬衫，粗算算，几年的累计，共领出去的价值，不会少于10万元。后来，又听吴小庚提醒，说，傅全才这个角色的哥哥，是造反派出身的外贸局副局长，和吴小福他们那一伙打得火热，一直不忘记给小福他们铺路的，和检察院又是门对门、户对户的，他们通过假借乡镇企业局的名义前来厂里查账，不费吹灰之力，而且不露半点痕迹。果真如此啊，而且狠毒，贪污款达到这个数额，就是大案、要案哪！

楼循波却不慌，身正不怕影子斜！特地辟出一间房给他们查去。你查你的，我做我的，不显任何波浪。

一个月过去了，查不出一个结果。查账的人仍旧早来晚归不肯撤。职工叽叽喳喳的议论声此起彼伏，甚至说，选这里盖厂房，风水不好，大家说话做事还是小心一点为好；有人考虑走人了；本来都想往这里挤的，门庭一下子冷落了。

楼循波为了表示坦荡，特地选了个空当，主动找上门去了，客气地直接点出他们真实身份，说，辛苦啊，你们是检察院来的吧？

两人否认说，我们是乡企局的。

楼循波笑了起来，捅破窗纸说亮话，说，你们不要遮遮掩掩了，我老早知道你们是哪里派来的。你们查到今天还没有查完，不是你们不认真，也不是你们技术不过关，是因为你们太了解眼下乡镇企业的真实情况了，知道有些东西要说成是我贪污的，是无法坐实的。对吧？我可以配合你们顺顺利利地查账，免得浪费时间。我觉得自己是干净的，我可以表个态，我如果贪污一元赔十元，够坐牢就坐牢，该枪毙就枪毙。

两人赶紧解释，说，为啥查这么长时间呢，是你们乡镇企业的会计水平太低了，账目乱七八糟，我们得帮你们重新分类记账，这不是你们一家的毛病，很多乡镇企业都这样。现在账目理清了，所有的账都查得差不多了，没查出你有贪污，只是你领了一些样衣，领出去了没有交回，累计起来确实有十万元，你得有个说法。

既然承认是检察院来的，而且话已摊开来了，就可以解释了。

楼循波说，我出门去推销，要留样，货不对板收不到钱。出去总要交点朋友，拿产品送送人。五年时间，一年算两万，不多啊！我们厂的产值上亿元，如果这算是贪污，我只能认账。但企业就没有办法办下去了。

说真的，这两位干部生活在当下的现实中，这领域里的窍门哪会不清楚啊，只要良知未泯，都懂得如何处理的。当即表示理解，说，我们明白，会如实汇报的，你放心吧。

所谓"乡企局"的两位干部马上撤走了。

应该说，楼循波没有事了，但对于"三夹皮"那位外贸局副局长表哥来说，却像打了他的脸。要挽回面子，对于手中有权的他来说，也不难，多年来经营的朋友圈摆着，不显示一下自己的能耐，以后怎么混下去？

他又使出了一招，指使人向市管办揭发，说黎明服装厂是非法经营！

也就是说，没有营业执照！

这一招，对于楼循波来说确是致命的。说来难以置信。黎明服装厂名气这么大，企业办得那么红火，却没有营业执照！不是楼循波无知，也不是他粗心大意，他去办过的，却没有如愿。"拦车责问""现场断案"以后，有人提醒谢书记说这家黎明厂是不合法的，没有营业执照。民营企业嘛，还没有想到这一招。谢书记马上吩咐市管办给黎明服装厂颁发，而且要通过这件事，查一查是否有同类同题，并及时纠正。市管办很快照办。但令人啼笑皆非的是，楼循波拿到的是一本仅六个月有效期的临时执照！他当即原璧奉还。

市管办的主任暴跳如雷，他早注意楼循波的黎明服装厂了，以为会求上门来的，他还真希望和这些企业家交往呢，岂料，这个姓楼的跳过了他，叫县委书记来向他发命令，算你狠！好，我就是要让你懂得怎样尊重我这个主任，想不到，竟退回来了！他咬牙切齿，说，好，算你有点钱了，牛了，敢挑战我们市管委了？不要就不要，以后会有你的好看的，想要也不会再给你了！

话，很快传到楼循波耳里，楼循波说，我不是不尊重你们，我一向是奉公守法规规矩矩做事的，我们厂已经办了五年，五年都没有拿到营业执照，外面沸沸扬扬的，都在背后嚼舌根。多亏银行、税务这两家支持我，使我们厂正常运营。现在县委书记肯定我、支持我，我想好好发展，你们却只给我六个月的执照，六个月，眨眨眼就过去了。本来没有执照也就没有了，糊里糊涂办也就办了，现在，你给了，却是临时的，六个月一过，我又变成不合法。知法犯法了，不能进货，不能接订单，不能安排生产了，这么大的企业清盘六个月都不够啊！所以现在你们要给，就给我正式的。

没有任何答复，朝南坐惯了的市场管理办公室，不相信胳膊扭不过大腿，就这么僵着，今天，却成为攻击黎明服装的又一发炮弹！弄得不好，这一发炮弹真会把黎明轰垮，把我轰臭的。弯弯腰，直接找市管办主任么，既不愿意，更不敢去，有过查账的经历，他不能不想到可能是一个连环套，钻进套子里面去，那真的身败名裂了，他自己无所谓，黎明垮了，那就对不起大伙了. 再去找谢书记么？不一定立即找得到，找到了，不是再去打市管办主任的脸么？现官不如现管，以后小鞋有的穿了！

高处不胜寒啊，树大招风啊！楼循波早就懂得中国这些老古话的警示价值，料不到招来的风会这样猛烈，而且不是一股，防不胜防的，弄不明白来自何方！难道说，时局动荡让他们觉得真的可以无法无天了么？

仿佛整座横岩岭都压在他的心上，真的，这许多年，左摸右摸，遭遇了许多困难，碰了许多钉子，都没有今天这样让他恐惧，让他感到无助！

6

为求生存而拼搏的楼循波，却不知道自己曾经走过的路，已经成了传奇，被人一再地重温、追踪、模仿。县报记者为了深入发掘这位农民企业家的经历，先挖出敲糖换鸡毛时陆金根的"代收购"，再挖出了他曾经在六里亭请合作商店代售纽扣的事迹。陆金根和牛主任都坦言不讳，说出了他们如何结识，如何代购代销，如何运用微利批发之类的经营之道，当然，浓墨重彩描绘的，是他怎么到南昌参加那个不叫展销会的展销会，描绘他如何被南昌商业局局长看中，如何受到邀请，如何做准备，如何到上海借来了斯培克服装的牌子贴头，而且一借就借了五百万件，付出了一百万元……这些故事，省报转载了以后，还给编成了手拿圆筒说唱的"新闻"节目，到处说唱。人们进而发现，楼循波这些本事，都来自《换糖经》，就是不求暴利，积微利牟大财的经营之道，到了小商品一条街出现以后，乌伤县升为市，进一步推广了商家的经营模式，然后定格为以后声振四海的小商品城的经营宝典，这就是以小博大，小中求大，不拒零售，更求批发！

当然，这里说的"经典"，只是从乡土的文化传统上去理解，然后仿效而成为商业模式的。他的经历，从现代经济理论上去提升，与现代商业经济理念完美结合，是县升为市，并经过了一番曲折以后的事。

那天，他在办公室里徘徊着，思索如何冲出中国乡镇这些世俗汇成的阻力，渡过寒流。忽听得大门外汽车喇叭响，他推开门一看，只见一辆黑色的小轿车，停在了门前小广场上被人围观，好像在询问，也像在欢迎。他马上想到了谢书记！说不定谢书记听到了他们为营业执照被追查的麻烦而来的。不是吗，谢书记总是在基层跑，大部分生产大队都跑遍了，楼循波被刁难的事，能逃过他的耳目吗？

他赶紧下楼。只见小春芳挽着一位白发苍苍的老人跨出车门。翠玉，还有来自金银坞的那几个女职工，也都跑出来，簇拥着他们，正朝着门侧的接待室走。

楼循波没有见过这个老人，但他已经知道是谁来了。

他快步迎上去，先叫小春芳，婶，你来啦？这是锦熹叔吧？

小春芳回答声像唱歌，是呀，是呀！他要我陪他来拜访你这位明星企业家！

婶，你笑话我了！他上前一步，双手紧握老人的手，一如久别重逢的老相识，说，没想到锦熹叔来呀，应该是我先去拜访您的呀！快到里面坐，快到里面坐！

老人紧紧握着他的手，双目如炬，笑道，久仰了，这么年轻！

他们松了手，并肩走进了宽敞的接待室，在沙发上分宾主坐下来，楼锦熹举眼欣赏墙上的县优秀企业之类的奖状，说，不错，气氛不错，看你这幢新大楼，看看周围的环境，就知道你走过怎样一段路，把报纸上的空白全补上了！

楼循波一怔。老人离家乡数十年，乡音荡然无存，说出来的，是明显带着粤语音调的普通话，不是听不懂他的吐词，而是不明白他指的是什么，只能随口礼貌性地说，锦熹叔是行家，在您眼里，我们还是"山里虬"！您足迹遍天下，经历丰富，经验充足，上门求教都不一定找得到您的呢，今天务请您指教！

老人哈哈哈地笑了起来。看了一眼服务人员端上的茶，再回头看了看陪同来的翠玉她们，对小春芳说，就请这几位乡亲带你到车间转转吧，我在这里和小波波说说话。

显然训练有素，小春芳完全不像当年那个泼辣任性的女人，默契地一笑，立即抓住翠玉的手，就像对待自己的亲女儿，说，好，翠玉，你们带我去车间看看。

她跨出门，随手把门扇拉上。

接待室里只剩下宾主俩了。

楼循波先问，叔，你说报纸上的空白，是指什么啊？

老人说，没见到你本人和工厂的环境，也没有感受到气氛呀。

循波笑了，问道，您的感觉怎样啊？

老人说，好，报纸宣传不虚！选址这里，离火车站近，离城里和新起的六里亭小商品一条街、湖清门、三里塘都不远。有眼光！

楼循波说，叔，你画龙点睛啦！

老人直奔主题，说，小波波，善于画龙点睛的是你。我今天是特地登门求贤来的！

楼循波一怔，求贤？

老人摊了牌，说，我已经回大陆投资，总部选定在温州，也生产服装。我对大陆情况相当隔膜了，年纪大了，感受新事物的能力也大不如前了。再一个，我海外还有企业要照顾，离不开那儿。我一直在物色一个人代我管理。我看来看去，你是迄今最合适的一个。

楼循波很意外，最合适的？

是的。我认为的"合适"，是我看了报纸上的新闻报道，听了乡亲的介绍以后下的判断。看来，你对当代商业经济早就有充分的准备，是完全自觉的行为。

楼循波越发糊涂了，自觉行为？您是指什么？

老人喝了一口茶，说，且不说你怎样白手起家，把这家企业办起来的，就说办起以后的经营吧，你经营得风生水起，堪称无中生有、点石成金的高手！

循波笑了，无中生有，点石成金，还是高手。您真会说话！

老人说，不是吗，你赶到上海去，挖掘出了被当作"封、资、修""洋垃圾"而封存了的品牌，使它起死回生，重见天日，为你所用。叫斯培克，对吧？——我要问，你真的是花了一大笔钱租借的吗？

真的呀！两毛钱一件，花了一百万呢！

老人说，报纸上没有详细写，口头上传说倒不少。你为了指头大的一片贴头，花了这许多钱，就更加了不起了。开头，你拿了订单，请国有企业代加工，后来你又把衬衫生产交给了金银坞三团他们，这不是外包嘛，都让我刮目相看。我总是这样想，一个山沟沟里的年轻人，做得这样与众不同，而且一以贯之，不像是心血来潮。——听说你从来没有念过大学（对不起，就是念了大学，在内地，也念不到这些生意经的呀）！听说你欢喜看书，要么你是从哪本书上看到的？

楼循波真诚地说，我还是不太明白。请锦熹叔指教，帮我以后多些自觉！

老人谦虚地摇摇手，说，别说指教，别说指教！我也只是懂得一点皮毛，说说对你的印象罢了。眼下，大陆市场和世界脱节，或者说不成熟，而且不止一点点，多年来物资短缺，都是国营统一生产的，都供不应求，买到东西就好，说不上什么品牌，眼下大家刚刚注意到这问题，你却早就发现了品牌价值，而且做得很聪明、很漂亮；面对资源的不充裕，你用最低廉的代价，去争取资源共享！——大陆不少人还不懂得知识也是一种产品，是有产权的，为了享受这份资源，你却硬是让知识产权货币化，使自己异军突起，一本万利，发了大财，也促进了大陆的改革开放，你真的让我另眼相看哪！

楼循波震惊了！真的，这些经济上的新名词，他都是闻所未闻，居然有这么多考究！他却冒冒失失地全都做了！他兴奋无比，急着问，你说我采取了外包方式，减轻订货过量的压力，又是什么意思？

老人说，你把衬衫生产交给金银坞的共富社办企业呀，收支单独计算。你无中生有，点石成金，确实是个经商人才！

楼循波头上冒汗了，说，叔，你别夸我了，别夸我了！我欢喜读书，这不假。可是这方面的书却读得很少，想读都找不到，又没有出去见过世面，见笑了！

老人说，怎么见笑呢？我今天特地上门来，怎么会是来嘲笑你的呢？我是想聘请你，请你到温州去打理我的公司，你参股我们公司也好，一起经营，高薪聘请也好。要是你不想离开这里，我也可以投资你们黎明，把企业做大。

参股的事，他倒是不陌生，这一家"合作厂"，就是股份制形式嘛。不是他聪明，走南闯北的，就是山沟沟里的"山里虬"们眼界浅，矛盾多，看了人家这样处理才东施效颦，借它平衡各方面利益的。现在，要他到海外的公司里去，这却需要慎重了。

他说，叔，谢谢您对我的信任。只是，这儿是我的根，我是从这儿起步，一路打拼过来的，从来没有考虑过要离开这里。让我想一想好吗？

我理解，我理解，你对这家工厂的感情，就像母亲对待孩子！要离开，或者换一种活法，都是大事，应该好好想一想，商量商量。

说到这里，老人以坦诚相待的口气，郑重其事地补充说，有一句话，我必须向你交代，前不久的时局动荡，确实影响了海外企业家对来大陆投资的判断，所以我要表明一下我的态度。我认为，这点曲折，是暂时的，我始终看好大陆的未来。所以，务请你放心，假如你答应了，我就不会让你半途而废！

老人会主动提起这一类他正在思索的敏感问题，让他颇觉意外，但一瞬间，便觉得有一种说不清的亲切，连忙说，叔，我相信你，因为你不是一般的企业家！

老人开心地笑起来。

这时候，小春芳参观罢车间回来了。楼循波再陪他们转了一圈，如数家珍地亲自介绍车间设施，又带上楼去看了办公区，楼锦熹夫妻俩婉谢留饭，便要告辞。

他将客人送到厂门前小广场上的福特汽车边，目送他俩上车，出厂门，上了公路，才徐徐地转过身，慢慢地回到三楼办公室，在老板椅上木木然地坐下来。

像梦。他头一次想到了抽卷烟。

7

他说不清此刻的心情，是憧憬，还是迷惘；是欣喜，还是担忧。主宰他身上每一个神经细胞的，是这样一声声感叹：改革开放、改革开放，喊了这许多年，我也在急流里摸了多年的石头，县都升格为市了，县政府也改为市政府了，应该说，我也算是站在风口浪尖百折不回而誉满乌伤的一个"能人"，却不知道外面世界真有那么大，真是那么丰富而又新鲜得青翠欲滴！嘿，嘿嘿！从金银坞到杭州、上海、南昌，从六里亭到吴家村，从吴家村到环溪村，风里雨里，疲于奔命，摸来摸去，接触过那么多企业家和商界人物，在夹缝里求生存，搞了什么代加工、什么借用品牌之类，一套套的，居然今天才被点破，我所做的，是在争取"资源共享"，是在实现"知识产权货币化"！

他站起来，到书橱里取出向来装饰多于实用的《经济学大辞典》，拂去灰尘，细细查阅，这才发现，品牌概念、知识产权概念之类，是西方先进国家250年来，经历了三次工业革命所取得的成果！缺乏这些概念，在市场上不会运用这些概念，也就被列为我们这个民族没有经历工业革命洗礼的几个主要特征之一了。

我的天，看来，这些名词不过是草原上露出的几根草尖尖、森林里飞出的几片绿叶！

更多的感慨由此引发。

那天，楼循波到城里的银行去，他发现了挤兑，据说风从北京来。事情不大，作为企业当家人，当时就隐隐地感觉到了社会动静的确有点异常，并把这一异常感，与国内服装业拓展上的一些迟滞因素联系在一起了。凭着他对商业趋势的直觉，凭着他多年商务活动中建立的渠道所提供的信息，他觉得向境外寻求空间，是最好的选择。这样一些数据，不时化成无形的手，在帮他做权衡：中国外贸出口的三分之一集中在广东，而新辟的特区深圳，又占了其中百分之五十以上。《庄子·逍遥游》里所描绘的"鲲鹏展翅"，只有借助自然界的风力才能"抟扶摇而上者九万里"，这些数据，是否意味着我们需要借助的这股风力转向了？常言说得好，"小企业谋利，中企业谋市，大企业谋势"，黎明服装厂虽然还算不上大企业，但古语说得好，"求其上者取其中"，我们只有用高标准，即拿大企业的谋略来要求自己，才能俯瞰"市"场，左右这个"市"场啊！

这一腔感慨，引他向纵深思索。

很清楚，楼锦熹今天给我送来了一个跳出去的机会和平台：到温州去，踏着玉莲的路子走！不说县政府市场管理部门在营业执照上刁难，也不说"山里虬"当中这些鸡鸡狗狗的了，新旧交替的时代嘛，不能太理想化。就说趋势的展望。自己的故乡虽好，但从宏图大展的要求审视，只是一个起点，一个挺进全球的后方。如今基础打得差不多了，是到更新鲜、更现代、更丰富的世界去自由飞翔的时候了。这是我趴在铁轨上，聆听远方的声音时所向往的，也是办公室窗口下，进站出站的火车的诱惑。离家远行，把家完全交给牛妹，行么？母亲有牛妹照顾，他完全可以放心，和安、小茵都已经成家，需要他操心的，早已不是学业和婚姻，而是他们是否都要跟他做生意的权衡。他当然希望儿子女儿来黎明厂帮他，如果他答应了楼锦熹，他的周旋天地扩大了，不仅自己海阔天空了，对于儿女，无疑也是一大利好。黎明服装厂么？我真的下了决心，也不难，我给金银坞、吴家村和环溪大队挣到了钱，打好基础了，不负吴小庚八顾茅庐、不负骆敬龙和环溪村趴在窗外看我们宴饮的那些孩子了，我完全可以拿到我应该得到的那一份，和他们笑一笑分手，让我拿这笔钱，去参股台商了。这样全身而退的话，要推荐的接班人也是有的，这儿不放，我先到温州，这儿兼着，也是一个方案……

他思索着这些方案，同时到书店、到市图书馆去寻找企业经营管理方面的书籍，尤其是那些新出版的，像亚当·斯密的《国富论》、马克斯·韦伯的《新教伦理与资本主义精神》，还有正当走红的那一套刚开始编写出版的"走向未来"丛书。越读，越想，他越觉得时代变化得太大，变化得太快了，有些方面，可以说变得是颠覆性的，真的是应该出去见见世面了。因此接受楼锦熹的邀请，就是一个机会，要不负所托，也要防将身误托，就必须把楼锦熹其人和公司的情况摸清楚，虽然是宗亲，虽然三园他们组织里的人都确定了他当年的"不入调""出格""不规矩"，被父兄逐出门外，是从爷爷这些抱着正统观念的人口里出来，对他参加地下党活动的评价，"失踪"，也是接受特殊使命到海外去的，这从小春芳的表现和苦等可以得到印证。但到底阔别这许多年，他经营什么，规模有多大，还不是主要的，商场信誉如何，却是最要紧的。

楼循波思索清楚各种了解渠道，特地安排出时间进了城，到税务局拜访一位在交税中结识的朋友。这位朋友不一定知道楼锦熹的背景，他却相信这是一条帮他与境外交往部门联系，然后了解楼锦熹的有效渠道。

税务局在老城区市政府旁边，从黎明服装厂出发，城区老街是必经之地。这条狭窄的小街，受到周边六里亭、湖清门、三里塘小商品市场的影响，成为城内最繁华的区域。他欢喜这儿的气氛，保存传统而来的人情味，给了他一种难以言传的亲和力；新兴的现代商业气息，又帮他产生许多新的想象与向往。此刻他关注的,当然是前不久街道两旁出现的很多被他的斯培克带出来的品牌,据说都来自大都市的百年老厂老店,颇有和他做心灵交流的亲切与欢愉,以及重拾一个曾经消逝的时代的满足,哦嗨,"起死回生",哦嗨,"重见天日",都是从他那次上海之行开始的。为此,每当进城来,他哪怕绕道也要来感受一番。每一次体验都不相同,就像栽下的糖蔗,蓬蓬勃勃,日长夜大。听说,最近有了假冒产品,何不顺便来看看这一新动态?

感觉还是和以往一样。老品牌,名品牌,越来越多地出现在摊头上、商店柜台中,商家使出浑身解数,或将它们制成巨幅广告,悬挂在商店门楣上;或印制成招贴,配上图画张贴在行人密集处;或简单地做成一块牌子,搁置于摊头左右……事情总是这样,一旦成为人人赶趋的潮流,难免鱼龙混杂。

他张大双眼往前走。"斯培克"三个熟悉的花体字加上那串英文,用一对靓男靓女的巨幅彩色照片做衬托,制成了一块广告牌,搁置在大门一侧,一下子抓住了他的眼球。

他不奇怪,黎明服装厂做大了,哪儿没有店家出售他们的产品啊。这幅广告却是第一次见到,他走了进去。看了看柜台里男女衬衫,首先引起他关注的,是售价,比六里亭黎明厂直销门市部价便宜了两成。他问,为什么便宜这许多啊?老板说,进货渠道不一样。他问,你们是哪儿进的货啊?老板说,我只管卖,不管进货。你买不买啊?斯培克,名牌嘛!挺好的!答非所问,引起了他的警觉。他指着柜台里面说,你拿给我看看。就这件!老板顺从地取了出来了。是用玻璃纸密封着的,他一看领子和贴在领子内侧的商标,就发现有问题,脱口而出,冒牌货!

老板却不奇怪,笑了,说,什么冒牌不冒牌的,都是斯培克,一样穿。

他问,你们卖的都是这种货吗?

老板再一次答非所问,你买不买啊?

要是在以往,他会继续追问下去,和楼锦熹那一番交谈以后,他想到了没有经过工业革命社会洗礼的特征,便被验证结果的无奈主宰了。在这只知品牌会带来财富,却不知道如何尊重品牌、实现知识产权货币化的时日,这股风刮起来是必定的,只是没有料到刮得这么快而且刮到了自己的头上。

他撂下衬衫，转身扑出门外。不为别的，他要获取更多的验证。

他刚走过两家店面，一个中年营业员，猛地冲出店门，疾速地摘下一块并不显眼的小招牌。其速度之快，用力之猛，差一点撞击到他的身上。他本能地刹步，发现这是一家订制锦旗、店招、店牌的商店，招牌下端写的一行文字，居然是"专业复制各种著名品牌商标，巧夺天工，价格面议"！

只有这么几天，造假已经当成一种产业了啊？而且大言不惭"巧夺天工"！

怎么急急忙忙摘了？

他前后左右一看，气氛异常！有的店家在关门，有的摊位在搬动摆在摊上、挂在摊前的衣物、鞋袜、玩具和五金之类商品。一股山雨欲来的气氛，与他还留在脑子里的当年"打办"出现的场面重合了。

他迎"风"而行，希望看到今天的"打办"在突击检查中，是如何处置摊位的，处置的又是哪一类摊位，看看是否还有自己黎明厂的产品被假冒了。他看见了又一家冒了斯培克的牌子，更看见了几乎满街都是假名牌！几个市场管理人员，推着几辆堆满了衣物和纸箱的三轮车，急步往十字街口的小广场走。

小广场上的草台，去年不知为了什么活动就搭在哪儿了，一直没有拆。此刻，草台正中屏幕上，挂起了一幅幕布，上面画着一只巨大的拨浪鼓，鼓面上写着"诚信"两字，幕布上端有一块横幅："坚决打击制假造假行为，全力维护小商品市场的健康发展！"堆成了小山一般的商品，有服装、袜子、化妆品、日用百货、玩具……满载的三轮车，还不断从小街上拉过来，后面跟随着不少商贩和看热闹的群众，也把他汇进了众多的观众中。

执法部门的领导出现了，好几个，逐个上台。程序是可以预见的，领导讲话，讲话的主题就是横幅上所昭示的，然后点火焚烧这些冒牌货。楼循波关心的是，是否会当场点名批评那些制假者，揭露他们如何制假售假。

正在他猜测、等待之间，一位女干部的身影，使他双眼倏地一亮。她身材颀长，长发微卷，身着当时流行的藏青色西装套裙，脚蹬中跟皮鞋，分明是这个会场的工作人员，搀着一位满头银丝的老干部上台去。让他双眼一亮的，是她的身影和步态，都似曾相识，教他立即想到了久别了的汝芸，更教他目光紧追不舍的，不是她背上那只黑色的双肩牛仔背包，而是她另一只手上所提的一只粉红色的书包，教他立即想到那天去找循统时，宋文兰收晾衣物时收进去的那一只！可惜，太意外了，只有匆匆忙忙的一瞬间，她的身影便淹没在人群中。他踮起脚，押长脖子，张大双眼，往她搀扶领导上台来的那个台阶旁边不断地移动脚步，以期尽可能地接近她。

又看到她了，仍然是一闪现，却给了他一个意外的惊喜！

是她！肯定是她！

多年来，潜伏在他心头的那许多说不清是惶、是恐、是怨、是恨、是愧、是疚的心绪，顷刻间汇聚成一股不顾一切的冲动，他拨开身边越聚越多的人群，沿着小街绕到了草台后面，扑到她身边，强使自己以平静的声调，叫了一声，小芸！

她猛然回过头。

确确实实是她！已入中年，除了颇显苍老的肌肤，失去了光泽的鬓发，一举一动、一顾一盼的神态，都与经常出现在他梦里的她重合了！那一只书包，则更"熟悉"了！

她回过身来了。她并不惊奇，只是淡淡地一笑，你怎么来了？

他说，正巧来城里……

置身这个场面，说明这些都无关紧要，最重要的是，要搞清她现在在什么地方，生活情况如何，能否把这偶然的瞬间变成长远。他忘了场合，一把抓住她的胳膊拉到一边急问，你到哪里去了，为什么不告诉我？以后怎么找你？

她苦涩地笑笑，推开他的手，说，你找我做什么呢？

他也苦涩地笑，我要对你说的太多了，起码，我要对你说声对不起！

她摇摇头，说，要说对不起的，不是你，应该是我！

她的眼圈红了。

他一怔，你怎么这样说呢？

她低下头说，当时，我不知道你家的火灾，是由我引起的。循统都告诉我了……

循统和你一直有联系啊？

她微微点了点。

只知道循统嘴巴紧，却没有料到会紧到这地步。失火那天晚上的详细过程，他都倒给循统了，循统对她的去向、她的现状，却不向他透一丝风，哪怕在醉醺醺得胡言乱语的时刻！人啊人，实在太难以捉摸了！

他说，这角色，原来他知道你在哪里的啊！……你告诉我……

她推开他，说，不用说了，不用说了！瞧，那边，我还有事！

她果断地转身朝着舞台走去。他不能让她再一次成为断线风筝，正待撒腿追过去，她却猛地站住，重新转过身来，把那只书包放到脚前，匆匆地从背包里取出一张名片，递给了他：我想起一件事，你给我打电话！明天，不，后天，必须在后天，这个星期，你必须给我打。下个星期，你也不用再给我打了！她的口吻与动作，依然带着当年特有的专横，不等他回答，便弯腰拾起书包，转身上台照应她搀上台的那位老干部去了。

他低头看名片，上面确有她的电话号码，是单位的：省技术质量检测局质检处。

不错。这时，舞台上喇叭宣布会议开始，介绍与会者的身份时，头两名，就是省质检局原副局长，还有一位市场调研处老处长。

他恍然，她是陪同离退休干部到这里来考察的，这里的假冒伪劣产品已经引起周边和省里有关部门的注意。

他凝视着手里的名片，耳边回响着她那句机不可失、时不再来一般的叮嘱，脑子被一个个疑问搅浑了，浑得舞台上的讲话声、焚烧假冒伪劣商品的烟火味都仿佛在千里之外：她的生活到底怎样？她要我干什么？为什么这样急？……

8

他离开会场，选了个僻静处，细细咀嚼她的脸面，她的衣着，她肩上背的、手里提的包，通过这些分析她的生活状况，尤其是那只书包，印着"好好学习 天天向上"八个毛体字，洗得很干净，却那样陈旧，转角处都磨损了，仿佛是宋文兰手上那一只的复制品，这个与孩子，尤其与自己儿女相关的细节，把沉睡多年的惶恐不安唤醒了，催他立即离开县城，直接到金银坞去找楼循统。他要从这位密友口里，挖出他需要的一切，她急迫地要他打电话的谜团，也许都会迎刃而解了。

深入了解楼锦熹的计划中止。他回金银坞，和循统在共富厂的办公室里碰了头。循统嘴巴再严，都挡不住这张名片的撬动了，无可奈何地笑了笑，坦然承认了，解释说，我是向姐姐做了承诺的，正像我对你的承诺。开头，我不只对你隐瞒，对我爸爸妈妈、亲戚朋友都是隐瞒着的。我姐说，不到她混出个人样来，你们就当我死了！

正如他猜想的。他对她的敬重又增加了几分。他说，我理解！

循统说，其实她跟我联系也很少。很多事情，她都不肯说。

他问，都不肯说？她到底为什么要采取这种方式惩罚我？

循统神色黯然，苦笑着，反问，惩罚你？……别问那么细了好不？……

为什么不能问？

问得那么清楚，会让你晚上睡不着的！真的。……都过去了。

那个揪心的悬疑，再次袭击他。他忍不住直揭其核心：她是不是早就有了孩子？

循统点了点头。

是不是……跟我家和安一样大？……啊，还可能比和安大几个月？

循统吃惊地瞪视着他：你都知道？……

他说不出话。

循统的感情压抑不住了，喃喃地说，还是双胞胎呢！

他真的不敢往细节处追问了！一切正如他这许多年万般猜测，满世界祈求邂逅的最终原因！她的出走，何止是怨他屈从爷爷之命，而是她肚子里怀了他的孩子，亟须寻找一个隐秘的地方流产，最后，竟做出了最让他难以忍受的选择！一对孪生姐妹，这种承受力是难以想象的！……啊，啊，难怪她显露出超越了年龄的苍老！她独自支撑？马马虎虎地找一个男人做挡风墙？……啊，啊，太可怕了，太残酷了……我早应该找到她……不不不，我不该邂逅她，而邂逅了她，为什么还要来找她弟弟寻根究底？

他真想站起来逃走，逃到偏僻处惩罚自己！但立即被自己一声断喝阻止了：情已断，但你一个男人、父亲的责任怎么能断？必须赶紧去找她，不能给以精神安慰，也要给她经济上的补偿与支持，哪怕代价巨大！

他立即掏出名片，给她打电话。

接电话的回答说，出差去了，估计要好多天。他只能等她所约的"后天"打。

他搁下电话，转身一把揪住循统前襟，既是责，也是骂，你这一滴脓，当时，你，你真的不知道你姐姐情况吗？

这种醉汉似的神态，循统从来不曾见过，作为挚友，对姐姐遭受这许多苦难，也真的不能无动于衷了，无奈，他所知道的也是粗线条的。他掰开抓住他前襟的手，喃喃地说，在城里，有位同学一直在追求姐姐，她看不中。离家以后，没有立即去找他，先找了一处秘密地方住下来，寻思如何神不知鬼不觉地处理掉。打胎吧，既没有门路，也太危险了，实在下不了决心，结果，还是去找那位同学。分手多年，地址都变了，最后是她的班主任赵老师帮她联系上的，可惜已经结婚。她的肚子日见显露，无助中，她只好在她并不熟悉的近邻中选择，很快选中了在供销社供职的一位单身汉，比她年长了十多岁，举止还算文雅，性格却怪僻，不会体贴人，对她完全像一个债主，实在无法一起生活下去，离婚了，为了报答保住她的秘密，没有向他要一分一厘补偿，净身出门。独自抚养一对女儿，太艰难了，她紧咬牙关，没有放弃改变命运的努力，恢复高考时，女儿长大了，她还是不愿让金银坞的人知道这些秘密，就把女儿托付给西乡的表姨妈（宋文兰的表妹），报考大学去了，在北京读了几年书，成了工程技术人员，调到这个单位，还不到两年，我知道的，就是这些……

楼循波心如刀绞！急问，眼下，她的生活还是很艰难吧？……

循统叹了一口气，说，你去问她自己吧！

他顿时发觉自己问得太蠢了，不是想施舍也是想施舍的样子，算你有几个钱了！窘得急忙改换话题：她这次回来住在县城里，你知道吗？

循统说，我不知道……不过，我妈会知道，她总是悄悄给她一些支持的，吃的，用的……就为了这，她和我表姨妈跑得很勤……

不用多说了，她母女手上所提的旧书包，就是注解。早就应该当垃圾处理的东西，居然还在使用，生活能好到哪儿去啊？他越发想见到她了，想了想，问道，你知道吗，她限定时间要我给她打电话，是什么意思？

循统说，不知道。你就给她打呗！打个长途电话，你也不吃亏。

他回到了环溪村。等到这一天，一上班就给她打，连着打到下午，都扑空。余下的，就是这个星期"必须打"的最后一天了。上午，他接待市管办来检查他们厂生产品牌的真假问题，到下午一点钟左右，估计已到她上班时间才打过去。她一听，马上说，你才打来啊？

他说，我打了好多次，你都没有回来！

她说，对了，是我耽搁了，真对不起，几位老领导对我们老家情况很感兴趣，增加了一天行程，回来晚了。

他说，我没有耽搁你的事吧？

她说，不是我的事，是你的事！

他不解，什么？

她说，省服装进出口公司、中国纺织品进出口总公司有了大动作，准备在深圳合作开办一个对外贸易的服装销售窗口。万事俱备，只欠东风，缺的是人。听说要在省内招聘一位总经理去主持！招聘启事登在《浙江日报》上，你没有看到啊？

他茫然，总经理？这跟我有什么关系？

她说，我说，你不应该错过这机会！今天是报名的最后一天，我一直在等你，见你电话还不来，就自说自话，通过关系把你的名字报上去了，眼下正在想办法怎样找到你！

他急了，责怪道，这不是打鸭子上架，叫我难堪吗？

她说，我了解你！这许多年，我一直关注着你！尤其是我陪老领导到老家这几天所听到的关于你的故事，断定你有资格去参加这次招聘，所以我越俎代庖了！

他仍然不理解，虽然还是专横，强压在心底那份特有的温暖，加上一股辛酸，却从鼻梁深处直冲脑门。他不知该怎么回答，只听得她的声音，继续从电话那端传来：

……你所做的，那么一贯，我相信你不是盲目的，你对市场经济，有了相当多的经验和体会。不说别的，就说借用品牌这件事吧，你懂得资源共享和知识产权货币化，是改革开放的几个重要环节，对于打破实行了几十年的计划经济体制，是有推动作用的……像你这样，既有市场经济的实践，也有理论准备的人，我碰到的真的不多。

他静静地聆听着。

她说下去，你赶紧去找月初的《浙江日报》，仔细看看所登的招聘启事，省里要在深圳设立的"销售窗口"，就是服装行业接待处。在这方面，你在服装行业内泡了这许多年，就不用我说了，大单前面一般都有小单，小单前面还有小样，小样前面还有小板。深圳准备成立的这一个窗口，承担的就是这个任务……算了，我不多说了，你带好必要的证件和资料，马上到杭州来，对，一定要分秒必争！你不用找我，直接到省服装进出口公司找张帆先生，他会帮助你办理好所有报名手续的！记住，他叫张帆，弓长张，风帆的帆。电话号码就是这家公司总机，转25号分机！记住了？

他说，记住了，张帆，25号分机。……那我怎么找你？

咔嚓一声，她把电话挂上了。一如当年的突然不告而别。

他手握电话听筒，愣在了办公桌边，——如当年得知她的失踪！

多年以后，楼循波在回忆自己所走的道路时，说过这样的话：对我这一生影响最大的有两个人，一个是爷爷，另一个是楼汝芸。爷爷教我如何做人，如何做生意，汝芸帮我及时地抓住了一个重要的人生机遇，切切实实地教我懂得什么叫作"义"。

不过，当时他还意识不到，此行是否能够成为人生重要的转折点。他知道深圳是当代中国开放的前沿，是通向境外的桥梁，面对整个海外市场，舞台更大，层次更高，服装行业正在走下坡路，发展外贸是最佳的选择。远远胜过到温州给楼锦熹打工。但是，此时此刻，这些念头都被一股更强的吸引力转移了：到那儿去，仿佛就能续上和汝芸断了的情缘，尽他作为两个孩子的父亲应尽的责任。

他一看随身备用的火车时刻表，正巧，半个小时以后有一班去杭州的客车。他毫不犹豫地带上了必要的证件和资料，直奔火车站。

第二章　还是人啊，人，而且更复杂！

1

　　楼循波无论如何没有料到，汝芸给他争取到的，是报名的最后一刻钟。
　　他到达杭州，已近四点，为了不辜负她的期待，他先去找张帆办好报名手续。他相信张帆会把她的情况、住址告诉他的。谁知张帆是一位五十多岁的办事人员，和她素不相识，连"汝芸"两个字都要他写出来才弄明白，摇头说，午前，有一位省技术质量检验局的女同志，急匆匆地赶来代你报名，说这是我们最理想的人选，因要事耽搁，要下午才能赶到，然后写下了姓名、单位、职务和地址以及联系的电话号码，就走了。
　　他很遗憾，在检验证件和交上必要的资料以后，张帆便下班了。他不放弃努力，再次给她打电话，无人接听。循统在他追问时那一脸无奈，还有那声"你自己去问她吧"的回答，一直在他耳际回荡，驱使他迫切地要见到她。他按名片上所列地址找过去，正是那个省技术质检局，门卫也算热心，但只能告诉他，有事下星期一来。问楼汝芸其人，回答不上，更无从打听她的住址。
　　他在指定考试地点附近，找了一家旅馆住下。报名时，张帆告诉他，除了面试，没有任何笔试的安排。所以，他强使自己静下心来，翻阅了一些书籍，再把自己的经历回忆整理了一遍，第二天，便按时应试去了。
　　他不知道到底有多少应聘者，走廊里等待的人不多。进了考试室，三位面试官，一排儿坐在他面前，主要提问者，是当中那位气质文雅的中年汉子，满口杭州官话，问他的生平履历、目前经营的企业情况等，都是他经历过的，在资料中都有。时间花得最多的，是随机问答，那是一连串的提问：你为什么要选择这项目经营？经营中，碰到过哪些困难？你认为这些困难出现的原因是什么？你是怎样解决的？你对当前市场经济如何评估？主要问题是什么？你能否用最简洁的语言概括，并提出你的解决方案？……

这无异是对他资料介绍的深化，绝不像一句"从商的体会"那般简单。而且，分明越问越感兴趣，从杭州官话程式化的提问，引出了另外两张嘴巴争先恐后的质疑，完全可用此起彼伏的追踪来形容，弄不明白他们是在摸他知识技能的底细，还是借机向他了解市场新情况。

这一气势，倒很快使他进场时的拘谨消失了，一如面对汝芸，倾吐他这些年的甜酸苦辣。不仅谈到了陆金根的代收购，批发纽扣时如何微中见著、以小博大、以轻易重等爷爷写在《换糖经》中的历代经商体会，更以花一百万元借用斯培克商标而异军突起的故事，阐述他如何实现资源共享，将知识产权货币化，以及眼下出现的假冒品牌问题。并指出，这是没有经过工业革命洗礼，在我们社会中普遍存在的短板，对此必须有足够的认识，并采取相应的措施化解。他对答的神态，那种朴素的、自在的犹豫与迟疑，被彻底地消解了，一言一语、一举一动都回荡着自觉运用的熟练与自信，展示他丰富的搏击市场的经历。

面试的结果几个小时以后就知道了。

他被录取了。全票通过！

这是他面试三个小时以后，上门去询问时得知的。接待他的，还是那位文质彬彬的杭州官话，兴奋地告知他结果以后，又郑重地介绍他得此岗位之不易，说，报名的人很多，有国有企业的经理，有在职的国家干部，也有像他这样乡镇企业的当家人，还有一些大学毕业不久就下了海的敢吃螃蟹的创业者。都晓得这是借船出海，施展才华的机会嘛，吸引力怎能不大啊？不过在报名的过程中，已被筛掉了许多，最后有资格面试的就是七名，脱颖而出的，就你一个。祝贺你啊！

他有些晕晕乎乎的，追问，就我一个？

就你一个！不容易啊！

他想到了报纸上的招聘启事。太不可思议了。一家省级进出口公司的总经理，会这样轻而易举地落到他的头上，似信非信地问道，你们到底要我做什么工作啊？

杭州官话打了个格愣，说，我们两家研究以后会告诉你的。你先去准备报到吧！你们的有关领导，我们会联系的。

他转身离开。虽然听到的和招聘启事不完全一致，但被录取是肯定的了，这让他仍然晕晕乎乎的，像是做梦。走出这幢很有气派的水泥建筑，一股来自钱江口的海风猛刮到他的脸上，才想起这是现实！倏忽间，全身荡漾起一阵轻松，一阵比四肢全部松绑了还要自在的轻松，这种轻松感，在他生命史上，只有三团要他代表大队出去敲糖换鸡毛时出现过！他说不清想跳，还是想飞；想笑，还是想哭！他想起了中考落榜那天，坐在铁路涵洞下的痛哭，想到那以后，无以数计的"像我们这样的人家"的自卑，就梦魇似的缠着他，还不时从爷爷奶奶或者母亲口里冒出来，当然，他也想到了樟团的拆台，想到在糖蔗田边带着一身血口子的樟团给他那一声"不公平"的指责……这些，在他做出重大决定的时刻都会出现，有时候清晰，有时候朦胧，即便在有人尊重他，夸奖他，羡慕他钱多的那一刻，也还会出现，只不过在内心深处，多了这么一声自嘲罢了：我算什么哩，我不过是个会帮你们赚钱的工具罢了！唯有这一次，在应聘的整个过程中，这些阻挠他挺起腰板来，大胆向前迈步的刻骨铭心的感受，仿佛都销声匿迹了。或许，是被追踪汝芸命运的焦急冲淡了，他迷迷糊糊地准备面试，迷迷糊糊地走进了面试场，迷迷糊糊地等待结果……这一刻，才趁着这一阵从未体验到的轻松感，重新涌现到眼前来！如此突然，如此之强烈，不能不让他从心底冒出了这样一声惊呼：时代真的不同了啊！真的开放了，解放了，平等了，让我挺直腰板做人了啊！

他急于倾吐的，还是她，汝芸！

他想马上打电话。伸手从皮包里取出那张名片，虽然悬，但他不甘心，死马也要当成活马医。他找到公用电话亭，再次拨通了那个电话号码。遗憾的是，他被告知，她离职了。到什么地方高就，不知道！他这才想起，她说的那句"到了星期一，就不用打了"的关照！循统回答他追问时的一脸无奈，还有那一声"你自己去问她吧"的回答，完全主宰了他的情感，说不清是遗憾还是懊恼。但他相信，这是她的老单位，有这个单位，就有线索，多花工夫，不怕找不到她。眼下先回黎明服装厂，准备交接。

他回到黎明服装厂，很谨慎，不真正落实，不公布这消息。工作照常。

第三天，他接到了一个长途电话，要他立即赶到杭州，到省服装进出口公司"联合招聘办公室"，"有要事面谈"。

他再一次来到杭州。接待他的，还是那位气质文雅的杭州官话，特别热情地告诉他出类拔萃在哪儿：白手起家，社队企业出身，综合素质却最好。并宣布了他的具体职务，说，我们两家公司研究以后，一致决定聘请你担任深圳服装进出口公司的总经理。深圳特区，是中国开放的前沿，敢于赤手空拳去拼搏的人，最能理解新思维、新工具、新方法、新策略的价值，我们相信，你在这方面都是有充分准备的，一定不会辜负我们的期望。

果然如招聘启事所说的啊！

楼循波热血沸腾，不知如何表达此时此刻的思绪。

杭州官话却向他摊开了一个难题，说，今天特地请你来，是因为碰到一些障碍，需要一起想办法解决。我们到你们市乡镇企业局、工商局去过了，他们说你是市里的摇钱树，绝对不能放的！他们说得很认真。所以，我们想问问你，你有什么办法帮自己顺利脱身？

原来还是悬啊！这正是隐藏在楼循波内心的顾虑。

黎明服装厂早已经成为市内最大的企业，税收达到了全市的六十分之一，全市的外贸出口百分之五十以上都是黎明服装厂完成的，成了市里财政支柱企业，工商、税务等有关部门的领导都把他看成顶梁柱。他一走，纳税大户风光不再，怎么办？但没有料到会这么早地捅到省里来，而且反对态度这么强烈。

他突然冒出一句话：他们一直不给我发营业执照，这时候却把我当成宝啦？

杭州官话一听，放了心，说，哦，原来这样，那你一定有办法。

办法当然有，关键是如何万无一失，摆平各方面的同时，保证自身的安全与利益。他见对方如此相信自己，便笑了笑说，我去想一想。你放心，我会处理好的。

他告辞。再一次给汝芸单位打电话，得到的回答还是不清楚。

他想，先回去清除脱身的障碍。下一次到杭州，直接到她单位去打听。

2

楼循波当即返程。

他提着公文包，先回环溪村厂部看看动静。刚到厂门口，碰到了办公室主任。主任欣欣然地说，市管办将营业许可证送上门来了，长期的。照理，拖延多年未办的事情解决了，应该高兴才是，他的心却一提：拿绳子拴我来了，看样子，情况要比想象的复杂。他不置可否，皱着眉头，进了自己办公室。秘书小顾一见就说，啊，回来了，回来了！他诧异地问，发生什么啦？小顾说，上头轮番打电话找你呢，有市工商行政管理局、市财税局、乡镇企业管理局……听他们的口气呀，你就像失踪了！他问，怎么啦？小顾说，都知道你到省里去不回来了。你真的要走了啊？到哪儿去呀，我们怎么都不知道？

他的心又是一紧，三个顶头上司一起来，不只是复杂，而是严峻了！

最无法回避的是，消息在普通职工中传开了。职工不像小顾那样直接询问，只用十分怪异的目光看他，钦佩、羡慕、遗憾，甚至失落，无处不在。

他不敢多接触，也不愿拖延，要赶紧做出决定。

三个顶头上司中，他和乡镇企业局的局长打交道最频繁，关系最密切，要摸情况，要探底，是最佳的人选。电话一拨就通。局长说得很直率，也很知心，说：啊呀，听到你要离开黎明厂到省里去了，这不行的呀。你们厂是我们市里最大的乡镇企业，最大的纳税大户之一，你一走，黎明服装厂还能风光下去吗？萧何月下追韩信，急得我们真想追到杭州去哪！楼循波苦笑道，我没有那么重要，真的，没有那么重要。在你们领导下，像我这样的人，随手抓一把都是！乡企局长说，好呀，你说得我好舒服呀，哈，你去抓一个来，要是顶得了你，我们立马放你走！他说，行呀，你们放我走，我一定给你抓！局长说，你说得轻松！我答应了，别人可不答应啊，工商局的老局长都急得找市长去了！

他的心又一紧，问道，跟市长有什么相干？

乡企局局长说，研究留下你的办法呀！他们倒真有办法！

他诧异，啊，雷厉风行嘛，办法都研究出来了？

局长说，抢人才的大事，十万火急嘛，当然研究出来了。市长很干脆，他说，你要走也可以，但要立一份"军令状"，就是说，你走了以后，黎明厂一定要继续办下去，而且必须办好，还要越办越好。如果做不到这一条，你得随时回来！市长还说，他要直接找你提条件的，眼下，我先通一点消息给你。你说呢？

市长这个主意，使楼循波的一腔焦急，变成了感动。如果说，此前他的心还像一团乱麻的话，这瞬间便理出头绪来了，同时发现了沉潜在感情深处的东西，而且，对他而言，是非常珍贵的东西。这就是一片难以割舍的乡土之情，还有多年艰苦创业之情！黎明服装厂，是由他一滴滴汗水浇灌出来的，胜如十月怀胎，然后一把屎一把尿抚养大的孩子，哪能说丢就丢下了。这是他从杭州回来的路上思绪如麻，却又理不清的最终原因。深圳的前景虽然吸引人，但这份难以割舍之情，一旦露头，这样一份朦胧的期待，也就油然而生：何不通过深圳这个窗口，让黎明厂和共富厂走向全国、走向世界呢？

此刻，他完全清楚自己应该怎样做了，回答也就斩钉截铁：局长，我愿意立这份"军令状"！口头的，书面的，要怎么立，就怎么立！

局长笑了，好。我就这么向上头汇报啦？

他说，行！

他挂上电话，细细一想，立"军令状"，就不是答应不答应这么简单了，有责就该有权。都是涉及省里、市里和他本人三方的事，应该直接去找市长把要求问明白，然后趁热打铁，到省里去，三头六面，明打明地把权与责说清楚。

他当即赶到市政府。市长把一切事情撂下来接待他。先为黎明厂的营业执照问题向他道歉，说，这事一直拖着，我才知道。太不应该了！当时，谢书记严厉地批评了我，还告诉市管办当家的，应该下去调查乡镇企业发展的情况，要支持社队办厂。没有料到，谢书记一调走，给别的企业都办了，就是你们厂的拖着没有办，这算什么话！

他笑了笑，再谈这种狗屁倒灶的事没意思，只是问，听说，市里为了我被录取的事，专门做了研究？要我立"军令状"？

市长说，对呀，你愿意吧？

他说，你把你们的要求告诉我，让我和省里沟通。

一二三四，市长毫不含糊地摆了开来。他立即重返杭州，接待的，除杭州官话以外，还有两位当家人。他将市长的条件和自己的要求咀嚼消化以后的意见，向招聘方提了出来，说，第一，我要作为投资方，作为股份制企业参加。只有占一定股份，家乡人民才会同意。

他们三个交换了目光，一致认可，认为在完成接待和制作小单的前提下，可以考虑。中国纺织品进出口总公司、浙江省服装进出口公司和楼循波的股份以四三三的比例分解。

他说，好，还有，我要实行承包经营，职、权、利要明晰，既然聘我当总经理，就给我落实责任制，我来管，我说了算！

杭州官话一愣，以为楼循波在开玩笑，你说了算？啊？

是的，他坦然地解释说，你们的目的不就是创办一个公司吗？我呢，不就是保质保量完成你们交代的任务吗？对不？在这样的前提下，我给家乡的企业多接些单子，和这个目的并不冲突。如果我手头没权，发单回老家去，价格怎么定？我说合理，你们说不合理，这矛盾就不可避免，将精力耗在这上头，你说像开放的深圳风格吗？要是实行承包经营，就可以规避这些问题。

话是不错的。那我们先要听听你打算怎么承包，每年回报百分之五十？

胸有成竹的他，当场掰开指头，把草拟的预算方案摊了出来：租厂房，有个两千平方米，能容纳三百人左右，不大不小，有一定的生产规模，客商前来考察参观也像模像样。房租外加装修费、设备费，大约二百万港币就应该够了。

他们三个咬了一阵耳朵，表示认可。

他乘势追击：如果能答应两个条件，我可以让你们有百分之百的回报。

啊，百分之百？三位一听，都一惊，一起笑了起来，一个说，说句实话，刚才我听到百分之五十已经觉得是随便说说的，再来个百分之一百，你开玩笑啊？

他正色道，我是认真的！

杭州官话说，那你把两个条件说出来让我听听。

他郑重其事地说，第一，广交会给我一个摊位。

广交会摊位只有省级公司才有资格申报，正式申报有难度，但可以变通，杭州官话说，此事办不到，但做得到，把你们产品放在中纺的摊位即可。

行！他说，春秋两季广交会，我要带你们的客户到深圳做客，带他们参观一下我的企业，一切费用由我来承担。

杭州官话乐了，说，哈呀，这个更好解决啦！谁不晓得深圳是我国改革开放的前沿阵地啊，毗邻香港，也是国家的南大门，更是一个新兴的贸易城，创业者的乐园。本来，广交会一结束，都要请内外客商去领略一下改革开放新气象的嘛！

他如愿以偿，说，那就这么办！

他当即签下了回报率百分之一百的合同。

消息带回家乡，市里领导，乐得都像捡了个大元宝，说，谢书记说，碰到你是我们的福气，真有道理啊！

尽管有点不可思议，半信半疑，但三方还是皆大欢喜。楼循波是真心实意的，在这种场合，这种时刻，他哪敢吹牛糊弄人啊？他掂量过，心中有一本账，二百万港币，百分之三十是他个人的，他打算每年赚一百四十万港币。就算只依靠深圳这个厂的能力生产，盈利一百四十万没有什么问题，何况他身后还有家乡庞大的工厂，还有环溪加入以后建起的三层楼的厂房。通过深圳这个窗口，他一定能让黎明厂走向世界。他相信，这也是市领导的愿望。可以说，他的信心满满。

他打电话告诉楼锦熹，通报他的选择。

楼锦熹丝毫没有失之交臂的遗憾，高兴地说，好啊！你照样可以成为我的合作伙伴！

楼循波很想听他详细解释，却只听到电话那端传来一阵爽朗的笑声。

他再一次想到汝芸。眼下的局面提醒他，除了到她原单位查问，都是徒劳的。

3

金银坞，这个种植白木耳、蘑菇发了一点小财而被人关注的小山村，自从楼循波去了吴家村大队办企业以后，便恢复了千古相传的那种按部就班式的沉寂。只是这沉寂，不同于以往，像浪涛下面的一股暗流，人人都在寻找做生意赚钱的机会，用从商的火苗在血液里奔涌却又找不准出路的迷茫来形容，更为贴切。

如今，这些火苗该朝哪个方向蹿动，摆明了！

这是从"山里虬"的心底里散发出来的那种情感和希望之火。在准备给楼循波送行的那几天，达到了空气一点就着的炽烈程度！

以金银坞为中心的四乡八村传说的重心，从以前楼循波如何如何能，变成了楼循波马上要如何如何、以后又会变成怎样怎样能的羡慕与猜测，说得就这样神：他到深圳开的公司很大呀，哦嚄，是借中国纺织公司这一家央企的实力，和省里的丝绸公司在深圳市注册成立的，叫之江服装进出口有限公司，对，是"有限"公司。啥叫"有限"你明白吗，就是股份制！股份制，懂吗？是由省里一位部长当董事长的，他当总经理！他占百分之三十股份，和省里那位部长一样，哦嚄，这就平起平坐啦！哦嚄！……

这声声似惊似喜、是赞是羡的感叹，糅杂着许多闻所未闻的新名字、新玩意，走进了乌伤大地的千家万户，有的懂，有的半懂不懂，有的像鸭听天雷全不懂，但不管懂还是不懂，都明白，楼循波是赚钱去的，赚的是大钱，是去赚红眉毛、绿眼睛的洋鬼子们叫它什么美金的那种大钱！

流露在所有传说者的眉宇间，潜伏在血液里，很想表达却无法表达清楚的一句话，就是，别看我们"山里虬"哇，我们和杭州、上海、外国的老板一样能！

哦嚄声里，年纪大的"山里虬"最急于做的，是悄悄地把自己父母的遗骸，从老坟里挖出来，到牛鼻头山靠近新厅祖坟的地方，重新埋下，筑起一座新坟。事先都当成秘密偷偷摸摸的，岂料，两天以内，新厅祖坟的周边出现成片旧坟新筑的景象，有的是旧碑新移，有的是远祖新碑。碰到的人们，却都装作一本正经，一副不知道自己家的哪个把祖上的坟移到这儿来的。但从抢占的部位，一眼便看得清是老八房占了头魁，他们祖宗的新坟离新厅祖坟最近，所选部位，颇显抢占风水的优势嘛。

哦嚄声里，更多的是上门来求证的，找不到楼循波，就问他母亲，问牛妹，问和安和小茵：真的吗？得到证实以后，就追问，你们的百分之三十股份，算下来有多少钱？十万？二十万？还是一百万？这几年怎么赚了这许多钱啊？怎么用啊？怎么不早告诉我们啊？……问得家里人都害怕了。

楼循波有钱，但不是现金。作为资本的投入，是一个他提出持股以前就在脑子里反复思考的问题，而且总是和乡亲们这些提问纠缠在一起。乡亲们太苦了，也太惩了。在这么苦这么惩的乡亲们面前拥有这许多，他总会想到樟囝从糖蔗垅里钻出来那一副神态和那几声责问，声情并茂，问得比横岩山压在心上还要沉！为了这个百分之三十，他想了好多日子，选定最佳的方案，是请乡亲们一起参股，让金银坞的家家户户，都成为之江服装进出口有限公司的股东。也就是说，请金银坞的宗亲，和吴家村、环溪村的乡亲们一样，先成为黎明服装厂的股东，然后集体参股之江服装进出口有限公司。条件也是具备的，因为在这之前，共富企业已经给黎明厂生产衬衫了，定为响溪牌，并入黎明服装厂，水到渠成。

他把这一决定分别告诉了吴小庚、骆敬龙和楼循山他们，也告诉了循统。请他们去详细摸底和安排参股的事。这些小山村，顿时出现一股到处筹钱的热潮，家家户户，把压在老箱底多少年的私房钱，都找出来了。

几年以后，当楼循波在深圳经营受挫，负下将近一个亿的巨亏，打算跳楼一了百了的那一刻，他最恨的是乡亲，但最对不起的也是乡亲。还没有走马上任，他不想太张扬，赴任准备也太忙，他要做的准备工作太多了，头一件，黎明厂谁来接班？他一时找不出，和安高中毕业，不想上大学，跟着父亲做生意，从做业务员开始，倒也像模像样的，就让他负责服装销售这一块，都说这孩子有魄力，像爹，就把黎明厂交给了他，让他历练历练，这两天正在交接，母亲和牛妹，坚持要他抽时间回金银坞一趟，和乡亲吃一顿饭，说乡亲要特地为他饯行。如果拒绝了，会让乡亲们伤心失望的。楼循波答应了，只要求换一种方式，说，不是乡亲请我，是我感谢乡亲办的告别酒！这正是他母亲吴灵芝的心愿。她特地酿了一大缸红曲米酒，到镇上买了一头猪，要请乡亲们吃个饱、喝个够。

楼循波出外奔波以后，就没有与宗亲们如此亲密接触了，多少年了啊，老的、少的、亲的、疏的、男的、女的、同宗的、客姓的，都拥上门了。糖师傅六叔，八十多岁了，须发皆白，颤巍巍地来了；枣厂师傅楼锦彪已逾古稀，挂着拐杖来了；因敲糖换鸡毛拜师父，致使六叔进了班房的循禄，水库工地上第一次给他锹满了一板车沙土的锦喜叔，以及樟囝、猪囝，老八房从老大到老八都来了，包括他们的内客、儿子、孙子，还有狗囝呢，这个曲曲折折中走过来的唯一大专生，因三年自然灾害"调整"回乡，以后又去当了老师的人，也来参股了……他最关注的是宋文兰一家，但只来了循统，宋文兰夫妻俩一个也没有露面，听循统说，走亲戚去了。遗憾！反正，不管以往是否为田水走向打过架，为磨房的安排吵过嘴，为鸡鸡狗狗伤过人，为莫名的妒忌而彼此算计过，这一次都充满了新的期待，消解了恩恩怨怨，抹光了是非曲直。

多亏和安成家时，市政府奖励楼循波一块宅基地，而且是城里最好的地段，他在那儿起屋成家，而没有在火烧场上造房子，这才有足够空地在火烧场上用门板搭出了一长排餐桌，竖起旗杆，拉来电线，安上了灯泡，请宗亲和客姓，全部上了座。动筷前后，他们来向他祝贺、敬酒的时候，都把三囝和循统开具的收缴入股款收据拿出来，郑重地向他表示感谢，告诉他，我们一家，就靠你翻身，靠你享福了！谢谢啊！下溪沿老山狗媳妇差一点向他跪下来。挤不到楼循波身边的，就转向他的母亲、牛妹的面前，表示感谢，让她们实实在在地体验到什么是人生最炫目的光彩！

最激动人心的，是趁大伙都酒足饭饱那一刻，楼循波当众宣布的一项决定。

他手握酒盅，站起来，对大伙说，我看到了叔伯兄弟们缴款入股的收据。我先感谢大家对我的信任，把老家底都托给了我！为了表示我绝不会辜负乡亲，提个要求：请三囝和循统，把款子全部退回，我们金银坞每家五十股，股本，全部由我支付，属于我那百分之三十的股份的一部分，每年给你们分红利！

先是一阵没有听清的寂静，几秒钟以后，一片欢腾！

哦嗬，有这样便宜的事，没听说呀！

哦嗬，金银坞出了活菩萨啦！

哦嗬，小波波，我们不知道怎么感谢你呀！

哦嗬，循波呀……

就这样，他负载着"山里虬"们连声的哦嗬与殷切的期待，到了深圳，到了中国改革开放的前沿，踏上了中国与整个经济世界周旋的平台，走马上任。

在中国这块新热土上，他以公司名义，在福田区租下了一幢六层的大楼，除管理部、技术部和熨烫部以外，主要是两千多平方米的工场。

他无时无刻不想到汝芸，想到她那一双女儿，忙里偷闲，不顾一切打电话到省质检局组织处，寻找她的下落。不管是谁接电话，都说不明白，只知道她是辞职下海去的，到了南方，具体地点却说不清楚，据说漂泊不定。他这才想到，她说的那个不用再打电话的星期一，就是离职的期限。他问循统。循统也是一问三不知，说他真不清楚！连他的那一对外甥女在什么地方、在干什么也一问三不知，只说他母亲随她照顾去了。

他明白，循统一定接受了汝芸的禁令，并抬出始终怨恨他的宋文兰做挡箭牌，和他彻底断绝交往。他绝对不愿她再次成了断线风筝，负罪感却压得他食不甘味、寝不安席。除了求她给他补偿的机会，他还隐隐地希望继续得到汝芸的帮助，这是牛妹甚至循统都无法替代的一双手。她了解压在他肩上这一副担子的分量。1989年岁末，中国服装行业开始走下坡路。之江公司是由乡镇企业和国有企业合资的，经营上采取的是由个人承包、固定上缴利润的办法，作为承包人，楼循波拥有经营的绝对自主权，是标准的强强联手模式，在当时是相当新潮的。他虽然在商界打拼多年，但他并不清楚，这模式能否成为应对这个形势的最有效手段，在颓势中立定脚跟，然后腾飞。他只相信一点，他是一滴从山石缝里渗出来的山涧水，跌是常态，就是以跌的方式跌向大海的，跌，成了他的本能，也成了他的优势，过去的足迹，让他有信心去一跌再跌！他多么希望和她一起跌，这是他始终想到她，无法和她分离的真正原因。

当然，联系不到她，他不气馁，也不盲目，他相信一定能够联系上，眼下，他先借助她帮他争取到的这个平台，充分开掘这一模式的潜能：

第一，中纺公司在国际上拥有相当高的知名度，自然享有出口配额，之江公司也同样享受应有的配额，在那个物资短缺的年代，配额就是一笔特殊的、无人可以竞争的资产，更直白地说，配额，就是钱，必须尽可能地争取到配额；第二，既然与国企合资，之江公司和浙江服装进出口公司、中国纺织进出口公司一样，拥有被誉为中国出口盛会的广交会入场券，在当时，这可是走向商品世界的"金路条"，是一般企业望尘莫及的，必须最大限度地发挥其作用；第三，"浙服"和"中纺"在国内拥有固定的原料供应点，之江公司照样拥有，这可是公司稳定经营、价格低廉的保证。

如果能够充分利用这些优势，等于坐上了一块可以腾飞的飞毯，直上云霄九万里！他相信他能够充分利用。他相信他的乡亲，不只出于乡土的感情，还因为他们是这家公司的股东，是绑在一条绳子上的蚂蚱。所以，在公司生产基地的布局上，他没有把重心放在深圳，仍然放在乌伤大地。大批量的订单，都发回包括共富厂在内的黎明服装厂加工。设在深圳的加工厂专门负责制作外贸所需服装的样品，加工小批量的订单和急单，所用工人，多数也都是不远千里从乌伤大地招来的乡亲。黎明服装厂的加工能力饱和了，他这才将订单转到老搭档东风服装厂以及江苏、上海的服装加工厂。

这是1992年，邓小平"南方谈话"。就像借用斯培克名牌到南昌参加订货会一样，楼循波又一次鸿运高照，他碰到了中国改革开放的一个极其关键的时间点！

之江公司凌空腾飞了。

公司的外销渠道以超常的速度打开，订单就如雪片一般飞来。非常明显的一点，整个世界都知道，"之江"，就是浙江人的企业，浙江是中国丝绸之乡，湖绸、瓯绸久负盛名，所订的差不多都是丝绸产品，特别是衬衫！第一次清点数字时，楼循波还以为点错了，几十万件的真丝订单，都是美国大公司的，前所未有，其中百分之九十是衬衫，光是原材料就需要一亿多美元，这一单利润就达到一千几百万美金。

开门第一单，诱使楼循波亲自飞到美国去实地考察。他才知道，这个客户是美国专营年轻女性服饰的时髦大公司EPS，在美国有三千多家门店。其销售模式十分讲究，上货流程，夏装是从南到北，冬装是从北到南，每个门店，每种新款式，只挂15天，造成了一种商品紧俏的气氛，恣意挑逗消费者的购买欲。15天之后立即撤柜，从城里的主店，转移到郊区的门店，就是从大城市转到中、小城市销售。

大开眼界！他和EPS公司的远东业务经理欧文·罗伯特交了朋友。这是一位四十多岁的美国商人，典型的雅利安血统，有一位妩媚的华裔太太丽达·方。夫妇俩将美国丝绸服装的销售情况介绍得十分详尽、透彻。

楼循波决定，把所有丝绸服装，都按照衬衫的品牌名称，定名为响溪牌，响溪牌丝绸服装的订货单，从美国开始，从东南亚，从北欧，从南欧，从美洲……

飞往之江服装公司！日增夜长，翌年，挂牌只有短短的两度春秋，创汇就达到了六千万美元，成为深圳市出口创汇大户。循统设计的从横岩岭奔流而下穿过金银坞的响溪图案，随之走向世界。浙江、江苏、上海等地好多家服装企业，也通过这个外贸窗口走向全球。

在中国服装市场，楼循波的声名随之鹊起，不仅成了自己乡亲的"财神爷"，也成了浙江众多服装企业的"摇钱树"、商界的品牌形象。多个丝绸工学院特聘他为客座教授，中国丝绸服装学会则推举他为副会长。

4

顺风顺水地，楼循波决定在深圳扎下根来，买了一幢独立式别墅，离华侨新村不远。签罢预售合同，回到公司里来，电梯门开着，忽见一个身着条纹西装的男子，往电梯工小周的手里塞一只牛皮纸信封，说，帮帮忙，帮帮忙！小周一见楼循波出现，赶紧把信封塞进口袋，尴尬地向他搭讪，说，老板回来了啊？条纹西装是一家外贸公司报关员，他见过几次，都是打招呼的，这时却只回头朝他尴尬地笑笑，急忙冲出电梯走了。

电梯启动上行。应该四目相对的时刻，小周却逃避楼循波的直视。他忍不住问道，这个人要你帮什么忙啊？小周红了脸说，没有什么事……就是他们订的货一到，请我不要耽搁……他吃惊了，货到了电梯口，还耽搁什么啊？小周说，确实耽搁不了什么，可是，他们急啊，要是我帮他们先运，这一批货就在今天出关了，拖一下，今天就出不了……

他笑了。正像当年借助资源共享，城里商家疯狂占用名牌商标，如今却为丝绸服装而疯狂了！只听说他们公司从采购原料到销售，每个环节都在囤积丝绸。工厂在囤积，批发部在囤积，中间商在囤积，人人都在囤积。认为只要涉及丝绸生产，就是生财之道。想不到最不起眼的电梯工人也能收到红包，成了举足轻重的人物，此刻算亲眼看见了！难怪呀，在这六层楼内，虽然主要是技术部和熨烫部，车工很少，都发到外面去完成，但是，这两千多平方米的车间，每天要出产几万件成衣，谁都想把自己的单子先做好，先送去报关，争分夺秒都是钱啊！

小周不安地解释说，老板，先来后到，我都是按规矩做的，他们却一定要给我红包，要是不收，万一耽搁了，就会怪我故意刁难他们的……

他安抚小周说，我知道，你们也是挺为难的。

他说得不假。这是他期待了多年的景象。"大企业谋势"，他以敏锐的商业目光，及时抓住了时代的"势"，并调动所有智慧谋划此"势"，驾驭此"势"，使"势"为我所用。电梯里所见，鼓动他去追求新的目标：他要充分利用香港这一门户，到九龙新注册一家属于自己的公司。一个星期以后，便如愿以偿，定名为"人和公司"。

从香港回到深圳，刚跨进总经理办公室，电话铃响了，他抓起听筒，一听那一声"喂，楼循波吗？"便噔地从座椅上跳了起来，汝芸！……汝芸，你在哪里？

她的回答还是淡淡的，不要问我在哪里。你要注意的是自己的头脑，不要太热了！赶紧到公司下面去看看，再读一读马克斯·韦伯！

哦，又是这位马克斯·韦伯！

他急问，你看到了什么？

她的语调沉重，说，你下去看了就清楚了。先从你自己儿女家里看起吧，马上会发现你坐在火药桶上！你要知道，成钢五金就是这样破产的；还有雅云袜业、嘟嘟玩具这些企业，也都是这样倒闭的！

他瞬间冷静下来，这个帮他走到这一步的女人，到处寻访不着，不到关节眼上不会给他打电话！成钢五金等，被她当成警钟敲的，都是曾经在乌伤大地上一度风光的知名企业，它们的倒闭震撼了许多人的心灵，如今，她搬了出来，可见情况绝非一般。只是此时此刻，对他而言，要紧的却不是这些，说，我知道了！我一定去看看！可是……小芸，我欠你的太多太多了！你不愿见我，也不告诉我你是怎样生活的，只在暗处帮助我，保护我，你到底为什么啊？我求你了，再见一面，让我放下这颗心，好吗？求你了！……

咔嚓，电话又挂断了。

他噔地跌坐到老板椅上，说不清涌上心来的是什么滋味。过了五六分钟，她打这通电话的迫切性才凸现出来。成钢五金、雅云袜业、嘟嘟玩具这些企业的惨烈下场，帮他把近来感觉到的生活情节，一一推到眼前来了。

都是乡镇企业中普遍存在的痼疾！猪团的儿子小溪、狗团的儿子和诚，都随他进了黎明服装厂。小溪是负责采购的，有一次，从杭州拖了三百五十匹布料到黎明服装厂，经过自己家门口卸下了五十匹。押车的人说，这是公家的布，怎么能拿到家里去啊？小溪说，关你啥事？别多嘴！他认为楼循波是自己堂叔叔，胳膊不会朝吴家村弯，知道了最多骂他一顿。事情确实如此。布匹入库，仓库保管员按规定验单，发现订单上三百匹的数字有修改的痕迹，就和发货方面核对，确定发的是三百五十匹。不能不向楼循波汇报。如果这是一个国营单位或者外资企业，这名采购员被辞退是必定的，就因为是自己的堂侄，他拉不下脸来，只找小溪谈话。小溪承认了，认了错。循波要他把布拿回来，下不为例就算了。结果，布料已经裁掉了，拿不回来了，怎么办呢？退钱吧，价格是双轨制，当然按进货的牌价退，价格比市场价格差一倍以上。这一来，这些亲属都有恃无恐了。查到了就按牌价算钱，查不到就白拿。拿五十匹如此，拿走三四百匹同样如此。谁让彼此是同宗的兄弟叔伯呢？

这还是表面的。

进入20世纪90年代，物资依然奇缺，服装生意好做，只要买布有门路、销售有门路，就能自办工厂。所以厂里最吃香的工作就是业务员，业务员出差有补贴、拉来了生意有奖金，也便于学习到经商之道，熟悉了整个流程之后，自己开个小工厂就得心应手、驾轻就熟了，业务量逐渐做大，厂子规模也扩大以后，就辞职去当老板了。所以安排在这个位置上的人，不是楼循波的亲戚，就是黎明服装厂的供销员、技术员或者和楼循波、吴小庚他们有各式各样关系的朋友，就凭这一点，这几年，金银坞、吴家村、环溪村家家开工厂，都成著名的衬衫之乡了。这必然引发了产品销售问题。黎明厂这个月生产十万件，这些派生的小厂生产两万件，所生产的服装都是同一个牌子，业务员是同一个业务员，所发的货也是发向同一个客户。如果质量好，销售得出去，倒也无所谓，但服装市场经常有滞销问题、质量问题，销售不了的话，可以打一点折处理掉。现在问题来了，凡是处理的货，不是返回那些小厂去，而是返回黎明服装厂总厂来了。为了腾出市场空间，帮小厂的产品、包括质量不好的产品销出去，结果黎明大厂明明质量是好的，也给退回来了。客户说你有问题就有问题。这就是天注定似的小厂（子公司）赚钱、大厂（母公司）赔钱的畸形局面。你这样干，他这样干，我也这样干，成了风。反正都是自己的宗亲，大工厂家大业大，浪费一点、损失一点没啥。楼循波曾经采取一些应对办法，一个，是自己抓住业务不放手，很多客户都要亲自抓，一些小客户即便有问题，也不至于影响企业的大格局，再怎么乱，企业生意还行，最多少赚一点。只希望，他们能够把握分寸，逐渐将弊端转化，将一棵大树，变为一片森林。如今，问题没有化解，汝芸却当警钟敲上门了，小问题必定变成大问题了！

他再次撂下对汝芸的追踪，马上安排时间回老家去，到和安、小茵家里去摸底。

和安在奖励的那块地皮上，盖起了三层、五个开间的一套商务房，开起了一个服装批发部。在这儿，楼循波看到的果然如汝芸所说，整整一幢建筑，除了一间门面保留了批发部以外，都成了工场，完全是一家给深圳加工的工厂！

他上门拜访亲家母。果然又是一家小工厂，生产的都是响溪牌丝绸服装。

到了女儿小茵家，同样如此，女婿本来是小学老师，也下海办厂了。

他很痛心，就在小茵家里，把和安叫来，严肃而又恳切地劝诫说，我到了深圳，企业已经改制，我占大股，50%，你俩，包括公司的主要骨干都有股份，加起来，我们家族已经占了60%多啦，占了这么大的股份比例了，你们还要这样，到底会不会算账啊？公司赚到一元，有六角是我们自己的，你们私下做，看起来赚到了一元，其实只有三角多，既多花精力，又给人树了个坏榜样，上算吗？我们之所以风风雨雨的都能够撑过来，就是因为我做事没有私心。人家要做，好歹还是偷偷摸摸的，如果你们兄妹俩也做，怎么去管人家呢？我劝你们马上关张，不要再干了！

兄妹俩连声说是。

无奈，金钱的诱惑力太大了。他一走，那兄妹俩依然故我。他们有他们的算盘，虽然一元中只有三毛，但是，他们早已在祖上不嫌微利的教诲上大做文章，收不了手啦，不捡白不捡，我们不捡，这份赚头就落进别人的腰包了！

儿女还没有收手，妹妹玉莲从温州回来，加进了和安他们开办"小厂"的大军，妹夫林毅杰，本来不愿丢掉教师的铁饭碗的，也敌不住这种只赚不赔的生意，断然辞了职，帮助玉莲，背靠大树，大模大样地经营起小厂，生产响溪牌丝绸服装来了。

局面，就这样形成了一种滚雪球般的势头：最初，产品比重是之江公司做十万件，大大小小的家族小工厂做二万件，十比二，逐渐发展到十比十。就是说，公司大厂生产十万件，这些小工厂也生产十万件！而且，这些小厂，销售量是百分之一百！品牌是同一个，因质量问题的退货，自然由他的大厂吃下了！就因为热销，加工生产的单位，怀着家有好女不愁嫁的心态，火得只顾产量、不顾质量地扩张，再扩张。影响到了面料生产的厂家，偷工减料比成衣生产更肆无忌惮。退货不仅多，而且成了常态！

他真的坐在火药桶上了！

怎么办？尾大不掉了！要砍，那就有可能把自己的亲人全部得罪了，包括自己的儿女！"能人"楼循波，看来要在亲人面前变成怂包了！

汝芸啊，虽然你始终站在一边关注着我，可惜太晚太晚了！

不。她特地打电话来提醒，说明还不太晚，只要引火线没有点燃，他有办法把屁股下面这一只火药桶端掉！要紧的是坐怀不乱，立即将此事作为生死存亡的关键去面对！

5

楼循波的思索，便这样聚焦到新时尚饰品集团、成钢五金等五家企业上来了。

这是早已在头脑中出没的几家企业。它们遭遇类似，结局迥异。

新时尚饰品集团老板童秀娟，第一次贩卖水晶项链时，就被骗得几乎血本无归，但她没有盯住供货老板纠缠，供货老板有感于这位姑娘的诚实、厚道，提供她另外一笔生意，把亏了的钱全部赚了回来。她借此注册了这家饰品公司。都知道，饰品，尤其是这种非天然材质制成的，其追赶时尚与流行的节奏，远远超过纽扣、服装等时尚产品，其价值，往往会在一天两天、一个星期两个星期中体现出来。为了追赶时间效应，她建立了自己的研发基地，自己培养人才，从事研究、生产个性化的产品。谁能料到，这些骨干中，不少是自己的族人、亲友，他们一掌握技术或者销售渠道，便都离开她去自立门户，办厂做老板去了。短短几年之间，就这样出走而成了她竞争"对手"的，竟达五六百人，速度之快，曾经使乌伤大地一夜间冒出了三四百家饰品公司！她研发的新产品，有的在几个小时以后便被仿冒，而且这种增长之势，始终不减。童秀娟却在与模仿、克隆甚至盗窃产品与技术的搏斗中，照样日新月异，日长夜大，而被誉为"饰品女王"。不可否认，她的这种魄力，使得楼循波在发现家族自己开办小厂时，一再拿她的态度帮家族开脱，难道，我真的错了？那么，童秀娟为什么至今不倒？而成钢五金、雅云袜业、嘟嘟玩具这几家，遭遇大同小异，却被肢解后败北了？

很值得思考。

就说成钢五金，生产的是扳头、旋凿、刀具和门窗上的铰链，雄心勃勃，仿效他的租借斯培克那一招卓有成效。听说，门窗上的铰链技术含量很高，最有名的是德国的BKV。得知这家企业在德国西部鲁尔工业区的乌培尔，成钢五金的成老板，居然不远万里，专程去取经。恩格斯的故居，就在这个城市的恩格斯大街，他无暇瞻仰；被称为这个山谷之城一绝的"悬车"也在这儿，当今世界独一无二，他同样无心去体验一下乘坐这一交通工具是什么感觉，一心取经，使企业声名大振。足够敬业的了，正逢建筑业勃兴，时机也抓得够准的了，可惜硬是给他的三亲六眷一哄而上，不到五年便破了产！这又为什么？

楼循波渴求解答。

马克斯·韦伯的《新教伦理和资本主义精神》他早就和"走向未来"丛书一起买了，读了大半，便搁下了，因为理论性太强，在烦琐的工作中，读读停停，效果不佳，更因为这位老先生的一些观点，总觉得和爷爷的《换糖经》协调不起来，便锁在了抽屉里。今天汝芸特地提到他，或许，这位著名的德国政治经济学家的著作里，真的藏着针对眼前症状的锦囊妙计。楼循波找出来耐心读下去，啊，真有道理：企业的现代理性组织，必须具备两个特征，否则它的发展也无从谈起。第一是生意与家庭分离，这一点在现代经济生活中，占着首要地位；第二个特征与第一特征密切相关，那就是理性的簿记方式。看来，在当代商场，光凭爷爷《换糖经》里借用"出六归四"的乡谚来形容的人际交往之"义"，是不够的，企业是"现代理性组织"，就是说，现代企业是建立在契约精神上的经济体。契约精神，必须拒绝非理性的包括血缘而来的人情关系在内的那些所谓的"义"。省进出口公司之所以创办这家公司，并选中了我来深圳开出这个窗口，不是墨守成规，而是要让中国传统经营理念，和"现代理性组织"接上轨，然后融入世界的啊！

仿佛刚刚理解了省领导的意图，即他所获取的，是一个开创性的大机遇，他感奋得真想把这份激动，变成声音喊出来，汝芸，汝芸，你不只提醒我坐在火山口上，告诉我如何远离火山口，更要紧的是，你提醒我，千万不要辜负了领导的这番苦心和你的期待！

不过，只是一瞬间，他便冷静下来了。开起了小厂的儿子、女儿、妹妹和一大群宗亲的面孔，在他眼前一一呈现，组成了一张严密得不透风的巨网，带着厚厚的、古老的尘垢，向他网过来。中国历来以"家国同构"方式，将血缘关系从家族扩大到整个社会，改变它，谈何容易！金钱，会教他们忘记了亲情，而将他指摘为"无情无义"的！

童秀娟啊，你到底使用了哪一招？

在六里亭小街摆地摊卖纽扣那一阵，他和童秀娟是"邻居"，就隔着那几尺街面，面对面的，吆喝之声相闻。她眉清目秀，身材苗条，举止大方，乐于助人，对付"打办"巡查时两人总是相互提过醒，小额钱钞一时周转不过来，也通过有无，留下的印象不一般，后来在市政府表彰优秀企业家会议上重逢，算是老朋友了。

他立即赶回乌伤大地寻访。他在她义乌江畔的研发基地办公室里见了面。可以说，相逢甚欢，交谈敞怀，听来不仅句句在理，十分实在，而且颇使他感受到一种亲和力和感奋人心的力量。她说，商场如战场，刀刀不见血，有时候，比见血还要残酷。这不假。不过，我们这个小地方，闭塞得太久了，日子过得太艰难了，刚刚打开门窗，放手去创业，都想求一块立脚的地盘，像种好自己一亩三分地那样，经营得美美地，谁都能够理解。我也希望更多人成功，尽快地过得像外面世界那样精彩。盼了多少年啊，眼下总算一步步地在实现。你看小商品城的速度就是快，反应快，开业快，创新快，当然，冒牌快，反冒也快，能够热火火地成长起来就好。真的，在这样一个都是乡里乡亲的环境里，我要的是一片森林，不是一棵大树。这样的同行，未必是冤家，只有行业兴，企业才会旺嘛，何况是自己的亲友和乡邻，你说是不是？所以我乐于帮助同行和竞争对手，甚至鼓励员工出去创业，不怕培养自己的竞争对手，我把这概括成六个字：竞争，竞合，竞和！

他说，知识是有产权的呀！

她笑了，有产权，但没有制度，怎么保护？

他问，那么你在竞争中，用什么办法保证自己占上风的啊？

她说，把自己做大，拥有业内规模最庞大、最具专业水平的设计开发团队！

他的心一亮！难怪，她的公司拥有三百多员工，每天推出的新产品，平均达150余种，成了整个行业潮流的引领者，她也成了饰品女王。

这一想，立即和他由爷爷的"义"打底的亲情概念碰撞了。他差一点叫出"不虚此行"四个字来！马上告辞。决定仿照她的办法，"把自己做大"，同时让所有这些家族小厂独立经营，成为自己的竞争对手。

他匆匆登上返程飞机，急着回去召集各部门骨干，研究实施方案。

飞机滑行，起飞，透过舷窗俯视，熟悉的城市、河流、山峦、村庄，很快在不断拓展的大地上缩小，缩小……童秀娟轻快而又自信的几句话，像悄悄话似的，在他耳畔回响了：……饰品市场上这么多的企业需要人，这么多的同类产品卖得出去，说明这个市场潜力很大呀，我为什么不把这个市场的潜力挖掘出来，成为龙头企业呢！……

是的，这是一个大开放、大转折的时代，从被人嘲笑为"蓝蚁"，从只求温饱而无暇考究生活之美的路上走过来，对于只需花十几元、几十元就可以把自己装饰得美美地，而且佩戴在头上、手上，不影响劳动，可以与名贵珠宝媲美的饰品，哪愿意错过？这个市场太辽阔了！那么，动辄数百、上千元才可以到手，而且只能在一定场合适穿的丝绸服装，也能这样吗？她用"把自己做大"来应对，那么，我的丝绸服饰又凭什么来"做大"？……

他的思想，就这样返回到了原点，想起了完全"变了"的社会现实，想起了当年他受命南下的初心。深圳，是与国际对接的桥梁，要带动金银坞那种小山村到成千上万城镇的中国，必须拿现代理性组织的思维和管理手段作为目标，才能立足并走向世界的呀。这是质的转变所必需的定位。定位决定走向。从乡村中国走向现代中国之变,这是一个关键,其艰难,是肯定的,是要冒着重蹈成钢五金、雅云袜业、嘟嘟玩具覆辙的危险的,但我不承担,谁来承担?要争当"龙头",我就要争当这样的"现代理性组织"的龙头!

一个大机遇摆在眼前的激动,就在这一转念中主宰了他。

他多么希望向汝芸摊开这些思考。但他明白,这是幻想。

他想到了循统,循统早已经从金银坞调到深圳之江总部的策划部。他想,或许姐弟俩已经议论过这方面的问题。应该马上找他聊聊!

从飞机场回到公司,正是下班时刻,他约循统在办公室见面。

显然,循统也憋着一肚子话等着和他倾吐。循统带着一瓶五加皮、一大包羊肉串来了,不等他把寻访童秀娟的事说出来,便感慨地说,"山里虬"的弱点全暴露了!

为了试探他姐弟俩是否交换过这方面的意见,他故作懵懂,什么弱点?

原来,循统刚从金银坞回来。他所憋的,不只是这一次见闻,分明是憋了多年的话。他说,老实说罢,我是去处理外甥女开厂的事的!

循统的外甥女,不就是我的孪生女儿吗?他急问,你见到她们了?

循统避开了正面回答,把一小杯五加皮倒进口里,说,你知道,我内客绝不放弃老师职业下海去,这两个孩子,就瞒着我姐和她们的舅妈,找我老丈人去了,老两口出面打起我的招牌,办了一家小厂,由她姐妹俩经营。

啊,这是几年来,他对汝芸母女种种想象中的一种。当和安、小茵不想读书只想跟他做生意时,他便想到了她俩,曾经试探性地问过循统,能否叫这对姐妹来深圳,由他来安排。被循统含糊过去了。他相信,这两个孩子一定不知道,他这位大老板就是她们的生父,汝芸也不会轻易答应的。他不禁喝了一大口五加皮,追问,她俩本来在做什么?

循统说,在做生意吧,没多少本钱,不是地摊,就是租个摊位……

他问,你老泰山答应了?

循统说,只赚不赔的生意,怎么不答应啊?结果,被我姐姐发现了。涉及老丈人的事,我姐只能打电话给我,由我出面去处理。

处理了？

处理了。

他突然将压在心头多时的话端了出来，你还是叫她们来深圳，安排她俩上大学吧！

叫她俩来上大学？循统摇了摇头，意识到涉及敏感话题了，以我这个舅舅的名义？

你出面，我出资。上最好的大学，然后送她们出国留学！

循统想了想，说，不可能的！

他说，怎么不可能？上最好的大学，读硕士，读博士！你说，她们在哪儿？

循统还是苦笑着，吐出一句，你去问她吧！便埋头啃鸡爪子。

他又像喝醉了酒，追问，你为什么不告诉我？

循统手上的鸡爪落了地，弯腰去寻找。

他盯住不放，叫什么名字？有照片吗？

循统抓着鸡爪，却顾左右而言他：眼下，我们公司面临的情况，实在太严重了，解决了我这一对外甥女，关了我岳父一家小厂，无关大局。"山里虮"们就像蝗虫一样，不顾一切地追逐着金钱！……当然，这也不怪他们，怪只怪我们没有清醒地看到时代变了，这几天，我一直在思考如何挽回局面。

有关这双孪生姐妹的情况，循统始终是一副受制于他姐姐的腔调，再问也无益。何况，循统提出的问题，是这么现实，他问，你说我们怎么做，才算"清醒地看到时代变了"？

循统说，企业是现代理性组织，必须在我们已经打好的基础上，及时实现转型！——我说的"转型"是类型的型，不是"转行"的"行"。趁这机会使我们的企业和国际接轨，这也是我们来深圳的目的。

啊，循统也关注着当代国际经济界的新理论。楼循波立即把寻访童秀娟的经过和思考全盘托出，说，各个行业有自己的特点。我们公司走到这一步，只能转型，在自己熟悉的行业和领域内闯出一条生路，在熟悉的轨道上做创新，使品牌生产能够得到有效控制。

循统说，是的，局面已经这样，想改变现状，求得生路，只能针对这些痛点问题，去寻找有效的解决办法。这是摆在我们面前唯一的一条路。

他说，好，要做趁早。我先听听黎明厂老同志、大股东的意见，再提到董事会讨论吧。

第二天，他就乘飞机赶回横岩岭下，找吴小庚，再找骆敬龙征求意见。

无奈，他忘记了，循统也忘记了，他们的股东，是历代墨守成规的农民，而且是闭塞在山村中的农民！吴小庚和骆敬龙两个，一开始，也以为是转行，等到弄明白，并且知道要跳出老框框的时候，回答毫无二致，而且都借社员之口表示拒绝。他们最关心的问题就是，保证还能赚这么多吗？不能保证，那改它做啥哩？没把握，就不用改了，眼下挺红火的，别贪心不足蛇吞象，把这么好的收入折腾掉了！骆敬龙还说了这么一句话，失去账面上丰厚的利润，他们会造反的呀！

楼循波明白，童秀娟的对策不是无缘无故的。他说不出话。但他不放弃转型的努力，希望找到一些充分理由，说服自己乡亲，加快迈向"现代理性组织"。

可惜晚了！就在这时候，"现代理性组织"却选择了一个恰当的时机，向他发起了突然的无情袭击，而且是毁灭性的！

6

袭击的发起者，居然是楼循波可靠的客户，以朋友相待的欧文·罗伯特夫妇。

欧文·罗伯特是转战欧美商海的商业世家的后代，配上了深知中国文化与现实的妻子丽达·方，真正如虎添翼，强强联手。他们帮助楼循波批量销售丝绸服装，原本是真诚的，互利嘛，只是一旦发现有利可图，而且远远超过与你合作所得的那一份利益的时候，他们选择的，就不是友谊，而是利益了！

这一次有利可图的机会，对于以奔波于中美之间赢利为业的这一对夫妇而言，不需要通过什么特殊渠道，只要多吸几口空气，就闻得出来的。中国人对丝绸开发，已经疯狂到了一哄而上、杀鸡取卵、竭泽而渔的地步了！不错，他们真的用上了"一哄而上，杀鸡取卵，竭泽而渔"十二个字。丰富的市场经历，早就告诉这些久经沙场的商场老手，"泡沫"有多么可怕，见微知著，早已成了一种本能，上必下、下必上的周期规律，教他们从中国丝绸制品出口特别红火的现象中，预测到这一商品必定会走向反面，一如"泡沫"即将破裂的经济、崩盘前夕的股市。表面上，他们依旧在正常交易，实际上，却不露声色大量进口，囤积起来，只等待一个爆发点的出现。到时候迎头出击，大发其财！

像欧文·罗伯特夫妇这样的商人，当然不止一个。

这个爆发点，很快来了，而且比他们预期的还快，还要精彩！

这就是国家政策。之江服装公司发展的高峰，是20世纪90年代初期。这是用"摸着石头过河"来概括的无条例可循的探索年代。1992年，"这一条河"河底的石头摸得差不多了，国家出台了《股份有限公司暂行条例》《有限责任公司暂行管理条例》，行事就必须以政策为依据了。

楼循波他们以往出口服装，都是接受对方国家的配额，出口美国只允许衬衫多少件、西装多少套、丝绸多少、棉布多少，这就是"被动配额"。中方对服装出口，始终没有配额限制，哪怕是和瓷器一样，属于中国元素一部分的丝绸，都是代表中国文化的商品，国内配额始终短缺，大部分都供外销了，之江公司就是借"中纺""浙服"的光，享受了出口配额的优惠，在种种强制性的出口限定中，实现利润垄断。1992年到达了顶点，这一年出口特别红火，火得让有关部门的官员和专家的脑子都发了热。为此，他们特别举行了一次研讨会，会上人员都认为，丝绸是中国的传统商品，无法取代，处于绝对垄断地位，就应该对国外实施"主动配额"，意思是：凡对我国设配额限制的国家，我们的丝绸服装也要对其设配额限制，用数量控制来提高出口价格。当时，楼循波掌握的公司和股份规模，和上海丝绸服装公司、浙江丝绸服装公司、江苏丝绸服装公司差不多，所以他被邀请参加了这一次会议。正处于一帆风顺中的他，认为实施主动配额是一件好事，此举使中国人扬眉吐气，又能保护民族工业、保证议价的主动权，何乐不为？

遗憾的是，会议一结束，研讨会上的消息便泄露出去了。

主动配额的决定于1993年发布。1992年的市场需求，就成了抢取主动配额生产商机的重要参照，比如说1992年销售量比1991年翻了两番，于是，在1992年基础上加10%就觉得太保守了。都以为奇货可居，却不去考察市场的实际情况，考察一下1992年的销售量是否真的是市场的需求。正像曾经演绎的郁金香热、君子兰热一样，滚雪球式的囤积使丝绸的需求急剧大增。发了疯似的，差不多每个环节都在囤积丝绸。欧文·罗伯特夫妇他们暗中收购、囤积，客观上起了火上浇油的作用，更造成了业内的虚假繁荣，使年度的配额度在1992年的基础上，再增加了10%。当"主动配额"这一包含着报复性的政策于1993年出台的时候，立即出现了大量丝绸服装积压的现象！

因为，市场都被欧文·罗伯特夫妇他们这些先知先觉的外商占领了！

楼循波他们囤积的丝绸服装，马上变成了沉重的负担。时装、时装、时尚之装，时间就是卖点，时间就是金钱，正像美国专营年轻女性服饰的时髦大公司EPS，每款出售时间都是数以天计的啊，必须及时出手。

到了这一步，其出路，只有一条：降价抛售。抛售一出现，价格一落千丈，蝴蝶效应就不可避免了：争先恐后地抛售，不顾血本地抛售！抛售，尽快地抛售！

对市场经济的理解还属于小学启蒙阶段的中国企业家，在这种冷酷无情的大变局突然临头的当口，既不懂得经济学上"沉没成本"（Sunk Cost，或称"沉淀成本""既定成本"）的概念，在应对的决策制定过程中，任凭已经付出且不可收回的成本牵着鼻子走，更不懂得、即使懂得了也没有这种心理承受力去及时运用"可变成本"（或称"机会成本"）的经济学概念，当机立断，把握成本"沉没"途中最佳时段离场，重新把握入场机会。直到趋势完全明朗，不能不忍痛割肉的时候，以欧文·罗伯特夫妇为代表的外商，早已趁着中国"用数量控制来抬高价格"的机会，将囤积的丝绸服装抛售一空，赚得个盆盈钵满！

直线降价抛售的负面影响一旦造成，继续在国际上发酵，就形成了另一种"势"。昂贵的丝绸服装，原本是欧美上层社会的衣饰，是高贵华丽的象征，如今，被原产地这么一阵狂抛滥售，成了地摊货，纡尊降贵，走进了贫民窟，随着流浪者的身影满街走，被上层社会抛弃，也就成了必然。如果真能够在贫民窟站住脚跟，也不失占领了一个宽广的市场，可惜，丝绸产品天生就是和尊贵联系在一起的，它太娇柔了，不耐磨，无法与底层生活环境相处倒是其次，最讨厌的，是穿在身上并不舒服，容易起皱，太难以侍候，穿了一两次就不想再穿了，连当抹布也不够资格！

一度是中国优势产品的丝绸服装，就此一败涂地，相关企业纷纷倒闭，传统的丝绸之乡也随之一片萧条，包括乌伤大地所有大大小小的丝绸衬衫厂。

这对楼循波造成的心灵震撼与精神压力，是前所未有的。

或许，这就是从乡镇走来的企业家先天不足带来的宿命！

这段时日，传真一响，楼循波的心里就直跳，紧张得不得了！不是退货就是质量问题，服装，如果要挑剔，哪一件衣服都能找出瑕疵来。好销的时候多么抢手，不好销的时候都是毛病，吵着要退货。销不出去，没有毛病的，也要找毛病退货！

以生产丝绸服装为主的之江公司，就此面临着巨大的危机。真丝大量积压，倾泻般地一路走下坡，价格一降再降，百元降到两元三元，甚至几毛钱都乏人问津！

在红红火火时趋之若鹜，唯恐挤不进黎明服装厂或之江公司成为股东的那些"山里虬"，包括最初慧眼识人、"八顾茅庐"请他进山办厂的吴家村社队，此前坚决拒绝转型的，如今却被破产的恐惧吓慌了，恣意地暴露了他们只能分利而不能承担风险的弱点，暴露之彻底，正像骆敬龙提醒过他的：他们是会造反的呀！

他们真的"造反"了，一窝蜂地打上门来，拉破了脸面，吵着，闹着，要求退股；企业中的一些骨干人员，也开始脚底抹油，自谋出路了。

这是最严峻也是最让他痛心疾首的局面！

一度风光无限的之江公司，就这样给逼上了倒闭之路，而且是雪崩式的倒闭！

7

数字是具体的，它带给人的，有时如荒漠中的甘霖，有时却胜过杀人的刀子。

楼循波新旧债务，初步计算，接近一个亿！

第一个宣布倒闭的，是坐落于环溪村的黎明服装厂总厂。楼循波南下深圳时，把厂长的职务交给了儿子楼和安。和安毕竟年轻，反应敏捷，他认为服装滞销，丝绸大滑坡，拖下去负担越来越重，必须当机立断，速战速决。他怕自己老爸要面子，不答应，不如来一个快刀斩乱麻，先斩后奏，否则，人多口杂，夜长梦多，误了最佳出局的良机。

太突然了！环溪村的村民惊呆了。他们是拿土地和楼循波帮他们赚到的两万多元造厂房做投资的，自己没有投进一分钱血本；员工的账上虽有投资的，投资款却来自利润的留存，留存，是按照级别确定投资的比例留的，这一块，合计就有五百万元，占百分之五十股份的楼循波，就有二百五十万。如今，都来退股兑现的时候，却发现了差异，接受不了，最接受不了的，是本来都是面对黄土背朝天的农民，其中，不少是当年到学校里来，趴在教室窗台上，等吃楼循波和骆敬龙他们夹出的鸡肉的孩子，好不容易进了厂，眼一眨却要回乡了，哪受得了啊？自然拿这当成借口找和安的麻烦了，吵着，嚷着，叫着，什么难听话都出来了，诬说批发部赚了多少钱啦，等等。

这股风立马刮到了吴家村。

吴小庚觉得及早关闭，是最好的选择。好在他们办厂不仅没有出过一分钱，至今还欠着一百多元的出差费，白条抓在楼循波的手里。在参股之江公司的时候，社员们掏过钱，但都是吴小庚他们经手的，毕竟厂子办得早，变卖设备，还能应付得过去。何况，多年来他们受楼循波的益处也不少。

这股风，同样刮到了金银坞。

自己的宗亲却无所谓，不是因为宗亲血浓于水，而是因为他们始终没有掏过腰包，共富企业的本钱是楼锦熹和小春芳夫妇赠送的。至于投资入股，辞行那天晚宴上，小波波明确宣布，请乡亲们坐收红利就行了，此后，每年真的收到了红利。他们不满的是你楼循波心比天大，巧使手段，把楼锦熹送给我们的本钱，变成了你的资本，不知赚了多少钱，如今，却拿一个倒闭，把楼锦熹和小春芳给我们的本钱亏光了！你应该有个说法！就是说，他们虽然没有一分钱投入，持有的股份，都是公司发给他们的，到手的都是净利润，但按照这计算方法，应该把股份折成钱，退还给大家。

几十名"山里虬",就这样冲到了新厅的火烧场,把当年摆辞行酒的空地都站满了。吓得母亲不敢出门,牛妹跳出来大骂他们良心都给狗吃了!

身在深圳的楼循波,始终关注着自己的后方。

他在苦苦支撑,睁大双眼,希望看到转机,对于这些小打小闹,暂不表态,也不轻易直接接触。无奈,生活太残酷了,展现在他面前的,是丝绸服装行情不断地下滑,再下滑。以往,帮他提供解决之道的,是爷爷的《换糖经》,这一次,只见爷爷的身影在徘徊,却不见诵读文句时特有的抑扬顿挫的声音。出现的,反而是这样的质疑:"换者,易义也",我给了他们股份,为什么"易"不到"义"?

看来只能破产了。

要下破产的决心,对于楼循波来说,实在太难太难太难了!既有面子问题,辉煌的业绩怎么能在自己手上垮下去呢?更有理性的提示,申请破产有那么容易啊,你拿什么归还国家的贷款?银行贷款,只属信用问题,可怕的是,家族企业中那些潜伏着的毒瘤,便都会趁机肆虐,打上门来,夜以继日地追究他,逼他退钱……趋势一形成,很难控制,很可能会追究法律责任,这一步跨出去,负"义"的不是别人,而是自己了,无异走上了不归路,逼迫你的,都是直系亲属、亲朋好友啊,你往哪儿"归"?

眼下,唯一能够做也应该做的是抓源头。风从哪儿刮起来,就应该先往哪儿堵,才不致事态恶化、蔓延、失控。

风起于第一个宣布倒闭的环溪村黎明总厂。他不能把儿子和安推到前面去,只能给几个主要负责人写了一封信,回溯当年他和他们一起如何艰难创业以唤醒他们的旧情以后,他恳切地表明态度,说:"关厂的事,楼和安没有找我商量,这样独断专行,肯定是不对的。企业应该大家商量着办,办得下去就办,办不下去就关。按照现在的情况来看,关掉是明智的,不关损失可能更大。楼和安此举,匆忙处置,确有失当之处,希望看在我的面上,不要太计较。如果对我还有信心,我希望你们不要退股,让我们从头再来。赤手空拳打天下,我们靠的是心齐,如果我们继续齐心协力,同样能够赤手空拳把局面翻回来!当然,如果坚持要退回股份,你们投资的本金、福利基金等,也一定会合理分配,一分不会少,一个都不吃亏，所有的债务由我来承担，愿意继续跟我的就跟我，愿意退股的就退股。"

信是写给和安在内的五个人的，包括副厂长、财务主管。照理，都是公司的核心成员，即便宣布解散，也应该留下来收拾残局，尽可能取得一个最好结局。不管从情分上还是道理上评估，他相信，他们会积极响应的。想不到，反馈给他的，是儿子的一通电话。

和安一开口就责怪他，爸，你多此一举！他们忙着退股还来不及呢，收到你的信，只扫了一眼，就像个香烟壳子一样撂到一边去了。分道扬镳是无法挽回了。

他不信，问道，为什么会这样？

和安说，你仔细想想就会明白的。都说墙倒众人推，眼下是墙倒赶紧推！

他问，为什么？

不知何故，儿子没有回答，匆匆挂断了。

他想，我也蠢，问和安做什么啊？世态人心，树倒猢狲散，道理还不明白吗？

生活却很快告诉他，他的理解简单化了。

这一天，他坐在卫生间马桶上如厕，偶然听到了这样的对话：

你听到小商品城第二期发号了吗？动作要快啊，听说，登记的，队都排到五位数了，拿到手，一个摊位转一转手就赚几千！

早就听到了。摊位算什么，眼下要紧的是这笔遣散费弄到手，值得做的生意太多了，有钱什么都能做，没钱什么都做不了，明白吗？

说得对呀，船破还有三千钉，别看老板哭穷，多捞几个钉，做小老板去要紧！

谁不在拨这算盘啊？

哈，难怪你这么急地向老板要钱！

嗨，你不急吗？……

楼循波明白和安说的"墙倒赶紧推"的意思了。他忘了这是一个大变革的年代，人心都给改革开放激活了，遍地都是机会，据说在乌伤大地，垃圾都将变黄金、六里亭、湖清门和三里塘的钢架玻璃瓦棚和水泥板筑起的摊位全部拆除，"鸟枪换炮"，在老城区建成了以"小商品城"为名的宏大的水泥建筑，而且，一期一期地不断扩建，还是一摊难求，不管哪个区域的摊位，都被当成奇货可居的潜力股票，一而再地转卖，到处找钱当本金，谁愿意静下心来守住一个破摊子，等他东山再起啊？难怪啦，楼小玉听到清退工资时他要求外地人先发，自己老乡后拿，表示一点我们的气度的时候，她却撕破了脸皮，搬来一条板凳，坐在会计室门口，敞开嗓门嚷嚷，凭什么自己老乡后拿？我们背井离乡跟你到这里来，就应该先发！乡里乡亲的，居然做得这么绝，连只差半天时间都不肯通融。也难怪金会计那么肆无忌惮了。在正常情况下，服装厂一般是不需要贷款的，也不像房产公司有东西抵押，都怪之江发展太快，资金紧张，需要贷五百万周转，他叫金会计找个担保。结果，之江一到期就将款划出了，对方却没收到，直到银行上门来催款，才暴露金会计和中间人把五百万私分了。这何止是当墙在推，而是当垃圾踩踏啊！费神费力又费时，几经周折，直到对簿公堂，才把这笔巨款追回来。如今，金会计却仍然恬不知耻，趁机敲诈说，企业不行了，我为你服务这么多年，你得给我一笔安抚费。这种无理要求的口子哪能开啊，回绝了以后，居然向税务局诬告，兴师动众地来查账，上上下下无端地紧张了几个月，真正是火上浇油！

　　人啊人，眼下公司倒了，却急不可待地抢一把，抢钱当资本。在这种有钱一定能够赚到钱的关键时刻，世态人心恶的一面，放得无限大了，而且，因为是乡邻，瘟疫似的，传递速度之快，胜过今天的互联网！

　　风助火势啊，很讨人嫌，也很可怕，越来越难以收拾之势，也在不断呈现！三年了，世纪之交了，丝绸依旧没有复苏的迹象，国际经济形势也不乐观，源于东南亚的亚洲金融危机，大有终结"亚洲经济奇迹"的趋势，成钢五金、雅云袜业、嘟嘟玩具破产的阴影越来越频繁、越来越清晰地送到他的面前来，呼唤他入伙了！

　　不能再等待了，该当机立断了。他着手处理公司债务，从深圳之江公司开始。

　　一算，新旧债务吓了他一大跳：8000万元人民币！

超过预期太多了，压顶的横岩岭，顿时变成一座泰山！这是早就算了又算、了然在胸的一笔账：8000万元中，包括环溪黎明服装厂的严重亏损。按理说，他离开黎明服装厂已经十个春秋，始终没有在这家企业担任任何职务，不管是吴家村还是环溪村，都已成了遥远的名词。要说还有一线维系，就是为了南下深圳，向市政府所立的那一份"军令状"。市政府的领导早已几易其人，新旧债务都和他楼循波不相干了。

就拿这理由，推掉吗？

他彻夜合不上眼，推掉，还是认下来，也就是破产，还是寻找别的出路？

他一时找不到答案。童秀娟的音容，却重新出现，他想，如果走她的路……

走到这一步，他已经没有"如果"了！他并不喜欢流行歌曲，妹妹玉莲和儿女，对流行的热门歌曲都很熟悉，却没有几首入他的耳。不知怎的，最近一位男歌唱家所唱的《从头再来》的歌词及旋律，却闯进了心灵。或许他的潜意识中，还始终有对横扫消极颓唐的渴望吧，他不仅听熟高亢的曲调，连歌词都一句不漏地记下了："……心若在，梦就在，天地之间还有真爱；看成败，人生豪迈，只不过是从头再来……"从头再来？凭一颗心，能吗？……到黎明，他的回答清晰起来，这就是，不管能否从头再来，企业亏在我的手上，就应该由我负责；再说，为了转型，从道义上说，我对市政府的这份口头承诺，也不能打丝毫折扣！

这承诺，对于他，绝非简单的再现，而是教他只能在这样两条路中做选择：一条是企业马上清盘，走破产的程序，能够折算多少，就归还多少；另外一条路，就是向银行提出申请，给他一定的期限，由他个人担保，偿还所有债务。

他断然选择了后面一条路。

8

他没有选择破产，但给人的印象，就是破产。

赫赫有名的黎明服装厂"破产"了，"能人"楼循波深圳的之江公司倒闭了！数日之内，消息就传遍了乌伤大地。曾经被评为优秀企业家、优秀厂长的"能人"啊，竟顶下了8000万元的巨额债务，震惊者有之，惋惜者有之，焦虑者有之，隔岸观火者有之，为他手心捏一把汗者有之，处心积虑躲避者有之，不理解者有之……

牛妹带着母亲和她的兄弟，赶到了深圳。

牛妹哭着责怪他：你疯了？明明可以走破产程序，躲掉这么大一笔债务，偏要背上，你想过我们，想过这一家吗？想过今后这日子怎么过吗？

母亲说，小波波啊，我也不懂什么破产不破产的，只知道，账款不是你一个人欠的，趁算得清的时候，赶紧算个一明二白，桥归桥，路归路，一身清爽回家去，粗菜淡饭地过日子吧，平安是福啊！

他一律不为所动，委托人带她们游览深圳，看那些克隆自外国的风景。

她们刚走，时任市委书记打来了长途电话。李书记和他的妻子、母亲一样焦虑，说得也很知心：老楼呀，走破产程序吧！你五十多岁，不能再下海了，凭你对社会的贡献、你的能力，我给你安排一个国营单位老总去当当，拿着高工资，加上你本来那点儿积蓄，怕什么呢，日子也蛮好过的。做几年就退休了，还折腾些呢？

楼循波很感激，却无法接受书记的建议，说：李书记，谢谢您，对您的关心，我心领了。如果我企业搞得好，你需要我到哪里去，一句话的事。今天，我成了一个败军之将，答应了你，那些皇亲国戚服我吗？国营单位是香饽饽，多少人盯着，我去了，挤占了人家的位置，人家心里会怎样想啊？

显然，市委书记是出于为他减轻压力的一片好心，却不了解楼循波的为人和苦衷。楼循波知道，企业一走上破产程序，肩上的债务虽然没有了，作为一名企业家，却等于承认自己是市场角逐中的失败者，要重新抬起头来，不知要走多少艰难曲折的路，要翻多少道险山恶水，无异于为自己宣判了死刑。这完全不符合当年那个敢于扮观音站在顶端看世界的小波波的性格！最教他慎之又慎的是，一旦走破产程序，就是走上了法律程序。法律一旦介入，就得公事公办，牵一发而动全身。儿子楼和安，是黎明服装厂的厂长，批发是他管的，公司亏欠了，你倒赚钱了，要不要查？女儿楼小茵、妹妹楼玉莲，还有她们的三亲六眷，都是借他的光在老家开厂的，贷款都是他担保的，一清算，必然受牵连。他光明磊落，不怕查，怕的是迁延时日，把他重振雄风的意志、时间、机会，全部消磨了，这种纯粹等着收拾残局的举措，绝不是他所能接受的！

刚谢绝书记的建议，挂断电话，铃声又响了。

他抓起听筒，一听到那粤语腔的普通话，便吃了一惊，叔，是您啊！

是楼锦熹，从温州打来的。他直来直去，你的事我都听说了。你是在给封闭了几十年的大陆偿付代价，不是你的无能，更不是你的错。我理解你！赶紧把这块湿面团甩掉吧，到我这里来，我仍旧把你当成英雄欢迎！

楼循波很感动，也很感慨，唇舌间，却突然跳出了这样一句似戏似谑的回答，叔，谢谢您了。我在补工业革命洗礼这一课，舍不得走！

老人爽朗地大笑，说，佩服！我看重你的，就是这一点！

他说，补完了这一堂课以后，我相信，我一定能够轻轻松松地从什么地方跌倒了，就在什么地方爬起来！到您那里去，也要等我爬起来，挺起腰奔到你那儿去，不表示我自己能干，也要表示您慧眼识人！

楼锦熹又爆出一阵大笑，说，好，说得真好！值得虚位以待的，非你莫属！

豪言一抛出，信心真的找回来了，而且，找回的是一腔接受洗礼的豪情。成钢五金的成老板他们的身影从他眼前消失了；对坚守中国传统，期待着"一片森林"的童秀娟，也跟他挥挥手彻底告别。引出洗礼之说的"斯培克"这个品牌，却带着一缕光明，出现在眼前。

"危机"就是"转机"的光明！

毕竟身负近亿元的债务啊，豪情容易激发，目标也已清晰，现实中太多的严峻，却需要智慧、毅力才能应对，而智慧与毅力，总是那样时隐时现。于是，他始终处于似乎是绝境，又似乎是机会和希望的忽明忽暗、忽喜忽忧的心情中，甚至，可以说是主宰着他的分分秒秒。说绝境，30元起家，已经属于传奇了，如今泰山压顶，怎么还能使传奇再现？毕竟年过半百。说是机会，就是闯进他头脑的"转型"一而再地出现，成了他的梦。这就是楼锦熹教他想到了如何借用斯培克品牌起家的那个关节眼。在服装市场，尤其是在丝绸服装市场上多年拼搏，他体会很深刻，看起来，中国几乎主导了全世界丝绸产业链的前端，可惜，中国在市场经济方面，文化积淀的负面因素太沉重了，丝绸服装行业缺乏国际知名品牌就是其中之一。包括他们之江在内的中国丝绸企业，大多数只是赚取加工费、原料费，把高附加值的末端，拱手让给了单纯依靠丝绸深加工然后再出口的国际商家，如法国、意大利等。尽管中国丝绸产品出口量大，换汇水平却只有法、意等国的一半，甚至更少，远不如近邻韩国、日本。缺乏世界知名品牌，中国丝绸哪能实现其应有的经济价值！楼循波迫切地希望改变现状，这就是针对长期缺乏积极主动的品牌经营而来的短处，通过转型，做亮中国品牌，使中国丝绸业赚取到应该赚取的利润。这既是他多年从商的习惯性思维，也是从商的经验，是完全符合当代世界潮流的，可是，被"钱"字迷糊了双眼的"山里虮"们，却只热衷于资源共享，一哄而上，加上知识、技术、设备的落后，命中注定似的，只能局限于粗放型的资源开发，终于演变成野蛮的掠夺式"挖取"，将宝贵的资源廉价地变成一把把现金，将他转型的建议，一次次冷漠地搁置下来。现在这个局面，看起来，是他们在甩包袱，但从转型的角度审视，何尝不是我把"山里虮"们当包袱甩掉的机会？

能够如此思考的他，哪会绝望！

正是绝望与希望同在，每天晚上，他的耳际，交替回荡着金银坞世代流传的那几首山歌，从"手摇一只拨浪鼓，走不尽天下辛酸路"，到"走通了天下多条路"，自然，那一首高亢得教他精神一振的《从头再来》，总是突然闯了进来，横扫他的颓唐，提醒他，一代有一代的命运，一代也有一代的办法！

经过细致精确的排摸、计算，被他看成包袱并急于甩掉的，是吴家村、环溪村、王村和自己的金银坞。这几个村的投资款，其中包括历年的利润转投资的数额，加上这些要求离开的员工集资款，一共是500万元人民币。

他着手筹款。

他把杭州的一幢别墅和深圳的独立式花园别墅都卖掉了。仍然杯水车薪！

他割肉图存，决定转让股份，分别打电话给几位大股东。

想不到，一元钱一股也没有一个人愿意接手！

山穷水尽了，前面的路，都给这个巨大的"钱"字封死了！此时此刻，他最怕的，不再是职工离去，也不再是股东退股，而是对楼锦熹发了那许多豪言的自己，他怕自己在这一刻失去将压力变成动力的那股倔劲，被亲情、友情所软化，重新站到成钢五金成老板他们一伙中去。不错，背水一战的故事，置之死地而后生的成语，早在被"山里虮"们称为"蒙馆"的小学课堂上，他就接受了，近期虽然成了他脑袋中的常客，却都没有此时此刻这样，仿佛就是为他准备的，逼使他想到了这样一点：这都是冒险家的故事，而冒险，都不是瞻前顾后、迁延时日中徘徊出来的，而是靠一股爆发性的冲动逼上马的。

是的，逼！他此刻需要的，就是这个产生爆发性反抗的"逼"字！

一挂断最后拒绝了他出让股份的那通电话，在"山穷水尽"四个字突现在他眼前的那一瞬间，为有效抓住这一份爆发性的冲动，他决定不顾一切，立即采取一个极端行动！

他重新抓起电话，以斩钉截铁的语调，告诉办公室主任：马上通知全体职工到会议室举行紧急会议，宣布我的最终决定。

顿时，之江公司如暴风雨将至。所有男女职工，放下手里的活儿进入会议室。大眼瞪小眼地看他进入会议室。交头接耳，叽叽喳喳，每个人的估计几乎一样：老板扛不住了，宣布破产了！眼下亟须思考、亟须了解的是如何清算才不致吃大亏。

他沉着地走到主持者的座位前坐下来，一听办公室主任说，人员全部到齐了，便清清嗓门，用郑重而缓慢的语调，吐出了这样一个词：转型。走企业转型之路！

这是谁都没有料到的。会场内，顿时被震撼得不知所措！

他镇静地用通俗的语言强调他的思考：转型，就是在自己最熟悉的这一行中，跳出原来的框架去思考，从而改变现状，求得生路。商海茫茫，只有在一个行业内专注地去经营，长期地去耕耘和积累，才能发现那个行业中的痛点问题是什么，才能够针对这些痛点问题找到有效的解决办法，才是自己核心能力的价值延伸。

最最关键的，是他那郑重的承诺：债权、债务，一切由他来承担。

整个会场鸦雀无声。

是的，转型不转型，都无所谓，被震撼的，是他扛下巨额债权和债务的庄严承诺。都知道，他承担的"一切债权、债务"的分量，不是用"沉重"一个词所能概括。而且，都是不应该由他个人来承担的！那些期待获得一笔遣散费的，都开不了口而缄默了；他所介绍的对所有员工妥善安置的善后方案，也都无关紧要了!

真正是"风萧萧兮易水寒"的现实版啊!

内在的东西最具魅力。要说乌伤大地的性格,要说宁折不弯、敢跌敢闯的剽悍,楼循波出乎意料的这一招,可谓展示得淋漓尽致。

不少职工,感动得热泪盈眶,却又为他捏着两把汗。

但不接受,又将如何?

会议一结束,他就到了原之江公司的开户银行,找到经常打交道的那位女信贷员,挺起胸膛,与其说向他们恳求,不如说是向银行发出又一次背水一战的宣誓:给我三年时间,对,只要三年,我一定还清这笔债务!在这三年期间内,我可以不收取分文报酬!

信贷员张大了那双漂亮的明眸,与其被意外震惊,不如说给他的激情感动了,多年来,这位企业家给她们的种种完美印象,顷刻间被召唤回来了:质朴,求真,务实,诚信,倔强,还有让她们刮目相看的对商机的机敏反应,加上如有神助的应对智慧。

她立即带他去找她们的顶头上司。

说真的,开户银行上上下下,正为之江公司的遭遇惋惜呢,他们谁都不希望自己的客户破产倒闭,为自己增加坏账率,何况是这样优秀的客户。

这家银行经理当即怀着对楼循波的欣赏,甚至因他敢于担当的精神,不致把他们资金变成坏账的感激,和他签订了三年还清债务的协议书。

这是世纪之交的初冬。

9

楼循波选择的这条路,比重新穿上草鞋,继续朝着大海一路"跌"去更为悲壮。

受转型之约束吧,这汪"大海"还是服装业,而且是丝绸服装,具体到什么地方、从什么服装着手,都不清楚,服装这行业,供他选择的目标太多太多了。他只懂得按"现代理性组织"的企业要求打造品牌,这是决定他生死存亡的一步,也是一条新路,必须慎之又慎。

在向新目标迈出之前，他回老家去了一趟。

横岩岭下有他的根，是他生命喘息的港湾，在外受到如此沉重的打击，按照常理说，他早就应该回来，扑进母亲怀抱，把压抑在心头的委屈化成泪水，尽情地宣泄，然后找一处偏僻的角落，舔去伤口上的血。但他不敢，岂止不敢，简直可以说是害怕、厌恶而来的反感，他曾经拥有的名气太大了，他给乡亲们的期待太高，而跌落得又太惨、太突然了，乡亲们对他却太绝情了。任何一个乡亲，他都不愿见到！

这一次却不一样，仿佛有强烈的声音在提醒他，你必须回去一次，你知道这次闯荡会有什么结果吗？商海波诡云谲，前程莫测，如果你再次失败，你还有脸回来啊？错过了这一次，你怎么对得起你的老母、你的妻子？怎么对得起祖宗？啊，啊，这是背水之战啊！既然"风萧萧兮易水寒"，完全有可能"壮士一去兮不复还"啊！

离开十年了。其间回来过几次，但都是为了商务，所到的几家工厂或者部门，都不在金银坞，匆匆地处理罢就走，堪称过家门而不入，只知道发展很快，火车站几次扩展，把六里亭、环溪村都扩展进去了，完全现代化了。横岩岭下建立起了国际机场，离金银坞不远，城里的小商品城，正像如厕时偶然听到的那些对话，在一期接一期地向外扩建，磁铁般地吸引着来自国内外的淘金客，摊位价格，一再被炒高。交通畅通宛如大都市，用当地历史名人命名，如丹溪路、宗泽路、望道路、雪峰路……车水马龙，到底发展得怎样，他说不清楚。他很想绕道去看看，无奈，他鼓不起勇气。是的，一个失败者，面对这些是需要勇气的，需要一定心理素质的。同样，他也怕见沧桑的大安寺塔，曾经给了他厚实感的这座古塔，一想到，又是说不尽的无奈与憎恶！新的，旧的，现代的，古老的，他都不愿见到！反正，他这次回来，只是向母亲报个到，请她和牛妹婆媳俩放宽心，告诉她们，我会走出困境的，然后到爷爷坟前叩几个头，烧一炷香。破帽遮颜，也不会招致多大的难堪。

下了飞机，上了出租车。车速很快，车窗外，就是横岩岭的剪影，苍苍茫茫的，飘浮着一股若有若无的岚气，从不太熟悉的模模糊糊，转眼间便清晰起来，呈现出他自幼刻在脑中那个角度所具的形象，那么熟悉、亲切，告诉他，金银坞到了。响溪潺潺声依旧,他熟悉的鸡啼狗吠和鸟鸣却不见了。眼前的近景也很陌生,哎呀,那不是叫麻车的榨油坊前面的大樟树吗?当年,朦胧的夜色里,抓着一把青菜等待汝芸,并和循统多次说些私房话的地方,如今,别说吆喝声撞击声和桕油味了,连榨油房的踪迹都不见了!这是响溪的下溪沿呀,怎么都是水泥建筑?

他睁大眼,正透过车窗寻找旧迹,车子忽然停住了。

车辆前面,一辆小型运货车向右侧翻了,路上撒满了新制的绒布猫狗和布娃娃,五彩纷呈,一个后生仔和一个小娘急得忙着捡取,连声说"对不起,对不起"。

司机说,先生,要等一些时间了,您家离这儿远吗?马上下车,还是等?

离家只有几百米了,他立即付了车资下车。出租车往后倒了一段路,转身走了。他小心地挑选没有绒布玩具的空当走。

正在捡布娃娃的小娘,忽然惊叫起来,循波叔,是您哪!

他一怔,站住了,你是?

我是猪团的儿媳妇小菊呀,你不认得我,我认得你呀,我公公一直说到你的呀!

原来这样!忙问,你公公好吗?

这位新媳妇显然憋着一肚子满足,只等向人炫耀似的,说,好,好!就是忙,他三天两头叨念你,说都是托你的福呀,不是你给他股份,他这一辈子哪能翻得了身呀,你瞧,我们做玩具,白天黑夜都加班还供应不上哪,都是外销的,到美国、英国、法国……公公在小商品城照顾摊位,我们管生产,瞧,那一幢淡绿色的三层楼里几十个人在做哪!进去看看吗?

不了,不了。下次再去。

他的声音没有断,身边响起了另一个女人的叫声,循波叔哪!我是小芬呀,你忘了?锦禄的孙女呀!我爷爷一直把你挂在口上哪,小菊说得不错哇,没有黎明服装厂,我们哪会开起小厂,赚到本钱开厂呀,你瞧,那幢楼就是我们新造的,做女人头巾的,许多阿拉伯国家都有我们的产品!……

她们说话间,不断响起男人、女人的招呼声,循波回来啦,大老板回来啦！……

叫他循波也好，加上"哥""大伯""叔""叔公"还是"爷"也好，他都感觉到亲切，"大老板"，却有些刺耳了，但他听得出来乡亲们没有任何恶意，只是出于习惯，而且很快被越聚越多的乡亲的各种呼叫淹没了。撒在路上的玩具，早已被人捡进了车辆，玩具车却没有离去。他听到了小菊的一句话：……叔，你不要听那些没良心的话啊，不是自己的宗亲，谁能帮我们这些又穷又怂的乡亲翻身啊！

对啊，对啊！大人不记小人过，别放在心上啊！

甜酸苦辣，一起涌上了他的心头！原来，他在乡亲的眼里是这样的，他不知道应该笑还是应该哭！

他就这样，一路招呼着，在乡亲的热情问候和注目下，步行回到了仍然在火烧场上的那两间平房里，和母亲、牛妹说到进村以后的见闻，牛妹恨恨地说，好，良心发现！不说别的，就说金银坞和我娘家，哪一家不是借黎明服装加工的机会开了小厂发起来的？好，他们发了，我们倒灶了！是的，从现象上看，的确如此。按马克斯·韦伯的理论，这些宗亲，是之江公司的毁灭者，把他拖下水的祸首，然而，贫困的家乡，结果却是如此兴旺！在他们心中，我却成了恩人，成了英雄，这个世界也太复杂了！

不管怎样吧，堵在心上的那块石头给搬掉了，他在家乡，可以挺起胸，抬起头来走路了，即便有人习惯性地喊他"大老板"，他仿佛也当之无愧了。不只满足于和母亲妻子的团聚，和安的女儿韵琴都要进小学了，天伦之乐，可以尽情享受几天了。

这使他再一次出现了到小商品城去看看的念头。说真的，于他而言，此前不敢回去何止是失败者的无颜面对啊，自从在卫生间偶然听到职工们那些对话以后，他一听到小商品城心就像被刀剜，一如拆了他身上的骨肉搭起来的！前不久，国家统计局排定全国最发达百县名次，乌伤大地居然名列全国第20位、浙江省第4位。勃然冒出的小商品城扬名全国，蜚声世界，日益闪烁出其独特的无奇不有、点石成金、无中生有到了莫名其妙的光彩，每一条让乌伤之子兴奋的消息，却都使他的心隐隐作痛。

牛妹告诉他的一个故事，便成了最后推了一把的力量。风靡一时的双爱饮料吸管的老板从小打小闹到成了名噪一时的"吸管大王"，据说是受到他楼循波启发的。开始，这位老板做得很辛苦，赚的钱并不多，有一次，偶然发现有一款包装上印有一双丘比特对吸的图案，非常流行，一打听，这图案来自境外，从来没有注册，他一想到斯培克，马上花了二千块钱，把这对长着翅膀的洋娃娃注册为自己的"双爱"商标，从此占领了吸管市场百分之八十的份额。这还不应该马上去看看啊？

不用喊出租车了，左邻右舍都有小型货车，既装货，又坐人，都争先恐后地要送他进城去。他选择了小菊夫妻俩那一辆，他相信善于表达的小菊，能够帮他看到、听到更多的东西，孙女琴韵知道的东西也不少，也带了走。

真的，一上路就有新发现，沿洪塘镇流淌的青龙溪上造起了水泥大桥，桥头那端新耸立起一座尖顶的天主教堂，还有洋葱头顶的清真寺呢！小菊说，这都是给外国人做礼拜的，外国人来这儿做生意的太多了，有的就住在这儿，不能不做礼拜呀！但最引他吃惊的是，一路上都是三五层的水泥建筑民居，外墙都是马赛克瓷砖贴面，有白色的、蓝色的、绿色的、拼花的……和金银坞差不多，高高低低的，淹没了原先的江南民居。建筑物内，除了加工厂，就是住户，有些乡亲收的房租，比开工厂的收入还要多！小菊说，笑倒哇，我们一整天跟他们说普通话，把家乡话都丢了！

他这才发现，小菊她们说的，真的不再是土得掉渣的家乡话！原来，这些年来，她们就是生活在从各地农村来的打工仔和打工妹中！

车子继续往前开，还能看到糖蔗地，却不见榨糖、煎糖的糖车棚，原来都进了糖厂，即是用机械榨糖，用电炉煎糖了。

最超出了他想象的是，儿时进城当成远征的路程，一会儿就到了。他弄不明白，是到了上海还是到了深圳、广州！不知道他一度贴着耳朵聆听的铁路和铁路涵洞，是什么时候被淹没在高楼中的，大安寺塔却保存着，仿佛被清洗过似的，在周围蜂起的新建筑簇拥中，一身的沧桑都消失了，却为这个新兴城市增加了一份厚实感。政府大楼俨然是现代化的水泥建筑，颇显宏伟，却在旧址。因小商品城的异军突起，万商云集，而有了政府选的是风水宝地的传说，使他忍不住想多看几眼。忽见前方一座褐色的水泥方柱耸立着，柱顶，站立着一个塑像，是头戴尖顶竹笠、肩挑敲糖换鸡毛的担子、右手高举拨浪鼓的老货郎！尽管被高楼淹没了，但它永远那么高大、亲切。

啊，当年焚烧假冒伪劣商品的十字街口！

骤然间，汝芸又回到他的心中！她留在青布作裙上的体温，牛鼻孔洞里的那一次从情爱升华到责任的激情、惶恐与不安，以及由此出现的孪生姐妹，还有循统的两次"你自己去问她"……甜酸苦辣，立即如潮水般向他涌来，驱使他马上下车……然而，朦朦胧胧一瞬间，便被小菊的一声提示打断了：看，小商品城到了！

他一举眼，多宏伟呀！

祖孙俩给小菊带进了商城。方向感随即迷失了，只觉得一个个摊位在他左右排开，真正琳琅满目，真正熙来攘往！他心中的第一感觉，就是童秀娟所期望的"一片森林"！真的像进入莽莽商业森林呀！和当年摆地摊是不可同日而语了！他算见证从地摊到摊位的大跨越了！在其间穿梭的，除了本地人，还有各地客商，包括白人、黑人、阿拉伯人！……据说，这片"森林"里的摊位有十多万个，商品品类超过了百万！他们的经营方式，居然都是他做惯了的那一套，既零售，更欢迎批发，他为它们的出现惊奇，闯进脑子的，还是童秀娟所乐于见到的那一连串的"快"，反应快，开业快，创新快，冒牌快，反冒也快……然而，童秀娟的这一连串"快"，再次引出了他对自己失败的惆怅，对追求"现代理性组织"的理性期待。他站到一个卖防护皮鞋的摊位前，拿起防护皮鞋问价，企望获取更多成长的资料，作为下一步拼搏的参照。

摊主是个挺胸凸肚的中年人，先问，零买，还是批发？不等他回答，忽然惊叫一声，你，你，你不是鸡毛换糖来的楼伯伯吗？

他惊问，你是谁？

胖子从摊位里面跳了出来，一把抓住他说，我是陆金根的儿子呀！陆金根！你忘了？帮你代收购鸡鸭鹅毛的，我还向你讨过糖吃，摇过你的拨浪鼓呢！

啊呀，是那个小胖子呀，都这么大了呀！

是呀，都二十多年，不不，快三十年了呀！你的事，我们都知道！就是知道你的生意经好,我们才从那么远的地方,到这儿来做生意的!他的手一指,瞧,那个摊,卖皮具的,叫阿多,也向你讨过糖吃!他呀,就是看到你借用什么斯培克发了财,也去弄了个名牌来这儿卖发起来的,那是假货,给烧了,还罚了款,现在卖的是真正名牌,贴牌!

和金银坞麻车前的遭遇一样,说话间,左右前后的摊位主人,都涌上前来了。这个说,他是做女人戴的头花的,那个说,他们生产的塑料杯子,一天销售上万,还有说,他们生产体育比赛时观众挥动的闪光塑料棒,那个什么世界足球赛上,观众吹的呜呜祖拉,也是我们生产的,每一根批发价只有几厘,可一笔生意,就是十万二十万根!……最让他难忘的是,有人把一个高高的中年人推到他面前来了,问道,他是谁,你认得出吗?

脸面好像哪儿见过,他半张着嘴,正想猜,便被这位中年人自己点破了,你不认得的。我爷爷借你们场地养蜂的时候,我还没有出生呢!

啊呀,你是高小宝的孙子呀!

高小宝的孙子腼腆地说,我爷爷养蜂业已经实现现代化了,在这儿摆了蜜蜂产品的摊位!经营蜂蜜、蜂蜡、蜂王浆……没说完,就把旁边一个摊主推了过来,说,你也没见过他。他倒一直叨念你的。

他一怔,他叨念我?

有人急忙点破,他是袁永兴的儿子呀!

他意外得差一点跳起来,是吗,像,像你爷爷,也像你爸爸,你们一家帮了我多少忙啊!他们都好吗?你爸爸从江西共大回来了吧?

小袁说,爷爷早就退休了。爸爸从共大回来以后,帮我开起了袜厂。

话还没有说完,又有一个摊主给推到眼前来了,这个你应该认得的呀,合作商店收购你纽扣的牛主任的儿子!

牛主任儿子,文文气气的,紧握他的手,喊他楼老师。

他笑问,我怎么成了老师啦?

小牛说,你难道不是我们的老师吗?

他大笑,赶紧转移话题,指着旁边的一个只是跟着笑、却不开口的中年汉子,问道,你们一起的吧?

牛主任的儿子说，不是，他卖五金、扳头、旋凿、门窗上的铰链……

他忽然想到了成钢五金、雅云袜业和嘟嘟玩具的破产，问道，和成钢五金有关系吗？

中年汉子微笑着点了点头，牛主任儿子赶紧介绍，关系大啦，他老爸就是靠成钢五金开起了小厂，赚到第一桶金的！

果然！这涉及成老板家的痛和这个摊位的愧，他赶紧把话题转了开去，好在话题实在太多了，场面太热烈了，七嘴八舌的，不可能在一个话题上逗留，把吸管的故事冲了个干干净净。有很多，是在新时尚饰品式的企业支持下出现的，但前来欢迎他的这些人，都有一个共同点，他们都是模仿他的生意经发起来，然后从家族企业这棵大树上派生出来，借黎明和之江，还包括成钢五金、雅云袜业这样的"船"开起了小厂，然后"出"了"海"的。自己当老板了，这才到小商品城来摆起摊头作为窗口，用样品招来国际国内的批发商，锦兴叔的孙女翠珠和翠玉姐妹俩就是典型。这是前天牛妹告诉他的，她们从黎明服装厂辞职以后，开起了衬衫厂，再转为袜厂，还生产圣诞老人的帽子哩，据说她们光在小商品城就有三个摊位。当然，一定还有些人隐藏在后面，不好意思前来见他的……

不管上前来的还是躲在后面的，都让他的双眼湿润了，他想起了爷爷的《换糖经》，想起了红螯蛛，它们不仅孕育了后代，而且一旦后代离开母体，就以自己的躯体，当成哺育后代的食物……我，成老板们，就是这种昆虫！

想到这里，他不能自已了，不觉得自己是失败者，但也不是成功者，要真正成为一个成功者，必须把自己最深刻的教训告诉他们，帮他们站定脚跟，也要帮他们懂得，这种模式是不能延续的，要使社会稳步发展，一定要有适应当代世界潮流的全新模式，成为"现代理性组织"。商海无时无刻不处于惊涛骇浪之中啊！

他苦笑道，看到你们发展起来，我觉得我并不是一个失败者。——你们大概都听到了吧？我垮了，破产了！……

话音未落，就响起了一片鼓励声：

你不会垮的，你福大命大，一定会翻身的！

不会垮的，生意场上哪有一帆风顺啊！

对呀，你是好人，好人一定会有好报！……

谢谢你们，谢谢你们！我努力争取东山再起！……一阵感奋，再次唤醒隐埋在心灵深处循统关于双胞胎女儿"不是地摊，就是租个摊位"的回答，也唤醒了某种因果循环的、带着宿命的期待，或许，这双眉眼上难分彼此的女儿，正潜藏在这儿，替代我重新崛起！

他突然问道：……你们当中有双胞胎的女老板吗？

双胞胎女老板？没呀！……你们知道吗？

回答的是茫然摇头。

他失望，更有一阵暴露了自己内心深处秘密的尴尬，赶紧把话题拉了回来，说，没事，随便问问。谢谢你们。今天，我最想说的，也是你们最应该听的是我怎么会垮下来的，请大家记住，千万不要辜负这个大好时代！

他始终牵着孙女韵琴的手，开始叙述，像对待自己的亲人，也像对待自己的学生。周边摊位上的摊主，陆续围上来，连同来此采购的顾客，把他围了个里三层外三层，包括那些不好意思前来见面的旧职工，一如当年拦车责问时的景象。不知是谁，打电话通知了《商报》的记者和电视台的记者。咔嚓咔嚓的拍照声，还有强烈的拍摄灯光，而且不时插进记者的一个个提问。第二天，《商报》第二版头条，刊发出了一篇特写，大字标题是：《楼循波：小商品城的一块铺路石》，还配发了现场拍摄的他和孙女的大幅彩色照片。

他手捧这份报纸，依然像被众多摊位主包围着，总觉得，他这些年来的成败得失，没有说全说透，也没有把精神内核，包括新时尚饰品、成钢五金、雅云袜业、嘟嘟玩具的经验和教训，概括成为人人记得住、传之于口的一句话。是改革开放解放了我们的手脚，释放了我们潜在的智慧，千万不要把智慧用错了地方？不，太啰唆，带着失败者的感慨，没有从正面概括。大家都来做铺路石？虽然形象，但旗帜不鲜明……

他又想到了成了梦的那个转型，想到了爷爷的《换糖经》，应该树立品牌，这品牌是具有乌伤大地鲜明特征的品牌。

那么，是什么品牌呢？还是服装？还是丝绸？好像概括不了啦。拨浪鼓？不理想，它只是一种历史表述，没有把中国文化传统与现代经济理念融合进去。

那应该是什么？他的思考，就沿着这条思路延伸，确定了它，也就确定了他应该如何转型，如何打这个品牌。马克斯·韦伯和爷爷融合的思考，却让他想到了上海，想到了中国当代经济文化的摇篮，门户开放以来中西交会的主要桥梁，历来是世界精英荟萃之地的大上海。只有到这里，在深厚的中西文化积淀的社会环境中，与世界级的高手比肩角逐，才能真正磨炼自己，让自己汇入当代世界潮流。

对，应该到上海去！

反正，不管成与败，都能够继续做这个商城的铺路石！

第三章 "义商"：从金银坞出发……

1

上海，绝非他最后生死一搏时才想到的。

和所有"山里虻"一样，上海是他始终向往的城市，贩卖生姜、求援白木耳种植技术给了他美好的记忆，是他之江公司成功以后，最想展示自己身手的舞台。他在之江公司如日中天时，在深圳买下了独立式花园别墅，再到香港注册了人和公司，还在上海注册了一家分公司，叫人和房地产公司，注册地址是虹口曲江地区。

选择房地产，并在这里注册，带着相当大的偶然性。

上海曲江新村街道里弄工厂，是他们公司外包的服装加工点之一。在期盼丝绸服装业转机的艰难日子里，他随一名业务员来到这里了解生产情况。街道办公室的工作人员正在议论一件事：他们筹建的一个公园，可能要流产了。这事很惋惜。计划批文早就下了，并写进了区政府为民办实事的规划，周围百姓对这一休闲处所都很期待。就是缺乏资金，眼看年底快到了，这一承诺要变成空头支票失信于民了，总书记在视察上海时路过这儿，看到这块地皮上堆积了大量垃圾，就说，我在上海的时候规划的公园，现在还有那么多的垃圾，你们赶快弄弄好啊！区政府很急，街道的工作人员怎么能够坐得住啊！

楼循波多次因偶然的信息抓取到了商机，眼观六路，耳听八方，成了一种本能，被丝绸产品大滑坡压得气都喘不过来的此时此刻，越发不愿错过改变处境的机会了。尽管房产开发正在降温，但上海这样的大都市，持有土地，等于持有黄金。就是这份潜意识，驱使他插了嘴，要求街道办公室主任介绍他到区政府有关部门去了解一下情况。他说，或许我能帮你们一把。街办主任一听，无异天降解危的财神。深圳丝绸服装进出口公司的总经理，大老板呀！立即亲自陪同，去区政府见他们的上司。

区政府这位负责人热情滚烫，紧握他的手说，你能够来投资，求之不得呀！

楼循波说，如果你们接受我的设想，资金马上到位。

负责人说，当然啦，要你投出真金白银，怎么能不听您的设想啊？

楼循波说，如果你们能够出让规划中的一小块土地，给我做房产开发，建造公园的这笔资金全部由我承担！

主事者茅塞顿开。当即展开出让土地的部位、面积、价格的谈判，最终，他出资3500万元，得到了规划中这个公园北角八亩多土地的开发权。

开发权到手，要破土动工，必须先交首付款的三分之一：1000万。破船还有三千钉，何况当时之江和家乡的企业都没有宣布破产，他很快凑齐这一笔首付款，并着手清理场地，将准备开发的这块土地和公园分离开来。这是必须的，只有实现这一步，产权才清晰，场地才算真正属于他。清理场地所需的二百万元，却拖延着。既是资金紧张，也是观望的策略。他对上海太陌生了，对房地产业也没有入门，而且，中国的房地产业和丝绸服装一样，经过十多年的过度开发，正处于低谷。不少买了房子的市民和单位都被深套其中，从市中心到近郊，外墙贴面剥落、发锈的钢筋裸露、墙根野草萋萋的烂尾楼，都不时在提醒社会各界，买房有风险！他却从欧文·罗伯特这些对手身上吸取了教训，相信上必下、下必上的周期规律，拿住土地，耐心等待正在一片唱衰的房地产走出低谷。

如今，他来到上海，在这地块附近的曲江新城租了一套房子住下，小区环境幽雅，设有会所。物业一共29层，他选了第28楼。租金当然比较昂贵，他却不在乎，不在乎，还是那个堪与赌徒相比的潜意识在作怪：背水一战，可能"壮士一去兮不复还"，从28层跳下了结得也干脆一些。

他做了最坏的准备，在行动上，却不消极。对"现代理性组织"的追求，始终支配着他的举止。他已经体会到经济理论指导的价值，为了不让人和房产公司重蹈之江覆辙，他分别到复旦大学、同济大学攻读企业管理和市场营销方面的专业，告诫自己，即便倒下，也要让自己倒在追求"现代理性组织"的大道上。如今，必须交付拖欠清理场地施工方的二百万。这一笔工程款不付清，机会来到眼前也无法及时出击。临近年关，施工方要给干活的工人发工资，没有任何再拖欠下去的理由，再艰难也要解决。

这几年，他已经深深领教筹措资金之不易，但他必须筹措，别处可以将就，在这一关节上，绝对不能给卡死！他急于星火，四处奔波，求爷爷告奶奶地借钱。都知道他已经陷入不是破产的破产，谁敢借钱给他啊？向银行贷款，就要找担保。找谁呢？担保是要负连带责任的呀，谁愿意啊？市委书记和地委领导出面，都找不到担保的人。世道人心，就是如此：给一个面临破产的人担保，无异于代付账单。

他想到了金银坞的宗亲，想到了小商品城里那些真心感谢他的朋友，打算硬着头皮去商借。但一瞬间便给否定了。他们的情感太珍贵了，绝对不应该拿这种事去损害，哪怕跳楼，我也要留给他们一个完美的形象！他从曾经接受过他好处的至亲骨肉中，选准了一位经济情况最好的远房表弟，备了一份礼品上门去了。却碰了一鼻子灰，人家不是没有钱可借，而是担心他还不起。借口很拙劣，说，经济账都是我儿子管着的呀，我做不了主！

人同此心，心同此理，亲戚如此，他不想再找其他人了。

生活，再一次提醒他：你已经一无所有！

绝望的阴影，越来越浓。这一夜，他紧锁门窗，希望请回那首高亢的《从头再来》的歌词与旋律，无奈，它仿佛和这些无情的亲友一样远避了，什么"心若在，梦就在"，有的只是悲凉，而那个俯瞰大上海的窗口却是那么诱人。这是个飘窗。他走过去，坐到了宽阔的窗台上，面向窗外。此刻，这个超级大都会的夜景，在他的眼里，仿佛只是一块巨大黑幕，没有光，没有色，也没有景。他竭力让自己冷静下来，去寻找值得留恋的东西。慢慢地，慢慢地，光和景出现了，出现了……一颗流星，从天幕上以九十度斜角划下，仿佛擦过东方明珠的尖顶，消失在大上海璀璨的灯火中。仅仅是闪现即逝的瞬间，却在他的头脑中拉开了一条缝，看到了深圳银行的那一个窗口！啊呀，深圳那一家银行信贷员和行长唇间的笑影，曾经让他想到了星光的灿烂。他们为什么会相信他三年还清贷款的承诺呢？人情？私人关系？得到了我的好处？……都不是！我拥有的，无非就是一个词：诚信！

对呀，"山里虬"们只看到鼻子底下那一摊，看不到我心灵深处，作为当代经济前沿的大都市审视我的眼光，却绝对不一样，坚守理性组织的他们，看到的是我这一个人身上那份无形的东西：诚信，爷爷留给我的以拨浪鼓体现的这份遗产！市场经济，就是以金融资本为标的信用经济。诚信，就是信用呀，这难道不是我最宝贵的一份资源吗？如今，山穷水尽，我不能不动用这一份火烧银了！是的，不管是诚信、信誉、信用，都是"山里虬"们俗称的火烧银，遭了火灾以后，救穷、救急、救命求生存的那一份不到关键时刻绝不动用的资源！信誉无价！正因为无价，不到绝路不动用，看来，我不能不动用了！如果这也输光了，那只有跨出28楼窗口的这种选择了！

不错，市领导、地委领导都动过向银行借贷的脑筋，都没有成功。为什么？就因为这些领导找的，并不是银行员工和领导，而是处于第三者地位的担保人，而且都是对我这份诚信没有直接验证过的部门。如今，我直接上门，找的是熟悉我的，对我本人的素质拥有直接经验的、有决定权的银行领导人！我应该坦率地告诉他们，我手头拥有的只有信誉了。今天，我是拿我最后这点本钱，上门来找你们的！

他兴奋地从窗台上滑下来，决定拿自己信誉，再到银行去赌一把。

第二天，他就动身回到深圳，直奔之江公司的开户银行的行长办公室，直截了当地提出了要求。果然，事情顺利得超出他的料想。热情接待他的行长稍做沉思，便给了他明确的回答。表述中没有说到"信誉"这一个词，理由却和他想的完全一致：因为他帮了银行的忙！行长一语说破：你如果选择了走破产的程序，我们银行就挂坏账了，他们都为他的向死求生钦佩之至！行长坦率地把当时他们的对话，倒给了他，说，世界上没有这样的人，本来是可以推给我们银行去解决的债务，你却敢于担当，为我们分担了责任，太难得了。这样的客户不信任，还信任谁呢？这样的客户不帮助，还帮助谁呢？如果有难度，他们也要花脑筋帮助周转，何况解决起来并不复杂。

真的不复杂！只需要在八千万旧债上，再加二百万新债，一起归还。

是啊，理性组织，绝不是冰冷的，它的基础，恰恰是人性！"心若在，梦就在，天地之间还有真爱"，这"心"，在商业世界，就是诚信！他的转机，就这样跨出了一步。尽管，剩余的二千万购买土地款还没有付清。

区区二百万，却使他信心骤增，并化成了分分秒秒在提醒他的警钟：你走的每一步、所使的每一招，都是拿你已经押上了赌桌的信誉做赌注的一场豪赌！

2

楼盘开发程序立即启动。方案设计，送审……都很顺利，速度很快，没有多少波折，只需总工程师签个字就可以开工了。这时候，深圳之江公司经营也越来越困难，他却不再像以往那样绝望。他把所有希望押在这个楼盘上，只要满足楼盘开发的资金，封了顶就能出售，之江公司的困境就缓解了，公司转型也有基础了。

资金能否满足呢？他已经检验过自己信誉的价值，不会有什么大问题。而且，他是步步为营，特地和区政府合作建造这个楼盘的，多次交往中，跟区政府领导的关系十分融洽，彼此成了朋友，支持他是毫无疑问的；规划局也有熟人，该批的就都批了。就此绝处逢生，还是幸运的。将开发方案送给总工程师签字那天，他放心地回到了深圳。

跨进办公室，一放下皮包，正想放松一下四肢，电话铃声骤响。

他一把抓起，居然是楼循统的示警电话！

之江风雨飘摇，始终跟着他的，就是这位挚友，楼循波把他带在身边，还为那份能够联系上汝芸的憧憬，哪怕是断断续续、飘飘忽忽的联系。

循统沮丧地说，上海说，这个楼盘有问题，无法开工！

他急问，不是好好的吗？什么问题？

他一听循统的说明，轰的一声，头都炸了！

这地块后面，有部队的两个干休所，不允许前面造高楼挡日照！

他似怨似怪，对着电话直嚷，为什么没有早发现？啊？

他听循统一解释，才知道，上海规划局被分成了一局、二局，一个管民用建筑，另一个管军用建筑。规划局一局的经办人虽然说没问题了，到了规划局总师室，却发现部队还有两个干休所要建造。一个是海军干休所，另一个是空军干休所。楼循波这个楼盘叠加起来，挡住了空军干休所的窗口，影响了他们的日照，一票否决！

循统说，他问区里有关部门，他们是否知道这情况。原来，有好几位开发商看中这一块地皮，但都放弃了，说是风水不好。政府工作人员哪会把风水先生的话告诉你啊？

啊，风水！不错，他是在"离开了凯贵爷爷不知道如何生活"的环境里成长的，凯贵爷爷的"举足轻重"中，就有看风水这一招，什么阴阳、五行、八卦、形势……他半懂不懂的，在深圳打拼这许多年，受到毗邻香港的影响，领教了在当代，这也是一门大学问。关注房产业以后，他把"风水"也当成一项业务关注了一下，原来就是相地术，古称堪舆术，是研究气、水、土和天地间的自然环境的一门学问，不能简单与迷信画等号。正是这份关注，使他前不久回乡，经过政府大楼时，想起了它坐落在风水宝地上，所以拆了重建也不改地址的传说，就想审察一番的原因。没有想到，还未入门，"风水"就半路杀出来挑战他的命运了！

是的，命运！潜在的宿命感，就这样突然跳出来，化成了浓密的乌云，压到他头上，压得他全身瘫软！他喃喃地说，啊，难怪了……眼下……能不能，争取移一移位？……

他挣扎般的语音，使循统心发慌，说，我去打打交道吧，试一试……

两天以后，循统回电话给他，语调沮丧，说，不行！相关部门支持移位，但越往南移，挡住人家的越多，本来挡住人家一个窗的，一移，便挡住好几个窗口了。那是一个方位角，不是高低角。他说，什么办法都想过了，规划局、区政府，都帮我们想过了，解决的方案就只有一条：壮士断腕，要亏，就亏得干脆一点，七千到八千万！

又是一个七千万到八千万！这不是送他走上不归路的又一根绞索吗？

他完全被击倒了！过了半个小时，才挣扎着站起，提起皮包返沪。说的是找有关部门争取转机，满心却堵满了那份宿命感，命里注定28层楼的窗口，确实是为他准备的！

这种宿命感，在飞机上偶然读到报纸上一篇文章而加重了，文章是亚洲金融危机爆发以后，对"亚洲模式""亚洲经济奇迹"争论终结的介绍，介绍到这一模式的失败时，说到了儒家文化的局限。他顿时联想到了爷爷对他的影响，想到了独个儿认下了八千二百万债务，不就因为怀着一颗仁爱之心吗？……渊源深厚的一种挫折感，不禁主宰了他身上所有细胞：难道我的失败，也是儒家文化的局限造成的吗？

他无法否认！

在虹桥机场下了飞机，到曲江新城已是深夜。他没有上床，始终端坐在窗台上，面对高楼耸立灯火辉煌的夜上海，凝视着这个不夜城，仿佛寻找与宿命抗衡的力量，期待着又一颗流星出现。灯火里，却不断出现"山里虮"们不同的脸面、不同的表情、不同的声音，又穷、又怂；可怜，可恨。说不清因为穷和怂，让他们如此可怜可恨，还是可怜可恨，才使他们如此穷和怂。耳际回荡着"山里虮"们代代相传的山歌：金银坞，金银坞，山瘦地薄苦中苦，手摇一只拨浪鼓，走不尽天下辛酸路……他期待的"从头再来"，不管多么高亢、多么昂扬，都不再出现！……但是，生命毕竟只有一次。是否把自己的生命交给这个窗口，就等明天一搏了！反正，他已经看清楚，也想清楚了，即便我纵身跳下去，对于乌伤大地，对于小商品城里那些朋友，依然会成为一笔启迪商智的财富。唯一的遗憾，就是没有见到汝芸的孩子，并给她们应有的补偿……一直待到天亮。他头重脚轻地直接去找规划局和区里的经办人。

规划局办事员听了他的诉求，毫不思索地回答说，实在对不起，别的忙都好帮，就这个日照问题是一票否决的，如果不是部队，就把18套房子买下来也是有的，这么好的地段，这么好的环境，哪个开发商不眼红啊？可惜，部队产业是不能卖的。

楼循波就像被诱进了陷阱！心里连连呼喊，命里注定的，真的是命里注定的！他忍不住追问，过去有开发商看中，给风水先生否定了，真有这回事啊？

办事员笑了，说，事情不假。你相信风水吗？

他不想在这儿讨论这问题，只是穷根究底，风水先生的原话怎样说的？

办事员见他认真，抓了抓头皮，想了想说，好像说，风水不好，两年内不能开工!

一道闪光,倏地在他眼前划过!他急忙追问,两年内不能开工?

对。就是这句话!

身处险境,手边任何东西都会看成救命稻草,这是本能;两年内不能开工,就是说两年以后可以,这不就是希望吗?是的,作为中国传统文化中五术之一的相地术,是深奥的,研究的是人与天地万象之间的关系如何处理,其辩证思维,绝不会是非此即彼、非白即黑的一种答案!事在人为,千万不要给半瓶水引入歧途!

当年那个倔强好胜的小波波,生的希望和拼劲,就被这一玄之又玄的哲学思维唤醒、激活。能够开工,只要有期限,就有我的活路!他精神一振,活过来了,要求:规划局干休所的两张图纸,你能不能调出来给我看看啊?

办事员头一摇,说,这是军事秘密,调不出。

他又倔了,说,什么军事秘密?老干部居住处,不是打仗的地方,调不出来是因为没有关系,有了关系,就调得出来,让我们看看,能否找出解决方法。要知道,我们也是虹口区的重点工程啊,需要你们支持,都打过招呼的!

办事员睁着双眼朝他看了一阵,说,你等一等。便转身跑到里面去了,打了一通电话,出来告诉他,可以,但要到明天才能把图纸送给你。

太好了!他回到公司,翻出通讯录,不停地给有关的各方面朋友打电话,了解空军干休所负责的部门和人员。直到第二天黄昏图纸送到。

他把楼循统和楼盘开发的所有人员全部请来,挑灯夜战。反复研究以后,断定,空军干休所已经开工,不能变了,但是海军干休所还有希望,还可以把它的楼压低。

一听此话,大家都睁大双眼瞪着他看,没有出声,他却读得懂这种万分诧异的目光:你呀,一定是连日来没有休息,脑子糊涂了。上海市长也没权力去压低部队首长住房的楼层呀,抬高还差不多。他说,你们别以为我的脑子糊涂了。他们设计方案不合理,我们帮他们调整。我已经了解清楚,分管这一块的是一位副司令,姓黄,驻扎在南通。你们马上去找他,说我有急事找他!

大家这才明白,他确实是有备而来的。立即行动,联系好黄司令,他亲自带了循统奔赴南通登门拜访。一见面，黄司令十分热情地表示：有事情我们全力以赴。

他把要求提了出来，说：我想把你们的楼层压低。

黄司令一愣，什么？你们是为这事来的呀？不可能！

楼循波的功课的确做得很充分，他不仅了解到了负责人是黄司令，而且了解到部队里也讲级别，军长要四间朝南，多少面积；师长三间朝南，团长两间朝南，最低级别是团长，团长以上才有资格住到这里来。此刻，他指着图纸，娓娓道来：黄司令，你听我说，我把你们楼盘压低以后，你的房子面积没减少，建筑设计更完美了。你们现在设计的房子，又瘦又高，房型不好，朝向不好，也不合理，总共三间房，像烟囱一样插在地上的，你们军长要四间朝南，一间在楼下，三间在楼上，会喜欢吗？而且上楼下楼不是在室内，用的是公共楼梯，实用吗？现在，我帮你们设计一个门户数和面积都不减少、造价更低、工期更短的方案。

黄司令笑了起来，说，难道就你们聪明吗？我们有专业的房管所、专业设计院，都是科班出身，反复研究过的。

楼循波说，司令，多说无用，我只希望你支持我一件事情，我帮你设计方案，方案出来，你觉得我说得对，就支持我。设计所需的费用，全部由我承担。

黄司令笑了，那就去做吧。

他和循统立即返程，找了一位年轻设计师，当晚就来加班突击，加班费两万元！他把重要性摊开，说明天落黑前，我一定要把这个设计方案送到司令家里去的。我们天亮完成，天亮睡觉；半夜完成，半夜睡觉；天亮还完不成，明天就继续干，干到完成为止。

重赏之下必有勇夫，果然。小伙子挑灯夜战。楼循波陪着他干，他俩商量了一夜，终于设计出来了，原来的设计，为了不挡日照，弄得又瘦又高，而且属于最差的东西朝向。他把这个楼折了过来，改成了东南向，房型好了，朝向好了，面积宽敞了，房间好布置了，楼低了，造价也低了。

楼循波按时送给黄司令。

黄司令一看，桌子一拍，惊呼，我们那些人呀，真的都是吃干饭的啊。

楼循波说，司令，你千万不要批评他们，他们有他们的考虑。别伤了他们积极性。如果您同意这个方案,还是要请他们帮忙的。

黄司令皱着眉头,表示遗憾,说,我还是帮不了你的忙。谁能住这幢楼,是由海军政治部决定的;在这儿造什么样的房子,却是海军后勤部决定的。上海不过是经办单位,任何变动都要经过北京审批的。

这时候,楼循波却有了开玩笑的兴致,说:黄司令,我们党不是全心全意为人民服务的吗?我这个方案一拿出去,部队叫好,我们企业也叫好,你们原来这么丑的一个楼,对社会环境造成了视觉污染,现在这设计使社会环境优美了,住户心情舒畅了,这是皆大欢喜的事呀,我们的领导难道不支持、不帮忙吗?

黄司令苦笑着说:话是不错的,但我没有这份权力啊!

循波说:我知道,权力在北京。那您就去北京跑一趟嘛,出差的路费,请客的花销,都算我的,只要劳驾您跑一趟就行了。

黄司令若有所悟,默了默神,伸手抓起电话,叫秘书把房管所所长和后勤部部长都叫来,当着楼循波的面,把任务交给他们,关照他们一定要把这件事办好。

楼循波当场就从背包里取出一只牛皮纸信封,递给后勤部部长,说,这里有五万元。你们第一次出差的费用就拿这个去花。不够再补!

3

提着脑袋,过关斩将,他逐渐从宿命阴影中淡出,不再徘徊在28层楼的窗口了!

他原来的楼盘设计方案全部推翻,重新设计。

入山问道,从决定开发民居开始,他就开始研究现代建筑设计的有关知识,了解到建筑设计最高境界,是宜居。人是万物的主人,也是宜居的出发点,就是俗称的风水,这是对居住环境的首要考虑。为此,人与自然、人与科技、建筑与环境的互融互联,就是现代建筑设计的圭臬。他也研究了上海人居住的喜好,就是坐北朝南。这一地块,处于曲江公园的东北角,如果从现代建筑理念出发,既要尊重上海人爱好,又要充分发挥公园的景观优势,那必须户户都要朝南,家家都能观赏到公园的景致。到复旦、同济进修,升华了他的商海经历,人的潜能,像矿藏，是智是愚，在于如何开发。开发，首先开发的是开发者自己，越主动，开发得越透，人生越精彩，毋须考虑极限；不过，法国作家大仲马说得好，"上帝给了人们有限的力量，却给了人们无限的欲望"，要是把开发人的智能的观点用于客观世界，对于自然，对于市场，却是可怕的，自然和市场都是有边际线的，我们必须遵从"度"的制约。以宜居作为开发目标的房产，同样要体现这一个"度"。否则，就会遭受客观世界的报复。

这是他公司转型的出发点之一。

可惜，这一设计要求，不是普通设计者能够达到的。他非常执着，遍访能够担当此任的设计公司，精心挑选，几经周折以后，花落美国AHA建筑设计事务所。AHA设计师恰到好处地将这几个方面都有机地糅合起来，使占地七万多平方米的曲江公园，物尽其用。即是说，由他开发的这个居民小区的每一户，都将园林景观收入其中，他所配备的圆弧落地玻璃窗、转角凸窗、落地玻璃客厅门、圆弧透明玻璃阳台拦板等，都浑然天成，仿佛都是为观赏公园的景色而设计的。生活于其中的人，无论躺在床上休息，或者坐在客厅沙发中小憩，都能够尽情欣赏公园内的美景。画龙点睛的是楼盘名字。既要一听就能想象到最具优势的曲江公园，又能体现他对品牌的追求，取名为人和苑。

他懂得商品的价值，也是制造商品者的价值，最后要获得消费者的理解、欣赏与认同，不是一厢情愿能够达到的。但他乐于在每一环节上努力。

广告是重要环节。他要将自己的思考，通过广告词体现出来。他亲自将广告词拟定为"公园不在我家里，我家住在公园里"。这是一条能够传递诗情画意的商业广告，也是他建筑理念的阐述，更是"人和"的真实写照。这十四个字，没有人知道是他花了几十年，像山涧水一样无以数计的闯与跌、跌与闯中得来的人生体验；这十四个字，既没有提到开发，也没有透露何谓开发之"度"，却实实在在地把一个"度"字蕴含其中了。这个"度"，就是标准，依据就是宜居，就是和谐！荀子所说"万物皆得其宜，六畜皆得其长，群生皆得其命"，主宰者就是人。从人出发，让家庭与公园，公园与家庭不分彼此，使人与人、人与自然融为一体，实现天人合一、物我共生，一切生命都在有限的空间里，享受无限生存的权利，这就是人和。他不仅用它做了广告词，而且把它作为题词，标在小区大门前。

不只是广告，他要把人与自然、人与科技、建筑与环境的互融互联的"开发"理念，体现在建筑的每一个细节中。商品的真正价值，绝大部分都是表现在一般人看不到之处的，尤其是房产。就是说，开发房产也是在开发自己的人品。他将构成商品内在质量的每一个细小环节，都看成是自己人格、人品的体现，这也是爷爷《换糖经》的精神内核。

就说窗户，是建筑物中极易让人忽略的部分，它应该是简洁、大气的建筑理念的直接体现物。SARS之后，法规强制要求所有的大楼都要有窗户，以便空气流通。社会上看到的窗户，都是约定俗成的上缘窗，空气进来很难。设计科学的窗户，空气必须进得来、出得去。因为空气进来是冷气，需要循环后把热气散出去，不然开窗效果不大。要和公园环境匹配，他把它交给一家知名公司，结果，铰链不帮忙，窗门扇拉进来了往往会推不出去，推出去了，也会拉不进来，实验多次都不成功。有人劝他，算了，将就一些吧，在这一行，这家公司算是最强最好的了，他们做不好，别人也做不好，别白忙了。他却不信这个邪，这么好的设计怎么能被这么个部件卡住呢。

他想起了成钢五金成老板为了铰链质量，赶到德国BKV公司取经的故事。于是他也特地带上设计师，飞往德国西部工业城市乌培尔寻访。到了现场，他才知道，这是一家创建了半个多世纪的老厂，倾四代做一事，企业稳定，有信誉。这一介绍，顿时和他转型的思考碰撞了，"只有在一个行业内专注地去经营，长期地去耕耘和积累，才能发现那个行业中的痛点问题是什么，才能够针对这些痛点找到有效的解决办法"，他觉得这家企业有根，祖业，才是活的纪念。就这样，他和"倾一生，做一事"的工匠精神发生发了共鸣，欣然把这一笔生意交给了这家公司。BKV果然不负所望，及时解决了这个问题，使人和苑一开窗，来自公园的新鲜空气就进来了，迅疾地吹出了沉闷的污浊的空气，达到了空气交换的预期效果，使人生活在一个始终与大自然相处融洽的环境中。

他想到了电线。家庭最常用的电线，选择什么规格，本来是工程承包商的事。他在深圳装修时，却发现承包商为了多盈利，采用的都是最基础、最便宜的那一类，过得去就可以了，反正都是埋在墙内的暗线，开发商不问，一般购房者也不会注意到。楼循波却认为，电线虽小，给客户带来的麻烦，往往都是在装修好了以后，要是质量不过关，一出麻烦，就不是小事了。为此，他索性把承包商请来，郑重约定：你给我选购质量最好的电线。要是提升了成本，和你们原定品牌的差价，就由我给你补上吧！

门窗、电线如此，其他埋藏的管道之类，都是这样。

是生存拼搏的需要，他通过这个楼盘，走入这一门的殿堂，成为行家。

皇天不负苦心人。这个楼盘动工后，中国楼市正处于触底后反弹的第一波，到2004年中国楼市大幅度反弹，房价直线上升，他不失时机地大量售出。环境好，门口就是公园；旁边还有个小学，是名校，须知，这一点，日益成为购房客户的优势，并有了"学区房"的流行概念，买到这里的房产，保证了孩子进了好学校。

不仅是上海，整个中国的楼市，从此开始了只能用"发烧"来形容的热度，在前一年反弹的基础上，继续反弹、升温，再一波一波往上涨。有了好楼盘，楼循波的人和苑全部按计划卖光，打了一个漂亮的翻身仗。他借此还清了所有欠下的债务。

是否立即实现早就预定的那个转型心愿？如果说，刚来上海开发房地产，以图东山再起积累资金，以公司转型的方式，继续在服装，尤其是丝绸服装上创立品牌，实现"倾其一生，做好一件事"的夙愿，今天，一想起，一阵隐隐的惆怅便浮上了心头，想到了之江公司涉及的"浙服"和省丝绸进出口公司的种种，早已离他而去，难以重续前缘了，要实现当年所思考的转型，不能不涉及一些难以理清的关系，而乌伤大地也出现许多新的情况了。与其将精力耗费在这上面，何不就继续在房产上实现打造品牌的夙愿？

虽然他已经进入房产开发殿堂，面对的却是全新的现实，可行吗？

这确实需要缜密地权衡、再权衡的。这时候，社会关注点，完全被房地产无限宽阔的"钱程"吸引了。一不小心，完全会重蹈覆辙的！他的家族、亲友，包括循统在内，儿子和安、女儿小茵、女婿林毅杰的兴奋点，都已经随着社会趋势，从服装、玩具、鞋袜等产业转移到房地产上来了，只是介入的深浅不同。做服装的买进了房产等待上涨，一出手，买进的不是一套两套，和安就是五套，小茵夫妻见服装不景气，本来改做玩具的也将主要资金买进了房产，一预售，就去抢购，有的在城区，有的到杭州，有的到深圳，有的到上海，玉莲有许多温州朋友，跟着他们组成了炒房团，跑遍了京津沪深广。鉴于过去的教训，都是瞒着他这个父亲和哥哥的，现在，见他在房产上成功，全部爆发般地公开了。

爆发性的第一个信息，来自女儿小茵，她从小商品城打来长途电话，说，爸，你下一个楼盘在什么地方？我参股！我把手头几套房子抛了，资金集中到你手上，帮你把生意做大，成为新时代上海最大的房产开发商！……喂，喂，老爸你在听吗？

他说，我听着呢！

你同意吗？

我没有想好下一步做什么。

哎呀，老爸呀，要发财，做房产，人家挤都挤不进呢，你还想着那个"转型"啊？好了，我马上抛掉手头的房子，到上海来一次。

你别来，我没有想好！

第二个电话是妹妹玉莲。她从广州打来，她跟着炒房团在那儿把一个楼盘一半的预售房都收进囊中，非常得意，也非常肯定地说，哥，中国房产刚刚起步！给你赶上了。哥，你到底是我的哥！哦嗬，都说你料事如神哪！说定了，下一个楼盘一预售，就告诉我，我一定让我们一家子大赚一笔！

他的回答是，有没有下一个楼盘，我不知道。

怎么不知道？

真不知道。

儿子楼和安没有声息。当爹的知道，这小子城府很深，知道老爸的事业，最后都落到儿子头上，而且接受了教训，绝不想在摸清老爸心思之前胡言乱语，只托人给父亲送来一个信息：听说上海虹桥即将成为上海新的交通枢纽，上海的新热点，眼下，那儿有一块地皮，如果老爸有兴趣，赶紧差人去拿下，那是真正的黄金地段！

他的心一动，告诉来人，你叫他把信息了解得详细一些，及时与我联系。

和安的反馈还没有到，循统却看中徐家汇地段的一块地皮，如果在那里开发居民住宅，房价每平方米可超过十万元。

他把循统找到办公室里来，听罢详细信息的介绍，问道，你说，我要继续做房产开发商，趁房产热赚个饱吗？

毕竟相处久了，知心知意的，循统一听言外有意，就问，你准备做什么？

他说，还是准备造房子。但我拒绝赶浪头。我的追求绝不放弃。

拒绝赶浪头？不放弃追求？那你准备造什么楼？

他沉吟半晌，仍然压不住心灵深处那份情感升华为责任的呼唤，问道，最近，你和姐姐她们联系过吗？

他在"她们"这个词上放了重音。

联系过。

说到过当今"房产热"吗？

说了。她说，限制，是艺术的磨刀石，商业艺术也是这个道理。

"她"是谁？

我姐呀！

哦！让我想想！

4

汝芸的话语高度概括，而且纯属艺术。但一对被活拆的鸳鸯，始终心有灵犀。楼循波一听就明白了，再次搁下有关她们的话题，先付诸行动。他断然远离疯抢一般追求高额利润的社会思潮，排除得意而来的贪婪，向着始终在酝酿的那个梦倾斜了。

这个梦，是爷爷那一辈就在构筑的，并不断出现在爷爷口里，叫"天时"。为了请到"天时"，他到横岩岭千年古道上寻觅过，也不怕危险，扮过南海观音，祈求上苍保佑……天时，就是好世道，终于盼到了，事实果真如爷爷所说，一路走来，都是天时所赐，我要把这天时，做到品牌里去，以理性提醒人们，珍惜、再珍惜这个来之不易的天时！

他认为，这是他的使命，这份使命，浓缩了生而为人的所有责任。

他想象中的品牌是什么？通过怎样的企业转型去创建？

之江公司已经成为历史，以响溪牌行世的丝绸产品也随之消逝，他完全可以超越行业来思考这些问题了。人和苑销售部又送来了这个楼盘销售扫尾的报告，更教他有了超越房地产业而拥有天马行空的自由。这些年他所见的各个行业，不断在他眼前一一重现。他从"倾一生，做一事"再次想起了德国寻访BKV之行。德国鲁尔工业区的伍珀塔尔，是有名的山谷之城，本来比金银坞还要与世隔绝。但它名扬世界，不是因为它是纺织工业的重镇，也不是因为马克思亲密战友恩格斯在此诞生，而是因为被称为山谷之城一绝的"悬车"。悬车是高高悬挂在钢架上行驶的电车，乘客坐在凌空的车厢里，绕城行驶，在摇篮一般的动感中，透过窗户欣赏郁郁葱葱的山谷，俯瞰脚下小溪的急流、街市的行人与车流，教人不能不感叹欧洲工业革命成果的辉煌。"悬车"这一创意，使山谷之城不必付出土地代价，便能交通畅通，而且它诞生一个多世纪以来，居然没有出现任何由设计和质量造成的事故！能否建造类似这样的一座"碑"，提醒没有经过工业革命洗礼的乡亲们勿忘补上这一课，同时也向世人传播，人，如何开发客观世界的同时开发自身。这是抓取、珍惜改革开放时代大机遇的关键。

那么，这座碑是什么样的呢？重复悬车，克隆人家的成就吗？

不，他不想徒增笑柄。

他静下心来继续思考。忽然传来了一条消息，引他往更纵深处思索。童秀娟倒下了！不为别的，她为了满足追随她新产品的那些亲友的财欲，超越了自己的能力，疲于应对，到处筹集资金，拆东墙补西墙，借新债还旧债，以至于资金链断裂而被追究刑责了！

他震撼！猜想中，也长着一绺漂亮大胡子的马克斯·韦伯和爷爷一起，又站到他面前来提醒他了：正视这个没有经过工业革命洗礼的社会现实，千万不能放松对"现代理性组织"的追求啊，这一块"碑"，不只是反思过去，更应该预警当今与未来！这就是说，应该建造一幢洋溢着当代文化气息的商务大楼，欢迎四海来宾，踏上这块热土，是一项将当代世界先进经验融入中国的壮举，使乌伤大地，使中国，始终站在世界前沿，就像诞生于欧洲工业革命中心的悬车，成为这种理念的象征；提醒像我这样的众多乡镇企业家，避免重蹈我的覆辙，不是消极地接受，而是积极地，以开放的、海纳百川的姿态，吸取欧洲工业革命的中心鲁尔工业区的经验，吸取经过多次工业革命洗礼的世界优秀文明，为我所用。唯有这样，才能推动全人类在成功道路上一往无前。这正是他当年一再想到的公司转型之梦的内核！

好，太好了！

这幢大楼造在哪儿？

他首先考虑的是自己的故乡。这一动机，看起来是乌伤小商品城引发的，其实，是始终隐藏在众多摊位中的一双孪生姐妹召唤他去的，她俩的召唤，也是她们母亲的召唤。这些年，小商品城突飞猛进，他欣喜，但也更加急迫。重遇汝芸的那个焚烧假冒伪劣商品的场所，已经成了他生命史上的一个刻度，那一天，他发现情爱真的升华成了责任，而他，居然逃避了这份远比他多年想象沉重的责任，虽然汝芸知道了那场火灾是因为她引发的，但她的刻意拒绝见面，却不能不让他想象，她就是用这种方式在惩罚他，不，不，不是她惩罚他，而是上苍用这种方式在惩罚他，提示他是有罪的。每次回乡，他都会到那儿去转一转。市政府多次在那儿当众焚烧假冒伪劣商品，既体现了市政府的苦心和努力，也在提醒他的罪孽，提醒他肩上的责任。此时此刻，这一地点却和体现乌伤大地品牌的这座"碑"融合在一起了，对他个人，是实现情爱真正升华为责任的补赎；对社会，是在补工业革命洗礼之课，而且象征意义更丰富，比打亮自己公司某一项产品，更有价值，更为迫切，也更具影响力。

他特地回乌伤大地去了。

短暂的六年，又是一番新景象。

城区已经扩大到横岩岭下，也可以说，金银坞融进了城区，破旧的民居都变成了水泥建筑，响溪改成了一条绿树成荫的景观带，虽然口头上的称呼没有变，但正式的通信地址却都改了：乌伤之北的，被命名为北片洪塘街道金银坞，牛妹娘家所在的乌伤大地之西，则称为西片西山坞街道西山坞。要邮寄什么，不这样写，新来的投递小哥就不知往哪儿投递。不是他的眼界大了，而是故乡扩大了。过去只说地球缩小了，如今他感觉到金银坞跟着缩小了，扩大的，是以乌伤世界小商品城为主体的城市。保存完好的大安寺塔，却在清新中，包含着深沉与厚重。六里亭、铁道涵洞仿佛都移到了家门口。不对，六里亭、铁路涵洞，不是它们移过来的，而是世界小商品城这个庞然大物，摧毁了砖木结构的江南民居，填平了丘陵间沟壑，抹平了它们的陵脊，一路把它们推送过来的。自己的家，金银坞，以相同式样的水泥建筑迎接它，并毫无保留地融汇了进去！

和当年小菊将绒布娃娃翻了一地的场景相比，老家气派完全不同了。新厅火烧场上，那两间平房依旧。不想改变，是因为他和孩子都有房产，都是金碧辉煌的，母亲和牛妹不在此长住，经常空置，何必拆了重建？何况，他总想在这块宅基上圆一个梦，一个还一时说不明白的梦。

又一次邻居满门。

他是来做调查的，了解他们在生产什么、销往哪儿、怎么销售。鉴于上次小菊说的"有些乡亲收房租比开工厂收入还要多"，还须了解来自异地的投资者、打工者到底有多少。

六叔的孙子来了。他本来跟着和安做服装的，现在改生产拉杆箱包了。俄罗斯有他的承销客户，同时在小商品城三期九区有个摊位，接待前来批发的客商。

在前厅摆了一辈子小摊的娥囡奶奶的曾孙女来了，带着活儿呢，手编麦秸草帽、麦秸扇子。在乌伤大地，麦秸帽子是用麦秸先打好扁平的辫子，一圈圈地盘起来的，质量优劣就看编织是否细腻、精致，她左胳肢窝下夹着一捆麦秸，几支麦秸在她手上跳动着，边说边编着麦秸辫儿，串门不耽误活儿，那手艺，让楼循波暗暗称绝。她说她的手艺远销法国、荷兰，那里有代理商，是外国人，还到这儿来看她怎么编织呢，她不懂洋话，闹了不少笑话，为此，她学习了英语，可以做简单交流了。她在小商品城四期第二十一区，也有摊位，而且不止一个，雇了两个外来妹在照顾摊位。

锦兴叔的外孙来了，就是翠珠的儿子。翠珠和儿子媳妇，到意大利置办了几套织袜机器，生产男女丝袜，销到乌克兰和白俄罗斯那些国家，那边都有代理商。翠珠他们雇了三个外省来的女孩子，都忙不过来，同样，在小商品城有摊位。

哦，那个爱笑的小娘，是刚从湖南来的"新移民"，做小工艺品的，钥匙圈，指甲钳，等等，在新西兰有她们的代理商，在小商品城四期十八区，也用摊位接待批发商，生意好着呢！她家新盖了一幢五层洋房，四楼到地下室是工场，顶楼，除了自己居住，还有两间，提供给外来打工仔当集体宿舍。

他又想到了童秀娟所期待的那"一片森林"。在这片森林里，脸面各异，生产的商品不同，出现、成长的模式，基本上是这几种：有的是自己创业，白手起的家；有的是正在发展的厂家的一部分；有的属于童秀娟模式，到了某公司学到了手艺、把握了销售渠道，然后自立门户；有的借之江、成钢、雅云这些企业之"势"开起了小厂，借"船"出海发起来的……相同点是，原住的村庄是他们生产的厂家，在小商品城里设了摊位，招徕国内外顾客，同时也吸引了外来人员来此务工……

老八房老六的孙子，居然造了三层水泥洋房，出租给来自外地的打工妹，跟着出现的类似经营，不止老六这一家！

楼循波急于继续验证与考察的，便是被誉为世界小商品之都的小商品城。他相信，那儿更典型。当然，更重要的驱动，是隐藏在他心灵深处的那份邂逅女儿的憧憬。他不带孙女，戴了遮阳帽和墨镜，以一个观光客的身份走进了这个庞然大物。

他又一次被震撼了。

漫步在摊位间的走道中，不能不承认，这是真正的世界小商品之都！在这拥有26个大类、180万个单品的空间内，如果不采用一期、二期、三期的划分，"期"中不以一区、二区、三区等数字序列、而且是三位数来定位的话，真会找不着北。据媒体报道，小商品城不限于此，有了连锁与输出，乌鲁木齐、兰州、西宁，以至波兰的华沙，都有了连锁小商品城！这儿就是缩影，一到了这儿，各种肤色的客商之间的隔阂都消失了，有的只有买方与卖方，这种融汇，不是形式上的普通融汇，而是一种有机的互动。在这些摊位上看到的服装、玩具、饰品、工艺品、小家电、五金用品、箱包、日用品、针织品、文体用品，以及他见所未见的指尖陀螺和平衡车，还有正开始流行的"自拍神器"……都能够在像金银坞这样的村庄里，看到它们是怎样被制造出来的。

这不是当年六里亭、湖清门等地钢架玻璃瓦棚的放大吗？前摊后坊，产销一体，它复制了老上海"前店后工场"格局，也就是说，小商品城是用一个个摊位组成的大"店面"，而散落在小商品城周围的，原来叫作什么村、什么庄、什么桥、什么店当中的一幢幢水泥建筑，都是为这些摊位和店面加工的"后"工场。

一个念头像一道闪电，在他脑际划过：城市，乡村；国内，国外；东方，西方；这个洲，那个洲……当代世界，就是这样在这儿汇聚！或者说，这就是当代世界交流的平台！我想建造这样一座品牌之"碑"，是完全必要的，而且，就应该建立在这儿，到这儿来，提示企业是现代理性组织的同时，把祖祖辈辈，以及祖辈多年从商的甜酸苦辣融洽进去，追溯、传播拨浪鼓摇出的那个"义"，让祖辈的经商经验，得以传播、弘扬。形成一个带着民族特色的气场，这就是"碑"固有的价值和特有的感染力，拿当代语言表达，就是品牌的价值与魅力，从这儿扩大到整个乌伤大地，并从乌伤大地，扩大到全国，扩大到海外，把爷爷期望了一辈子的"义商"这个群体的优秀的品质、鲜明的形象，亮亮地打出去，融进当代世界！这是爷爷、父亲他们一代代祖辈，包括童秀娟"一片森林"的夙愿，这才是大手笔的"转型"！"我们看重的是'义'，要打旗号就要打这个'义'字的旗号"，爷爷的话言犹在耳！爷爷所说的"义"，和马克斯·韦伯所说的，再次耦合了：挣钱不是贪婪，也不为谋生，而是使命，是精神，是为了最大限度地使人生绚烂多彩，是改变个人命运的最好途径。两人表达不同，意思却一样，没有"义"，何谈"使命"？这是"义商"的精神内核，也是乌伤小商品城的立足之本，支持童秀娟所期待的那"一片森林"的，也是这个！不过"我要到这儿来"的"这儿"，不是这个狭义的小商品城，不是原有的老城区，也不是他卖纽扣的六里亭和发祥地吴家生产大队，而是有一条响溪穿村而过的金银坞。金银坞，也不是上溪沿、下溪沿、小石桥头、麻车等旧址，而是当年的新厅，火灾以后他一度打算重新盖房子的那一块以宅基为中心的地块。它蕴含着敲糖换鸡毛源远流长的历史，体现着传统，也展现了当代。

啊呀，近来不时出现于内心深处的那些朦胧的呼唤与憧憬，都在这儿！

大楼的名字，也随之跳到眼前来了：金银坞·人和中心。坚守"义"，才有人和，有人和才能使"义"弘扬得至善至美。这是"金银坞的人和中心"的总部，以后将建立上海·人和、深圳·人和、香港·人和……

他越思索越兴奋。有一位大胡子白人，挺着个硕大的啤酒肚迎面走过来了，楼循波怀着再次获得支持的兴趣，举手招呼，哈啰，然后示意请他留步谈谈。大胡子回头以目询问身边的一位姑娘。她上前来，客气地问，先生，我是他的翻译，你要和他说什么？

楼循波直接对翻译说，他从哪儿来？为什么到这儿来？

翻译直接回答，他来自以色列。他相信这儿的商人的素质。他头一次来，是向这儿一家针织袜业公司订购了一批男芭蕾舞裤。公司虞老板到了上机生产的时候，才发现这批芭蕾舞裤的尺寸特别大，他的设备根本生产不了，除非按照这规格去购置大口径针筒袜机，但要这样，成本二点二美元一双就不够了，要翻倍成了四点四美元！接单时，客商就已经全额付款了，怎么办啊？经过一番权衡，他决定，为信守合同，哪怕亏本，也只能赔上血本按时交货！当这位客商如期收到订货，并知道了来龙去脉以后，就把这儿作为所有商品采购地了……

原来，大胡子也是被这个"义"字，吸引来的！

他问，他住在哪儿？

她说，住在乌伤大酒店。

他问，外宾都住酒店吗？

不。短期的住酒店，有固定客户的，自己租房子住，有的干脆自己买一套房子住下。像阿拉伯商人，自己集中住在一起，成了一个小村庄。

啊，难怪有穆斯林的清真寺！

瞧，建造这一座碑、建造在何处，我的决定，是完全正确的！

5

他向死求生的传奇，早已传遍了乌伤大地。他的思考、他的主意，很快获得市政府的支持，批到了包括新厅旧址在内的六亩多土地，以建造金银坞·人和中心。

楼循波深感"机"遇难得，新的"机"门既已向他开启，他要让这幢巨大的建筑物，成为对人的这一个"悟"字和"修"字的化身、"悟"字和"修"字的"气场"。

从这一思考出发，他着手设计、施工的"作品"，当然一扫当今以模仿甚至克隆西洋的种种时尚，一扫借西洋气派以壮胆的风气，亲自精心谋划，把这许多年积累起来的近思远虑，全部凝聚进去，使家乡好不容易降临的"天时"，获得充分利用，提供一个甚至更多的、不管从纵向还是横向比较都值得自豪的"独一无二"！

他把思考概括为三条：合理而实用；简洁而大气，简洁不能是简陋，该豪华的地方要豪华；第三，豪华而典雅，不能像有些大楼那样豪华得俗不可耐。

两年以后，以金银坞·人和中心命名的这幢甲级办公大楼，便巍然雄峙于横岩岭下的建筑群中，整体建筑与周边的建筑，不论是高楼，还是作为民居又充作工场的水泥建筑都融为了一体，真正的雅俗融合；它独特，然而，它透露出来的，是对乌伤大地人文环境的尊重和融洽；它同样是冷冰冰的钢铁水泥构成的建筑，但它每一个角度与细部，都在传递着中外文化的互渗互透，传递着人性的温馨；它的建筑风格简约，却融汇了中西设计元素，以其典雅大气，力压群芳，体现出高品质的国际商务平台的特有气质，展示了海纳百川、包容万象的全开放姿态，引起了建筑界的瞩目。

但最让人耳目一新，可以用摄人心魄来形容的"独一无二"，是她的内在气质，这是楼循波最最下功夫、最希望体现这一幢建筑苦心之所在。

这就是渗透在大楼中的文化因素。

这就是体现东方哲学"天时不如地利，地利不如人和"的"人和"。

窗户，他仍旧请德国BKV公司制作，BKV再次不负所望，使金银坞·人和中心一开窗，来自山岚田野和响溪上的新鲜空气就进来了，迅疾吹走了沉闷空气，达到了空气交换的预期效果，使客户生活在一个始终与大自然共处的环境中。"我家不在公园里，公园却在我家里"，体现了他环绕着"人"字而做的文章，他对人际间心灵相通的渴望、对物质世界开发之"度"的寻求，为建筑气场的营造增添了力度。

金银坞·人和中心拔地而起了，幕墙上装什么玻璃的问题，便推到面前来了。针对开放初期一哄而起的玻璃幕墙所带来的负面影响，关于玻璃反光造成光污染的法规出台了，反光率被控制在百分之十五以下，执行十分严格。

金银坞·人和中心拿什么做参照？近年来，从京沪穗到一些二三线城市所建造的知名高楼，如上海的世贸中心、环球中心都是灰乎乎的，他觉得不美观。为了符合标准，设计师给出的方案，是采用黑玻璃，一对一的模型出来后，被他否定了。他一定要让新崛起的乌伤大地这一幢扩展气场的坐标，超过大上海！

设计师试图说服他，趁着去美国的机会，请他去看看芝加哥的楼房。

他承认，芝加哥的大楼设计成那样，确实好看，黑玻璃上映出的是晶莹碧透的蓝天白云。但是"金银坞·人和中心"造在中国江南，中国江南有阴天，有冬日灰蒙蒙的云天，还有雾霾，一幢黑玻璃的高楼耸立着，哪儿来的美感？

建筑是凝固的音乐。和服装艺术一样，颜色的搭配，会直接影响人的精、气、神，多年做服装的楼循波，深知建筑艺术和服装艺术之间的内在联系。建筑除了自身的美，还须和周边的环境协调、和谐，形成浑然一体的风景画：天上的云彩、飞掠的鸟雀、城市的倒影，都应该是悦目的，这才是"宜居"应该达到的生活环境，生活在这样的环境里的人，才能自觉地营造他期望的那种气场。

设计师双手一摊，表示为难。要符合法规，要么就是白玻璃，例如上海浦东的花旗银行，里外全透明，看得清清楚楚；要么就是黑玻璃，例如龙之梦。即使上海中心这样的顶级建筑，为了符合法规，造好后也是灰乎乎的，旁边的金茂大厦，就比它漂亮得多。

设计师请楼循波自己找素材。

楼循波又较真了。他仔细查阅了资料，全球百分之九十的著名大楼都选择了VRC的玻璃。它们的玻璃反光率是百分之十五点五，基本符合我们的法规。这个工厂在美国明尼苏达州，它的钢化炉是特制的，有足球场那么大，当玻璃从600℃高温炉里锻炼出来后，风吹过液体的过程中不至于形成风斑，造成玻璃的不平整。他们生产的玻璃，质量是有保证的。他亲自去明尼苏达州实地考察。到达的时候，恰逢摄氏零下38度，是该地区最严寒的季节，他和设计师一起从室内走到工厂，才200米就冻得受不了！即使穿着皮大衣，也被凛冽的寒风、酷冷的气息吹得瑟瑟发抖。

有人理解不了，一个老板，为了县级市一座楼房的玻璃，干吗受这么大的罪？

他却只是笑笑。他不想多说，乌伤大地近年来如雨后春笋一般崛起的建筑，在这些方面的遗憾还算少吗？由于选择的玻璃不平整，很多现代感很强的大楼，看上去却像哈哈镜。今天,我建造的,是乌伤大地的坐标,树立的是一块警示碑,是一个要与欧洲工业革命的中心鲁尔工业区一样,体现随着蒸汽机而来的煤与铁身价骤升的一个历史性成果,以"东方悬车"的姿态,展示我们共和国改革开放的巨大成就,从而展示将与世界级经济强手角逐的、以现代理性组织为内核的企业家应该拥有的素质。

能够建造世界小商品之都的人,难道不应该这样要求自己吗?

正因为VRC的玻璃,金银坞·人和中心受到了社会各界人士的好评,得到了租户的满口赞扬。他说,接下去他要在上海、在深圳、在广州、在香港继续建上海·人和、深圳·人和……还会继续用VRC的产品。

这是硬件。他更多的精力花在内部的细节上。

6

金银坞·人和中心的大堂,是给所有来宾最直接的第一印象的空间,是展示内部细节、大楼个性的一个窗口,是人和中心的一张脸面,也是他楼循波的一张脸面。高敞明亮,光线柔和自然,建筑设计是无可挑剔的。那是一个能看到蓝天白云的通透穹顶。最初,设计公司提供的设计方案,犹如蔬菜大棚,他不满意。设计者建议在此基础上做室内处理,他也没有采纳。最后请来了美国设计师Ken,把穹顶设计成了佛罗伦萨大教堂式的穹顶,才别开生面。但他建造的是一座"碑",它的灵魂,是它所展示的文化含义,而大堂正面与两侧大墙的设计,也成了透视灵魂的关键部位。西洋的古典雕塑、巨幅景物油画之类,从"外形"上看,与佛罗伦萨大教堂式的穹顶,确是匹配了,但都不合他的初衷,在此接待的,都是外资公司和企业的老外或采购人员,他们漂洋过海来到中国,不管与"义商"打交道,还是与晋商、徽商、浙商……打交道,肯定都想了解独特的东方文明和乌伤大地传统的商业文化。我们追求的,是中国土地上的"现代理性组织",大堂的文化气氛,就要让来宾感觉到这种追求。这也是我楼循波形象的展示。

说到形象,他总会想到子贡。孔门七十二贤人中,最善于做买卖、最具有经济头脑的是子贡,《论语·先进》中,"赐不受命,而货殖焉,亿则屡中",说的就是这位经商奇才、被后人尊为儒商鼻祖的子贡。子贡还是一个政治家和外交家，能言善辩，曾任鲁国和卫国两个国家的宰相。就因为他不受当时社会成见的影响，打破了重农轻商的惯例，乐于与社会最底层的小贩小商为伍，在经商中赚了许多钱，富甲一方，有条件高车驷马，周游列国，与各国君王同堂论道，传播儒家文化，弘扬孔子仁政思想，甚至敢于与藐视自己老师学说的掌权者分庭抗礼，使他名满天下。后人把类似于子贡的商人，称为"儒商"。楼循波在深圳经营之江公司风生水起的时候，不少朋友曾经把这一顶桂冠往他的头上戴；到上海寻求东山再起的时日，在那个全新的环境里，凡与他交往频繁的朋友，也都不谋而合地拿起儒商的桂冠，往他头上扣。到了破产危机尽消，完全立定了脚跟的时候，想想自己当年那样出奇制胜过关斩将的经历，想想那许多有如神助的商业谋略，他不由得不想到子贡。是呀，当一名儒商也不差呀，这是生意人最希望获得的形象、最理想的境界呀！

他的思谋，却被当年在飞机上读到的对"亚洲模式""亚洲经济奇迹"争论总结的介绍文章否定了！不错，儒家文化，是这一经济模式失败的原因之一，童秀娟的重挫、深圳威达公司的破产，都是新的例证，给了他切切实实的体验。他无法不正视儒家文化的局限。天底下万事万物，在物竞天择中，始终立于不败之地的奥秘，就在于与时俱进。应该肯定儒家文化的价值，但不能忘了建造人和中心的初衷，为了博得"儒商"之名而将它固化。必须期望来到这里的四海来宾以自己的商业实践，用"现代理性组织"的思维，一起来理解它、继承它、发扬它，使它"苟日新，日日新，又日新"。这才是儒家的基本精神。我爷爷就是榜样，我没有排斥佛罗伦萨大教堂式的穹顶，就是这一潜意识所起的作用。

大堂装饰的一个完美设计，就在这样思考中产生！

同样独特，既充满东方古典文化气息，又凸现了乌伤大地悠久的商业文化精髓，它是包容的、多元的、动态的，在这儿张开双臂欢迎四海来宾的主人——儒商的传承者，也是正在超越儒商的新商人！

数十米高的正面大墙，他采用了《大学》开篇，作为大堂背景。从"大学之道，在明明德"，到"格物而后知至，知至而后意诚，意诚而后心正，心正而后身修，身修而后家齐，家齐而后国治，国治而后天下平"，165个字，"人和"

的精神，阐述得没有比这更到位的了，这是为人处世的基本要求，也是中国文化中的精粹，"修齐治平，弘毅致远"的大道理，"人和"的内在意蕴，都包含在里面了。它庄严地提示身临其境的每一位来自世界各地的宾客，你置身的就是这样一个中国，你面对的就是这样的人；只有拿这165个字去打磨深入人心的舟筏，你才能走进中国人的心，才能畅游于中国人生活的海洋，而后才能取得成功。

不采用魏碑隶楷草，而是选用中国文字中最漂亮的小篆，不只因为小篆的装饰性强，更因为小篆是秦始皇统一中国以后，在"书同文，车同轨"的施政中，最早统一使用的文字，采用这一字体，就是自豪地宣示，乌伤大地的文明，是经过千年磨炼的文明，是悠久岁月积累而成的文明。每一个字都贴了金。

这是"宗"。最精彩的，是左右两侧大墙上的《换糖经》。

左右大墙，原来是光秃秃的出风口，他特地设计了两整面的造景墙，包起了钢圈，分别辟出与大堂《大学》开篇同样的面积，选取他爷爷手稿中的重要段落，以影印形式放大，同样是贴金装饰，从"糖者，天象也"，到"为商若此，庶乎近焉"，凡是残稿中能辨别的，几乎都能读到。楼循波借此告诉每一位来自四海的宾客，你的商业伙伴，就是这样一个乌伤之子，"换者，易义也"，"义"，它包含着马克斯·韦伯的那种将赚钱提升为人之应尽责任的"新教伦理"，在尽"责"的过程中，着眼于人与人关系的处理，"义"，"求义而不弃利"的这个"义"，就是人和的核心。生长于乌伤大地上的商人，以"义商"自命的原因，同样是乌伤小商品城七万多个摊位、上百万位老板与来自东西方各大洲商人打交道的宗旨！

他相信，来到乌伤大地，走进金银坞·人和中心的商人，肯定都会从中理解独特的东方文明和乌伤大地传统的商业文化，是怎样一步步发展而来，以其开放与包容，展示她旺盛的生命力。即便一时不理解，但只要这样去践行，必定满载而归。

为了体现这种文化气魄，为了使这种文化所传递的魅力直击心灵，他对细节的追求，苛刻到了自虐的程度。地板用的是黑色大理石，要与这么宽大的空间协调，要与这样的文字传递的文化相匹配，必须使用未经切割的整块，近一个平方米的长方形大理石，在这样一个大厅里要铺得绝对平整，建筑师和建筑工人都是第一次碰到，每一块安放，都是一次高难度技术的考验。他不惜开出高价：工资增加一倍！

他的要求，终于百分之百地达到了，真正体现了他所说的"豪华而又典雅"的建筑风格，将艺术之美、文化之美、建筑之美，浑然一体的美感，弥散在整个空间。

这仅仅是金银坞·人和中心的序幕。

电梯厅，是最容易忽略的地方，他装饰的也是贴金篆书，却是孟子的经典：

天时不如地利
地利不如人和

这十二个字，应该是开门见山，不置于大楼顶端，也要置于大堂的，因为，它揭示的是这幢大楼的灵魂，人和的核心就是"义"，比《大学》开篇更为直接。楼循波却不是这样考虑的，在高手林立的商界，"义商"要脱颖而出，力压群雄而展示其独一无二谈何容易？如果说大厅，应该先给风尘仆仆的远方来宾一片宁静安详的气氛的话，那么，来到电梯厅，置身起起落落，或升或降的环境中，选择，协商，进取，退让，或赚，或亏，或荣，或枯，在充满如此不确定性的博弈时刻，最要记取的，就是这环环相扣，不断地以一个"不如"再一个"不如"地比较、权衡、选择而出的十二个字！为了凸现这十二个字，他仍然在细节上下功夫，走廊墙壁、地板是从大堂延伸而来，是其文化感受的延伸，一直延伸到电梯里面，连电梯的地板也用同一种黑色大理石，铺设的工艺风格完全一致。人，一旦置身其间，在大堂中所获的感受，可以一直带到每一楼层、每一个空间！

三十层楼，他宽畅的办公室里，在办公桌的对面，也是接待宾客的小厅，墙壁上最显著的是一幅书法，写的是：

商海泛舟，颠覆性的凶险，存在于我们的内心可以说，这是他商海几度沉浮的最深体验，也是他人生的总结。中国这些年的开发，看起来，是以"摸着石头过河"的名义在求"道"，表现出来的却是源于欠债太多而产生的对补偿的渴求，这种渴求，一旦放纵不受约束，就会到达野性的疯狂，完全忘记了"求"之道在于真，而"补"之道却在于度。他深得其中奥秘。从金银坞到深圳，从深圳到上海，从服装业到房产开发，是他所经受的辉煌与惨败的恩赐，他苦苦寻求"开发"的这个"度"，是善于把握人性的大智慧，是"增之一分则太长，减之一分则太短"的善于控制的艺术。是的，善于"控制"的艺术，这一点既来自汝芸那一句"限制，是艺术的磨刀石"，也来自不断在折磨他的那一份责任，这是一份由动物性升华为人性的责任！不管什么艺术智慧，全都落在"人"以及"人和"这一个"点"上：人和，不只是人与人的协调，更是指每一个个体的"人"的内心。

他以独特的设计、精心的施工，将自己人生体验全部融了进去的金银坞·人和大厦，从动工开始就吸引了乌伤大地众多商家，并和他大起大落的传奇一起，重新被人咀嚼，一下子就将"义商"这个品牌亮了出来。一开业，租赁商铺的顾客就纷至沓来。最有直接体会的，是负责大楼租赁的总经理，不断地向楼循波做市场反馈，老板，您太厉害了，您的文化创意天天在卖钱，在招商中，我们碰到那些嫌贵的、犹豫不决的客户，只要到现场来，感受到这儿的文化气氛，就像是临门一脚，马上签约了。短短一个月，出租率便达到了百分之一百！吸引到一百多个国家和地区的商业采购办事处，还有三家外国代办处、五家银行，以及中国所有省市的小商品采购办事处。

他最欣慰的，是楼锦熹在东乡收购了两家服装企业以后，把公司对外联络办事处，从温州搬到这儿来了，这难道不是对他楼循波这一招的充分肯定？

是的，文化的魅力无穷。但决定成败的，是细节。正如他所说，"要做就做到极致，做出口碑"，"极致"，多半体现在无数个魔鬼一般的细节之中。

在一般人看来，他不惜工本，处处变动设计，增加了成本，而且是比人家多得多的成本，但他不到一个月就赚回来了。他清醒地意识到，这是他的智慧和努力的结果，更重要的，却是不停地把反思自身的精神，传递给世人，而金银坞·人和中心的文化内涵，也就成了必然。当然，更因为他顺应了时势，这"势"，就是不失时机地抓住改革开放的天时，用"义商"这一品牌，推动乌伤小商品城突飞猛进的需求。

他不时地期待汝芸母女仨的出现。

不只期待亲情相聚，还期待她们知音一般的欣赏与评价。

7

她们母女始终没有出现。时代之"势"，却继续推动着乌伤大地谱写新的传奇。

这一年，小商品城继续扩展，经营面积达500多万平方米，由国际商贸城、箐园市场和国际生产资料市场三大市场群组成，商位达到七万余个，经营近三十个大类、近二百万种单品。有来自一百多个国家和地区的一万五千名客商常驻采购，五千多家境外企业在此设立代表处，市场外向度高达百分之六十五以上，商品销往二百一十九个国家和地区，年出口八十多万个标柜。国际商贸城区块面积竟以平方公里，而且是以数十平方公里计算，分成了以扩建"期"为序的五大交易区，一区经营花类、玩具、饰品、工艺品；二区经营五金、电子、电器、箱包、钟表、雨具等；三区经营笔墨纸张用品、办公用品、体育休闲用品、化妆品、眼镜、拉链、纽扣；四区经营鞋类、袜类、日用百货……其规模之大，可以用这样一种设想来形容，你在每一个商铺前停留三分钟，按每天营业八小时计算，周末不休息，走完整个国际商贸城，将花费三年多时间。2005年，联合国、世界银行等国际组织及机构对它做了评估，确认它为世界最大的小商品批发市场，被称为世界小商品之都。

从此，它始终处于商业竞争前沿，新的商业模式，及时被接受，随着互联网风行，电子商务也成了重要交易手段……

楼循波预料得相当准确，金银坞·人和中心所提供的联系世界商贸界的功能，随之发挥到极致。他开始筹建上海·人和大厦。和安早前向他报告的虹桥开发区，是所有信息中，唯一一块他要求深入了解的地皮，本来是武警部队的，该区区政府已经从人和苑的成功中，了解到了这位开发商的高素质，为了留住他，生怕武警那块地皮涉及单位太多，便积极给他置换另一块，给他一次次的挑选。几经变换、谈判，到金银坞·人和中心投入使用的时候，地块转让的协议便签订了。地处即将出现的上海西大门交通枢纽，和世贸大厦相对峙，比和安最初得到信息的那块地皮更理想。

在金银坞和上海之间往来奔波的日子里，爷爷、汝芸，一老一少，一男一女两个形象，不时出现在他眼前，有时还伴随着那一双无法辨清眉目的女儿，不断成为他梦中的主角。爷爷已经作古，汝芸母女仨和他在同一个蓝天下，却无法见面，难道，循统那几声"你自己去问她吧"的回答，成了他永远无法释怀的遗憾？

这遗憾，完全是惩罚性的遗憾啊！

这天晚上，他又梦见她了。她从横岩岭下的山路上走来，依稀是在水库工地上打夯的她，不时朝他送来赞赏的一笑；仿佛又像变成了火烧场上满脸委屈，哭着离去的她；似乎是焚烧假冒商品会场边上的那一回眸……她的身边，却始终走着天底下最漂亮的两个女孩子，一样高矮，一样眉眼，一样衣饰，一样的身材，眼一眨，她们三个却完全一模一样了，一样的眉目，一样的发型，一样衣饰……不，不止三个，其中有和安，有小茵，还有韵琴这样的孙辈，都是难以区分的眉眼、身材、发型、衣饰……一大群哪，隐隐地听见有人在呼唤，这不是汝芸的声音吗，像电话中传来，轻幽幽的，听不清楚。他大声地喊，你说什么？啊？是告诉我你在哪儿吗？你说，是妈和循统使坏吗？……啊啊，你说呀！……

他呼喊，我要找到你们，我一定要找到你们！

回答还是隐隐约约的，却听清楚了：情难再，义可续；情难再啊，义可续！……

还是"义"，还是他听惯了的那个"义"！

他猛然醒来。遗憾！再也无法入眠了。他想，这梦境意味着什么？母女仨，何以变为一大群？她为什么这样回答？是否从我只是寻找她母女这一点，批评我对续"义"或者对"义"的表述太单一、太含糊，对爱情、亲情却太执着了？要不要写一篇文章，镌刻在大堂《大学》开篇下面，对大堂的装饰加以说明？……不，大堂上的文字表述得很清楚了，装饰设计也是一个完美整体，任何增加，都会成为画蛇添足之举。

是的，一定包含着不能单一地被"情"所驱去寻找她们的意思，梦境中出现的这一大群家人，意思就十分清楚，那么，应该怎么"续"才是完美的？我怎样去努力，才符合建造这幢大厦、打亮你所期盼的品牌的初衷？……

答案没有找到，她的声音，却继续在耳畔回荡，而且越来越清晰，仿佛在催他赶紧做出回答。"情难再啊，义可续"……她说的"难再"之"情"，可以肯定不只是指儿女私情，那么"可续"之"义"呢？他想到了最初从爷爷口里说出的"义"，想到了爷爷笔下的"义"，想到了乌伤大地上从商者的种种"义"举，也想到了"儒商"这个名称。儒商，是一个行业的象征，这是中国社会给予商家的最高荣誉和尊敬。可惜，当今有许多商业上成功的人士，争相佩戴这一桂冠，往往为了提升身价，却暴露了内心深处来自传统的"轻商"观念的自卑，甚至于不屑。说实在的，儒家的精神内核，是仁，是以"仁"来体现"义"，如果按照这一标准评价，在乌伤大地众多的商家中，最有资格戴上这顶桂冠的，是童秀娟，她不追究仿制者，而且鼓励掌握了她产品技术的人员跳槽创业，凭她那一句"我要的不是一棵大树，而是一片森林"，就足以说明，她播种的，就是仁爱，通过"仁爱"来播种"义"。但是，她的结果如何呢？这难道是她不尊重"企业是现代理性组织"这一原则而受到的惩罚？汝芸是否在提示我对此深入探究？……

对呀，汝芸！"儒商"这个词的现代表述，的确值得深入探究！正如东南亚国家，在"亚洲模式"失败、"亚洲经济奇迹"终结以后，一而再地探究。世界上只要有商业活动存在，这种质疑、探究，就不会停止，这是人类文化活动的重要组成部分，从商者都应该提倡的学风。汝芸啊，你分明是在提示我，对这一疏漏要做补救！你明确地告诉我，补救之道就是"续"，这个"续"，不只是商业上的践行《换糖经》要义，还要在理论上归纳、总结与提升！也就是说，我要通过"续"写爷爷的《换糖经》，将家族的这一奋斗目标具体化，赋予"儒商"崭新的内涵，就是说，把以儒家思想为主的中国文化精华，注入当代商业理论与实践，使它成为独树一帜的"商道"，使童秀娟的那"一片森林"，拥有现代风貌。是的，对此，我是最有资格说话的。除了把爷爷的残稿补全，我此生的经历，你的那些提示，包括马克斯·韦伯在内的当代世界从商的新理念、新经验，古今中外的，一起糅合、互渗进去，不说为当代中国儒商做诠释吧，但必定是"义商"的一部看家宝典，这才是对你续"义"的最好回应，对爷爷的最好缅怀呀！这个"义"，是含"情"之"义"，这个"情"是为"义"之"情"，所以，"义商"的"义"，就是"情"与"义"相融为一的"义"！这是你，尽管自己的生活不堪（一定很不堪）却始终站在暗处关心我、帮助我、提醒我的最终目标呀。

汝芸，我明白你在梦境中的暗示了！

犹如踏进一个全新的天地，他猛地跳下床，找出珍藏着的爷爷《换糖经》残稿，从头研究，如何续写。"糖者，天象也……'敲糖换鸡毛'之'换'者，易义也，求义而不弃利之谓也。盖以糖之贵重，羽毛之轻贱，本非同类相比，其交易也，于己以重易轻，于人以轻易重，然各有所需，求义而不弃利，其深意皆蕴含于'换'一词……"是用文言补上残缺，还是给爷爷残稿做注释，挥洒自如地倾注自身的经商体验？

重读残稿以后再定吧！

8

这一年初夏，台风带来了暴雨，而且连续不断。七级台风在大楼外呼啸，撒豆般的暴雨敲打着玻璃幕墙，在以往，这又是山洪暴发、山体滑坡、梯田被冲、骄阳酷日连续不断的灾年。奔走于上海、深圳、香港之间，从办公楼到办公楼，出了大厦就是奔驰宝马的他，天气早已经和他不相干。可是，此时，他的孪生女儿，又在他眼前浮现了，她俩背后聚集着金银坞所见的那些在各个工场忙碌的乡亲，还有波涛翻滚的大海，寂静得连海鸥都屏住了呼吸的港湾，他们一个个，在转动的机器旁边，紧锁了眉头，因为，她们生产的商品，凡到中亚和西欧的，都是装箱后运往宁波、上海港，海运到俄罗斯海参崴再转运的，这是他们的重点运输渠道，台风、暴雨，对于这些赶工期交货的乡亲，何等残酷啊！……

看来，梦境暗示的，绝对不只是续写《换糖经》，还有更多的实际工作！

他来到客户中了解情况，在波兰驻乌伤商务代表处门口，他碰到了天明物流公司的冯董,他们曾经接触多次。这是一位年富力强、精明干练的后生仔,最近来得很勤,据说,这家物流成立了中欧班列运营公司,打算通过货运列车,让义乌江和多瑙河、莱茵河"握手",也就是说,让小商品城的商品,通过铁路货运专列运到欧洲。但是,长达一万三千多公里的路程,不仅要通过俄罗斯冻寒地带,还要经过六次海关,三次换轨,虽然时间缩短了三分之二,但价格是海运的二到三倍,而且途中换轨、通关检查时商品难免会有损耗,没有很强的组货能力和合作伙伴,是实现不了的。在大楼外风雨交加的此时此刻,这一邂逅,却使楼循波想到了国家领导人在哈萨克斯坦纳扎尔巴耶夫大学的演讲的时候,提出建设"丝绸之路经济带"的倡议,而且,这一战略布局下的铁路运输计划,明确提议以乌伤大地作为出发点!啊啊,开通这一货运班列的价值,何止是与他的丝绸情结碰撞,何止是与气候争时间啊!既然,我续写《换糖经》是深入思索,丰富、完善"义"与"商"关系的过程,既思索数百年来敲糖换鸡毛的历史,思索当代世界经济新理念,也应该密切关注眼前的商海波涛,并以参与解决问题来深化、充实这一续写工程,其中,就应该包括如何利用金银坞·人和大楼的优势,建成一条全天候的商品之路,助冯董一臂之力!

他当即把冯董请进了办公室,表示乐意成为他的合伙人,利用自己的人脉和金银坞·人和商务大楼的有利条件,参加这个公关团队。能够获得这样一位老法师的支持,冯董喜出望外,邀请楼循波担任这一工程的顾问。

他不负所托,立即忙开了。不仅一层楼、一层楼,一个代办处、一个代办处地走访,到乡镇的一些小企业,一家家地调查说服,也到政府、铁路、海关等相关部门征询、摸底,研究如何避免商品经过冻寒地带时受损,回程的班列运载的多数是橄榄油、葡萄酒等玻璃瓶装商品,如何防止瓶身碎裂……加速了这一长途而又复杂的班列的完善,经专家研究拟定了一份有关货运的建议书,分别送给了市政府和中央商业运输部,出于展示他正在追求的这个"义"字所包含的特殊意义,而且,出发点又是义乌江畔,楼循波建议,这班列名为"义新欧"班列,获得了上下的赞同。

"义新欧"中欧班列方案通过了,他又拿出爷爷的《换糖经》残稿来琢磨了,他决定采用注释的方式,将自己"义为商魂"的经商体验倾注进去,哪怕他的注释文字篇幅，远远超出爷爷的原文，他也乐于承担。采取这一方案，需要一段一段地推敲，查阅资料，研读现当代中西方经济理论，十分费时费力。

这一天，韵琴和她的三个同学不期而至。她已经是高中生了，在他面前，却依然是个爱撒娇的黄毛丫头。一进门就喊，爷爷，爷爷，该你出手的时候了！

真的，在她面前，天大的事他都会放下。他摘下老花眼镜，把《换糖经》残稿和资料推到一边，问道，又设了什么鬼圈套叫爷爷去钻啦？

韵琴说，你不知道啊，我们的小商品到中东和欧洲，不要绕海参崴走海路啦，首发的日子都定了，从金银坞出发！你知不知道呀？

他说，知道。

韵琴故意逗他说，知道就好！市里要举行盛大首发仪式，宣传部派给金银坞上演一个节目的任务。你说，我们演什么好呀？

他说，蹦蹦跳跳、说说唱唱的事我不懂！

她咯咯咯地笑了，好，你不懂，那我们就来派给你懂得的一个任务。她回头对她的同学说，雅凤，是你出的主意，你对我爷爷说！

雅凤羞涩地后退了一步，说，不要说是我的主意，是我三爷爷出的！三爷爷说你是最有资格写这首歌的人！

他一怔，审视着这位姑娘，问道，你三爷爷？你三爷爷是谁呀？

韵琴说，大队老队长老支书循山爷爷呀，爷爷，你糊涂啦，雅凤就是老八房四囤爷爷的孙女儿呀！听她三爷爷、八爷爷还有她爸说，他们都听你唱过的，我的奶奶、太奶奶也都唱过的，你写出来一定很好听的！

他惊喜，惊喜的不是他想起了那支"金银坞，金银坞，山瘦地薄代代苦"的山歌，而是在巨变面前，雅凤她们这一老八房和他家所有恩仇，都成了历史！

他连忙说，我知道了，我知道了！

韵琴开心地说，爷爷脑子就是灵，一说就明白！但我们不要这首苦歌，要你创作一首歌唱今天金银坞的山歌，你再去请一位作曲家谱曲。成吗？都说，你会写《人和中心之歌》，你也会写这首歌！

孙女这一提醒，把他的一腔激情推到了极致。不错，他不仅自己设计了人和中心的司徽，还谱写了公司之歌，很受欢迎呢！写这一首歌，比《人和中心之歌》更有价值！他马上说，行，这事我包了！

韵琴她们像一群喜鹊，叽叽喳喳地说着笑着走了。他当即收起《换糖经》残稿和资料，打开电脑，准备动笔。但是，事情并不是这样简单，提笔之前，满腹诗情，要落纸，却不知从何下笔。"金银坞，金银坞，山瘦地薄代代苦"那凄凉、悲壮的带着山岚气息的旋律，把七十多年来的经历，一齐召唤到眼前来了！

他的感情难以抑制了！

他站起身，走向窗口，在历代传唱的那支山歌的旋律里，他再次看到了祖辈，手摇拨浪鼓在崎岖的山路上，冒着风霜雨雪，一步一颤地跋涉；他也听到了"山里虮"们聚在前厅晒太阳时，说的黄大仙"叱石成羊"的故事，依然那样有声有色，倾注着期待。不。我自己就曾经一次次地上山去，寻找、等待、测试"叱石成羊"的出现……如今，窗外，满目秋色中，高低不一耸立着的，哪儿是水泥建筑啊，分明是羊群啊，真的是羊群呀，它们，咩咩咩地叫着，正从他身前跨过风尘仆仆的大安寺塔，跨越义乌江，向着无际的大海奔去！其撼天动地，波澜壮阔之势，天底下所有羊群汇聚在一起也是无法比拟的！

凯贵爷爷说得不错的呀，当年叱石不见羊，是因为天时没有到，世道不好，天时到了，世道好了，山上的岩石果真会变成肥羊的呀！

天时啊！这是应该用"人和"来珍惜的"天时"！

他的视线被泪水模糊了！

他转过身，擦着泪眼，推开电脑前的鼠标，习惯性地抓起便笺和圆珠笔，奋笔疾书。

2014年11月18日，这一天是难忘的。难忘，不只惠风和畅、天朗气清，而在于金银坞的新火车站正式投入使用；难忘，更在于这一天，还是"义新欧"中欧班列首发日。金银坞的"山里虮"们特别自豪，他们做梦都没有梦到，这个小山村，在乌伤大地上历尽苦难的山沟沟，会成为"新丝绸之路"的陆上新起点！

为举行首发仪式，他们不惜工本，在火车站的北侧搭起了一座欢庆台，背衬着岚气有无中的横岩岭，以及横岩岭下的金银坞·人和中心大厦。首列"义新欧"中欧班列，停歇在舞台前面不远处的轨道上，运载82个标箱的班列，全部装满了乌伤大地出口的小商品，从头到尾的长度，居然要以公里来计算！舞台和班列之间的站台上排满了板凳，密密麻麻地坐满了欢送的以"义商"自命的企业主和观众。

受邀的各级有关部门的领导，坐在了前面一排；海内外的传媒上千人，也纷纷赶来抢占有利地形拍摄，向全国、全世界报道。

楼循波避开中外记者的追踪，悄悄地坐在观众席当中，这一刻，他关注的，却是他的孙女楼韵琴和雅凤她们表演的效果。

"义新欧"班列首发仪式开始。领导讲话，剪彩，企业代表发言，中东欧洲客商致辞……都很简短，但都强调了一个"义"字，期盼着把这个"义"字带向全世界。

幕布拉上，稍作休息后，节目便开始了。第一个，是韵琴学校的合唱团合唱的《金银坞山歌》。大幕在乡土味浓浓的音乐声中徐徐拉开，投射在巨大的屏幕上，构成了横岩岭下一景的，是一个头戴尖顶竹笠、肩挑敲糖换鸡毛箩筐的老农，手举拨浪鼓，行走在崎岖的山路上。其下，就是排列成三排的韵琴她们的合唱团。在老农噗咚噗咚噗咚的拨浪鼓声伴着"调针啰，换糖啰！……红绿，抵指，鞋口布、鞋面布、头髻网……都有啊……"的隐隐的吆喝声中，韵琴她们合唱开始。

是男女声合唱：

> 金银坞，金银坞，
> 山瘦水枯代代苦；
> 手摇一只拨浪鼓，
> 走不尽天下辛酸路。

歌声低沉、雄浑、凄凉，似泣似诉，每一个音节里都带着血和泪。

拨浪鼓声、吆喝声和老农身影渐去渐远，屏幕上的投影，只留下一只巨大的左右摇动的拨浪鼓，在噗咚噗咚的鼓声和吆喝声里，合唱在继续，凄凉却淡去了，潜入人心的是低沉、雄浑与奋发：

金银坞，金银坞，

山瘦地薄百般苦；

手摇一只拨浪鼓，

义为魂，商作桥，

走通了天下多条路！

　　拨浪鼓左右摇动的画面，与拨浪鼓声、吆喝声慢慢地远去、远去了，林立的高楼、四通八达的马路和傲立于其间的小商品城，以及穿梭于其间的各种肤色的交易者，从远到近，从朦胧到清晰，合唱声随之变调，变成了欢快和高昂：

金银坞，金银坞，

山瘦地薄算什么？

啊，算什么！

手摇一只拨浪鼓，

义为魂，商作桥，

连通了世界每条路！……

哦嚄，哦嚄！

哦嚄嚄嚄嚄嚄——

　　低沉与悲壮随之一扫而光，传递的是"山里虬"的那种难以言表的自尊、自爱与自信，一如卧虎离山，潜龙出海。

　　最激动人心的一节来了：

金银坞，名不虚，

石成羊，沙成珠！

手摇一只拨浪鼓，

金满谷，银满坞！

哦嚄，哦嚄！

哦嗬嗬嗬嗬嗬……

手摇一只拨浪鼓,

义为魂,商作桥,

走通了世界条条路!

哦嗬,哦嗬!

哦嗬嗬嗬嗬嗬……

开头,楼循波微微仰着脸,目光始终没有离开前排正中的孙女,仿佛欣赏一件稀世艺术品,这是一件魔幻式的艺术品,她的脸面,先是重叠着一对孪生姐妹的面容,然后是一大群孩子的脸!随着节奏和面前幻影的推进,他慢慢地低垂了脑袋,用心去感受着,品味着,恍如化成了一滴山涧水,从岩石缝隙里、从草莽间涌出,渗淌过岩石、草丛里的青苔和枯枝败叶,往悬崖跌落,一跌,再跌,三跌……一次次地粉身碎骨,一次次地重新聚合,另寻通道,直至跌到浩瀚无际的大海,汇进了万丈波涛!

他泪如涌泉!

81018号首列"义新欧铁路国际货运班列"的货运专列,就在这种既是歌声,又是惊异、感叹和赞美声里,盛载着由这个幻影创造的一个无形却无比金贵的"义"字,在楼循波这些创业者感奋的泪眼中,拉响汽笛启动。以每小时120公里的速度,将横岩岭下那条碎石铺筑的千年古道碾在轮下,直驶西安、乌鲁木齐,从新疆阿拉山山口口岸出境,经过哈萨克斯坦、俄罗斯、白俄罗斯、波兰、德国、法国,到达首个目的地西班牙首都马德里。

历史是一位能工巧匠,总喜欢玩巧合,也善于玩嫁接。马德里,西班牙,是五百多年以前,探测新大陆的那一批冒险家首航的土地,今天与之衔接,意味着打着"义商"招牌的楼循波他们去探寻的,是一个全新概念的新大陆。

后记

　　始于1978年的改革开放，是中国人民对生存环境的一次再认识，然后对物质财富价值的重新定位与整合，进一步完善发展方式，最大限度地调动与发掘人的潜能，提升全民的生活水平，从而使人们活得更有质量和尊严。

　　道理很简单。作为地球村的村民，所有活动，都是围绕生存、发展而展开的，与此关系最直接、最密切的，莫过于物质财富的创造与分配。数十年来，改革开放的成就举世瞩目，全国上下，开始认识到了创造物质财富，是人的本分和责任，没有充分的物质财富，也就说不上精神财富的创造与拓宽；同时也认识到物质资财不是万能的，必须防止成为罪恶的渊薮。尽管存在这些、那些不尽如人意处，有些还相当棘手，但同样让中国人懂得了孟德斯鸠的"财富凝聚着勤奋、智慧和诚信等个人美德"这一必须具备的前提，是"公平的规则"。城市与乡村的表现不同，各个地区的效果也不一样，迄今为止，比较典型的，城市是深圳，农村是浙江义乌。深圳，作为示范性的"特区"，我们可以理解，义乌，却是一个"谜"。它既非交通枢纽，又不是濒临江河湖海的港口，国家也没有给予特殊的政策扶持，丘陵遍布，土地贫瘠，除了一条过境的浙赣线，还有一条只能行驶舴艋舟的义乌江，别无可以利用的地利资源，却异军突起，独树一帜，雄踞整个中国的乡镇之上，被公认为国际超市、不可替代的世界小商品之都，成为中国改革开放的一大经济奇迹。这是一个很值得研究的现象，其中蕴藏着某种潜在规律，为中国的经济发展提供了相当大的思考空间。

义乌是我的故乡。1956年，我离乡来上海读大学，然后留沪工作至今。父母兄弟姐妹始终生活在义乌农村，但我很少回家。在改革开放以后的相当长的时间里，尽管赞叹声不绝于耳，我只为故乡的巨变喜悦，却没有意识到，那里正在书写旷世传奇，应当正面去审视它，深入追踪它，解读它，以发掘、提升其价值。即便将义乌当作文学题材进入我的视野，展示在眼前的，却始终是我记忆中的那方闭塞的乡土，直到我接受义乌市志办公室吴潮海先生的任务，要我写一位企业家的传记，作为"义乌传奇人物丛书"第一本，我才真正走进这个熟悉而又陌生的故乡，往纵深追溯她的历史，横向领略她的当代风貌。

这位企业家，就是上海义乌商会首任会长、世界义商总会首届会长陈萍先生。

不论放在中国经济大背景下，还是义乌区域，毋庸置疑，陈萍都是一位传奇人物。尽管我们早就作为朋友在交往，而且使我出现了为他写一本书的冲动，并着手搜集他的资料、关注他的行踪。但他的经历太丰富了，一个仅三十元起家的乡村企业家，被省丝绸服装进出口公司选中，到深圳与国际商界竞争，受挫破产后，再到上海寻求重新崛起……大起大落、生死沉浮、扣人心弦的跌宕，把他在义乌孕育、成长的过程冲到一边去了，直到我接受这一委托，才将这个过程，不只视作思索人物性格形成、智慧汲取、才华施展的过程，也是对生我、养我、哺育我成长的这块热土，深入认识、发现、思考、开掘的过程。陈萍无异带我重新走进了义乌，感受到了义乌特有的文化魅力，而且这感受越来越鲜明，越来越强烈。正是这一份文化魅力，才使他和众多创业者，"无中生有""点石成金"，以致"无奇不有"到了令人"莫名其妙"的地步，才使他们挫而不败，巨浪压顶屹立不倒。这一份文化魅力，具有如此不可抗拒的冲击力，如此触手可及，不时震撼着我的心灵，就是因为这份文化力量，往往体现在习以为常的生活细节上，这些细节生动、质朴、纯真、执着，某些地方虽然带着小农经济无力掌控自身命运的因循与无奈，但无不蕴含着朴素的生存智慧，体现了对华夏民族生存哲学的坚守。比如，像家训一般，"诗礼传家""耕读家风"之类的镌题，不时显示于街头里巷的庭院门楣；比如，"碗对碗，篮对篮""你敬我一杯茶，我还你一杯酒"的邻里交往的乡风民俗，渗透进了生活的细微处；当然还有意外之财降临的那一刻，必原璧奉还的一个个故事……苦难中国曲折的历史进程，有意或无意地冲击它们、企图变更它们，它们却从容地以接受淘洗与砥砺的姿态，愈挫愈勇，继续闪烁着生命的光彩。这是一种什么力量啊？分明是拥有深厚、悠久、广博底气的文化力量！改革开放的一系列政策与举措，为这种文化力量的发掘、肯定、升华，并和当代世界先进文化嫁接、互补、糅合，融汇成崭新的生存智慧和生存哲学，提供了机会。我从这个群体中的代表人物陈萍身上，看到了这一点；从义乌，作为一方地域中的一个点上，也看到了这一点。无疑的，由无数个陈萍汇合而成的义乌这一区域的改革成果，就集中体现了这一进程及其巨变。这是中国历史性的巨变。因为，中国的文化基础、文化的承传，始终在农村，农村巨变，就意味着中国的巨变。可以说，改革开放，是中国文化的一次大发掘、大整合、大融合，是对中国文化的一次重新定位与突破。

这一强烈感受，使我直觉陈萍这一个人物，是通向乌伤大地纵深地带的一扇门，深入进去，一定能够阅尽东方土地上的无限风光。

也就是说，应该以他作为原型，写一部长篇小说。

在完成了人物传记以后，我便着手创作这部《金银坞》。

小说不同于传记，尽管这部小说带着某种程度的非虚构色彩，我的构思，不得不加以典型化，就是说，不限于某一个真实的人，时间也不限于20世纪的后半叶，而是追溯到更加悠久的年代。在地少人多，土地又都是不宜于农耕的红壤丘陵的义乌，这种体现朴素的生存智慧的生活情节，这种蕴含生存哲学的生活细节，无处不在，但最主要的，与中国广袤的农村一样，体现在赖以生存的农耕中。虽有"义乌三件宝，红糖、火腿、南蜜枣"，但要如愿以偿，使三种副产品变成"宝"，必须依靠城镇，依靠经营者特定的素质与条件，也就是说，除了拥有相当资金、社会关系和社会活动能力的乡绅，这"三件宝"对一般农户的帮助甚微。肩挑箩筐，手摇拨浪鼓，像小货郎那样，去从事一种敲糖换鸡毛的行当，便成了这种生存智慧、生存哲学的最恰切的载体，也成了我这部小说的结构性情节。敲糖换鸡毛，即俗称鸡毛换糖，因农田耕作的需要而产生，众多拼搏于第一线的农民面对的是土地，除了沿义乌江的沙滩地，其他土地都是红壤，红壤偏酸性，除了草木灰，改变土壤酸性最有效的，是鸡鸭鹅毛或猪毛人发，于是，他们挑起了一对大竹箩，用糖和一些日用小商品去换鸡鸭鹅毛或人发当肥料，趁机做些小货郎所属的小生意，收购一些破烂。这是闭塞的乡村朴素的生存智慧与生存哲学含量最为丰富的情节，而且拥有独特的地方色彩；敲糖换鸡毛，历史悠久，承载文化因素厚重，比如，作为道具的拨浪鼓，产生于秦汉，被引用为招徕顾客的商业工具，有它耐人寻味的故事；但文化价值最大的，是这一商业活动独特而又严密的组织。本来，成群结队、餐风饮露、翻山涉水出外谋生，都是按村落、族群为团体结成帮的活动，外人很难进入，非常封闭，到戚家军中的一大批退伍老兵带着军人余风参与进来，为"敲糖帮"跳出封闭的家族活动而成为地域性的"商帮"，起了关键性的作用。在明代实行军户制度的背景下，这一批打破成例、专从农民当中招募的兵士，组成了一支具有特殊素质的军队，美籍华裔历史学家黄仁宇在《万历十五年》中，对此做了这样的介绍："道德义务的劝说加上群众固有的宗教信仰，使戚继光得以在所招募的新兵中建立铁一般的纪律。"他们的参与，自然而然地给敲糖换鸡毛活动，制定了一套经营之道，组织上，为"入帮"者制定了"规矩"，要先向"年伯"叩头认"长辈"，然后从"附担""拢担""年伯""担头"，一级级做到"老路头""坐坊"，从行商变为坐商；为了避免活动重复，发生利益冲突，对出行线路做了划分，中路、南路、北路之类；为解决远离家乡，货源与收购鸡毛之类物资的周转问题，特地设立与供应接待站相仿的"坐坊"；等等。并形成了不管何时何地，都会抱成一团一致对外的民风。有这样一个生活小故事：改革开放初期，在珠江三角洲沿京广线某三等小站的月台上，密密麻麻地席地坐满了候车民工，其中，有个中年汉子忽然跳起来振臂大呼：义乌人给欺侮了！老乡们，站出来！"哗"，月台上黑压压的，顿时站起一大片，使占便宜者脸如土灰。

如此种种，自然而然的结果，就是两个"兼容"。

头一个，就是"农"与"商"的兼容。因耕作需要而产生鸡毛换糖的交"换"，看来是原始的以物易物，但就是这种原始性的朴素，荡涤了历来制约中国社会发展的重农轻商意识，即不仅不歧视、排斥工商经营活动，而且成了生存之必需，形成了农商相兼、农商互利的生存智慧，"客人是条龙，不来人要穷"之类，充分显示开放性、包容性的乡谚在义乌广泛流行并实践，也就不足为怪了。

另一个，就是"义"与"利"的兼容。农耕者离家串门走户，耕作需要以外，其功利性极少，仍然是按照邻里交往中"你敬我一杯茶，我还你一杯酒"的民俗与乡风行事，以后又因在战场上生死与共的戚家军老兵的加入，相互补充，转化成了流行在江湖上那一种被称为"义"的道德约束，对人性予以制衡。这种约束与制衡，又在物与物交换实践中被升华、提炼，从经营者内部脱颖而出，扩展为一种分享交易利益的原则。这就是乡谚"出六归四"所体现的人际交往的原则，具体地说，就是"人赚九我赚一"，崇尚"赚一角饿死人，赚一分挣死人"的以小博大的生财之道。约定俗成，没有任何明确的契约规定，却逐渐提升为一种理论，谓之"求义而不弃利""利为义之所聚"的"义利双行"的"义利观"。

这就是俗称为乡风的义乌特有的地域文化。文化是渗透在生活中无以数计的细节，是驱动心灵运作的血液，是以社会为土壤的"离离草"。它们无时不在等待展示其魅力的天时，改革开放，就是它们所等待的天时，一如经过风霜的离离草等到了春风，欣欣然苏醒了，勃发了，不仅恢复了这些朴素的生存之道，而且以不同的方式，在不同的职场，闪烁出生存智慧和生存哲学的光芒，升华为一种具有时代特色的崭新文化。

从这一结构性的情节出发，我所设计的主角楼循波，相应地是敲糖换鸡毛这一行当的"世家子弟"，但不是像一名小货郎那样串家走户、居无定所的普通敲糖帮的后代，而是处于这一支队伍高端的、名为"坐坊"的坐商的后代。由于重农轻商传统思想根深蒂固，他祖上希望后代能够变更身份，安排子孙攻读诗书，期望以诗书成为进身之阶，借助仕途，改变门庭。承受此重任的第一人，是他爷爷，可惜，此计划被剧变的时代毁灭了。他家族这一特定的经历，为楼循波这一角色定了位：他是农民的儿子，他也没有摆脱农民的命运，但他注定是中国文化传承者。他饱读诗书的爷爷，把祖上的期待寄托在孙子身上，同时用笔墨总结历代敲糖换鸡毛的经验，谓之《换糖经》，把"求义而不弃利""利为义之所聚"发扬光大而传之后世。可惜，寄托在孙子身上的希望，同样破灭了，《换糖经》写了一半，也被天翻地覆的社会变动腰斩了，差一点在火灾中变成了灰烬。最后，楼氏祖祖辈辈的所有希望，仍然都是由楼循波实现的。楼循波之所以能够实现，就是因为改革开放的"天时"，给了他展示才能的机会，使他得以充分发扬祖辈积累的从商经验，在商业上大展宏图。获得空前成功以后，他不负祖上期待，着手续写这一部《换糖经》。到了这一步，走南闯北、面对国内国际的对手几度沉浮的他，同样，像命里注定似的，不再是爷爷所期待的传统意义上光耀门楣的子孙了。当然,《换糖经》也不可能是简单的续写了,自然而然地融进了他搏击商海的生存体验,其中,包括实践当代世界经济学家对于经济活动的剖析、归纳与验证。从这样一支笔下流出的,何止是商业智慧,而是一种周旋社会、主宰世界的生存哲学!自从出了一个子贡,中国的商人,都以自己能够成为"儒商"为荣,但是,楼循波这个人物所承载的历史使命,他所拥有的文化理念,他曲折的商业实践,尤其是他对东南亚国家在1997年亚洲金融危机以后"亚洲模式"失败、"亚洲经济奇迹"终结的思考,使他具有了国际视野,虽然继承了传统文化的优秀部分,却不再与子贡相埒,而有了自己的文化理解与追求。他并以此为标志,借用商界的一个品牌表达出来,作为一面旗帜树立起来,这就是"求义而不弃利""利为义之所聚"的以"义利双行"为目标的"义商",他,就是第一代"义商"中的代表!

是的,"义商",是和陕商、晋商、徽商、浙商一样,蕴含了"儒商"的所有内涵,却又以其鲜明的当代性、国际性、包容性、地域性,赋予了这个周旋于经济领域、以博大精深的文化来推动中国历史进程的群体最为恰切的表述。

这就是我借助这个人物,对改革开放时的生存环境的一次再认识,并对金钱、财富的价值重新定位的理解。正如哈耶克在《通往奴役之路》中所说,"钱是人们所发明的最伟大的自由的工具之一。在当今社会中,只有钱才向穷人开放了一个惊人的选择范围——这个选择范围比没有多少代人之前向富人开放的范围还要大"。这是从文化基础上入手的一次重新整合与定位。义乌在改革开放阳关大道上,一骑绝尘的根本原因,就在于此。

无疑的,义乌奇迹,不仅是经济奇迹,更是文化奇迹,是东方文明的一次突破。这奇迹、这突破,反映了时代进步的普遍轨迹。这是早已经为世界的历史趋势证明了的,比如,被恩格斯誉为"以他们无与伦比的能力和活动,保证了在人类发展史上为其他民族所不可能企及的地位"的希腊人和希腊文明,之所以逐渐领先世界2500年,就是因为当年那场希波战争,导致西方文明深刻地反思、吸收、融汇,从而升华了中东文明,同时,也宣告希腊传统文明的终结。

我相信,我塑造这样一个楼循波,不仅概括出了当今活跃在义乌工商战线上众多创业者的形象,也反映了这一文明升华的历史趋势。在写作中,我接触过不少类似的"义商",比如被称为"非洲妈妈"的义乌商城非洲馆总经理骆玲娟,一个柔弱的、只有小学文化的农家女子，孤身一人跑到了南非约翰内斯堡做化妆品生意，然后开超市，虽然曾经被抢劫，被欺骗，但她始终像对待亲人一般对待当地人，为当地培养了一批经商人才。就凭这一个"义"字，征服了文化上、语言上的种种"蛮荒"，打开了商业局面，赢得了非洲朋友的信任与尊重，将"非洲妈妈"这样一顶表达深情厚谊的桂冠，佩戴到了她的头上，成了不折不扣的民间大使，使"求义而不弃利""利为义之所聚"的以"义利双行"为目标的义利观，突破了国家、民族、地域的界限而具有普遍价值。这难道不是修建心灵上的"一带一路"？这难道不是对"义商"的深度与广度，以及在文明融汇上努力的另一种诠释？

在中国，这一场波澜壮阔的改革开放，是以广袤的农村作为主战场的。四十多年了，我通过这部非虚构小说，把楼循波这样一位远远超越传统"儒商"意义的"义商"作为典型介绍给大家，不仅仅是对我故乡奇迹的一种解读，也是企望这个人物，成为整个中国这一场宏大改革的缩影。通过"这一个"人，通过义乌地域"这一个"点，走进始终被外面世界视为博大而又神秘，但正在以自己的方式融进世界的中国。

衷心感谢在创作过程中，提供了种种帮助的吴潮海、朱庆平先生；衷心感谢上海文化发展基金会，在相继支持我《银行行长》（人民文学出版社）、《沉香女》（上海人民出版社）等长篇小说面世以后，再一次把这部小说列为2018年上海文学艺术创作的重大项目予以资助；衷心感谢金华市政府和义乌市政府，将此小说列为重点作品予以热情扶持；同样，衷心感谢花城出版社，在长篇小说销售不景气的情况下给我出版这部小说。

当然，说到支持与感谢，我首先应该衷心道谢的，是复旦大学附属中山医院的任正刚、吴志全、王艳红等教授和以苏伟护士长为代表的所有医护人员。2016年，我基本上是在病榻上与死神搏斗中度过的，如果没有他们的济世之心和高超的医疗护理技术，有如神助似的给了我第二次生命，那么，已逾八十高龄的我，不可能在一年多的时间中，以六十多万字的篇幅，通过义乌，通过从人物传记到长篇小说的撰写、创作，解读改革开放给中国带来的这一旷世奇迹。

2019年10月